김말봉 전집 1

밀림(상)

지은이

김말봉(金末峰, Kim Mal Bong) 1901～1961. 본명은 말봉(末峰), 필명은 보옥(步玉), 말봉(末鳳), 아호는 끝뫼, 노초 (路草, 露草). 1901년 경남 밀양에서 출생하여 1919년 서울 정신여학교를 졸업하였고 이후 일본으로 건너가 1924년 동 지사대학 영문과에 입학하였다. 1925년『동아일보』신춘문예 가정소설 부문에 단편「시집살이」가 3등으로 입상하 였다. 1927년 동지사대학을 졸업하였고『중외일보』기자 생활을 하였다. 1932년『중앙일보』신춘문예에 단편「망명 녀」가 김보옥이라는 필명으로 당선되어 문단에 데뷔하게 된다. 이어서「고행」,「편지」등의 단편을 발표하였고 1935 년『동아일보』에『밀림』을,『조선일보』에『찔레꽃』을 연재함으로써 일약 대중소설가로서의 자리를 굳게 되었다. 하지만 일어로 글쓰기를 거부하여 더 이상 작품 활동을 하지 않다가 1947년『부인신보』에『카인의 시장』을 연재하면 서 다시 소설 쓰기를 시작한다. 1954년『조선일보』에『푸른 날개』를, 1956년『조선일보』에『생명』을 연재하여 높은 인기를 얻었고 1957년 기독교 장로교회에서 최초의 여성 장로로 피선되었다. 1961년 지병인 폐암으로 사망하였다.

엮은이

진선영(陳善榮, Jin Sun Young) 문학박사. 1974년 강릉에서 출생하여 이화여자대학교 대학원 국어국문학과를 졸업 했다.「한국 대중연애서사의 이데올로기와 미학」으로 박사 학위를 받았으며 현재 이화여자대학교에서 강의하고 있 다. 대중문학에 대한 관심에서 출발하여 잊히고 왜곡된 작가와 작품의 발굴에 매진하고 있으며 젠더, 번역 등으로 연 구의 영역을 확대하고 있다. 주요 논문으로는「유진오 소설의 여성 이미지 연구」,「마조히즘 연구」,「전통적 세계지 향과 도덕적 인간학」,「부부 역할론과 신가정 윤리의 탄생」,「추문의 데마고기화, 수사학에서 정치학으로」등이 있 고, 저서로는『최인욱 소설 선집』(현대문학),『한국 대중연애서사의 이데올로기와 미학』(소명출판),『송계월 전집』 1・2(역락) 등이 있다.

김말봉 전집 1 - 밀림(상)

초판 인쇄 2014년 11월 15일 초판 발행 2014년 11월 25일

지은이 김말봉 엮은이 진선영 펴낸이 박성모 펴낸곳 소명출판 출판등록 제13-522호

주소 서울시 서초구 서초중앙로6길 15(란빌딩 1층)

전화 02-585-7840 팩스 02-585-7848 전자우편 somyong@korea.com 홈페이지 www.somyong.co.kr

ISBN 979-11-85877-31-0 04810
      979-11-85877-30-3 (세트)

값 50,000원 ⓒ 진선영, 2014

The Complete Works of Kim Mal Bong

Vol.1 : Millim(Jungle)

김말봉 전집 1

밀림 (상)

진선영 엮음

소명출판

일러두기

1. 김말봉 전집은 김말봉 발표 작품을 발표 연대별로 수록하였다.
2. 모든 작품은 발표 당시의 것(신문, 잡지 연재본)을 저본으로 삼았고 출처는 본문의 마지막에 명기하였다.
3. 본문의 표기는 독자의 편의를 위해 현행 한글맞춤법과 외래어표기법에 따랐다. 단 작품의 분위기에 영향을 준다고 판단되는 방언이나 구어체 표현, 일본어, 의성어, 의태어 등은 그대로 두었다.
4. 원문의 한자는 가급적 한글로 바꾸었고 작품 이해에 도움이 될 만한 한자는 그대로 두고 괄호 안에 넣었다. 어려운 단어나 방언, 일본어는 각주를 달아 설명하였다.
5. 원문의 대화 표기인 『 』은 " "로, 독백과 강조는 ' '로 표시하였고 말줄임표는 ……로 통일하였다. 과도하게 사용된 생략 부호나 이음 부호(-)는 읽기에 편하도록 조절하였다.
6. 원문에서 판독할 수 없는 부분은 □로 표시하였고, 기타 사용 부호는 원문 그대로의 것을 사용하였다.
7. 원문에서 작중 인물의 이름이 바뀌는 경우 하나로 일치시키고 각주에 보충설명하였다. 예) 요시에(○) / 요시애(✕), 민병수(○) / 이병수(✕) 등

머리말

　김말봉은『찔레꽃』의 작가이자 식민지를 대표할 만한 대중소설 작가
이다. 임화는 김말봉의 돌발적 출현을 작가의 '유니크성'과 당대 소설
창작 환경의 모순에 두고 작금의 조선 소설계가 대망한 한 작가로 '김말
봉'을 지목한 바 있다.

　유니크(unique)란 무엇인가? 유니크는 이중적 의미를 갖는데 '유일한,
독특한, 진기한'의 긍정적 의미와 '기이한, 돌출적인'의 부정적 함의를
동시에 갖는다. 김말봉의 유니크'성(性)'은 전 조선에 유례가 없는 독특
한, 독창성이 풍부한, 진기한 유니크이며 반대로 이상하거나 기이한 존
재로서의 유니크이기도 하다. 기실 이 양가성 사이에 김말봉의 문학이
자리 잡고 있다.

　식민지 시대 김말봉의 유니크함은 무엇인가. 김말봉이『밀림』과『찔
레꽃』을 연재할 당시 문단의 이단적 존재로 받아들여졌던 이유는 스스
로 '순수 귀신'을 비판하며 전면적으로 대중소설을 표방하며 문단에 출
현했기 때문이다. 김말봉의 '대중작가 선언'은 독자들의 인기와 칭찬을
통해 '대중성'을 입증 받으면서 힘을 얻게 된다. 당시 김말봉 소설의 인
기는 식민지 후반기 신문소설계의 새로운 흐름을 주도하여 대중소설이
란 새로운 소설 장르를 분화시켰고 이로 인해 장편소설론, 신문소설분
화론, 통속문학론, 신문화재소설론 등의 다양한 비평적 활동을 촉발시
켰다. 그러므로 김말봉의 역사적 등장은 엄밀한 의미에서 대중소설사

의 시작이라 해도 과언이 아니기에 대중문학 연구가 축적된 현재 김말봉 전집의 기획은 대중문학사적 기반을 위한 의미 있는 출발이 될 수 있을 것이다.

해방 정국, 한국전쟁기 김말봉의 유니크함은 '장편소설' 창작에서 발견할 수 있다. 김말봉은 한국 작가 중 이례적으로 단편소설보다 신문연재 장편소설을 많이 쓴 작가이다. 현재 연구자가 확인한 김말봉의 단편소설은 동화 및 청소년 소설을 제외한 약 25편 남짓이고 장편소설은 신문연재 장편으로 31편이다. 하지만 여기서 한 가지 짚고 넘어가야 할 것은 연구의 대부분을 차지하는 식민지 시대 장편은 『밀림』, 『찔레꽃』 단 두 편뿐이라는 사실이다. 작가의 전체 작품 중 10%도 넘지 못하는 작품 편수가 작가의 역사적 이력과 작품의 전체 경향을 가두고 있는 형상이다. 이러한 현상은 작품의 90%에 해당하는 해방 이후, 한국전쟁기에 연재했던 소설이 실린 신문과 잡지를 구하는 일이 어렵기 때문인데 그러므로 김말봉 문학에 대한 기초적 자료를 확보하는 노력은 무엇보다도 시급하다.

김말봉 전집은 앞선 취지를 통해 기획되었다. 본 연구자는 대중문학으로 박사학위를 받았고 그것과 연계하여 대중문학 작가를 발굴하고 의미화에 연구적 역량을 집중하였다. 김말봉 전집의 출판은 그 시발점이 될 수 있을 것이다. 특히 김말봉의 경우 연재 당시의 인기에 힘입어 많은 단행본이 출간되어 있으나 연재 당시와 단행본 출간 시 작가에 의해 많은 개작이 이루어진 바 대중소설의 현장성과 인기를 복원하기 위해서는 당대의 신문 연재본을 발굴하여 정전화하는 작업이 필요하다.

또한 한국전쟁 이후 신문 연재 장편의 발굴은 김말봉 문학 연구의 외연을 확대하여 김말봉 전체 작품에 대한 의미화와 개별 작품 연구의 초석이 될 수 있을 것이다.

넋두리 없이 머리말을 닫기에 이 작업은 실로 고단하였다. 안과 수술 이후 무리한 작업으로 0.6의 시력을 잃었으며 손목 터널 증후군을 훈장으로 얻었다. 발굴의 상처가 다양한 후속 연구의 밑거름이 되길 기원한다. 더불어 인문학의 현장에서 함께 고민하는 동학들과 사랑하는 가족들 박창성, 박성준, 박경민에게 감사의 마음을 전한다.

수리산 끝자락에서

2014.10

진선영

차례

밀림 전편 1

전장(戰場)

탕 쾅쾅.

흙과 돌이 풀썩 공중으로 솟구친다. 떠르르 울리는 발아래 진동 탕 탕 쾅. 농 덩어리 같은 돌이 굴러 내리고 적은 돌들이 참새 떼같이 흩어진다.

탕 투당당탕.

철석 부어 버린 물이 솟구쳐 오르듯이 흙과 돌이 펄썩 솟구쳤다가 쏴르르 소리를 내어 비탈로 굴러 내린다.

탕 탕탕.

장정의 주먹만 한 돌멩이가 한 개 공중을 획 날아 언덕 아래 몰키여서 있는 사람들 앞에 와서 뚝 떨어진다.

"이키, 저놈 봐라."

누구인지 하나가 소리를 친다.

소라 고동처럼 아무렇게나 뿔이 돋친 돌멩이가 쿡 하고 절반이나 땅에가 박힌다.

퉁 후당탕퉁.

이번은 산꼭대기에서 터졌다.

제법 큰 화로만한 돌이 공중에 불끈 솟았다. 익숙한 선수의 발길에 채인 풋볼처럼.

"좋다, 그 놈 잘 뛴다."

몰려 선 사람 중에서 외치는 소리가 난다. 돌을 투드렁통 소리를 내면서 아래로 굴러 내린다.

"막 때려 부서라. 거저 때려 부수란밖에."

한 사람이 주먹을 불끈 쥐고 껑충 뛴다.

"하하하하."

"와하하하."

"왜 더 뛰게 더 뛰어 하하."

사람들은 이 무서운 폭음 속에서 태연하게 웃고 지껄이고 그중에는 담배를 피우는 사람도 있다. 그러나 어른들 틈에 옹기종기 끼워 있는 아이들은 폭음이 들려 올 때나 불안한 듯이 그 까만 눈들은 까막거리며 어른들 곁으로 다가선다. 아이들은 대개가 십이삼 세로부터 십사오 세의 학령아동(學齡兒童)으로 그중에는 칠팔 세나 되는 어린 아이까지 섞여 있다. 어미를 따라 재주를 배우느라고 주인의 채찍 아래 이끌려 다니는 새끼 원숭이처럼 그 노랗고 시들어 진 듯이 마른 손에는 쇠망치와 올가미가 들리어 있다. 이윽고 폭음은 멎었다.

뚜.

고동이 분다. 적병의 사격이 그치는 것을 보자 다시 진군의 나팔이 울리는 것이다. 사람들은 산을 향하여 몰리여 간다.

"제길 인제 다 됐나?"

"아사라 또 어디 한 방 남지 않았나?"

"에이끼 사람."

나무라듯이 말하는 사람은 머리나 수염이 반백이나 된 늙은이다. 사람들은 개미떼처럼 비탈로 올라간다. 그들은 항오[1]를 정제하여 제가끔 일자리로 갔다. 보기만 하여도 아슬아슬한 높은 벼랑에서 곡괭이로 바위와 바위 사이에 끼인 흙을 파내고 서 있는 사람이 토끼만치 보인다. 한 언덕을 바로 차일[2]처럼 쓰고 그 밑바닥에 곡괭이를 콱콱 찍고 있는 사람들도 있다.

만약에 그 흙이 내리 덮친다면 일순간에 그들은 참혹한 최후를 마칠 것이다. 때때로 인부들의 압살(壓殺)이니 생매장이니 하는 일이 흔히 이러한 때에 있는 것이다.

"오소 오소 일이 하여라 무시 보나 고라."

패장[3]의 호령이 들린다.

"영차 영차 영치기 영차."

고저를 맞추면서 돌을 메고 내려가는 인부들의 등어리[4]는 구정물을 한 바가지 끼얹은 모양으로 땟국이 방금 흘러내리고 있다. 그들은 이마와 머리에서 흘러내리는 땀 때문에 주먹으로 자주 눈을 문질러야만 한다. 밀차에 돌을 실어 놓고 다시 언덕으로 올라간다.

"돌 내려간다!"

하는 소리가 가끔 위에서 들려온다. 그러면 언덕 중턱에서 일하는 사람들은 날쌔게 그 돌을 피하여야만 한다. 밀차에 돌을 실어 놓고 올라오는 인부들 앞으로 바구니만한 돌이 우르르 굴러 내린다.

"돌 내려간다."

---

1 군대를 편성한 대오.
2 햇볕을 가리기 위하여 치는 포장.
3 牌將. 관청이나 일터에서 일꾼을 거느리는 사람.
4 '등'의 방언.

하는 소리가 들린다.

"영치기 영차 영치기 영차."

지금 돌을 메고 내려오는 다른 인부들의 발등 앞으로 이 돌은 지나갔다.

"다누다니 보아 존신째려 빠가."

"영치기 영차 영치기 영차."

"영차 영차 비키주소 야."

이 영남 사투리 하는 젊은이는 목도[5]에 아직 익숙지 못한 모양으로 유달리 비실거린다. 맨숭맨숭 털도 없는 종아리가 늙은이 다리처럼 휘영휘영하여[6] 보인다.

패장은 이 젊은이가 맘에 못마땅한 듯이 눈살을 찌푸리며 노리고 본다. 목도군은 패장이 비켜날 동안 걸음을 조금 느리지 아니하면 안 되었고 그 때문에 몸은 타력(惰力)에 쫓기어 더욱 비실거린다.

"치영 치영."

"비키소, 어떡햐."

"치영 치영."

"앗!"

영남 사투리가 부르짖었다. 그는 비실거리다가 패장의 지까다비[7] 신은 발을 밟은 것이다.

"고라! 곤칙쇼."[8]

---

5 두 사람 이상이 짝이 되어, 무거운 물건이나 돌덩이를 얽어맨 밧줄에 몽둥이를 꿰어 어깨에 매고 나르는 일.
6 '휘청휘청하다'의 옛말.
7 고무로 바닥에 창을 하고 질긴 천으로 만든 양말 같은 신발. 고무다비, 맨발다비라고도 하며 공사장 인부, 농부, 노동자 등이 주로 신었음.
8 こんちくしょう. 몹시 화가 났을 때 내뱉는 말로 '젠장', '제기랄'의 의미.

"잘못했소, 김 상(金さん)."

김 상이라고 불리는 패장은 일전에 청삼(靑森) 지방에서 돌아온 노가다(土方)[9]이다. 물론 조선 사람이다. 약간 티어 나온 듯한 눈알을 자주 굴리며 젊은이의 앞으로 갔다. 그는 누런 각반(脚絆)[10]을 두른 짤막한 다리를 번쩍 들어 젊은이의 앞정강이를 탁 찼다. 젊은이는 쓰러지려는 몸을 간신히 버티면서

"김 상, 용서하이소, 잘몬했소."

젊은이는 마른 침을 삼기면서 애원한다. 턱 아래로 땀방울이 뚝뚝 떨어진다.

"눈까리 베리한다. 래이리보토(내일부터) 일이고만두라(일 그만두라) 요와무시메[弱蟲奴]."[11]

패장은 자기가 조선말이 얼마나 서투른지 그리고 서투르게 하는 일이 얼마나 자기를 모든 인부들 앞에서 위신 있게 보이는지를 생각하고 그는 만족한 듯이 웃으며

"이리도(일도) 몬베우고 무시니(무슨) 스루데(쓸데)있나? 가라, 가."

하고 획 돌아서 저쪽으로 갔다.

×　　×　　×

정오가 가까이 되어오자 돌을 떠내는 산이 금시로 불을 뿜을 듯이 화

9　どかた. 공사판의 막벌이꾼.
10　걸음을 걸을 때 발목 부분을 가뜬하게 하기 위하여 발목에서부터 무릎 아래까지 돌려 감거나 싸는 띠. '행전'으로 순화.
11　원문에 일본어와 우리말이 병기되어 있음.

끈 거려온다. 마치 활동하고 있는 화산처럼. 사람들은 적삼을 벗어버리고 잠방이를 자개미[12]까지 걷어붙였다. 적동색 나체가 완전히 염렬(炎熱)에 지글지글 타는 듯하다. 그러나 그들은 여전히 돌을 운반하고 언덕을 파낸다. 마치 고압전선(高壓電線)을 밟고 돌격하는 전사(戰士)들처럼 그들은 온전히 생명의 저편으로 그 몸을 내어놓았다. 갑자기 언덕을 파던 한 사람이 곡괭이를 짚고 비틀비틀한다.

"아 어지러."

될 듯 말 듯 중얼거리더니 펄썩 주저앉는다.

"이 사람 왜, 어데가 옆디어."

옆에 동무가 곡괭이를 콱 박으며 말을 건넨다.

"물, 물."

주저앉은 사람은 뒤로 탁 쓰러져버린다. 옆에 사람은 괭이를 놓고 쓰러진 사람을 붙들었다. 쓰러진 사람은 아주 편한 잠이나 자려 듯이 번듯이 누워버린다. 네 활개를 탁 펼치고. 태양은 자기 위엄에 못 견디어 쓰러진 사나이를 통으로 삼킬 듯이 갈빗대가 앙상히 드러나는 그 옆구리, 가슴, 얼굴을 사정없이 내리쪼인다.

"여보게 정신 채리게, 응 여보게 이봐."

그는 다른 옆에 사람을 손짓해서 물을 떠오라 하고 자기는 쓰러져 있는 사람의 손을 주물렀다. 쓰러진 사람의 파랗게 질린 이마에서는 구슬 같은 땀이 솟는다.

"자 물 떠왔네. 물 마시게."

---

12 겨드랑이나 오금 양쪽의 오목한 곳.

그러나 땅바닥에 누운 사람은 눈을 감은 채 잠잠하다. 그들은 이 사람을 일으켰다. 일으켜 가지고 물그릇을 그 입에 대주었으나 그러나 졸리는 아이의 입에 먹을 것을 넣어주는 때처럼, 그는 물을 마시려 하지 아니한다. 무엇을 토할 듯이 두어 번 배를 꿈틀거린다.

"춘서, 여보게 정신 채리게."

"집이 오데 있나, 앙."

귀찮은 듯이 눈썹을 찌푸리는 산구(山口) 패장의 얼굴에는 까만 수염이 밤송이처럼 돋아 있다.

"저 ××동이야요."

한 사람이 대답을 한다.

"할 수 없다. 여보 이 사람 업고 가 오소 오소(어서 어서)."

"보시요, 야마구찌 상. 저, 병원으로 가야지요."

"얼른 얼른."

"보서요, 오야분(親分)[13] 도장 하나 찍어 주시요, 병원에 가야지요, 헤헤헤."

패장은 혀를 차면서 달린 도장을 수첩 종이에 꾹 눌러가지고 그 옆에다 무엇인지 쓴다.

"자 빨리 가."

곁에 동무 한 사람이 등을 내밀었다. 깊이 잠든 아이의 고개처럼 축 늘어진 장정의 머리가 괭이와 목도 사이를 지나 나왔다.

아무도 웬일로 누가 업혀 나가는가 묻는 사람은 없다. 마치 전사한 군졸을 떠메나가는 듯 사람들은 잠깐 동안 곡괭이를 멈추어 두고 삽을 들

---

13 おやぶん. 두목, 우두머리.

어 길을 비켜주었다. 임자 없는 곡괭이가 한참 동안 사람의 발길에 걷어 채었다. 그러나 그 괭이는 조금 후에 다시 다른 사람의 손으로 갔다. 그리고 새사람의 곡괭이는 힘 있게 올라간다. 아무런 일도 없었던 모양으로 곡괭이들은 언덕을 찍어 넘긴다.

일사병(日射病)으로 한 사람이 업히어 간지 한 시간이나 되었을까

쿵.

기어코 큰일은 나고 말았다. 우르르 하는 소리와 함께 집채만 한 언덕이 세 사람 위를 덮쳤다.

와.

하고 옆에 사람이 소리를 쳤다.

패장이 이리로 뛰어와 무어라고 호령을 한다. 인부들은 불개미떼 모양으로 모여들었다. 그리고 삽과 괭이로 흙을 파낸다. 웬 소년 하나가 달려오더니 미칠 듯이 손으로 언덕을 파헤친다.

"언니 조금만 있어요, 언니."

이윽고 사람의 어깨가 하나 보인다. 밭에 심어둔 무를 뽑아내듯이 그들은 그 사람의 몸 가까이 흙을 후비면서 몸뚱이를 끄집어내였다. 힘없이 감은 눈 가장자리에는 누런 흙이 묻어있고 입과 코언저리는 푸릇푸릇하다. 누구인지 물을 떠 넣는다.

또 한 사람의 머리가 나온다. 소년은 소리를 지르며 그 머리를 얼싸안는다.

"비케라 가만있어."

사람들은 이 사람도 흙에서 완전히 끄집어냈다. 그러나 아이들이 가지고 노는 인형처럼 다리와 팔이 척척 늘어진 것을 보고 그들은 머리를

흔들었다.

"언니, 언니 정신 채려요."

"가슴을 만져 보아라."

"아즉 따뜻은 해요."

"숨이 있나, 코를 빨아라. 코를."

"옳지 그렇게 빨아. 곧장 빨아."

"울긴 왜? 울지 말고 곧장 빨어."

들것이 세 개 올라왔다.

웬일인지 남은 한 사람이 보이지 않는다. 사람들은 초조하게 삽과 괭이를 놀린다. 한참 만에 마지막 사람이 나왔다. 누구의 괭이에 맞았는지 오른편 이마가 한일자로 콱 찍혀 검붉은 피가 지르르 흘러내리고 있다.

이번 사람은 공기 나간, 고무 인형처럼 어디라고 붙잡으면 실룩실룩 하고 알맹이가 없는 것 같다.

사람들은 잠잠하였다. 형식적으로 물을 떠 넣었으나 물은 귀밑으로 흘러나릴 뿐이다.

마지막 들것이 공기 나간 인형 같은 젊은이를 떠메어 나갔다.

"오소 이리해."[14]

패장의 말이 떨어지자 사람들은 곡괭이를 잡았다. 그들은 아무 일도 없었던 모양으로 여전히 목도는 무거운 돌을 메어 나르고 영차 영치기 노래는 장단을 맞혀 들리고 밀차는 돌을 싣고 미끄러져 내려간다. 세 사람이 죽어나간 언덕에는 또 다른 세 사람이 들어섰다. 참으로 아무 일도

---

14 "어서 일 해."

없었던 모양으로 언덕은 여전히 파지고 있다. 이리하여 그들에게 있어서는 인생은 부유[15]보다 가볍고 명령은 진리처럼 영원한 것이다.

× × ×

저편 평평한 곳에 산더미 같은 돌무더기가 여기저기 놓여 있다.

찔꺼렁 톡톡 찔꺼렁 톡톡 하는 소리가 바쁘게 그리고 불규칙하게 들린다. 이편 산을 떠내는 노동에 참가할 자격이 없는 아이들과 늙은이들 또한 여인들이 돌을 깨고 있는 것이다. 한 손에 쇠망치를 쥐고 또한 손에 올가미를 쥐고 올가미 속에다 돌을 넣고 쇠망치로 내려치는 소리이다.

언덕 아래 길 쪽으로 큰 돌무더기가 있고 그 옆에 한 여인이 돌을 깨고 앉았다. 그 쪼골쪼골한 뺨과 깊게 박힌 이마에 주름살로 보아 사십이 넘을 듯하다. 그는 성난 목소리로 바쁘게 지껄이며 쇠망치를 내리친다. 등어리에는 어린 아이가 업혔는데 잠이 든 모양인지 뒤로 척 늘어진 고개가 어머니의 쇠망치가 올라가고 내려오고 할 때마다 디룽디룽한다. 노랗다 못해 빨개진 아이의 머리에는 군데군데 헌데[16]가 나서 있다. 그게 딱지 같은 정수리엔 파리들이 떼를 모아 앉아 있고 여인의 옆에는 넷이나 났을까 사내아이가 무어라고 보채면서 운다. 시퍼런 코가 입술까지 흘러내리고 있다. 아이는 덥다고 해서 그러한지 삼베 적삼 한 개를 그나마 계집애 적삼이다. 그 적은 등어리가 통으로 드러나도록 헤어진 것을 걸쳤을 뿐 빼빼 마른 궁둥이를 그대로 내놓고 있다. 물론 신도 없

---

15 하루살이.
16 살갗이 헐어서 상한 자리.

이 칼날같이 뾰족한 돌 위에 옹성거리며 앉아서 운다.

"엄마 배고파. 앵 엄마."

어머니는 듣다가 화가 난 모양이다. 아이를 힐끗 쳐다보더니 쇠망치를 내려놓고 손바닥으로 우는 아이의 머리를 딱 때린다.

"이 놈의 새끼가 왜이래 성가셔."

여인은 소리를 꽥 지른다.

아이의 울음소리가 커진다.

"엄마 밥! 배고파 아앙."

"소리 못 그치겠니?"

또 한 번 딱 때린다. 아이는 자지러지게 운다.

"옜다. 날 잡아 먹어라 어여 날 잡아 먹어."

여인은 악이 치받치듯이 어린 것의 가슴을 움켜쥔다. 겁이 난 아이는 울음을 그치려고 꿀꺽꿀꺽 채수린다.

여인은 멀거니 아이를 들여다보고 한숨을 쉬고는 치마를 들어 우는 아이의 시퍼런 코를 씻어주고 다시 쇠망치를 돌 위에 내리친다. 등에 매달린 아이의 모가지도 올라갔다 뚝 떨어진다.

옆에 앉은 아들은 생각난 듯이 다시 울음을 계속한다.

"엄마 밥 앙 배고파."

"어 우리 복동이 착하다. 이제 저녁엔 우리 감자죽 쑤어가지고 먹자 응."

여인은 아이의 등을 어루만지며 달랜다.

아이의 울음소리는 조금 가늘어진다.

✕　✕　✕

"애 수동아 뭣 보느냐, 어서 이 돌 가지고 저 하꼬[17]에 넣어!"

이빨이 함빡 빠진 노인이다. 이맛전에 흘러내리는 땀을 손바닥으로 문지르며

"애 이번이면 몇 하꼬 째냐?"

"네 하꼬지 뭐요."

대답을 하면서 아이는 소쿠리에 돌을 궤짝에다 주르르 쏟는다.

"체! 이제 이십 전 벌었군."

아이는 소쿠리를 집어 던지고 쇠망치를 잡는다.

"아무래도 일곱 하꼬는 채워야지요? 좁쌀 되가웃[18]을 사려면."

노인의 대답을 기다리는지 언뜻 이편을 건너다보고 쇠망치를 내리친다. 노인은 아무 말 없이 바쁘게 쇠망치만 내리친다. 돌이 딱딱 갈라질 때마다 노인은 눈을 번쩍번쩍 한다. 그럴 때마다 그의 한편 눈에 하얗게 미영씨[19]가 박혀 있는 것이 보인다. 노인은 자주 손바닥으로 이마와 코 언저리에 흘러내리는 땀을 씻는다. 돌이 쇠망치 밖으로 두 번이나 튀어나간다.

"애! 점심 고동 불 때는 채 멀었지?"

노인은 망치를 놓고 허리띠를 졸라맨다. 땟국이 흐르는 베잠방이는 그의 쪼글쪼글하고 때가 묻은 무릎이 온통 들어나도록 낡고 헤어진 것이다.

뚜 하고 점심 고동이 분다.

---

17 はこ. 상자, 궤짝.
18 한 되 반쯤의 분량.
19 목화씨를 일컫는 전라도 지방의 말.

"노인! 이 돌을 깨면 하루에 삯이 얼마나 됩니까?"

언제부터 와 있었던지 낯선 목소리가 노인의 등 뒤에서 들려온다. 노인은 눈을 편적편적 하면서 소리 나는 곳을 돌아보았다. 키가 훌쩍 큰 청년이 대팻밥 벙거지[20]를 쓰고 내려다보고 서 있는 것이다. 노인은 한 손으로 허리를 문지르며

"삯이라니요, 한 하꼬 채우면 오 전이랍니다."

"하루 몇 하꼬나 깨나요?"

"많이 하면 한 일곱 하꼬까지 합니다만 저 애가 혹시 못 오는 날에는 암만해도 다섯 하꼬밖에 못해요."

청년은 노란 머리가 귀밑까지 내리고 있는 아이를 내려다본다.

"저 앤 손자인가요?"

"네!"

아이는 점심 그릇을 할아버지 곁으로 가져온다.

"너 몇 살이냐?"

"열한 살이어요."

아이는 빙긋 웃으며 청년을 쳐다본다. 어린 코끼리 모양으로 양편 송곳니 위에 덧니가 박혀있다. 오래 닦지 아니한 때문에 이빨이 누렇다.

"열한 살."

청년은 입속으로 되뇐다. 아이는 손가락으로 발갛게 땀띠가 돋은 이마를 긁으며 또 한 번 빙긋 웃는다. 마치

'당신이 언제부터 여기 와서 있는 것을 나는 알아요.'

---

20 나무를 대팻밥처럼 얇게 깎아 꿰매어 만든 여름 모자.

하는 듯이. 비록 가난이란 모진 채찍 아래 휘둘리어 있을지라도 아이로 써의 천진 그것만은 그 웃음 속에 감추어있다.

"어머니 계시냐?"

"네."

"아버지는?"

"앓아 누웠어요."

아이는 수건에 싼 밥을 노인 앞에 내놓는다.

노인은 밥이 싸인 수건은 풀려고도 아니 하고 후 하고 한숨을 쉰다.

"안 되는 놈은 자빠져도 코가 깨어진다고 아들이 이놈의 애비 말입니다. 일본으로 돈벌이 하러 간다고 가더니 돈은 고사하고 각기[21]가 들려 가지고 나왔겠지요. 그게 작년 가을입니다. 지금 뚱뚱 부어가지고 누워 있지요. 그러니 하루 세 끼 입에 풀칠도 변변히 못 하는 팔자에 무슨 수로 약을 먹일 수가 있어요? 얘, 수동아 어여 먼저 먹어라. 저놈도 한 이태[22] 학교에 다녀 댔지요. 후!"

노인은 그 미영씨 박힌 눈을 자주 번쩍번쩍하며 말을 계속한다.

"댕기던 것을 할 수 없이 도로 내왔지요. 한사코 더 댕기겠다는 것을 온 한 달에 팔십 전씩 꼬박꼬박 받쳐 댈 도리가 있어야지요. 저놈 하나 만은 그래도 글자나 가르쳐 보려고 하였지만 후!"

노인은 적삼 고름에 달린 새까맣게 더러워진 청영수건으로 눈을 씻는다.

---

21 티아민이 결핍되어 나타나는 증상으로 팔, 다리에 신경염이 생겨 통증이 심하고 붓는 부종이 나타나는 질환.
22 두 해.

"할아버지 점심 안 자실라우?"

아이는 수건을 펴서 노란 조밥 덩이를 노인의 앞으로 내민다. 한 옆에 골무만한 된장이 붙어있다.

"네나⋯⋯ 어여 먹어."

노인은 시장함도 잊었는지 이 낯모르는 청년을 붙잡고 호소나 하는 듯이 청년을 멀거니 쳐다본다.

"연세가 얼마나 되셨어요?"

"오래 예순일곱 인제 일흔이 다 된 셈이지요. 온 돌을 깨물어 먹고 산다더니 후유!"

청년은 잠자코 돌아섰다. 그는 몽유병(夢遊病) 환자 모양으로 천천히 걸어서 저편으로 간다.

×　×　×

"일남아 너 왜 숟갈 안 가져 왔네?"

"⋯⋯."

일남이라고 불리는 아이는 어디서 주어왔는지 나무 꼬챙이를 가지고 밥을 찍어먹는다.

"전당국에 보냈니?"

"응⋯⋯."

"어데 부영(府營) 전당국 이냐?"

"그럼 다른 데는 이자가 비싸서 할 수 있나?"

"암! 돈은 좀 적게 주더라도 그렇지? 이자가 헐하니까 찾기가 쉽단 말야."

바로 한 집의 가장이나 되는 듯이 주고받고 말하는 아이들은 아무리 많이 보아도 열세 살 열네 살 넘지 아니하였을 듯하다.

"나 오늘은 입쌀[23]이 많이 섞였지? 너 좀 떠먹어 보런?"

"아니 너 먹어. 이 우거지나물 먹어 보아."

"나도 반찬 넉넉해요."

입쌀이 많이 섞였다는 아이는 퍼런 나물 같은 것을 손으로 집으며

"이게 무언지 알어?"

"몰라."

"이게 세 이파리 풀이야. 저 왜 서양사람 기르는 양이 곧잘 먹는 풀이야."

"응, 그래 어서 뜯었니?"

"서양사람 공동묘지 …… 바로 공동묘지는 아니지만 그 옆댕이[24] 비탈에서 뜯었지."

"그게 먹는 풀인가?"

"벌써 몇 번이나 뜯어다 삶아 먹었는데 괜찮더라."

대팻밥 벙거지 쓴 청년은 달아나듯 비탈길로 바쁘게 내려간다. 그는 한참 내려가다가 갑자기 걸음을 멈추고 딱 섰다.

"진작 거꾸러져요 진작. 복을 못타고 났으면 일찌감치 거꾸러지는 게 낫지."

조금 전에 언덕을 올라 갈 때에 보던 여인과 그 어린 아들이다.

여인의 발악하는 소리가 들리고 자지러질 듯한 어린아이의 울음소리. 여인이 그 큰 손바닥으로 아이의 뼈만 남은 적은 궁둥이를 내리칠 때마다

---

23 멥쌀.
24 '옆'을 속되게 이르는 말.

아이는 대굴대굴 방금 숨이 넘어가는 듯하다. 청년은 참을 수 없는 듯이 여인의 곁으로 달려갔다. 그는 성난 눈으로 여인을 노려보며

"왜 어린 아이를 때려요."

여인은

"흥!"

하고 고개를 돌린다.

"빼빼 마른 아이를 큰 손으로 그렇게 때리는 것은 나쁜 일이요."

청년은 또 한 번 나무라듯이 말을 하였다. 여인은 그제야 엎드려서 우는 아이를 일으켜 무릎으로 끌어당긴다.

"오죽해야 이 어린 것에 화풀이를 하겠어요."

여인은 어린 것의 궁둥이를 대면서 주먹으로 눈물을 씻는다.

"아침에 죽을 먹고 왔으니 왜 배가 아니 고프겠어요. 그렇지만 없는 것을 어떡합니까! 오늘 삯전을 받아야 죽이고 밥이고 생길 것이니까요 …… 남들이 점심 먹는 것 보고 밥 내라고 조르지만 없는 것을 어떡합니까. 낸들 …… 낸들 …… 자식 새끼가 …… 왜 불쌍치 않겠어요!"

여인은 치마 끝을 눈에 대인다. 여인의 두 어깨가 뚫어진 적삼 속에서 들먹들먹한다. 이윽고 여인은 치마를 내려놓고 뻘게진 눈으로 청년을 쳐다보며

"아침 일찍이 와서 저녁까지 깨어도 하로 세 하꼬밖에는 못해요. 어린 것이 등에 달렸으니까요. 그러니 십오 전을 가지고 네 식구 두 끼 죽거리도 잘 아니어요."

청년은 잠잠하였다.

"그러니 점심은 언제나 못 얻어먹지요."

이 여인도 호소하듯 청년의 대팻밥 벙거지를 물끄러미 쳐다본다. 돌무더기에서 뿜기여 나오는 반사열이 전신을 찌르려는 듯이 후끈거린다. 청년은 숨이 가빠지는 것을 느끼었는지 발길을 돌리었다. 그러나 그는 무엇을 생각하였는지 입술을 깨물며 다시 그 자리에 선다. 그는 돌아서서 손수건으로 목덜미를 문지르며

"애기 아버지 없어요?"

"있으면 뭘 해요. 그이도 저 산에서 일하다가 가슴을 다쳐가지고 집에 누워 있으니까요. 있으나 없으나 마찬가지에요."

"왜 회사에서 치료 시켜주지 않습디까?"

"첨 얼마간은 보아주두구먼요. 약도 주고 하더니 웬만치 나으려니까 그만 딱 잘라 버리는구려. 그러니까 중도 폐지가 된 셈이지 뭐에요. 인젠 중도 속한도 못 되고 밤낮 누워만 있게 마련이지요."

"왜 사정을 잘해 보지요. 설마 노상 모른다고는 아니 할 텐데."

청년은 무엇을 생각하는지 고개를 갸웃거린다.

"안 돼요. 있는 사람이 더 무서워요. 얼마나 무선 세상이라고."

여인은 혼잣말 같이 중얼거린다.

여인의 등에 업힌 아이가 잠이 깨었는지 낑낑거린다.

"인제 다 잤니?"

하며 여인은 아이를 내리어 안는다. 포대기에서 지린내[25]가 확 끼친다. 딸기 바가지처럼 새빨갛게 땀띠가 난 것을 석석 문질러가지고 아이의 입에 대인다. 아이는 눈을 또록또록하며 젖을 빤다.

---

25 오줌에서 나는 것과 같은 냄새.

밀림(상)

"아이고! 더웠겠구나."

아이의 궁둥이를 뚝뚝 두들기는 여인의 얼굴에는 모든 수심이 사라진 듯 화평하고 명랑한 기분이 잠깐 동안 흘러간다.

"어데 젖이 나나?"

여인은 한편 젖을 불끈 눌러보고

"에게게 이래서야 어떡허니, 너도 이따 울겠구나, 응? 그렇지 응?"

아이는 젖꼭지를 놓고 뱅싯 웃는다. 아이의 뺨에는 파르스름한 젖줄이 거의 줄같이 서려있다.

"암 그렇지. 엄마가 밥하고 국하고 많이 먹고 젖내 줄까, 응? 암 그렇지."

아이는 연해 방싯방싯 웃는다. 청년은 허리를 굽혀 아이의 머리를 들여다보았다.

여인은 빙그레 웃으면서

"태열이래요. 이건 제 발바닥에 흙만 묻으면 낫는 거래요."

변명하듯이 손으로 아이의 머리를 쓸어준다.

헌데 위에 몰려 앉았던 파리들이 놀라서 날아간다. 청년은 돌아서서 내려가다가 다시 올라와서

"집이 어디 야요?"

하고 묻는다.

"××에 있어요. 움집이에요 호호."

"번지가 몇 번지요?"

"번지 없어요. 그냥 '이쁜네' 집이라면 알아요. 왜 그러세요?"

그 사이 울음을 그쳤던 사내아이가

"엄마 배고파."

"또, 또, 또."

여인은 무섭게 눈을 부릅뜬다.

아이는 할 수 없다는 듯이 고개를 비틀고 돌아 앉아 돌을 만지작거린다.

청년이 지갑을 열고 오십 전짜리 한 푼을 내어 아이의 손에 가만히 쥐어 주었다. 여인이 놀라서 부르는 소리를 못 들은 척하고 청년은 패장 막으로 돌아왔다.

"지금 돌아오십니까? 매우 덥습니다."

점심을 마쳤는지 이를 쑤시고 앉았던 패장이 들어오는 청년을 향하여 절을 굽실한다.

"여기 앉으십시오."

패장은 자기가 앉았던 교의를 들어다가 청년의 앞으로 가져간다. 청년은 고개를 끄덕하고 삼각 의자에 걸터앉는다.

"천천히 쉬십시오."

패장이 또 한 번 절을 하고는 밖으로 나갔다. 청년은 저편 언덕 아래를 내려다보면서 빙긋이 웃는다. 절름절름 절면서 찬합을 들고 올라오는 소년은 점점 가까이 왔다.

"탐 멀어요."

찬합을 덜컥 소리를 내면서 청년 앞에 놓더니 부채를 집어 가지고 활랑활랑 부친다. 한참 만에 청년의 뒤로 돌아가더니 청년의 등에 대고 활랑활랑 부친다.

"탐 시원하지요? 응?"

"그래! 난 그만두고 너나 부쳐라."

"탐 시원하지요."

소년은 혀가 짧은지 '참' 하는 발음을 꼭 '탐'이라고 한다. 소년은 어릴 때 풍으로 한 편 수족이 쓸린 대다가 신경 계통에 고장이 생겼는지 지금 나이 열일곱 살이나 되었는데도 소견은 칠팔 세 된 아이 소견밖에 되지 않는다. 그러나 지능이 부족한 만큼 그는 정직하고 언제나 어린 아이처럼 순진하다.

"이봐요 편지."

청년은 하얀 종이쪽을 폈다.

'만길이가 조르는 바람에 찬 준비도 잘 못됐습니다. 여럿이 와서 기다리고 있으니 속히 오셔요, 자경.'

만길이가 찬합 뚜껑을 연다. 하얀 밥이 기름이 조르르 흐른다. 아래 칸에는 양념을 뒤집어쓰고 있는 도미 눈깔이 빼꼼히 내다보인다. 청년은 밥그릇 곁에 놓인 소독제를 들어 종이를 쭉 찢었다. 그리고 밥그릇에 손을 대였다.

그러나 그는 밥그릇을 다시 찬합으로 넣었다. 그리고

"애 너, 이 밥 갖다 저게 보이는 저 아이 말이야 어린애 안고 있는 여인 보이느냐. 그 곁에 있는 아이 갖다 주어, 알겠니?"

그 마르고 여윈 궁둥이가 아직도 불긋불긋 하였으리 인젠 울지도 않고 어머니 곁에서 돌을 만지작거리는 어린 것을 생각하며 그는 차마 밥을 먹을 수가 없는 모양이다.

"이봐 저기 여인 곁에 말야."

"치, 일건 가지고 오니까 서방님은 아니 잡수시고 남 주라는 거야? 치."

"얼른 내 말 대로 갖다 주고 오라니까."

"치, 참 웃어 죽겠네. 참 기껏 가지고 오니까 탐."

만길은 불평이 가득하여 찬합을 들고 절름거리며 나간다. 한참 만에 만길이가 돌아왔다. 싱글벙글 웃으며 온다.

"탐 우스워요. 이봐요 날 보고 이렇게 절을 하겠지."

만길이가 여인의 절하는 흉내를 낸다.

"어른이 아이를 보고 절을 해요. 탐 우서 히히히."

만길은 두 손을 이마에 대고 땅에 엎드리는 시늉을 하면서 또 한 번

"히히히히."

하고 웃는다. 청년도 빙긋이 웃으며

"그만두어. 남의 흉보는 게 아니야."

"그럼 뭐 어른이 아이를 보고 절을 하는 걸 뭐. 히히히히."

고동이 다시 길게 울리고 다시 흙 구루마[26]들이 내려가고 저편 언덕 아래에서 짤그랑 톡톡 짤그랑 톡톡 하는 소리가 소연하게[27] 들려온다. 청년은 멀거니 앉아 있다. 그는 눈앞에 나타나는 이산지옥(活地獄)[28]의 그림을 언제까지나 지키고 있을 듯이 자리에서 움직이지 않는다.

여기는 인천 축항(築港) 공사장(工事場)이다.

---

26 〈るま. '수레'의 잘못.
27 騷然. 떠들썩하게 야단법석이다.
28 팔대지옥 중의 하나로 살생을 한 자들이 떨어지는 지옥.

해수욕장

여름 불볕 아래 바다는 잘 개인 여름 하늘처럼 연옥색이다.

수면은 번들번들한 유리판 같다.

힘껏 뛰어 들어도 가라앉지 않을 듯 기름같이 부드러운 탄력을 안고 사람을 손짓하여 부르는 여름 바다!

눈이 부시는 사장(沙場) 위에 흩어지는 웃음소리! 교착된 소음의 교향악! 모래 위로 달리는 다리, 다리, 다리.

여름 바다! 그것은 흥분된 인생의 신경과 피로로 그려진 파노라마다.

보라! 원시 동물의 식욕처럼 대담한 색채가 물과 육지의 양서(兩棲) 인간의 몸에서 명멸되고 있는 것을!

해변에서 오십 미돌[29]이나 되는 곳에 불그레한 우끼[浮漂][30]가 떠 있다.

우끼에는 초록빛 해수욕 모자를 쓰고 있는 젊은 여자가 누구를 부르는지 손을 치고 있다. 이윽고 저편에서 이곳으로 헤엄쳐 오는 붉은빛 모자를 쓴 머리가 우끼 옆으로 쑥 올라왔다. 젊은 여자의 얼굴이다. 남빛 해수욕복을 걸친 어깨가 물에서 절반쯤 드러나자 고개를 좌우로 흔들어 물을 떨면서 하얀 손으로 우끼를 붙든다.

---

29 미터(meter)의 음역어.
30 うき. 튜브.

"우리 저 등대 있는 데까지 헤엄쳐 가볼까?"

손을 치던 여자가 해수욕 모자를 귀밑까지 끌어내리며 말을 한다. 그의 모자 빛과 같은 초록빛 해수욕복이 그의 뽀얀 어깨 위에 걸치어 있다.

"그럴까? 여기서 얼마나 멀까? 백 미돌은 될걸."

지금 헤엄쳐 온 여자는 등대 있는 편을 바라본다. 해변 가까운 곳보다 여기는 훨씬 물도 깨끗하고 조용한 편이다. 보트들이 멀리 가까이 지나간다. 두 젊은 여자는 아직 등대로 헤엄쳐 갈 의논이 덜 되었는지 부표를 붙들고 쉬고 있다. 이편 가까이 보트가 한 척 지나간다. 보트를 저어가던 두 사나이가 서로 바라보고 빙긋빙긋 웃는다.

배가 저만치 가더니

"윈 다쬬(이쁘구나)"

한 사나이가 소리를 꽥 지른다.

"브라보, 고것 남의 애 깨나 말리겠는걸."

"말 말자, 기막힌다."

배가 차츰 멀어 갈수록 배 위에 사나이들의 희롱은 노골적으로 되어 온다.

"자 이리와 태워줄까?"

"어때 자 어때? 자 보아 하하."

한 사나이가 가슴을 쑥 내밀면서 배를 툭툭 두들긴다. 처녀들은 고개를 돌려버렸다.

"개자식들!"

"내버려 두어요. 사뭇 모른 척 해두면 잠잠해질걸."

"우리 어서 등대로 헤엄쳐 가자구나."

"그래."

이때이다. 분명코 이편을 향하여 배 위에서 탁탁 손뼉을 치는 소리가 난다.

"자, 어여 와."

"사람 죽는다."

한 사나이가 손으로 무엇을 휙 던지는 것이 보이자 처녀들 얼굴 앞에

"풍."

하는 소리와 함께 물방울이 튀긴다.

"저 녀석들을 어떡해."

"내버려 두어요. 개자식들!"

"아니 오나?"

손뼉을 탁탁 친다.

"이것이다."

한 사나이가 주먹을 흔들어 보인다. 갑자기 부표를 탁 놓고 한 여자가 물속으로 텀벙 뛰어들었다. 우리는 지금부터 그의 이름을 서자경이라 부르자. 자경은 날쌔게 보트를 쫓아 헤엄쳐간다. 보트 위에서는 웃음소리가 들리더니 덜커덩하고 노를 놓는 소리가 난다.

"옳지. 말을 듣는다는 게야."

하고 한 사나이가 두 팔을 쩍 벌린다. 여자의 얼굴이 물 위에 쑥 올라왔다.

"자, 타라 타."

여자는 얼굴을 흔들어 물을 떨면서 보트의 치를 붙들었다.

그리고 배 위에 사나이들의 얼굴을 번갈아 쳐다본다. 그의 파란 입술이 바르르 떨린다.

"뭣이 어째, 또 한 번 해 보아!"

"우후후 성이 나셨어?"

"난 너희가 누군지 안다. 너 ××전문 아이들이지?"

"아 또 이름까지 기억해 두었으니 넘치는 영광이로군!"

말하는 남자의 눈에는 도수 깊은 안경이 걸치어 있다. 한참 동안 자경의 싸늘한 시선이 지네발처럼 사나이들의 얼굴을 유린하였다.

"장소가 장소이니 만큼 사과하면 용서해 줄 테다. 자 사과해라."

자경의 목소리는 높아졌다. 한 사나이가 자경의 음성을 흉내 내어

"사과라니 사과가 바다 속에 있소?"

"하하하하하."

"와하하하."

"에이."

날카로운 소리와 함께 자경은 날쌔게 보트의 옆구리에 두 손을 걸치자 힘대로 잡아 누르면서 물속으로 들어갔다. 순간 두 개의 긴 노가 허공에 반원을 그리면서 보트는 완전히 뒤집혔다.

"왜 보트가 전복했나 ……."

하는 소리가 들리고 저쪽 이쪽에서 배들이 저어오고 어떤 사람은 헤엄쳐 왔다.

"푸푸푸푸."

"우푸푸푸."

물을 뿜으면서 허우적거리는 두 사나이를 돌아보면서

"어때 바닷물 맛이? 식욕이 나지? 호호호호."

자경은 재미있는 듯이 웃으며 이쪽 부표로 헤엄쳐왔다. 부표를 붙든

채 얼이 파래가지고 자경의 일동일정을 살피고 있는 처녀 그의 이름은
배연숙이다.

"애, 어디 다친 데나 없니?"

"아니, 조금도."

"너무 했지 뭘."

"아이 정말 나는 간이 콩알만 해졌다."

"왜?"

연숙은 목소리를 낮추며 생긋이 웃는다.

"아니 그런 놈들은 버릇을 고쳐봐야 해요."

"그러다가 정말 무슨 일이나 저지르면 어떡하나?"

"무슨 일?"

"그 녀석들이 무사히 올라왔으니 말이지 만약에."

"만약에 아주 바다 속에 가라앉아 버렸으면 어쩌겠느냐 말이지? ……
그렇지?"

자경은 눈이 샐쭉하여 가지고 연숙을 쳐다본다.

"그렇지? 그들이 물에 빠져서 죽기라도 하면 어쩔 테냐 말이지?"

"……."

연숙은 자경의 압력에 눌렸는지 잠잠하고 눈을 떨어뜨린다.

자경은 보일 듯 말 듯 입이 삐쭉하여지며

"바다에 가라앉았으면 앉았지 …… 그뿐이지."

씹어 뱉듯이 말끝을 맺는다.

"이쪽은 정당방위였으니까."

자경은 또 한 번 야멸차게 못을 박고

"그런 치명적 모욕을 받고도 그래 가만히 있어야만 되나?"
하고 힐책하듯이 연숙의 얼굴을 건너다본다.

"아무튼 너는 영웅이야."

한참 만에 연숙이 조롱인지 참말인지 불쑥 말을 하고

"우리 인제 저 등대로 헤엄쳐가요 빨리!"

"응, 조금 쉬여 가지고 …… 저거 봐 저 녀석 안경도 잃어버리고 꼴좋다."
하고 웃는다.

어떤 남자가 젓고 있는 보트에 실려 풀이 후줄근히 죽어 앉아 있는 사나이는 정말 도수 깊은 안경을 썼던 남자다.

"또 하나는?"

"저거 아니야 바로 저자 뒤에."

"오라, 참 호호호. 물에 빠진 생쥐."

연숙은 소리를 죽여 웃는다.

보트는 찌걱찌걱 소리를 내면서 해안을 바라보고 저어간다.

자경을 보지 않으려고 그러는 것인지 두 사나이가 외면을 하고 앉았다.

"어때 바닷물 맛이 식욕이 나지?"

자경이 또 한 번 소리를 쳤으나 배 위에 사나이들은 외면을 한 채 잠잠하다. 자경은 연숙의 귀에 대놓고

"저게 ××전문 아이들인데 불량이야."

"너 어떻게 아니?"

"언젠가 내가 본정통을 지나며 보니까 바로 그 안경 쓴 녀석이 교복을 입고 여급의 손목을 붙들고 시시덕거리더구나. 대낮에 길바닥에서."

"그래?"

"자 등대로 가."

"응."

한참 만에 두 처녀는 호호 하고 가쁜 숨을 쉬면서 바위로 올라섰다. 바위는 불을 많이 넣은 온돌방 모양처럼 뜨끈뜨끈하다. 그들은 의논이나 한 것처럼 비스듬히 드러누웠다. 파란 하늘이 가벼운 장막처럼 두 처녀의 가슴 위에 펼쳐있다.

"아, 시원하다. 여기는 정말 바다 같지?"

자경이 활개를 쭉 펴며 깊이 숨을 들이마신다.

"응, 그렇지만 아까 그자들이 여길 쫓아온다면 우린 피할 도리가 없지, 호호."

"이런 못난이 밤낮 겁쟁이 소리만 한다니까 그래."

"그럼 '뻿'이라면서?"

연숙은 통통한 손바닥을 만지작거려 손에 집히는 작은 고동을 바다로 던진다. 자경은 벌떡 일어나서 해수욕 모자를 벗어 가지고 그 속에다 고동을 주어 담는다.

바다 바람이 산들산들 촉촉이 젖은 이맛전을 씻어간다. 연숙도 일어나서 고동을 줍는다.

"애 소라 고동은 주어서 뭣하니?"

"괜찮아. 애, 누가 먹는다더냐. 가지고 노는 게지."

"물이 찔꺽찔꺽 나는 걸 어떻게 가지고 놀아? 난 냄비에 삶아 먹을 걸."

"너도 꽤 잔인은 하구나 난 이걸 유리잔에다 담아 둘 테야. 바닷물을 붓고 그럼 이게 언제까지 살아가는가 볼 테야."

"아주 학자처럼!"

"오브 코스(물론)"

"아니 어쩌면 제가 학자래 호호호호."

연숙은 소리를 내어 웃는다.

"오호호호 그럼 인제 곧 내 논문이 발표될 걸."

"그래 고동을 유리잔에 이식시킨다는 학설?"

"물론."

"그럼 그 학설이 통과만 되면 너는 고동 박사로구나 호호."

"호호호."

처녀들은 활짝 갠 하늘처럼 명랑하여졌다.

"에게 조개 보아, 이게 진주조개라지."

"어디?"

"칼만 가져 왔더라면!"

갑자기 투더렁 투더렁 노를 바위에 부딪치는 둔한 소리가 들린다. 두 처녀는 서로 쳐다보았다.

"누굴까?"

"설마."

하는 의문이 순간에 눈과 눈을 스쳐갔다.

"어떠십니까? 보트에 오르시지요."

처녀들은 비로소 안심한 듯이 웃었다.

"오, 미스터 안이셔요?"

연숙이가 먼저 소리를 치며 일어섰다.

"우린 고동 줍는 데요."

보트 위에 청년은 하얀 장갑을 낀 손으로 노타이 와이셔츠의 칼라 깃을 만지작거린다.

"우리 저편 섬으로 가 보아요. 고동 줍는 것도 좋겠지만."

이 남자는 아직 보트 전복 사건은 모르는 모양이다.

"지금 자경 씨가 학설을 발표하려고 재료를 수집하는 중이에요, 호호호."
하고 자경을 건너다보며 웃는 연숙의 웃음 속에는 어서 보트에 오르자
는 동의가 포함되어 있다.

"네, 그러신가요? 수산과로 취직을 하실 작정인가요? 아하하하."
하고 청년은 장갑 낀 손으로 입을 가리고 웃는다. 자경은 빤히 청년을
쳐다보더니

"인식 착각 이십니다. 학설을 발표하자면 학자로써 연구를 하는 사람
아니야요? 수산과 심부름과는 방향이 아주 다르거든요, 하하하하하."

자경은 한 손을 허리에다 대고 고개를 갸우뚱거리며 웃는다. 청년은
뽀얗게 파우더를 뿌린 얼굴 위에 얹힌 대팻밥 벙거지를 쑥 잡아 내리며

"참 그러시군요. 이건 실례올시다."

그의 칼날같이 날이 서게 다려 입은 흰 세루바지[31]에는 구김살이 하
나도 없는 걸로 보아 지금 막 새로 입고 온 모양이다. 그러나 그는 바다
기분을 잊어버리지 않은 것은 해수욕 슬리퍼를 신고 있는 것이다. 마치
모자 대신으로 대팻밥 벙거지를 쓴 듯이 자경의 눈은 이 칠면조같이 고
개를 갸웃거리는 청년의 몸을 위에서 아래까지 쑥 훑어보았다.

"장갑은 끼시고 왜 양말은 벗으셨어요? 신만 바꿔 신으신다면 이 길
로 댄스홀에 가셨으면 꼭 되겠습니다. 호호호."

---

31 serge. 양모를 원료로 하여 만든 바지.

자경은 또 한 번 가슴을 부둥켜안고 웃어댄다.

"저 산 밑에는 샘물도 있고 퍽 시원하답니다. 자 올라가시지요."

미스터 안이라고 불린 남자는 애원에 가까운 음성으로 간청을 한다.

"미안하지만 예복을 갖추신 신사 앞에 나서도록 우린 예절을 차리지 못하고 있으니까요 돌아가 주세요."

자경은 명령하듯이 말을 마치고 싹 돌아서서 저편 바위로 껑충껑충 뛰어갔다.

연숙이가 미안한 듯이 방긋 웃으며

"이따 우리 보트로 헤엄쳐 가지요. 먼저 저어가서 기다려 주서요, 네?"

"네, 그럼 전 천천히 이 근처로 저어 다니겠습니다."

청년은 하얀 장갑 낀 손으로 노를 잡는다. 서투른 노질이다. 그는 몇 번이나 바위에 부딪치고 절 때마다 배가 위태롭게 기우뚱거린다. 배가 제법 거리가 멀어지자

"픽."

자경이 어깨를 들먹거리며 웃는다.

"아니 저런 골동품이야말로 정말 진품이지?"

"골동품? 오호호호 그건 너무 과하지 않니?"

"그럼 그보다 더 유명한 레텔(꼬리표)이 있거든 고쳐 보아요."

"오호호호."

"해수욕장에 오는 자가 세루바지에 와이셔츠 할 말 없는 골동품이지 뭐야."

"장갑은 어떡하고."

"그러게 말야. 너 그 얼굴 보았니? 가루분 바른 것. 아이 그만두자. 그

런 부유(蜉蝣)[32]를 가지고 화제에 올리는 것부터 비극이다."

"부유? 호호호. 그건 참 너무 지독이다. 너도 별별 타이틀(직함)을 다 발명하는구나."

자경은 목소리를 낮추어 가지고

"얘 사내자식이 그 지경이 되고 보면 타고 있는 보트를 뒤집어버리고 싶은 충동까지도 사라진단 말야."

연숙은 이 대담무적한 자경의 얼굴을 멀거니 쳐다보다가 무슨 생각을 하는지 가늘게 한숨을 쉬면서 고동을 주워 모은다. 등어리에 내려 쪼이는 볕이 점점 뜨거워진다.

'가'에서는 따다 딱딱 하는 박수소리와 함께 만세 소리가 들려온다. 보트 레이스 하던 배가 들어선 모양이다. 선수들은 노를 놓고 땀을 씻는 것이 보인다.

"아이 좋다. 오빠가 이겼어. 저 봐, 백조가 먼저 들어섰지."

연숙이 껑충껑충 뛴다.

"우리 저리 가볼까?"

"싫어. 너나 가보렴."

"아이 목도 마르고 얘 '가'에 좀 갔다 오자꾸나."

연숙은 해수욕 모자에 들어있는 고동을 훨훨 떨어버리고 머리에 쓴다.

"왜 가져가서 삶아먹지 않고?"

자경의 눈에는 또다시 장난꾸러기 웃음이 흘러나온다. 연숙은

"얘 나처럼 이렇게 죄다 고향으로 돌려 보내주어요."

---

[32] 하루살이.

하고 눈을 깜박깜박하더니

"유리잔에 담아두는 것요."

연숙의 목소리는 연설체로 변한다.

"생명 있는 것을 유리잔에 담아둔다는 것은 요컨대 삶아먹는 것보다 더 잔인한 일인데."

연숙은 통쾌한 듯이 자경을 쳐다보고 웃었다.

"흥!"

자경은 아주 코웃음이다.

"값 헐한 자비심을 빙자하고 초지(初志)를 변하는 것요, 약지박행(弱志薄行)[33]의 무리인저."

경을 읽는 노승처럼 목소리를 꾸며 느릿느릿 말을 맺었다.

"오호호."

"아하하."

자경은 고동이 들어있는 해수욕 모자를 한 손에 쥐고 연숙이와 나란히 헤엄쳐 '가'에까지 왔다.

둘은 엄브렐라[34] 아래로 가서 모래 위에 펄썩 주저앉았다. 케이프와 파라솔을 지키고 앉았던 계집애가 따라주는 얼음차를 한 컵씩 마시고 연숙은 저쪽으로 갔다. 자경은 뜨끈뜨끈한 모래의 촉감을 느끼면서 바다를 내다보았다. 동동동 떠 있는 까맣고 동그란 머리를 그는 커다란 보자기에 주르르 쏟아버린 밤(栗)을 생각하였다. 이 캠프 저 그늘 아래에서 들려오는 레코드. 부르고 떠들고 지껄이는 소리가 바닷물처럼 전신을

---

33 약한 의지와 진중하지 못한 행동.
34 umbrella. 우산, 양산, 파라솔.

휘감고 돌아가는 것 같다. 소음! 적막! 고독! 갑자기 전류처럼 스치고 지나가는 생각.

"그인 오늘도 아니 오고 ……."

입 속으로 중얼거리자 자경은 벌떡 일어났다. 보트를 저으러 가는 것이다. 알맞게 살이 찐 두 다리가 쭉 뽑을 듯이 곱고 아름답다.

키가 호리호리하고 눈이 서늘한 이 소녀가 어디서 저런 힘이 있는고 하여 사람들은 서로 눈짓을 하였다. 젖 먹던 힘을 다하여 자경이 보트를 밀어 내리고 있는 것을 보고 도와주려는지 젊은 남자 하나가 벌떡 일어났을 때 자경의 보트는 완전히 물 위에 떴다.

"자경, 오빠 왔어요."

하는 연숙의 목소리가 뒤에서 들리자

'어떡하나?'

하는 생각이 잠깐 동안 자경의 얼굴을 스쳐갔다. 자경은 결심한 듯이 몸을 돌이키며

"축하합니다. 퍽 유쾌하시지요."

하고 방긋이 웃어 보인다. 꽃봉오리 어여쁜 입이다.

"하하하 감사합니다."

대답하는 청년의 뺨에 가느다란 경련이 지나갔다.

청년의 검붉은 얼굴에 잘 골라선 이빨이 상아처럼 희게 보인다.

"보트를 타시려고요?"

"네!"

"제가 저어 드릴까요?"

웬일인지 청년 …… 배창환은 눈을 떨어뜨린다. 마치 자기 맘속에 가

득한 생각이 눈으로 나와 버릴 것이 겁이 난 듯이.

"무엇보다도 먼저 휴식이야. 자, 들어가!"

소리 나는 곳에는 창환이처럼 흰 유니폼을 입은 청년이 무엇인지 부지런히 씹고 있다. 그 손에는 두 개나 됨직한 식빵 덩어리가 들리어 있다.

"아니 괜찮아."

"지금 안 먹으면 없어. 어여 들어와."

또 한 사람이 창환의 덜미를 집다시피 하고 캠프로 들어갔다. 창환은 이쪽을 돌아보면서

"그럼 잠깐만."

하고 손을 든다.

"그럼 오빠, 우린 보트 위에서 기다립니다."

"오케이!"

캠프에서는 건장한 사나이들의 웃음소리가 들려온다. 처녀들은 언제 연습을 하였던지 제법 익숙하게 노질을 하여 바다로 저어 나왔다. 두 처녀의 이마에는 흥건히 땀이 흘렀다.

"자 이젠 쉬기로."

"응."

바람이 휘 불어서 젖은 이마를 씻어간다.

"저 봐."

연숙이 턱으로 가리키는 곳에는 배창환이가 채 맞은 한마(悍馬)[35]처럼 기운차게 헤엄치는 것이 눈에 띄었다.

---

35 줄곧 달려 등에 땀이 밴 말.

모로 비스듬히 누워서 헤엄치기도하고 번듯이 드러눕기도 하고 거의 똑바로 서서 헤이기도 한다.

바다를 정복하는 상쾌한 자세.

두 처녀는 서로 바라보고 미소하였다. 이윽고 창환이가 보트로 왔다. 그리고

"두 분이 저쪽 편을 꼭 붙드시오."

"네!"

창환은 사뿐 보트에 올라앉았다. 순간 바다의 수면은 보트 위로 약간 올라갔다.

"하 하."

숨을 내 쉴 때마다 창환의 넓은 어깨가 불뚝불뚝한 두 팔과 조화가 되어 적동(赤銅)으로 두들겨 만든 '힘의 상징' 같이 보인다.

그의 약간 다가붙은 이맛전으로 물방울이 쭈르르 흘러내린다. 그는 한 손으로 물을 씻는 것이건만 자경이가 마주보고 앉게 되고 연숙은 등 뒤에 앉게 되었다. 배는 쑥 쑥 바다로 나간다.

갑자기 물속에서 사람의 머리가 쑥 올라오며

"배 군, 한턱은 나중에 응?"

머리는 다시 물속으로 쑥 기어 들어갔다. 배 군이란 말은 물론 연숙의 오빠 창환이 말이다. 창환은 빙긋이 웃고 힘 대로 노를 잡아 대었다. 그의 얼굴은 술 취한 사람같이 붉어졌으나 그의 맘은 행복에 취한 것이다. 그 약간 위로 치켜진 두 눈초리가 이렇게도 빛날 수가 있을까? 보트는 바다로 넓은 바다로 속력을 내며 나간다. 자경은 한 손을 바다에 담그고 잡히는 해초를 뜯어 담는다. 연숙은 가만히 콧노래를 부르고 …….

"어이 배 군! 피로연은 언제야?"

바로 뒤에 따라오는 보트에서 들리는 말이다. 창환의 얼굴이 포도송이같이 붉어졌다.

삐걱 철썩 삐걱 철썩.

노를 젓는 소리는 점점 높아가고 배는 물새처럼 바다 위로 미끄러져 나가고 ······.

아까 등대로 왔던 장갑 낀 안엽이 조심조심 저어온다.

"어 두 분. 난 벌써부터 기다리고 있습니다."

안엽이 이편을 향하야 빙그레 웃는다. 그러나 섭섭한 일이다. 이쪽 보트에서 세게 밀려나간 물고개[36]가 안엽이 혼자 타고 있는 보트를 밀쳤다. 순간 안엽의 배는 거의 한쪽으로 쏠렸다. 보통 남자로는 흉내 낼 수 없는 높고 가는 목소리가 안엽의 입에서 흘러나왔다.

"아 아 앗 앗 잠깐 자 잠깐만."

안엽은 양편에 있던 노를 놓았다. 뱃전을 쥐었다 하면서 배의 중심을 잡으려고 애를 쓴다.

"오빠 천천히 저어요."

연숙이 창환의 뒤에서 속삭였다. 창환은 노를 놓았다. 차츰 물결이 가라앉게 되자 안엽의 배도 진정이 된 모양이다.

"어떻게 하실 생각이십니까?"

하고 웃어 보이려는 안엽의 얼굴에는 확실히 낭패한 빛을 감출 수는 없었다.

---

36 파도의 순우리말.

"글쎄 어떡할까 자경?"

하는 연숙의 말은 못들은 척하고 자경은

"미스터 안! 어서 그 위태로운 보트에서 내리시고 그림이나 그리세요. 여기는 당신의 '아틀리에'와는 다르니까요 하하하."

소리를 죽이며 웃는다. 그리고 창환을 똑바로 보고

"어서 저어요."

자경의 명을 받은 창환의 두 팔은 모터처럼 돌아간다. 세 사람이 타고 있는 보트는 또다시 널따란 물고개를 만들어 안엽의 보트를 떠다밀었다.

"아 아 아 잠깐만 이건 너무 하신데요 원."

그의 얼굴에는 억지로 웃으려는 노력도 사라지고 당황하여 부르짖는 목소리엔 노염까지 섞이어 있다. 창환의 배가 조금 거리가 생기자 안엽은 그를 잡는다.

"춧."

혼자 혀를 차면서.

저만치 웬 여자가 둘이 탄 보트가 지나간다. 가슴이 바로 목덜미에 와서 불쑥 내민 것이라든가 허리가 부자연스럽게 움푹 들어간 것을 보아 조선 여자는 아니다. 그중에 한 여자가 바닷물을 한줌 움켜서 안엽의 곱게 다려 입은 세루바지에 끼얹었다.

"고꼬와 우미요(여긴 바다에요)."

"호호호호."

"고라!"[37]

---

[37] こ6. '이거 참', '어럽쇼'의 뜻.

안엽은 노를 놓고 벌떡 일어섰다. 순간에 배는 중심을 잃고 이리 비틀 저리 비틀 한다. 안엽은 놀라서 다시 주저앉았다. 더듬는 듯이 노를 붙들었으나 그의 얼굴은 확실히 울 듯한 표정이다. 연숙은 차마 못 보겠다는 듯이 고개를 돌리고 자경은 소리를 내어 웃는다. 안엽의 배와 점점 멀어지자

"이봐 연숙이 곡예가 아직 미숙하여 그렇지? 호호호 그 물 끼얹는 여자 누구인지 알어? ××카페 여급이야."

연숙이는 웃지 않고

"애 남이 죽을 고생을 하는데 왜 웃기는?"

"오 참 너는 자비심의 소유자였지? 애! 너 좋은 수가 있다. 자비 전도 부인 어떠니? 내 소개해주련?"

하고 자경이 고개를 비스듬히 하고 웃는다.

"웬 또 샤레[洒落]**38**야 너나 자비 만담가나 되려무나."

연숙은 웃지 않고 받아 넘긴다.

"오호호호."

자경은 한 손을 물에 담근 채 재미있는 듯이 웃는다. 연숙은 무엇을 생각하는지 웃지 않고 수면을 바라보고 앉았다. 자경의 말이 맘에 걸린 모양이다.

"애 세상에 너 같은 험구**39**는 없을게다. 꼭 심술패기 시골 총각 녀석 같애."

"호호호 호호호."

---

38 しゃれ. 신소리.
39 남의 흠을 들추어 헐뜯거나 험상궂은 욕을 함.

자경은 물에 담겄던 손을 얼른 들어 박장을 하였다.

"호호호 정말 걸작이다. 그 타이틀만은 초특선이다."

자경은 소복이 부풀어 오른 가슴을 안고 자지러질 듯이 웃어댄다.

창환도 따라서 소리를 내어 웃었다. 연숙도 창환의 등 뒤에서 방그레 웃고 자경을 눈을 흘기었다. 자경도 마주 눈을 흘기었으나 곧 다시

"호호호호호."

하고 웃어버렸다.

"심술패기 시골 총각 녀석이라. 그 참 재미있는 이름이다."

자경은 또 한 번 되뇌고 웃었다.

웃을 때마다 보이는 자경의 한편 송곳니가 안으로 굽어든 것이 몹시도 어여쁘다 생각하면서 창환은

"그분이 누구신가요?"

하고 빙그레 웃었다.

"그분요? 저 낙선(落選) 화가 안엽 선생이십니다."

"낙선 화가?"

연숙은 창환이가 무어라고 말을 하려는 것을 가로 질렀다.

"꼬리표가 또 하나 붙은 셈이구나. 하지만 얘 너도 생각밖에 속물이다."

창환이 연숙을 힐끗 돌아본다. 주의하라는 듯이.

"속물?"

자경은 고개를 반짝 들었다. 그러나 그의 입과 눈에서는 장난꾸러기 웃음은 사라지지 않았다.

"속물이다. 그래 그림은 꼭 입선이 되어야만 반드시 예술가가 된단 말이냐?"

연숙은 노리는 듯이 웃지 않고 자경을 바로 건너다본다. 자경은 턱을 쏙 쓸고

"그렇지만 바다에 오면서 장갑 끼고 오는 남자의 그림은 아마 목욕탕에서 장갑을 끼고 있는 감사자(鑑査者)가 나오기 전에는 좀처럼 통과되지 않을걸!"

"이봐 자경!"

연숙은 조금 아래로 처진 듯한 눈을 똑바로 뜨고

"해마다 떨어져 나가는 수백 점의 그림 속에는 몇몇 감사자가 알아내지 못하는 걸작이 반드시 섞였으리라고 나는 믿는다. 감사자가 다 뮤즈가 아닌 이상 시대를 초월한 걸작을 알아낼 수가 있을까? 너 왜 밀레의 만종을 보란 말야. 그이 생전에 그것이 단돈 오 원에 팔렸다는 거야. 안엽 씨의 취미를 공격하는 것은 모르겠다마는 그가 한 번도 입선이 못 되었다고 반드시 그를 졸렬한 화가로 감쳐버린다는 것은 비단 안엽 씨뿐 아니라 자경 같은 총명한 사람의 할 일이 아니야!"

창환은 몇 번이나 연숙을 돌아보았다. 경계하는 눈으로, 그러나 연숙은 끝까지 자기 할 말을 다하여버렸다. 약간 흥분하였던지 얼굴이 빨개졌다.

자경은 여전히 싱긋이 웃으면서

"오 참, 네가 지난봄에 낙선을 한 일이 있었겠다. 저 정물(靜物) 그린 것 말야. 그러니까 결국 너도 아전인수(我田引水) 격이로구나. 순전히 안엽 씨와 같은 경우에 있는 너 자신을 위하여 감사원에 대한 울분을 폭로한 것이지 뭐냐? 그리기에 ……."

자경은 말끝은 마치지 아니하고 손에 걸리는 해초를 잡아 데리어 배

로 들여온다.

"아니 내 그림이야 습작이었으니까 말할 것도 없지마는 당당히 입선의 영예를 안고 있는 그림 가운데도 나 같은 초보의 눈으로도 험 잡을 것이 여간 만치가 않아요. 말하자면 ……."

"말하자면."

자경은 인숙의 말을 가로 뺐었다.

"오십보소백보[40]란 말이지. 나야 그림에는 문외한이니까!"

하고 자경은 빙그레 웃어 보였으나 연숙은 입술을 꼭 깨문 채 잠잠하다. 자경은 고동을 좌르르 뱃전에 쏟아 놓고 해수욕 모자를 썼다. 잠깐 동안 침묵이 흘러갔다.

삐걱삐걱 철썩철썩.

하는 소리가 세 사람의 귀에 완전히 인식 되었다. 자경의 얼굴을 바라보는 창환은

'이마, 눈썹, 눈, 코, 입, 턱 완전한 조화를 가진 아름다운 그림.'

이라고 속으로 감탄을 하였다.

"자 우리 그런 머리 아픈 생각 그만두고 오늘 저녁에 같이 놀 프로그램이나 짜 봐요."

자경은 창환의 어깨 너머로 연숙을 향하여 말을 건네었으나 연숙은 완전히 잠잠하다. 자경은 가만히 바닷물 속에 손을 담갔다. 그리고 연숙을 향하여 갑자기 물을 휙 끼얹었다.

"어이 차가워."

---

40 五十步笑百步. 오십 보를 달아난 사람이 백 보를 달아난 사람을 보고 웃었는데 실상 도망간 것은 마찬가지라는 말.

"호호호 너 정말 우울해졌니?"

"건 왜?"

"그럼 왜 가만히 있어?"

"그럼 가만히 있지 않고 누구처럼 서커스曲藝를 할까?"

"호호호호."

"와하하하 연숙이도 제법 자경 씨 적수가 될 법한데요."

창환이가 웃으며 노를 내려놓고 연숙을 돌아보았다. 연숙은 무엇을 생각하는지 약간 두꺼운 그러나 어여쁜 입술을 깨물고 잠자코 앉아 있다.

연숙은 약간 성이 난 듯이 보인다. 창환은 연숙을 눈짓하였다.

'어서 웃어라.'

하는 뜻이다.

연숙은 크나큰 체격을 가지고 자경의 앞에서 어쩔 줄을 모르는 오빠가 밉살스러운 듯이 눈을 힐끔 흘겨보았다. 할 수 없다는 듯이 창환이 가만히 한숨을 쉬는 것을 보자 연숙은 갑자기 웃음이 흘러나왔다.

'아아 자경 씨 나의 마돈나.'

하고 쓰여 있던 오빠의 일기책 구절이 생각이 난 까닭이다. 어느 날 우연히 연숙이가 오빠의 일기책이 펴진 것을 발견하고 몇 줄 읽어 내려갈 때에 오빠가 들어왔다. 연숙은 책을 슬쩍 덮고 시치미를 뚝 따더니 오빠가 수상한 듯이

"너 여기서 무엇 읽었지?"

"아뇨."

하고 고개를 흔들던 일이 생각이 나서

"피여 …… 픽."

하고 웃어버렸다. 그리고 오빠의 간절한 맘을 생각해보니 어쩐지 오빠가 무척 가엽게 생각이 되었다.

"적수라니요 보시다시피 전 언제나 배연숙 여사에게 봉변만 당하니까요."

자경은 창환의 어깨 너머로 또 한 번 연숙을 건너다보았다.

"천만에. 봉변 주는 사람은 서자경 박사님이고 봉변당하는 사람은 연숙이지."

"박사는 또 웬 박사야?"

"왜 왜 고동을 가지고 박사 논문 쓴다고 안 그랬어?"

"오호호호."

"너는 박사란 말을 들을 이유가 있다마는 나는 어째서 여사라고 그러느냐 내가 언제 혼인을 했니?"

창환은 참다 참다

"우하하하하."

하고 웃어버렸다. 그리고 속으로

'대체 계집애들은 입심이라는 게 이렇게도 센 것인가.'

생각하고 새삼스럽게 감탄을 하였다. 연숙은 인제 완전히 해냈다는 듯이 자경을 똑바로 바라보고 비로소 방긋이 웃는다.

"그럼 좋은 수가 있다."

자경이 짓궂은 웃음을 띤 입을 열었다.

"저 백 살이 되어도 양(孃)이란 칭호를 받는 여배우가 되면 어떠냐?"

말을 마친 자경은 지극히 한가롭게 먼 하늘을 쳐다본다. 창환은 빙글빙글 웃으면서 같이 하늘을 바라보았다. 몽실몽실 솜같이 구름이 머물고 있는 하늘이다.

　창환은 조심조심 연숙을 돌아보았다. 아까보다도 더 무섭게 성을 내고 있을 줄 생각하였던 연숙이가 의외에도 자기를 향하여 방싯 웃어준다. 창환은 이때처럼 누이가 고마운 때가 없었다. 연숙은 오빠의 심정을 아는 까닭에 일부러 명랑한 얼굴빛을 지은 것이다.

　"그래 내 여배우 될 테니 넌 조연이나 하렴."

　"응, 다키처럼 난 남장을 하거든……."

　한참 동안 세 사람의 웃음소리가 갈매기 떼처럼 바다 위에 흩어졌다.

　"자 그러지 말고 정말 두 분이 자웅을 한 번 결해 보시지요."

　"오빠 백중(伯仲)이라고 정정(訂正)하셔요. 자웅이라면 자(雌)는 약하고 웅(雄)은 강하다는 말이니까요."

　연숙이는 점점 기세가 높아진다. 창환은 빙글빙글 웃으며

　"아서, 좀 가만있어."

　"저 보셔요. 오빠 되는 양반도 막 해내지 않아요."

　"이러기로 합시다. 여기서 저 보이는 저 부표까지 누가 먼저 헤엄쳐 가나 어디 두 분이 경영(競泳)을 해보시지요."

　창환이 자경을 건너다보았다.

　"그럴까? 연숙이."

　"오케이."

　아주 활발스럽게 손을 든다. 연숙은 점점 신이 난 아이 모양으로 쾌활하여 지는 것을 창환이나 자경이가 같이 인식하였다.

　두 처녀는 마주섰다. 그리고 그들은 각각 정강이를 탁탁 치고 수면을 바라보고 명령을 기다리고 섰다. 연숙의 키가 자경보다 살포시 적다.

"자, 하나 둘 셋."

두 여자는 일시에 텀벙 물속으로 뛰어들었다.

수면은 광선 아래 어지럽게 깨어지고 잠시 후에 처녀들은 물오리처럼 가지런히 떴다. 네 팔과 네 다리는 바쁘게 물결을 헤치면서 바다를 찬다. 창환도 만일을 염려하여 슬금슬금 저어 뒤를 따랐다. 연숙이가 앞섰는가 하면 자경이 연숙의 앞을 지르고 자경이 연숙을 돌아보는 동안 연숙이가 경을 육박한다. 두 처녀는 까맣게 헤엄쳐 나갔다.

"자 골⁴¹이 보입니다, 골이."

창환의 소리가 뒤에 난다. 두 처녀는 필사적이다. 두 처녀의 고개는 한참 동안 물에서 보이지 않는다. 다만

탕탕 철썩철썩.

하는 소리와 함께 연옥색 물결이 질서 없이 분쇄되고 있을 뿐이다. 한 처녀의 손이 먼저 부표를 잡았다. 일 호흡 차로 다른 한 손이 부표를 붙들었다.

자경이 호 호 가쁜 숨을 쉬면서 창환을 돌아다보고 웃었다.

"단연코 자경 씨가 이기셨습니다."

자경이 연숙을 돌아다보고 혀를 쑥 내일었다. 연숙은 성난 듯이

"싫어, 한 번 더 헤엄쳐요. 저 등대까지."

"오라잇."

자경이 응대하였다.

"너무 피로하면 안 될 텐데 ……."

---

41 goal. 축구나 농구 따위에서 공을 넣으면 득점하게 되는 문이나 바구니 모양의 표적.

창환이 걱정스럽게 말을 하였으나

"오빠 어여 하나 둘 불러 주어요."

"허, 자 그러면."

두 처녀는 숨을 들이 쉬고 섰다.

"자, 하나 둘 셋."

어디서인지

"후래후래 싯까리(해라 해라)."

하는 노래도 나고

"다노무조(부탁 부탁)."

하는 말도 들려온다.

등대가 바로 눈앞에 서너 자이나 남았을 때이다. 자경이 연숙보다 한자나 앞섰다. 연숙은 무슨 생각이 났던지 그는 뒤로 몸을 돌려 바다로 헤엄쳐 나왔다.

"미스터 안, 이리오서요."

그 근처에서 아까부터 구경하고 있는 안엽의 보트를 손짓하였다.

××전문과 영문과를 꼭 같이 졸업한 서자경과 배연숙은 용모나 재주나 변설에 있어서 일이를 다투는 재원들이었다. 그러나 이상한 일은 연숙은 그림에 취미를 갖고 자경은 음악에 재질을 가진 것이다. 급회(級會)는 물론 교우회나 무슨 학교 기념일 같은 때에 자경의 피아노 독주가 꼭 순서 중에 들어 있었고 하학한 뒤에 집으로 돌아가는 동무들은 학교 뒤뜰에서 스케치를 하고 앉아 있는 연숙을 가끔 보는 것이다. 연숙의 그린 그림이 교장실 한편 벽에 붙게 된 날부터 동무 중에는 연숙을

'화가.'

라고 별명지어 불러 주는 사람까지 있었다. 자경이가 지렁이보다 더 싫어하는 안엽에 대하여 어렴풋이나마 동정을 가지게 되는 것도 자경에 대한 반항심이라기보다도 안엽의 화가라는 그 생활에 대하여 연숙이가 어떤 호기심을 가지게 되는 모양이다.

그러나 연숙이가 안엽의 보트로 간 것은 뚜렷한 이유가 따로 있는 것이다.

'오빠가 간절히 사모하는 자경과 이야기할 기회를 만들어 준다.'
하는 골육의 애정이 그것이었다 해도 서편으로 기울고 바닷물도 차츰 서늘하게 되자 사람들은 하나씩하나씩 돌아가기 시작한다. 연숙과 창환은 세내고 얻은 별장으로 자경은 호사스럽게 지은 자기 집 별장으로 돌아왔다.

× × ×

자경은 현관까지 마중 나온 어멈에게
"학생 서방님 여태껏 아니 돌아오셨소?"
하고 물었다.
"아뇨."
자경은 그길로 바로 목욕실로 들어갔다. 따뜻한 물속에 몸을 잠그자 후줄근히 눈이 감기는 듯하다. 눈앞에 펼쳐지는 바닷물, 사람의 머리들, 윙윙거리는 소음이 귓가에 남아 있는 듯하다. 샴푸를 풀어서 머리를 마저 감고 커다란 타월로 몸을 가리고 화장실로 왔다. 옷걸이에는 새로 세탁된 원피스가 걸리어 있다. 지금 막 하녀가 갖다 두고 간 것이리라.

자경은 옷을 갈아입고 파우더를 얼굴과 몸에 약간 뿌렸다. 단발이라고는 할 수 없으나 다 풀어 놓았자 어깨까지 오지 아니하는 머리를 빗으로 빗어 넘기면서 응접실로 왔다. 가볍고 산뜻한 기분! 그는 가만히 콧노래를 부른다. 잘 소제된 방안에 선풍기가 천천히 돌고 테이블 위에는 오늘 배달된 우편물이 오붓이 주인을 기다리고 있다. 자경은 편지들을 골라 쥐고 선풍기 앞에 섰다. 하얀 행주치마를 두른 계집애가 들어왔다.

"시장 하시지요?"

"응."

자경은 그중에서 유동섭 씨 전이라고 쓰인 두 장을 따로 제쳐 놓는다.

"진짓상 가져와요?"

"아니 학생 서방님 오셔야."

"그럼 다른 걸로 무엇 좀 가져올까요?"

"응."

자경은 따로 제쳐 놓았던 편지 두 장을 다시 들고 발신인의 이름을 힐끗 보더니 입을 삐죽하면서 웃는다.

"저, 무얼로 가져올까요?"

하녀는 조심조심 묻는다.

"아무거나."

자경은 귀찮은 듯이 대답해 버리고 자기 이름으로 온 편지 넉 장만 가지고 창문 앞에 있는 등의자로 갔다. 조금 사이가 떨어져 받는 선풍기의 바람은 창으로 들어오는 바람과 마주쳐 목욕하고 올라온 자경의 상기된 얼굴을 완전히 식혀 준다. 자경은 편지 넉 장의 발신인의 이름을 죽 훑어보았다.

"흥."

보랏빛 봉투를 찢었다. 속에서 나오는 같은 보랏빛 종이에는

'아, 나의 울민한 정회를 저 창공을 지키고 있는 별 떨기나 알아줄까요? 오오 타는 듯 잦아지는 나의 가슴을 내 발 아래 있는 미미나 알아줄까요 …….'

자경은 편지를 들고 소리를 내어 웃는다.

"못난 자식."

아직도 서너 페이지나 남은 것을 읽을 생각도 아니 하고 그는 편지를 쓱쓱 부비여 테이블 아래 있는 휴지 바구니에 던져 버렸다.

'당신의 종 안엽.'

이라고 쓰인 여섯 글자가 참혹하게 구기어졌다.

그 다음 자경은 흰 봉투를 찢었다. 하인이 수박을 쪼개어 쟁반에 받혀 들여다 놓고 나갔다.

"이병수? 이병수? 누굴까?"

자경은 죽 훑어보고

"철면피라는 건 이런 것이겠지."

혼자 중얼거리면서 이번 편지도 아무렇게나 구기여 휴지 바구니에 쓸어 넣었다. 옥색 봉투를 찢으며 자경은

"아아 불쌍한 인애, 해수욕도 못 하고 ……."

그는 동무의 편지를, 깨알같이 박아 쓴 동무의 편지를 읽으면서 눈자위가 불그레해진다. 편지를 다 읽었는지

'암 만나 보고말고. 그러지 않아도 요사이 어머님도 뵐 겸 서울 갈 텐데.'

자경은 입속으로 중얼거리며 그 편지를 곱게 창 앞에 올려놓고 다음

한 장을 집었다. 자경은 발신인의 이름을 보자 눈살을 찌푸렸다. 그리고 편지를 떼려던 손을 멈추고 묵묵히 앉았다.

'그이가? …….'

자경의 입가에 약간 미소가 지나갔다. 겉봉을 쓴 글씨를 이러 저리 들여다보다가 한참 만에 봉은 떼여졌다.

'대답을 주어요. 나의 마돈나여! 나는 지금 죽음과 삶의 분수령에서 허덕이고 있습니다. 나의 마리아 영원의 처녀여!'

대명사만을 나열한 이 편지를 자경은 한참이나 들여다보았다. 그리고

'당신의 한 마디, 예스입니까, 노입니까. 오직 한 마디만 들려주소서.'

편지는 그뿐이었다. 이 짤막한 편지는 자경의 맘을 얼마쯤 흔들어 논 모양이다. 그는 편지 끝에 쓰인

'운명 앞에 떨고 있는.'

자경은 입속으로 되뇌어 보았다.

그리고 그 아래 가늘게 쓰여 있는 이름 석 자를 손바닥으로 가만히 쓸어 주었다. 마치 어린 새 새끼를 만지듯이.

그러나 자경은 고개를 번쩍 들었다. 그리고 편지를 쪽 쪽 찢었다. 그리하여

'운명 앞에 떨고 있는 배창환.'

이란 글자가 하나하나씩 찢겨졌다. 자경은 편지를 쓰레기 바구니에 집어넣고도 한참이나 그대로 앉았다. 멀리 바다위에는 누런 낙조가 아련하게 빛을 남기고 있는 위로 물새가 두어 마리 원을 그리며 날고 있다. 자경은 야구선수 배창환에게 오늘까지 네 번째 글을 받았으나 언제나 회답을 쓴 일은 없다. 그러나 맘속으로 스며드는 연민의 정서는 지금도

자경의 가슴을 따갑게 하는 것이다. 어린 사내 동생에게 대하는 듯한 이해와 동정이었다.

웬일인지 창환을 향하여는 멸시를 하거나 웃어버리지 못하도록 자경의 심장에다 화살같이 쿡 박아주는 창환의 순정을 지금도 느끼고 있는 것이다. 그러나 그것은 언제까지나 '동정' 그것뿐이었다. 자경은 시장함도 잊어버리고 앉은 자리에서 우두커니 바다만 내려다보고 앉아 있다.

수박은 푸대접 받는 손님처럼 테이블 위에 쓸쓸히 놓여 있고 현관문이 찌르릉하고 열리는 소리가 나자 자경은 한달음에 뛰어 나갔다.

"이제 오서요?"

자경은 마치 어린애처럼 청년의 팔에 가서 매달렸다. 청년은 피로함인지 얼굴빛이 핼쑥하다. 그 후리후리한 키에 알맞게 벌어진 어깨 굽슬굽슬한 머리털 시원하게 탁 트인 이마 아래로 빛나는 두 눈이 인상적이다. 자경은 청년의 팔을 안고 안으로 들어오며

"왜 종일 아니 오셨어요?"

"……."

"여태 공사장에?"

청년은 잠자코 고개를 끄덕여 보인다.

"아주 훌륭한 모자인데요."

자경은 청년의 손에서 대팻밥 벙거지를 빼앗아가지고 자기 머리 위에 슬쩍 올려놓았다.

"어때요? 호호호."

그 모양은 서양 여자들이 값비싼 큰 모자를 쓴 것 같아 자경의 얼굴, 아무 장식도 없는 거친 이 모자가 일종 야취(野趣)적[42] 잇트를 보여준다.

"나도 내일부터 해수욕장에 이런 모잘 가지고 갈까봐. 첫째 그늘이 넓어서 뜨겁지 않겠거든 …… 그렇지요?"

자경은 동의를 구하는 듯이 청년을 쳐다보았다. 청년은 빙그레 웃고 고개를 끄덕여 보인다.

응접실로 들어오자 청년은 테이블 위에 있는 수박을 와작와작 씹어 먹는다.

"편지 왔어요."

"내게?"

"물론, 누군지 알아내세요."

청년은 수박을 또 한 쪽 집는다. 오늘은 웬일로 얼굴빛이 침울한고 하고 경계하는 듯이 자경은 청년을 자주 건너다본다.

"당신 애인에게서 온 거에요."

청년은

"실없는 소리 말아요."

하고 픽 웃는다.

"이봐요 거짓말인가."

"그 참."

청년은 빙긋 웃으며 봉을 쭉 찢더니 두어 줄 내려보고

"어디 읽어 보아요 자경."

편지를 테이블 위에 올려놓고 숟갈을 집는다.

"시장하셨지요?"

---

42 자연의 아름다움에서 느끼는 흥취.

"응."

청년은 다른 봉투를 또 한 개 찢었다.

"건 뭐에요, 내 다 알아요. 골프포대전이지 뭐."

"응."

쟁반에 수박이 거의 다 없어질 때 청년은 뚜벅뚜벅 목욕실로 들어갔다. 자경은 어깨를 한 번 으쓱하고 편지를 폈다.

'수영하는 법을 배워주신다면 해수욕하러 가겠습니다. 논문 쓰러 가신단 말을 들었기에 저는 금강산으로 갈까 생각합니다만 …….'

편지의 문구는 두서가 없으나 끝까지 내려 읽어가는 동안 어디인지 사랑을 구하는 빛이 은은히 나타나고 있는 것을 알아내자 자경의 눈초리가 샐쭉해진다. 그리고 속으로

'손가락 하나 대게 할 줄 아니?'

하고 눈을 흘기었다. 청년은 목욕을 다 마쳤는지 젖은 수건을 어깨에 걸치고 응접실로 온다.

"아이, 옷도 아니 갈아입고 ……."

자경은 벨을 눌렀다. 하녀가 들어왔다. 자경은 약간 앞으로 내민 턱을 들고

"너 왜 학생 서방님 옷 갖다놓지 않었어?"

"아니 저기 있어 내가 일부러 아니 입었는데."

하고 청년이 자경을 바라보고 빙그레 웃는다.

"건 왜?"

"그저."

하녀는 안심한 듯이 돌아서 나간다.

자경은 오늘 달리 이상하여진 이 남자의 속을 알 수가 없었다.

자경은 쟁반에 담아 있는 수박을 한 쪽 들었다. 그는 갑자기 무슨 생각에 붙들린 것처럼 수박을 든 채 청년의 얼굴을 노리고 본다. 청년은 신문을 펴서 든다. 자경은 무서운 생각을 부인하려는 것처럼 고개를 좌우로 흔들었다. 보일 듯 말 듯 그리고

"이봐요."

자경의 목소리는 약간 떨리는 듯하다. 청년은 똑바로 보면서

"옥윤의 편지에 그랬는데요 당신이 수영법을 가르쳐 준다면 곧 온다나요."

자경의 시선은 청년의 얼굴에서 못 박은 듯이 움직이지 않는다. 그는 바늘 끝만 한 표정이라도 놓치지 않을 듯이.

"오라고 하지요?"

"허 그 참."

청년은 신문에서 눈을 돌리지 아니한 채 한 손으로 아직 마르지 아니한 머리를 만진다.

"자경 좀 가르쳐 주시구려. 수영에는 자신이 있지?"

"피, 건 왜 내가 남의 애인을 맡아요. 그러다가 물에 빠뜨려 죽이면 어떡해요?"

자경은 자기의 나중 말이 너무 지나친 것을 인식하자 아무런 일도 없는 일을 가지고 공연히 사랑하는 사람을 괴롭히는 자기 맘이 민망하여졌다. 그는 청년이 앉아 있는 교의로 가까이 갔다. 그리고 어린애처럼 교의 뒷전을 잡아 흔들면서

"나 외에 어떤 여자라도 당신 곁에 가까이 오게만 하면 죽여 버릴 테

야, 호호호."

그는 재담이나 한 것처럼 명랑하게 웃는다. 그러나 그 말 가운데는 살기가 돈다 싶을 만큼 진정이 흘렀다. 청년은 신문을 놓고 벌떡 일어섰다. 그리고 한 팔을 자경의 어깨 위에 올려놓았다.

"정말요?"

청년은 자경의 얼굴을 들여다본다.

"……."

"정말 날 그렇게 사랑하지요?"

자경은 고개를 두어 번 끄덕여 보이고 갑자기 청년의 가슴에 얼굴을 처박았다. 청년은 한 손으로 자경의 어깨를 안고 한 손으로 보송보송한 자경의 머리를 만지면서

"고맙소, 자경!"

그는 가만히 자경의 이마 위에 입술을 대였다. 자경은 어깨가 두어 번 가늘게 떨리는 듯하다. 이윽고 자경은 눈물에 함토[43]를 젖은 두 뺨을 들고 어린애처럼 웃는다. 의심이나 질투의 그림자까지라도 완전히 사라져버린 천사처럼 자경은 청년을 끌어다 창 아래 등의자 위에 앉혔다. 그리고 자기는 청년의 어깨에 기대인 채 무슨 말을 할 듯이 망설인다.

"저어 내 하나 이야기할 것 있는데 성내지 않겠어요?"

"응!"

"정말 성내지 말아요."

"응."

---

43 머금고 뱉음.

"약속."

자경은 새끼손가락을 내밀었다.

청년도 빙그레 웃으며 마주 새끼손가락을 내밀었다. 자경은 새끼손가락을 꼬부랑하여 가지고 청년의 새끼손가락을 낚아챘다.

"하하하하."

청년은 자경의 어린애 같은 동작과 말이 못 견디게 사랑스러운 듯이 자경의 한 팔을 잡았다.

"자 말해요 무엇인데?"

"저어 내가 오늘 해수욕장에서 ……."

자경은 말끝을 흐려버린다.

"해수욕장에서?"

자경은 눈을 떨어트리면서

"사람을 둘을 죽였어요."

"에끼 거짓말."

자경은 청년의 어깨에 얼굴을 처박는다.

"난 경찰서에 자수하러 가겠어요."

자경의 목소리는 떨리는 듯하다.

"…… 뭐야?"

평소에 자경의 성벽을 짐작하는 청년의 얼굴에는 반신반의의 교착된 표정이 흘러간다.

"……."

"난 살인 죄인이야요."

청년은 벌떡 일어났다.

"자경 곧이 말을 해요. 괜히 사람 놀리지 말고."

갑자기 자경이 깨드득 하고 웃고 일어난다.

청년은 안심한 듯이 마주 소리를 내어 웃었다. 그리고 약간 눈을 부릅뜨고

"거짓말하면?"

"지옥 가지 뭐."

자경이 마주 대구를 하고 보트 전복의 전후 이야기를 죽 설명하였다. 청년은 잠자코 자경을 바라보았다.

'얼마나 대담한 여자야.'

하는 생각이 청년의 혓바닥까지 치밀고 있는 것을 자경은 알아 차렸다. 그는 청년의 귀 가까이 입을 가져갔다. 그리고

"난 누구든지 내게서 당신을 뺏는 사람이 있다면 죽여 버릴 수가 있어요."

자경은 또 한 번 청년의 얼굴을 들여다보았다. 청년은 자경의 손을 꼭 쥐고 눈을 감았다. 자경도 마주 힘을 주어 청년의 손을 쥐었다. 순간 죽음보다 강한 사랑의 의식이 백열된 금속을 삼킨 듯이 두 사람의 심장에 뜨겁게 감각되었다. 그러고 그들은 지극히 큰 고통과 방불하다는 것을 느끼는 것이었다.

그들은 언제까지나 그렇게 섰던지

"진지 다 됐습니다."

하는 하인의 소리를 듣자 비로소 창밖에는 어렴풋이 황혼이 깃을 내리고 있는 것을 발견하였다.

이십 년 전

××병원, ×호실 침대 위에 병인은 해골과 같이 앙상한 손을 저으며

"보세요 의사님. 바로 말해 주세요. 나는 다 짐작하고 있으니까요. 못 살겠지요? 에헤 에헤."

병인은 바튼 기침을 하면서 하얀 가운을 입은 서양인 남자를 쳐다본다. 의사라고 불린 이 외국 사람은 머리가 모시빛처럼 희고 어깨가 앞으로 굽은 것을 보아 나이가 상당히 많은 것 같다. 그러나 그의 두 다리만은 청년처럼 꼿꼿하다.

"의사님 바로 말을 해 주시요. 천량[44]간 부탁할 것도 있고 첫째 내가 떠난 후 내 어머니와 에헤 에헤 에헤."

바튼 기침을 하는 병인의 이마에서는 차디찬 땀이 솟아난다. 의사는 잠자코 병자의 하얗게 깎은 머리를 내려다보고 섰다. 병인의 어깨는 쉬지 않고 올라갔다 내려갔다 하고 그럴 때마다 병인의 양편 콧구멍이 벌름거린다. 의사는 결심한 듯이

"유 생원! 하느님 믿소?"

"네 네, 에헤 에헤 에헤."

---

[44] 개인 살림살이의 재산.

"이 세상 병들고 괴롭소. 당신 사랑하는 아내 천당에 있소. 내 생각에 날마다 당신 기다리고 있겠소. 산……."

병인은 가쁜 숨을 쉬면서도 의사의 말을 탐하는 듯이 듣고 있다. 벌써 석 달째나 듣는 그 말이건만.

"또 유 선생 위하여 죽으신 예수님 천당에 있소. 천당 얼마나 기쁜 곳인지 아이고 나도 갈 날 있소. 내 어린 두 딸 거기 갔소. 날마다 날 기다리고 있겠소."

의자는 병자가 누운 침대 가까이 교의를 가지고 와서 걸터앉는다.

"의사님 그렇지만 에헤 에헤 내 어머님 다른 자식 없이 세상에 혼자 남아 있고 에헤 에헤 내 어린 아들 어머니 없는 것 에헤 에헤."

병자는 눈을 감고 무엇인지 부지런히 입속으로 중얼거린다. 아마 기도를 올리는 모양이다. 그의 눈에서 굵다란 눈물이 굴러 떨어진다.

"하느님 있소. 하느님 맡으십니다."

"당신 어머니 두고 하와이 돈 벌러 갈 때 하느님 당신 어머니 지키셨소. 지금도 늘 지킵니다. 당신 아들 하느님 길러줄 것이요."

의사는 불그레한 털이 드문드문 난 손으로 유 생원이라는 병자의 손을 쥐었다.

"의사님 감 감사합니다, 에헤 에헤. 그렇지만 나는 죄가 많은데 어떻게 천당에 가겠어요?"

"오, 염려 없소. 예수 십자가 유 생원 죄 담당했소. 유 생원 위하여 예수 죽은 것이요."

병인은 감격한 듯이 천장을 바라본다. 그리고 부지런히 입속으로 무엇인지 중얼거린다.

병자는 바튼 기침을 하면서 적은 소리로 무슨 말인지 하는데 차츰 목소리가 쉬여지는지 음성이 분명치 못하다.

"의사님 에헤 서 집사, 에헤 박 장로 좀."

"네 불러 줄 수 있소 유 생원."

의사는 병인의 베개 곁에 논 수건으로 유 생원의 눈물을 씻어 주고 밖으로 나갔다. 얼마 후에 서 집사라는 삼십칠팔 세나 되어 보이는 장년이 들어왔다.

"박 장로 형님 안 오나?"

모기 소리처럼 가늘게 말하고 서 집사를 건너다보는 병자의 눈이 휙 돌아갔다.

"인제 곧 올 걸요. 오늘은 좀 어떠세요?"

하고 묻는 서 집사의 얼굴에도

'인제 할 수 없다.'

하는 절망의 빛이 지나갔다.

"나는 에헤 에헤 천당으로 가 가겠네."

"왜 그런 말씀을 하세요."

"여보게 그러지 말게, 섭섭하네. 죽는 사람을 속이지 말게나 에헤 에헤 섭섭해."

서정연 씨는 고개를 숙였다. 박 장로가 들어왔다. 벌써 반백이 훨씬 넘은 중노인이다.

"형님! 인제 마지막 입니다. 에헤 에헤."

장로는 가만히 병인의 손을 잡았다. 잠깐 동안 무거운 침묵이 그들을 에웠다. 죽음이라는 어떤 글자가 방문 밖에서 기다리고 있는 듯이 처참한 기분이 흘러간다.

"정연 군!"

병자가 입을 열었다.

"네!"

"내가 죽거들랑 내 아들, 내 아들을 맡아주소. 내 어머니하고 에헤 에헤."

"건 염려 마시오."

"에헤 에헤 어머니가 올해 팔순 아들 동섭이 올해 네 살이고, 에헤 에헤 내가 귀국한 지가 사 년이니까."

병자의 눈에 갑자기 눈물이 좌르르 쏟아진다.

"잘 조리해서 낫도록."

서정연은 여기까지 말을 하고 입을 다물었다. 빤히 보이는 거짓말 같아서.

"……."

"아우님 맘을 섭하게 먹지 마우. 누구나 다 가는 길이니까 응! 나도 곧 감세. 응 천당 가서 미리 기다리게나."

장로는 떨리는 음성으로 병인의 손을 잡는다.

"아니 형님마저 이러시기요?"

서정연 씨가 장로를 쳐다본다.

장로는 훌쩍훌쩍하면서 저만치 나앉아서 손수건으로 눈을 씻는다.

"내가 죽은 뒤에 저 땅과 또 돈과 어머니와 아들은 서정연 군 자네에게 맡기고 가네 알겠나?"

서 씨는 피도 살도 섞이지 아니한 자기를 이처럼 신임하여 주는 친구의 마음에 감격하였다. 그는 가만히 그러나 힘 있게 고개를 끄덕여 보이고 병자의 손을 잡았다. 여태껏 참고 있던 눈물이 손등으로 떨어져 내렸다.

"그러고 에헤 에헤 논은 말야 칠십 두락 치는 ××학교에 받쳐주게. 그리고 올해 나는 추수는 팔아가지고 예배당에 종각을 하나 세워주게 내 아내 이름으로. 내가 없는 열세 해 동안을 에헤 에헤 에헤 시어머니를 봉양하고 ……."

병인의 이마에서는 설쩍설쩍 하는 땀이 솟는다.

"네네 알았어요, 형님."

서 집사가 수건으로 땀을 씻어준다.

"내가 사둔 스무 칸 집은 장로 형님께 드립니다. 아내가 노상 그러는데 신세를 졌다고 에헤에헤 형님은 여태껏 집도 없이 ……."

"아이고 아우님 웬 말이여 너무 과남하지 않은가."

장로가 어쩔 줄을 모른다.

"형님은 증인이 되어 에헤 에헤 정연 군이 내 아들 잘 길러주나 내가 끼치고 간 재물을 잘 지켜주나 에헤 에헤 보아 주서요. 형님이 돌아가실 때는 아드님에게 유언 하시오. 다른 사람 백만 원 부럽지 않은 내 재물이요. 에헤 에헤 생각하면 기막히지요, 에헤. 그 돈 벌던 일을 생각하면 에헤 에헤."

병인은 괴로운 듯이 얼굴을 찡그리고 천장을 바라본다.

바짝 타서 까슬까슬한 입술을 두어 번 빤다. 서정연 씨가 곁에 있는 물을 숟갈로 떠 넣었다. 병인은 두어 번 물을 받아먹고

"의사님 좀 불러주게."

조금 후에 서양인 의사가 다시 들어왔다.

"의사님도 잘 보아 주서요, 자."

병인은 떨리는 손으로 베개를 가리킨다. 서정연은 베개 아래 손을 넣어 커다란 봉투를 끄집어냈다.

"의사님도 증인입니다. 에헤 에헤 서 집사에게 내 재물과 자식을 맡기었소."

서정연 씨는 일만 이백칠십삼 원이라고 기입된 저금통장을 의사 앞에 펴 놓았다.

"오, 유 생원, 그것 잘 했소. 지혜 있는 일이오. 그러나 그 모든 것 하나님 맡으시겠소."

"네. 논은 ××학교에 집은 장로님께 드립니다, 에헤."

"오, 감사한 일이오."

병인은 편한 듯 다리를 쭉 뻗는다. 그의 눈은 허공을 바라본다. 의사는 두 사람을 약간 밀치고 병인의 맥을 짚는다.

장로와 집사도 병인의 머리맡에 가까이 왔다.

"유 생원 저기 저 천장 보입니다."

"네!"

박 장로는 입속으로 기도를 드리는지 그 오목한 뺨이 쉬지 않고 달싹달싹 한다.

"예수님도 나왔습니다. 오 사랑하는 예수님."

"네."

병인은 그 괴로워하던 기침도 그치고 간간히 대답 소리만 가늘게 들릴 뿐이다.

"저 음악 소리 들립니다."

"네!"

대답 소리는 차츰 적어진다.

"천당 얼마나 살기 좋은 곳인지 거기 아픔 없소, 슬픔도 없소."

"네!"

병인의 대답 소리는 들릴 듯 말 듯 작아진다. 그리고 졸리는 듯이 스르르 눈을 감는다.

"유 생원, 그 평안한 나라 지금 곧 갈 수 있소. 감사한 일이요."

"……."

병인의 대답은 다시 들리지 아니한다. 그는 방금 미소가 흘러나올 듯 평안히 잠이 들었다. 의사는 가만히 유 생원의 손을 내려놓고 일어섰다. 반만치 열린 눈을 서정연 씨가 쓸어내리면서

"형님, 다 잊어버리고 가시오."

밖에는 봄비가 이슬처럼 내리고 있는 오후 네 시였다. 그리고 이십 년이 지나갔다.

돈이란 것은 마술쟁이 단추 모양으로 모든 환경을 바꿀 수 있고 사람의 마음까지 또 한 생명까지 바꿀 수 있는 야릇한 존재이다.

그때 이십 년 전 서정연 씨는 어느 서양인이 경영하고 있는 병원에 서기로 있었다. 일찍이 난 자녀들은 다 없어지고 아내가 서른여섯 살에 딸을 하나 낳은 것이 자경이었다. 삼십 원 월급을 가지고 세 식구가 살아가기에는 과히 군색한 것은 없지마는 언제나 남는 것은 없었다. 서 씨는 눈만 감으면 돈이 곧 쏟아져 나올 일이 가끔 머리에 떠올랐으나 사업의 날개인 자본이 없는 그는 모든 것을 단념할 수밖에 없었다. 우연히 자기 고향에서 어릴 때 같이 한문을 배우 유영춘을 자기가 근무하는 병원에서 발견했을 때 유 씨가 석 달 후에 죽을 것도 몰랐고 또 피땀으로 벌어

온 유 씨의 유산을 지켜줄 사람이 자기가 되리라고는 꿈에도 생각지 못하였다. 그러나 그는 가끔 외로운 유 씨를 방문하였다. 자기가 교회에 집사이니만큼 성경도 낭독하여 주고 기도도 같이 하였다. 다만 그뿐이었다. 그러나 유 씨가 별세한 뒤 석 달 후에 유영춘 씨 어머니마저 떠나고 동섭이가 서정연 씨의 집으로 오자 일만 수백 원의 돈은 서 씨의 수중에서 꽃이 피고 열매가 열리기 시작한 것이다. 서 씨는 병원 일을 그만두고 조그마한 포목상을 시작하였다. 그것이 지금 종로 한복판에 사층 벽돌로 쌓아 올린 큰 백화점이 되었다는 것이다. 그러는 동안에 서 씨는 인조견 공장을 짓고 고무신 공장도 내였다. 서 씨가 손을 대는 족족 그것은 성공이었다.

벌써 사 년 전부터 인천에다 대규모 축항(築港)회사를 설립하고 산을 뜯어 바다를 막는 일을 시작하였다. 이래저래 서 씨의 돈은 동산 부동산을 합하여 이백만 원을 훨씬 초과하게 되었다. 서 씨의 비범한 수완과 용단이 있는 것은 물론이겠지마는 자본만능이라는 이 시대가 준 공로도 크다 할 수 있다. 이리하여 피폐되어가는 조선 실업계에 사실상 금융계의 왕좌를 점령하고 있는 서정연 씨는 벌써 이십 년 전에 서정연 씨는 아니다. 조심성스럽고 남의 눈치만 보고 살던 서 씨는 이제 완전히 황금 가지 위에 맨 위층에 올라선 것이다. 동섭이 자경과 유치원에 다닐 때이었다. 하루는 동섭이가 찌뿌듯해서[45] 들어왔다.

"어머니."

"왜? 너 인제 오느냐."

---

[45] 표정이나 기분이 밝지 못하고 언짢음.

"어머니 내 성이 왜 유가요? 자경이 성은 서가이면서."

동섭은 걸랑[46]을 짊어진 채 어머니의 어깨를 흔들었다.

"글쎄, 자경은 아버지 성 따르고 넌 내 성 따랐지."

"싫어. 나두 아버지 성 할 테야."

동섭은 걸랑을 내리면서

"계집애가 어머니[47] 성 가지래 응 엄마."

"오호호, 가만있자 저녁에 아버지 들어오시거든 우리 여쭈어 가지고 정하자 응. 자 이것 먹어 맛있는 거야."

어머니가 주는 과자를 받아들고 그제야 싱그레 웃고 뜰로 내려갔다.

어린 동섭과 자경은 서로 싸우기도 하고 때리기도 하였다. 그러나 차츰 나이 들면서 누가 꼬집어 가르쳐 준 것은 아니지만 자기들은 참형제가 아니라는 의식이 들어가게 되고 따라서 두 사람의 사이에는 형제도 비슷하고 친구도 비슷한 애정이 자라갔다.

그러나 결국 때는 왔다. 동섭이 정색을 하고 자기가 이집에 어떻게 되는 아들인가를 어머니에게 물은 것이다. 그것은 확실히 동섭이 중학 사년 되던 가을이었다.

서정연 씨는 그날 저녁에 동섭을 자기 방으로 불렀다. 언제 보아도 부드럽고 점잖은 아버지의 입에서 무슨 영이 나올까 하고 동섭은 가슴이 두근거렸다. 서 씨는 빙그레 웃으며

"네게 말할 기회를 기다리고 있었다. 인제 이야기를 할 터이니 자세히 들어라."

---

46 가방.
47 원문에는 '아버지'로 되어 있음. 오기로 보여 '어머니'로 고침.

동섭은 두근거리는 가슴을 겨우 진정하면서 옷깃을 여미었다.

"본시 나는 ××사람이다. 그래 내게 죽마고우가 한 분 있었으니라. 유영춘 씨라고 그분이 돌아갈 때 오직 하나 되는 아드님을 내게 맡기고 가셨어. 그가 곧 네다. 동섭이야."

알아들었느냐 하는 듯이 물끄러미 동섭을 쳐다본다.

'이렇게 아름다운 우정이 있었던가.'

동섭의 가슴 속에는 감격의 회오리가 돌고 있다.

"그리고 돌아가실 때 네 학비를 내게 맡기셨어. 그래 네가 대학을 마칠 돈은 되거든. 그리고 거기서 이자가 늘고 했으니 네가 졸업한 뒤에 외국에 가서 몇 해라도 있다 올 수 있다. 하지만 너도 나를 좀 생각해 다오. 너도 알다시피 내게 너 말고 아들이 있느냐? 저 철없는 자경 하나 뿐이로구나."

서 씨는 담배에 불을 붙이며

"어서 네가 공부를 마치고 내가 하는 사업의 보조역이 될 수 있다면 오죽 좋겠느냐."

자경과 동섭이 사랑을 속삭인 것은 그들이 전문학교에 입학할 무렵이었다. 서 씨나 또한 자경의 어머니도 진작부터 자경과 동섭 사이의 기맥을 눈치채었다. 그러나 그들은 반대할 아무런 이유도 갖지 못하였다. 다 같이 총명하고 준수하고 건강하다. 더욱이 자경과 동섭에게 자기네의 재산을 상속하는 것은 가장 합리적인 것으로 생각하기도 하였다.

동섭은 지난봄에 구주대학 의과를 졸업하고 돌아와서 지금 박사 논문을 집필 중에 있다. 자경도 피아노를 전공할 겸 같이 양행을 할 작정으로 여행권을 신청하였다.

월식(月蝕)

저녁을 마치고 자경은 피아노를 치면서 혼자 생각을 하였다.

'어디가 아픈가?'

저녁 밥상에서도 별로 웃지도 않고 이야기도 하지 않던 동섭의 얼굴을 생각하자 자경은 피아노를 뚝 그치고 일어섰다. 그는 동섭의 방으로 갔다. 살며시 문을 열고 들어섰다. 동섭은 무엇을 쓰는지 열심히 붓을 움직이고 있다. 자경은 동섭의 교의 뒤로 가서 쓰는 것을 들여다보건만 동섭은 자경이 들어오는 것을 몰랐는지 그저 잠자코 붓만 움직이고 있다. 자경은 전에 없이 동섭이 이렇게 자기를 푸대접하는 것이 불쾌하였다. 그렇다고 삐쭉 나가버리기도 무엇하고, 자경은 우두커니 서서 동섭의 붓대 내려가는 것을 들여다보고 섰다. 그는 어려서부터 동섭의 글 쓰는 것을 옆에서 들여다보는 것이 한 습관이 되어 있지만

'이렇게 더운 날 바다에도 못 가는 이여, 나의 가슴이 마치 저 폭양 아래 타고 있는 돌과 같이 괴로워.'

자경의 두 눈이 샐쭉하여진다.

'바다는 지척에 있다. 눈으로 본다. 콧속에 스머드는 바다 향기. 그 짭짤한 해풍이 얼굴을 스쳐가건만 그러나 바다로 갈 수 없는 이여.'

자경의 두 눈에서 반짝하고 새파란 불이 지나갔다.

'모순이다. 동착이다. 그대와 바다 사이에는 생활이란 큰 담이 가로막아 그러나 그 살기 위해 살고 있는 삶은 그대의 생명을 날로 톱질하고 있는 줄을. 아 아 죄 없는 그대 어찌 알리?'

자경은 고개를 갸웃하였다.

'누가 막아서 바다로 못 들어가느냐. 누가 무서워서? 사는 것이 죽는 것보다 오히려 괴롭구나.'

자경의 입가에 두어 번 경련이 지나갔다.

"용서하서요."

부르짖듯 하는 말소리보다 자경의 손이 먼저 그 책을 덮치었다.

고양이가 고기를 물고 달아나듯 자경은 책을 들고 바쁜 걸음으로 자기 침실로 들어갔다. 그는 얼른 서랍에서 열쇠를 꺼내어 짤각하고 문을 잠거 버렸다. 자경은 바들바들 떨리는 손으로 일기장을 폈다.

'옥윤과 사랑을 속삭이는 비밀의 수첩?'

이렇게 이름을 짓고 보니 자기 가슴에 설레고 있는 질투의 파란 불길이 혀를 날름거리며 그 일기책을 통으로 살라버릴 듯싶다. 자경은 맨 첫 장을 폈다. 그리고 글자 한자 한자를 내리 쪼개려는 듯이 그 눈은 예리한 메스가 되어 책장을 쏘아 보는 것이다.

공사장의 제일일

세상에서 가장 용감한 이가 누구뇨. 그는 공사장(축항 공사장)의 인부들이다. 대포 같이 터져 나오는 돌들을 무서워하지 아니하고 뜨거운 폭양 아래에서 열두 시간을 싸우면서 태산을 떠다 바다를 막는 자여! 그대는 인류문화의 빛나는 용사 아아.

제이일

나는 오늘 그들이 먹는 음식을 보았다. 그렇게 어려운 일을 하고 먹는 음식, 영양 가치와 너무도 거리가 멀다. 인간으로 그러한 음식을 먹는 것은 죄악이다.

제삼일

그 어린 아이들이 학교에도 못 가고 돌을 깨고 있구나. 그 노란 얼굴은 그들이 가져온 점심밥(조밥)처럼 노랗다. 그 시들어진 피부, 가는 손, 내 마음은 아이들이 가진 쇠망치를 열 개나 합해 가지고 때리는지 조각조각 찢겨지련다.

제사일

그 이 빠진 노인, 젖먹이 업고 돌 깨는 여인, 그 곁에 우는 아이. 아버지, 아버지 당신은 왜 그렇게 불쌍한 사람에게 삯은 다 주지 않습니까. 그들이 깨는 돌은 한 궤짝에 오 전씩 산다는 것은 너무도 잔인한 일이 아닙니까.

제오일

산이 무너져서 사람들이 치었다. 그 가족 그 젊은 아내, 어린 자녀는 누구를 의지하여 살아갈고. 일생을 휴양에서 살다가 그렇게 참혹한 최후를 갖지 않으면 안 될 까닭이 무엇인지, 아아!

제육일

아버지 말씀은 그들이 주의하지 아니해서 언덕에 치었다 한다.

전장에 나가서 탄환에 맞아 죽은 군인더러 네가 주의하지 아니하여 죽었다 할 수 있을까?

아내가 울면서 시체 뒤에 따라간다. 내가 죽으면 자경이 그렇게 슬퍼하겠지.

자경은 한 손을 이마에 대였다.

자경은 숨을 깊이 들이 마시면서 고개를 뒤로 흔든다. 그리고 입술을 꼭 깨문다.

제구일

그들이 종일 일을 하고 칠십 전을 받는다. 그것으로 자기와 자기 가족이 살아갈 수 있을까. 아 아 영원히 올라올 수 없는 지옥에서 허덕이고 있는 그들! 그들은 자기네의 살과 뼈와 생명을 바쳐서 우리가 살아가는 천당을 만들고 있다. 그러나 우리가 그들에게 주는 것이 무엇인고. 장정의 한 생명이 밥 한 그릇과 바꾸어지다니 이러고도 해는 여전히 동에서 떠서 서로 기운다. 전장에서 죽은 사람은 용사라고 온 국민이 떠들어 조상하지만 공사장에서 돌에 맞아 죽은 사람은? 바다를 뜯어 국토를 넓히다 죽었건만 그들의 죽음은 개미 한 마리만도 못 하구.

제십일

아이들을 만나서 이야기하였다. 고역에 시달리면서도 그래도 방그레 웃을 줄 아는구나. 너의 웃는 얼굴이 우는 것보다 더욱 내 가슴을 아

프게 하더구나. 너는 원망도 모르고 의심도 없이 바다가 너를 부르건만
······.

　그담은 자경이 들여다보던 곳이다.
　자경은 형언할 수 없는 감정의 회오리가 가슴을 흔드는 것을 느끼었
다. 그는 한참 동안 부동의 자세로 앉아 있었다. 이윽고 그는 두 손바닥
으로 얼굴을 가리고 책 위에 엎드리었다.
　'동섭 씨, 용서하서요.'
　자경은 입속으로 부르짖고 교의에서 내려섰다. 그는 일기책을 안고
문을 열었다. 그러나 문은 꼼짝 아니한다. 조금 전에 자기 손으로 잠근
것이다. 자경은 속으로 혀를 차고
　'이렇게도 내가 천박할까!'
　그는 난생 처음 당하는 수치감을 느끼면서 열쇠로 문을 열었다. 조심
조심 동섭의 방문 앞에 이르자
　"똑똑 똑똑."
　노크를 하였다. 그러나 아무런 대답이 없다. 자경은 얼굴이 화끈하고
달아 오는 것을 느꼈으나 또다시 조심스럽게 문을 두드렸다.
　여전히 대답이 없다. 그러나 자경은 자기가 사랑하는 사람을 오해하
였다는 생각이 겸손하게 만들었다. 그는 두 번 두드려도 대답 없는 방을
또다시 조심스럽게 똑똑 똑똑 두들겼다.
　갑자기 큼직한 손이 자경의 눈을 가린다. 자경은 그것이 동섭인 줄 깨
닫자 팽이처럼 돌아서서 동섭의 팔에 매달렸다.
　"용서하서요 네?"

동섭은 빙그레 웃으며

"이봐, 우리 저리로 가요. 베란다가 훨씬 시원해요."

자경은 동섭을 따라 베란다로 나왔다. 서늘한 밤바람이 기다리고 있는 듯이 자경의 상기된 얼굴을 씻어준다. 얼멍얼멍 구름이 떠 있는 하늘에는 보름달이 예언자의 얼굴같이 정중히 내려다보고 있다. 달빛을 안고 서 있는 나무숲들은 진군하는 행렬처럼 씩씩하게 보이고 멀리 바다 위의 천 조각 만 조각 번득이는 물결도 우주의 신비를 속삭이는 듯 늘 보는 경치가 이 저녁에는 유달리 자경을 울릴 듯 울릴 듯하게 만드는 것이다. 동섭은 시계를 들여다보면서

"인제 꼭 오 분이 남았군."

"무엇이?"

"월식한다고 그리지 않우? 신문에."

"오, 참 난 깜빡 잊었군."

자경은 빙그레 웃으며 어린애처럼 동섭의 팔을 안는다. 그 웃는 이빨이 달빛에 반사되어 진주처럼 반짝인다. 자경은 웬일인지 동섭의 곁에 서 있는 것이 어째 한껏 울어버리고 싶도록 감격하여 지는 것을 어떻게 할 수가 없다.

"용서하서요 네?"

"무엇을?"

"일기책 ……."

동섭은 달을 쳐다보며

"아, 월식이! 저거 봐요."

자경이 쳐다볼 때 달은 벌써 한 쪽이 시들어진 표주박처럼 비뚤어지

기 시작한다.

동섭은 시계를 들여다보며

"지금이 아홉 시 칠 분."

달은 차츰차츰 이지러진다. 거무스레한 그림자가 마침내 온 달을 흠뻑 집어삼킬 때

"아."

자경은 가늘게 부르짖었다. 그리고 동섭의 앞으로 다가섰다. 갑자기 무시무시하고 흉한 생각이 드는 까닭이다. 지금까지 아름답던 바다, 신비를 속삭이던 나무숲들이 흑암의 장막으로 둘러싸 논 괴물처럼 보여지는 것이다. 달이 하도 새까맣게 되어버렸으면 차라리 어떨는지! 그러나 썩은 핏빛으로 둥근 자리가 어떤 괴물의 눈알같이 처참하게 보인다.

일 분, 이 분.

동섭과 자경은 달을 지키고 있다. 이윽고 달은 다시 한편 구석부터 눈을 뜨기 시작한다. 초승달처럼 …… 얼레빗처럼 …… 마침내 쟁반 같은 둥그런 달로 다시 돌아왔다.

"이 분 십오 초."

동섭은 시계를 들여다보며

"월식이 시작할 때로부터 마칠 때까지 이 분 십오 초 동안."

동섭과 자경은 이 위대한 대자연의 일어나는 변칙에 대하여 황홀한 듯이 잠깐 동안 서로 건너다보았다.

"월식이란 건."

자경이 입을 열었다.

"지구 그림자가 달을 가릴 때 일어나는 현상이라지요?"

"그렇다나 보아요."

동섭은 갑자기 자경의 한 편 손을 붙들었다.

"자경 씨 인간사회에도 저 월식 상태가 있다우. 어떤 존재 때문에 일생을 흑암에서 울다가 가는 사람들이 있는 거야요. 어떤 양심 없는 일부분 사람들 때문에. 사회에는 월식의 현상이 끊이지 않는 것을 아십니까?"

"……"

자경은 조금 전에 본 일기책을 생각하고 가만히 한숨을 쉬었다.

"자경! 우리는 남의 행복을 가리는 그림자가 된다면 얼마나 슬픈 일이겠소?"

"……"

자경은 가만히 동섭의 어깨에 얼굴을 파묻었다.

"자경! 우리는 축항공사를 하는 것이 어떤 일인 줄 여태껏 모르고 살아왔소. 그러나 자경!"

"……"

동섭은 달을 바라보면서 길게 한숨을 쉬었다.

"자경! 우리가 이렇게 화려한 별장에서 사려고 저 숫한 사람을 학대하고 있는구려. 내가 대학을 마칠 동안 수없는 어린아이들이 초등학교에서 쫓겨나오는구려. 자경이 피아노를 둘씩이나 가지게 되는 때문에 젖 먹이는 어머니가 주리고 장정이 약을 얻지 못하는구려."

달빛을 안은 동섭의 눈에 눈물이 번득이는 것을 보자 자경은 어린애처럼 슬퍼졌다.

"그럼 어떡해요. 네? 네?"

자경은 동섭의 팔을 잡아 흔들었다.

"……."

동섭이 이렇게 참으로 뼈가 녹듯이 슬퍼하는 것을 처음으로 보는 자경은 자기도 눈자위가 뜨거워 오는 것을 느끼었다. 그리고 동섭의 가슴에 얼굴을 파묻었다.

"그럼 어떡하면 좋아요 네?"

그 음성은 분명코 걱정과 애소가 섞기여 있는 천진한 어린이의 목소리다.

동섭은 한 손으로 자경의 머리를 만지며

"글쎄, 나도 생각이 나지 않는구려 …… 한 말로 설명하기에 적당한 말이 생각나지 않는구려."

어디서인지 피리 소리가 들려온다. 동섭은 자경이 묻는 말을 확실히 대답하지 못하였다. 실상인즉 자기 말속에도 명확한 답안이 없는 때문이다.

세상에는 불행한 사람들이 있다는 것을 동섭은 알아왔다. 서적을 통하여 강당에선 스승의 입으로 선배의 말로써 여러 번 들어왔다. 자기 집 대문에 들어오다 쓰레기통 뒤지는 거지를 본 것도 한두 번이 아니었다.

"한 푼 적선합시요."

하고 성을 가시르는 거지 아이를 볼 때 동섭은 어떤 때 동전 한 푼씩 던져 주기도하고 또 어떤 때 돈을 꺼내 거지를 주는 것이 쑥스럽게 생각이 들면

"저리가."

하고 지나와 버리기도 하였다. 중학 시절에는 걸인을 보면

'더럽고 비겁하고 도박성을 가지고 모든 전염병균을 소유한 무리.'

라고 생각하였다.

지금 동섭은 한 성숙한 청년이다. 그는 선이니 악이니 하는 기성도덕에 대하여 비판하는 눈을 가지게 된 것이다.

인간으로 콤마 이하이면 모르겠지만 사람의 수준에 참여 할 수 있는 양심을 가진 이면 누구나 다 청년기의 번민을 경험하는 것이다.

인생이 무엇이냐.

신이 있는 것이냐.

우주는 어떠한 것인고.

자살, 발광, 연애, 영혼불멸 이 모든 것에 대하여 의심하고 질문하고 토론하고 괴로워하는 것이다. 이러한 의문은 만약 그 인격이 크면 클수록 그로 하여금 철학자, 사회혁명가, 종교가, 예술가, 자연과학자 등등의 한 완성한 경지에까지 향상시키는 것이다.

그러나 대게는 그 의문이 싹이 자라기 전에 외부적 압제와 내면적 수축으로 그 어린 생명의 싹이 말라지고 마는 것이다.

동섭에게도 이러한 의문이 시절이 찾아왔다. 그러나 그는 모든 의문의 하나하나를 가지고 고민하기에는 그의 환경이 너무도 순조로웠다. 그는 모든 설비를 다한 설비 아래에서 대학까지 마치었다. 동섭은 자기를 낳은 부모가 일찍 죽었다는 것은 확실히 슬픈 일이었다. 그러나 그 슬픔을 감각하기 전에 자기에게는 자경이 있었다. 더구나 자경의 어머니 아버지가 자기를 자경과 같이 사랑하고 자경 어머니는 자경보다도 오히려 자기를 더 사랑하는 때가 있음이리오.

그는 정신적으로 행복스러웠고 물질적으로도 또한 그러하였다. 손가락 하나만 까닥하면 입술 한 번만 놀리면 그의 소망하는 모든 것은 그

의 앞에 와서 대령하는 것이다. 오락이나 서적이나 또한 친구까지라도

그러나 그는 천품이 그러한 까닭인지 그의 취미는 모든 사람이 즐기는 가로(街路)에 있지 아니하고 오히려 서재에 있었다. 그가 좋아하는 것은 도시적 색채가 아니고 자연의 조화를 엿보려는 것이 있다. 그는 학과의 여가마다 방학을 이용하여 식물을 채집하고 천문학을 배워 철학 서류를 뒤적거렸다. 그가 읽어본 칸트나 헤겔의 철학의 요령은 그들이 무엇을 말하려는 것인지를 알았다. 쉽게 말하면 그것은

'진선미의 가치.'

를 설명한 것이라고 생각하였다. 동섭은 자경이라는 렌즈를 통하여 철학을 비춰볼 때 그는 그 모든 말들을 긍정할 수 있었다. 그리고 자기는 자기의 철학관이 확립한 것이다. 그의 철학은 이러한 것이다.

'자경은 아름답다. 그의 사랑은 참되다. 그의 말에는 일점의 사기도 없다. 그런고로 자경은 진선미다.'

동섭은 또 이렇게도 생각하였다.

'아름답고 참되고 선량한 자경이 살고 있는 세상은 아름다운 것이다.'

어떤 시인이 말한 것처럼

'당신이 살고 있는 곳에 세상은 아름답소이다.'

한 것처럼 동섭은 또한 신의 존재를 쉽게 시인할 수가 있었다.

'자경과 같이 아름다운 사람을 만든 이는 반드시 전능의 신일 터이다. 그리고 자경이 나를 사랑하고 내가 자경을 사랑할 수 있는 것은 이것도 역시 전능한 신의 섭리가 아니고 무엇이랴.'

그는 하늘을 우러러 찬란한 성좌를 바라볼 때나 해가 지고 달이 돋는 모든 현상이 그의 앞에는 지극히 당연한 일로 보였다. 모든 천체는 설

자리에 서고 도는 궤도 위에서 돌아가고.

　'우주는 한 위대한 조화를 가지는 종합 예술.'

이라고 생각하였다.

　동섭에게는 모든 문제가

　'네.'

뿐이었다.

　'아니다'라던가 '모르겠다'라는 것은 동섭의 자전에는 없었다. 그는 건강하다. 사랑을 가졌다. 그리고 교양을 가진 가장 행복스러운 청년의 한 사람이었다. 이러한 동섭이 오늘까지의 동섭은 실로 놓인 사슴처럼 행복스러웠다.

　그러나 그가 이 여름에 인천엘 오고 또 축항 공사장을 볼 때 그의 맘속에는 의문의 선풍이 일기 시작한 것이다.

　여태껏 미묘한 조화를 가진 우주의 배치가 광풍을 만난 조각배처럼 산산이 부서지기 시작하는 것이다. 그의 눈을 사랑으로 가리고 평화로 가린 세계의 밑바닥에 크나큰 동굴이 입을 벌리고 있는 것을 발견할 때 지금까지

　"네."

로만 나가던 그의 대답은 돌연히

　"아니 아니 아니."

로 변하여 버린 것이다.

　그의 눈에 나타난 경이(驚異)가 공포로 변하고 …… 분노로 변하고 마침내

　"왜?"

로 변한 것이다. 그리하여

　'어찌하면 좋으냐. 이 크나큰 모순을 어떻게 할 것이냐.'

하는 질문을 자기 자신을 향하여 외치게 되는 것이다.

　그러나 동섭의 앞에는 시원한 대답이 없다. 단지 '혼란' 그것뿐이다. 마치 한편으로만 질주하던 수레바퀴를 갑자기 다른 한편으로 방향을 전환하려는 때에 일어나는 그러한 혼란이 동섭의 맘을 사로잡은 것이다. 그 때문에 자경이

　"어떻게 하면 좋아요?"

하고 물을 때 동섭은 무어라고 대답하지 못하였다. 그것은 자기 자신이 알고 싶은 질문이기 때문에. 그러나 자경이 진정으로 걱정스럽게

　"어떡해요?"

하는 말을 들을 때 마치 광야에서 방황하던 외로운 나그네가 길동무를 얻은 때처럼 동섭의 맘에는 위로와 힘을 느낄 수가 있었다.

　이러한 동섭의 맘은 총명한 자경에게 전류와 같이 감각이 되었다.

　×　　×　　×

　이튿날 아침은 비가 내리고 있다.

　동섭과 자경은 오래간만에 서울 본집에 다녀올 의논이 결정되었다. 자경은 경쾌한 양장에 비외투를 입고 핸드백을 들고 동섭은 논문을 쓰는 원고가 들어있는 손가방을 들고 두 사람은 정거장으로 나왔다. 우산 한 개를 들고 동섭과 자경은 나란히 걸어오면서

　"비 맞는 것이 재미있지 않아요?"

하고 자경은 몇 번이나 동섭의 귀에 소곤거렸다. 멀리 보이는 월미도 산허리가 안개 속에 들어 자는 듯 조는 듯 희미하게 누워 있는 것을 보고

"우리 도로 별장으로 가요."

"건 왜요?"

"저 안개 속에 있는 별장에서 빗소리를 들으면 더 좋지 않겠어요?"

동섭은 빙그레 웃으며

"서울 가도 빗소리는 들을 수 있지 않아요?"

"그래도 우리 둘이서만 듣는 것이 더 좋아요."

자경은 습관적으로 동섭의 팔을 잡으려다가 여기가 사람이 많은 길거리인 것을 생각하고 똑바로 걸어간다. 자경이 동섭에게 대한 태도가 어찌 보면 결혼 생활하는 젊은 부부 사이 같지만 절대로 그들은 어떤 넘지 못할 선을 넘어선 것은 아니다. 단지 어릴 때부터 서로 이름을 부르고 서로 때리고 싸우던 사이니 만큼 가림 없는 친밀이 있을 뿐이다. 단 둘이므로 하녀는 둘이나 따라와서 있지만은 다른 윗사람의 감시가 없는 곳에서 벌써 이십여 일을 지내왔건만 그들은 자중하였다. 완고하리만큼 엄숙한 동섭의 인격이나 남보다 자존심이 강한 자경의 맘이 다 같이 자기들의 지킬 바를 훌륭히 지키고 있는 것이다.

기차는 비교적 빈자리가 많다. 자경과 동섭은 마주보고 앉았다. 밖에는 비가 많이 오는 모양인지 이따금씩 유리창을 후려치는 빗줄기가 몇 번 지나갔다.

자경은 방글방글하는 얼굴로 동섭을 건너다보고 있으나 동섭은 무엇을 생각하는지 팔짱을 끼고 눈을 감고 있을 뿐이다. 자경이 간간이 동섭의 구두 끝을 발로 밟을라치면 동섭이 눈을 번쩍 떠서 빙긋 웃어 보이고

다시 눈을 감는다.

차가 경성 역에 대이자 비는 부슬부슬 내리는데 난데없이 햇살이 비친다.

"흥! 여우볕인가."

개찰구 밖에서 누구인지 중얼거리고 지나간다.

자경과 동섭이 계동 어구에서 택시에서 내려 집으로 들어가니 하인이 질겁하면서 동섭의 가방을 받고 자경의 외투를 벗긴다. 동섭이 구두끈을 끄르는 동안 자경은 먼저 안방으로 뛰어 들어갔다.

치자꽃

　침모 마누라가 건넌방에서 나오며

　"아가씨 이제 오서요."

하면서 안경을 고쳐 쓰는 것을 보고 자경은 한편 손을 이마에 붙이고 군대식 경례를 하여 보이자 옆에 섰던 하인들이 까르르 웃어댄다. 자경은 휙 돌아서서 안방을 향하여

　"어머니."

하고 문발을 쳐들고 들어갔다. 관절염을 가진 자경 어머니는 노상 눕기를 좋아한다. 오늘도 초석[48]이 깔린 보료 위에 퇴침을 베고 누워 있다. 한편으로 뻗치고 있던 담뱃대를 빼면서 입에 침을 닦고

　"너 오느냐?"

하고 일어난다.

　"비 맞았구나."

　어머니는 몹시 반가운 얼굴이다. 어머니 앞으로 웬 여승이 앉아 있다. 머리를 빡빡 깎고 회색 두루마기를 입고 목에 까만 염주를 두르고 손에는 동글동글한 수정 염주를 들고 앉았다. 방금 무슨 이야기를 하다

48　왕골, 부들 따위로 엮어 만든 자리.

가 중단이 되었는지 두리번두리번 자경을 쳐다본다.

"그래 너 혼자 오느냐?"

"혼자 올 성싶어요? 밤낮 어린애 짓만 하는데요 ……."

빙긋이 웃고 들어오는 것은 동섭이다.

"그러기 내 너희들 올 줄 알았지. 간밤 꿈에 너희들을 보았다고 지금 대사와 이야길 하였다만."

동섭이가 어머니께 절을 하자 자경도 생각난 듯이 부스스 절을 한 사발 하고 옆에 있는 부채를 들고 목덜미를 활랑활랑 부친다. 웬일인지 자경 어머니는 선풍기를 싫어하는 까닭에 안방에는 선풍기가 없다. 누가 한 말인지 선풍기를 틀어 놓고 자면 죽는다 하는 말을 듣고부터는 밤이면 어느 방에 선풍기가 돌고 있나 하고 돌아다니는 어수룩한 늙은이다. 육십이 되려면 두 해밖에 안 남았건만 남달리 몸집이 크고 살이 많은 자경 어머니는 누가 보아도 사십 줄로 보는 것이다. 그의 아직도 풍만한 두 볼이 더욱 그를 젊게 보이게 하는 것이다.

"소승 문안드립니다."

여승이 염주 든 손을 합장하고 앉은 채로 허리를 꾸부린다.

"××암 대사야."

어머니는 뚱뚱한 몸에 맞지 않게 자그마한 손으로 담뱃대를 든다.

"그래 해수욕들은 재미 좋았나? 아주 얼굴들이 제법 까매졌구나."

"어머니 도무지 해수욕을 안 한답니다."

하고 자경이 턱으로 동섭을 가리킨다.

"이분이 아가씬 겝지요?"

"그래. 우리 아들과 딸이야. 잘 좀 보오. 사주와 맞는가 보란 말요."

"대사가 관상을 썩 잘한대 ……."

하고 동섭을 건너다본다.

여승은 이마에 굵은 주름살이 두어 줄 있을 뿐 얼굴이 맨둥맨둥하다. 자경은 여승의 짚신짝처럼 생긴 큰 귀를 보더니 동섭을 눈짓해 가지고 자기의 두 귀를 만진다. 동섭은 웃음이 나오려는 것을 겨우 참고 부채를 집어가지고 부쳤다.

여승은 염주로 손가락을 폈다 오므렸다 하더니

"보름달같이 아름답고 만개화(滿開花)같이 향기롭구나."

여승은 이빨을 아래위로 온통 해 넣은 모양으로 말할 때마다 딱딱 부딪히는 소리가 난다.

"남자로 태어났으면 삼천궁녀를 거느리고 헴 헴 좀 좋습니까? 하지만 여자시니까요, 좀 셉지요."

"뭐가 세단 말요, 팔자가 세단 말이죠?"

자경이 말을 가로 막았다. 그리고

"가만 있수, 내 해석할 터이니. 만개화는 다된 꽃이니 인제 시들겠단 말이고 보름달은 다 찼으니 이지러지겠다는 말이죠. 대사님 악담하고 앉았네."

이 말은 자경이 조선 사회에 있는 신라 경문왕을 점친 말을 생각한 것이다.

"아, 원 천만에 말씀을. 원 악담이라니요? 온 하늘이 내려다봅니다요. 소승이 왜 ……."

자경은 빙긋 웃고

"아 그럼 내가 잘못 들었나? 관상을 보니 달같이 꽃같이 예쁘다는 말이었구면."

하고 동섭을 건너다보고 눈을 끔뻑하였다.

　여승은 침을 한 번 삼키고 나서

　"네 그렇구 말굽시요."

　자경 어머니를 건너다보고

　"거저 약간 세니까요 방수를 하란 말씀이여요."

　"나무아미타불 관세음보살."

　여승은 가만히 두 손을 가슴에 댄다. 어머니가 빙그레 웃으며 한 손으로 담뱃대를 뺀다. 커다란 입이 귀밑까지 간 성싶지만 결코 보기 싫은 입은 아니다. 자주 보는 사람마다 자경 어머니의 복록은 입에 들었다 하고 지금 이 여승도

　"마님의 입은 옛날로 말씀하면 왕비 될 입이올시다."

라고 말하여 자경 어머니를 기쁘게 하였다.

　"그럼 방수를 하면 영험이 있을까 정녕코?"

　"말씀 맙시요. 소승의 방수는 관세음보살께 시주한 것이에요 나무아미타불."

　자경 어머니는 얼마큼 맘이 동한 모양이었으나 동섭과 자경 앞에서 차마 말이 나오지 않는 모양이다. 다 타지도 않은 담배를 재떨이에 툭툭 떨고서 입맛을 다신다.

　"거저 마님께서는 돈 이십 원만 주시면 됩니다. 부적 두 장만 갖다 올릴 터이니까요. 한 장은 아가씨 몸에 지니시고 한 장은 아가씨 주무시는 베개 속에 넣으시면 됩지요."

　자경 어머니는 뜨거운 담배 꼭지를 치마 끝으로 싸쥐고 담배를 담는다.

"정녕 효험이 있을까?"

"소승이 마님을 속이면 벼력[49]을 입지요."

여승은 수정 염주를 자꾸 돌린다.

"그럼 대사 ……."

"아이 배고파요 어머니. 우린 아침도 잘 아니 먹고 왔는데요. 먹을 것도 안 주어요? 콩밥 먹고 이 잃는 소리들만 하고 앉았어."

"어멈이 인제 안 가져오리. 그런데 대사 ……."

"아이 어머니도 저렇게 하면서도 또 예배당엔 가실 테지."

"그애야! 내가 예배당엘 가면 예수교인이더냐 너의 시골 고모님이 조르는 바람에 그 어른 대접으로 몇 번 가보았지."

어머니는 무료한 듯이 웃는다.

"그럼 저때 번 예배당 권찰부인인가 전도부인인가 하는 이가 오니까 과일을 깎아 드리고 국수장국을 말아오고 ……."

"애 손님 대접하는 게 승[50]이냐?"

어머니는 담뱃대에 성냥을 떡 그어 붙인다.

"그리고 그이들이 기도를 하니까 어머니도 머리를 숙이고 앉았다가 맨 끝에 아멘하지 않았어요? 그래도 예수쟁이가 아니에요? 하나님 믿고 점치고 좋다."

자경은 이십 년 전에 자기 어머니가 서 집사 부인으로 교회에 당당한 지도 자격에 있었던 줄을 알았다면 좀 더 맹렬히 공격했을지도 모른다.

하여간 자경은 어머니가 아무것도 모르는 여인을 데려다 놓고 사주

---

49 하늘이나 신령이 사람의 죄악을 징계하려고 내린다는 벌.
50 '흉'의 방언.

니 관상이니 하고 운명의 판단을 받고 앉아 있는 것이 여간 불쾌하지가 않다.

"양손에 떡이라니 흥!"

하고 또 한술 뜨자 여태껏 무안한 듯이 웃고만 있던 자경 어머니의 복통은 터졌다. 어머니는 담뱃대를 번쩍 들고 자경을 쥐어지를 듯이 겨누면서

"아 글쎄, 대강 까불어."

하고 소리를 꽉 질렀다.

"그 입 좀 못 닥치겠니? 대가리가 커다란 것이 소갈머리⁵¹가 좀 있어 야지."

어머니의 목소리가 거칠어지는 것을 보자 자경은 입을 삐쭉하고 발을 휙 치키고 나가버렸다.

"내 원 저게 언제 속이 들지 내 정말 골치가 아프다니까."

어머니는 동섭을 건너다보고 억지로 웃는 얼굴을 짓는다.

"내버려두세요. 속은 멀쩡해요. 다 알고 그러는 건데요 뭘."

"그래 넌 정말 해수욕은 안했니? 글만 읽었구나, 이 더운 때."

"아냐요. 공사장 구경 다녔어요. 아이 끔찍해서 글쎄 어머니 좀 보서요. 이만한 돌이 (팔로 원을 그린다) 마구 굴러 내리는구려. 그 밑에서 눈도 깜짝 아니하고 일들을 한단 말이야요."

"암 그네들은 익숙해졌으니까."

"어머니 그 사람들 삯이 요거에요. (손가락 일곱을 내보인다) 칠십 전, 가엾 지 않아요?"

---

51 마음이나 속생각을 낮잡아 이르는 말.

동섭은 어머니 앞에만 나오면 언제나 어린 동섭이 되고 마는 것이다. 그 말하는 목소리까지 어디인지 응석하는 어린 아들 같다.

"만길이가 그저께 와서 그러더구나. 서방님이 점심 진지를 남을 주었다나 그리고 웬 여인이 절을 하더라고 하하하."

"그까짓 것은 아무 것도 아닙니다만 정말 참혹해요."

"그게 다 빈부귀천이 아니냐."

"어머니 우리는 그 사람들을 마구 부려먹고 삶은 그렇게만 주고 난 정말 무슨 죄를 짓는 것 같아서 ……."

동섭을 고개를 떨어뜨린다.

"그 애야. 대사 우리 아들 말하는 것 좀 들어보 글쎄."

여승은 고개를 들고 동섭을 바라보며

"대자대비는 부처님의 본성이나 성(性)은 불(佛)이니, 헴 전생 있을 때는 부처님의 제자가 이생에 점지되신 겝니다. 의사나 포교사가 되어 중생을 구제하시는 것이 좋겠습니다."

"그러지 않아도 우리 아들은 올해 의학을 마쳤어. 인제 좀 있으면 박사가 된대여."

동섭은 벙긋 웃고 바람벽에 달린 달력을 쳐다본다.

"네, 거룩하십니다. 헴 만인의 두목이요 천인의 으뜸이라 다만 이때 남만북적[52]이 기회를 엿보니 ……."

"그럼 그게 뭔가?"

"만인의 으뜸이라니 좀 좋습니까! 하지만 시기하는 무리가 따른다는

---

52 南蠻北狄. 중국 남쪽과 북쪽에 사는 오랑캐를 각각 이르는 말.

말씀이지요."

"그럼 그 시기하는 무리라는 것은 좋지 못한 것 아니야. 무슨 처방이 없겠나?"

"처방이야 얼마든지 있습죠."

"어렵시오, 처방은 일 없어요."

하고 동섭은 껄껄 웃었다.

"그 웃음소리 좋다. 마님 염려 없에요. 처방 아니 하셔도 서방님은 앞으로 무궁한 영화가 있을 겝니다."

"어머니 대사 점심 잘 대접해요, 날 칭찬만 해 주었으니까요."

"천만에 말씀을 칭찬이라니요. 소승은 보는 대로 여쭈어 드린 것뿐입니다."

동섭이 막 일어서려는 때이다. 언제 왔는지 자경이 문 곁에서 방안을 엿보고 섰다. 한 손에는 펌프를 감추어 들고 동섭을 겨누어 가지고

"찍."

하고 한 방 놓았다.

"앗 차거."

동섭은 깃고대[53] 속으로 흘러 들어간 물이 벌레가 기는 듯이 서물서물하는 것을 느끼면서 문밖으로 뛰어 나왔다.

"원 저게 저런 장난을 한다니까."

어머니는 담배를 입에 빼내 가지고 재떨이에다 꼭지를 꾹꾹 누른다.

동섭이 복도로 나올 때 깨다닥 하고 웃으며 자경이 달아나는 것이 보

---

53 옷깃의 뒷부분.

였다. 동섭은 자경을 쫓아갔다. 자경은 쫓기어 응접실로 들어갔다. 그리고 첨엔 커튼 뒤에 숨었다가 암만해도 미심해서 피아노 뒤로 가서 가만히 앉았다. 아니나 다를까 동섭이 응접실로 들어오는 기척이 난다. 이리저리 살펴보더니 도로 문을 열고 나가는 모양이다.

자경은 벌떡 일어나서 돌아서는 동섭의 목덜미에다

"찍."

하고 한 방 놓았다.

"앗."

동섭은 피아노 뒤로 왔다. 그리고 자경의 두 손을 꼭 모아 쥐었다.

"인 내요. 그 펌프를."

동섭이 억지로 펌프를 받아 가지고 자경의 깃고대에

"찍."

하고 한 방 놓았다.

"아이 차가워 호호호."

하고 자경이 웃어댄다.

동섭은 연해 펌프를 겨누면서

"날 두 방을 놓았으니 아직 한 방이 남았거든 …… 가만있자 이번에는 어딜 놓나?"

동섭은 물통을 가지고 자경의 얼굴, 목, 가슴, 귀, 눈을 겨누었다. 자경은 그럴 때마다 자지러질듯이 웃어대며

"제발 용서하서요."

하고 애걸한다.

"허, 참 그럼 특사로 한 방은 용서하는 수밖에."

하고 자경의 팔을 놓아주었다.

자경은 두 팔이 놓이자 양편 팔을 주무르면서

"아이 아파, 어쩌면 그렇게 사정도 없담."

아파서 못 견디는 모양이다.

"어디 많이 아파요?"

동섭이 가까이 와서 자경을 팔을 만져 주었다. 자경은 번개같이 동섭의 손에서 펌프를 빼앗아 가지고

"찍."

하고 동섭의 얼굴에 한 방 놓고 문을 열고 나가버렸다.

"허 참 맹랑한 일이로군."

동섭은 이마와 얼굴에서 흘러내리는 물을 손수건으로 씻었다.

"서방님 왜 울어요? 네네? 울지 말아요."

만길이가 어느새 절름거리고 와서 곁에 서 있는 것이다.

"아니야 난 안 울어."

"그럼 왜 이건 뭐요 응?"

뺨에 흘러내리는 물방울을 손가락으로 튀긴다.

"이거 말야? 이것은 눈물 아냐."

"괜히 거짓말하네. 잉잉 잉잉 나도 울 테야. 잉잉잉."

정말 만길이가 운다.

"이것 참 재변일세. 애 울지 말아 듣기 싫다."

동섭은 만길의 어깨를 흔들었다.

"잉잉잉 서방님 왜 울어요?"

만길이가 이토록 동섭을 따르는 것이 기특해서

"이 녀석아. 내가 배가 아파서 울었어. 이젠 다 나았다."

"인젠 괜찮수? 다 낫슈?"

"응 그렇다. 헉 그 참. 이래저래 성가시는 일뿐이여."

만길은 생각난 듯이

"점심 진지 잡수시래요."

"그래? 가자."

만족한 듯이 동섭을 쳐다보고 빙긋 웃는 만길의 얼굴에는 눈물에 말린 땟국이 이리저리 그려있다.

"애 너 세수해라. 보기 싫다. 얼굴이 뭐냐."

"행행행행."

만길은 기쁜 듯이 웃으며 절름절름하고 앞을 서 간다.

안방 문으로 여승이 합장을 하고 자경 어머니에게 인사를 드리고 나가는 것이 보인다. 밖에는 언제 비가 그쳤는지 햇살이 환하게 비치고 있다.

"매리 매리."

어여쁜 억양을 붙여서 강아지를 부르고 있는 것은 숨김없이 자경의 목소리다. 동섭은 신을 신고 소리 나는 곳으로 갔다. 남향한 뜰에서는 치자꽃이 한창 무르녹은 향기를 뿜고 있다. 자경이 육모정에서 강아지를 안고 서 있다가 동섭이 쫓아오는 것을 보고

"에구머니나."

가늘게 부르짖고 달아날 채비를 차린다. 동섭은 날쌔게 육모정으로 뛰어 올라 자경의 어깨를 붙들었다. 사면으로 축축 내린 등꽃이 사랑의 빛처럼 연연히 빗방울을 머금고 있다. 자경은 살짝 돌아서 동섭의 팔을 안았다. 그리고

"인젠 우리 사과합시다."

자경은 거푸 두 번이나 절을 한다.

홰나무[54] 위에서 매미가

"맴맴 맴매."

하고 우는 소리가 난다. 만길이가 홰나무 아래를 빙빙 돌아다니며 매미를 찾는 듯 이리 기웃 저리 기웃 하는 것이 보인다.

오래간만에 어머니는 사랑하는 딸과 아들과 함께 점심상을 받는 것이 매우 즐거운 듯이 그 큰 입을 벌리고 자주자주 웃어 보인다.

"약혼은 음력으로 구월 십육일 동섭의 생일에 발표하기로 할까?"

는 말까지 한다. 두 사람은 건너다보고 미소하였다. 아무 데도 꺼릴 것 없이 들에 뛰어다니는 망아지 같은 자경도 이 말에는 그 아름다운 두 뺨이 앵두같이 붉어졌다.

"자경은 얼굴처럼 맘도 좀 얌전해졌으면 오죽 좋으랴."

어머니는 자경의 얼굴을 들여다보며 말을 하자

"어머니 좀 좋아요. 자경처럼 명랑한 성격이 얼마나 좋은지 몰라요. 위선 자기 자신도 그렇지만 옆에 사람이 여간 덕택을 입지 않거든요."

동섭은 자경을 변명하듯이 이런 말을 하였다.

사실 동섭의 성격은 어디로 보던지 약간 침울한 편이다. 마치 무성한 숲같이 고요한 그늘이 덮이기 쉬운 맘이다. 그 속에 자경이처럼 아름다운 새가 노래하고 재잘거리는 것이 무엇보다도 즐거운 일인 것이다. 점심을 먹고 그들은 오래간만에 서재로 왔다. 동섭은 논문 원고를 끝내고

---

54 회화나무(콩과의 낙엽활엽교목).

자경은 불란서 소설을 손에 들었다. 자전을 찾아가며 한참 읽다가 무엇인지 종이에 써 가지고 동섭 앞으로 내민다. 동섭은 종이를 들어 보았다. 불란서 말로

'혈액이 말끔 다 위로 간 모양이야요.'

하고 쓰여 있다. 동섭은 독일말로

'근면 근면.'

하고 써 보였다. 그들은 서재에서 결코 입으로 말하지 아니하고 부득이할 일이 있으면 필답을 하도록 서로 약조가 되어있는 것이다.

자경은 잠자코 자전을 뒤적거린다. 동섭은 바쁘게 붓을 놀리고 ……시간이 얼마나 갔던지 동섭이 책장에 참고서 하나를 꺼내려고 일어서니까 자경은 한편 뺨을 책 위에 대놓고 잠이 들어 있다. 동섭이 빙긋 웃고 손가락으로 자경의 한편 뺨을 건드려 보았으나 아무 소식이 없다. 동섭은 얼른 종이를 펴서 자경의 자는 얼굴을 만화로 그려가지고 자경 앞에 놓았다. 그리고 자기의 양복저고리를 자경의 어깨 위에 걸쳐 주고 밖으로 나왔다. 활짝 갠 하늘에 누르스름하게 석양이 비쳤는데 즐거워야 할 동섭의 맘이 웬일인지 쓸쓸하고 괴롭다. 동섭이 처음 맛보는 인간 문제의 고민이 깊은 숲같이 잔잔한 그의 영혼에 크나큰 그늘을 지워 주는 것이다. 그는 키같이 자란 글라디올러스가 밀 이삭처럼 봉오리를 짓고 있는 화단을 지나 테니스 코트를 나왔다. 이리저리 한참 걸어보다가 다시 연못가로 와서 벤치 위에 덜컥 걸터앉았다. 인기척을 듣자 붕어들은 모이를 얻어먹을 듯이 수면으로 둥둥 떴다 잠겼다 하면서 잔잔한 거품을 뿜는다.

동섭은 연못가에 소담하게 피어있는 치자꽃을 코에 대었으나 그의

맘은 꽃의 향기와 거리가 먼 다른 일을 생각하고 있는 것이다.

'어떻게 할 것인가.'

동섭은 입 속으로 부르짖었다.

"암만해도 모순이다. 틀렸어."

이런 말이 가만히 그의 입으로 들려나온다. 동섭은 치자꽃을 연못 위에 훌쩍 던져 버리고 일어섰다. 붕어들이 우르르 물 위로 다시 그 붉은 등어리를 나타낸다. 그는 홰나무 아래로 걸어가면서 가끔 고개를 흔드는 것이다.

자경은 얼마를 잤던지 눈을 번쩍 떠 보니 동섭도 없고 자기 앞에 커다란 그림이 놓여 있는 것을 보자 그는 그것이 무엇인지를 알았는지 소리를 내어 웃으며 일어섰다. 자기 등에 덮인 동섭의 저고리를 조심조심 안어다 한편에 치워 놓고 밖으로 나왔다. 동섭은 응접실에도 없고 물론 어머니 방에도 있지 않다. 그는 육모정도 건너다보고 화단을 돌아 연못에 벤치까지 왔으나 동섭의 그림자는 없는 것이다.

자경은 어디서든지 꽉 소리를 치며 내다를 동섭을 생각하고 그는 싱긋싱긋 웃으면서 넓은 정원을 이리저리 돌아다닌다. 이편 홰나무로 오자 동섭이 홰나무를 등지고 서 있는 것이 눈에 띄었다. 자경은 발소리를 죽여 살금살금 가까이 갔다. 동섭과 거리가 딱 가까워지자 자경은 살그머니 발돋움을 하면서 동섭의 눈에 손을 가리었다. 순간 자경은 주춤하고 얼른 손을 떼었다. 그의 손바닥은 확실히 젖어 있지 아니하냐. 자경의 가슴은 덜컥 하였다. 그리고 속으로

'이이가 정말 큰일났구나.'

부르짖고 동섭의 앞으로 다가섰다. 자경도 동섭의 맘을 잘 안다. 그의

일기책을 보고 더욱이 간밤에 월식할 때 하던 말이며 사실 자경도 동섭의 하는 말을 곰곰이 생각하여 보았다. 다 옳은 말이다. 참말로 세상은 모순이다. 그리고 공평하지 못한 것이다. 그러자 자경은 생각하였다.

'할 수 없는 일이다. 설사 우리 집에서 그 많은 노동자를 후대한다[55] 손치자. 우리 한 집이 파산할 것밖에 별수가 없다. 그들은 도저히 우리 힘으로 구원할 수 없는 것이다.'

하였다.

'할 수 없는 일이라면 그 때문에 맘을 상하고 괴로워하는 것은 어리석은 일이다. 우리는 행복스럽게 우리 앞에 놓인 길만 걸어가면 그뿐이다.'

이러한 결론을 얻자 그는 동섭의 맘 동산에 침입한 번민의 새를 쫓아 버리기로 결심한 것이다. 이 생각은 동섭과 차를 타고 오면서 그리고 낮에 밥을 먹을 때까지 자경은 완전히 해결 지은 답안이다. 그리고 그는 자기의 행복의 동산을 엿보는 것이면 사람이고 물건이고 무엇인지 간에 싸워 보리라 하고 맘속으로 작정하였던 것이다.

"기분이 나쁘세요?"

자경은 짐짓 딴말을 건네어 보았다. 그는 이런 경우에 무슨 이해나 동정을 보이는 것은 울고 싶은 아이 치는 격으로 동섭의 맘의 고민을 더 확대시킬 염려가 있다고 생각한 것이다.

"테니스 칩시다. 이젠 서늘하기도 하니까요."

"……"

자경은 혼자서 방싯 웃고는

---

55 아주 잘 대접하다.

"이건 뭐야요."

하고 손에 착착 접었던 종이를 펴서 동섭의 얼굴 가까이 들이밀었다. 조금 전에 자기가 그린 만화이다. 동섭은 괴롭게 빙긋 웃고 저편으로 혼자 걸어간다. 자경은 눈을 쏘아 동섭의 뒷모양을 바라보고 가늘게 한숨을 쉬었다. 그가 석가모니를 초조하던 정반왕(淨飯王)[56]처럼 그의 맘에는 커다란 불안이 안개처럼 덮여 오는 것을 느끼었다.

---

[56] 석가모니의 아버지.

고민

　서늘한 바람이 숲속에서 불어오는 언덕길을 올라가면서 배창환은 혼자 중얼거렸다.

　"오늘은 해수욕장에 없었겠다? 몸이 아픈가?"

　자경이 없는 해수욕장이 얼마나 쓸쓸하였던고. 바다의 짠물도 창환에게는 맹물보다 더 싱거운 존재였다.

　"좌우간 의견이나 들어보아야 될 것인데?"

　그는 마음으로 불붙은 화산이라도 그를 위하여서는 뛰어들 것 같으면서도 어째 직접 딱 마주치고 나면 입을 뗄 수가 없는지 스스로 이상하여 지는 것이다.

　'수만 명 관람객 앞에서 배트로 공을 쳐서 맞혀 내기에는 힘이 들지 않는 내가 자경이라는 여자 앞에 나오면 마치 결박이나 당한 사람 모양으로 힘이 없어지고 고개가 수그러진다. 이상한 일이다.'

　창환은 남자답지 못한 자기를 비웃었다. 그는 자기 가슴같이 타오르는 석조(夕照)를 바라보면서 공원길로 올라섰다. 벌써 보금자리를 찾는 새들이 찍찍거리는 고요한 길 그는 울릴 듯 울릴 듯한 맘을 겨우 진정하면서 천천히 걸어간다.

　'요사이 보낸 편지만 벌써 하나, 둘, 셋, 넷 …… 하나도 답장이 없으니.'

창환은 완전히 힘이 풀린 듯 언덕길 중턱에 망연히 섰다.

저편 송림 사이로 이야기 소리가 도란도란 들리면서 사람의 발소리가 가까웠다.

개드득 하고 웃는 웃음소리에 창환은 반사적으로 소리 나는 곳으로 귀를 기울였다. 웃음은 분명코 자경의 목소리다.

사랑하는 사람의 음성은 캄캄한 어둠 속에서나 수백 명 군중 가운데서도 알아낼 수 있는 것이다.

자경의 명랑한 웃음소리와 함께 부드럽고 저력 있는 남자의 음성이 들려오자 창환은 전신의 피가 일시로 거꾸로 흘러가는 것을 느끼었다. 발소리는 점점 가까이 온다.

창환은 한편으로 비켜섰다. 그리고 본능적으로 길 옆에 있는 커다란 소나무 뒤로 가서 섰다. 언덕 위에서 내려오는 사람들은 창환을 볼 수 없으나 창환은 그들을 똑똑히 보는 것이다.

검은 치마에 흰 적삼을 입은 자경이 유동섭과 나란히 서서 오는 것을.

"그럼 코스[路程]는 어떻게 정할까요? 눈 오는 시베리아 벌판도 좋지만 그보다 난 인도양을 건너보고 싶어요."

"그야 아무러면 어때요?"

"그럼 약혼은 우리 떠나기 전에 발표해 버리기로 합시다."

"그래도 좋고."

"저 이랬으면 하는데. 음력 구월 십육일 당신 생일에 약혼반지를 끼워주시도록 …… 친구들 앞에서."

두 사람은 창환이 서 있는 소나무 앞을 지나간다. 자경이 한 팔을 동섭의 팔에 끼고 가는 것이 보이자 창환은 눈을 감았다.

'무엇을 엿들어, 사내답지 못하게.'

그는 이렇게 입속으로 부르짖고 놀란 사슴 모양으로 풀숲을 헤치고 비탈길을 내리달렸다. 바닷가로 가는 것이다.

물결소리가 차츰 고요해지는 기름같이 미끄러워 보이는 바닷가에 창환은 우두커니 섰다.

아득한 저녁 바다같이 지향할 수 없는 자기 마음이 슬퍼졌다.

갑자기 뜨거운 눈물이 주르르 흘러내리는 것을 씻으려고도 하지 아니하고 잿빛으로 짙어가는 바다를 보고 섰다.

'잊을 수만 있다면.'

창환은 한숨을 쉬었다. 자박자박 사람의 발소리가 가까이 오건만 창환은 돌아다보기가 싫었다.

"오호호 난 누구라고."

바로 창환의 귀밑에서 자경이 웃는 것이다. 창환은 무어라고 인사말을 하려고 하였으나 시멘트로 입을 봉한 것처럼 완전히 입이 떨어지지 않는다. 창환은 자기 뺨이 두어 번 실룩거리는 것을 느끼자 도망하는 사람처럼 그 자리에서 달아났다.

'내일은 이곳을 떠나리라.'

그는 혼자서 입속으로 부르짖었다.

자경은 잠잠한 채로 창환이 뛰어가는 뒷모양을 바라보고 가만히 한숨을 삼켰다.

동섭은 어느새 바위 있는 곳으로 가서 적은 돌을 바다로 던지고 있다.

"어디 누가 멀리 가나 던져 볼까?"

자경도 돌을 주어 힘껏 수면을 향하여 팽개를 쳤다.

"자경!"

하고 동섭이 입을 열었다.

"인생이란 결국 이 적은 돌멩이 한 개가 아닐까요?"

"……."

"결국 죽음이란 바다로 하나씩 하나씩 들어가고야 말 것이니."

"그만 두어요 죽는다는 말은. 죽을 땐 죽더라도."

"하하하 죽긴 대단히 싫은 모양인데."

"죽는 것은 괜찮아요. 그래도! ……."

"그래도?"

재차 묻는 동섭의 얼굴을 피하듯 자경은 눈을 떨어뜨리며

"동섭 씨와 떠나기가 싫어서 그래요. 만약 꼭 같이 죽는다면 조금도 무서울 것은 없지만."

"내가 매립 공사장 인부가 된다면 자경은 돌을 깨는 여인이 되겠단 말이지."

"그야 물론이죠. 하지만 그런 것은 농담이구."

"사람의 일을 알 수가 있나요? 나는 돌을 운반하고 당신은 돌을 깨치고. 통쾌하지 않소."

자경은 잠잠히 돌만 던지고 섰다.

"당신은 대체 공사장 인부들을 어떻게 봅니까? 이건 농담은 아닙니다."

동섭은 모래 묻은 손을 탁탁 털면서 자경을 돌아본다.

"어떻기는 …… 일하는 사람이겠죠."

자경이 태연스럽게 대답하면서도 속으로는 뜨끔하였다.

"무슨 일?"

"아주 힘 드는 일."

"그뿐?"

"저 가만있자. 인류문화를 건설하는 용사 호호."

이 말은 자경이 동섭의 일기장을 흉내내는 것이다.

"그래 그들은 그만한 보수를 받고 있나요?"

"받을 만큼 삯을 받지 않아요? 주고받는 범위가 있으니까요."

"그래 그 받는 삯으로 그들이 살아갈 수 있을까요?"

"그야 생활의 표준이 다르니까요."

자경은 무슨 댄스의 스텝을 밟는 것처럼 빙글빙글 맴을 돈다.

"생활 표준? 그래 생활 표준이란 게 뭐요 대체?"

"가령 우리 집 생활비가 한 달에 천 원이라 합시다. 그렇지만 일국의 대통령이나 총리대신 같은 집에서는 천 원으로 살아갈 수는 없겠지요 …… 그렇지 않아요?"

"그래서?"

"우리는 식후에 과일을 먹어야만 하지만 노동자들은 김치만 먹어도 되거든요. 또 잠자리도 그렇지요. 그네들은 거적 위에서라도 숙면을 할 수가 있으니까요. 결국 생활이란 건 습관이에요."

동섭은 혼이 나간 사람처럼 멀거니 자경의 얼굴을 지키고 섰다.

"호호호 왜 그리 자세히 보서요?"

자경은 구두를 벗어서 모래를 떨면서 말을 계속한다.

"행복이란 주관이지 객관은 아닌 것 같아요. 당신이 그 노동자들을 위하여 눈물을 흘리고 있는 시간에 그들은 노래하고 있는지 누가 아나요? 그들은 얼굴이 하얗고 그들의 눈으로 보면 말입니다 돌 한 개도 운반하지 못하는 당신이 가엽게 보일는지도 모르지요. 그러고."

"꼭 참새 같구려."

"내 말이? 그렇게 빠른가요?"

"그보다도 더 무의미하단 말요 …… 어디서 입은 그렇게 깟슈?"

동섭의 이 말 속에는 참을 수 없는 미움과 멸시가 포함되어 있는 것이다. 자경은 송두리째로 자존심을 짓밟힌 듯 가만히 아랫입술을 깨물고 섰다.

"한 그릇 밥을 위하여 생명을 파는 그들에게 생활의 표준이 있을 까닭이 있겠소 …… 목숨을 내걸었건만 하루 세 끼를 먹지 못하는구려."

동섭의 음성은 약간 높아졌다.

"그들은 살고 있는 것이 아니라 조금씩 조금씩 죽어가는 것이오. 단번에 딱 죽는 것보다 피를 말리고 뼈를 깎고 그리고 멸시 받고 학대당하고 …… 얼마나 더 잔인한 죽음인지."

"그들은 용기가 없기 때문에 자살을 못하는 것뿐이오. 아니 그보다도 그들은 생활이란 착고[57]에 손발을 붙들려 매인 호흡하는 송장이오."

동섭이 점점 흥분하여 지는 것을 보고 자경은 자기의 지나친 말을 후회하였다.

"내 말을 오해하시는 게 아니오."

하고 자경이 방싯 웃어 보였으나 동섭은 돌아서서 뚜벅뚜벅 걸어간다.

"같이 가서요 네?"

뒤도 돌아보지 않는 동섭의 그림자는 숲속으로 사라졌다.

---

57 '차꼬'를 한자를 빌려서 쓴 말. 죄수를 가두어 둘 때 쓰던 형구.

이튿날도 동섭은 공사장으로 갔다. 그는 아무런 묘책도 없으면서도 그리로 가는 것이다.

마치 불을 본 나비가 까닭 없이 등잔으로 날아 들 듯이 동섭은 그 처참하고 혹독한 광경에 무슨 매혹이나 느낀 것처럼 날마다 날마다 공사장으로 가는 것이다.

가서 우두커니 들여다보고 뜨거운 태양과 돌무더기에서 반사하는 열기에 땀을 흘리고 그뿐이거늘 동섭은 이날도 노인과 그 어린 손자 아이가 돌을 깨는 곁에 섰다.

"선생님!"

돌을 주르르 붓던 수동이가 그 덧니를 보이면서 웃는다.

"응!"

동섭도 마주 웃었다.

아이는 돌을 올가미 속에 집어넣더니 동섭을 보라는 듯 쇠망치를 높이 들고 힘껏 내리친다. 그러나 돌은 갈라지지 않는다.

"요게!"

수동은 입을 악물고 또 한 번 딱 때린다. 여전히 돌은 꼼짝도 아니한다.

"앵이!"

세 번째 망치를 내리치던 수동은 갑자기 벌떡 일어난다. 그의 손끝에서 빨간 피가 뚝뚝 떨어지는 것이다.

웬일인지 수동은 아프단 말을 하지 않는다. 옆구리에 달린 수건을 한 가닥 입으로 물고 쭉 찢더니 손가락에 휘휘 감는다. 동섭은 주머니에서 멘소래담[58]을 꺼내 가지고 수동이의 손가락에 발라 주었다.

노인은 눈을 번쩍번쩍 하고서

"얘 돌을 아니 깨고 무엇하니?"

하고 손자를 돌아보더니

"츳 저 자식이 또 손가락을 다쳤구나. 츳 많이 다쳤니?"

"아냐요, 괜찮아요."

수동이는 얼굴을 약간 찡그리면서 쇠망치를 잡는다.

"그 무슨 약이에요?"

동섭이 돌아보니 전날 어린애를 때리던 여인이다. 오늘은 자리를 이쪽으로 옮긴 모양이다.

"고약이거든 우리 아이 팔에 좀 발라 주서요."

여인은 아이의 팔을 걷어 부친다. 팔고뱅이[59]에 동전만한 헌데가 진물이 흐르고 있다.

"이 약은 거기 당한 것은 아닌데."

"괜찮아요. 조금만 주서요 네?"

여인은 돈을 얻고 점심을 얻은 이 젊은이에게는 약까지 얻을 권리가 있는 듯이

"팔을 치켜."

하면서 동섭의 앞으로 아이의 팔을 잡아 민다. 설명했자 소용없는 줄 생각한 동섭은 멘소래담을 손가락에 찍어서 아이의 팔에 발라 주었다.

여인은 자랑스러운 듯이 옆에 사람을 돌아보고 빙긋 웃으며 올가미를 잡는다.

"여보서요 어렵지만 여기 바르게 고약 조금 주서요."

---

58 멘톨(Menthol)과 페트롤라툼(Petrolatum)의 합성어로 진통소염작용을 함.
59 팔꿈치.

늙은 할머니가 뚱뚱 부은 손가락을 들이민다.

"저 달에 다친 것을 그냥 내버려 두었더니 ……."

동섭은 잠자코 멘소래담을 발라 주었다.

"온 이런 고마울 때가 ……."

노파가 자기 자리로 가자 나도 나도 하고 정강이를 들이미는 사람 발가락, 손바닥 하고 사오 인이 우르르 동섭의 옆으로 왔다. 멘소래담은 없어졌다.

"가만히들 계서요. 내 가서 약 좀 가져오리다."

하고 동섭은 시가지로 내려왔다.

양약국에 들어가서 붕산[60], 붕산연(硼酸軟膏), 옥도정기,[61] 탈지면, 가제, 붕대 그리고 감람기름[62] 같은 것을 샀다.

제법 커다란 꾸러미를 안고 다시 비탈길을 올라갔다.

점심 고동이 불고 사람들이 점심을 먹는 시간에 동섭은 이동 치료를 개시하였다.

먼저 수동이 손가락을 소독을 하고 옥도정기를 바르고 가제로 동여매 주었다. 다음에 여인의 아들의 팔고뱅이와 젖먹이 아이의 머리를 소독을 하고 붕산연고를 발라 가지고 붕대로 싸매고 …….

이렇게 치료를 받은 사람이 근 이십 명이나 된다. 뚱뚱 부은 노파의 손가락은 째서 고름을 뽑아야 할 것이다.

---

60 약한 살균 작용과 방부성이 있기 때문에 상처나 그 밖의 소독제로 사용.
61 沃度丁幾(Iodine tincture). 아이오딘, 아이오딘화 칼륨을 에틸 알코올에 녹인 용액으로 구급약으로 널리 사용. 옥도는 일본어로 아이오딘이라는 뜻이고 정기란 일본어로 팅크 즉 팅크처 (Tincture)를 뜻하여 요오드 팅크, 아이오딘 팅크처라고도 불림.
62 감람나무의 열매의 씨로 짜는 기름. 한방에서 약재로 쓰임.

"병원으로 가서 째도록 하시오."

하고 돈 일 원을 꺼내 주었다.

"온 이럴 데가 있습니까."

노파는 합장하듯이 허리를 구부린다.

석양이 될 때까지 동섭은 점심 먹을 것도 잊어버리고 그들 사이를 돌아다녔다. 해가 질 무렵이 되자 동섭은 비로소 시장함을 느꼈으나 오늘같이 맘이 가뜬하고 기분이 상쾌하다면 점심쯤은 굶어도 좋을 것 같다.

동섭은 남은 약과 탈지면을 거두어 가지고 일어섰다.

누구 귓속질이나 하는 것처럼 말속에 들리는 음성!

'너는 지금 가면 얼마든지 먹을 수 있고 모든 휴식이 너를 기다리고 있지 않느냐 위선자! 헐한 인도주의자.'

동섭은 쓰디쓴 웃음을 삼켰다.

"할아버지 간조하면[63] 사 전만 주서요 공책 살래유."

"이 자식아 야학교에도 공책을 가져가느냐?"

"그럼요. 김 선생님이 꼭 가져 오랬어요."

동섭은 수동이 곁으로 갔다.

팔월도 벌써 절반이 넘어 이십 일이었다. 이날도 동섭이 약 꾸러미를 들고 공사장으로 가는 것을 보고 자경은 오늘만은 해수욕장으로 가자고 졸라 보았으나 소용이 없었다.

보이지 않는 운명의 손이 동섭과 자기의 사이를 조금씩 틈을 내고 그리고 그 틈은 마침내 커다란 바닷물처럼 동섭과 자기 사이를 건너지 못

---

63 일정한 기간 동안 일을 한 임금을 정산하여 주는 것.

할 구렁으로 만들어 버리지 아니할까 하는 예감이 들자 자경은 심장이 통으로 얼어붙는 듯한 전율을 느끼었다.

'나도 따라가 보아?'

하고 생각해 보았으나 자경은 고개를 좌우로 흔들고 한숨을 쉬었다. 해수욕장에도 가기 싫고 자경은 피아노를 열었다. 자경이 좋아하는 곡조 은파를 절반이나 쳤을까 자경은 자기 뒤에 사람의 기척을 느끼고 뒤를 돌아보았다.

"앗, 인애."

자경은 지나치게 반가운 듯이 거의 울 듯한 표정으로 인애라는 손님의 하얀 모시치마를 입은 가는 허리를 담뿍 안았다.

"언제부터 노크를 했는데도 못 들었지?"

"응, 피아노 소리에. 여기 앉아요."

자경은 인애와 나란히 소파로 가서 앉았다.

"아홉 시 차로 왔구만."

"응."

선풍기의 바람이 인애의 기름기 없는 머리카락에 나부낀다. 약간 좁은 듯한 이마도 크도 적도 아니한 눈, 꼭 다문 입술 위로 조금 들린 듯한 코가 이 여자의 성격이 총명한 것을 말하는 듯하다.

몸 전체가 자경보다 여위고 얼굴에 보일 듯 말 듯 주근깨도 있건만 어디인지 단아하고 조용한 기분이 그 몸 전체에서나 또한 어디까지든지 알토 음으로 부드러운 음성에서 흐르고 있는 것이다.

하인이 얼음차를 갖다놓고 나갔다.

"내 엽서 보았니?"

"응."

인애는 얼음차를 한 모금 마시고

"어떻게 독촉이 심한지 오늘 강습은 일부러 결석을 하고 왔다. 왜 어디가 아프냐?"

"……."

자경은 눈자위가 불그레해졌으나 빙긋이 웃으면서 찻잔을 들었다.

"거저 오랬어. 보고 싶었어, 인애가."

"정말? 거짓말쟁이 해수욕장에 더군다나 '그이'와 같이 있으면서."

"그래그래 난 행복이다. 그런데 너의 '그이'는 언제 온다느냐. 밤낮 소문만 놓고 기다리게 하는 거야?"

인애는 방그레 웃더니

"이봐 이게 최근 사진이라나 그저께 왔어!"

인애가 핸드백에서 명함지만한 사진을 꺼내었다.

"갑갑해 인내요 보고도 자꾸 볼 작정이야?"

자경이 인애의 손에서 사진을 휙 빼앗아가지고 들여다본다.

"삼 년 동안에 많이 변했구나. 그때도 내가 그러지 않더냐 미남자라고."

자경은 사진과 인애를 번갈아 들여다보면서

"싸인옵크로스(폭군 네로)라는 활동사진[64] 보았지? 그 주인공 프레드릭 마치[65] 같지 않어?"

"뭘, 그렇지도 않어."

---

64 영화의 옛 호칭.
65 Fredric March(1897~1975). 1929년 영화 〈티미〉로 스크린에 데뷔, 1931년 〈지킬 박사와 하이드 씨〉로 아카데미 남우주연상을 수상함. 그 후 1930~40년대 할리우드를 누비며 연기파 배우로 인정받게 됨.

여상한[66] 듯이 대답을 하면서도 인애의 두 귓바퀴가 양귀비꽃처럼 붉어졌다.

"이만하면 너도 정성을 피운 것이 아깝지 않은 게지!"

자경은 사진을 인애의 무릎에 얹어두고 벨을 눌렀다.

하녀가 들어왔다.

"해수욕복 두 벌만 가져와."

"네."

"나도 해수욕 하자는 거야?"

"물론."

"아니야. 정말 나는 헤엄을 못하지 않니? 제발 용서해라 응."

"괜찮아요. 헤엄은 하지 말고 보트만 타자꾸나."

"그래도 …… 난 싫어. 첫째 난 체격이 빈약하니까 남 보는데 ……."

"에이 바보."

"응 난 바보야 호호호."

"그럼 그만 두자. 그 대신 너는 오늘밤에 여기서 나와 같이 자야만 한다."

인애는 머리를 긁었으나 방그레 웃고 고개를 끄덕일 수밖에는 없었다.

"자경 프레드릭 마치가 구월 그믐에 떠나온다나."

"아 그래? 사진 이름이 뭐야?"

자경이 활동사진인 줄만 아는 것이 우스운지 인애는 가슴을 안고 깔깔대고 웃더니

"너도 둔감이로구나."

---

66 평소와 다름이 없다.

"오, 그럼 너의 그 오상만 씨가 온다는 말이냐."

"응, 제가 지은 이름을 금방 잊어버려?"

인애가 또 웃고 나서 그런데

"정거장에 같이 가요 응, 자경."

"싫다 애. 난 체격이 빈약하여서 호호!"

"에끼 호호."

자경이 열네 살 적부터 친해 온 주인애다. 여학교로 나와서 하나는 전문학교로 하나는 보육학교로 들어갔지마는 두 사람 사이에는 모든 비밀을 서로 통정하고 이해하는 사이다. 배연숙은 싸우고 노는 친구라면 인애는 믿고 사랑하는 친구다.

자경은 웃음을 그치고 인애를 바라보더니

"내가 인애를 오라고 한 것은 좀 의논할 일이 있어서 ……."

하고 목소리를 낮춘다.

"응, 무슨 의논야?"

"동섭 씨가 말이다. 공사장 인부들을 보고 난 뒤부터는 아주 이상스러워졌어요."

"어떻게?"

"저러다가 사회주의자나 된다면 큰일이겠지. 감옥살이하고 고문당하고 ……."

자경은 두 손을 한데 모으고 손가락 마디를 딱딱 분지른다.

"왜 저번에도 편지로 대강 이야기 하지 않았어? 그이가 점점 달라진다고 ……."

"……."

인애는 잠잠히 말없이 앉아 있다.

"이봐 인애 그이 기분을 어떻게 좀 돌릴 수가 없을까? 요사이는 밤에도 나가서 열 시가 넘어서야 들어온단다."

"어디 가서?"

"글쎄 낸들 알 수가 있나!"

"한 번도 쫓아가 보지도 않았어?"

"낮에는 공사장 가는 줄 알지만 밤 출입은 요새 한 일주일 되었는데 어디 병자의 집을 가는 것인지 몰라."

"물어도 안 보았나?"

"응 물어보니까 안 가르쳐주어요. 글쎄 변했다니까 그런데 요즘은 아주 냉정해졌어요."

"다른 여자 교제는 없니?"

"없어, 그것은 절대로. 내가 언제 그이 일기책을 보았다고 그러지 않더냐. 그때부터야 그이가 달라진 것이."

"그렇지만 걱정할 것 있느냐?"

인애는 소매를 들치고 시계를 들여다본다.

"이봐 동섭 씨가 만약에 그리고 감옥에나 간다면 나는 죽어버릴 테야."

"감옥엔 괜히 간다더냐?"

"그래도 자꾸 공사장에만 가니깐."

"이봐 자경, 조금도 걱정할 것 없는 것 아니냐? 오히려 기뻐해야지. 그만한 사람으로 시대적 양심이 없다면 그걸 어디다 쓰겠니?"

자경은 잠자코 앉았다.

"그야 물론 밖에야 바람이 불던지 비가 내리던지 거저 오붓하게 피아노 치고 침대 위에 자고 그렇게 했으면야 좋겠지. 그러나 아마 침대 위에서라도 밖에서 얼어 죽는 사람의 신음 소리가 들린다면 단잠을 못 이룰 터이지 ……."

"아이 그만 두어요. 또 설교 나온다. 그래 너 말대로 하자. 나는 침대 하나밖에 못 가졌지. 밖에 얼어 죽는 사람이 백이고 천이고 된다면 무슨 수로 그들을 다 구할 수가 있나?"

"글쎄 그러니깐 다 구하지 못 하드래도 불쌍하다고 느끼는 것이야 죄 될 것 없지 않니 호호호."

"아니 그건 어리석은 짓이야. 공연히 안 될 것을 알면서 상심만 하면 뭘 해?"

"안 되더라도 양심은 있어야지."

"……."

자경은 무엇을 생각하였는지 화제를 돌렸다.

"그래 그인 언제 온 댔어?"

"달력을 보니까 시월 삼일이더라. 정거장엔 꼭 같이 나가자 응."

"싫다 애. 누가 정거장까지 들러리 데리고 간다더냐."

두 처녀가 어멈이 만든 아이스크림을 먹을 때이다. 우편이 배달되었다. 벌써 두어 주일 전에 이곳을 떠난 연숙이 엽서다. 끝에 연숙이 이름과 나란히 배창환이라고 쓰인 것은 창환의 친필임에 틀림없다. 연숙은 집에 있고 오빠는 백두산 탐험 대원들과 같이 백두산으로 간다는 말이다.

"이봐 연숙이도 가버리고 말았으니 여간 심심하지 않어요. 인애 여기 나와 같이 있어요."

"싫어요. 누가 해수욕장에 들러리 될까? 호호."

"호호 너도 어지간하다."

자경은 힘없이 이 말 한 마디를 하고 창 곁으로 가서 바다를 내다보았다. 멀리 수평선 너머로 아련하게 가로 누운 긴 섬들은 마치 창환이가 남겨두고 간 '마음'처럼 자경의 귀에다 슬픈 이야기를 귓속질 하는 듯하다.

해가 질 무렵에야 동섭이 후줄근히 땀이 베인 와이셔츠 소매를 걷어붙인 양으로 돌아왔다. 오래간만에 만나보는 여자 손님이 반가운지 동섭은 전보다 빨리 목욕을 하고 머리에 빗질까지 하고서 응접실로 왔다.

자경도 되도록 동섭의 기분을 붙잡으려고 명랑하게 웃으면서 손수차도 가져오고 저녁밥도 하녀와 같이 날라 왔다.

"공사장에 다니시기 퍽 더우시겠습니다."

유치원 보모로 있는 주인애는 점잖게 인사를 하였다.

"네. 별로 괜찮습니다. 댁에서는 어머님 안녕하십니까?"

"네."

자경이 살며시 인애의 핸드백을 열고 오상만의 사진을 꺼내들고

"좀 보서요 인애 씨 '피앙세(약혼자)' 랍니다."

하고 동섭의 눈앞에 쑥 들이밀었다.

"네, 그렇습니까?"

"왜 아시면서 오상만 씨."

하고 자경이 인애를 곁눈질하면서 웃었다.

"오 네네. 옳아, 동경서 공부하신 다지요."

인애는 빨개진 얼굴을 겨우 들고

"네!"

하고 가늘게 대답하였다. 저녁을 마치고 자경은 인애의 귀에다 입을 대고

"오늘 저녁은 되도록 재미있게 놀자 응!"

하고 소곤거렸다.

자경이 인애가 온 기회를 이용하여 이 저녁이나마 동섭을 붙들려고 애를 쓰는 것이 인애의 눈에 애처롭게 비치였다.

"인애 독창 하나 해요. 내 피아노 칠게."

부끄럼 많은 인애에게 전 같으면 어림없는 주문이지만 그는 자경의 심정을 아는 고로

"응, 슈베르트의 '들장미'."

자경은 힐끗힐끗 동섭을 쳐다보면서 요량하게[67] 피아노를 울렸다. 인애의 목소리는 잔잔하고 우아하면서도 어디까지든지 둥글다. 동섭은 오래간만에 듣는 노래 소리에 무척 유쾌한 듯이 그는 눈을 감고서 발끝으로 박자를 집고 앉았다.

"자경 토댄스 하라구. 내 반주 할게."

"댄스는 그만두기로 해요."

자경이 사양을 한다.

"그럼 독창할 테냐?"

"독창은 못하고 그래 그럼 토댄스."

자경은 두 손을 허리에 짚고 피아노에 맞춰서 발뒤축을 굴리며 나왔다. 동섭은 재미있는 듯이 박수를 치면서 웃었다.

"또 한 번."

하고 동섭이 고개를 숙이는 것을 보고 인애는 피아노를 눌렀다. 이번에는

---

[67] 소리가 맑고 낭랑하다.

"유머레스크[68]다."

자경의 잘 발달된 두 팔 두 다리가 곡조에 따라 천천히 움직이기 시작한다.

이때이다. 유리 창문이 발컥덜컥 하면서 후두두 하고 빗발이 창문을 스치는 소리가 들린다. 창밖은 어느새 캄캄한 밤빛이다. 동섭은 시계를 꺼내보고 이마를 만졌다. 곡이 끝나고 춤이 그쳤다.

"미안합니다. 잠깐 가볼 때가 있어서."

동섭은 벌떡 일어나서 응접실 문을 열고 나간다.

자경은 어처구니가 없는 듯 멍하니 섰고 인애도 잠잠하였다. 한참 만에

"자경, 이리와요 우리끼리 노래 하나 불러요."

인애가 자경을 안다시피 피아노 앞으로 데려 왔으나 자경은 인애의 어깨 위에 고개를 신고

"인애."

하고 두 눈에 눈물이 가뜩하다.

인애는 무어라고 자경을 위로할 말이 없다.

"자경, 그러지 말고 우리 같이 동섭 씨 뒤를 밟아 보아요. 어딜 가는지 응!"

자경은 고개를 들고

"어여 가요. 그인 걸음이 빨라서."

두 처녀는 우산을 들고 밖으로 나왔으나 컴컴한 길 위로 사람 그림자라고는 보이지 않는다.

바람이 이따금 두 처녀가 쓰고 있는 우산을 떠다민다.

---

[68] humoresque. 19세기에 널리 보급된 유머러스하고 약간 기분적인 성격을 띤 기악곡.

"저거 아니야 저 나무 아래 불빛."

인애가 가리키는 곳에 과연 회중전등인 듯 둥그런 불빛이 아른거린다.

불빛이 월미도 다리에 올라설 때 앞서 가던 사람이 분명히 동섭인 것을 알 수가 있었다.

자경은 인애의 옆구리를 꾹 질렀다. 바람이 이따금씩 휙 휙 우산을 제쳐 버릴 듯 제법 폭풍처럼 불어온다.

동섭은 다리를 지나서 언덕길을 올라선다. 처녀들도 멀찍이 따랐다. 불빛이 없는 좁은 골목을 두어 번이나 돌았을 때이다. 우 하고 바람이 다시 몰아온다. 자경과 인애가 받치고 있는 우산을 휙 하면서 위로 홀딱 젖혀 버렸다.

인애가 우산을 내려가지고 제대로 접어 보려고 했으나 할 수 없는 일이다. 비는 두 사람의 머리 어깨 위로 사정없이 쏟아진다.

그러나 큰일이다. 동섭이 어느 골목으로 갔는지 그들은 어둠 속에서 한참 동안 두리번거렸으나 생전 처음 보는 길 더구나 불빛 없는 곳에 방향을 정할 수가 없었다.

"이리와요."

인애가 자경의 손목을 끌고 누구 집인지 길로 난 초가집 처마 아래로 들어섰다. 가는 빗줄기가 양말 신은 다리들을 후줄근히 적신다.

돌아가려고 해도 비가 그쳐야 갈 것이다.

"자 어여 갑시다, 하하하."

어둠 속에서 껄껄 웃는 남자의 목소리가 들린다. 인애는 자경에게로 바싹 다가섰으나 자경은 인애를 떠다밀다시피 하고 목소리 나는 곳으로 뛰어나간다.

"그이야요 인애. 어여 나와요."

"하하하 미안합니다."

회중전등을 번쩍 켜는 이는 틀림없는 유동섭이다.

"자 이렇게 합시다. 두 분이 이 우산을 가지십시오. 그리고 나를 따라 오시오. 가서 잠깐 통기를 하고 별장으로 가던지"

동섭이 가졌던 우산을 받아 들었지만 동섭이 비 맞는 것을 볼 때 인애는 미안하고 자경은 가슴이 아프지만 지금 무어라고 말을 할 수가 없는 경우다.

자경과 인애는 서로서로 옆구리를 질러가면서 동섭의 뒤를 따랐다. 거기서도 두 골목이나 지나서야 불이 켜진 유리창이 보였다.

"잠깐 여기 계서요."

하고 동섭은 안으로 들어갔다. 인애와 자경도 발돋움을 하고 창안을 들여다보았다.

"원 거지 아이들이 저렇게 모였어."

하고 자경이 말을 하려는 즈음에 문이 벙싯 열리면서 납바후꾸[69]입은 청년 하나이 나와서 허리를 굽실한다.

"누추하지만 잠깐만 들어오서요."

자경은 인애의 손가락을 잡아 당겼다. 물론 들어가지 말자는 뜻이다. 손님이 사양하는 줄 알았던지

"괜찮습니다. 들어오시지요."

청년은 또 한 번 고개를 숙이고 방안을 가리킨다. 인애가 앞을 서서

---

69 일본에서 노동자들이 입는 무명 양복.

들어가는지라 자경도 아니 들어갈 수 없다.

물큰하고 쉰 냄새가 코를 찌르는 바람에 자경은 고개를 돌렸다. 갑자기

"기척."[70]

하는 소리가 나면서 아이들이 일제히 일어나서 경례를 한다. 안내하던 청년이 석유 궤짝을 엎어 놓은 위로 올라간다. 전등 아래 나타난 청년은 여드름이 불긋불긋 솟아 있는 이마를 만지면서 호명을 하는 것이다.

"인차돌이."

"양기동쇠."

"고부헝쇠."

하는 이름이 들릴 때마다 자경과 인애는 웃지 않으려고 몇 번이나 아랫 입술을 깨물었다.

"아파서 못 와요."

하는 이웃 아이의 대답 소리도 들리고

"우산이 없데요."

하는 목소리도 들린다. 생도들의 책상은 양편에 발이 달린 길쭉길쭉한 걸상들이다.

한 걸상에 네 사람씩 책을 올려놓고 그래도 한 손에 연필을 가진 아이, 칼로 연필을 깎는 놈도 있다.

동섭이 석유궤 위로 올라가더니

"이렇게 비 오는 밤에 모두들 왔으니 선생님 맘이 대단히 기쁘오. 그런데 저기 손님 두 분이 나를 찾아왔는데 꼭 집으로 돌아가야만 되겠지

---

70 구령어로서의 '차렷'을 이르던 말.

만 모처럼 애를 써서 여기까지 온 여러 생도들을 생각하니까 그냥 돌아
갈 수는 없고 부득이 저 손님께서 미안하지만 우리 한 시간만 공부하기
로 그담에는 김 선생님의 습자 시간이 있을 터이고 ……."

아이들은 돗자리를 깐 방바닥에 그대로 주저앉았으나 자경과 인애는
아픈 다리를 참고 섰노라니 안내하던 청년이 아이들의 책상 하는 걸상
을 한 개 가져왔다.

"사람의 몸에 뼈가 몇 개라고 그랬어?"

동섭은 빙그레 웃으며 아이들을 내려다본다.

"아무도 아는 사람 없니?"

"옳지 옳지. 저기 저 생도 대답해 보아."

"저 한 천 개 돼요."

"천 개? 너무 많아."

동섭이 눈을 흘기는 시늉을 하면서 고개를 흔들어 보이자 아이들은
와 하고 다 웃는다.

"옳지. 그럼 너 말해 보아."

"오백 개야요."

"오백 개. 그것도 많아."

아이들은 이번에도 웃었다.

"이백열 개야요."

하는 소리가 맨 뒤에서 났다. 눈에 미영씨 박힌 노인의 손자 수동이가
대답하는 것이다.

"옳지. 이백열 개, 이백열 개. 옳은 줄 아는 사람 손 들어봐."

아이들은 일제히 손을 들었다.

"옳지. 이백열 개, 잊어버리지 말아야 해요."

"자 그럼 오늘 저녁에는 핏줄을 배운다고 학생들 다 같이 가슴에 손을 대 봐요. 왼편 가슴에. 이봐, 왼편이야 밥 떠먹는 손 말고 왼손 편 가슴에 손을 대보란 말야."

"옳지, 옳지. 거기 벌떡벌떡하는 소리 나는 사람 손들어."

아이들은 싱글벙글 웃으며 일제히 손을 든다.

"무엇이 그 속에서 벌떡거릴까? 누구 아는 사람 없나?"

아이들은 잠잠하고 있다. 동섭은 돌아서 칠판에 심장을 한 개 그리었다.

한 열흘 전이다. 수동이가 다니는 야학교를 구경 왔을 때 선생 혼자서 사십여 명 아이들을 데리고 애를 쓰는 것을 보고 동섭이 자진하여 저녁마다 와서 가르치는 것이다.

금의환향

　동섭과 자경이 해수욕장에서 돌아온 지도 오래되었다.

　산허리에는 포플러 잎사귀가 누런 꾀꼬리 모양으로 날아 나리는 가을의 오후다.

　도로공사 때문에 파헤쳐진 길바닥 위로 자동차 한 대가 서투르게 던진 공처럼 띄엄띄엄 굴러가고 있다.

　그 속에는 나이도 비슷하고 차린 차림도 비슷한 두 처녀는 물론 서자경과 주인애의 약혼한 남자 오상만이 동경서 오는 것을 맞으러 나가는 것이다.

　"어때? 가슴이 두근거리지."

　자경이 인애의 귀에다 대놓고 속삭이고는 킬킬거리고 웃는다.

　"피, 무엇 때문에."

　인애가 고개를 살랑살랑 흔들어 보이더니

　"그런데 무어라고 인사를 하니. 적당한 말이 생각나지 않는구나, 호호."

　"그야 헬로 하고 악수를 하든지 구십도 최경례[71]를 하든지 나 같으면 법이 있겠다마는."

71　가장 존경하는 뜻으로 정중히 경례함.

"무슨 법?"

자경은 운전수를 힐끗 보면서 인애의 귀에 대놓고

"주먹으로 가슴을 냅다 질러 주지. 삼 년이나 기다리게 했다고."

"호호호호 호호호."

인애는 자지러질 듯이 웃는다.

"그럼 내 대신 네가 좀 쥐어 질러 주렴 호호호."

"싫다 애. 내가 왜 무어 답답해서."

"호호호호 호호호."

인애는 오늘 달리 자경의 말에 이렇게 웃는 것은 아닌데 하면서도 그는 웃음을 참을 수가 없었다. 정거장 광장 앞에 이르자 자경은 자가용 운전수에게 기다리라 명령하고 인애와 나란히 대합실로 들어갔다.

입장권을 사가지고 오는 인애의 눈에 자경의 얼굴과 그 웃음, 그 옷 모양이 눈이 부시리 만큼 아름답게 보였다. 그리고 자기 자신이 자경에 비하여 얼마나 못나고 차린 차림도 빈약한 것이 느껴질 때

'나도 상만 씨를 위하여 자경만큼만 아름다웠더라면.'

이 생각은 간절한 부러움을 지나쳐 난생 처음으로 질투 비슷한 감정을 느끼게 하였다. 인애는 자경과 나란히 층층대를 내려가 플랫폼에 들어섰다. 한 오 분이나 기다렸을까.

"뛰."

하는 기적소리가 들려오고 뒤미처

"칙 칙 칙."

하는 소리와 함께 기차의 시커먼 대가리가 플랫폼으로 쑥 들어오는 것이다. 인애는 뜨르르 울리는 발아래 진동보다 더 강렬하게 자기 가슴 속

이 떨리는 것을 느끼었다.

"게조(경성) 게조(경성) 십오 분 정거."

하는 소리를 들으면서

"저리 가볼까."

하고 자경의 손을 끌고 삼등객차 있는 곳으로 갔다. 어느 창밖으로 모자가 한 개 나와서 흔들리고 있다.

"저기 있어."

하고 인애가 창 앞으로 달려갔다. 조금 후에 커다란 가방을 들고 쓰메에리[72] 세루 양복을 입은 청년이 내려왔다. 오상만이다. 인애가 가방을 받을 듯이 손을 내밀었으나

"퍽 무거워요. 모두 책이니까요."

하고 아까보[73]를 부르는 상만의 음성은 테너 음에 가까우리 만큼 명랑한 목소리다.

크도 적도 아니한 키, 억세게 벌어진 어깨, 곱게 빗어 넘긴 윤나는 머리털, 인애를 보고 웃는 입모습 그리고 얼굴은 약간 검은 편이었으나 그의 남성적 아름다움을 도와주는 것이다.

"이가 내 친구 서자경 씨여요."

"네 그렇습니까! 오상만이올시다. 인애 씨 편지에 늘 말씀은 들었습니다만."

그의 검고 빛나는 눈은 자경을 똑바로 보고 웃는다.

"오시느라고 지루하셨겠습니다."

---

72 깃의 높이가 4cm쯤 되게 하여 목을 둘러 바싹 여미게 지은 양복. '깃닫이 양복'으로 순화.
73 あかぼう. 정거장에서 수화물을 나르는 짐꾼.

"네 책이 있어서요. 별루 괜찮았습니다."

세 사람은 정거장 광장으로 나왔다. 거기에는 자경의 집 자동차가 기다리고 있다.

세 사람을 태운 자동차는 남대문을 지나 부청을 향하여 쏜살같이 달리고 있다.

"어떠십니까? 삼 년을 지나고 오셔도 별로 변한 것도 없지 않아요?"

자경이 상만의 감상을 묻는 것이다.

"왜요? 변했는데요. 호, 빌딩이 서고."

상만은 바깥을 내다보며 감심한 듯이 고개를 끄덕인다.

인애는 차체가 동요될 때마다 꿋꿋한 상만의 팔이 스치는 것을 감각하였다.

'이번도 꿈인가!'

지난 삼 년 동안에 인애는 몇 번이나 몇 번이나 상만과 같이 기차를 타고 자동차를 타는 꿈을 보았던고. 인애는 까닭 없이 벙긋벙긋 웃음이 나오는 것을 참노라고 몇 번이나 아랫입술을 깨물었다.

'결혼식은 정동 예배당에서 그리고 들러리는 물론 자경. 신혼여행은 금강산 아니 그보다도 동래 해운대가 낫지 않을까?'

인애가 이런 생각을 하는 때이다.

"어머니 안녕하서요?"

상만이 인애를 돌아보고 묻는 말이다.

"네."

인애는 결혼식장에 나간 신부처럼 들릴 듯 말 듯 대답을 하고 얼굴이 맨드라미같이 붉어졌다. 마치 자기 맘속을 상만이에게 들키거나 한 것처럼.

두교정까지 자동차는 실로 눈 깜짝할 사이에 달려왔다.

인애의 집골목에서 차는 정지하였다. 인애와 상만이 내리고 운전대에 실렸던 상만의 책가방도 내려놓았다.

"자경 여러 가지로 너무 미안하이."

"천만에 언제라도 놀러 와요. 오 선생 뫼시고 응?"

"고맙습니다. 일간 가서 뵙지요."

상만이 고개를 숙였다.

차는 천천히 조선호텔 쪽으로 방향을 돌리었다. 계동 자경의 집으로 가는 것이다. 상만이 무거운 가방을 들고 골목으로 들어설 때 인애도 가방 손잡이의 한 구석을 붙들려 하였다.

"괜찮아요."

하고 성큼성큼 앞서 가는 상만의 뒷모양이 태산처럼 든든해 보인다. 두 사람이 행랑도 없는 인애 집 대문을 들어서자 키가 자그만하고 머리가 반백이나 넘어 센 깨끗한 늙은이가

"인제들 오는군."

하고 가방을 받을 듯이 손을 내민다. 인애 어머니다. 상만은 가방을 발 아래 내려놓고

"어머님 그새 안녕하셨습니까!"

허리를 굽혀 공손히 절을 하였다.

"아유 먼 길에 오느라고 얼마나 지쳤수. 그래 금의환향을 하였으니 오직 기쁜 일이요."

명나라 황제 …… 하는 구소설은 물론 평양 대동강 능라도 버들가지

…… 하는 신소설도 통독하는 인애 어머니에게는 금의환향이란 문자쯤은 어렵지 않게 나왔다.

금의환향.

얼마나 듣기 좋은 말인고. 상만은 불 없는 다다미방에서 붓을 놀리지 못하리 만큼 손이 얼어드는 때에도 이 '금의환향'이라는 아름다운 희망이 귓속질할 때에는 전신에 뜨거운 기운이 활활 솟는 것을 느끼곤 하였다.

상만은 과연 지금 금의환향의 축하를 받을 때 그의 마음의 기쁨은 컸다.

"다 어머님의 사랑의 힘으로 된 것입니다."

상만은 또 한 번 허리를 굽히고 인애를 돌아보았다.

어느새 인애는 그 무거운 책가방을 혼자서 마루까지 들고 가는 것이다.

"웬 힘이 그렇게 세서요."

하고 상만이 얼른 가방을 받아 올려놓았다. 마루에 있는 화로에는 반찬 굽는 것이 타는지 연기는 뭉게뭉게 나고 있다. 인애가 얼른 곁에 있는 젓가락으로 뒤집어 놓고 부엌으로 들어간다.

인애가 세숫대야에 물을 떠다 마루 끝에 놓는 것은 물론 상만이 세수하라는 뜻이다. 상만이가 양복 윗저고리를 벗고 세숫대야를 마당 한 구석 국화 송이가 봉오리를 짓고 있는 화단 앞에 가서 세수를 할 동안 인애 어머니는 수건을 들고 섰다가 상만에게 집어 주었다. 인애 어머니가 권하는 대로 상만은 안방으로 들어가서 아랫목에 자리 정하고 앉았다. 삼 년 전에 보던 화류 의거리[74]도 그 자리에 섰고 인애 어머니가 쓰는 놋 재떨이도 눈에 익다.

---

74 전면 상단에 달린 두 짝 문을 열면 두루마기나 긴 옷을 걸 수 있는 높은 횃대가 있고, 하단에는 의복 혹은 관(冠)을 보관할 수 있도록 따로 문을 마련한 이층장.

문 위에는 졸업장을 들고 서 있는 상만의 사진이 인애 어머니 사진과 나란히 걸려 있다. 문이 방싯 열리면서

"진짓상 가져 올 동안 이것 좀."

하고 인애가 햇밤 삶은 것을 한 쟁반 들여 놓는다. 상만은 밤을 들여놓는 인애를 보고 빙그레 웃었다.

"어머님 안 들어오십니까?"

"인제 곧 들어가오."

하고 인애 어머니가 대마루로 올라오며 대답하는 것이다. 조금 후에 저녁상이 들어왔다. 상만은 오래간만에 대하는 조선 음식이 입에 맞았다. 더구나 인애와 인애 어머니가 정성을 들여 만든 반찬임에랴.

저녁을 마치고 상만은 말짱하게 새로 도배한 건넌방으로 왔다. 인애가 쓰던 책상, 그 위에 물방울이 맺혀있는 야국(野菊)의 떨기를 꽂은 화병, 벽에는 인애가 만든 불란서 자수의 풍경화가 걸려 있고 새 솜을 가지고 만든 푹신한 이부자리도 방 한 편에 소복이 개켜 있다. 마치 혼인 신방처럼 아담스럽게 꾸며진 이 방을 보고 상만은 인애의 사랑과 그 정성에 또 한 번 눈자위가 뜨끈하여졌다.

"밖으로 산보나 하고 들어와야 밥이 잘 내리겠는데요."

하고 상만이 인애에게 외출하자는 눈치를 보였다.

"곤하시지 않으셔요?"

"아니요. 나는 이렇게 기운이 넘친답니다."

하고 상만이 두 팔을 번쩍 들어 위로 치켜 보였다. 팔은 아래로 내려오던 주인애의 가는 어깨에 살며시 내려왔다.

"인애 씨, 고맙습니다."

상만의 뜨거운 입술이 인애의 발갛게 달은 뺨에 스치었다.

"그럼 산보하러 나갈까요?

하고 인애가 안방으로 가서 핸드백을 들고 나온다.

상만과 인애는 단 둘이 걷는 것이다. 오래간만에 참으로 오래간만에.

"어디로 갈까요?"

"글쎄요."

그러나 두 사람이 탄 전차는 동대문 행이었고 그리고 그들이 내린 곳은 파고다 공원 앞이었다.

컴컴한 밤에 속되고 야비스러운 이곳에를 더구나 젊은 남녀가……그들은 조롱과 의심의 시선을 느끼지 못하는 것처럼 저벅저벅 발소리를 내어 가면서 공원 안으로 들어섰다.

"이 공원도 제법 변했는데요."

"네. 나무들이 좀 더 심어졌지요."

거리의 불빛이 없는 공원에서 비로소 하늘의 얼룩얼룩 구름이 쪼개진 사이로 얼레빗 같은 초열흘달이 내다보고 있다.

두 사람은 다 각기 깊은 생각에 잠기는 것처럼 말없이 걸음을 옮기어 간다. 육모정이 눈에 뜨이자 상만은 성큼성큼 층계를 올라간다. 인애도 상만의 뒤를 따라 층계 아래 섰으나 인애를 올라오란 말도 없이 상만은 층계 한 끝으로 가서 묵도하는 것처럼 가만히 섰다.

일 분 이 분 상만은 팔짱을 끼고 눈을 감았다.

상만의 머릿속에는 삼 년 전 자기가 여기서 노숙하던 때 일이 환등처럼 나타나고 있는 것이다.

자기에게 학비를 대어 주던 이영헌 씨가 세상을 떠나자 다시 더 계속하여 공부할 것을 단념한다 치더라도 당장 먹고 자고 할 것이 없어진 것이다.

이영헌 씨의 조모가 상만을 불러서

"우리도 아들이 남기고 간 빚 까닭에 할 수 없소. 다른 데로 가서 주인을 정해보구려."

하던 말을 들을 때 상만은

"네, 그러지 않아도 주인을 정해 두었습니다. 여러 가지로 너무 폐를 끼쳐서 ……."

하고 책상자를 메고 나오던 일도 눈앞에 떠오른다.

호떡 한 개씩 사서 먹고 이 육모정에 와서 자던 일, 그나마 호떡도 못 먹고 생으로 굶으면서 이곳으로 와서 자던 일, 상만은 비가 줄줄 나리는 밤 오올 떨리는 몸을 기둥에 기대여 앉았던 밤일도 잊을 수가 없다. 상만은 벌떡 일어나 육모정 기둥을 힘껏 안아보았다. 그리고 마치 어둠속에 잠들어 있는 어머니의 가슴을 더듬듯이 상만은 육모정의 마룻바닥을 손으로 쓸어본다. 이영헌 씨 소개로 주인애를 만나고 이영헌 씨 입으로 두 사람의 약혼 말이 나오고 그러나 한 달 후에 이영헌 씨가 죽다니 …….

그러나 며칠씩 굶고 돌아다니는 자기를 인애가 찾아 왔겠다. 인애 집 식구처럼 인애 집에 머물게 하고 인애가 받는 월급으로 다시 동경에를 가게 되던 때 기쁨, 감사 …….

"인애 씨 감사합니다. 당신은 나의 은인입니다."

상만은 인애의 손을 으스러지게 쥐었다.

"그건 너무 과남하신[75] 말씀이구요 하여간 목적하신 바를 이루었으니

…… 축하합니다."

이 말은 상만이 경성 역에 내릴 때에 한 말이었지만 수줍은 인애는 여러 사람 있는데 더구나 자경 앞에서 이런 말을 할 용기는 없었다.

그러나 올봄에 상만이 졸업하였을 때에는 인애가 축하한다는 뜻으로 십팔금 팔목시계[76]를 사 보낸 일이 있고 말하자면 졸업 인사는 여섯 달 전에 한 셈이다.

"인애 씨, 나는 인애 씨 힘으로 모든 난관을 돌파했습니다. 인제 우리 앞에는 나의 취직이란 고개가 남아 있습니다마는 아무 일이고 간에 하겠어요. 인애 씨를 위하여 정말 아무 일이라도."

상만은 또 한 번 인애의 손을 쥐었다. 인애는 가슴에 가득 찬 감격 때문에 잠잠한 모양으로 고개만 수그리었으나 그의 가느다란 어깨가 떨리는 것이 으스름한 달빛에 똑똑히 보인다.

"자 나갑시다. 육모정에 와서 인사를 드렸으니까요. 아무튼 두 주일 동안이나 거저 재워준 곳은 서울 천지에 이 육모정뿐이었으니까요. 그리고 인애 씨 댁하고 ……."

상만이 어렵게 지내는 줄은 알았으되 여기 와서 자기까지 한 줄은 몰랐었다. 비록 지나간 일이지만 지금 이 말을 듣는 인애의 가슴은 칼로 에이는 듯하였다.

"여기 와서 주무셨댔어요?"

"네. 밤 열두 시쯤 들어와서 자고 아침 네 시쯤 일어나 나가면 순사라도 몰랐거든요 하하."

---

75 '과람하다'의 변한 말. '분수에 지나치다'라는 뜻.
76 손목시계.

두 사람은 불빛과 유행가 소리가 쏟아져 나오는 밝은 거리로 나왔다.

××찻집으로 가서 차를 마시고 집으로 돌아온 때는 거의 열 시가 된 때이다.

이튿날 아침들을 마치고 두 사람은 대문을 나왔다.

인애는 정동 유치원으로 상만은 자기에 취직을 소개해 준다는 민병수라는 남자에게로.

취직 취직.

신기루같이 아득하게 손짓하는 취직을 향하여 황금 잔을 찾으려 나서는 중세기 기사처럼 상만은 용감하게 행길[77]로 나섰다. 산산한 바람이 얼굴을 씻겨간다. 상만은 폐부까지 씻겨나가는 듯 상쾌한 공기를 가슴 깊이 들이마시며 쪽빛처럼 푸른 하늘을 우러러 보았다.

"지금이 여덟 시라 집에 있겠지."

민병수가 혹시 그 사이 외출이라도 할까 싶어서 미리 전화로 통기할 양으로 상만은 근처 상점으로 들어가서 전화를 빌렸다. 몇 번이나 몇 번이나 교환수를 부른 후에 겨우 통화가 되었다.

"여보십시오. 저는 동경서 온 사람인데요, 민병수 군 계십니까?"

"없어요. 안 계서요. 금강산 가셨어요. 단풍 구경하러 가셨어요."

퉁명스런 사내 목소리다.

"그럼 언제쯤 돌아올까요?"

하고 물었으나 전화는 벌써 끊어졌다. 상만은

"모시 모시."[78]

---

77 사람이 많이 다니는 큰 길.
78 もしもし. '여보세요'의 뜻.

하고 수하기를 몇 번 흔들어 보았으나 아무 소리가 없다.

상만은 입맛을 다시고 그곳에서 나와 과잣집으로 들어갔다.

"이 원 정도의 비스킷 선물용으로 잘 싸서 주시오."

자기 선생이 소개장을 써 준 전중(田中) 씨를 찾아가는 것이다.

××정에서 전차에 내려서 ××어구로 들어섰다.

되도록 숨을 천천히 쉬면서 양복 깃고대를 만져보고 기침도 두어 번 하여 목소리를 가다듬었다.

'전중오차랑(田中五次郎)'이란 문패 걸린 집으로 쑥 들어갔다. '셰퍼드'인지 두 귀가 뾰족한 개가 쇠사슬에 매인 채 물어뜯을 듯이 짖고 덤빈다.

개 짖는 소리를 듣고 안으로 문이 열린다.

상만은 마주 나온 하녀에게 공손히 절을 하고 동경서 가지고 나온 소개장을 꺼냈다. 하녀는 안으로 들어가더니

"들어 오십시요."

하고 아까보다 훨씬 공손스럽게 허리를 굽힌다.

상만은 햇살이 하나 가득한 응접실로 들어가서 한 분이나 기다렸을까 뚱뚱한 몸에 넥타이를 매면서 주인 전중 씨가 나온다. 출근할 시간이 된 모양이다. 상만은 일어나서 구십도 최경례를 하였다.

"앉으시오. 지금 청류(靑柳) 군의 소개를 잘 보았소. 그런데 음 지금 갑자기 어쩔 수 없고 좀 기다려야 될 거요."

"얼마나 기다리면 되겠습니까?"

상만은 억지로 웃음을 띠우면서 전중 씨를 쳐다보았다.

"글쎄. 주소를 내게 두고 가시오. 내가 통기할 터이니."

하고 주인은 넥타이를 매고 양복 윗저고리를 입는다.

"네 고맙습니다."

상만은 조그마한 종이에 주소와 성명을 써주고 돌아서 나올 수밖에 없었다. 언제 통기가 올는지? 또다시 셰퍼드의 맹렬한 짖음을 받으면서 상만은 싹둑싹둑 잘린 정원수를 지나 나왔다. 시계는 벌써 아홉 시 반이다. 상만은 그 길로 다시 재동 막바지까지 왔다. 한기탁 씨 집으로 가는 것이다. 으리으리하게 큰 대문을 지나 또다시 적은 문을 돌아 상노 아이[79]와 마주섰다.

"아직 기침 아니 하셨어요."

상만은 그 말을 믿을 수가 없었다. 그러나 거짓말이라고 나무랄 이유는 없다.

"언제쯤 기침하십니까?"

"네, 아침진지를 열한 시에 잡수시니까요. 열두 시가 지나야 됩니다."

상만은 돌아섰다.

기와집, 고래등 같은 큰집은 마치 죽어 넘어진 괴물처럼 기척도 없다.

"이러고도 밥을 먹고 옷을 입고 잘 산단 말이지."

상만은 괴롭게 웃고 거리로 나왔다. 그는 열한 시까지 기다릴 일이 난감하였다. 또다시 전차를 타고 이번에는 도서관으로 갔다.

상만이 ××중학을 다닐 때였다. 신문을 돌리고 우유를 배달하고 돈이 떨어져서 설렁탕 한 그릇도 못 먹으면서도 일요일이면 반드시 도서관에 꼭 왔었다. 아침을 굶고 점심을 굶고서 책을 보고 앉았으면 오후 세 시쯤 되면 눈이 아찔아찔 하여 오고 귀가 잉 하여지곤 하였다. 상만

---

79 밥상을 나르거나 잔심부름을 하는 어린아이.

은 그렇게 하기를 ××중학 삼 년까지 하였던 것이다.

그러나 남보다 뛰어난 두뇌를 가진 상만의 성적은 이상하게도 늘 만점에 가까웠다. 삼 학년 가을부터는 그 학교 교무주임인 이영헌 씨가 상만을 자기 집에 데려다 놓고 밥을 먹이며 공부를 시킨 것이다.

상만은 지금 그런 생각을 하면서도 도서관의 한편 교의로 가서 앉았다. 열한 시가 거의 되는 것을 보고 상만은 다시 재동으로 왔다.

주머니 속에 들어있는 한기탁 씨의 둘째 아들이 써준 소개 편지를 만지면서 상노 아이의 대답을 기다리었다.

"오늘은 기분이 좋지 못해서 아무도 만나실 수 없다고 내일 오시라고 그러십니다."

상만은 멍하니 섰다가

"그럼 이 편지라도 좀 드려 주시요. 내일 다시 오리다."

이리하여 오상만의 금의환향의 첫날은 씁쓸한 약물처럼 그의 아름다운 얼굴을 찌푸리게 만들었다.

좁은 길

"야! 그 애달프구나. 네 애비 말이다. 여길 갖다만 놓을 수 있다면 저 선생님께서 무슨 약이라도 좀 주시지 않겠느냐. 그 다리가 무 짚단 같이 부어있건만, 후유."

수동이 할아버지는 손자 아이를 보고 한탄하는 말이다.

"곧장들 잘 낫지 않느냐. 환갑이 어머니 발가락도 다 낫고 억만이 정강이도 벌써 새살이 돋는다고 그러지 않니? 후유."

"어지간히만 멀어도 업어 오겠다마는 춧."

벌써 두 번째 이런 말을 듣는 동섭은 노인이 무척 측은하여졌다.

"각기라고 그랬지요? 댁이 어디쯤이어요?"

"네, 저 ××이여요. 선생님이 오실 곳은 못 됩니다. 아예 그런 생각은 마십쇼."

하면서도 그 늙은 얼굴에는 확실히 기쁜 빛을 감출 수는 없었다.

"괜찮아요. 집만 똑똑히 일러 주시면 내려가는 길에 잠깐 들리지요."

노인은 쇠망치를 놓고서

"허 이럴 때가 있습니까. 온 하지만 염치를 돌아볼 수가 있습니까. 애, 수동아 너 선생님 뫼시고 가거라 응."

"네."

수동이는 덧니를 보이며 동섭을 쳐다보고 빙긋 웃고 앞을 선다.

동섭은 수동이만 따라 걷는다.

야학교 있는 곳에서도 얼마나 더 가서 좁은 골목을 쑥 빠져 나왔다. 벌써 가을 배추들이 탐스럽게 자라나고 있는 밭두렁을 지나 질펀한 언덕 아래 여기저기 우릿간이 눈에 띄었다.

동섭은 수동이를 따라 차츰 우릿간 가까이 왔다.

이상한 일은 우릿간에서 어린아이의 울음소리가 들리는 것이다. 조금 후에 동섭이가 돼지 우릿간으로 본 것은 사람이 사는 집이란 것을 발견하자 동섭의 맘은 아팠다.

한 집 앞에서 양지를 찾아서 다섯 살이나 났을까 한 아이가 앉아 있다.

노랑머리에 두렁이[80]를 입은 아이의 얼굴에는 슬픔과 피곤과 적막이 아로 새겨진 듯 병든 병아리처럼 눈을 감고 졸고 있다.

바로 길로 난 방문을 열었으나 물론 방안에는 아무도 없는 것이다. 돗자리가 헤져 방 한복판이 벌겋게 흙이 보이고 한편 벽에는 여름에 비가 새여 내린 자리가 불결하게 무늬를 그리고 있다.

무엇을 하는 것인지 '간즈메'[81] 빈 통이 방 한구석에 두어 개 굴러다니고 있다.

"너 혼자 있니?"

하고 동섭이 들여다보았으나 아이는 벽을 안고 돌아앉는다.

"다 공사장에 갔어요. 저애 어머니 아버지."

수동이가 대신 대답하는 말이다.

---

80 어린아이의 배와 아랫도리를 둘러주기 위하여 치마같이 만든 옷.
81 かんづめ. 통조림.

"흠."

어느덧 올망졸망 아이들이 서넛 모여 있고 어린아이를 업고 물동이를 인 여인도 두엇 멀찍이 서서 동섭의 뒷모양을 바라보고

"청결시키려 나왔나배?"

"아니야 종두야 종두.[82] 왜 작년에도 이맘때 저런 사람 왔다 갔지."

하는 소리를 들으며 동섭은 지붕을 바라보았다.

발갛게 녹이 슬은 함석조각이 여기저기 덮여 있고 그 위에는 주발만큼씩 한 돌멩이들이 얹히어 있다. 바람이 불 때마다 함석조각의 한 끝이 누웠다 일어났다 하는 것이다. 그래도 문에는 유리조각이 붙었고 들창문인 듯 들조각에는 가느다란 철사가 매여 있고 굴뚝에는 비루[83]병 깨어진 것이 박혀 있다.

함석, 유리, 비루 병, 철사, 간즈메 통 모든 현대문명의 산물이다. 아아 문명! 문화!

그대의 공적은 위대한저! 오늘도 '우릿간'은 이렇게도 그대의 공로를 웅변으로 증명하고 있지 않은가. 문화의 고마운 산물이 여기에 모여 있지 않았다면 이 '우릿간'은 이토록 참담하지 않았을 것이다.

동섭은 머릿속에서 윙윙거리는 소리를 느끼면서 수동을 따라 우릿간으로 갔다.

"어머니 선상님 오십니다. 의사."

수동이 뛰어 들어가면서 소리를 치자 수동이 어머니는 겨를 떼던 괴불미를 놓고 일어선다.

---

82 천연두를 예방하기 위하여 백신을 인체의 피부에 접종하는 일.
83 ビール. 맥주.

부끄러운지 동섭이는 보려고도 하지 아니하고 돌아서서 수건을 벗는다. 한 삼 십이나 되어 보이는 여인이다.

"선상님 들어 오서요."

하고 수동이가 방문을 연다. 여기서도 훅하고 끼치는 냄새.

동섭은 구두를 벗고 방으로 들어갔다.

미음 그릇인지 문 곁에 사발이 놓여 있다. 벽신문지가 여기저기 거꾸로 붙여지고 선반 위에는 옷 보퉁이가 두어 개 얹히어 있다.

"어떻게 아프십니까?"

하는 동섭의 말을 듣고 수동이 아버지는 부스스 무거운 몸을 일으킨다. 수염이 엉성히 돋아 있는 얼굴이 누렇게 삶은 무 같으나 골격만은 건강하여 보이는 것이다.

"네, 감사합니다."

가쁜 듯이 숨을 자주 쉬면서 병자는 자주 고개를 숙여 보이고 꿇어앉을 듯이 다리를 뒤로 보낸다.

"그러지 말고 좋게 앉으서요."

"네, 감사합니다."

경도 가서 이태나 있다가 돌아온 덕분에 배워 온 예절인 듯 어째 자꾸 절만 하는 것이다.

"반듯이 누워 보시오."

"네, 고맙습니다."

"자 이렇게 여기 누우서요."

"네, 고맙습니다. 네."

또 한 번 고개를 숙인 뒤에 드러눕는다.

동섭은 청진기를 대여서 골고루 진찰을 하고 뚱뚱한 배와 다리까지 만져보고

"내일 약은 갖다 드릴 터이니까요."

병자는 겨우 일어나 앉으면서

"네, 고맙습니다."

그럭저럭 여름도 거의 다 가고 자경과 동섭은 해수욕장에서 돌아왔으나 한 주일에 세 번씩 인천으로 나들며 야학을 가르쳤다.

생도 중에 병으로 결근한 아이가 있으면 꼭 찾아가서 진찰을 하고 약을 주곤 하였다.

물론 생도들의 가족 중에 병인이 있으면 그것도 동섭은 즐거이 보아주었다. 그 때문에 동섭은 낮에도 가던 것이다.

벌써 수동이 부친의 각기도 거의 다 나아가고 석용이 어머니 이질[84] 배 아픈 것은 씻은 듯이 다 나았다.

대개 노동자들이 사는 ××동 사람들의 병은 각기, 외상, 부스럼이 많고 그중에는 옴[85]도 있고 설사, 이질, 장질부사 같은 것도 간간이 있었다.

동섭은 그런 병에 따른 약들을 미리 만들어 갖고 가방에 넣고 다녔다.

동섭의 가방 속에는 병자들의 경과표가 십여 장 들어 있는데 그것은 여러 날 동안 투약하는 병자의 것이다.

점심때는 공사장에 들렀다. 손가락이 뚱뚱 부어서 고름이 든 것을 병원에 가서 째라고 돈 일 원까지 주었던 노파는 웬일인지 요사이 손이 버썩 덧난 모양이다.

---

84 변에 곱이 섞여 나오며 뒤가 잦은 증상을 보이는 법정 전염병.
85 옴진드기가 기생하여 일으키는 전염 피부병.

그사이 동섭이에게 얻은 돈은 아까워서 병원에는 아니 가고 가만히 콩도 찌어 붙이고 깨도 씹어 붙였다. 동섭이가 노파의 손가락을 보자고 하면 노파는

"인제 거의 다 나았어요. 내버려두서요."

하고 손가락을 숨기곤 하였다.

그러는 동안에 병독은 점점 속으로 들어가서 손가락 전체가 거멓게 빛이 변하고 팔까지 쑤시어 견딜 수가 없게 되자 노파는 동섭의 앞에 와서 우는 소리로 병원에 가지 않았다고 고백하였다.

"저 돈은 아쉬운 데 써버렸어요. 선생님 주신 보람도 없이 거저 죽어 싸지요."

동섭은 잠잠하고 가방에서 간단한 수술기계를 꺼냈다.

요사이 장만한 끝이 꼬부랑한 칼 핀셋 주사침이다.

주사를 한 개 놓고 칼로 째여 고름을 뺐다. 뼈를 긁어내는 동안 노파는 아파서 눈물을 글썽글썽 하면서도

"선생님 은혜는 잊을 수 없습니다."

하는 말을 몇 번이나 되풀이하였다.

동섭은 노파의 손을 하얗게 붕대로 싸맨 후에 한편 어깨에 걸도록 하여주었다.

"며칠 쉬어야 합니다."

"네."

"어지간히 낫도록 집에서 조리를 하시오."

"그럼은요 할머니. 선생님께서 오죽이나 잘 아시고 허시는 말씀이에요. 쉬셔야 해요."

하고 설명하는 사람은 전일 아이 때리던 여인이다.

　동섭은 병인에게 몇 가지 약을 주고 가방을 들고 비탈길을 내려왔다. 마침 뒤에서

　"선생님. 저 좀 보서요."

하고 숨이 턱에 다아 말하는 소리가 난다. 돌아보니 노파이다.

　"왜 그러서요?"

　동섭은 걸음을 멈추었다.

　"저 선생님 은혜는 죽어도 잊을 수가 없습니다. 네 네."

하고 허리를 굽실한다.

　"하루 이십 전씩 벌었는데요. 손이 날 때까지 쉬어서 될까요?"

하고 또 한 번 절을 한다. 그 눈, 그 입의 표정을 보아 무엇을 달라는 것이 분명하다. 동섭은 잠자코 지갑에서 지전 두 장을 꺼냈다.

　"열흘 동안 쉬어야 합니다. 열흘 안에 공사장에 오면 안 돼요."

　"네 선생님이 죽으라면 죽고 살라면 삽지요."

　"이건 열흘 삯이야요."

　"온 선상님 망령이십니다. 돈은 왜 주서요?"

하면서도 노파의 한 손은 번개같이 동섭이 쥐고 섰던 지전에 와 닿았다.

　동섭이가 내려간 뒤에 노파는 지전을 돌돌 말아 주머니에 넣으면서

　'한 손으로 놀며 깨치면 하로 십 전씩은 벌겠지 그래도 선생님 눈에 들키면 큰일이고.'

　입속으로 중얼거리며 다시 돌무더기 있는 곳으로 올라간다.

　생도들은 언제나 동섭의 말을 재미있게 듣는다. 그 증거로는 다른 선생 시간에는 조는 아이들이 있지마는 동섭의 시간에는 하나도 조는 아

이가 없고 질문이 나오는 때는 나도 나도 하고 손을 드는 것이다.

대답은 똑바로 하지도 못하면서 지명 받는 아이들은 벙글벙글 웃어가며 언제나 용감스럽게 일어서는 것이다.

하루 저녁은 동섭이 시간을 마치고 나오려니까 동섭의 모자가 없어졌다.

별로 값비싼 것도 아니었으나 동섭은 불쾌하여졌다.

김 선생은 나가는 아이들을 도로 불렀으나 벌써 절반 이상 돌아가고 없는 때이다. 할 수 없이 동섭은 맨머리 바람으로 갈 수밖에 없었다.

"괜찮아요. 시가지에 내려가서 하나 사서 쓰지요."

하고 골이 나서 경중경중 뛰는 김 선생을 달래어 보내고 동섭은 비탈길을 내려오는 때다.

"선생님 옛수."

하고 어둠 속에서 한 아이가 동섭의 앞으로 온다. 동섭은 회중전등을 비추어보니 최일남이다. 일남이는 부끄러운 듯이 웃으며 동섭의 모자를 두 손으로 내민다.

"저 저, 길바닥에 있어요."

아이는 빙긋빙긋 웃는 것이 조금도 무서워하지 않는 얼굴이다.

동섭은 일남이를 데리고 다시 학교 있는 데로 왔으나 교실문은 이미 닫치고 열쇠는 김 선생이 가지고 간 뒤다.

할 수 없이 교실 문 앞에서 일남이와 문답을 시작하였다.

"일남아 바로 말하면 좋은 아이다 응. 너 이 모자 어서 났느냐?"

"……."

동섭은 잠자코 있는 일남이의 머리를 쓸어주면서 그 조그마한 손목을 잡았다.

"선생님."

"오, 말해 보아라, 응."

"선생님 모자는 내가 훔쳤어요."

"응, 네가 훔쳤어?"

동섭은 그 이상 아무런 말도 나오지 않았다.

"네. 왜 훔쳤느냐고 묻지 않아서요. 그럼 대답 할 테야요."

"그래 왜 훔쳤니? 이 모자가 가지고 싶더냐?"

"아뇨. 아이가 어른 모자를 쓰면 무슨 꼴이야요. 그보다도 ……."

"그보다도?"

"저 선생님과 이야기 하고 싶어서 몰래 감추어 두었어요. 어제저녁에도 감추어 두었다가 도로 갖다놓았지요 저번 날도 그랬어요."

"나하고 이야기 하고 싶어서?"

"네, 저는 선생님과 이야기 하고 싶은데 암만 손을 들어도 저 이름은 당초에 아니 불러주시거든요."

일남이는 주먹으로 눈물을 씻는다. 이렇게 대답한 지혜가 어디서 왔는고 싶어 동섭은 속으로 놀래었다.

"아, 그렇더냐. 나는 하나이고 너희들은 여럿이 되니 네 이름은 못 부른 것이었구나. 그건 내가 잘못했다."

동섭은 일남의 등을 쓸어주었다.

"너 어머니 계시냐?"

"없어요."

"아버진?"

"아버지도 없어요."

"그럼 누구와 사느냐?"

"언니[86]하구 살어요. 단둘이."

"너 언니는 무엇하느냐?"

"공사장에 인부 노릇해요. 최용수라고 인부야요."

바로 어른처럼 말을 하는 것이다. 동섭은 회중전등으로 또 한 번 일남이의 얼굴을 비치여 보았다. 비록 노랗게 영양불량은 하지만 앞이마가 나오고 콧대가 쭉 곧은 똑똑하게 생긴 얼굴.

공사장 돌 깨는 곳에서 여러 번 본 얼굴이다.

"네 몇 살이냐?"

"열두 살이야요."

"집은?"

"요 아래 있어요."

동섭은 일남이를 집까지 데려다 주고 정거장으로 나왔다.

가슴 속이 벅차오르는 감격을 안고 동섭은 그날 저녁 자기 방으로 돌아와서 식물 호르몬에 대한 일고찰이란 박사 논문 원고를 꺼내어 쫙 쫙 찢어서 휴지바구니에 넣어 버렸다. 그리고 일기장을 꺼냈다.

'나는 단연코 박사는 되지 않으리라. 박사를 요구하는 사람에게는 나 아니라도 대답하고 나설 박사들이 많다. 그러나 가난과 주림과 질병에서 울고 있는 저들의 동무는? 그렇다. 나는 나를 요구하는 저들을 위하여 살리라 아 아 살리라!'

---

86 형을 나타내는 옛말.

동섭이 일기장을 막 덮은 때이다. 노크하는 소리가 나면서 자경이 들어왔다.

오늘은 머리에다 굵다랗게 웨이브(지지고)를 하고 진한 초록빛 치마 위에 계란빛 저고리를 입은 자경이다.

자경은 전과 같이 방글방글 웃으며 동섭의 곁으로 와서 그의 팔을 안았다.

'아름다운 이단자.'

하고 동섭은 속으로 불렀다. 동섭의 뺨에 대일락 말락 하는 자경의 머리에서는 은은한 향기가 뿜긴다. 자경은 맞은편 벽에 걸린 월력을 살짝 내려놓더니

"사흘 지나면 무슨 날인지 아서요?"

"사흘?"

"그래요. 음력으로 말입니다."

동섭은 생글생글 웃는 자경의 눈을 보아 그것이 동섭의 생일인 음력으로 구월 십육일인 것을 짐작하였다.

"알아요. 십육일이지 뭐요."

"잘 알아낸 값으로 그럼 이것 드리죠."

하고 커다란 사각 봉투를 내놓는다. 자경은 동섭의 팔에다 뺨을 대면서 어린애처럼 몸을 흔들흔들한다.

"다이아나 루비나 진주나 당신 좋아하는 대로 골라 오서요."

"약혼반지?"

자경이 고개를 끄덕여 보이고는

"여행권은 꼭 두 주일 후에 난다고 오늘 아버지께서 외사과(外事課) 사

람들과 약조를 하다시피 하고 오셨데요."

동섭은 무슨 생각에 잠기었는지 묵묵히 앉아 있다.

자경은 요사이 동섭의 표정에 익숙하여졌기 때문에 동섭이 잠자코 앉았으나 별로 관심치 않는 듯이

"이백 원이래요."

하고 동섭이 귀에 대놓고

"구두쇠 영감님이 영 그밖에 안 내놓더래요, 호호."

동섭도 빙그레 웃었다.

"이백 원짜리 다이아는 너무 빈약할 테니까 차라리 진주로 합시다, 네?"

하고 자경은 이번에는 동섭의 뒤로 가서 두 팔을 동섭의 어깨 위에 올려놓고 손가락으로 동섭의 목을 간질였다.

"대답 안 할 테요."

"아아 간지러워."

동섭은 몸을 비키면서 두 손으로 자경의 손을 꼭 붙들었다.

"모레 저녁엔 여러 사람들 앞에 끼고 나오거든요 호호."

하고 자경은 동섭의 얼굴을 들여다보았다.

'인제 늦어도 두 주일만 있으면 조선을 떠나간다. 차를 타고 배를 타고 멀리 멀리 이곳만 떠나가면 동섭의 기분도 전환이 될 테지.'

자경은 눈을 깜빡깜빡하면서 이런 생각을 하는 것이다.

"아이 어서 두 주일이 지났으면."

명절을 기다리는 아이처럼 자경은 맘이 바빠졌다.

"논문도 거의 다 됐지요. 저때 내가 청서[87]한 것이 결론이었지요, 아마!"

"……."

"동경 학사원으로 보내고 떠납시다, 네?"

남편의 원고를 청서한 톨스토이의 아내 소피아처럼 동섭의 원고를 청서한 자경은 동섭의 출세가 초조한 것이다.

"원고는 없어졌어요."

"네?"

자경의 샛별 같은 눈이 커다랗게 되었다.

"하하하 저 휴지바구니에 가 보시오."

자경은 얼른 휴지바구니를 열어젖혔다.

거기에는 갈기갈기 찢겨진 논문의 원고가 하나 가득 들어있다.

'아니, 미쳤나?'

하는 말을 겨우 참고

"대관절 웬일이야요?"

"논문 일 없어요. 박사란 게 소용없으니까."

자경은 동섭의 곁으로 교의를 갖고 와서

"당신이 혼자 생각하신 것이지마는 쓸 때에는 나도 힘이 들었으니까요 찢을 때에는 한 마디라도!"

자경은 아랫입술을 깨물고

"저게 작년 여름부터 시작한 게 아니야요? 재료 취집하러 가실 때만 하드래도 내가 인진쑥을 뜯는다, 익모초를 가꾼다, 토끼들은 누가 모이를 주는데요."

자경은 어느덧 눈에 눈물이 글썽하여졌다.

---

87 초 잡았던 글을 깨끗이 베껴 쓰다.

"자경."

동섭은 또 한 번 자경을 불렀다.

"내가 자경의 고마운 뜻을 모르는 것은 아니요. 그렇지만 조선 사람은 박사보다도 단 한 개의 의사가 더 필요하다는 것을 깨달았기 때문이요. 내가 박사 되려고 오 년이나 십 년 동안 서재에 들어 앉아 있는 것보다 나는 감기약과 소화제와 고약을 가지고 거리로 나가겠소. 사실 감기약을 얻지 못하여 장질부사나 폐병이 되고 소화제로 나을 것이 만성 위장병이 되고."

"그럼 양행은 어찌 됩니까?"

"양행은 꼭 해야 됩니까?"

"……."

자경은 테이블에 고개를 처박고 흐덕흐덕 느끼기 시작한다.

동섭은 가만히 자경의 어깨에 한 팔은 얹으며

"자경, 울지 말아요. 자경이 정말 양행을 원한다면 세계 일주쯤은 한 번해도 좋아요. 응? 우리가 상식도 넓힐 겸 또 신혼여행 겸 좋지 않소? 한 삼 개월 한정하고."

이 말은 동섭의 요사이 독일, 아메리카 특히 정말(丁抹)[88]의 농촌과 신흥 소비에트의 형편을 고루고루 보고 싶은 충동을 느낀 때문이다.

"정말요?"

자경은 표정배우처럼 눈물에 젖은 얼굴을 들었다.

"암 그것은 약속해도 좋아요."

---

[88] 덴마크의 음역어.

자경이 돈 봉투를 동섭의 포켓 속에 집어넣고 돌아나갔다.

동섭은 침대에 누웠으나 좀처럼 잠이 오지 않는다.

모자를 감춘 일남의 얼굴이 나타나고 삼백 원짜리 반지를 낄 자경의 모양도 눈에 아련 그린다.

동섭은 저편으로 돌아 누웠다. 일남이의 울음 섞인 목소리 그것은 동섭의 양심에 소리인 듯 싶다.

자경의 아름다운 얼굴 그것은 동섭이 장차 소유할 모든 행복스러운 생활인 것 같다.

'어느 것을 택할까?'

'양심?'

'행복?'

동섭은 이쪽으로 돌아 누웠다. 시계는 한 시를 쳤지만 완전히 잠을 놓쳐 버린 것처럼 눈은 말뚱말뚱 천장만 지키고 있다.

'그러나 어떤 일이 있건 자경만은 떠날 수 없어. 자경도 그러지 않나. 내가 가는 곳은 어디라도 쫓아온다고. 단지 나를 너무 사랑하는 나머지 나를 아끼는 까닭에 인천 다니는 것을 슬퍼하는 것이다.'

동섭은 이렇게 생각을 하고 보니 지금 분홍빛 침의 속에서 색색 잠이 들어 자고 있을 자경의 모양이 눈앞에 나타났다.

양심과 행복을 따로따로 생각할 것은 아니다.

'그렇다. 자경은 내 아내다.'

동섭은 벌떡 일어났다. 그는 양복 포켓 속에 있는 봉투를 끄집어내어 지전을 헤아려 보았다.

시퍼렇게 손가락이 베일 듯한 십 원짜리 서른 장이다.

'아무래도 결혼은 하고 말 터이니 그러면 약혼반지는 물론 필요한 것이다.'

동섭은 다이아, 진주, 루비 하나씩 하나씩 생각해 보다가

'진주가 좋아. 그 신비스러운 빛깔이 좋거든.'

하고 돈이 든 봉투를 베개 아래 깊이 넣었다.

생각을 정한 뒤 잠은 쉽게 왔다.

동섭은 산을 뜯어서 바다를 막는다. 흙을 넣고 넣어도 바다는 창창히 푸르고만 있다. 동섭은 인부들을 명령하였다. 돌을 더 집어넣고 흙을 자꾸 자꾸 갖다 부으라고. 인부들은 쉬지 않고 흙과 돌을 집어넣었다. 이윽고 바다는 다 막아졌다. 동섭은 좋다고 새로 된 육지를 밟고 다닌다.

갑자기 발아래에서 앓는 소리가 들려온다. 동섭은 지금 늙은 노인의 모가지와 어린아이의 엉덩이와 여인의 얼굴을 밟고 있는 것이다. 동섭은 놀래어 이리 피하여 뛰면 아이의 배알[89]이 터지고 저리로 피하면 여인의 얼굴에서 피가 흐른다.

동섭은 소리를 지르며 달아난다. 자기 소리에 놀라 깨어보니 어느새 창에는 아침 햇살이 비치고 있다.

---

89 창자를 비속하게 이르는 말.

사라지는 꿈

상만이 조선으로 나온 지도 벌써 일주일이나 되었다. 그 사이 상만은 네 번이나 한기탁 씨 집으로 갔건만 한 번도 주인을 만나보지 못하였다. 오늘도 아침 사십 분이나 기다린 후에 들은 대답은

"다른 손님이 계셔서."

하는 말이다.

'그럼 나는 손님이 아니고 거지야?'

하고 호령을 하고 싶었으나 그냥 참고 돌아설 수밖에 없었다.

"그래 요담은 언제쯤 오면 만나 뵐까요?"

"건 알 수 없어요."

"그래 내가 두고 간 편지는 드렸던가요?"

"네, 드렸어요."

이 말은 상만이 올 때마다 하는 소리다. 상노 아이는 빙긋 웃는다.

'그까짓 것 드렸으면 무슨 수나 날 듯 싶으냐?'

하는 비웃음이다.

'회사로 찾아가면 자택에서 만난다 하고 자택으로 오면 아니 만나주고.'

상만은 입속으로 중얼거려 보자 형언할 수 없는 분노가 가슴을 찢는 듯하다.

억지로 태연한 빛을 띠우고 대문으로 나왔지마는 뒤통수에서 상노 아이가 혀를 쏙 내밀고 서 있는 듯하여 상만은 돌아서서 눈을 흘기었다.

그 사이 민병수 집에도 서너 번 가보았으나 금강산에서 아직 아니 돌아왔다는 것이다.

오늘은 전화로 물어보리라 하고 어느 상점으로 들어갈고 망설이었다.

아무것도 사지 않고 전화를 빌리는 것은 참으로 구걸이나 하는 듯하다. 때문에 근처 과잣집으로 들어가서 어린애처럼 캐러멜 한 곽을 사고 전화를 빌렸다.

"민병수 씨 돌아오셨어요?"

하던 상만은 경중 뛰리 만큼 소리를 질렀다.

"왔어요! 언제?"

"네 그렇습니까. 어렵지만 좀 대 주서요."

상만은 병수가 나올 동안 발끝으로 무슨 박자인지 집고 섰다.

이윽고 수화기에서 말소리가 들린다.

"아 병수 군인가, 뭐요?"

"병수 군은 못 나와요?"

"네 댁으로 오라구요? 네 알았습니다. 감사합니다."

동섭은 전화를 받아 주지는 않지만 곧 만나주겠다는 병수가 한없이 고마웠다.

'나를 만나기만 하면 반가워 하렸다.'

상만은 동대문행 전차 종점에서 내리었다. 가로수의 낙엽이 삐라[90]

---

[90] 전단(선전이나 광고 또는 선동하는 글이 담긴 종이쪽)의 잘못.

쪽지처럼 발등에 떨어진다.

상만은 지금 자기가 찾아가는 민병수를 생각하였다. 민병수가 보낸 편지를 생각하였다. 그 글발은 밝은 달처럼 상만의 맘속에 어두운 구름을 헤치고 그의 얼굴에 미소를 보내는 것이다.

'이번에야 만나겠지.'

'나를 만나기만 하면 반가워 하렸다. 그리고 취직도 분명 다 되었다 하지 않느냐.'

상만은 양복의 앞깃을 여미면서 걸음을 빨리 하였다. 웬일인지 약간 가슴이 두근거린다.

'월급은? 글쎄, 초급은 얼마 안 된다 하더라도 애기를 낳기까지는 혼인을 한 뒤에라도 인애가 유치원 일을 계속해 볼 것이고.'

상만은 휘파람을 날리면서 또 한 번 양복 앞 단추를 만져보았다.

신작로에서 꺾이는 골목을 들어서자 구식 솟을대문이 눈에 띈다. 상만은 마치 자기 집 앞에 온 듯이 반가웠다. 사기로 만든 문패에는

'남작 민영직.'

이라 큼직하게 쓰여 있고 그 옆에 그와 같은 문패에 붉은 글자로

'적십자사 찬조원 민영직.'

이라 쓰여 있고 또 그 옆에

'적십자사 애국부인회 찬조원 이영자.'

라고 쓰여 있는 것을 상만은 이 초 동안에 쭉 읽고 대문 안으로 들어섰다. 이것은 상만이가 벌써 네 번째 보는 문패이기 때문이다. 문안에는 늙은 소나무가 있고 그 아래로는 얼마나 오래 되었는지 검푸른 이끼를 입고 서 있는 바위가 두 개 누워 있는 곳으로 상만은 서슴지 않고 들어

갔다.

바위 빛과 같이 오색이 창연한 기와를 이고 서 있는 크나큰 집이 언제 보아도 사람을 누르듯이 버티고 서 있다. 전에 못 보던 자동차 한 개가 윤이 자르르 흐르는 몸을 대문을 향하여 엎드리고 있다. 그 사이 몇 번 보아 아는 뚱뚱한 중늙은이가 나온다. 상만의 손에 있는 밝은 맥고모자[91]를 이날도 힐끗 힐끗 쳐다본다.

"민병수 군 계신가요?"

"네, 명함을 내시오."

"명함은 아니 가졌는데요. 오상만이란 사람이 찾아 왔다면 알 겁니다. 지금 곧 전화를 하고 왔으니까요."

"잠깐 계시오."

중늙은이의 목소리를 느리고 거만스럽다. 그러나 그것은 아무것도 아니다.

'인제 저 문만 들어서면 행복이 기다리고 있지 아니하냐.'

상만은 어째 긴장하여지는 가슴으로 솔 냄새가 섞인 공기를 흠뻑 들이마셨다. 그는 병수가 방금 금이빨을 번득이며 웃고 나올 것 같아서 저도 문을 바라보면서 빙그레 웃고 섰다.

일 분!

그 시간은 무척 긴 것 같다. 또다시 일 분 또 일 분.

오 분.

오 분이 훨씬 넘었을 때 그 중늙은이가 도로 나온다.

---

91 밀짚이나 보리짚을 결어 만든 여름용 모자.

상만은 허리를 구부리어 구두끈을 풀었다.

"저 그런데요 지금 먼저 온 손님이 계시다고 이따 한 시간 후에나 오시래요."

'여기에도 먼저 온 손님인가.'

상만은 다시 구두끈을 매고 일어섰다.

'한 시간을 어디 가서 기다려야 할 텐데.'

그는 근처 집 헌책사로 들어갔다. 이리 뒤적 저리 뒤적 책은 읽으면서 맘은 어쩐지 초조하다.

지난봄에 병수가 동경서 ××대학 경제과를 나올 때 상만을 졸라서 졸업 논문을 쓰게 한 일이 있다. 병수의 말은 논문을 써주면 그 교환 조건으로 취직을 시켜준다는 것이다.

자기 부친이 경성 ××은행 전무로 있는 관계 상 어떻게 해서라도 은행에 취직이 되도록 해주겠다는 것이다.

상만은 그 말을 꼭 믿을 수는 없지만 좋겠다는 맘은 있었다.

상만은 아침저녁에 자기의 공부를 마치면 얼마간 여유가 있었다.

그러나 졸업 시험이라 정말로 일생의 운명의 좌우하는 학업 성적을 짓는 마지막 골이다.

상만은 며칠 밤을 새웠다.

그러한 중에 병수의 논문은 한 큰 부담이었다.

병수 뿐 아니라 차재호라는 부르주아 청년도 논문을 청하는 것이다.

상만은 이왕 병수 논문을 맡은지라 차재호의 논문을 물리칠 수는 없었다.

상만은 실로 세 사람 분의 시험을 걸메고 거의 이십 일 동안을 불민

불휴의 상태로 지냈다.

그때 병수는 닭을 사오고 재호는 우유를 배달시켜 왔다.

"오 형 오 형."

하고 그들은 몇 번이나 머리를 굽혔던고. 상만은 고상(高尚)을 졸업한 뒤로 취직이 되지 못하여 동경에 남아 있었다.

병수가 조선으로 나온 후 상만이가 가끔 취직 때문에 걱정하는 편지를 할라치면

'구월까지만 기다려 주게. 그때에는 틀림없다.'

는 말이었다. 상만은 그 외에 동경에도 여러 군데 아마 삼십 군데는 …….

이력서를 가지고 가기도 하고 또 조선에도 그럴 듯한 곳에 이력서와 성적표를 보내었다. 그러나 한 군데서도 시원한 대답은 없었다.

아무리 인애가 만나보고 싶기로 취직도 되지 않고 인애 집에 와서 우두커니 밥을 얻어먹고 있을 수는 없다.

상만은 그 사이 동경에서 일자리를 찾는 동안 상급학교 입학 준비하는 몇몇 학생에게 어학(영어)과 수학 같은 것을 보아주고 그들에게서 밥을 먹었다.

그러한 학생 중에는 먼저 말한 한기탁 씨 아들도 있었다.

상만에게는 바로 일주일 전에

'취직이 결정되었으니 곧 나오라.'

는 편지를 받았다. 그는 그 편지를 보낸 민병수를 향하여 몇 번이나 몇 번이나 맘속으로 머리를 숙였다.

상만은 이러한 생각이 필름처럼 돌아가는 때문에 지금 헌책사에 책

장을 넘기면서도 자기가 무엇을 읽고 있는지 모르는 것이다.

그럭저럭 한 시간이 지나갔다.

상만은 다시 그 커다란 집으로 들어갔다.

상만이가 뜰 앞으로 송 뒤로 갔을 때 아까 보던 중늙은이가 다시 나온다.

"잠깐 계서요."

하고 또다시 안으로 들어갔다. 이번에도 한참이나 기다린 뒤에

"이리로 들어오시랍니다."

상만은 이번에는 정말로 구두를 벗고 모자를 들고 마루로 올라섰다.

"모자는 인내서요."

중늙은이가 받아서 한편 방으로 가져간다. 몇 십 칸이나 되는 툇마루를 지나서 저편 휘 돌아진 곳에서 양식으로 개축된 방 앞에 와서 중늙은이는 똑똑 노크를 하자

"음."

하는 소리가 난다.

중늙은이가 그 뚱뚱한 몸을 구십 도나 굽히며

"아까 그 손님이 오셨습니다."

"음."

중늙은이는 상만을 손짓하여 방으로 들어가라는 시늉을 하고 조심조심 돌아나간다.

상만은 문안으로 들어섰다.

순간 방안에는 향수 냄새가 훅 끼친다.

먼저 온 손님인 듯 골프바지를 입은 청년과 양장을 한 젊은 여자가 병수와 마주 앉아 무슨 이야기를 주고받고 하는 중이다.

병수는 방으로 들어온 상만을 힐끗 쳐다보고 다시 여자와 무어라고 소곤거리고 웃고 고개를 끄덕끄덕한다.

상만은 멋쩍어서 그대로 섰다.

"오, 오 군!"

병수가 금이빨을 보이며 웃는다. 상만도 빙긋 웃고

"오래간만일세."

손을 못 보았는지 그대로 앉아서

"게 안게. 언제 나왔는가."

상만은 얼굴이 붉어지는 것을 감각하면서 한편 교의에 앉았다.

"호호호호 이 선생님 돈간데[92](鈍感이시여) 지금 손님이 악수하시려고 손을 내미시는데."

"머리에 핀 떨어집니다."

병수는 어린애를 놀리는 것처럼 여자를 쳐다보고 눈을 둥글게 뜬다. 여자는 손을 뒤로 돌려 머리를 더듬더니

"호호 우소쓰기[93](거짓말쟁이)."

상만은 병수가 고의로 악수를 하지 않는 것을 직각하자 그는 비로소 침착하여졌다. 그래서 위선 상만은 여자를 똑바로 건너다 볼 수 있었다. 미인이라고 할 수는 없으나 둥그스름한 얼굴에 서늘한 눈은 상만의 눈에도 어여쁘게 보였다.

"그래 언제 나왔던가?"

"나? 나오기야 한 일주일 됐지."

---

92 とんがる. '부루퉁하다', '뾰족하다'의 의미.
93 うそつき. 거짓말쟁이.

"그 사이 내가 세 번이나 당겨간 것 자넨 모르겠지."

병수는 눈썹을 찌푸리며

"난 몰랐는걸."

하고 고개를 돌려 맞은편 벽을 바라본다. 거기에는 병수가 언제 읽었는지 금 글자가 번득이는 책들이 열을 지어 쭉 서 있고 '오란다'[94]의 풍경화가 걸려 있는 맞은편에는 여인의 나체화가 누워 있다. 병수는 생각난 듯이

"난 몰랐는데."

또 한 번 되뇌고 멀거니 천장을 쳐다본다.

방안의 공기는 확실히 조화를 잃었다. 다 각각 무슨 생각을 하는지 건조한 침묵이 흘러간다.

"여보게 손님이 오셨으면 천천히 이야기 하게나. 우리는 한 번 드라이브하고 들어올까?"

골프바지를 입은 청년이 병수를 건너다보고 하는 말이다.

"아니 괜찮어. 같이 나가세. 잠깐만 기다리게."

병수가 자기를 이 방에 있는 손님에게 소개하지 않은 것도 아까 악수하지 않은 것과 같은 이유라고 짐작을 하였다. 자기의 사무나 어서 마치고 돌아가면 그만이다 생각하고 입을 열었다.

"동경으로 한 편지를 받고 나왔는데 여러 가지로 폐를 끼쳐 미안하이."

"천만에 아 그런데 자네는 편지마다 취직 취직 하지만 하루 여덟 시간씩 몸이 매이는 것은 결코 유쾌한 일이 아니야. 더구나 윗사람에 일일이 머리를 굽실거리는 형편에 있다면 그건 더 못 견딜 노릇일 터야."

---

94 オランダ(Olanda). 네덜란드.

병수는 담배를 한 개 집어 불을 붙이며

"자네 담배 먹게."

"난 담배 아니 먹어."

하고 상만이 웃었다.

"허 그 기특하이."

병수는 연기를 후 뿜는다.

"나도 아버지 권에 못 이겨 며칠 은행에를 나가 보지 않았겠나."

말을 할 때마다 연기가 콧구멍에서 풀석풀석 나온다.

"이건 꼭 아홉 시 출근이라거든. 늦어도 일곱 시에는 일어나야지. 사람이 잠을 잘 수가 있어야지. 아침도 먹 듯 만 듯 우유 두 홉하고 케이크 한 쪽은 먹었지만."

"왜요? 불란서 사람들은 그건 적은 아침이라 하며 상류 사람들은 다 그렇게들 아침을 먹는다는데요."

여자가 말대꾸를 한다.

"글쎄요. 그들은 그걸 먹고 곧 다른 음식을 먹지만 나는 곱다시[95] 열두 시까지 교의에 앉아서 배겨야만 되니 아이 생각만 해도."

골프바지는 무엇을 읽는지 종이를 연방 들여다보고만 앉았다.

"곡경[96]이야 곡경 하하하."

병수는 또 한 번 고개를 흔들고 연기를 후 하고 뿜는다. 계집애같이 생긴 턱이 오늘은 유난히 뾰족하다.

"자네 오늘 골프는 어떻게 할 셈인가. 이러고만 있기야?"

---

95 그대로 고스란히.
96 꼬불꼬불한 길.

골프바지는 읽고 앉았던 종이를 양복 주머니에 집어넣으며 일어선다.

"아니 지금 곧 나갈 걸."

여자는 돌아앉아서 분첩으로 얼굴을 탁탁 치고 머리를 매만지며 핸드백을 집어 무릎 위에 올려놓는다. 상만은 불안하여졌다. 그러나 결심하고 입을 열었다.

"저 그런데 취직은 결정은 되었다고. 여러 가지로 고마우이."

병수는 연기를 후 하고 뿜더니 그 가느다란 눈썹을 찌푸린다.

"저, 단도직입으로 말해 버리지. 자네 일로 무척 힘을 써 봤네만 확실한 보증인이 없다는 조건으로 음 말하자면 유산(流産)이 되어 버렸네 하하하."

병수는 짐을 벗은 듯이 두 팔을 위로 치켜 기지개를 한다. 상만의 입가에는 가느다란 경련이 지나갔다.

"보증인은."

상만은 입에 침이 말랐는지 두어 번 침을 삼키고

"보증인은 자네가 되기로 아니 하였던가."

"하하하 자네 아직 세정을 모르니 적어도 십만 원 가진 한 집의 호주가 보증이 되어야 한다는 게야. 내가 어디 호주냐 말야."

"……."

상만은 한참 동안 벙어리처럼 묵묵히 앉아 있다.

방안은 또다시 무거운 침묵이 흘러간다. 양장한 여자가 알맞게 여윈 손가락 마디를 똑 똑 자르다가

"이 선생님만 하시려고 들면 못 하실 게 뭐야요? 선생님 댁 은행이면서 ……."

"글쎄요. 그게 내 맘대로 어디 그렇게 쉽게 되나요?"

"그럼 자네 왜 다 됐으니 나오라고 하는 편지를 보냈던고 설마 나를 조롱하려는 것은 아니었겠지."

"허 그렇게 말을 하면 나는 또 할 말이 없네. 이주일 전에는 꼭 될 번 하였어 아니 되었었어. 그러던 게 은행 상무 취체[97]가 누굴 하나 자기 조카라나 하는 사람을 넣어 버렸단 말야."

"아니 그렇다면 차재호 군 말인가."

"아 자네 어떻게 아나?"

"왜 내가 그 사람 논문 그까짓 것이야 어찌 되었든 차 군 말이 자기 외삼촌인가 하는 이가 ××은행 상무 취체라고 여러 번 말하더군."

"아, 그랬던가."

병수의 얼굴에는 확실히 낭패의 기색이 보인다. 만약에 이 자리에서 상만의 입에서 재호나 자기의 논문을 써주었다는 말이 나오면 어쩔까 하는 두려움이다.

그는 눈을 감았다 떴다. 금이빨로 아랫입술을 잘근잘근 씹는다. 이윽고 무엇을 결심한 듯이 천천히 입을 연다.

"재호도 수재니까 그 사람 논문을 누군가 시시비비 말할 사람은 없겠지만 자네와 언젠가 토론을 하였겠다. 나도 그때 내 논문을 가지고 자네와 이론을 전개한 일 있었지. 음 확실히 지난 이월이었지 자네 내게서 참고서 가지고 간 것은? 오라 내가 짐을 메는 날 자네가 손수로 가지고 왔겠다."

---

97 이사.

병수는 빨간 입술을 쪽 빨고 쌜쭉 웃는다. 그 웃는 얼굴이 상만의 눈에 고양이처럼 보인다. 하인이 차를 들려왔다. 병수는 구원을 얻은 듯이 차 그릇을 받아 여기저기 한 개씩 벌려 놓는다. 자기 차 그릇에 사탕을 넣고 또 여자 그릇에 사탕을 넣어서 휘휘 저어 가지고 여자 앞으로 내민다. 하얗고 가는 숟가락이 여자 손 같다. 상만은 그들이 차를 마시는 것을 뿌연 안개 속으로 내다보는 듯하였다.

"왜 차 먹게 잘 됐지 잘 됐어. 글쎄 사내란 게 한 달에 칠팔십 원에 몸을 매다니 그러지 말고 우리와 같이 골프나 치러 가세. '로터리' 회원으로 소개해줄까?"

상만은 어이가 없는지 입을 다문 채 병수를 멀거니 바라다보고 앉았다. 여자는 또 한 번 머리를 만지고 핸드백을 집어 든다.

병수는 타다 남은 담배를 재떨이에 넣어 버리고

"잠깐만 실례."

하고 옆에 방으로 가버렸다. 여자는 골프바지를 보고 영어로

"붉은 담요는 아니지요. 구십 점은 될까. 그 턱이 말이야요."

하고 눈짓을 하면서 웃는다.

"아니요, 백 점인데요. 적어도 당신 눈에는 말입니다. 하하하."

"호호호 이지와루."[98]

웬일인지 이 여자는 일본말이나 영어를 섞어 쓴다. 상만은 그 자리에 더 앉아 있을 수가 없다.

"여보게 병수 군. 그럼 실례하네."

---

[98] いじわる. 심술쟁이.

"아 아니. 같이 나가세."

병수가 어느새 골프바지에 캡을 쓰고 나온다.

"숙녀신사께서는 용서하서요."

"인제 다 됐나?"

골프바지가 성큼성큼 먼저 나가고 병수가 여자의 곁에 와서

"자, 갑시다."

하고 한 팔을 잡아준다.

"자네도 우리와 같이 가세나. 참 입장할 때에는 우리 구락부에서는 말야 십 원만 내면 되는 것이니."

하고 병수는 일부러 상만의 시선을 피하여 여자와 나란히 문을 나간다. 상만은 일순간 찻종을 들어 나가는 병수의 뒤통수를 훌쳐 때리는 환각에 몸을 떨었다. 상만이 구두를 신고 나올 때 세 사람을 실은 자동차가 대문을 향하여 천천히 움직이기 시작한다.

상만은 푸르르 소리를 내며 굴러가는 자동차 뒤를 바로 쏘아 보았다.

"흥."

하고 웃는 상만의 얼굴은 처참하였다. 그는 자기도 모르게 두 주먹이 단단히 쥐어 지었다. 한참 만에 그는 뚜벅뚜벅 큰길로 걸어 나왔다. 그의 맘속에는 누를 수 없는 분노가 치밀어 올라오는 것을 느끼었다.

'그놈을, 아니 그까짓 개미 새끼를.'

사실 민병수 하나를 미워하기에는 지금 상만에 가슴에서 끌고 있는 분노가 너무 컸다.

그는 ✕✕강연회에서 듣던 말이 귓가에 떠돈다.

'그들은 영원히 우리 대중과는 일치할 수 없는 적이다. 그들은 대중을

속이고 팔고 …….'

상만은 지금 그 이상 더 강연의 문구를 생각할 필요가 없이 병수가 미워졌고 병수를 에워 싼 그 분위기가 지긋지긋하게 미워지는 것을 느끼었다.

재동 ××회사 중역의 집에서 축출을 당하던 일을 생각하였다.

'초록은 동색야.'

상만은 다리가 허전허전하고 내장을 다 빼낸 것처럼 몸을 버틸 힘이 없어지건만 전차 탈 생각도 없이 아스팔트 위로 걸었다.

'졸업만 하면 어떻게 해서라도 졸업만 하면 …….'
하던 그 희망이 자기를 속이지 않나 하는 생각을 할 때 그는 두려워졌다. 갑자기 크나큰 절망의 함정이 자기를 삼키려고 입을 벌리는 듯싶어 그는 걸음을 빨리하여 사람들이 많이 걸어가는 곳으로 들어가 섞이었다. 그는 걸으면서 생각하였다.

'취직난(就職難)이라는 것을 학교 성적이 나쁜 사람, 몸이 약한 사람, 성질이 나쁜 사람에게만 있는 것이겠지. 그래도 나같이 십 반 이내로 늘 진급을 하여 오고 몸이 튼튼하고 한 번도 위험 사상이나 강연회 같은 단체에라도 간섭해 본 일도 없는 사람은 단연코 어디든지 직업이 있을 터이지.'

상만은 스스로 믿고 기뻐하던 그 신앙의 반석이 인제 송두리째 흔들리기 시작하는 것을 느끼었다.

'세상은 그렇게 단순한 게 아니야.'
하던 어떤 선배의 말도 생각난다. 상만은 걸어가면서 가만히 숨을 쉬었다.

'다른 사람들은 십 반 이내는 다 취직이 되었는데 …… 그나마 동경

한복판에서 졸업하기 전에 미리 작정이 되었거든. 나보다 훨씬 뒤떨어진 이십 반에 드는 소수(小水), 견환(大丸), 패통(貝塚)의 성적은 나하고 비교도 못할 것이다. 나는 담임선생의 말이 참이라면 여섯째가 아니냐. 구십여 명에서 여섯째라면 …… 그런데 나는 동경서 몇 군데나 이력서와 학업표를 가지고 돌아다녔던고 …….'

상만은 입에 괴는 쓴 침을 길바닥에 탁 뱉었다. 전차가 땡땡 놀란 새처럼 달아나고 자동차가 쫓긴 짐승 모양으로 뛰어간다.

상만은 모든 것이 알 수 없게 되었다.

"오이 히다리[99]에."

하는 소리에 고개를 번쩍 드니 자기는 종로 네거리에 서 있는 것이다. 헬멧 모자를 쓴 교통 순사가 성난 듯이 노려보고 섰다.

상만은 서대문쪽 가는 길로 그대로 걸었다.

'밤낮 낙제만 하던 차재호가 취직을 하고 구십 명에 여섯째 되는 내가 직업을 얻지 못하는 게 옳은 일인가 그렇게 될 수 있을까?'

'××중학교 쩍이다. 이질로 피를 쏟으면서도 학교에 출석은 하였겠다. 언제인가 식권이 떨어져서 두 끼를 연해 굶고도 결석을 아니 하였지 그래서 인애의 돈을 얻어서라도 기어이 졸업은 하였겠다. 그러나 …….'

상만의 눈앞에는 사회라는 파노라마가 한데 그려진 만화처럼 보이는 것이다. 상만은 인애의 집으로 들어왔다.

어머니는 안방에서 누구와 이야기를 하는지 말소리가 도란도란 들린다.

상만은 돌아왔다고 인사하기도 싫고 그대로 자기가 거처하는 방문을

---

99 ひだり. 왼쪽.

열었다. 구두를 귀찮은 돌멩이처럼 아무렇게나 던져 버리고 방바닥에 벌떡 드러누웠다.

상만은 방으로 들어와서도 여전히 생각을 찾아 싸우고 있다.

'그렇다면 주림과 고역으로 싸워 온 일곱 살부터 스물다섯 살까지의 내 노력은 정말 소용없는 것이었던가?'

상만은 자기가 누운 땅바닥이 밑 없는 곳으로 자꾸자꾸 내려가는 것 같이 생각이 되었다.

'정말 정말 그렇다면 이십오 년 동안 이어 온 내 역사를 완전히 청산해 버리는 것이 낫지 않을까.'

그는 지금 맥진(驀進)[100]하여 오는 기관차에 자기 몸이 어스러지는 환상을 본다.

그는 바싹 마른 입술에 쓰디쓴 침을 바르고 모로 돌아 누웠다.

'그러면 그렇다면 나는 사회에서 쫓겨 나온단 말이 저렇게도 충실히 그렇게도 꾸준히 싸워 왔거늘 …….'

상만은 뜨거운 물결이 목구멍으로 치미는 것을 느끼었다.

'나는 사회를 힘껏 껴안으려는 데 사회는 나를 이렇게도 떠다민다?'

상만은 뜨거운 눈물이 귀 밑으로 흘러내리었다.

삼 년 전 파고다 공원에서 두 주일이나 노숙하던 일도 생각이 났다.

'그렇게 만만히 밀려 나가야만 옳은가?'

그는 보이지 않는 어떤 큰 힘을 향하여 항의하는 것처럼 부르짖었다. 그는 갑자기 주먹으로 땅바닥을 탁 쳤다.

---

100 좌우를 돌아볼 겨를이 없이 힘차게 나아감.

'못 해. 나는 내가 아까워 남은 모른다 하여도 나는 나를 알거든. 내 재주, 내 총명, 내 건강, 나의 참을성, 나는 맨주먹으로 싸웠다. 부모도 없이 친척도 없이 고아의 몸으로 나는 주림에도 이기고 질병에도 약한 첩 없이 이겼겠다. 나는 가난하여도 교과서도 충분치 못 했어도 항상 우등이었다. 그리하여 어미 아비 없는 거지 아이가 ××고상 출신이 되었다 …… 그렇다.'

'나는 용사다. 나는 위인이다. 나는 한 번도 지지 않았다.'

'그렇다.'

상만은 무엇을 붙잡으려는 사람처럼 벌떡 일어났다.

'한 번 더.'

'한 번 더 겨누어 보자. 사회 네가 내게 못 견디어 굴복을 하는가 내가 못 견디어 자살을 하는가.'

그는 운명으로 더불어 결투를 하려는 듯이 두 주먹을 무릎 위에 올려 놓고 허공을 쏘아 보았다. 그는 자기를 이십오 년 동안이나 가난과 모욕과 학대의 채찍으로 내리치던 보이지 않는 손이랄까 힘이랄까 운명이라는 것이 이방 어느 구석에서 자기를 노리고 보는 듯하다. 그는 그 운명이라는 것을 당장에 붙잡고 한 번 실컷 두들겨 주고 싶었다. 이 흥분은 생리적으로 반사 되어 그의 손끝이 바르르 떨었다.

'지금부터이다. 나는 선언한다. 나는 재출발한다. 운명아 오너라. 나는 단연코 네게 결투를 선언한다.'

상만은 또다시 주먹을 쥐었다. 양팔에 힘줄이 일어섰다. 아랫배가 돌멩이처럼 단단해 지는 것을 느끼었다. 한일자로 다문 입술이 약간 혈색을 잃고 그의 억센 두 어깨가 대양의 큰 파도처럼 천천히 그러나 힘세게 높았다 낮았다.

  그의 호흡은 길고 또한 깊었다. 상만은 주먹으로 벽을 쿡 지르면 곧 구멍이 날 것 같다. 앉아 있는 방바닥을 무릎으로 꾹 누르면 움푹 기어들 것 같다. 그는 가슴에 뻗쳐오르는 이상한 힘을 감각하였다. 그는 문을 탁 열어젖혔다. 멀리 인왕산 위로 펼쳐있는 하늘! 자기가 번쩍 뛰면 곧 그 하늘의 한끝을 붙잡을 듯도 하다. 상만의 눈은 빛났다. '메피스토펠레스'의 힘을 빌린 '파우스트'처럼 상만의 눈앞에는 세계가 진실로 한 적은 공만 하다. 자기가 지구 밖에 발을 옮겨 놀 수 있다면 이 지구덩이를 한 손으로 번쩍 들어 올릴 듯한 황홀한 심경이 찰나로 전신에 흘러간다.

  '민병수가 무어냐. 파리 새끼 하나만 못한 것을 한기탁이 어째? 늙은 원숭이.'

  그러나 이러한 생각은 조금 전에 길에서 느낀 견딜 수 없는 분노와 미움에서 오는 것이 아니라 훨씬 초월하여 참으로 능력 있는 자가 무력한 자를 내려다보고 조롱하는 그 기분이었다. 인애가 돌아왔다.

재출발

　인애가 마루 위에 책보를 올려놓는 소리가 난다. 상만은 옷깃을 바로
하고 문을 열고
　"고단하시겠군."
하고 웃어보였다.
　"아뇨, 별로."
　"이게 무언지 아서요?"
　인애가 보자기를 흔들어 보이며 웃는다.
　"글쎄 과자 같기도 하고."
　"호호 비슷하지만 틀렸어요."
　인애가 책보에서 꺼낸 것은 구은 밤이다.
　"어머니."
하고 인애가 안방 문을 열어보니 어머니는 무슨 이야기책인지 머리맡
에 놓고 잠이 들어있다.
　두 사람이 밤을 까서 먹을 때이다.
　대문에서 "우편이요" 하는 배달부의 목소리가 들린다. 인애가 나가보니
엽서인데 상만이에게로 온 것이다. 상만은 엽서를 쭉 한 번 훑어보더니
　"흥."

하고 쓸쓸히 웃는다.

"왜요? 어디서 온 거에요?"

"전중이라는 일본 사람에게서 틀렸다고 하는 통지야요. 또 '파고다' 공원으로 갈밖에."

상만은 웃지도 않고 밥 먹던 손을 종이에 쓱쓱 문지르고 책상으로 가서 털썩 기대앉는다.

인애는 상만의 맘을 어떻게 위로하여 줄까 하고 합당한 말을 찾았으나 아무 말이고 일절 나오지 않는다. 상만이 평생토록 놀고 있어도 자기가 벌어서 먹일만한 정성만은 있다. 그러나 어서 취직이 되어 상만이 기뻐하는 얼굴도 보고 싶었다. 무엇이든지 상만이 기뻐하면 자기도 기뻐할 것 같고 상만이 슬퍼하는 일이면 자기의 맘도 괴로울 것이다.

인애는 첨부터 상만이 취직할 만한 곳을 점치고 있는 곳이 있지마는 자기가 솔선하여 취직하고 초조한 빛을 보이기는 싫었다. 그러나 오늘 상만의 기분을 접한 인애는 무슨 생각을 하는지 혼자서 고개를 끄덕이고 부엌으로 내려갔다. 점심상을 보는 것이다. 밥을 거의 다 먹어갈 때

"오늘 일기 좋지요. 우리 산보하러 갈까요?"

하고 인애가 물그릇을 올려놓았다.

"좋지요 갑시다. 어딜 갈까?"

"저."

인애는 의미 있게 생긋 웃더니

"자경 집으로 가요. 네?"

"자경이라니 접때 정거장에 나왔던 이 말이에요?"

"네. 서자경 그이 아버지는 인천 매립 회사 사장이고 그 밖에 여러 회

사의 중역이여요."

상만은 사장, 중역하는 말이 마치 꽁지벌레처럼 불쾌하게 들린다. 상만의 눈앞에 비치인 지금까지의 사장 사장! 중역 중역!

"그만두죠. 남의 집엔 뭘 하러 가요?"

"저번께 자동차에서 가시겠다고 대답은 누가 하셨는데요?"
하면서 인애는 상만의 모자를 내려 손질을 한다.

"일부러 자경이 정거장까지 나와 주었는데 그러한 인사는 진작하는 것이 낫지 않을까요?"

문득 상만은 조금 전에 맘으로 맹세한

'재출발.'

하는 소리가 귓가에서 들리는 듯하여 손에 들었던 잡지를 놓고 벌떡 일어난다.

"그럼 갑시다. 부잣집이면 취직 운동도 할 겸 좋지요."

상만은 모자를 받아 쓰고 두 사람은 전찻길로 나왔다.

계동을 들어서자 서정연 씨의 호화스러운 저택이 눈에 띄었다.

"저 집이야요."

인애가 가리키기 전에 상만은 벌써 짐작하였다. 전나무에다 뜻 모를 조각을 하고 금빛처럼 번쩍이는 진유(眞鍮)[101] 장식이 네 귀퉁이에 아로새겨 있는 대문을 들어섰다. 화려한 국화 떨기가 햇살 아래 활짝 피어있는 화단이 눈에 띄자

"흥."

---

[101] 놋쇠.

하고 상만은 입을 삐쭉하였다.

　번들번들한 현관문 앞에 이르러 인애가 초인종을 눌렀다.

　계집애 하인이 나와서 공손이 절을 한다.

　"유치원 선생이 왔다고만 여쭈어."

　"네."

　계집 하인은 안으로 사라졌다. 상만은 갑자기 돌아서서 나가고 싶었다. 몇 번이나 이러한 현관에서 기다렸던고. 몇 번이나 쫓기다시피 쓸쓸히 돌아왔던고. 안으로써 제법 바쁘게 쿵쿵거리는 발소리가 나며

　"인애 어서 와요. 난 참말로 기다렸다오."

　자경이 나와서 인애의 손목을 잡는다. 조금 떨어져서 상만이 현관 밖에서 있는 것을 보고

　"왜 아니 들어오시고 ……."

하고 현관 뜰에 내려선다.

　"참 저번 날은 너무도 미안했습니다."

　상만이 모자를 벗어 들고 고개를 숙였다.

　"천만에 말씀을 하십니다. 들어오시지요. 자 인애 들어와요."

　은행빛 저고리에 자갈색 치마를 입은 자경은 웃을 때마다 양편 뺨에 우물을 지으면서 응접실 문을 연다.

　상만도 인애 뒤에 서서 안으로 들어갔다. 자경이 권하는 대로 의자에 앉으니 몸은 절반이나 의자 속으로 들어가고 유쾌한 탄력이 상반신을 받혀준다. 방사면 벽은 모두 연황색 우단으로 발라졌다.

　동편 창 앞에 흑단의 피아노가 거만스럽게 앉아 있고 그 위에 어린 국화를 담은 화병, 그 맞은편에 송학을 그린 순백색 자수 병풍, 병풍 옆에

외송이 국화를 심은 화분들이 서너 개 나란히 서 있다.

아까 그 계집애 하인이 다과를 내왔다. 자경은 뽀얀 은쟁반 위에 얹힌 차 그릇을 인애와 상만 앞에 내놓았다. 상만은 속으로

'어여쁜 계집애다.'

하고 고개를 끄덕였다.

"그인 안 계시나?"

인애가 나지막하게 자경에게 묻는다.

"누구 동섭 씨 말이야?"

"응."

"누구 전송 나간다고 정거장에 나갔나봐."

하고 자경이 비스킷을 들더니 생긋 웃으며

"오 선생 동경 가서 지내시던 일 가운데 재미있게 생각되신 것 좀 들려주시지요, 네?"

"별로 재미있는 것이라고는 없었어요. 거저 그럭저럭 한 삼 년 있다 나왔지요."

하고 상만은 차를 홀홀 마신다.

"그럼 불쾌하게 느낀 일도 없었어요?"

"네. 동경엔 미인이 많은 것이 불쾌라면 불쾌한 일이지요."

상만은 속으로

'이 계집애를 좀 놀려주면 어때.'

하고 웃었다.

"호호호 미인이 많아서 불쾌하셨어요, 호호호."

자경은 소리를 내어 웃고는

"인애를 두시고 설마 미인에게 러브레터(사랑편지) 보내셨다가 코 뗀 일이야 없으셨겠죠, 호호호."

"하하하하."

상만은 호기스럽게 웃었으나 그의 눈앞에 요시에의 얼굴이 일 초 동안 지나갔다.

요시에는 상만이 처음 산구(山口)로 가 있을 때 알게 된 하숙집 딸이었다. 요시에는 얼굴이 희고 총명한 처녀로 상만이 산구고상 일 년급 때에 요시에는 고등여학교 오학년이었다.

처음에 상만이에게 산수를 배우러 오고 영어 숙제를 해달라기도 하고 다른 학생의 방보다 상만의 방에를 유달리 왔다. 마침내 요시에게서 상만을 사랑한다는 고백을 듣게 되자 두 사람은 옆에 사람의 눈을 피하여 만나는 사이가 되고 말았다.

그러나 상만은 요시에와 정식으로 결혼할 생각은 아니었다. 춘(椿)나무 같이 아름다운 요시에가 살그머니 상만의 이불을 들칠 때 그것은 상만으로서는 이길 수 없는 유혹이었다.

그러나 그것은 정말 한바탕 부질없는 꿈이었다.

상만은 자경이 웃을 때마다 양편 뺨에 우물이 지는 것을 보고

"난 조선이 좋아요. 조선 온돌도 좋고 그리고 조선 김치도 유명하다는데."

하고 방싯거리던 요시에의 두 뺨의 우물을 생각하여 보았다.

"어때서요? 조선 오니까 미인이 너무 없는데 역증이 나지 않으세요? 보시다시피 인애나 저나 다 같이 미인과는 거리가 머니까요, 호호."

"천만에요. 동경에 어떤 부인이 오더라도 용서하십시오, 아마 자경

씨를 따라올 만한 이는 없을 걸요. 단연코."

하고 상만은 속으로

'좀 놀려주면 어때.'

하고 차를 소리가 나도록 훌훌 마셨다.

"아이 저런 말씀을 하시네. 이봐, 인애 오 선생은 고상 출신인줄 알았더니 외교관 학교에 졸업하신 것 아니여 호호."

"하하하하."

"호호호."

인애도 입을 가리고 웃었다. 아침에 한기탁 씨 집에서와 민병수에게 받은 모욕을 이집에서 갚으려는지 상만은

'네까짓 것들이 뭐냐. 허위와 교만으로 둘러싼 황금 버러지.'

를 맘으로 뇌어 보자 으리으리하게 차린 이 집 응접실이 마치 십 전 스토어(가게)처럼 하잘 것 없이 보이고 공작새처럼 아름다운 자경이 어느 찻집 웨이트리스와 같이 만만하게 생각이 된다.

상만은 고개를 번쩍 들고 과자를 집어 소리가 나도록 와작와작 씹어 먹고 차를 훌훌 마셨다.

"가만 계서요. 내 하나 빼 드릴 게 있으니까요."

자경이 응접실 한편 벽으로 난 문을 찌걱 열고 들어가더니 웬 그림엽서를 한 장 들고 나온다.

"누구 비슷한지 좀 알아내서요?"

하고 상만의 눈앞에 갔다 댔다. 그것은 '폭군 네로'라는 활동사진에 주역으로 나오는 프레드릭 마치의 브로마이드(사진)다.

"어때요 좋지 않아요?"

"좋습니다."

"누구 닮지 않았어요?"

"글쎄요."

상만은 빙그레 웃는다.

옆에서 인애가

"자경은 노상 마치와 비슷하다고 그런답니다."

"누굴? 나를? 그럴 리가 있나요?"

상만은 두 귀가 약간 불그레하여졌다.

자경이 사과를 벗기어 접시에 담으며

"두 분 결혼식은 언제나 하십니까?"

하고 사과를 상만의 앞으로 내밀었다.

'이렇게도 활발하다니.'

상만은 속으로 생각을 하면서

"글쎄요."

하고 사과를 집는다.

"왜 인애는 크리스마스 전으로 예식 한다고 그러지 않았어?"

"언제 내가 그랬어?"

하고 인애가 눈을 흘기는 시늉을 하였다.

갑자기 웨딩마치의 휘파람 소리에 두 처녀는 고개를 들었다.

상만이 빙글빙글 눈으로 웃어가며 휘파람을 불고 있는 것이나 그 탁트인 이마, 눈썹, 사람을 녹일 듯한 매력은 상만의 웃는 입보다도 눈보다도 약간 다가붙은 듯한 눈썹인지도 모른다. 연 잎사귀 위에 구르는 수은 알처럼 동글게 굴러 나오는 휘파람이 그치자

"피아노 눌러 드릴 터이니까요 아무거나 노래 하나 불러 보십시오."

하고 자경이 피아노를 연다.

"노래요? 노랜 못합니다. 음악 학교 뜰 앞도 구경을 못했으니까요, 하하."

"괜히 그러시지. 웨딩마치 같은 어려운 곡조도 다 아시면서."

"그건 주워 배웠지요 하하 …… 미안하지만 차나 좀 주셨으면 고맙겠습니다."

상만은 차 그릇을 자경 앞으로 내놓았다.

"네 네 그렇게 하시지요."

자경은 벨을 눌렀다. 하녀가 차를 더 가져오라는 명령을 받고 나갔다.

상만은 잠자코 과자를 어적어적 깨물어 먹고 하녀가 갖다 논 차를 홀홀 마셨다. 그는 마치 술이나 마시는 것처럼

"후."

하고 한숨을 내리쉬면서 가끔 창밖을 내다본다. 그리고 자기 방에서 식사나 하는 것처럼 웃지도 않고 잠잠한 채 먹고 마시는 것이다. 과자 그릇에 손을 넣자 과자가 없는 것을 보더니

"아차 과자 좀 더 주시지요."

상만은 천연스럽게 자경을 쳐다본다.

"네 네 지금 곧 가져옵니다."

"아이 웬걸 자꾸 잡수려고."

하고 인애가 돌아보며 웃는다.

"좋지 않아요! 인애 난 오 선생께서 그렇게 잡수시는 것이 여간 통쾌하지 않아요."

자경이 다시 벨을 누르고 이번에는 케이크가 한 쟁반 수북이 나왔다.

"자, 얼마든지 잡수서요 호호."

"네 감사합니다."

상만은 두 볼이 불쑥불쑥 하도록 케이크를 입속에 넣고 차를 마신다. 자경이 살짝 돌아앉아 피아노를 열더니 '처녀의 기도'를 누른다. 자경의 손이 바쁘게 건반 위로 왔다 갔다 하는 것을 보고 상만은 인애를 향하여 눈을 끔쩍하여 보이고 차관을 기울여 차를 쭉 따라 마신다.

갑자기 자경이 피아노를 뚝 그치더니

"자 오 선생 대신으로 인애 독창해요. '그 집 앞' 말이야."

인애는 그러지 않아도 지금 자기가 계획하고 있는 일이 절반이나 성취된 것 같은 생각에 노래라도 부르고 싶은 때였다.

그러나 인애는 상만을 기어이 노래를 시키려는 생각이다.

"왜 아까 주문해 놓은 데가 있으면서 …… 나는 대신이라는 것은 싫어요, 호호."

하고 상만을 건너보고

"하나 불러요."

하는 듯이 눈을 끔벅 하여보였다.

"허, 그러면 내가 꼭 하나 해야 됩니까?"

자경은 피아노에 앉은 채 손바닥을 딱딱 친다. 인애도 따라서 박수를 하였다.

"에헴 에헴."

상만이 목소리를 가다듬는다.

"이건 저 나대로 배운 것인 때문에 반주도 없습니다. 자 그러면 근청[102]하십시오, 에헴."

또 한 번 목소리를 가다듬은 때이다. 현관에서 사람의 기척이 난다고

"관두지요."

상만이 벌떡 교의 전에 고개를 젖히고 케이크를 한 개 입으로 가져간다. 들어오는 발소리에 귀를 기울이던 자경은 산토끼처럼 문을 열고 밖으로 내닫는다.

자경이 한 팔을 붙들려 가지고 응접실로 들어오는 사람은 동섭이다.

자경이 상만을 눈으로 가리키며

"주인애 씨 피앙세(약혼자)야요."

그리고 이번엔 동섭을 쳐다보면서

"이인 유동섭 씨. 나의 피앙세여요 호호."

동섭은 상만의 앞으로 손을 내민다.

"성함은 전부터 잘 알았습니다. 와주셔서 감사합니다.

동섭은 신사의 예절을 다하여 허리조차 약간 굽혔건만 상만은 웬일인지 아무런 말도 없이 아까운 물건을 내놓는 것처럼 천천히 손을 내밀었다. 두 사람의 손과 손, 눈과 눈이 잠깐 동안 움직이지 않았다.

상만의 맘속에는 미움과 멸시가 회오리처럼 일고 있다.

'이 자식 너도 밤낮 낙젯국이나 처먹고는 그리고도 좋은 집에서 팔자 좋은 생활만 하는 놈의 새끼겠다!'

'자경의 약혼자? 백만장자의 사위? 아이 황금 벌레야.'

상만은 지글지글 타오르는 미움과 분노를 기쁜 듯이

"하하."

---

102 謹聽. 삼가 들음.

하고 웃으며 자리로 간다.

"호호호 왜 웃으서요?"

자경이 돌아본다.

"하하하 참 우습지 않아요. 무대에서는 피에로(희극 배우)가 지금 독창을 한다고 한창 목을 가다듬고 에헴 에헴 기침을 하는 판에 웬 신사 한 분이 척 이렇게 들어오시는 바람에 그만 피에로는 어리둥절하여 버렸거든요. 우습지 않아요, 하하하."

"오호호호 아이 어쩌면 사람을 저렇게 웃기신담."

자경도 허리를 구부리고 웃고 인애는 얼굴을 가리고 웃고 동섭도 빙그레 웃었다.

"옳지 옳지. 독창은 보류합니다. 요담 특청할 때가 있으니까요."

"우리 지금 밖으로 나가서 테니스나 칩시다."

자경은 동의를 구하는 듯이 동섭을 건너다보았다.

"그럽시다. 밖에 일기가 썩 좋으니까요."

하고 동섭이 일어선다.

"좋지요."

상만이 대답을 하고 네 사람은 뜰로 나와 코트에 들어섰다.

만길이가 절름절름 하면서 공과 채를 가져왔다.

네 사람은 '짱께이뽀'[103]를 하여서

상만과 자경이 한편이 되고 동섭과 인애가 한편이 되었다.

"자 플레이."

---

[103] じゃんけんぽん. 가위바위보.

동섭이 먼저 공을 사뿐 넣었다. 공은 남빛으로 푸른 하늘 아래 연하게 원을 그리며 네트를 넘어간다.

채를 쥐고 섰던 상만이 번개같이 공을 쳐서 넘긴다.

동섭이 날쌔게 받아 넘겼다.

상만이 휙 하고 채로 공을 받아 넘기는 소리가 총소리처럼

"탁."

하고 공은 뛰는 순간 동섭은 몸을 젖혀 네트 너머로 공을 넘겼다.

"아이 싱글이네. 우린 나가서 구경이나 하자꾸나."

자경이 인애를 불러내었다.

"오 오."

하고 웃어가면서 동섭이 공을 받는 대신 상만은 입을 꽉 다물고 그의 눈에서는 살기조차 돋는 듯하다. 동섭은 유희 기분으로 공을 시작하였으나 차츰 상만의 얼굴이 긴장하여지고 그리고 공을 던지는 솜씨가 여간 억세지가 않은 것을 보고 동섭도 공채를 단단히 쥐었다.

'네까짓 황금벌레한테 누가 진단 말이여.'

상만은 속으로 부르짖고 방향을 비꼬아 가면서 공을 던졌다.

"인애 끝나면 불러요. 난 꽃다발이나 만들까!"

자경이 화단으로 들어가서 한창 피어나는 국화가지를 휘여 잡았다.

흰 것, 붉은 것, 노란 것, 주황 차례차례 자경의 손에서 찬란한 꽃묶음이 되어 가는 것이다. 아직도 남아 있는 달리아도 몇 개 섞이었다. 자경은 꽃을 안고 네트로 오더니

"누구시든지 이기는 분에게는 꽃다발을 드립니다, 저 힘써."

상만은 빙긋 웃고 속으로

'누가 이기나? 좋다 오늘 이것으로 내 운명을 점쳐 보아?'

"인애 어떻게 됐어?"

"다 같은 쓰리(셋)야."

"호."

상만이 공채를 휙 치켰다. 공은 동섭의 오른편에서도 훨씬 떨어진 곳으로 미끄러져 갔다.

"쓰리 폴."

인애가 소리를 질렀다. 동섭이 한 점 뺏긴 것이다.

맨 마지막에 상만은 공채를 왼손으로 쥔 것을 아무도 몰랐다.

동섭은 채를 놓고 달려와서 상만의 손을 쥐었다.

"미안합니다."

하고 상만도 바른손을 내밀었다.

"자 꽃다발 받으서요."

자경이 두 손으로 상만의 가슴에 꽃을 안겨주었다.

'상만은 이겼다.'

하는 의식이 박하(薄荷)처럼 뱃속까지 환하게 비치는 것을 느끼었다. 상만은 어째 자기의 재출발은 축복을 받은 듯싶어 그는 자경에서 받은 꽃다발을 힘껏 껴안았다.

잊어진 대답소리

김 선생은 어제 약속한 대로 아홉 시가 되어 동섭을 찾아왔다.

두 사람은 ××행 전차에 올랐다.

××길바닥이 파헤쳐진 것이 십여 일이 되건만 웬일인지 공사는 진행되지 않는 모양이다.

××정 ××목까지는 전차가 가다가 쉬고 쉬다가 가고 ××동에 이른 때에는 열 시가 훨씬 지난 뒤였다.

두 사람은 어떤 자그마한 대문 집 앞에 와서 섰다.

김 선생이 문을 두어 번 덜컥덜컥 하니 안으로

"누구요?"

하는 소리가 난다.

"나요 문 좀 여시오."

문을 열어 주는 사람은 납바후꾸에 머리를 아무렇게나 기른 청년이다.

"누구? 의사?"

"응."

납바후꾸 청년은 동섭을 향하여

"들어오시지요."

하고 앞을 선다.

방에는 사오 인의 청년들이 둘러앉았다가 조금씩 몸을 움직이더니 자리를 낸다.

아랫목에 누웠던 병자는 죽은 듯이 눈을 감았는데 눈자위가 푹 꺼지고 코끝이 송곳처럼 뾰족하게 들려있고 파리한 얼굴이다. 머리는 빡빡 깎은 것이 마치 해부실에 세워둔 촉루(髑髏)[104]를 그대로 떠메 온 듯 마르고 까슬까슬하여 보인다.

동섭은 청진기를 내어 병인의 가슴에 대었다.

손가락으로 옆구리, 가슴, 배를 두들겨 보았다. 손이 배로 가자 병자의 얼굴은 보기 싫게 찡그려진다.

"아."

모기 소리만치 가느다란 신음소리를 하고 보기 싫게 입을 벌린다.

동섭을 고개를 흔들었다.

"지금 곧 병원으로 데리고 가보시지요. 수술해야 되겠습니다."

"……."

방 안에서는 아무도 대답하는 이가 없다.

"맹장염이 오래 되어서 복막염까지 되었습니다."

동섭은 청진기를 가방에 넣고 알코올에 적신 솜으로 손을 닦으며

"한시 바삐 수술을 해야 합니다."

방에 있는 여러 사람은 모두들 고개를 떨어뜨린다.

병인은 실낱만치 가늘게 눈을 뜨고

"물."

---

104 해골.

하고 입을 벌린다.

적은 고기 비눌 같은 까풀린 입술은 덮이었다.

"응? 물이라지."

방구석에 앉았던 한 청년이 옆에 있는 숟가락을 들어 물을 떠 넣는다.

얼굴이 크고 눈이 깊고 눈썹이 어디까지나 검고 나이 한 삼십이나 되었을까.

"자 물이어 창수 군."

병자는 입을 벌린다.

동섭은 가방을 들고 일어섰다. 대문 밖에까지 김 선생은 따라 나왔다.

"괜찮아요. 들어가서요."

"유 선생 어렵지만 손수 수술 좀 못 해 주실까요?"

"안 됩니다. 첫째 내게는 대수술용의 기계가 없습니다. 그리고 원체 위중하니까요. 큰 병원으로 데리고 가야 합니다."

"글쎄요. 이게 있어야지요."

김 선생은 동그라미를 그려 보이고 머리를 긁적긁적 한다.

"방에 있는 이들은 친척인가요?"

동섭은 자기가 무료로 약을 주고 병을 보아 주는 것은 정말로 할 수 없는 노동자들을 위하여 하는 것이다.

지금 병자를 둘러싸고 앉은 사람들은 어쨌든 양복도 입고 공사장 사람에게 비하면 행세를 하는 사람들 같다. 동섭은 이 병자에게 대하여 발 벗고 나설 만치 절박한 사정을 느끼지 못하였다.

"친척이 아닙니다. 다 친구들이지만 모두 무산자니까요."

"병인은 이삼 일을 더 지탱하지 못하겠는데요. 수술은 한다면 지금 곧 해야만 됩니다."

하고 동섭은 성큼성큼 골목으로 걸어 나왔다. 김 선생은 그대로 따라온다.

"대관절 웬 사람입니까? 병이 그렇게 되도록 의사에게 치료도 받지 않았던가요?"

"감옥에서 나온 사람이여요. 사흘 전에 가출옥이 되었어요. 죽게 되었으니까."

동섭의 머릿속에서는 어떤 생각이 지나갔다.

'사상 운동자.'

이라는 것을 짐작하자 동섭의 마음속에는 이상한 흥분과 호기심이 머리를 드는 것이다.

"호, 감옥에?"

"네. 한 사 년이나 있었지요."

"사 년이나."

"왜 저 유명한 ×××사건의 수괴 조창수라면 혹시 아시겠지요?"

동섭은 걸음을 멈추고 섰다.

"아니 그러면 그이가 조창수 군이란 말이야요?"

"네, 네. 아시는군."

"중학 시절에 동창이었으니까요."

동섭은 이렇게 대답을 하고 오던 길을 다시 돌아섰다.

방으로 들어와서 병자의 곁에 앉았다. 해골 같은 환자의 손을 가만히 잡고

"창수 군."

하고 불렀다. 병인은 눈을 떴으나 잠자코 자기를 부르는 사람을 누군지

알려는 듯이 한참 바라보는 것이다.

"나야 유동섭이여. 자네와 나는 같은 책상에 앉았댔지. ××고등보통학교 때 일을 몰라?"

"오 이게 몇 해 만이여?"

병자의 소리가 겨우 들린다.

"바로 여섯 해 아니야?"

"그래 자네 허리 다 나았는가?"

하는 소리는 동섭에게는 들리지 않았다.

"응? 뭐야? 잘 안 들리는데."

"무엇 허리가 다 나았느냐고 묻습니다."

"오."

동섭은

"하하하하하하."

하고 웃었다.

"자네도 기억력은 대단하이그려. 아주 나았어 자네 덕분으로."

곁의 사람들은 수수께끼 같은 이 문답을 알 도리는 없었다.

동섭과 창수가 사 년급 되는 가을이다. 그때까지 두 사람은 별로 가까이 친근하지도 않았고 또 자주 만나 놀 시간도 없었다.

조창수는 사각으로 생긴 얼굴, 검고 이마가 나오고 몸집은 동섭이 보다 훨씬 굵은 편이었다. 말이 적고 침울한 기분이 떠도는 사람이었으나 한 번씩 입을 열면 사람들을 웃기는 재주는 가졌었다. 성적은 그리 좋은 편은 아니었으나 그렇다고 낙제를 한 일은 없었다. 그날은 영어 임시 시험지를 받은 날이다. 동섭이 테니스를 치느라고 늦게 집으로 가는 때다.

제법 사방이 어둑어둑하여진 무렵이다. 석조전 뒷골목을 돌아가노라니 어디서 휙 돌이 한 개 날아왔다. 동섭은 걸음을 멈추고 사방을 돌아보았다. 또 한 개 돌이 이번에는 제법 동섭의 발끝에 와서 뚝 떨어졌다. 저편 나무 뒤에서 날아오는 것이다.

"누구야?"

하고 동섭이 호령을 하였다.

"자 보아라."

하고 세 사람의 학생이 우르르 동섭을 에워쌌다. 부량으로 점이 찍힌 경상도 사령이라는 별명을 가진 사람과 그 짝패들이다.

학교에서 처분하려는 눈치를 알았는지 최근에는 훨씬 더 난폭하여진 경상도 사령이 동섭의 뺨을 철썩 갈기었다.

"옜다. 영어 점수 많이 받는 상급이다."

동섭이 뺨을 문지를 사이 없이 또 다른 사람의 발길이 동섭의 정강이를 찼다.

"영어 점수는 너 혼자만 처먹기로구나."

"이유는 그뿐이냐?"

동섭이 소리를 질렀다.

"그렇다. 영어 선생 놈이 네게 반했다더라."

다른 발길이 동섭의 허리를 찼다. 순간 동섭은 그 자리에 꼬꾸라졌다.

"가만 있거라. 인제는 내 혼자서 닦달을 할 테니."

사람을 잘 친다고 경상도 사령이라는 이름을 가진 사나이는 주먹을 단단히 쥐었다. 동섭의 아래턱을 향하고 내리치려는 순간 그 주먹은 어떤 힘 센 손아귀에 붙들리었다.

"아이 놓아. 이 자식 팔 재리다. 싱거운 자식 같으니라고. 네가 왜 덤벼?"

손을 잡은 사람은 조창수였다.

"이 자식들아 비겁하게 이게 무슨 꼴이야. 나도 이번 임시 시험엔 스물 꽂 밖에는 못 받았다. 그렇지만 동섭이 만점을 받았다고 그걸 시기할 맘은 없다. 그렇게까지 더러워져서야 어떻게 하느냐?"

"히히히 두꺼비가 왜 이래. 국으로 가만히 있기나 하지. 그래 네까짓게 무슨 재판장이냐 두꺼비 꼴에."

카페에 가서 그릇을 잘 부순다고 카페 대장이란 별명을 가진 학생이다.

"뭐야? 이자식이 한 주먹에 죽으려고."

창수의 발길이 카페 대장의 엉덩이를 냅다 찼다. 카페 대장은 한 간이나 나가 꼬꾸라졌다.

"그래도 돌아서지 않을 테냐?"

남은 두 사람을 향하여 소리를 쳤다. 평소에 성을 잘 내지 않는 창수건만 오늘은 성난 맹수처럼 무서워졌다.

"가자. 일 글렀다."

경상도 사령 패는 돌아갔다.

동섭은 이때 허리를 다쳤던 것이다. 그러나 그 후 잘 나았다. 이 일이 있은 뒤로 동섭과 창수의 친분은 더 가까워진 것이다. 며칠 후 카페 대장이 사무실에서 돈 이십 원을 훔친 것이 발각이 되자 전부터 별러 오던 판에 학교에서는 즉석으로 퇴학 처분을 내리었다.

조창수는 사무실로 들어가서 이십 원을 제가 물터이니 박만오(카페 대장) 군의 퇴학을 취소하여 달라고 탄원을 하였다.

그러나 박만오는 기어이 쫓기어나고 말았다.

"학교에서 박만오 군을 버린다면 그는 어디로 가겠어요? 감옥으로밖에 더 가겠습니까?"

하고 담판을 하여 사무실에 앉은 선생들의 말문을 막히게 한 일까지 있었다.

이학기도 절반이 거의 넘은 어느 날이었다.

담임선생의 수학 시간이 끝나자 선생은

"조창수 사무실까지."

하고 나갔다. 그 다음은 화학시간이었다. 전에 없이 창수가 가늘게 한숨을 쉬고 하는 것을 동섭은 이상스럽게 보았다. 시간이 끝나자

"창수 군."

"응."

"왜 무슨 걱정이 있는가?"

"아니야 아무 것도 아니야. 저 그런데 이봐 저리 좀 가."

두 사람은 운동장 한 모퉁이로 갔다.

"저 이봐 예스도 좋고 노도 좋거든."

"응? 무엇이 말야?"

"말해 버리지 빌어먹은 거. 아무려면 어때 흥."

창수는 빙긋이 웃으며 그러나 괴롭게 동섭을 쳐다본다.

"아이 무슨 말여?"

"저 미안하지만 돈 한 이십 원 꾸일 수 없나?"

"돈?"

"응 돈이야. 예스도 좋고 노도 좋아."

"가만있게."

동섭은 지갑을 열어 손바닥에 쏟았다. 오십 전짜리 세 닢, 십 전짜리 두 닢, 그리고 동전이 서너 푼 들어있다.

"월요일이면 가져올 수 있다만."

"그만 두어."

하고 창수는 빙그레 웃고 한숨을 짓는다. 다시 종이 울리어 학생들은 다 교실로 들어왔다.

이번은 역사 시간이다.

담임선생이 들어오고 학생들은 교과서를 폈다. 선생의 강의가 절반이나 진행되었을 때 조창수가 일어나더니

"선생님."

하고 교실이 떠나갈 듯이 크게 부른다.

"선생님 저는 이 시간이 마지막입니다. 돈을 받고 학문을 사는 곳에서 나는 영구히 쫓기어 나고 말았습니다. 월사금 반년치가 밀린 까닭에 오늘 훌륭히 퇴학 처분을 받았습니다. 그러나 역사는 그만둡시다. 자 선생님 또 학우 여러분들."

창수는 머리를 한 번 숙이고 책을 주섬주섬 모아들고 교실 문을 열고 나간다.

"창수 군."

하고 동섭이 일어났으나

"유동섭, 앉으시오."

담임선생은 책을 든다.

창수는 층층대를 밟고 내려가는지 뚜벅뚜벅 하는 발소리가 차차 멀어지고 마침내 아무 소리도 들리지 않는다.

누가 하는 말인지 한 구석에서

"지독하구나."

하고 소리가 났다.

선생은 말소리 나는 곳을 향하여 얼굴을 돌리었다.

"월사금 좀 밀렸다고 쫓아내다니 너무 과하오."

하는 커다란 목소리도 들린다.

"학교가 아니라 고리가시[105]다."

"옳소, 옳소."

"여러분 잠잠하시오. 떠드는 학생은 교원실에 불리어갈 줄 생각하시오."

"박애를 말하고 도덕을 가르치며!"

이 말에 여럿은 주춤하였으나 또다시

"박애를 말하고 도덕을 가르치며 굉장 거룩합니다."

하는 소리가 들리자 학생들은 다시

"옳소, 옳소."

하면서 마룻바닥을 구르는 것이다. 담임선생이 일어서서 무어라고 말을 하였지마는 학생들의 떠드는 소리에 묻혀서 알아들을 수가 없다.

담임선생은 책을 안고 교원실로 내려갔다.

이 학교 저 학교에서 툭하면 동맹휴학 툭하면 교수 거절이 나는 시절이라 교장이 올라와서 울다시피 사정을 하고 조창수는 월사금의 체납보다도 불온사상의 경향이 있는 때문에 부득이 처분한 것이라고 근 한 시간이나 설명을 한 뒤에야 학생들은 조용하여졌다.

---

[105] こうりがし. 고리대금업자.

그러나 동섭의 맘만은 조용하지 못하였다. 그는 하학이 되자마자 창수의 하숙으로 달려갔다. 그러나 한 달 전에 옮겼다 한다.

"그러면 하숙에서도 쫓겨난 게로군. 사람도 왜 진작 말을 아니 한담."

동섭은 교실문 밖으로 사라지던 창수의 뒷모양을 또 한 번 그려보고 한참 동안 망연히 서 있다가 돌아왔다.

돌아오던 길에 어디서라도 창수를 만나기만 하면 꼭 붙잡고 울 것 같다.

만약 만나기만 하면 데리고 자기 집으로 가리라 하였다. 그러나 창수는 영영 만날 수가 없었다. 재작년 가을에 신문에서 ××사건의 수괴 조북성(본명 조창수)이라는 활자 아래 창수의 사진이 난 것을 보고 동섭은 비로소 창수가 어떠한 길을 밟고 있다는 것을 짐작하였다.

"학교에서 쫓겨난 학생은 감옥으로밖에 더 갈까요!"

하던 창수의 말은 참말이었다.

그러나 오늘 밤에 이렇게 우연히 만날 줄이야.

황혼이 짙어가는 거리들을 창수를 찾으며 헤매던 동섭의 앞에 여섯 해가 지나서 한 개의 해골로 대답하고 나올 줄이야. 이것은 동섭에게는 너무나 오래된 대답이다. 그리고 잊어버렸던 대답이다.

'학교에서 버림을 받은 사람의 갈 곳은 감옥 밖에 더 있어요.'

동섭은 속으로 부르짖었다.

창수는 경상남도 울산이 고향이다. 양친은 남의 소작을 하여가며 어려운 가운데서 창수를 서울까지 보내었다.

집에서 죽을 먹고 보리밥을 먹어가면서 창수에게 학비를 거르지 않고 보내주었었다.

그러나 지금부터 육 년 전 쌀 한 되에 십이 전 소리가 나갈 때 창수 부친은 농비를 잔뜩 지게 되고 그나마 죽도 끌이지 못하게 되자 창수의 학비는 보낼 수 없게 된 것이다.

창수가 학교에서 나와 이리저리 표랑[106] 생활을 할 동안 부모는 창수에게 아주 단념을 하였던지 표연히 만주 이민단에 참가하여 가버리고 이래 부모와 자식 사이에는 생사 간 소식을 모르고 지나는 터이다.

고향에 일가 나부랭이라고는 있지마는 지금 이러한 창수를 찾을만한 사람은 없다. 창수를 둘러앉은 친구들은 그야말로 붉은 마음뿐이다. 그러고 보니 지금 창수를 기다리고 있는 것은 '죽음'이다. 죽음의 길에서 창수는 동섭을 향하여 손을 펴지 않는가. 여섯 해 전에 들으려던 창수의 음성은 동섭에게 벌써 잊어진 대답이건만 동섭은 창수의 이 대답소리를 지나칠 수 없다.

동섭은 그때

'만나기만 하면 데리고 집으로 가리라.'

하던 그 맘 울릴 듯 간절한 맘으로 지금 창수의 손을 잡았다.

"창수 군, 병원으로 가세나."

둘러앉은 사람들은 다 같이 숨을 내쉬면서 고개를 들었다.

한 시간 후에 병인 자동차에 실린 창수는 ××병원으로 가고 거기에서 다시 한 시간 뒤에 수술대로 올라갔다.

병이 워낙 중태임으로 좌우간 죽든 살든 시각을 지체할 수 없는 형편이다.

외과로 가장 이름 높은 ×××박사가 집도를 하여 약 사십 분이나 걸

---

106 漂浪. 뚜렷한 목적이나 정한 곳이 없이 이리저리 떠돌아다님.

려 수술은 완전히 끝났다.

그러나 숨이 돌리지 않고 그대로 죽어버리지 않을까 하는 의심은 동섭이뿐 아니라 ×××박사도 고개를 갸웃거렸다.

"한 십여 시간 늦어도 할 수 없어요. 방금 고름이 대장과 소장으로 흐르고 있으니까요. 패혈증을 일으키기가 열에 아홉은 쉬우니까요."

동섭도 물론 아는 것이므로 박사는 간단히 설명을 하고 병자의 눈을 가만히 뒤집어 본다.

마취가 깨일 동안 박사는 두 번이나 왔다갔다. 동섭은 창수의 곁에 지키고 있다. 동지들도 근심스러운 듯이 창수의 얼굴을 들여다보고 누구 하나 빠스락 소리도 내지 않는다.

전속 간호부가 연분홍빛으로 부풀어 오른 손을 알코올 묻은 솜으로 닦으며 동섭을 쳐다보고 가끔 웃어 보일 뿐이다.

전등이 왔건만 창수는 혼혼히[107] 자고 있다. 그 사이 원장이 또 한 번 지나갔다.

사람들은 차츰 불안한 듯이 서로들 건너다보았다. 원장이 두 번째 왔을 때 그의 손에는 노란 주사침이 들려있다.

"물."

하는 소리가 모기 소리만치 창수의 입에서 흘러나왔다.

"인제 살았소."

원장은 짐을 내려놓은 듯 말을 하고 동섭의 어깨를 툭 치며

"물 안주는 것 아시죠?"

---

107 정신이 가물가물하고 희미한 모양.

하고 나가버렸다.

"물."

하고 또다시 창수가 가늘게 부르짖자 동섭은 탈지면에 물을 적시어 창수의 입술을 씻어 주었다.

지금까지 근심 속에 묻혔던 동지들의 입에서도

"하하 허허."

하고 비로소 웃는 소리가 나왔다. 간호부가 무슨 종이를 한 장 동섭 앞에 갖다놓고 나간다.

'수술비 육십 원.'

입원비, 보증금 팔십 원의 청구서이다. 동섭은 사각 봉투를 열고 지전 열한 장을 꺼내주었다.

밤샘으로 창수 곁에 와서 있겠다는 허준을 위하여 쌀과 숯과 반찬값으로 우선 십 원 한 장 주고 창수를 자동차에 실을 때 이불을 산다고 십 원, 자동차비와 그 밖에 얼음주머니, 물주머니, 냄비, 풍로, 주전자 같은 살림살이 장만하라고 십 원을 주고 지금 동섭의 주머니 속에 들어있는 사각봉투에는 삼십 원밖에 남지 않았다.

'삼십 원짜리 반지를 자경이 좋아할까?'

동섭은 픽하고 웃었다.

선물

이야기는 상만이 자경의 손에서 꽃다발을 받은 데로 다시 돌아간다.

네 사람은 응접실로 들어오고 차와 과일이 또 나왔다.

"잠깐만."

하고 자경이 테이블 위에 놓여 있는 상만의 꽃다발을 들고 옆에 방으로 들어갔다.

"학생 아가씨 전화 받으서요."

하고 계집 하인의 말을 듣고.

"자경 전화 받어."

하고 옆에 방으로 고개를 내밀던 인애가

"어쩌면."

하고 웃을 때 꽃다발에다 분홍빛 리본을 매어 들고 자경이 이쪽 방으로 오는 것이다.

"리본을 매야만 꽃다발 같은 기분이 나는 법이니까."

자경이 인애를 돌아보고 전화실로 나갔다.

"허는 짓이란 저렇게 어린애처럼 죄가 없어요. 어떻게 보면 무척 말괄량이 같기도 하지만 또 속은 그렇지도 않나 봐요."

동섭은 어린 누이를 변명하듯 꽃다발을 바라보고 빙그레 웃는 것이다.

"천만에 말씀을 ······."

상만은 이렇게 대답을 하면서도

'무슨 자랑이야 자랑이. 장래 여편네 칭찬이 벌써부터야? 이 얼간망둥아.'

하고 속으로 비웃었다.

"자 인애 씨도 사양만 하시지 말고 좀 잡수서요."

동섭이 과일 접시를 인애 앞으로 내밀었다.

"구주대학이었다지요?"

하고 상만은 동섭을 건너다보고 빙긋 웃었다.

'흥! 이름이 좋아서 불로초로구나.'

하는 비웃음이다.

"네, 의과였어요."

"몇 해나 계셨어요?"

"한 사 년 있었지요."

"논문 쓰신다지요? 하하하."

상만은 소리를 내어 웃는다.

"하하하 논문 쓴다는 말 참 우습지요. 그러지 않아도 그만 두었습니다."

"암, 유 형 같은 분이야 그런 걸 구태여 쓰실 필요는 없구요."

"네, 그래요. 편안히 앉아서 밥을 얻어먹을 수가 있으니까 말이지요, 하하하."

동섭은 시원스럽게 웃고 그 빛나는 눈으로 상만을 바라보았다.

"옳습니다. 유 형 잘 알아맞히시는군요."

"그러기에 논문은 그만두었어요."

"물론 그러시겠지요. 그 귀찮은 것을 어떻게 해낼 수가 있습니까? 이런 환경에서."

상만의 입 가장자리에는 멸시와 조롱이 섞인 웃음이 떠돌았다.

"써보면 귀찮다는 것보다도 외려 재미는 있어요."

"골프나 테니스보다야 골치가 아프실 걸요?"

"그야 조금 하하하."

동섭은 상만의 말이나 웃음 속에는 가시처럼 찌르는 모멸이 숨어 있는 것을 감각하였다.

그러나 이상스럽게도 그것이 결코 불쾌하게 들리지 않는 것이다. 마치 근지러운 곳을 할퀴어주는 듯한 쾌감조차 느낄 수 있다.

자경이 다람쥐처럼 들어온다.

"내일 베이스볼(야구) 대시합이라나요. 울 경성 팀과 동경서 건너온 관동대학 선수들로 망라한 팀과 접전을 한다는데! 아마 장관일 거야요. 가봅시다 네?"

자경은 빙긋빙긋 웃으며 동섭을 쳐다보더니

"내일도 인천야요?"

하고 묻는 말에 동섭은 고개를 끄덕여 보인다.

"오 선생님 어떠서요? 내일 같이 갑시다, 네?"

"글쎄요 시간이 어찌 될지요."

하고 상만은 인애를 돌아본다.

"내일이 토요일이니까요 괜찮겠는데요."

"유 형은 어떡하시렵니까? 내일 골프하러 가실 텝니까 웬만하면 동행해 보실까요?"

"네 골프보다 조금 더 긴한 일이 있어서요, 하하."

"호."

상만은 빙긋 웃고 일어선다.

동섭은 상만의 초라한 의복을 보거나 또는 오늘까지 상만이 고상을 나올 동안 어떠한 고생을 하였는지 더군다나 그 약혼한 처녀 인애까지 고생을 한 것을 생각해 볼 때 너무도 편안히 공부를 마친 자기 자신이 무슨 부채를 진 듯이 미안한 생각이 드는 것이다. 상만이 만약 동섭을 보고

"너 때문에 내가 고생을 했어."

하고 호령을 한다더라도 동섭은 할 말이 없을 것 같다.

"자 그러면 모레 저녁 다시 만날까요?"

하고 동섭은 상만에게 손을 내밀어 그의 손을 으스러지게 쥐었다.

"참 모레 저녁에 오실 것은 약속 해 주서요. 그보다도 내일 그라운드에 갈 것은 제가 두 분을 모시러 가지요 댁으로."

자경은 인애와 나란히 나가는 상만의 뒷모양을 바라보고

"퍽 유쾌한 남자 아니야요? 그 오상만이라는 이가."

하고 동섭을 돌아보고 빙긋이 웃고

"첫째 기분이 씩씩해서 좋아요."

상만이 차를 더 청하던 일과 과자를 짓씹어 먹던 일을 생각하고

'남자란 그래야!'

자경은 속으로 고개를 끄덕이었다.

인애 어머니는 뒷집 홍 생원 댁이 갖고 온 세루 두루마기 한 감을 다 마르고 나니 벌써 네 시가 훨씬 넘는다.

"얘들이 여태 무엇을 해?"

하면서 뒤주를 열었다. 물론 저녁쌀을 떠내려는 것이다. 전 같으면 한 주발만 하면 두 식구가 넉넉히 먹던 밥이 인젠 한 주발 반이나 하여야 되는 것이다. 그것이 인애 어머니에게는 한없이 신기하고 즐거운 일이었다.

"어서 혼인을 하여 외손자라도 안아보고 죽어야지 …… 인애 어른이 살아 계셨다면."

이런 생각을 하고 저고리 고름으로 눈을 씻었다.

"어머니."

하고 들어오는 인애는 건넌방으로 가더니 화병을 내다가 물을 담고 꽃다발에 매어진 리본을 풀어 꽃을 화병에 꽂는다.

상만도 신을 벗고 마루로 올라오며

"어때요 테니스. 내 솜씨가? 당연히 이겼지요 하하."

인애에게 한 마디하고

"어머니 오늘 저녁밥은 제가 짓지요. 인젠 밥 짓는 솜씨를 좀 보여드려야지."

하고 쌀바가지를 빼앗으려 한다.

"온 될 말이요. 왜 밥을 짓다니 호호호."

하고 인애 어머니가 앞니 빠진 입으로 웃을 때다.

"인내서요 쌀바가지 임자는 내야요."

인애가 홀딱 빼앗아가지고 부엌으로 내려갔다. 두부찌개를 지지고 조기장조림에 배추나물을 양념을 많이 두고 저녁밥상이 아주 오붓하게 되었다.

"인젠 졸업도 하였으니 택일을 해서 성례를 해야 할 건데."

밥은 절반이나 먹어갈 때 어머니가 불쑥 이런 말을 꺼냈다.

"아이 어머니도."

하고 인애는 두 뺨이 붉어져 가지고 부엌으로 숭늉을 가지러 나가버렸다.

"어머니 말씀이 지당하시지요. 저도 그렇게 생각하고 있습니다. 그런데 조금만 더 기다려 주서요. 제가 취직이 되어야만 그래도 고개를 들고 장가를 들지 않겠습니까, 하하."

"그도 그렇겠지만 취직이야 어련히 될라고. 대학생인데 ……."

이 한말에 상만의 떠 넣은 밥이 목구멍에 걸린 듯 넘어 가지를 않는 것이다. 상만은 고개를 끄덕끄덕하면서

"네 그렇고말고요. 가만 계서요 이젠 곧 훌륭한 직업을 구해낼 테니까요."

인애가 들고 들어오는 숭늉을 빼앗듯이 받아서 두어 모금 마시었다.

"언제가 좋을까 암만해도 금년 안으로 하는 게 좋겠다만."

어머니는 딸의 얼굴을 쳐다보고 하는 말이다.

"난 몰라요."

"아 그래 네가 언제까지나 어린앤 줄 아니. 설 쇠면 나이 스물넷이로구나. 아유 그러니 말이다 이왕이면 세전으로 해버리는 게 낫단 말이야."

"그야 몇 살이 되던 관계있어요! 하지만 어머님이 정 그렇게 생각하신다면 되도록 속히 성례하도록 해보겠습니다. 설마 크리스마스까지는 무슨 직업이라도 생길 테니까요."

상만은 밥상을 물리고 자기 방으로 건너왔으나 어째 맘이 숭숭해지는 것이다. 책상 위에 놓인 꽃에서 풍기는 향긋한 국화 냄새가 마치 자

경의 집 응접실 냄새 같이 향기롭다. 순간 그 응접실의 모든 화려한 분위기가 안개처럼 상만의 몸을 휩싸는 듯하다. 그리고 그 방의 차림차림이 활동사진의 필름처럼 하나씩 하나씩 나타나는 것이다. 그 탄력 있는 교의, 그 넓고 아름다운 정원, 그 집, 그 살림.

'아, 그것은 행복이다. 과연 행복은 물질을 떠나서는 존재할 수 없을 것이다.'

상만은 머리를 흔들었다.

'오, 행복이여 공명이여.'

무지개같이 찬란하게 나타난 행복의 그림자를 잡을 듯이 상만은 두 손을 내밀었다.

'이십오 년 동안 닦아 오고 싸워 온 길은 과연 이것 때문이 아니었던가?'

지긋지긋하게 몸서리치는 지나간 날의 모든 괴롬, 간난, 주림, 모욕 상만은 눈을 감았다. 마치 행복이란 존재가 자기를 부르는 소리를 들으라는 듯이.

낮에 민병수 집에 갔다 와서 주먹을 쥐고

'운명과 싸우겠다.'

맹세하던 일이 생각이 났다.

그러나 그 운명이라는 것과 싸우기에는 상만이 너무도 약한 것이다. 상만이 갈망하는 그 행복은 마치 창공에 빛나는 별 떨기처럼 멀리서 바라다볼 수는 있으나 감히 손으로 붙잡을 수는 없는 먼 거리에 있는 것이다. 상만은 두 손으로 머리를 쌌다.

'내가 만약 그러한 응접실에 주인이 될 수 있다면? 내 이름이 그만큼 주택의 문패로 걸린다면?'

밀림(상)

상만은 후 한숨을 쉬면서

"꿈이다. 부질없는 꿈이다."

중얼거리고 일찍이 누워 잠이나 자버릴 양으로 이부자리를 펴려고 일어섰다.

"주무서요?"

하는 인애의 목소리가 들린다.

"아뇨."

하고 장지문을 열었다. 인애는 커다란 꾸러미를 가지고 방으로 들어온다.

"이거 한 번 입어보서요 맞는가?"

하고 인애가 보자기를 펴는 것은 진 남빛 사지 상하복에 조끼까지 끼워 있는 신사양복이다.

"아니 웬걸 어떻게."

이렇게 두서없이 부르짖도록 상만은 확실히 즐거운 표정이다.

"어디 입어보서요. 내가 어림잡고 치수를 일러 주었는데 지금 가리누이(假縫)[108]거든요."

상만은 잠자코 인애가 팔을 끼어주는 대로 저고리를 입었다.

상만이 바지를 드는 것을 보고 인애는 다시 문으로 나왔다.

"잠깐 실례하겠습니다."

하고 마당에 섰던 양복집 사람이 상만의 방으로 들어갔다.

"됐습니다. 앞가슴이 조금 끼는 성싶어도 그게 젊으신 어른들께서는 요새 유행이여요. 그럼 모레는 입으시도록 해드리겠습니다."

---

108 かりぬい. 가봉.

"아냐요, 내일 오정에 못 입게 되면 찾지 않을 테야요."

인애가 대답을 하자

"네 그럼 내일 오정으로 가져오리다."

인애가 월부로 상만의 신사복을 맞춘 것이다.

점심때가 훨씬 지나서 상만의 양복이 배달되었다. 서투른 넥타이를 몇 번이나 고쳐 매고 양복저고리를 입어 보는 때 자경이 왔다. 행복의 여신처럼 아름답고 화려하게 꾸민 자경은 그 집 응접실에 비하여 천배가 좁고 더러운 인애 집 마루턱에 걸터앉는 것이다. 상만은 자경의 목소리를 듣고 얼른 문을 열지 못하였다.

어저께 황금벌레로 자경을 멸시하고 내리쳐 보던 그 용기는 어디로 갔는지 그는 까닭 없이 가슴이 약간 두근거리는 것을 느끼면서 천천히 장지문을 열었다.

"기어이 오셨습니다그려."

하고 웃었다.

"어제는 너무 실례가 많아서 미안합니다."

자경이 어여쁘게 지진 머리를 약간 숙여 보인다.

"천만에 건 제가 드릴 말씀인데요."

하고 상만이 구두를 신고 뜰로 내려선다. 인애도 채비가 다 된 모양으로 세 사람은 밖으로 나왔다.

연회석 소프트에 세비로[109]를 받쳐 입은 상만은 어제보다도 백배나 아름다운 것을 인애나 자경이 다 같이 느끼는 것이다.

---

109 せびろ. 신사복(저고리 · 조끼 · 바지로 이루어짐).

그들은 큰길로 나왔다. 여기 저기 라디오에서는

"지금 삼회전이 끝났습니다. 관동 팀 대 경성군 1 대 0, 1 대 0."

하는 소리가 들린다.

세 사람이 그라운드에 도착한 때는 오후 두 시가 조금 지났을 때이다.

경기는 한창 백열[110]된 모양으로 함성과 박수소리가 우뢰같이 쏟아져 나온다.

문 어구에 있는 접빈 위원들이 서자경 일행을 초대석으로 안내하였다. 누가 친 공인지 홈런이 되어 장내는 물 끌듯 박수소리 고함소리가 진동할 때다.

"저거 오빠야."

하고 자경의 옆구리를 꾹 찌르는 것은 연숙이었다.

"연숙이."

자경은 어깨 너머로 연숙의 손을 꼭 쥐었다.

"얼마만이야?"

하고 연숙은 자경의 귀에 대놓고

"저게 인애 약혼?"

"응 응."

"인애보다 잘났지?"

"응 응."

검은 바지에 흰 유니폼은 경성군이고 누런 바지에 흰 유니폼을 관동군이라는 설명을 연숙에게서 듣고 나니 지금 공을 치고 달아나는 것이

---

110 기운이나 열정이 최고 상태에 달함.

경성군인 것을 짐작하였다. 갑자기

　"와."

하고 사람들의 고함소리가 들리고 자경 앞에 앉았던 사람들도 우 하니 일어선다.

　"경성군 또 한 점."

하고 떠드는 소리가 난다.

　"배창환."

　"배창환."

하고 응원하는 소리가 들려올 때마다 연숙은 자경의 옆구리를 찌르는 것이다.

　"딱."

하고 배트로 공을 맞히는 소리

　"와."

하고 응원하는 소리가 몇 번인지 지나간 뒤 2 대 2라는 간판이 초대석 정면에 붙었다.

　시계는 벌써 네 시 반 인제 최후의 한 싸움이 남았다.

　양편 선수들의 긴장은 칼날같이 예리하여지고 흥분된 관중들도 손에 땀을 쥐게 되었다.

　한참 동안 선수들의 시공이 있은 뒤 마침내 결승전은 벌어졌다.

　"딱."

하고 공을 맞히는 소리

　"아!"

하고 부르짖는 광경!

경성군의 팀에서는 배창환이 맨 마지막으로 나왔다. 지금까지 쌍방의 점수는 2 대 2로만 구회 전까지 온 것이다.

지금 마지막 십회 전은 이번 한 선수로 운명이 결정될 것이다. 전 경성군의 촉망과 기대를 짊어지고 마지막 배트를 가진 이! 그는 배창환이었다.

"배창환! 배창환!"

여기저기서 부르는 소리가 들린다.

"딱."

하고 맞은 공은 공중에 반원을 그리고는 피처의 어깨를 스칠 듯 넘어가서 뚝 떨어지자 땅을 기어가는 탄환처럼 유수(遊手) 사이로 빠져 달아났다.

볼을 덮치는 선수들이 미끄러지고 자빠지고 그러는 동안 장내는 다시

"와."

하고 요란하여졌다. 자경, 인애, 상만도 다 일어섰다. 고함소리, 박수소리 숨이 막힐 듯한 환호 속에서 경성군은 두 점을 일시에 얻은 것이다.

초대석 맞은편에는 4 대 2라는 글자가 나타났다. 마침내 승리는 경성군에게로 돌아온 것이다.

이윽고 우승기의 전달식이 끝나고 우승컵이 경성군 대표에게 수여되었다. 그러나 또 한 개 다른 은컵이 선수 배창환 군에게 진정되었다. 그것은 조선 야구계의 공로자요 오늘까지 전 경성 팀을 지도하던 배 군이 직업선수가 되어 조선을 떠나게 된 까닭에 체육협회서는 그의 공로를 기념하기 위하여 진정하는 것이다. 이러한 설명이 마이크로폰을 통하여 들리고 뒤미처 신문기자들의 카메라의 공격을 받으면서 배창환이 정중하게 나와서 은컵을 받는 것을 보자 군중은 또다시 우레같이 박수

를 보냈다.

저편 모퉁이에서 수백 명 학생들이 교기를 날리며

"플레이 플레이 플레이 배창환 선수 만세 만세 만세."

하는 소리가 들려온다.

창환의 모교 ××고등보통학교 학생들이다.

자경은 눈자위가 뜨거워 오는 것을 느끼면서 소리가 나는 곳을 돌아
보았다.

"앗."

하고 이편에서 흠칫하는 사나이가 있다. 그는 화가 안엽이다. 이때까지
연숙의 뒤에 숨어 앉아 있다가 자경에게 발각이 되어 무슨 죄나 지은 듯
이 당황하여지는 것이다. 자경은 빙긋 웃어 보이고 연숙의 귀에 대놓고
월요일 밤에 오라는 말을 하고

"안엽 씨에게도 오라고 일러 주어요 응."

"안엽 씨?"

연숙의 얼굴이 일순간 붉어지는 것을 자경은 유심히 보았다.

자경이 손을 꼽아 기다리던 음력 구월 십육일은 돌아왔다.

이날 아침 서 사장은 일찍이 일어나서 마누라와 나란히 안방 아랫목
에 앉았다.

동섭의 드리는 절을 받으려는 것이다. 사장은 키가 작은 데다 배가 불
룩하게 나온 때문에 앉아 있는 것이 거북하게 보인다.

동섭이 아버지 어머니께 절을 한 뒤다.

서 사장은 뚱뚱한 몸을 움직이며

"옜다. 이건 네 맘에 들지 모르겠다만 월전에 독일로 주문하였던 현

미경이다."

하고 순수 현미경이 들어있는 자그마한 궤짝을 동섭 앞에 내놓는다.

 "인젠 아주 어른이 다 됐구나. 좀 있으면 박사도 될 게고 …… 하하."

 웃으며 그 크고 둥근 코를 자주 만지는 것이다.

 밥상에는 어제 종일 개성 아주머니와 당주동 할머니가 익숙한 솜씨로 하인을 지도하여 만든 음식이라 경상 감사의 밥상처럼 굉장하게 차려진 것이다.

 음식을 상에 나르던 자경이 행주치마를 입고 바로 주인처럼 식당 문에서 아버지 어머니 동섭을 자리로 안내하는 것이다. 어머니와 동섭이 마주 보고 자경은 아버지와 건너다보고 앉았다.

 "자 기도 합시다."

하고 사장이 눈을 감는 바람에 세 사람도 고개를 숙이었으나 기도 소리는 좀처럼 나오지 않는다. 자경이 발끝으로 동섭의 발을 건드리면서 눈을 떠보니 아버지와 동섭은 그대로 고개를 숙이고 있고 어머니는 눈을 감은 채 뒤꽂이로 머리를 긁고 있다.

 "자 인제 시작할까."

 사장이 먼저 수저를 들었다.

 "기도 않고요?"

 자경이 흠칫 하면서 아버지를 쳐다보았다.

 "왜 다들 맘으로 올렸겠지."

하고 아버지는 계집애 하인이 드리는 더운 수건을 받아 손을 문지른다. 다른 때에는 기도고 무엇이고 밥상이 나오자마자 수저를 들던 아버지가 누구 생일이나 또는 무슨 명절 아침이면 생각난 듯이 한 번씩 기도를 드리자는 것이 자경에게는 여간 우습지가 않았다.

"아버지 왜 기도는 드리시면서 예배당엔 가시지 않으서요?"

"바쁘니까 그렇지. 하지만 내가 아니 믿는 줄 아니? 다 내 맘속에 있지. 인제 몇 해만 더 지나면 나도 주일마다 예배당에 나갈 터다. 너희들이나 착실히 다녀라. 마누라도 가끔 나가시우."

마누라는 방싯방싯 웃으며

"내야 노상 아프니까요."

"헉 그래선 안 돼요 안 돼. 난 이왕 바빠서 못 나가더라도 마누란 나가보라니깐 헉."

"어머닌 점치고 사주보고 관상보고."

"그럴 리가 있나. 조 녀석이 어느새 자라서 제 어머니 흉보기야 허허."

사장은 딸이 귀여워 못 견디는 듯이 소리를 내어 웃는 것이다.

"참 아버지께 하나 여쭐게 있어요, 네! 아버지 이건 꼭 들어주셔야만 돼요."

이 말을 못 들었는지 사장은

"동섭이 그래 요새 인천 다니는 재미가 어때? 음 청년이란 매양 감격하는 시절이니까 음."

"아버지 제가 인천 다니는 것을 어떻게 아서요?"

하고 동섭이 빙그레 웃었다.

"왜 저 고등계 사람이 내게 와서 이야길 하더구나. 네가 한 주일에 세 번씩 인천 다니고 야학도 가르친다고."

사장은 고음 국물[111]을 숟갈로 떠 마시며

"좋은 일이다. 하지만 중용을 잃어선 안 되거든. 알아듣겠니? 매양 과

불급이란 건 좋지 못한 게니까 음."

"아버지 왜 저 말은 못 들은 척 하서요 네?"

자경이 광채 나는 눈을 깜박거리며 아버지를 쳐다본다.

"조 조 조 녀석 보아. 버르장이 없이 하하. 요 녀석 그래 말해 보아 무어냐?"

"저어 사람 하나 써 주서요. 저 동무의 약혼한 남자인데요. 지난봄에 동경고상을 나왔는데요, 아주 썩 훌륭해요."

"지금 빈자리가 없지만 만약 사람을 쓴다면 고상 출신은 일 없어. 거저 선린(善隣) 정도가 좋아. 고상 출신은 부리기도 거북할 뿐더러 첫째 월급이 훨씬 더 비싸니까. 고상은 초급이 적어도 육칠십 원은 주어야지. 일 없어."

사장은 동섭을 건너다보며

"똑똑히 들어두게나. 선린쯤 데려다가 한 이태 잘 훈련을 시킨단 말야. 그러면 고상보다 훨씬 부리기가 낫단 말야. 그리고 월급은 적게 주고."

"아이 아버진 밤낮 월급 월급 하시니 정말."

하고 자경이 짜증을 낸다.

"에끼 녀석 네가 뭘 안다고."

"아버지 이 청 하나만 들어 주서요 네. 저 동무에게 약속을 했어요, 네 아버지. 동섭 씨도 그 사람을 잘 알아요."

"안 돼. 고상 출신은 일 없어."

자경은 먹던 숟갈을 놓고 뼁 돌아앉으며

---

111 곰탕.

"그러신다면 전 밥은 다섯 끼만 굶을 터야요. 그런 줄 아서요."

자경의 어여쁜 입술이 한 치나 나왔다. 그리고 정말 아무것도 먹지 않으려는 듯이 두 손을 꼭 모아 쥐고 눈을 내리감고 앉았다.

사장은 밥을 다 먹었는지 접시에 담긴 과일을 집을 때다.

"영감 웬만하거든 한 자리 넣어주시구려. 애가 언제 그런 청을 합디까."

마누라의 청까지 들어오자

"헉 그 참. 동섭이 보았다니 그래 인물이 어떻든가 사람은 쓸 만하던가?"

자경은 발끝으로 동섭의 발등을 밟는다. 좋은 대답을 해달라는 청이다.

"네. 상업학교 출신이라니까요. 얼굴도 잘 생겼습디다."

자경은 이 말에 기운을 얻은 듯이

"아버지 이번 청을 아니 들어주시면 큰일을 내 버릴 터야요."

하고 소리를 꽥 질렀다. 사장은 불쾌한 듯이

"엑 고것 무얼 그리 급하게 서둘러. 어여 이 그릇들이나 내다 부셔라. 계집애란 일을 배워야 쓰는 거야."

하고 사장은 이쑤시개를 한 개 집어 들고 밖으로 나간다.

자경은 금시로 울음이 터지려는 어린애 모양으로 얼굴이 부풀어졌다.

동섭은 빙긋이 웃으며 자경을 돌아보고

"사람이 친구를 위하여 목숨을 버리면 이에서 더 큰 사랑이 없나니라. 요한 십오 장 십삼 절이라."

하고 슬리퍼를 소리를 내며 뛰어나갔다. 자경은 성난 암곰이 되어가지고 동섭의 뒤를 따라 나갔다.

저녁에는 동섭과 자경의 친구들을 초대하게 된 때문에 응접실과 식당은 꽃으로 장식이 되어 있다.

저녁 일곱 시가 되자 손님들은 벌써 사오 인이나 왔다.

인애와 상만도 시간에 당도하려고 바쁜 걸음으로 자경의 집 대문을 들어서자 응접실의 레코드에서는 무슨 노래가 들려 나온다. 계집애 하인의 안내로 응접실 문을 열자마자 상만은 보지 못할 것을 본 때처럼 일순간 고개를 돌이켰다.

응접실문 정면에는 모닝[112]을 입은 민병수가 얌전하게 팔짱을 끼고 교의에 앉아 있는 것이다. 그 옆에 전일 병수의 집에서 보던 양장한 여자도 있고 또 그 옆에 골프바지도 와 있지 않느냐. 물론 이날은 세비로를 입고 있지만 음악을 들을 때에는 어떠한 표정을 하는 것쯤은 잘 아는 모양으로 이들은 모두 생각 깊은 얼굴로 레코드 있는 곳으로 고개를 갸우뚱하고 앉아 있는 것이다.

'천연[113] 빅타 레코드 상표 같구나. 거기엔 개가 한 마리 들여다보고 있지만 여긴 개가 몇 마리?'

상만은 속으로 고소(苦笑)를 하면서 터벅터벅 걸어서 한편 교의로 가서 앉았다. 자경이 레코드를 살짝 젖혀 버리자 소리가 뚝 그쳤다.

"어떻게 기다렸는데요. 좌우간 오신 것만 감사합니다."

하고 자경은 상만에게 인사를 하는 것이다.

"오, 오셨습니다그려."

동섭은 인애에게 고개를 숙이고 상만의 손을 쥐었다. 병수는 눈을 깜박거리며 옆에 앉은 옥윤과 한상남을 돌아보는 것이다.

---

112 남자가 주간에 입는 서양식 예복의 한 가지. 웃옷은 검정색으로 앞단이 비스듬하고 뒤가 길며 바지는 줄무늬가 있는 것을 사용.
113 아주 비슷하게. 꼭, 마치.

"인사하서요 이분은 민병수 씨! 장래의 남작이시고 또 이 어른은 한기탁 씨의 상속인 한상남 씨 또 중추원 참의관의 영양 김옥윤 씨 ……그리고 이분들은 내 친구 주인애 씨와 오상만 씨여요."

"네 압니다, 하하. 오상만 씨는 동경서 같이 공부하던 제 친구입니다."

병수가 빙그레 웃으며

"자 그러면 오 군 우리 악수나 교환하세."

하고 일어서서 손을 내민다. 상만은 교의에 앉은 채로

"게 앉게. 자네 왔던가."

하고 손으로 천천히 그 윤기 있는 머리털을 뒤로 쓸어 넘긴다. 병수는 머쓱하여 도로 교의에 주저앉아

"오호호 아주 구면들이셨구먼요, 난 또 몰랐지요."

인사하려고 자리에서 반만치 몸을 일으켰던 한상남은 주춤하고 돌아서서 창밖을 내다보는 것이다.

자경은 인애를 문 있는 대로 데리고 가서 무어라고 소곤거리고 또 무슨 종이에 적은 것을 상만의 손에 놓아준다.

주인애와 같은 유치원에서 일보는 양순자가 들어온 뒤에 그들은 식당으로 들어갔다. 설백의 상보를 펴 논 둥그런 테이블 위에 가녘[114]으로 돌아가며 가나다순으로 글자가 한 개씩 쓰인 종이가 놓여 있고 테이블 한 가운데는 뽀얀 은그릇에 돌돌 말은 종이쪽들이 들어있다.

"한 장씩 펴 보시고 글자대로 찾아 앉으시지요."

하는 자경의 말대로 사람들은 웃어가며 자기들의 자리를 찾아 앉았다.

---

114 가장자리.

인애와 병수 사이에 한 자리가 빈 채로.

　이윽고 하인들이 더운 수건을 날라 오고 그리고 테이블 복판에 놓여 있는 커다란 케이크 위에 촛불 스물네 개에 자경이 성냥을 그어댔다. 초들은 의좋은 친구들이 소곤거리는 것처럼 고개를 갸웃거리는 것이다. 주방에서는 일부러 청인을 불러다가 오늘 저녁 요리를 시키는 것이라 김이 무럭무럭 나는 큰 그릇들이 하나씩 하나씩 들어온다. 웃고 이야기하고 먹고 마시고 그리하여 그들은 즐거웠다. 마침내 칵테일이 들어왔다.

　"억지로 권하는 것은 아닙니다만 원하시는 분은 하나씩 드시지요."
하고 동섭이 일동을 돌아본다. 계집 하인이 술잔을 돌아가며 손님 앞에 죽 내려놓았다. 상만이 손수건으로 입 가장자리와 이마를 씻으며 일어난다.

　"오늘에 이렇게 성대하게 만찬을 준비하신 유동섭 씨와 서자경 씨 두 분께 감사를 드립니다. 그리고 이것은 주인 되시는 두 분이 하실 말씀인데 제가 대신으로 드려달라는 부탁대로 말씀하겠습니다."

　이때 문에서 계집 하인의 목소리가 들렸다.

　"저 배창환 씨라는 분이 오셨습니다."

　불빛에도 거무튀튀한 얼굴에 부끄러운 듯이 눈을 떨어뜨리며 선수 배창환이 들어오는 것이다.

　자경은 배창환을 정중하게 자리로 안내한 뒤에

　"지금 들어오신 분은 여러분이 잘 아시는 야구선수 배창환 씨. 우리가 지금까지 기다리던 손님은 바로 이 어른이여요."

　누가 시작을 하였는지 여러 사람은 방이 떠나가도록 박수를 보내는 것이다.

창환이 머리를 숙이고 고개를 들자

"자 그러면 오 선생 계속하시지요."

상만은 말이 중단이 되었던 만큼 어째 거북하여졌다.

"에 그런데 오늘 저녁 모임은 어 서정연 씨 후계자인 유동섭 씨와 서 자경 양의 약혼이 성립되었다는 것을 어 친지 여러분께 알리어 드리려는 것입니다. 그리고 오 오늘은 유동섭 씨의 이십사 회 생신인 것도 기억해 주시기를 바랍니다."

또다시 갈채가 일어났다. 상만은 희랍 조각처럼 아름다운 콧등에 솟은 땀을 수건으로 문지르며 자리에 앉았다.

"오호호 이거야요."

하고 자경이 왼손을 높이 들었다. 왼손 무명지에 끼인 순금반지가 전등 아래 반짝하고 광채를 보인다.

"복승반지지?"

하고 옥윤이 옆에 사람에게 소곤거리는 소리가 들린다.

"자 여러분 우리는 두 분의 행복을 위하여 건배를 합시다."

하고 상만이 술잔을 높이 들자 사람들은 다 같이 잔을 들었다. 창환은 어리둥절하여 있는 자기가 민망하여 아래를 내려다보니 칵테일이 한 개 자기 앞에 쓸쓸히 놓여 있다.

창환은 창망히 그 잔을 집었으나 벌써 다른 사람의 잔들은 아래로 내려왔을 때이다. 하인들은 잇따라 술을 나른다. 손님 중에는 벌써 불그레 취한 사람도 있다. 여자들은 의논이나 한 것처럼 술잔은 본체도 않는데 양순자만이 눈자위가 불그레해 진 것을 보면 그야말로 일점홍이랄까.

이상한 일은 안엽이 술을 입에도 대지 않는 것이다.

"도시 못해요. 못 먹으니까요."

하고 연숙을 힐끔 바라보고 웃는 것이다.

"자 이제부터 여흥으로 옮기는 것이 어떨까요?"

하는 상만의 목소리가 나자 여러 사람은 응접실로 다시 왔다. 자경은 제비를 하나씩 하나씩 놓았다.

맨 처음 동섭의 친구 황진영의 '조선춤'이다.

누가 테이블을 장구 삼아 굿거리장단을 치는 바람에 황진영이 활개를 벌리며 일어선다.

그의 목이 다가붙고 어깨가 약간 올라간 때문에 천연 곱사춤같이 보여서 사람들은 배를 쥐고 웃었다. 그담 안엽의 열두 가지 웃음소리, 인애의 코 잡고 뺑뺑이 도는 것이 지나가고 배창환의 러시아 댄스 차례가 되었다.

"속히 하시오. 시간 갑니다."

"규칙이오. 이 분 지났습니다."

하는 소리들이 들리건만 창환은 묵묵히 앉아 있다.

'날더러 춤을 추라고? 너무도 잔인하지 않은가.'

창환은 속으로 부르짖고 픽 웃었다. ××전문 문과를 마친 배창환은 문득 고전문학의 하나로 시편 백삼십칠 편으로 낭독하고 해석하던 이근상 강사의 목소리가 들리는 듯하다.

술 취한 바벨론 군사 앞에서 조국의 노래를 울며 부르던 히브리 청년의 얼굴이 보이는 듯하였다. 이방(異邦) 장졸의 조롱과 멸시를 받으면서 내리치는 채찍이 무서워 부르던 그 노래는 무엇이던고.

'예루살렘아 내가 너를 잊어버리면 내 오른손에 재주를 잊어버리리라.'

창환은 한숨을 쉬었다.

'그렇다. 내가 자경을 잊을 수만 있다면 나는 단연코 야구선수라는 명예까지도 버릴 수 있건만.

창환은 멀거니 벽을 보고 앉아 있다.

"러시아 댄스요! 속히 실행 위원 어디 갔소?"

얼근히 취한 남자들의 소리가 들려오고 잇따라 여자들의 손뼉 소리도 나는 것이다.

창환은 결심한 듯이 문 있는 곳으로 성큼성큼 나갔다.

"아이 어딜 가서요?"

여자들이 소리를 쳤다.

"저 방에 가서 있다가 반주소리에 따라서 들어오지요. 그러면 됐지요? 하하."

창환이 소리를 내어 웃고 밖으로 나갔다.

일 분, 이 분.

"자 반주하리까?"

자경이 피아노를 쳤으나 창환은 좀처럼 들어오지 않는다.

자경이 두 번이나 반주를 집고 오 분이 거의 지나서 사람들의 긴장도 풀리려는 때이다. 문을 두드리는 소리가 났다. 자경은 또다시 피아노를 눌렀다.

그러나 문에 들어온 사람은 창환이가 아니었다. 눈이 부시게 광채가 나는 대형 은컵을 안은 계집애 하인이

"저 아까 그 배창환 씨가 이걸 학생 서방님과 아가씨께 드리는 선물이라구요. 그리고 그 손님은 바쁜 일이 있다고 하시면서 가시더군요."

사람들은 눈이 둥그레진 채 잠잠하였다. 자경은 조용히 피아노에서 일어나 하녀의 팔에 안기어 있는 은컵을 받아 안았다. 그 속에 조그마한 종이쪽에는

　'나의 빛난 청춘의 모든 추억을 고토(故土)에 두고 떠나갑니다. 아 아름다운 이여! 거기에는 영원히 행복만 있으라.'

　자경의 가슴 속에 뜨거운 물결이 지나갔다.

　"자 그담은 누구서요?"

하고 외치는 자경의 목소리는 약간 떨리었다.

　창환은 체육협회로부터 받은 은컵을 자경의 약혼을 축하하는 선물로 보낸 것이다.

틈

자경은 연숙에게서 시간을 들은 대로 이튿날 오후 세 시가 넘어 경성
역으로 나갔다.

학생과 친지들에게 겹겹이 싸여 있던 창환은

"아."

하고 짤막하게 부르짖고 자경 앞으로 내달아 오는 것이다. 자경은 살짝
고개를 숙인 뒤에 조그만 궤짝을 창환의 손에 놓아두고 바깥 광장으로
나왔다. 그 납작한 궤짝 속에는 백금으로 만든 메달이 들어 있는 것이
다. 자동차에 오르자 비로소 자경의 눈에서 눈물이 구슬처럼 흘러 떨어
졌다.

'부디 부디 행복되어지이다.'

하고 자경은 맘속으로 빌고 빌었다. 집에 돌아온 자경은 메달을 사서 창
환에게 주었다는 보고를 하려고 동섭의 서재에 갔으나 동섭은 외출하
고 없었다. 오늘은 인천 가는 날도 아닌데 동섭이 자기를 기다려 주지
않고 나가버린 것이 약간 적막하였다. 뜻밖에 상만이가 왔다.

"오늘은 유 형과 만나서 좀 의논할 일이 있어서 왔습니다만."

하고 동섭을 찾는다.

"외출하셨구먼요."

하고 상만이 모자를 들고 돌아나가는 것을 보고

"바쁘시지 않거든 잠깐만 들어가시죠. 어제 저녁에는 참으로 감사하였습니다."

"그럼 잠깐 실례할까요."

상만은 언제 보아도 아름다운 웃음을 띠고 자경을 따라 응접실로 들어가는 것이다.

"참 모처럼 부탁하신 인사 말씀도 그렇게 젬병[115]을 만들어 버려서 죄송합니다."

상만은 교의에 앉으며 하는 말이다.

"온 천만에요. 너무나 훌륭하시던데요."

자경은 남녀가 단둘이 있을 때하는 예법대로 응접실 문을 반만치 열어놓고 다시 자리로 와서 앉는다.

상만은 자경의 손을 흘깃 쳐다보더니

"참 취미가 무척 검소하십니다."

하고 눈으로 자경의 반지를 가리킨다.

"이거야요? 이건 내 취미라기보다 그이의 취미야요 호호호."

실상인즉 동섭의 취미도 아무것도 아니다. 단지 조창수의 입원 수술비를 제하고 남은 돈으로 산 것이다. 어중이떠중이[116] 값을 한 보석보다 외려 순금으로 택한 것이 동섭의 취미랄까.

"네 유 형의 취미여요? 아무튼 위대합니다. 참 유 형은 자선사업가라죠?"

이 말은 상만이 인애에게서 들은 것이다.

---

115 형편없는 것을 속되게 이르는 말.
116 여러 방면에서 모여든 탐탁하지 못한 사람들을 통틀어 낮잡아 이르는 말.

"뭐 그렇지도 않습니다만 어려운 사람에게 무척 동정은 가지는가 봐요."

"오, 그래서 일부러 반지를 저런 걸로 택하셨구면요. 하지만 사업은 사업이구 하하하!"

상만은 알 수 없다는 듯이 고개를 갸웃거린다. 그러나 속으로는 동섭의 갸륵한 사업과 취미에 대하여 얄미운 생각을 어찌할 수 없는 것이다.

'돈 있고 시간 있는 놈의 까닭 없는 장난 ……'

이라는 단언을 내리자

"초월한 취미는 내면적 일이고 약혼이라는 것은 제삼자에게 선언하는 것이니까요 …… 그렇다면 벌써 대외적이니까요. 대외적으로는 그만한 체면이랄까 위신이랄까를 지켜야만 되는 것이 아닐까요?"

태연한 듯이 앉아 있는 자경의 얼굴빛이 살짝 변하였다. 상만은 속으로

'어때! 항복하지?'

하고 천천히 다음 화살을 준비하는 것이다.

"자선사업도 좋지만은 사랑하는 사람의 기분이나 체면까지 희생한다는 것은 여간한 용기가 아닐걸요. 이건 하필 유 형을 가지고 하는 말씀이 아니라 ……."

"이 반지가 그렇게 빈약하게 보이서요?"

자경은 저녁놀같이 붉어진 얼굴로 괴롭게 웃는다.

"네 실례입니다만 …… 당신의 지위를 보아서는 그렇다는 말씀입니다. 사실 엊저녁에 은컵이 없었더라면 더 적막했을지 모르지요 ……."

"사랑이라는 것은 꼭 물건으로 표현하는 것은 아니니까요 ……."

이 말은 자경이 상만에게 대답한다는 것보다도 자기 자신에게 설명한 말일 것이다.

"네! 그야 물론이죠."

하고 상만은 빙긋이 웃으며 일어섰다.

"공연히 쓸데없는 말씀은, 용서하서요. 가령 여왕이면 여왕다운 장식품이 있으니까요 하하."

상만은 속으로

'어디! 한 번 놀려줄까?'

하고 흘겨보는 것이다.

상만이 나간 뒤 십 분이 못 되어 동섭이 돌아왔다.

"어떻소! 우리 약혼했다고 큰 사람들만 잘 놀고 …… 이번 기회에 자경 씨가 야학교 아이들에게 과자 좀 보낼 맘 없소? 하하하."

"밤낮 야학교, 야학교. 야학교 생각하느라고 이런 반지 샀지 뭘."

하고 자경이 반지를 홀딱 빼어 테이블 위에 놓았다.

"나이 부끄러워 낄 수가 있어야지."

동섭은 빨개진 자경의 얼굴을 물끄러미 건너다보다가

"언제는 무에든지 내 맘대로 고르라고 해놓고."

"그러나 당신의 맘은 고작 그뿐이 아니어요?"

"아, 여보. 아무 의미도 없는 두루뭉수리같은 보석은 그게 천 원이면 무엇하고 만 원이면 뭘 하는 거요. 내가 나의 심장을 뽑아서 당신께 드린 바에야 그 위에 무엇이 또 있겠소? 그 참."

자경은 동섭의 설명을 듣고서 떼쓰던 아이가 맘이 풀리는 것처럼 테이블 위에 놓은 반지를 슬그머니 돌아본다.

"자 어서 그러지 말고 끼어요. 약혼반지는 평생토록 빼지 않는 법이라 하는데."

동섭은 반지를 집어 자경의 손에 끼워주고 그의 뺨에 입을 맞추어 주었다.

"그럼 오늘 저녁에 우리 인천 가요 네? 과자 봉지는 몇 개나 만들까?"

자경은 비로소 구름이 걷힌 밝은 달처럼 명랑하게 웃고 동섭의 한 팔을 안았다.

자경과 동섭이 야학을 나온 때는 밤 아홉 시나 되었을까.

아직 겨울이라고는 할 수 없으나 그래도 늦은 가을의 밤바람은 자경의 몸을 오싹하도록 차가웠다.

자경은 한 팔에 걸치고 있던 여우 털을 어깨에 걸치고 깊숙이 턱을 파묻었다. 오늘밤 동섭의 야학을 가르치는 얼굴을 보거나 과자봉을 아이들에게 줄 때 아이들이 좋아하는 얼굴을 생각하거나 또는 김 선생이 자주 자기에게 허리를 굽실거리던 것을 생각하자 자경의 맘은 행복스러웠다.

한 귀퉁이가 이지러졌으나 그래도 달은 밝았다. 자경은 동섭의 곁에 다가서서 언덕길을 내려오는 때다.

"저 건너 갈미봉에 비가 묻어 온다."

하는 경상도 육자배기가 들리면서 언덕 아래에서 사오 인의 남자가 올라오는 것이 보인다. 그들은 올라오고 두 사람은 내려가고 차차 거리가 좁혀지자

"대동강수 부벽루하 산보하는 이수일과 심순애 양인이로다."

하는 노래를 맨 앞에서 오는 캡을 쓴 젊은 사나이가 부르자

"좋다. 잘 놀아라 젊어서 놀지 늙어지면 못 논다."

하고 그담 사나이가 푸닥거리같이 짓거릴 때다. 내려가는 이편과 올라

오는 저편은 서로 딱 마주쳤다. 동섭이 자경의 한 팔을 잡아 옆으로 비키는 때다.

"제미[117] 비켜라 좀. 길 좁다."

하고 모자도 없는 머리가 자경의 옆에서 비틀하고 지나갈 때 썩은 감 냄새가 후끈하게 풍기였다.

자경은 장갑 낀 손으로 목도리를 여미면서 동섭에게로 다가섰으나 그의 맘에는 이 버릇없는 노동자의 말씨가 몹시도 거슬렸다. 그담 셋째 남자가 지나갈 때다. 달빛에 보아도 구리수염[118]이 덥수룩 돋아난 중년 사나이가 비실비실 자경의 곁으로 오더니

"아 이 여우가 산 놈이야? 죽은 놈이야?"

하고 자경의 목도리를 손으로 쓱 문질러 보고 돌아서자 뒤미처 올라오는 남자가 비틀하면서 텁석부리[119]를 떠미는 바람에 텁석부리의 팔고뱅이가 자경의 한편 어깨를 스치었다.

순간 자경의 입술이 파르르 떨었다.

"눈깔이 없나? 사람도 못 보고."

하고 자경이 호령을 하였다.

"어구머니나 여우가 연설한다 하하."

"와하하."

"저 녀석들을 그래 가만히 두는 거에요?"

자경이 동섭의 팔에 매달리며 울듯이 부르짖었다.

---

117 몹시 못마땅할 때 욕으로 하는 말.
118 짧고 더부룩하게 많이 난 수염.
119 텁석나룻이 난 사람을 놀림조로 이르는 말.

"내버려 두어요. 취한 사람들이니까."

"그래도 그 녀석들 멀쩡하게 그러는 거 아뇨. 좀 어떻게 해봐요."

"취한 사람들과 말을 했자 별 수 없다니까."

동섭은 빙긋이 웃고 자경의 손을 잡았다. 자경은 벌써 너덧 걸음이나 지나간 남자를 돌아보며

"어서 무어라고 좀 나무래 주어요."

"그냥 갑시다. 그들과 다툰다면 도리어 우리 망신이 아니요. 그리고 그들이 여간 우리를 좀 놀렸기로니 ……."

동섭은 빙글빙글 웃으며 자경의 왼손 무명지를 꼭 잡았다. 약혼반지를 만져보는 것이다.

자경은 동섭의 손을 뿌리치고 팽이처럼 언덕길을 내려갔다. 해수욕장에서 희롱하던 사나이들의 보트를 뒤집어 버린 자경이라 오늘 저녁 동섭이 없고 만약 자기 혼자였다면 결단코 한 번 쥐어질렀을 것이다. 그러나 이 저녁에는 동섭이 있다. 동섭은 남자라 자기보다도 훌륭히 설분(雪憤)[120]을 해줄 것을 믿었던 까닭에 자경의 실망과 분노는 컸다.

새파랗게 성이 난 자경은 기차에서도 동섭과 멀찍이 떨어져 앉고 정거장에서 내려 집에 와서도 자경은 동섭을 눈으로 거들떠보지도 않았다.

'사람을 그렇게 업신여긴담.'

하는 생각을 할 때 자경은 동섭을 영원히 보지 않아도 괴롭지 않을 것 같다.

그 이튿날 아침 밥상에서도 물론 자경은 동섭을 외면하였다. 그리고

---

[120] 분한 마음을 품.

온종일 동섭의 문 앞에는 그림자도 비치지 않았다.

그렇게 사흘이 지나갔건만 자경의 분은 그늘에 있는 눈처럼 사라지지 않고 남아 있는 것이다.

나흘 째 되는 날 상만과 인애가 왔다.

자경은 오늘은 별로 웃지도 않고 기운 없이 소파에 가서 앉는 것을 보고

"왜 어디가 아파? 얼굴이 파래졌는데."

"아니."

하고 자경이 한숨을 내쉰다.

"한숨을 쉬시고?"

상만이 눈이 뚱그래서 자경을 바라본다.

"인애 저번 날 내가 인천 간 것 모르지?"

"응, 인천 갔댔어?"

"온 참 어이가 없어서."

하고 자경이 어깨를 떨어뜨리는 것을 보자 상만의 가슴 속에는 호기심의 회오리가 일기 시작하는 것이다.

"아 왜 무슨 일이 계셨어요?"

"난생 첨 당하는 일이었으니까요. 글쎄 인애 술 취한 자식들이 날더러 막 욕을 하지 않겠나."

"그래 유 형이 그놈들과 시비를 하신 게로구먼요."

상만은 입으로 이런 말을 하면서도 일이 어떻게 되었다는 것을 벌써 짐작하였다.

수심에 싸인 자경의 얼굴을 보고 그의 맘이 상하였다는 것을 알았고 저토록 맘이 상한 것은 술 취한 사람이 욕을 하였다는 것보다 필시 다른

까닭이 있는 게라고 생각하였다.

"아뇨 들어 보서요. 그자들이 글쎄 나를 여우라고 하는구나, 인애 호호호."

하고 자경은 히스테리컬하게 웃는다.

"온 저런 놈들을. 그래 유 형이 그놈들 모가지를 비틀어 버렸겠지요. 온 유 형이 혼자서 오죽이나."

하고 상만은 자경의 얼굴빛을 살피는 것이다.

"아냐요."

자경은 아랫입술을 잘근잘근 씹으며

"차라리 한 마디 욕이라도 커다랗게 해주었더라면 내 맘이 이토록은 상하지 않을 거야요."

"온 그래 유 형이 설마 그렇게까지야 무신경하지는 않을 것인데요, 설마."

하고 상만은 더욱 놀라는 것이다.

"아냐요 정말이야요. 취한 사람이라고 ……."

하고 자경이 고개를 숙인다.

"취했기로니 술은 그래도 입으로 먹었겠지. 그래도 유 형이 로봇이 아닌 담에야 방금 내 사랑하는 이가 무지한 놈들에게 모욕을 당하는 데도 가만히 있담? 하하하 암만해도 믿지 못 하겠는데요."

"……."

자경은 눈에 눈물이 고이는지 자주 눈을 깜빡거리면서 잠자코 앉아 있다. 상만은 자기 말 한 마디가 자경의 얼굴에 일으키는 변화를 바라볼 때 무척 재미가 있었다.

"온 나 같으면 단연코 결투를 하지요. 손에 잡은 것이 없다면 나뭇가지도 좋고 정 무엇하면 돌멩이라도 …… 흥 될 말이여?"

"아이 맘 상한 사람을 자꾸 흥분만 시키지 마셔요. 자경 우리 오늘 일요일인데 예배당에 같이 가요. 어여 기분도 전환시킬 겸 밖에는 일기가 얼마나 좋은데 ……."

하고 인애가 권하는 바람에 자경은 안으로 들어가서 새로 지은 미색 하부다이[121] 저고리를 입고 나왔다.

그 저고리 동정 속에는 백운사 여승이 갖다 두고 간 부적이 들어있건만 물론 자경은 모르는 것이다.

동섭은 창문에서 마주 보이는 대문으로 인애와 상만이 양편에 서고 무슨 이야기를 하는지 간드러지게 웃는 자경이 가운데 서서 나가는 것이 눈에 보인다.

동섭은 두 활개를 뻗어 기지개를 한 번 켜고는 책장에서 술 두꺼운 책을 꺼냈다.

'각기로부터 오는 심장마비 …….'

에 대한 병리를 들었건만 오늘은 웬일인지 글자가 머릿속으로 술술 들어오지 않는다. 동섭의 눈은 어느새 책을 떠나 맞은편 벽을 바라보고 있는 것이다.

'과연 자경이 그렇게까지 불쾌하였던가? 그 취한 노동자들의 언행이, 지나가는 새 소리, 개 소리로만 여겨 흘려버려도 좋은 그 말이 …… 그토록 분했을까.'

동섭은 팔짱을 끼었다.

---

[121] 얇고 부드러우며 윤이 나는 순백색 비단.

'얼굴도 보이지 않는 밤 취한 사람의 비틀거리며 지껄인 말에 과연 그 토록 자경의 자존심이 짓밟혔을까?'

'그 때문에 나흘이 되도록 말을 하지 않는다? 알아듣도록 설명을 하였 건만.'

암만해도 알 수가 없는 일이다.

'내가 보는 세상과 자경이 살고 있는 세상 …… 거기에는 커다란 거리 가 있다.'

여기까지 생각하여 온 동섭은 지금까지

'나의 심장, 나의 생명.'

하고 노래하여 온 자경의 사랑에 대하여 한 걸음 물러나서 비로소 비판 의 눈으로 그 사랑을 검토하지 않으면 안 되게 된 것이다. 이것은 오늘 자경이 동섭이보다 아름다운 상만과 같이 밖으로 나가는 것을 보고 찰 나로 지나가는 질투라고 보기에는 맑은 물처럼 투명한 동섭의 이지가 이를 허락지 않는 것이다.

'자기 몸보다 오히려 가까운 자경.'

하고 생각한 그 자경. 역시 동섭 자신은 아닌 것이다.

'사람은 결국 자기만이 자기 길을 가는 것이다.'

여기까지 생각할 때 갑자기 울고 부르짖는 아이의 소리가 들려온다. 동섭은 창으로 고개를 내밀었다.

동섭이 창으로 내다보니 문간에서 아범이 웬 여남은 살 된 아이의 멱 살을 붙잡고 뺨을 때리는 것이다. 동섭은 슬리퍼를 신은 채 뛰어나갔다.

"때리지 말라니까."

하고 동섭은 소리를 꽥 지르자 아범은 주춤하고 물러섰다.

"선생님."

하고 동섭에게로 왈칵 안기는 아이는 인천 야학교에 다니는 최일남이다.

"선생님."

하고 일남은 동섭의 다리를 안는다.

"오, 일남이냐? 너 언제 왔니?"

동섭은 손수건으로 일남의 눈물 어린 뺨을 씻어 주었다.

"지금 오는 길이야요. 들어오려니까 막 저 사람이 때려 주어요."

동섭은 성난 눈으로 아범을 돌아보았다.

"저 저런 아이들이 흔히 살금살금 들어와서는 신발 같은 것을 집어 가길래요. 그래서 ……."

아범은 머리를 긁적긁적하며 웃는다.

"아범 이 손님 내 방으로 인도하게나."

"네."

하고 아범은 일남이를 돌아보자 일남이는 입을 삐쭉하며 동섭의 곁으로 다가선다.

"차 가져 오래라."

"네."

하고 아범은 뒤로 들어갔다. 동섭은 일남의 손을 잡고 현관으로 들어가차 계집 하인이 일남의 앞에 슬리퍼를 내놓는다.

"신어, 신는 거야."

동섭의 말대로 신을 신고

"히히."

웃는 일남은 동섭의 방으로 들어와서 임금의 용상 같은 교의에 걸터앉아서 사방을 휘휘 살펴보는 것이다.

"선생님."

하고 일남이가 소리를 꽥 지른다. 그는 방에 들어와서 밖에 있는 때처럼 목소리를 크게 하는 것이다.

"저거 뭐야요?"

하고 책장 위를 가리킨다. 그곳에는 석고를 가지고 베토벤의 얼굴을 조각한 것이 놓여 있는 것이다.

"응 저것 말야? 옛날 유명한 사람의 얼굴을 만들어 놓은 게야."

"네, 선생님!"

"응."

"저것도 책이야요?"

유리장 속에서 금 글자가 번적이고 있는 술 두꺼운 책을 가리킨다.

"그래 책이야."

만길이가 절름절름하며 차를 가져왔다.

동섭이 심부름은 만길이가 맡아 하는 것이다. 동섭이 사탕을 넣고 크림을 넣어 가지고 저어서 일남이 앞으로 내밀었다.

"차 먹어라."

일남이는 차를 후후 불더니 소매 끝으로 콧물을 씻는다. 벌써 그 조그마한 손등이 가늘게 터지기 시작하는지 가죽이 뿌옇게 까슬까슬 하여졌다.

동섭은 차를 마시며

"너 어떻게 왔니?"

"히히! 자동차에 실려 왔어요."

"자동차에?"

"네! 저 박 서방이 환일(丸一) 회사 짐을 부리는데 좀 데려다 달라고 청을 했지요."

동섭은 그것이 화물자동차인 것을 알았다.

"그래 우리 집은 어떻게 알았니?"

"참 그 박 서방이요 사장네 집에 나무를 싣고 간다 해요. 그래 여기까지 왔어요, 히히."

"응 우리 집에 나무를 싣고 왔다?"

"네, 여태껏 장작이를 쌓았어요. 저 뒤울에서요."

"응, 그래?"

일남이를 차를 후후 마시다가는 코를 홀쩍하고 들이마시곤 한다. 동섭을 힐끔 쳐다보더니 접시에 놓인 비스킷을 가만히 호주머니에 집어넣는다.

"건 왜 먹지 않고 넣느냐?"

"언니 갖다 줄래요 히히."

"응 착하다. 그래도 그건 먹어라 먹어."

동섭이 일어나서 그림 엽서 첩을 꺼냈다. 그것은 세계 각국의 풍경이며 인종과 풍속이 그리어 있는 것이다. 일남이는 사람을 잡아먹는다는 코를 꿴 야만인의 그림을 보고 소리를 내어 깔깔거리고 웃더니 그담에 입술이 접시만치 나온 야만인을 보고는 눈살을 찌푸리며

"저렇게 아가리가 크니까 사람을 잡아먹는 게지요? 아이 징그러."

하면서 빙긋빙긋 웃고 들여다본다. 그담에 일남은

"이 사람은 무슨 사람야요?"

동섭은 아라비아 마술쟁이 이야기를 들려주었다.

"이 사람이 말이다. 이런 커다란 두루마기를 입고 있지? 그 속에는 조그마한 단추가 하나 붙어서 그래 그 단추만 한 개 누르면 무에든지 말하는 대로 다 나오는 거야!"

하고 동섭이 빙그레 웃으면서

"책 나오너라 돌리고 붓 나오너라 돌리고 서울 가자하고 돌리고 ……."

일남은 눈을 깜짝이며 듣고 있다가 갑자기 소리를 꽥 지른다.

"선생님 그 마술쟁이라는 사람 어디 있어요?"

"왜 너 만나보고 싶으니?"

"네."

하고 고개를 끄덕하고는

"단추를 살짝 훔쳐 오거든요."

"아서 훔치는 건 좋지 못해."

"훔쳤다가는 돌려주죠. 잠깐만 훔쳐 가지고는 돈 나와라 하고 돌리고 쌀 나와라 하고 돌리고 어머니 나오너라 돌리고 아버지 나오너라 하고 돌리고."

일남이는 소리를 꽥꽥 질러가며 이야기를 계속한다.

동섭은 빙그레 웃으면서 고개를 끄덕여 보이고 만길을 불렀다.

동섭은 점심을 내오라 하여 일남이를 먹였다.

오정을 고하는 고동소리가 들리자 일남은

"갈래요."

하면서 일어 나선다. 오정 고동이 불면 인천으로 돌아간다는 박 서방의 말이 생각난 때문이다.

"그럼 요담에 또 오너라, 응?"

"네, 선생님. 안녕히 곕시요."

소리를 지르고 고개를 숙이는 일남이에게 동섭은 또릅쓰가 들어있는 양철상자를 안기어 주었다.

"선생님."

하고 일남이가 또 소리를 지른다.

"이거 뭐야요?"

"건 과자야. 언니하고 먹어."

"히히."

티끌 하나 없는 넓은 현관에는 조그마한 일남의 고무신이 뒤축이 닳아빠진 대로 오뚝하니 주인을 기다리고 있다.

진남빛으로 푸른 하늘 위로 기러기인지 새들이 원을 그리며 날아가는 것이 보인다. 동섭은 일남이를 보내고 다시 서재로 돌아 왔으나 그의 맘은 어쩐지 쓸쓸하고 괴로운 것이다. 지난여름부터 동섭을 사로잡은 인간과 사회에 대한 의혹과 번민은 동섭의 철학을 빼앗고 예술을 종교를 빼앗았다.

그러나 오직 하나 자경의 사랑만은 영구한 것이다. 마치 만년을 지나도 움직이지 아니한 태산처럼 자경의 사랑이 자기 맘에 진좌(鎭坐)[122]하고 있는 것이다.

그러나 어렴풋이나마 동섭이 걸어갈 길이 눈앞에 보인 오늘 동섭은

---

122 자리를 잡아 앉음.

자경이 암만해도 자기와 같은 방향을 걸어줄 것 같지는 않은 것을 발견하자 그는 새로운 번민이 머리를 쳐드는 것을 느끼었다.

'양심이냐?'

'행복이냐?'

하고 일전에 반문해 보던 동섭은

'사랑이냐?'

'민중이냐?'

하고 물어보게 된 것이다. 이 둘은 결코 양립할 수가 없는 것이다.

"유 군 자네는 너무 높은 곳에 있거든 그리고서는 맨 밑바닥에 있는 사람을 어쩌고 어쩌고? 세계가 달라 하하하."

웃던 창수의 해쓱한 얼굴이 나타난다.

"자네가 민중을 생각한다? 그렇다면 민중에게로 오게나 그들과 같이 웃고 울고 같이 살아보지 않고는 ……."

동섭은 고개를 숙였다. 자기보다 몇 배나 더 용감한 창수의 환영을 향하여 고개를 숙이는 것이다.

'창수는 내가 걸어갈 길을 칠 년 전부터 걷고 있었던 것이다.'

동섭은 창수뿐만 아니라 그 밖에 부모를 버리고 사랑을 버린 모든 선구자의 거룩한 얼굴들이 눈앞에 나타나는 듯하였다.

그 모든 얼굴들이 혹은 동섭을 조롱하고 혹은 동정하여 손을 잡는 듯도 하였다.

밖에서 슬리퍼 끄는 소리 찰닥 찰닥 나면서 동섭의 서재를 노크하는 소리가 난다.

자경이 돌아온 것이다. 그 얼굴은 활짝 핀 장미 떨기처럼 웃음이 넘쳐

흐르고 있다.

"용서하서요 네?"

하고 자경은 동섭의 팔에 매달리는 것이다.

"당신 혼자서 심심하시었죠?"

"아니."

"당신도 이따금씩 혼자 있어 보아야지요 ……."

"그래 재미 많이 보셨소?"

"저 상만 씨와 인애와 셋이서 산보하고 왔어요. 가톨릭 교당 뜰 앞까지 가보았지요."

"호."

"그런데 오는 길에 우리는 이런 약속을 했어요. 모레 일요일에는 시외로 나가보자고."

"…… 청량리나 홍릉이나 …… 점심은 어느 절 같은데 가서 먹고 오던지 하기로 ……."

"당신도 가시죠?"

"글쎄 방해되지 않을까!"

하고 동섭은 쓸쓸히 웃었다.

"뭐야요?"

자경이 벌떡 일어서서 동섭의 어깨를 간질이기 시작한다.

"하하하 간지러워."

"방해라니요 그 무슨 말야요 취소 안 할 테요."

"하하하 그럼 취소 취소."

"꼭 같이 가시죠. 그날은 인천 가시는 날 아니니까."

"그래 가요 가."

"아이 좋아. 그러면 우리 점심은 절에서 시켜 먹도록 해요 네?"

"그럽시다그려."

동섭은 이렇게 대답을 하면서도 창수의 병비(病費)를 위선 백 원이나 치러야 할 것을 생각하는 것이다.

"자네 내게 너무 고맙게 굴지 말게. 결국 나라는 사람은 자네들 세상에는 귀찮은 인간이니까 ……."

하던 창수의 말이 귀안에 들리고

"자네 야학도 고맙고 어려운 이들의 병 치료도 고마우이. 하지만 대종으로 나같이 썩어가는 사람을 안마(按摩) 고약쯤 붙여가지고 나을 만한가?"

"근본 수술이 필요하단 말야."

하고 괴롭게 웃던 창수의 얼굴도 보이는 것이다.

"자넨 사람이 한 번 죽는다는 것을 아직도 모르는 모양야."

"이왕 죽는다면 말야 왜 좀 더 똑바른 일을 하고 죽지 못하겠느냐 말일세."

하던 말도 생각이 나자

'나도 나가? 이 집을, 자경을 떠나?'

순간 동섭은 수백 길 높은 벼랑을 내려 뛰려는 사람이 느끼는 그러한 흥분이 중추신경을 전류처럼 스쳐갔다.

자경이 신경질을 부리는 동안 동섭은 태연한 듯이 있으면서도 그 실은 맘속이 괴로웠던 모양으로 그는 요 며칠 동안 창수의 병원에 가보지도 못하였다.

‘인천은 한 번 다녀왔지만 …….’

그러는 중에 자경이 기다리던 ‘피크닉’의 날은 왔다. 교외 산보로는 약간 늦은 철수이건만 늦으면 늦은 대로 자연은 사람에게 고마운 선물을 보내주는 것이다.

상만과 인애는 약속한 시간에 왔다. 네 사람은 미리 주문해 두었던 대절 자동차가 오자 자경의 집 하인들은 과일 바구니를 차에 올려놓았다.

자가용 자동차는 서 사장이 요사이 집에 있게 된 때문에 …….

상만, 인애, 자경이 타고 동섭이 마저 한 발을 올려놓는 때이다.

“학생 서방님 전화가 왔는데요. 끊으랍시요?”

하는 계집 하인의 목소리가 들려온다.

“어디서 온 거야?”

“저, 병원에서 온 전화입니다만.”

계집애 하인은 자동차 속에 있는 자경이 어떤 얼굴을 할까 생각하고 뜨끔하여 안으로 들어가 버렸다. 동섭은 차에서 내려 전화실로 들어갔다.

조금 후에 돌아 나온 동섭은

“미안하지만 한 걸음 앞서들 가주서요. 난 병원으로 좀 다녀가야 하겠으니 …….”

“청량사에서 열두 시까지 기다려보고 안 가거든 못 가는 줄 아서요.”

하고 동섭은 대문으로 뛰어 나갔다. 지금 동섭은 창수가 위중하다는 전화를 받은 것이다.

“여보세요 그럼 이 자동차로 가서 잠깐 들어가 보시고 나오시죠.”

하고 자경에 외쳤으나 동섭은 벌써 그곳에 없었다.

“아이참 속이 상해!”

자경이 완전히 실망한 얼굴빛이다.

상만은 속으로

'또 재미있는 시바이[123]가 나오는구나.'

하고 손뼉을 치는 것이다.

"유 형도 안 가시고 그럼 피크닉은 그만 두실까요?"

"뭐 그럴 것도 없지요. 우리 셋은 가서 놀지 못하나요?"

하고

"차 몰아요."

자경이 운전수에게 명령을 하자 자동차는 천천히 미끄러지기 시작하였다.

자경은 잠자코 눈이 말똥말똥해서 무엇을 생각하는 얼굴이 확실히 불쾌한 빛이다.

"병원에는 누가 입원을 하셨나요?"

하고 상만이 묻는 말에

"저도 잘은 몰라도요 어느 어려운 친구가 입원을 하고 있다나 봐요."

"네 그러서요?"

상만은 고개를 끄덕여 보였으나

'오늘 이 어여쁜 파랑새를 어떻게 좀 골을 올려주어?'

하고 속으로 웃었다.

"유 형은 자선사업가라니까 사랑하는 이의 기분이나 체면쯤이야……."

상만은 자경을 힐끗 쳐다보고

---

[123] しばい. 연극.

"자선사업도 저쯤가면 통했을 게라 하하하."

하고 소리를 내어 웃는다.

"웃긴 왜 웃으세요! 우리들과 지금 같이 못 가시는 유 선생님 맘은 어떠시겠어요?"

인애가 상만을 보고 그러지 말라는 듯이 눈을 끔쩍해 보인다.

"어떻긴 어때! 그인 자기 가고 싶은 곳에 가는 걸 뭐 ……."

자경은 톡 쏘듯이 말을 하고 자동차 창 너머로 고개를 돌린다.

"그러니까 인애 씬 오늘 한 턱을 톡톡히 하란 말요. 나도 오늘 가볼 데가 있는 데도 인애 씨 명령 하에 이렇게 따라오지 않았어요."

상만이 빙긋 웃는다.

"네, 고맙습니다. 병원에 친구가 입원해 계시다면 가보셔도 좋습니다, 호호호."

인애가 지지 않고 대답을 하자

"아주 그런 말이나 한다고 지금 갑자기 인애 씨를 무슨 장한 도덕가로나 생각할 줄 아시우? 하하."

자동차 밖에는 김장을 기다리는 배추들이 골마다 나란히 서 있는 밭들이 지나갔다.

차는 벌써 교외로 나온 것이다. 준공이 거의 다 되어가는 보성전문의 도서관의 흰 집이 검푸른 산을 지고 늠름하게 서 있는 것이 눈에 뜨이자 자동차는 정거하였다.

과일바구니를 상만이 들고 세 사람은 천천히 솔숲을 바라보고 걷기 시작하였다.

푸른 솔 사이로 빼꼼히 내다보이는 하늘.

모든 것이 다 낡아지고 변하고 가버린 이 땅에 오직 영원히 변함없이 찾아온 것은 창옥보다 곱고 빛난 조선의 하늘이다. 차츰 언덕을 올라가는 그들은 등어리가 훗훗함을 느끼었다. 떠받아주고 안아주고 손짓하여 부르는 푸른 하늘 속에서 맘껏 맑은 공기를 마시는 그들은 조선의 자손으로 조선에서 받는 오직 한 가지 밖에 없는 행복을 누리고 있는 것이다.

그들이 목적한 청량사에 이르렀을 때에는 오전 열한 시가 조금 지났을까 언뜻 보기에 어느 여관 주인 같은 남자가 허리를 굽실하면서 나온다.

선풍

동섭은 자경의 일행을 자동차에 두고 뒤도 돌아보지 않고 밖으로 나왔다. 근처 자동차부로 가서 택시를 한 대 불러 탔다.

"속히 몰아요, ××병원으로."

그의 눈앞에는 창수의 해쓱한 얼굴이 나타나고 그 얼굴은 방금 숨이 끊어져 가는 사람만이 당하는 괴로운 빛을 보이고 있는 것이다.

'불쌍한 창수.'

하고 동섭은 속으로 부르짖었다.

"속히 몰아요, ××병원으로."

동섭은 또 한 번 뇌고

'너는 너는 그토록 용감하였구나 …….'

동섭은 자동차가 ××병원 정문으로 당도하자 구르듯이 내려 병원 층대로 올라갔다.

복도에는 올 때마다 보던 H형사가 오늘도 와 있는 것을 흘끗 쳐다보고 동섭은 칠 호실 방문 손잡이를 잡았다. 문을 열던 동섭은 잠깐 동안 자기의 눈을 의심하였다.

침대 위에는 창수가 상반신을 일으키고 앉아서 무언지 숟가락으로 떠먹고 있는 것이다.

"유 군 어여 들어오게나."

창수는 멍하니 서 있는 동섭을 바라보고 웃는 것이다.

동섭은 위선 속으로 안심을 하고 숨을 내쉬었다.

"미안하이."

"앉으시지요."

하고 빈 그릇을 부셔가지고 들어오던 김준이 동섭에게 고개를 숙여 보인다. 창수는 먹던 미음그릇을 김준에게 내밀며

"배가 불러서 정말 못 먹겠어."

"요것이야 …… 요것쯤이야 어여 마저 마셔요."

"아니 억지로 권하진 마시오. 그래 창수 군 요새 입맛은 어떤가."

동섭이 교의를 가지고 창수 가까이 가서 앉았다.

"입맛은 곧잘 나는 모양일세. 하지만 나도 심양을 해서 먹거든 ……."

"암 …… 그렇지만 무어 먹고 싶은 것은 염려 말고 말하게나."

"먹을 것을 가지고 이러니저러니 할 수는 없게 됐어."

하고 창수는 쓸쓸히 웃는다.

"왜?"

"이젠 자네와도 당분간 못 보게 되나 보이."

"못 보다니?"

"조금 전에 C주임이 다녀갔어요. 들어오라는 거야. 이삼 일 내로."

"어디로?"

하고 물었으나 동섭은 벌써 짐작하였다.

"어딘 어디야 큰집이지 붉은 집 몰라? 하으."

"지금 들어가면 되나, 아직 이 모양에."

"그래도 그들의 눈에는 이렇게 살아났으니 안심할 수가 없지 않아? 하하하."

"흠 ……."

동섭은 고개를 떨어뜨렸다.

알을 품은 암탉이 인제 하로만 더 있으면 병아리가 되어 나올 계란을 빼앗기는 때처럼 아깝고 분한 생각을 금할 수가 없는 것이다.

"다시 들어가면 인제 죽었지 별수 있나."

생각한 동섭은 눈을 감았다. 한 개의 해골을 갖다 놓고 두 달 동안이나 정성을 들여 겨우 살려놓은 창수에게 또다시 검은 문이 입을 벌리고 달려든 것을 참을 수가 없는 것이다.

"의사가 아직은 안 된다고 말하면야 설마 얼마 동안."

"글쎄 인젠 죽기는 면하였으니 그냥 둘 수는 없다는 거야."

"차라리 퇴원을 했으면 어떨까?"

하고 동섭이 눈을 끔쩍해 보였다.

"흥 어림없어. 저 사람이 쫓아올걸."

눈으로 문을 가리키며 괴롭게 웃는 것이다.

"누구 형사?"

"응."

"그런데 이리 좀 와요."

창수가 김준을 나가라고 손짓을 하여 단 두 사람만이 있게 되자 창수는 한참 동안 잠자코 동섭의 얼굴을 들여다보고 있다.

"왜? 무슨 말이든지 하게나."

창수는 동섭의 얼굴 가까이 고개를 가져갔다.

"동섭 군!"

하고 나지막이 불렀다.

"응."

창수와 동섭은 무려 한 시간 동안이나 이야기를 소곤거리었다.

"그럼 길을 아느냐 말야."

하고 동섭이 광채 나는 눈으로 창수를 바라보았다.

"건 염려 없어 …… 그보다도 그들의 하는 일이니까 말야. 오늘밤이라
도 들어오라면 별수 있나. 그러니 되도록 속히 서둘러야겠어."

"그럼 이것이면 되지?"

하고 손가락 다섯을 보이고 일어섰다.

창수는 다시 손짓을 하여 동섭을 불러 앉힌 뒤에

"네 시까지 김준을 ××으로 보낼 터니 거기서 만나 가지고 전해주게
나 알아듣겠지?"

하는 창수의 말에 고개를 끄덕여 보이고 동섭은 밖으로 나왔다.

××병원에서 나온 동섭

'돈 오백 원!'

하고 속으로 되뇌어 보았다.

'오백 원만 있으면 창수가 살아난다?'

동섭은 창수가 살기 위해서는 오백 원 아니라 오천 원인들 아까울 리
는 없다. 그러나 동섭은 아직도 독립한 경제를 가지고 있는 것은 아니다.

그는 학용품이나 서적이나 그 밖에 소소한 잡비로 몇 십 원씩 혹 백여
원씩 얻어 쓸 수는 있지만 한꺼번에 오백 원은 청구할 수는 없는 것이
다. 더욱이 요새는 졸업까지 하였으니 많은 돈이 들 까닭도 없고 아무리

친아버지와 같은 서 사장이라 할지라도 동섭은 아직까지 한 번도 청구해 보지 못한 많은 돈을 달랄 용기는 없다.

'그러나 그 돈을 갖다 주지 아니하면 창수는?'

동섭의 눈앞에 결박을 받는 창수의 환영이 나타나자

'오, 창수!'

하고 동섭은 눈을 감았다.

동섭은 그길로 태평통에 있는 서정연 씨 회사로 갔다.

사장을 만나러 가는 것이다.

사장은 마침 사장실에 있었다.

그러나 무엇이 성이 났는지 잔뜩 찌푸리고 앉아 있는 사장을 보고 동섭은 얼른 말이 나오지 않았다.

그러나 용기를 내어

"아버지 저 돈 이백 원만 주었으면 좋겠어요."

하고 아버지의 기색을 살피었다.

"이백 원?"

"네."

"무엇 살 테야?"

사장은 동섭을 똑바로 쳐다본다.

"저 저 약품을 좀 사야겠어요. 논문 쓰는데 좀 미흡한 점이 있어서…… 실험을 더 해볼까 싶어서요."

동섭은 난생 처음으로 사장에게 거짓말을 하는 것이다.

"무슨 약품이 그리 비싸냐?"

"네 저 독일제라는데 요샌 세금이 비싸서 그런 모양이야요."

사장은 금고문을 열고 백 원짜리 두 장을 꺼내준다.

동섭은 돈을 받아 주머니에 넣고 바쁜 걸음으로 밖으로 나와 버렸다.

지금 서정연 씨가 경영하고 있는 인천 매립 공사장에서는 어제 낮부터 동맹파업이 시작되었건만 그저께 인천을 다녀온 동섭은 아직 그 소식을 모르는 것이다. 파업은 노동조합에서 지도를 하는 것으로 야학교 김 선생도 파업이 있을 것을 알고 있었지마는 만일을 염려하여 조합원들은 극력으로 동섭을 경계하여 온 것이다. 그 때문에 김 선생은 몇 번이나 몇 번이나 동섭에게 통정하고 싶은 맘을 조합원과의 약속을 깰 수 없어 굳이 입을 봉하고 있는 것이다. 지금 동섭이가 사장한테 돈을 가지러 들어갔을 때 사장이 찌푸리고 있는 것은 물론 당연한 일이다.

사장은 오늘 아침에 공사장 인부들이 보낸다는 다섯 가지 조건과 함께 파업의 통지를 받은 까닭이다.

이런 일을 조금도 모르는 동섭은 사장에게 받은 돈 이백 원을 주머니에 넣고 남은 돈 삼백 원을 만들 궁리를 하면서 택시를 집어 탔다.

그길로 집으로 가서 몇 날 전에 사장에게서 생일 예물로 받은 현미경을 꺼냈다.

그것을 가지고 그는 큰맘을 먹고 본정 ××전당국 문을 들어갔다. 까닭 없이 두근거리는 가슴을 진정하고 물건을 내밀자 얼굴이 종잇장 같이 창백한 젊은 주인은

"얼마요?"

하고 묻는 것이다.

"삼백 원 주시오."

"이백 원이면 잡지요."

"그럼 이백 원이라도 ……."

동섭은 돈 이백 원을 주머니에 넣고 돌아 나오니까

"아 여보시오 이것 가져가시오."

하고 전당 표지를 주는 것을 아무렇게나 주머니에 넣어 가지고 돌아 나왔다.

그러나 아직도 백 원이 남았다.

그는 자기 팔목을 들여다보았다.

졸업 기념으로 자경에게서 받은 백금 시계! 언제까지나 지키고 사랑하기로 마음속에 맹세한 이 귀한 예물을 동섭은 한참 동안 생각하였다.

'그러나 한 사람이 살고 …… 아니 창수가 살아나는 것은 한 사람만이 사는 것이 아니다.'

동섭은 시계를 가지고 이번에는 종로 ××전당포로 들어갔다. 거기에서도 사십 원밖에 얻지 못하였다.

벌써 시계는 세 시가 거의 되어가는 것이다. 동섭의 맘은 초조하여졌다. 그는 두 번째 자기 집으로 들어왔다. 자기 서재로 가서 책장을 열고 금글자가 번득이는 술 두꺼운 책들을 십여 권 방바닥에 수북이 싸 놓았다.

동섭이가 초조하게 돈을 만들고 있을 동안 ××병원 침대에 누워 있는 창수의 맘도 각일각으로 절박하여 오는 것이다.

그는 시계가 네 시를 지나가는 것을 보자 침대에서 벌떡 일어났다.

수술한 지가 겨우 한 달밖에 되지 않았으나 창수의 경과는 지극히 순조로워 요사이는 제법 김준의 어깨에 매달려 변소까지 가게 된 것이다.

'살아났다'는 즐거움! 그러나 그 즐거움을 채 맛보기도 전에 또다시 죽음의 손이 자기를 기다리고 있는 것을 생각한 창수는 가만히 누워 있을 수는 없는 것이다.

'살 것인가?

'죽을 것인가?'

진실로 생사의 기점에서 있는 창수는 바늘로 심장을 쑤시는 듯한 불안이 찰나로 전신을 휩싸는 것을 느끼는 것이다.

동섭이 여비만 변통해 준다면 이 밤으로 이곳을 떠나려 결심한 창수는 조심조심 한 발을 침대 아래로 내려놓았다. 그리고 남은 한 발을 마저 내려놓았다.

자기의 힘이 얼마나 자기 몸에 돌아왔는가를 시험고저 함이다. □□으로 침대를 붙들고 가만히 일어섰으나 그의 다리는 가늘게 떨리는 것이다.

그러나 창수는 이를 악물었다. 두 다리에 힘을 주면서 한 발을 내디뎠다.

또 한 발 또 한 발 이상한 일이다. 이때까지 미라 같은 자기 하반신에는 알 수 없는 힘이 뻗쳐 내려가는 듯 그는 다섯 걸음 열 걸음 방안을 걸어 다녔다. 그러나 이것은 극도의 긴장에서 오는 일시적 흥분이었다.

창수는 차차 피곤하여 지려는 다리를 끌고 침대로 가서 펄쩍 주저앉자 전신에는 식은땀이 주르르 흐르는 것이다.

창수는 소매로 이마에 돋은 찬 땀을 씻고 우두커니 앉았다가 한 손을 베개 아래로 넣어서 무슨 종이인지 꺼냈다.

한참 동안 종이를 들여다보는 창수의 눈은 일순간 번쩍하고 빛이 났다. 시퍼런 불이 지나가듯

'××까지 그렇다 죽더라도 …….'

그는 성냥을 집어다 휙 그었다. 파란 혓바닥이 그 종이를 다 집어 삼킬

동안 창수는 멀거니 시커먼 재로 변한 종이를 들여다보고 있는 것이다.

네 시 이십 분이 지났건만 김준은 돌아오지 않는다.

'못 만나지는 않았겠지 …….'

중얼거리며 창수는 침대 위에 걸치어 있는 속옷을 내려 입을 때다. 김준이 돌아왔다.

"됐어요."

하고 손가락을 다섯을 내보인다.

"고마우이 수고했네."

"××사람들도 만나 보았지?"

"네 똑똑히 알아들은 모양이야요. 이때쯤 꼭 온댔어요."

하고 김준은 손가락을 셋을 내어 보이고 커다란 꾸러미를 침대 아래로 쑥 밀어 넣는다.

"오, 동섭 군 용서하게나."

창수는 용감스럽게 여비를 만들어준 동섭의 우정에 감격하였다.

저녁때부터 흐리던 하늘은 기어이 비가 내리고 말았다. 늦은 가을의 찬 빗소리! 그것은 겨울을 외치는 파수꾼의 경적이랄까!

"비!"

하고 창수는 김준을 바라보았다.

"네 비야요."

"오, 됐다 됐어."

"……."

김준은 말없이 고개를 끄덕여 보이고 창수와 마주 웃었다.

담당한 의사가 다녀 나가고 당직 간호부가 경과표를 적어 두고 나갈 때까지 두 사람은 태연히 창수는 침대에 누웠고 김준은 잡지를 보는 것이다.

그러나 창수나 김준의 맘속은 불로 지지듯이 다 같이 초조하여 지는 것이다.

복도에 등불이 희미하여 지고 방문객들도 다 돌아간 뒤다.

시간이 얼마나 되었는지 각 병실을 지키는 간호부들도 단잠에 코를 골고 있는 밤중 김준은 문을 열고 복도를 내다보았다.

H형사도 돌아간 지 오래된 모양으로 복도는 죽은 듯 고요하다.

김준은 낮에 가져다 두었던 커다란 꾸러미를 침대 아래에서 꺼냈다.

꾸러미 속에서 나온 따뜻한 털 속옷을 두 겹이나 창수에게 입히고 부드러운 솜바지 저고리를 두꺼운 외투에 받쳐 입혔다. 양말에 구두까지 신긴 뒤에 김준도 양말과 속옷을 덧입었다.

김준은 문을 열고 복도로 나왔다. 되도록 발소리를 죽여 가며 살금살금 아래층으로 내려왔다. 얼음주머니를 한 손에 들고 그러나 그가 들어간 곳은 아래층 후면으로 휘돌아진 주방이었다. 주방문을 열고 컴컴한 방을 들어설 때 김준은 머리끝이 쭈뼛 하였으나 맘을 다져 먹고 맞은편 벽을 더듬어 보았다.

문에 달린 손잡이가 만져지자 문은 가늘게 소리를 내며 앞으로 열려졌다.

김준은 계획대로 일이 진행되는 것을 보자 그는 껑충 뛸 듯한 충동을 느끼면서 다시 복도로 나왔다.

방으로 돌아온 김준은 창수의 몸을 안다시피 하고 다시 아래층으로 내려갔다.

조금 후에 병원 뒷문에는 창수와 김준을 실은 자동차가 가늘게 경적을 울리며 어둠 속으로 사라졌다.

그날 밤 날이 새기 전에 이들은 ××역까지 가야만 하는 것이다. 이튿날 아침 경과표를 가져온 간호부가 칠 호실의 환자가 없어졌다는 보고를 하자 병원은 아래위로 야단법석이 났다.

전화를 받고 달려온 C주임은 머리를 긁적긁적하면서

"그야말로 놈팡이들이 연쇄 활극을 논 셈인데."

신둥마진 소리를 하고 부하의 귀에 대놓고 뭐라고 소곤거리는 것이다.

동섭은 이튿날 아침에야 집으로 돌아왔다. 그가 ××역까지 갔다 온 줄은 아무도 아는 사람이 없는 것이다.

그는 솜같이 피로하여진 몸으로 침실로 들어갔다.

'무사히 ××를 통과할까?'

이 생각은 무거운 쇳덩이 같은 동섭의 어깨를 내리누르는 것이다.

동섭은 얼마를 잤는지 눈을 떠보니 시장한 생각이 들었다.

벌써 열두 시가 넘었으니 …… 초인종을 눌러 아침인지 점심인지를 명령하고 식당으로 나왔다.

막 수저를 들려는데 자경이 나온다.

"꼭 이십사 시간 동안이나 됩니다. 못 뵌 지가. 그새 안녕하여 겝시오?"

하고 자경이 군대식 경례로 손을 이마에 부쳤다. 동섭은 그 큰 입으로 빙그레 웃고

"어떻소 어제는 재미 많았지요."

"어제 일을 생각하면 …… 기가 막혀서 …… 그만 둡시다. 불쾌한 이야기는 …… 오늘은 썩 기쁜 일이 있으니까요 …… 참 이게 뭔데요? 청

량사에서 가져온 버섯이야요."

"호."

"어여 잡수서요. 감격은 이따 하시고. 웬일인지 자꾸만 가져가라는 걸 어떡합니까. 인애하고 한 채롱씩 받았지요. 그 대신 팁은 좀 넉넉히 주었지만."

자경은 주방을 뜨다 말고

"이봐 나도 점심 먹을 테야."

자경의 말이 떨어지자 김이 무럭무럭 나는 버섯국이 들어 왔다.

"암만해도 진지 다 자실 동안 기다릴 수가 없는데!"

하고 자경은 국을 뜨다 말고

"무언지 아서요 재미있는 일?"

하고 고개를 갸우뚱하고 방글방글 웃는다.

"글쎄 뭘까?"

"여행권이 나왔어요, 여행권이. 조금 전에 외사과에서 전화가 왔어요. 우리 두 사람이 와서 받아가라는 거야요."

"그 좋구려."

"가요 네? 식후에 곧."

그 사이 밥을 다 먹고 식당에서 나온 동섭은 응접실을 나와서 신문을 펴자 껑충 뛸 듯이 놀랬다.

'옳아 됐어 …… 그렇게 해야만 …….'

동섭은 파업단의 요구하는 조건을 읽고서 고개를 끄덕였다.

'이번 파업의 직접 동기라고 볼 수 있는 것은 지난 십팔 일 오후 토사가 무너져 인부 칠 명이 치어 그중에 넷은 즉사하고 셋은 치명적 중상인

바 회사 측에서는 그들 사상자에게 대한 태도가 불친절하다는 것이다
······ 운운.'

그리고 옆에 쓰인 기사를 읽고 동섭은 혀를 찼다.

'병원에 입원하였던 세 사람 중에 일명은 금조에 절명 ······.'

문득 창수의 생각이 머리를 스쳐갔다.

'××까지 무사히 갈수 있을까?'

파업, 압살, 탈주 이 모든 사건은 솟구쳐 오르는 흥분으로 동섭의 가
슴을 뻐근하게 만드는 것이다.

'세기는 지금 크나큰 진통을 일으키고 있다.'

동섭은 입속으로 부르짖고 눈을 감았다.

"자, 갑시다."

그 사이 자경은 외출할 채비를 차려가지고 나왔다.

"올 적에는 혼자 와야 해요."

하는 동섭의 말을 듣자

"왜 또 인천 가서요?"

동섭은 고개를 끄덕여 보였다.

'파업이 되었겠다, 사람이 치었겠다, 어련히 갈라고? 하지만 인천도
며칠 아니다.'

자경은 속으로 부르짖고

"그럼 난 또 혼자 오고 ······."

하고 말을 하면서도 별로 불쾌한 얼굴은 아니었다.

알따란 남빛 책을 한 개씩 받아 간수한 두 사람은 광화문 네거리에서
서로 갈렸다.

동섭은 경성 역으로 자경은 계동 자기 집으로, 골목에는 휙 하고 바람이 모래를 집어던지고 달아난다.

사장은 회사에서 파업단의 대표들 중에 몇 사람과만 만났다. 그러나 양편의 고집은 셀 대로 세웠다.

사장은 무슨 생각이 났던지 슬쩍 뒤로 빠져서 집으로 돌아와 버렸다.

현관을 들어오면서도 사장의 맘속에는 대표자들의 말소리와 얼굴들이 떠나지 않는 것이다.

일. 죽은 사람의 유족에게 오백 원씩 줄 것.

일. 중상한 사람은 다 나을 동안 그 가족의 생활비를 담보할 것.

일. 시간은 겨울 동안 아침 일곱 시부터 할 일, 비가 와서 일을 못하게 되는 때는 임금의 절반을 줄임.

일. 물가가 점점 높아가니 적어도 하루의 십 전씩을 올려줄 일.

이런 조목을 한 가지라도 이행하지 않는다면 단연코 파업을 계속한다는 대표자들의 말을 생각하고

"빌어먹을 자식 놈들."

하고 웃었다.

'어디 두고 보자. 몇 날 동안이나 너희들이 버티어 나가는가.'

사장은 입속으로 중얼거리었다. 사실 그날그날의 삯을 받아 양식을 얻는 그들에게는 하루의 휴업은 곧 하루의 주림을 의미하는 것이다.

사 년 동안 벌써 두 번이나 파업이 일어났으되 한 번도 굴한 적이 없는 사장이다.

'거저 건드리지만 말고 내버려 두면 저절로 꼬박꼬박 일하러 오거든 ……'

이렇게 맘속으로 외치고 안방으로 들어섰다.

"어떻소, 오늘 기분은?"

사장은 방으로 들어오자 마누라의 관절염으로 부은 팔목을 들여다보는 것이다.

"그저 그 모양이야요."

하고 마누라는 뚱뚱한 가슴을 여미면서 일어나 앉는다.

"누워요 누워 …… 아, 또 가만 있자 …….”

하고 사장은 무엇을 생각하는지 눈살을 찌푸린다.

사장은 지금 회사에서 읽고 온 조간 기사가 맘에 맞지 않는 것이다.

'하루 삯전 육, 칠십 전으로는 우리 식구들이 세끼 밥을 먹는 줄 아오? 한 평의 백여 원짜리 땅을 우리 손으로 만들어 □□□ 말하는 인부들의 얼굴은 자못 흥분한 빛이었다.'

신문의 글자들이 하나씩 하나씩 참벌처럼 사장의 고막을 쏘고 가는 듯 사장은 자주 눈살을 찌푸리는 것이다.

'죽은 사람의 가족에게는 이백 원씩 준댔으면 장하지 뭘.'

입속으로 중얼거리며 하인을 불렀다.

"누가 찾아와도 일절 없다고 해라. 몸이 괴로우니까 말야. 아무도 만나기 싫어 …….”

사장은 귀찮은 듯이 양복저고리를 벗는다.

기다리고 기다리던 여행권이 나온지라 자경은 운동회에서 상품을 얻은 소녀처럼 명랑하게 현관문을 열었다. 그러나 현관을 들어선 자경은 흠칫하고 한 걸음 물러섰다.

거기에는 전에 보지 못한 사람이 둘이 현관 마루에 걸터앉아 있는 것이다.

납바후꾸에 흙투성이가 된 지가다비[124]를 신은 삼십여 세 된 청년과 다 찢어져가는 고무신에 흰 두루마기를 받쳐 입은 오십이 넘은 노인이다.

자경은 일순간 눈살을 찌푸리고는 안방을 향하여 바쁘게 들어갔다.

"어머니!"

"……."

어머니는 멀거니 자경을 쳐다보더니

"게 앉아. 어디를 다니는 거야? 집안에는 조금도 못 붙어 있는겨?"

어머니의 음성에는 분명코 짜증이 섞였다.

"아냐요. 저 여행권이 나왔다기에 지금 찾아온 거야요."

"여행권?"

"네."

"인내라 어디 보자."

사장이 손을 내민다.

자경은 핸드백에서 얄따란 남빛 책을 꺼내어 두 손으로 아버지께 드리었다.

"음, 기어이 나왔구나."

자경은 목도리를 벗으며

"참 누가 왔던데요. 현관에 건 다 누구에요?"

그러나 오늘 아침 신문을 읽은 자경은 벌써 짐작하였다.

"인천서들 왔지요?"

---

124 じかたび. 노동자용의 작업화.

"그렇다나봐."

어머니가 대답을 하고 담뱃대를 든다.

"파업단에서 왔군!"

자경의 눈이 쌜쭉해졌다.

"파업단에서 왔기로니 현관 앞에 떡 뻗치고 앉혀둘 까닭은 없어요 …… 내 나가서 보내 버릴 테야."

혼잣말 같이 하고 일어서는 자경이다.

"얘 게 있어. 네가 뭘 안다고 ……."

어머니가 딸을 붙든다.

"왜요 나는 이 집 주인이야요 호호호 아버진 큰 주인이시고."

아버지는 다 보았는지 여행권을 방바닥에 내려놓으며

"동섭이 왔니?"

하고 묻는다.

"아뇨. 저 인천 잠깐 가볼 일이 있다 하고 갔어요."

"그 앤 밤낮 인천야!"

사장의 얼굴이 더욱 흐리어졌다.

"괜찮아요. 저 혼자서라도 넉넉히 돌려보낼 테니까요."

이렇게 동섭을 변호하였으나 속으로는 동섭이 집에 있지 않고 나가 버린 것이 더욱이 오늘 같은 날에 쓸쓸하였다.

"네가 무어라고 할 테냐? 공연이 봉변이나 하려고."

몸을 일으키는 딸을 보고 어머니가 걱정을 하는 것이다.

"피 염려 없어요, 저까짓 것이 무언데요."

입을 삐쭉하며 문고리를 잡는다.

"그럼 무어라나 말이나 들어 보아라. 그리고 절대로 나는 집에 없다고 해야만 된다. 알았니?"

"네네 그 대신 아버지께서 중간에 나오시지 마서요."

하고 자경은 콩콩 발소리를 내면서 현관까지 나왔다.

자경은 현관으로 나와서 한참 동안 말끄러미 두 사람을 내려다보고 섰다.

'아버지를 괴롭게 하러 온 사람들.'

이러한 생각이 지나가자 자경의 입 가장자리에는 증오와 멸시의 비웃음이 지나갔다.

"어디서들 오셨나요?"

하고 자경이 두 사람에게로 가까이 갔다.

"인천 공사장에서 왔어요."

고무신을 신은 노인이 추워서 어눌해진 듯한 목소리로 대답을 하는 것이다.

"회사에서 말씀을 하시다가 슬쩍 없어졌어요. 우린 변소에 가시는 줄만 알았더니 …… 종시 돌아오시지 않거든요. 그래 하는 수 없이 본댁으로 오면 뵐까 하고 왔습니다."

"네! 그래요? 대관절 사장께는 무슨 말씀을 하려는 거야요?"

두 사람은 건너다보더니

"말 하게나. 어차피 이 댁으로 온 담에야."

"저! 다른 게 아니라 인부들은 지금의 삯전대로만 받아가지고는 살 수가 없어요. 그리고 이번에 치어죽은 사람들 ……."

"저 한 가지씩 한 가지씩 내 놓서요. 그래야만 사장이 돌아오실 때 뵈

드리죠."

"네 종이에다 분명히 쓴 것을 사장님께 드렸습니다. 회사에서."

"네! 사장께 드렸어요? 그렇다면 또 무슨 말씀이 계서요?"

"네 확실한 대답을 들으려고 하는 거야요."

"그럼 잘못 왔습니다. 사장은 지금 집에 계시지 않아요. 돌아가서 한 이삼일 기다려 주실 수 없을까요?"

두 사람은 또다시 서로 쳐다보는 것이다.

"사장님이 분명 본댁으로 오셨다는데요."

"네 오셨다가 여행을 나가셨어요."

자경은 아버지를 위하여 하는 거짓말임에도 불구하고 두 뺨이 화끈거리는 것을 느끼었다.

"그래도 우린 그 말을 믿을 수는 없어요. 우린 사장이 댁에 가신 것을 확실 알고 왔으니까요."

사장을 싣고 온 운전수가 무슨 생각이 났던지 자동전화로 가서 슬쩍 파업단 대표에게 가르쳐 준 것이다.

"그것은 당신네 생각이구요. 아무튼지 사장은 계시지 않으니까요. 돌아가 주서요."

"그럼 우린 사장 돌아올 때까지 기다리지요 여기서."

"건 안 됩니다. 여기는 우리 집 현관이야요."

"……."

두 사람은 못 들었는지 아무런 대답이 없다.

"자 우린 당신네가 어떤 사람인 것을 잘 모르니까요. 돌아가 주서요 네?"

"……."

자경이 그들이 잠자코 앉아 있는 것이 더 없이 불쾌하여졌다.

"일어나지 않으면 경찰서에 전화할 테야요."

납바후꾸를 입은 청년이 비로소 고개를 돌이킨다.

무슨 말을 하려는가 하고 청년을 바라다보던 자경은 흠칫하고 고개를 탁 숙여버렸다.

무섭게 부릅뜬 청년의 눈에서 흘러나오는 살기를 본 때문이다.

"참 별일도 많아 ……."

하고 자경은 안으로 들어갔다. 방으로 들어온 자경은

"아버지 순사를 불러 보서요. 저 녀석들이 나보고 막 눈을 부릅뜨고 ……."

"가만 있거라. 조금 더 기다려보자. 설마 저이들도 배가 고프면 돌아가겠지. 순사를 불러오긴 어려운 일은 아니다만 또 이러니저러니 신문에 나는 게 귀찮단 말이야 ……."

사장은 구각[125]에 끼이는 하얀 거품을 손수건으로 씻으며

"가만 있거라. 저녁밥 때까지 요정을 내고 말테다."

사장도 마누라와 자경을 위로하듯 이런 말을 하고 담배에다 불을 붙이는 것이다.

자경은 갑자기 동섭이가 집에 없는 것이 여간 원망스럽지 않았다.

갑자기

"사장 좀 봅시다."

하는 소리가 현관에서 들려오자 그것을 화답하는 듯한 여러 사람의 소

---

125 입꼬리.

리가

"봅시다."

하고 들려온다. 안방에 있는 세 사람은 서로 건너다보았다.

자경의 등어리에는 찬물을 끼얹은 듯한 오싹하고 소름이 지나갔다.

"저런 죽일 놈들 보았나! 가만 두어라 가만 두어."

"사람들이 더 많이 온 게지요?"

"응, 아까 회사에 왔던 놈들이 다 몰려 왔는 게로구나. 가만 두어라 어쩌나 보게 ……."

그러나 또다시

"사장 좀 봅시다."

"봅시다."

하는 소리가 들려올 때

"영감 어떡하우."

하고 울 듯한 얼굴을 하는 마누라가

"아이 어지러워."

하고 한 손을 이마에 대었다.

자경은 참을 수 없는 듯이 다시 밖으로 뛰어 나왔다.

현관에는 오륙 인의 장정이 죽 늘어앉았고 뜰에는 이십여 명의 중년 사나이들이 앉기도 하고 서기도 하고 있다.

그중에는 아이를 안은 여인도 있다. 파업단은 벌써 전에 얻은 경험이 있는 것이다. 사장은 슬슬 얼버무리다가 슬쩍 어디로 가버리는 것이다. 그래서 한 주일이고 두 주일이고 도피 여행을 가는 것이다.

그러는 동안에 주림을 참지 못하는 인부들이 하나둘씩 공사장으로 모여 드는 것이다.

그 때문에 벌써 두 번째나 그들은 고스란히 패부의 기록을 짓고만 것이다.

"이번에야"

하고 파업단은 필사적으로 사장을 지키려는 것이다.

"죽더라도 그 뜰 앞에서 굶어 죽어도……."

오늘 서 사장의 회사를 찾아온 다섯 사람의 대표와 요 며칠 전에 치어 죽은 인부들의 유족 이십여 명은 혀를 깨물었다.

"가지. 그 놈의 집으로. 일사는 도무사一死徒無死[126]니."

하고 그들은 계동 서정연 씨의 집으로 몰려가기로 한 것이다. 그들은 먼저 척후(斥候)[127] 두 사람을 보내었다. 오후 두 시까지 소식이 없으면 우리도 다 갈 것이다 하고 약조한 대로 두 시 반이 되자 그들은 사장의 집으로 온 것이다.

"경찰서에서 와서 잡아 간대도 우린 다 잡혀 가야 하고 안 가도 다 안 가야만 하오."

"암 그렇고말고."

그들은 이러한 말을 서로 주고받고 하는 것이다.

---

126 사람은 한 번 죽으면 그만이라는 뜻.
127 군사상의 필요에 의하여 적진의 형편을 살피는 것. 척후병을 의미함.

동경행

상만은 온종일을 야외에서 지난 까닭도 있겠지만 저녁을 먹자마자 자리에 누워 버렸다. 그것은 혹이나 인애 어머니 입에서 또 결혼 말이 나올까 겁이 난 까닭이다.

결혼 말이 나오면 의례히 취직 말이 나오고 …….

한참을 실컷 자고 난 상만의 귀에는 짤각짤각하고 책상 위에 놓인 사각 시계의 소리가 들리는 것이다. 시계는 지금 두 시를 가리키고 있다.

상만은 무슨 생각이 지나가는 모양으로

'정말?'

하고 입속으로 부르짖었다.

'정말 네가 그를 사랑하느냐?'

상만은 빙긋 웃으며

'배경이야.'

속으로 부르짖고 눈을 감는 것이다.

상만은 요사이 자기 맘속에 일어난 변화를 스스로 부인하려 하였다.

'돈 있는 놈이니까 좀 비웃어 주면 어때.'

하고 동섭을 미워하는 자기 맘을 변명하여 보았다. 그러나

'정말 그뿐이냐?'

하고 양심은 상만을 노려보는 것이다.

'그 여자를 사랑합니다.'

하고 상만은 떨리는 목소리로 대답을 하였으나

'정말 내가 그 여자를 사랑하느냐, 그것이 정말 사랑이냐?'

양심은 다시 날카롭게 부르짖는 것이다.

'네, 그 여자보다 저는 그 여자의 배경을 사랑합니다. 자경의 등 뒤에 빛나는 부와 지위와 공명을 사모합니다.'

하고 상만은 고개를 숙일 수밖에 없는 자기를 발견하는 것이다. 상만에게는 어언간 잠도 배약한[128] 친구처럼 아주 가버렸는지 그는 눈이 말똥말똥해져서 천장을 지키고 누워 있다.

'그래? 정말 그렇게 해 보아? 그를 내 품으로?'

상만은 무서운 생각에서 도망이나 할 듯이 몸을 흠칫하고 고개를 이불 속으로 들이밀었다. 그리고 이 무서운 유혹에서 벗어나려고 몸부림을 하였다.

그러나 유혹은 문어발처럼 상만의 심장을 점점 감아쥐는 것이다.

'아아 행복.'

상만은 또다시 술 취한 사람처럼 입속으로 중얼거리고 모로 돌아누웠다.

아침이 되어 상만은 어제 면도한 얼굴을 다시 거울로 들여다보고 가위로 콧속에 있는 털을 잘라내고 잇새를 살피는 것이다.

오라는 말도 없고 간다는 약속도 하지 않았건만 상만은 이날도 자경

---

128 약속을 저버림.

의 집으로 갈 것이 무슨 일과처럼 생각이 되는 것이다.

"그 집에 또 놀러 갈까요?"

하고 아침밥상에서 인애의 얼굴을 건너다보았다.

"난 오늘은 학교에서 좀 늦게 될까 봐요. 혼자라도 가보시지요."

"글쎄 혼자 가는 것도 뭣하고 …… 좌우간 자주 가는 것은 취직 상 불리한 것은 아니지만 ……."

"그럼은요 자경도 무척 호의를 가지는 모양이드군요. 인제 두고 보서요 그 극성쟁이 자경이가 기어코 자리를 만들어 놓고야 말 테니까요, 호호."

인애가 정동 유치원으로 간 뒤 상만은 철 늦은 레인코트가 약간 초라하게 생각이 되었으나 그대로 버티고 전차에 올라탔다. 자경의 집을 들어선 상만은 행복의 전각인 듯 그 집 응접실을 바라보았다.

그러나 이상한 일이다. 자경의 집 늙은 뜰에는 오늘 달리 사람이 많이 모인 것이다.

앉기도 하고 서기도 한 사람들은 이 집에 온 손님으로는 너무도 그 의복이 남루하고 그 얼굴들이 초췌한 것이다.

상만은 현관에서 벨을 눌렀다. 안으로 파랗게 질린 얼굴로 자경이 나왔다. 인사도 하기 전에

"저 사람들 보셨어요?"

하고 턱으로 가리키는 자경의 입술이 까슬까슬해진 것을 상만은 놓치지 않고 볼 수 있었다.

"저게 다 누구여요?"

신을 벗으며 상만이 자경을 쳐다보았으나 자경은 그 말은 대답지 아니하고

"어여 들어가십시다."

하고 상만을 앞세우고 응접실로 들어갔다.

"앉으시지요."

자경이 권하는 대로 상만은 레인코트를 한편에 벗어놓고 교의에 몸을 파묻었다.

"그게 누구야요?"

하고 묻는 상만의 맘에는 호기심의 회오리가 일기 시작하였다.

"공사장에서 온 인부들이야요."

"여자들도 있지 않아요?"

"죽은 사람들의 유족이라나 봐요."

이때 밖에서

"사장 좀 봅시다."

하고 외치는 소리가 나자 화답하는 듯

"사장 좀 봅시다."

하는 여러 사람의 소리가 들린다.

"저 보서요."

자경의 얼굴이 울듯이 상만을 바라다본다.

"유 형은 안 계신가요?"

"네 인천 갔어요."

상만은 고개를 끄덕이며 딱한 듯이 자경을 바라보았다.

까슬까슬한 자경의 입술을 보거나 샐쭉 위로 치켜진 두 눈이 약간 충혈이 되어 있는 것을 보아 자경이 얼마나 흥분하여 있는 것쯤은 짐작하였다.

"어디 내가 한 번 말을 건네 볼까요?"

하고 상만은 흘깃 자경을 건너다보았다.

자경은 정말 상만이가 저 사람들을 쫓아 보내주었으면 자기의 면목은 설 것 같다. 경관에게 잡혀갔다는 것보다 자경 자신이나 자경의 집 식구 중에 저 사람들을 누가 보냈다는 것이 더욱 통쾌할 것 같다. 아버지 앞에 장담한 것도 있거니와 무엇보다도 지금까지 저 사람들에게 짓밟힌 자기 자존심이 구원을 얻을 것 같다.

"네 좀 어떻게 해 보서요. 정말 난 이러한 때는 왜 남자로 못 태어났던고 싶어요. 남자로 나서 완력이나 있었다면 …….."

상만은 벌떡 일어났다.

그는 뚜벅뚜벅 현관으로 나갔다.

"여러분 첨 뵙습니다."

하고 상만은 허리를 굽실하였다. 사람들은 모두 상만을 돌아보는 것이다.

"에, 그런데 여러분께서 지금 사장을 뵙자고 하시는 어— 그 중심은 이 사람도 잘 압니다. 아— 하지만 사장이 계시지 않은 걸 어떻게 합니까. 요담에 내일이나 모레나 오신다면 그때에는 여러분께서 만족한 대답을 가지고 가실 걸로 생각합니다 …….."

"듣기 싫어요. 우리는 사장 이외에는 누구에게라도 귀를 기울일 필요는 없어요."

말하는 사람은 조금 전에 자경을 눈을 흘겨보던 납바후꾸 청년이다.

"그렇지만 일은 지혜롭게 하여야만 될 것이 아니겠소. 지금 여러분이 이렇게 버티고 있다가 경관이라도 온다면 피차에 면목 없는 일이니까요."

사람들은 잠깐 동안 잠잠하여 버렸다. 상만은 기운을 얻은 듯이.

"여러분 이 사람을 보시오."

하고 자기 가슴을 두들겼다.

"이 사람은 동경까지 가서 대학을 졸업하고도 직업이 없어 놀고 있습니다. 그러나 여러분은 하루 하루의 직업이 있지 않습니까. 나는 여러분이 부럽습니다."

그 사이 자경의 보고를 들은 자경의 어머니가 뚱뚱한 몸을 응접실까지 이끌고 나온 때다.

"여러분! 세계의 실업자는 지금 몇만 몇십만 아니 몇백만 인줄 아십니까. 그들은 일을 하려고 하여도 일할 곳이 없습니다. 온종일 일전 한 푼도 만져보지 못하는 사람이 허다합니다."

상만은 점점 자기 웅변에 도취되어가는 모양으로

"그 가운데는 목을 매어 자살하는 사람, 강물에 뛰어드는 사람, 서양 같은 데서는 육혈포로 자기 머리를 쏘는 사람도 있구요 …… 다행이 여러분은 적으나 많으나 □□□로의 품삯이 있습니다. 그 □□을 가지고 어린 자녀들에게 죽이라도 먹이는 것이 아닙니까."

자경의 어머니는 가장 유창한 목사의 설교를 듣는 때처럼 자주 고개를 끄덕이는 것이다.

"그러면 여러분은 부지런히 일만 하면 회사에 이익이 많이 남게 되고 이익이 많으면 여러분께 드리는 삯도 올라갈 것이 아닙니까?"

이때 갑자기

"연설 치워라."

하는 소리가 마당에서 들려온다. 상만은 뜨끔하였으나 다시 말을 계속한다.

"어― 사장께서 이미 많은 자본을 내어 어― 여러분을 고용하신 이상."

"듣기 싫다. 연설쟁이 일이가오 부다 네무시니 이리잇노."

공사장 패장의 말투를 흉을 내는 것이다.

"가만있소, 여러분."

상만은 소리를 질렀다.

"지랄하지 마라."

하는 소리가 들려올 때 상만의 목덜미가 수탉의 벼슬처럼 붉어졌다.

"그 무슨 소리요. 점잖게 말을 하는데 ……."

하고 상만은 마당을 노려보았다.

"사장 봅시다."

"봅시다."

사람들은 생각난 듯이 소리를 친다. 상만은 맘속으로 난생 처음 노동자를 향하여 멸시를 하였다.

'무식한 놈들이라니 허는 수 없어.'

속으로 중얼거리고

"하하하 못 알아듣는군 ……."

소리를 내어 웃고 돌아섰으나 자경 앞에서 여간 무안하지 않는 것이다.

"왜 더 씨부리 보지. 그만 씨부리고 들어가나. 연설 재미있다 더해라 하하하."

하는 경상도 사투리가 바로 등 뒤에서 들리는 것이다.

"뭣이 어째?"

상만이 호령을 하자

"와 기 붙어 볼라나? 입맛이 땡기나?"

하고 한텐[絆纏]129을 입은 장년이 눈을 부릅뜬다.

순간 상만은 눈앞이 캄캄하여 지도록 흥분해 버렸다.

상만은 손바닥으로 현관 마루에 걸터앉아 있는 사나이의 뺨을 쳤다.

"뭣이 어째 이 개자식."

"오냐 좋다. 왜장은 병 들수록에 좋다."

이틀 전에 공사장에서 동생을 잃은 이 장정은 선불 맞은 범처럼 상만의 목덜미를 붙잡는 것이다. 상만은 넥타이를 잡힌 채 마당으로 끌려 나갔다.

"야 이놈아 네가 뭣인데 장이 우리를 어린애 달래 듯 할라꼬."

하면서 경상도 사투리는 상만을 노리고 본다. 그러자 키도 크고 힘도 있어 보이는 장년이 두엇 상만의 곁으로 오더니

주먹을 상만의 턱에 대이면서

"잘못했지?"

하고 사과를 청하는 것이다.

"뭣이 어째?"

상만이 번쩍 발길을 드는 순간 한 장정이 땅에다 꺼꾸러졌다. 그리고 한 손으로 경상도 사투리 옆구리를 질러서 넘어뜨리자 사람들은 눈이 동그래서 서로 건너다본다.

상만은 고등상업학교에서 가끔 유도부에 출입한 일 있는 까닭에 사람 두엇쯤은 해낼 수 있었던 것이었다.

"자 들어가서요, 네? 자 인제 들어가요. 저러한 사람들과는 말을 할 수

---

129 일본의 전통 방한복.

가 없어요."

자경은 상만의 어깨를 밀고 안으로 들어갔다.

상만은 자경의 어머니가 새로 내온 와이셔츠를 받아 입은 때이다. 경적을 울리며 경관 자동차가 서너 대 들어오더니 현관과 뜰 앞에 있는 사람들을 무를 주워 담듯이 몰아가는 것을 보고 상만은 고개를 탁 숙여버렸다.

"아버지 저이야요. 저가 저번부터 써 달라고 말씀드렸지요. 오상만 씨라는 이야요."

하는 자경의 소리를 듣고 상만이 고개를 들자 거기에는 뚱뚱한 늙은 신사가 만면에 웃음을 띠고 서 있는 것이다. 그는 서정연 씨다.

상만은 그가 서 사장인줄 알자 똑바로 서서 허리를 굽히었다.

"앉으시요. 자경에게 노상 말씀은 들었지요만 오늘 보니 아주 학문이 도저하신데요. 에 또 남자다운 기상이 그럴 듯하거든, 하하하."

"좋게 일러 보낸다는 것이 되레 일을 저질러 놓아서 죄송스럽습니다."

하고 상만은 또 한 번 몸을 굽실하였다.

"아니 천만에 그러지 않아도 마침 경관을 부르려던 참이었어요. 아 그래 어디나 다친 데나 없나요?"

"네 별로 괜찮습니다."

하면서 상만은 목덜미를 만져본다.

"아, 피가."

자경은 가늘게 부르짖고 안으로 뛰어간다. 경상도 사투리의 손톱에 할퀸 자리에 피가 약간 비치는 것이다.

"하, 모처럼 오신 손님께 상처를 입혀서 미안하오. 헉 춧."

사장이 안락의자에 앉은 채로 담배를 꺼내 물 때 자경이 멘소래담을 가지고 왔다.

　"가만 계서요."

하고 자경이 멘소래담을 찍어 상만의 목에 바르는 것이다.

　"괜찮습니다. 제가 바르지요."

　"아니, 가만 …… 조금 고개를 드서요 …….."

　자경은 멘소래담 묻은 손가락을 손수건으로 닦으며

　"많이 상한 곳이 있으면 병원으로 가시도록 합시다, 네."

　"괜찮아요. 아무 데도 다친 데는 없습니다."

　상만은 자기가 어찌하여 오늘의 활극을 아니 비극을 일으켰던고 더구나 그 불쌍한 무리들에게 하는 후회와 자책 때문에 맘이 괴로울 뿐 별로 아픈 곳은 없다.

　"동경 고등 상업학교 출신이시라죠?"

　"네, 상업학교를 마쳤습니다."

하고 상만은 고개를 숙였다.

　"나도 조금 전에 내 사무실로 건너와서 노형이 파업단에게 설유하는 것을 대강 들었지요. 나이 젊으신 분으로 아주 좋은 생각을 가지셨거든!"

　상만은 화끈하여지는 두 뺨을 손으로 문질렀다.

　"지금 회사에는 별로 자리가 없는데 이러기로 합시다. 당분간 내 비서 격으로 일을 보아 주시요. 그러면 차차 좋은 자리를 만들어 드리죠. 아직은 …… 음 오 씨라시죠? 음, 오 군의 특재도 알 겸 …… 어떻소?"

　상만은 공손히 머리를 숙였으나 그의 맘은 어쩐지 한 구석이 어두운 것 같다.

'얼마나 기다렸던 취직이던고? 얼마나 즐거운 취직인고.'

'노동자들을 때려주고 얻은 취직!'

이 생각은 상만으로 하여금 맛있게 먹는 밥에 모래가 씹히는 것처럼 그의 맘 한구석을 괴롭게 하는 것이다.

"월급은 초급이라 많이 드리지는 못해도 고등상업학교 출신이라니 칠십 원 드리죠 …… 어떻소? 차차 승급은 되겠지만 ……."

"감사합니다."

상만은 또 한 번 허리를 굽히었다. 그 사이 안으로 들어갔던 자경이 손수 차를 가져왔다. 사장은

"자 차 드시우. 그런데 오늘부터 당장에 일을 좀 보아 주시요. 다른 게 아니라 아시는 바와 같이 지금 파업으로 귀찮기도 하고 …… 또 좀 시찰할 일도 있고 여행을 좀 가고 싶은데 …… 대판 동경을 한 번 돌아보고 싶기도 하고 …… 오 군이 날 좀 잘 안내해 주시오그려."

"아버지 우리도 여행권이 나왔는데 같이 떠날까요?"

자경은 물론 동섭과 세계 일주 할 것이 생각난 까닭이다.

"안 되지. 그것은 나는 상업일로 중간에 들릴 곳이 많거든 …… 그러지 말고 내가 동경에 도착할 때쯤 되거든 너희들은 오란 말이야 ……."

"네, 그럼 동경서 만나게 되면 외려 더 재미있겠어요 ……."

자경은 좋아서 못 견디는 얼굴로 자주 눈을 굴리고 섰다.

"첫째 그 신문기자 등살에 골치가 아프단 말야."

사장은 혼잣말 같이 하고 찻잔을 들면서

"자 그럼 오늘 저녁으로 떠나도록 준비해 주시오."

"말씀 낮춰 하십시오. 그래야만 저도 맘 놓고 일을 하겠습니다."

"하하하 그래? 그럼 자 오 군의 외투부터 한 개 사게나."

하고 사장은 지갑에서 백 원짜리 한 장을 내놓는다.

"여행 가방도 사고 무어든지 필요한 것은 다 준비하란 말야."

하고 사장은 일어서서 안으로 들어갔다.

"축하합니다."

하고 자경이 생긋 웃어 보이자 상만은 말없이 빙그레 웃었다.

'웃는 얼굴이 어쩌면 저렇게 프레드릭 마치야.'

자경은 속으로 감탄하였다.

상만은 자경의 집 대문을 나서면서도

'노동자를 때려 주고 직업을 얻었다.'

하는 야릇한 불쾌가 맘 한편에 숨어 있으면서도 그의 걸음은 공중을 달리듯 바쁘게 걷는 것이다. 상만은 무교정 인애의 집 대문이 보이자 그는 한달음에 마당으로 뛰어 들어갔다.

"인애 씨."

하고 와다닥 안방 문을 열어젖히자

"아이고 깜짝이야."

하고 웃는 인애 어머니의 싸늘한 손을 상만은 두 손으로 움켜쥐었다. 그리고

"어머니! 취직 됐어요. 서정연 씨 비서로요!"

뒤꼍에서 상만의 속옷, 손수건, 양말을 빨던 인애가 물 묻은 손으로 뛰어 들어오며

"정말야요 ……."

"어느새 들었어요?"

"지금 어머니께 그리시지 않았어요? 난 뒷마루에 있었거든요."

"하하하."

"호호호."

"초급 칠십 원!"

"아무튼 대학생이 다르단 말야."

인애 어머니는 너무도 좋아서 그런지 저고리 고름으로 눈을 씻는 것이다. 상만은 필요한 것을 사야 한다고 밖으로 나간 뒤다. 밖에는 바람이 부는 모양으로 문풍지가 자주 떨린다.

어머니는 김장 걱정을 하다가

"올해는 다른 때보다 좀 많이 당겨야지. 대사도 치를 테고 …….."

하는 것은 물론 인애의 혼인을 의미하는 것이다.

인애는 잠자코 장문을 열고 농속에서 굵은 명주에 초록빛 물감을 들여 해 논 두루마기를 꺼내었다. 상만을 전송하려 경성 역으로 나갈 모양이다. 준비가 다 된 상만은 저녁 전에 돌아왔다.

두 시간 안에 날개가 열 개나 돋은 모양으로 모든 거동이 민첩하고 말소리까지도 명랑하여진 것이다. 차 떠날 시간은 아직도 멀었건만 두 사람은 나란히 전차에 올라탔다. 경성 역에 이르자 상만은 사장과 자기의 차표를 사고 자리까지 잡아 놓고 다시 플랫폼으로 내려왔다.

"이것 차간에서 심심하실 텐데."

인애가 새로 나온 잡지 두어 권과 평양 밤을 사서 상만에게 주었다.

"고맙습니다. 일찍 들어가시지요. 사장이 어떻게 생각할지! 그인 남의 이목을 꺼리는 모양이던데요."

하고 상만이 나직이 소곤거렸다.

"편지 자주 하서요. 바쁘시거든 엽서라도 ……."

하고 인애는 층층대를 올라갔다. 뚱뚱한 서 사장이 털외투에 기름진 턱을 파묻으며 뚜벅뚜벅 내려온다. 인애는 잠깐 망설이다가 공손이 절을 하고 한옆으로 비켜섰다. 서 사장도 모자를 들었다가 다시 얹고 잠자코 내려간다. 서 사장! 인애의 눈에 언제나 거만스럽고 미련해 보이기조차 하던 서정연 씨가 오늘 같이 위대하고 고맙게 보인 때는 없었다.

인애는 맘속으로 몇 번이나 합장을 하였다. 그리고 사랑하는 상만이 무사히 돌아오기를 빌면서 정거장을 나왔다.

정거장 광장에는 어느 시골서 온 사람들인지 한 이십여 명이나 될까. 바가지가 둘씩 셋씩 매달린 그리 크지도 않은 보통이에 옆에 갓을 삐딱하게 쓰고 기다란 담뱃대를 지팡이와 함께 노끈으로 묶어서 손에 들고 앉은 이들도 있고 그 옆에 색색 잠이 들어 있는 어린아이를 안은 젊은 여인이 나무 비녀를 아무렇게나 찌르고 오고가는 사람들에게 정신을 잃었는지 입을 헤 멀거니 벌리고 앉아 있는데 아직 잠이 들지 아니한 아이가 어머니 무릎에서 낑낑 거리면서 땅바닥으로 내려앉는다.

아이는 참게 모양으로 뭇사람의 발길에 더러워진 시멘트 바닥을 엉금엉금 기어 다니기도 하고 무언지 땅에 떨어진 것을 집기도 한다. 인애는 그러지 말라고 소리를 지르려다가 그냥 지나와 버렸다.

"이것 저 양반한테 좀 물어 보구려 차표를 옳게 샀는지 원 ……."

하는 소리가 나더니

"나 좀 보시오."

하면서 인애의 팔고뱅이를 붙드는 이가 있다. 돌아보니 거의 칠십이나 됨직한 할머니가 치마를 들치고 주머니를 더듬는다.

"이게 바로 샀나요? 어디 좀 봐 주구랴."

하고 새까만 주머니에서 빨간 삼등 차표를 꺼낸다.

"목단강?"

인애는 고개를 기울였다.

"네 옳아요 …… 목단강이라고 해요."

"거기는 만주 땅인데 ……."

하고 인애가 늙은 할머니를 바라보자

"옳아요. 만주에 가요 우리 식구 다 가요. 며느리 손자 호호."

두루마기도 없이 늙은이가 이 추운 날 …… 하고 생각하는 인애의 맘
은 약간 어두워졌다.

"네! 우리 아들이 저 달에 갔어요. 온 소식이 있어야지요. 그래 찾아가
는 길야요."

"저런!"

인애는 생사를 모르는 아들을 찾아 간다는 늙은이가 무척 가여웠다.
인애의 눈에는 자기 어머니의 이 빠진 얼굴이 지나갔다.

"나이 많으신 이가 어떻게 그리 먼 길을 가시려고."

"네 저기 우리 동리 사람도 다 갑니다. 모두 다섯 집이야요."

"어디서들 오는지는 모르지만 좀 따뜻해지거든 가시죠."

인애는 혼잣말처럼 하고 밖으로 나오는데

"아이고 내년 봄에? 먹을 게 있나요? 보리도 못 심었는데 전라도는 쇠
통[130] 흉년이야요."

---

130 완전히.

"그럼 만주에는 먹을 게 있나요?"

인애가 할머니를 돌아보고 웃었다.

"네 우리 동리 구장님이 곧장 그리시두구만요. 만주에 가면 먹을 게 많이 있다나요. 소대구리 하나에 오십 전이래요."

인애는 전차에 올라탔으나 그 늙은 할머니의 이 빠진 두 볼 그리고 거이[131]처럼 엉금엉금 기어 다니는 어린아이의 모양이 오늘 둥근 달처럼 가득한 인애의 기쁨을 절반이나 빼앗아 간 듯하였다.

이튿날 아침 서 사장과 상만은 부산 잔교에서 연락선에 올라탔다. 하관에 내리자 이로 동경으로 갈 작정이 되어 이등 침대에 들어갔다. 서 사장은 상만이 잡아주는 자리에 가서 곤한 듯이 잠이 들어버리는 모양이나 상만은 좀처럼 잠이 오지 않았다. 사장의 코고는 소리를 헤면서 새벽녘에야 겨우 잠이 들었다.

얼마를 잤는지 상만은 변소로 바쁘게 다니는 사람들의 문 소동 발소리에 잠이 깨이자 벌떡 일어났다.

그는 침대의 커튼을 걷어 치고 칫솔을 들었다. 맞은 칸에서도 사람이 나온다. 키가 짤막하고 가슴이 도두라진 게 머리는 삼부가리로 깎은 것이 언뜻 보아도 대판 지방에서 온 오복점의 점원이나 반또[132] 같이 보이는 것이다.

상만을 흘깃 바라보자 허리를 굽실하면서

"안녕히 주무셨습니까?"

하고 장사하는 사람이 습관적으로 웃는 아첨하는 웃음을 웃는 것이다.

---

131 '게'의 방언.
132 ばんとう. 상점의 지배인.

상만도 마주 인사를 하고 세면소로 갔다.

세수를 마치고 돌아오니 이번에는 맞은 커튼 속에서 한 오십이나 됨직한 노파가 나온다.

상스럽게 살이 쪄서 얼굴이 뒤룩뒤룩 한 데다가 머리는 앞이마가 거의 다 벗어진 것이 큰 입을 벌리고 하품을 하는데 온 입이 일본 시마이[仕舞][133]에 나오는 사자(獅子)처럼 전부가 금 투성이다.

상만을 보자 얼른 하품하던 입을 손으로 가리며 허리를 납신하며

"안녕히 주무셨습니까?"

하는 소리가 까치 소리 같이 꺽세다. 상만도 답례를 하고 자리로 와서 앉았다.

기차는 지금 동해도선을 달리고 있다. 창밖에는 드문드문 가지 뻗은 노송이 보이기 시작하고 노송 아래 아래로 쫙 깔린 모래를 씻어가는 맑고 푸른 물, 물 위에 떠있는 바람 안은 돛폭들. 그리고 뜰 앞에 하나씩 들여다 노음직한 어여쁜 작은 섬들이 여기저기 떠있는 것이 보인다.

사장도 잠이 깬 듯 몸을 일으키며 기지개를 켜다가

"아, 경치 좋다."

하고 고개를 유리창으로 돌린다.

"이것이 유명한 세도나이가이[瀬戶內海][134]라고 합니다."

하고 상만이 유리창을 열었다.

"음, 좋다. 시원한데."

하고 고개를 끄덕이는 것이다. 세면소에서 돌아오는 사람들은 사장과

---

133 반주 · 의상을 갖추지 않고 노래만으로 추는 약식의 춤.
134 본주 · 사국 · 구주에 둘러싸인 긴 내해.

상만을 유심히 돌아보고 지나간다.

"자 그럼 나도 세수를 해야지."

"네, 저리로 가시지요."

상만이 앞을 섰다.

상만은 사장이 세수를 마칠 동안 수건을 들고 섰다가 사장의 손에 놓아주었다.

자리로 와서 보니 보이들이 어느덧 침대를 보통 자리로 깨끗이 치워놓았다.

"아, 시원하다. 그럼 식당으로 갈까?"

하고 팔을 폈다 오므렸다 하고 서 있는 사장을 떠다밀 듯이 하고 지나가는 사람이 있다.

상만이 보니 아까 자기를 보고 인사하던 오복점 반또 같은 사나이다. 사장과 상만이 식당으로 간 뒤다.

"저건 무얼까. 인삼 팔러 다니는 것들인가?"

하는 소리가 상만의 자리 바로 뒤에 신문을 들고 앉은 중년신사의 입에서 나왔다.

"광산 브로커 아닐까."

하고 마주 앉았던 금테 안경을 쓴 노인이 대답을 한다.

그 건너편에 앉았던 어린아이를 옆에 앉히고 있는 여자가 남편인 듯한 얼굴이 갸름하고 빼빼 마른 남자를 쳐다보고

"양복들은 훌륭하지 않아요? 센징[135] 꼴에 건방지다니까."

---

[135] 조센징. 조선인 또는 한국인을 뜻하는 일본어 명칭.

하고 입을 삐쭉하자

"그보다도 이등실에 탈 줄 알고 ……."
하고 그 옆에 여자가 맞장구를 친다.

신문을 들고 앉았던 신사가 고개를 갸우뚱하더니

"그러나 저러나 조선 인삼은 훌륭하거든요!"

"네, 그야 하지만 어디 좋은 것을 가져옵니까, 놈팡이들이 모두 인지기가 되어서!"

"네 센징[鮮人]은 대개가 도벽이 있나 봐요. 월전에도 조선아이를 하나 데려다 주방에 두었더니 이게 곧잘 사탕이나 반찬 같은 데 손을 대거든요."

"그야 우리 일본사람이라도 아이들은 혹시 그런 버릇이 없지 않지만! 난 그보다도 제일 머릿살이 아픈 것은 센징으로 동자들이 불개미 떼처럼 덤벼드는 것이 여간 큰 두통이 아니야요. 첫째 그들은 생활비가 헐하기 때문에 삯전이 헐하거든요. 그러나 말야요 토목 공사 같은 데는 흔히 센징이 일자리를 빼앗아 버린단 말야요."

"네, 센징은 하루 이삼십 전이라면 살아간대요, 호호."

이마 벗겨진 노파가 까치소리 같은 꺽센 소리로 웃는다.

"어떻든지 일본 내지에는 센징을 못 들어오도록 해야 할 텐데 ……."
하고 중년 신사는 고개를 갸우뚱 하는 것이다.

"그것도 저이들 중에 말깨나 하는 사람들은 우정 일본 사람들이 조선으로 건너가서 자기들의 기름진 것은 다 빨아 먹고 그네들은 만주로 내보낸다는 거야요. 만주로 가면 마적에게 죽고 일본 내지로 가면 개, 돼지처럼 학대를 당하고 …… 그래서 불평을 말하는 분자가 더러 있나 봐요."

"피 저이들이 정신이 없어 그런 걸 호호호."

아이 데리고 있는 여인이 입을 삐쭉하며 웃는다.

"정신이 없다니 그들이 얼마나 꾀가 많기에 글쎄 스리[136]라도 아주 교묘한 스리는 센징이래요."

하고 맞은편 여자가 고갯짓을 한다.

"그 주제에."

하고 금이빨 한 노파가 까치소리를 할 때다.

사장과 상만이 식당에서 돌아왔다.

여럿은 의논이나 한 것처럼 시치미를 떼고 입을 다물었으나 그들의 차디찬 시선은 사장과 상만의 몸에 한참 동안 서릿발같이 엉키었다. 갑자기

"아이 내 지갑이 어딜 갔어?"

하고 겁을 먹은 꺽센 소리가 들린다. 그것은 이마 벗어진 노파이다. 사람들의 눈은 의논이나 한 모양으로 상만과 사장에게로 쏠리는 것이다.

기차는 정강(靜剛)역에 대었다. 상만은 엽서를 사가지고 들어왔다. 인애에 쓰는 것이다.

'나는 지금 세도나이가이를 지나왔습니다. 사람들은 이를 가리켜 사랑의 바다라 합니다!'

상만은 또 한 장 자경에게 붓을 잡았으나 무어라고 쓸 말이 없다. 그는 조금 전에 인애에게 보내려던 엽서 등 뒤에다

'서자경 씨.'

라고 쓰고 사장의 얼굴을 흘깃 바라보았다. 사장은 지금 창밖에서 사들

---

136 すり. 소매치기.

인 신문을 읽고 앉았다. 상만은 인애에게 하루 동안의 어머니의 안부를 묻고 무사히 기차 중에 있다는 말을 써 가지고 보이를 주었다.

"잠깐 나는 이런 사람인데."

하고 명함을 내미는 양복 입은 사나이가 있다. 받아 보니 그는 형사이다.

"네 그러십니까!"

상만은 천연히 대답을 하고 바로 앉았다.

"잠깐 저리로 갑시다. 물어 볼 말이 있어서요."

"내게요?"

"네."

상만은 비로소 사람들의 시선이 거미줄같이 자기를 에워싸고 있는 것을 감각하자 그의 맘은 극도로 불쾌하여졌다.

"여기서 말하시지요, 무언지."

"다른 게 아니라."

하고 형사는 빙긋빙긋 웃더니

"조금 여기서는 말 못 할 일인데요."

"상관없습니다. 무어야요."

"그럼 말하리까? 열차 속에 도난 사건이 생겼단 말입니다."

상만은 솟구쳐 오르는 분노를 겨우 진정하면서

"그래 그게 내게 무슨 상관이 있단 말입니까?"

하고 톡 쏘아버렸다.

"에, 또 피해자의 자리와 가장 가까운 자리에 앉았다는 것이 아마 불리하게 됐나 봅니다만 ……."

"그래 어쨌단 말입니까?"

"혐의를 받고 계십니다."

"누구? 내가?"

"네, 미안합니다만 가방을 좀 열어 봐 주시오."

상만은 주먹으로 형사의 코허리를 냅다 갈기고 싶은 충동을 겨우 억제하고

"자 얼마든지 뒤져 보시오."

하고 가방을 내려놓았다.

형사는 먼저 상만의 가방을 뒤졌다. 그리고서 사장의 가방에 손을 대일 때다. 또 다른 형사가 왔다.

"아니 웬일이여."

사장이 이상한 듯이 상만에게 물었다.

"무어 도난 사건이 생겼다나 봐요."

"그래 내가 훔쳤다는 거야?"

"아니 이것들이 날 누구인줄 알고."

"여봐 나를 누구로 알어, 응?"

그 이외에도 사장의 어학 지식은 많이 있지만 갑자기 흥분한 탓인지 말문이 꽉 막혀 버렸다.

그리고 사장의 얼굴은 주홍같이 붉어져서 형사들을 노리고만 있다. 여기저기서 사람의 머리들이 문어 대가리처럼 일어서서 무슨 구경이나 생긴 듯이 이곳을 건너다보는 것이다.

"아니, 이유를 설명하래여 이유를. 왜 하필 우리 가방을 뒤지느냐 말야."

상만은 사장에게 형사의 하는 말을 대강 전하였다.

"내 온 오십 평생에 별 봉변을 다 당하는구나. 그래 잃어버린 것이 돈

이라나! 오 군 통역하게나."

상만의 통역을 들은 형사는 빙긋빙긋 웃으면서

"팔백 원 들어있는 지갑을 잃었다는데 미안한 일이지만 혐의가 당신네 두 분에게 가게 됐습니다."

사장은 두 눈을 부릅뜨더니

"뭐야 어째서 그랬다는 거야. 어째서 많은 사람 중에 하필 우리 두 사람이라는 거야. 좋다 조사해 보래라. 만약 우리 두 사람에게서 돈을 찾지 못한다면 그때는 우리도 상당한 각오가 있다고 말하게나."

상만은 또다시 통역을 하였건만 형사들은 못 들은 척하고 가방만 뒤지고 있다.

"이 가방은?"

하고 형사가 물을 때

"그건 내거 야요."

하고 건너 편 금테 안경이 대답을 하자 형사는 그 가방은 만지지도 않는 것이다.

"잠깐 저리로 갑시다."

하고 한 형사가 상만을 차장실로 데리고 갔다.

"미안하지만 몸을 수색합니다."

하고 양복 주머니에 손을 넣는다.

상만은 목구멍에서 더운 피가 주르르 솟아나올 듯한 분노를 억지로 참고 양복저고리를 벗었다. 그리고 바지와 와이셔츠, 속옷까지 다 벗고 사루마다[137] 한 개만 남았다. 형사는 일일이 옷을 뒤져 보는 것이다. 상만은 사루마다를 앞뒤로 떨어 보이고

"어떻소, 이만하면 됐소?"

형사는 빙그레 웃으며

"자 입으시오."

하고 옷을 준다. 상만이 자리로 오니 다른 형사가 사장을 데리고 일어선다. 까치소리 같은 말소리를 내는 노파가 형사의 귀에다 무어라고 소곤거리자

"그래?"

하고 고개를 끄덕이더니

홍분할 대로 홍분한 사장은 평소에도 붉은 얼굴이 주홍같이 붉어서 입에 거품을 물고 씨근거리는 것이다.

"허, 이 웬일이야 도대체."

하고 눈을 굴린다.

상만도 얼굴이 해쓱해서 한 손으로 머리를 쓸어 넘기며 자리에 앉았다.

"어디?"

하는 오복점 반또의 싱글싱글 웃는 소리가 들리자

"띠 속에 있었어. 깜빡 잊어 버렸거든 히히."

상만은 젊은 사자같이 날쌔게 노파의 허리띠에다 손을 넣자 커다란 지갑이 나왔다.

"이건 뭐요 뭐야."

하고 상만이 소리를 질렀다.

상만이 소리를 지르자 모든 사람들의 시선이 또다시 이리로 쏠렸다.

---

137 さるまた. 팬츠, 잠방이.

상만은 지갑을 열어 돈을 보이면서

　"이렇게 돈을 멀쩡히 두어 두고 생사람을 도적으로 잡는 법이 어디 있담."

　상만의 눈에서는 시퍼런 불이 좍 좍 쏟아지는 듯하였다.

　사람들은 물을 뿌린 듯 잠잠하여졌다.

　"아니 그래 잃어버리지도 않은 돈을 가지고 멀쩡한 사람을 ……."

　사장은 수색당할 때 내려놓았던 지팡이로 마룻바닥을 내리쳤다.

　"고소한다고 하게나. 무고죄로 저 여자가 어디서 내리던지 우리도 같이 내릴 터이니."

　상만의 통역하는 말을 듣자 사람들은 서로 건너다보는 것이다.

　상만은 노파에게 지갑을 던져 주고 자리에 앉았으나 펄펄 뛰는 사장을 어떻게 달랠 도리가 없을까 하고 고개를 숙이었다.

　사장은 여전히 소리 소리 질렀으나 아무도 대답하는 사람은 없었다.

　약간 불안한 빛을 띠고 노파가 사장 앞으로 조심조심 걸어왔다.

　"조금 전에는 정말 실례했습니다."

하고 절을 거듭 두 번이나 하는 것이다.

　"고소다 고소야. 훌륭한 무고죄야. 번역하게나."

하고 사장이 지르자 상만도 사장의 목소리처럼 소리를 크게 하였다.

　"참 정말 죄송스럽게 됐습니다. 용서해줍시오. 이렇게 사과를 합니다."

하고 노파는 또다시 절을 하고

　"면목 없습니다."

하고 반또 같은 사나이도 가까이 와서 절을 한다.

　"어머니는 꼭 없어졌다고만 하시기에 그만 천박한 생각으로 …… 정말 뭐라고 드릴 말씀이 없습니다."

사나이는 또다시 공손히 절을 한다.

"보기 싫다 저리가."

사장이 소리를 꽥 지르고 상만이 잇따라 번역을 하였다.

노파와 젊은 사나이는 고개를 떨어뜨리고 자리로 갔다.

"참! 운수 야릇하다."

사장은 혼잣말 같이 하고 다시 신문을 펴서 드는 때 노파가 또다시 왔다. 허리를 굽실하며

"이것은 정말 약소합니다 만은 식당에 가서 술이나 한 잔 잡수서요. 그리고 노염을 풀어 주서요."

하고 노란 봉투를 내민다.

"돈이야요. 오십 원이야요 헤헤."

"뭐야? 돈?"

사장은 노파를 물끄러미 보더니

"이건 갈수록에 봉변이로구나."

하고 저편으로 돌아 앉아 버렸다.

"여보서요 저 좀 보서요. 이게 오십 원입니다. 네? 이걸 받으시고 그만 용서해 주서요 네?"

상만은 번역을 하였으나

"……."

사장은 말없이 가만히 앉아 있다. 금테쟁이 노인이 벌떡 일어서더니

"보아 하니 대단히 분하게 되었소이다. 그러나 길을 갈 땐 발 뿌리를 돌에 채이는 일도 있으니 …… 한 잔 잡수시고 그만 물에 띠시지요? 네 무어니 무어니 해도 저편은 부인이니까요."

사장은 고개를 끄덕끄덕 하더니

"네 그럼 그럴까요? 이건 분명 내게 주는 돈이죠?"

"네 물론 그렇습니다."

반또가 절을 하고 노파는 옆에서 허리를 굽히면서

"거저 술이라도 한 잔 잡수시고 그 일은 깨끗이 잊어 주서요."

사장은 손을 내밀어 봉투를 받았다. 십 원짜리 다섯 장을 화투처럼 벌려

"창문 열게나."

하고 상만을 쳐다본다. 상만이 벌떡 일어나 창문을 열자

"돈은 귀찮아, 나는 정직하다."

서 사장은 지전을 쥔 손을 창밖으로 내밀고 손가락을 하나씩 하나씩 폈다. 순간 십 원짜리 다섯 장은 푸르르 놀란 새 모양으로 창밖으로 날아가 버렸다.

"보았나?"

하고 사장은 노파와 그 아들을 돌아보았다.

카추샤

　사장은 멀거니 서 있는 늙은이와 젊은이를 쳐다보더니 무슨 재미있는 구경이나 하는 듯 갑자기 손뼉을 치고 웃어댄다.

　"어때 돈이 가버렸지? 하하하 식당으로 갈까? 남의 돈을 공연히 버릴 수는 없는 게니 …… 자 가세 내가 한 턱 냄세."

하고 젊은 사나이의 등을 툭하고 쳤다.

　'인제 정말 큰일이 나는가 보다.'

하고 겁을 집어 먹고 섰던 노파는 번역하는 말을 듣자 다른 사람의 이목도 보지 않고 서 사장을 향하여 합장을 하며 절하였다.

　"자 오시요 안경 쓴 양반 ……."

하고 서 사장은 아까 돈을 받으라 권하던 남자를 손짓하였다. 다섯 사람이 식당으로 가려고 일어설 때 사람들은 조심조심 길을 넓혀준다. 얼마 후에 붉은 얼굴에 화기가 넘치는 듯하였다. 문득 상만의 귀에

　"조선 사람이라고 훌륭하지 말란 법은 없으니까. 일본의 문화도 첨에는 조선서 건너왔어요."

　신문을 읽던 신사가 커다랗게 곁에 사람을 보고 이야기 하는 것이 들려왔다.

　차는 일곱 시나 되어 동경 역에 대였다.

서 사장과 상만은 택시에 몸을 싣고 불바다 같은 동경 시내로 들어갔다.

상만이 미리 전보하여 두었던 까닭에 역에서 그리 멀지 아니한 여관에는 제일 좋은 방으로 두 사람을 안내하였다.

목욕을 하고 단장을 걸치고 저녁을 마친 사장은

"회사에다 전보를 치게나. 인부들 삯은 오전 씩 올려준다고 ……."

"네."

오늘 기차에서 얻은 쓴 경험이 사장으로 하여금 이만한 양보라도 하게 만든 것이라고 상만은 생각하였다.

"그 외에 하실 말씀은 없으십니까?"

상만은 □지에 철필을 놀리며 사장을 쳐다보았다.

"응, 별로 그런데 가만있자 돌 깨는 사람들에게도 한 하꼬에 일 전씩 더 주기로 하고."

"네 …… 감사합니다. 모두들 기뻐할 것입니다."

"흠, 자네가 고마울 것이야 있던가 하하하."

"사장!"

상만은 붓을 놓고 똑바로 앉았다.

"사장 무어니 무어니 해도 그래도 공사장 인부들은 ……."

상만이 말을 그치지 전에

"음! 그렇지. 공사장 인부라도 그게 동포거든 ……."

서 사장은 감개무량한 듯이 천장을 바라본다.

이튿날 자동차로 여기저기 대강 사무를 마친 사장은 딸기밭 같은 동경의 불빛을 내려다보고

"어디 썩 훌륭한 곳으로 안내하게나. 이왕 동경에 온 바에 한 번 실컷

구경이나 하고 가야지. 아주 썩 유쾌하게 놀 곳으로 가잔 말일세."

상만은 빙그레 웃고 하녀를 불러 자동차를 명령하였다.

조금 후에 그들의 탄 자동차는 동보극장 앞에 와 대였다.

마침 '다까라쓰까'의 레뷰[138]였다. 사장은 씩씩하고 활발한 청년이 그게 여자란 설명을 듣고

"헉 그 참."

하고 감탄을 하는 것이다. 담배를 꺼내는 것을 보고 상만은

"흡연실로 가십시다."

하고 사장을 복도로 데리고 나왔다.

휴게실이라고 금 글자가 번득이는 문을 사장은 그럴 듯이 고개를 끄떡였다.

레뷰는 밤 열한 시나 되어 끝이 났건만 사장은 아직도 피곤한 빛이 없는 것을 보고 상만은 카페 ×××앞에 자동차를 정거시켰다. 두 사람이 문을 들어서자 웬 단발한 계집아이가 내달아 와서 사장의 목덜미에 매달리면서

"왜 이제 오서요! 여태껏 기다리고 있습니다."

하고 눈을 흘기는 것을 보고 사장은

"이 애가 나를 잘못 본 게 아닌가."

하고 상만을 건너다보는 것이다.

상만과 사장은 계집애들이 따라 놓은 파란 술을 몇 잔씩 받아 마시었다.

재즈 밴드가 요란스럽게 울리자 이쪽저쪽에서 남녀들이 어울려 춤을

---

138 revue. 흥행을 목적으로 노래, 춤 따위를 곁들여 풍자적인 볼거리를 위주로 꾸민 연극.

추기 시작한다.

"자 춤추러 갑시다."

하고 머리를 풀어서 굽슬굽슬하게 지진 계집애가 상만의 팔을 잡아당긴다.

"어때요 당신은?"

단발이 사장의 어깨를 툭 쳤다.

"싫어."

서 사장은 간단히 대답을 하고 손을 저었다. 사장은 춤을 추기는 고사하고 남녀가 어울려 춤을 추고 돌아가는 것도 처음 보는 경험이다.

"오 군. 추어 보게나. 난 여기 앉아 구경이나 할 테니 ……."

"춤이라니요 전 당최 추어본 일이 없습니다요."

상만이 픽 웃고 머리를 긁더니

"낚시질 할 수 있나?"

하고 곱슬머리를 돌아다본다.

"네! 저리로 가서요. 오늘 저녁에는 아주 어여쁜 금붕어들을 많이 잡아다 넣었어요."

하고 일어선다.

"저리로 가보시지요. 고기 낚는 것도 재미는 있다니까요."

하고 상만은 사장을 권하였다. 지난 봄 졸업을 하고 난 뒤 몇몇 친구들과 한 번 와서 놀아본 경험이 있는 고로 상만은 사장에게 쉽게 안내를 하는 것이다.

종려나무가 드문드문 서 있는 모형 대리석 기둥 아래를 지나 서자 벌써 발아래는 사박사박 하고 모래가 밟힌다.

몇 걸음을 들어설 때 제법 조그마한 구물[139]이 널려 있고 그 옆에는 한 보트까지 놓여 있다. 호수! 인조 호수다.

푸른 불빛을 받아 푸른 것이 얼른 보기에는 정말 깊어서 푸른 것 같기도 하다.

상만의 팔을 붙들고 가던 곱슬머리가 하오리[140]를 척척 벗어 버리더니

'풍덩'

하고 물속으로 뛰어 들어간다. 그리고 제법 물을 탕탕 차면서 헤엄을 하는 것이다.

"자 들어 오서요. 물은 차지 않으니까요."

하고 소리를 치는 것이다.

"싫어. 우린 고기를 낚을 테야."

"오케이."

계집에는 물속에서 한 팔을 아래로 집어넣고 무엇을 여는 모양이다. 조금 후에 콩잎사귀만한 붕어들이 붉은 등어리를 보이며 계집애의 앞뒤로 우 하고 몰려나온다.

계집애는 물 묻은 몸을 보트 속에 있는 타월로 씻고는 다시 옷을 입는 것이다.

"낚싯대 가져 와야지."

하면서 사장의 어깨에 매달렸던 단발한 계집애가 보트의 마룻장을 들치더니 그리 길지 아니한 낚싯대를 가져온다. 사장은 어린애 소꿉질 같은 이 놀음이 여간 재미가 있지 않는 것이다.

---

139 '그물'의 방언.
140 はおり. 일본옷의 위에 입는 짧은 겉옷.

단발이 연방 낚시에 미끼를 끼워주는 대로 낚싯대를 물에 담갔다.

"이크크 이게 뭐야 하하하."

사장은 낚시를 물고 올라온 붕어를 채롱에 담고 또다시 낚싯대를 물 속에 넣었다.

"당신은 아직 안 물려요?"

곱슬머리가 묻는 말에

"응, 안 물리는데."

하고 상만이 빙긋빙긋 웃고 앉아 있는 동안 사장은 몇 번이고 붕어를 집어낸다.

"참 훌륭하신데요. 고기 낚는 수법이 묘하신가봐 ……."

하고 단발이 자꾸 추켜세우는 통에 사장은 점점 더 신이 나는 모양이다. 상만은 그 사이 두 마리나 잡았다. 웬만치 하고 돌아갔으면 하고 사장의 얼굴을 살폈으나 좀처럼 일어날 기색이 보이지 않는다.

이때 뒤에서

"응 어디야 여기가 강물이다? 응!"

하는 취한 소리가 들린다.

웬 중년 남자가 얼굴이 대추같이 붉어져서 여급의 어깨에 매달려 비틀거리고 오는 것을 보자 서 사장은 벌떡 일어섰다.

"자 오 군. 얼마나 잡았나 하하하."

"전 요거 야요."

하고 상만이 채롱을 보이면서

"참 많이 잡으셨습니다."

하고 웃어 보였다.

사장은 붕어가 들어있는 채롱을 단발에게 맡기고 변소를 간 뒤다. 상만은 자리로 와서 앉았다.

곱슬머리가 상만의 턱을 만지면서

"오늘 저녁에 좀 바래다주서요. 네?"

하고 상만의 가슴에 뺨을 대일 때다.

"안 될걸. 그 양반은 내가 좀 일이 있으니까 호호호."

하고 상만의 한편 옆에 착 들어앉은 여자가 있다.

상만은 목이 마른지

"냉수 좀."

하고 옆에 여자를 돌아보자 그는

"아."

하고 소리를 낼만치 놀라는 것이다.

"호호호 놀랐죠. 도깨비를 만났으니 아니 놀랄 수 없지."

크리샤[141] 식으로 머리를 털어 얹은 이 여자는 담배를 한 개 꺼내어 입에 물고는 성냥을 그어 댔으나 성냥은 두 번이나 꺼지도록 여자의 손이 와들와들 떨고 있는 것이다.

그것은 산구(山口)에 있는 줄로만 알고 있는 요시에였다. 언제 여급이 되어 이런 곳에를 왔던고.

상만은 요시에가 임신 하였단 말을 듣고서 그때 마침 여름방학인 것을 이용하여 동경으로 도망하여 온 뒤 오늘 저녁 처음 만나는 것이다.

곱슬머리가 따라 놓고 간 술잔을 입에 대는 상만의 손도 가늘게 떨렸다.

---

141 러시아어로 지붕, 덮개의 의미.

상만은 무슨 말을 하여야 될지 모르는 것이다. 적당한 말을 생각하면 생각 할수록 풀로 봉한 것처럼 입술은 떨어지지가 않는다.

"어때요 카추샤가 이런 곳에서 뵙게 된 것이 맘에 들지 않지요? 네? 네 플류도프[142] 씨, 하하하."

요시에는 고개를 뒤로 젖히고 웃어댄다.

그사이 곱슬머리가 고뿌[143]에다 냉수를 가져왔다.

"에마 쨩은 저리 좀 가요. 내 이 양반과는 이야기가 좀 있으니까."

에마 쨩이라는 곱슬머리는 한편 눈을 찡긋해 보이고 저리고 가버렸다.

"어머닌 안녕하서요?"

상만은 간신히 이 한 마디를 하였다.

"흥 어머니가 무슨 상관야요! 그보다도 당신의 아들이 지금 얼마나 자랐기에."

요시에는 진한 연지를 칠한 얇은 입술을 삐쭉하고 담배 연기를 뿜는다.

"응? 아들?"

순간 상만의 머리는 크나큰 망치로 얻어맞은 듯이 얼얼하여졌다.

"흥 왜 놀랐수?"

요시에는 서릿발 같은 눈으로 상만을 노려볼 때다.

"어, 목마르다."

하고서 사장이 돌아온다.

상만은 이 악몽과 같은 장면을 어떻게 돌릴 수가 없을까 하고 생각하는 판에 사장의 앞을 서서 단발이 깡충깡충 뛰어 오는 것이 보인다.

---

[142] 톨스토이 소설 『부활』의 남주인공.
[143] 컵.

상만은 벌떡 일어나서 단발에게로 달려갔다.

"지금 저 사장 말야. 저 뚱뚱한 늙은이를 좀 붙들어가지고 술이든지 무어든지 좀 먹이게나. 난 여기서 잠깐 할 이야기가 있으니 ……."

하고 상만은 십 원짜리 한 장을 그의 손에 쥐어주었다.

이런 일에는 얼마든지 익숙한 단발이라 어떻게 녹였던지 사장은 저쪽 부스로 붙들려가고 말았다.

상만과 요시에는 잠깐 동안 서로 마주보고 앉아 있는데 재즈 밴드의 요란한 선율만이 두 사람의 귀에 밀물처럼 스며들어 왔다.

"요시에 용서해주오!"

상만이 먼저 입을 열었다.

"모든 것이 나의 잘못이었소."

상만은 요시에의 얼음처럼 싸늘한 한 손을 쥐려 하였다.

"더러워."

하고 상만의 손을 휙 뿌리치는 요시에는 숨이 차오르는지 할딱할딱 하고 두 어깨가 바쁘게 오르내리고 있다.

"요시에는 내 맘을 알아보지도 못하고 …… 너무 오해하지 말아요. 사실 나는 그때 식비가 떨어졌댔소. 식비를 내지 않고 당신 집에서 그냥 묵을 수도 없고 …… 그래 그때 내 맘은 졸업한 뒤에 당신을 찾으려고 한 것이었소. 졸업한 뒤라도 취직도 되지 못하고 그냥 있는 몸이 당신을 찾으면 무얼 하겠소. 나는 이번 가을에 조선으로 가서 백방으로 주선해서 겨우 취직이라고 되었소. 꼭 사흘째 되는가보, 취직한 지가 후 후 후."

상만은 자기를 조롱하듯 웃어 보이고 고뿌에 남은 냉수를 입으로 가져갔다.

"나는 이 길로 산구로 가려고 하였소. 요시에를 찾으러."

상만은 이 경우에 맘에도 없는 거짓말을 하는 자기가 우스웠다.

"내 말을 조금이라도 알아준다면 요시에는 나를 원망하기보다도 외려 나를 동정할 걸요."

상만은 사리에 당한 듯한 자기 말에 용기를 얻은 듯이 요시에를 바로 쳐다보았다.

"그래 어떻게 요시에는 이런 곳에 왔소 언제부터?"

하고 그 아름다운 눈으로 요시에를 물끄러미 바라보았다.

"흠 버림을 받은 계집의 가는 길이란 이런 곳 밖에 더 있겠어요? 하지만 이것도 애비 없는 자식을 길러가는 직업이니까요 하하하."

요시에는 입술을 지그시 깨물며 소리를 내어 웃는 것이 상만의 등에다 찬물을 끼얹듯이 소름이 오싹 돋게 하는 것이다.

절반이나 탄 담배를 쓱쓱 비벼버리고 자기 손으로 술을 주르르 따라 마시는 요시에는 후 하고 숨을 내뿜더니

"자 가요 아이에게로 갑시다. 한 돌이 넘도록 아버지란 이의 얼굴도 대면 못하고 있는 아이가 너무 가여워요. 자 가서 아이나 한 번 보아주시구려."

상만은 실상 자기 아들이라는 그 어린 것이 보고 싶었다. 그러나 사장을 두고 지금 어디로 갈 수는 없는 것이다.

상만은

'어찌할꼬?'

하고 고개를 떨어뜨리었다.

"여기서 아주 가까워요. 한 오 마일이나 될까. 자동차 타면 고대야요

······ 안 간다면 고발할 테야."

요시에는 소리를 꽉 질렀다.

"인젠 안 잃어버린단 말에요. 당신의 수사원을 제출한 지가 언제라고 지금이라도 전화 한 번이면 경관은 와주어요 ······ 몰라요? 불량선인가리(不良鮮人狩り)."[144]

요시에는 이번에는 정말 우스운 듯이 한 손을 허리에 걸치고 어깨를 흔들며 웃어댄다.

상만은 되도록 침착한 얼굴빛을 지으려고 하면 할수록 요시에의 흥분은 높아가는 모양이다.

"당신 본처 있었지요?"
하고 요시에가 불쑥 이런 말을 꺼낸다.

"본처가 찾아 왔던 게지. 산구에서 좀도적 녀석처럼 달아날 적엔 그랬죠?"

요시에의 긴 눈초리가 칼끝같이 날이 서는 것이다.

"아니 난 아직 장가 안 갔어."

"정말?"

"못 믿겠거든 저기 나와 같이 온 사장 영감에게 물어보구려."

"글쎄 물어볼까봐."
하는 요시에의 음성은 여전히 날카로웠으나 그의 얼굴빛만은 훨씬 부드러워 지는 것이다.

그 사이 단발에게 붙들려 가지고 술을 마시고 있던 사장이 비틀비틀

---

[144] 원래는 불령선인. 일제강점기에 불온하고 불량한 조선사람을 검거하던 일.

하면서 이쪽으로 오는 것이 보인다.

"어 취했다. 오 군 자 그럼 우리 술도 깨일 겸 나가 볼까?"

"네. 그럼 여관으로 돌아가실까요."

하고 상만도 일어섰다.

"팁을 주서야지요."

하고 상만이 사장에게 소곤거리자

"음 그래 얼마나 줄꼬?"

"글쎄요 그야 요량하셔서."

사장은 지갑을 꺼내더니 십 원짜리 몇 장을 테이블 위에 놓는다. 그러는 동안에 자동차가 왔다.

"전송해 드리죠."

하며 단발이 목도리를 들고 나오자

"나도 같이 가요."

하고 어디서인지 곱슬머리도 툭 튀어나온다.

"건 너무 미안하고. 너희들 집에까지 바래다줄까?"

하고 상만은 요시에를 돌아보았다.

"그럼 폐를 끼칠 수밖에."

눈치 빠른 요시에가 '후리소대'[145] 자락을 여미면서 자동차에 올라타자 단발도 따라 올랐다. 곱슬머리는 입을 삐쭉하고 돌아섰다.

"빌어먹을 년 같으니라고. 얼굴이 반반한 사내만 보면 꼭 가로챈단 말야."

---

145 ふりそで. 겨드랑 밑을 꿰매지 않은 긴 소매 또 그런 소매의 일본 옷.

혼자 중얼거리고 요시에를 향하여 눈을 흘기는 것이다.

"달도 밝고 한데 우리 이대로 드라이브해요 네?"

닳을 대로 닳아빠진 단발은 사장이 다른 사람과 달리 돈을 많이 가진 사람으로 짐작되자 어디까지든지 떨어지려고 하지 않는 것이다.

"그래 밤경치 좋은 데로만 가자꾸나."

하고 사장이 취한 소리로 대꾸를 하며 한 팔을 단발의 어깨에 올려놓는다.

"그럼 '다마가와'로 할까요? 네 어때요?"

하고 단발은 커다란 눈으로 상만에게 윙크를 보내는 것이다.

"좋지 …… 운전수 다마가와."

하고 상만이 명령을 하자 차는 경적을 울리며 속력을 내는 것이다.

소란한 동경의 밤도 자는 듯 고요해진 밤 두 시 거리거리에는 밤의 괴물인 자동차의 경적만이 적막을 깨칠 뿐이다.

간간히 상만은 둥그스름한 요시에의 무릎 위에 손을 얹어 보았으나 요시에는 꽁지벌레[146]나 집어 던지듯 상만의 손을 치워버리는 것이다.

어느덧 차는 인가가 드물어진 교외로 나온 모양이다.

좌르르 흐르는 물소리가 들려오자

"우리 인제 좀 내려요. 저 다리 위에서 물 구경이나 해요."

이번에는 단발이 제의를 하는 대로 네 사람은 차에서 내렸다. 쟁반 같은 둥근 달이 흘러가는 물결 위에 비치자 그것은 실실이 찢겨진 비단처럼 아니 가닥가닥 맺혀지는 금줄 은줄처럼 아름답게 보이는 것이다.

네 사람은 잠깐 동안 다리 위에서 물을 내려다보고 섰을 때다.

---

146 왕파리의 애벌레로 꼬리가 길고 발이 없음. 성질이나 행동이 못된 사람을 비유적으로 이르는 말.

저편에서 뚜벅뚜벅 칼 소리를 내면서 순사가 오는 것이 보인다.

"중촌 씨 부인, 저는 여기서 먼저 돌아갈까 봐요."

하고 단발이 엉뚱한 소리를 하자

"아이 선생님도 극성이시여. 내일은 유치원도 쉴 텐데."

하고 요시에가 받아 넘긴다.

순사는 두 여자를 흘끔흘끔 돌아보며 지나가 버렸다. 단발은 허리를 쥐고 한참 웃다가

"안 그러면 안 돼요. 요샌 부쩍 취체[147]가 심하니까요. 이렇게 늦게 다니다가 하룻밤씩 자고 나온 아이들이 얼마인데!"

하고 상만을 돌아다본다.

요시에는 그런 말에는 흥미가 없다는 듯이

"아이 추워."

하고 어깨를 으쓱한다.

"그럼 저리로 들어갈까?"

상만이 가리키는 곳은 냇가에 얌전스럽게 서 있는 어떤 요정(料亭)이다.

달빛에 보아도 깨끗하게 소제된 이 집 뜰을 들어서자 긴 소매를 드리운 젊은 여자가 문에서 네 사람을 맞아들인다.

이 층으로 안내된 그들 앞에는 술과 닭전골 냄비가 들어왔다.

서 사장은 카페에서부터 취한 술이라 단발이 주는 술잔을 두어 번 받자 그만 단발의 무릎을 베고 코를 고는 것이다.

요시에는 단발에게 무어라고 소곤거려 놓고 상만에게 눈짓을 하여

---

147 규칙, 법령, 명령 따위를 지키도록 통제함. 단속(團束)으로 순화.

두 사람은 밖으로 나왔다.

　자동차에 올라탄 요시에는

　"가미오찌아이[上落合]."

하고 운전수에게 명령을 하고 한 옆으로 가서 도사리고 앉는다.

　차가 신숙(新宿)을 지나 중야를 거친 때 갑자기 요시에는

　"오상만 씨."

하고 상만의 무릎에 엎드려 느끼기를 시작한다.

　상만은 자기 무릎에 엎드려 흐느끼는 요시에의 등을 내려다보자

　'미안하다.'

하는 말로는 형용할 수 없도록 가슴이 아파오는 것이다.

　상만은

　"요시에."

하고 가만히 요시에의 등을 어루만졌다.

　요시에는 언제까지나 울듯이 요시에의 어깨의 물결은 그치지 않는
것이다.

　"얼마나 기다렸는지 아서요?"

하고 요시에는 운전수를 꺼리는 생각도 없이 상만의 가슴에다 젖은 얼
굴을 파묻는다.

　"용서해요 요시에."

　상만은 요시에의 어깨를 안아주었다. 옛날보다 여위어진 그 어깨를
차에서 내리자

　"여기서 조금 걸어야 해요."

하고 요시에는 상만의 곁에 선다.

누구의 과원(果園)인지 달 아래 줄거리만 남은 과목들이 열을 지어 있는 넓은 밭을 지나 한 집 앞에 당도하였다.

길로 난 아마도[雨戶]¹⁴⁸를 요시에가 몇 번 두들기자

"누구서요?" 하는 여인의 음성이 들린다.

"나야요. 아주머니 주무서요?"

하고 요시에가 미처 말을 마치기도 전에

"아이구나 이게 웬일이요 조카님이오그려."

하면서 질겁하고 문을 여는 사람은 밤에 보아도 중년이나 되는 여인이다.

"들어갑시다."

요시에가 상만의 손을 붙들고 안으로 들어갔다.

"아기는 자는가요?"

"응 지금 막 잠이 들었어. 웬일인지 오늘 밤에는 두 번이나 깨어 난단 말야. 어린 맘에도 어미가 올 줄 알았던지 ……."

얼굴이 둥그스름하게 살이 찐 이 여자는 수다를 피우면서 방석을 내 놓는다.

조그마한 어린애가 이불을 덮고 쌔근쌔근 잠이 들어있는 어린아이! 상만은 무릎걸음으로 아이 가까이 갔다. 동그스름한 얼굴에 오똑한 코!

'이것이 내 혈육이다?'

상만은 그곳에 자기 이외에 또 다른 자기가 있는 것을 감각하자 순간 형언할 수 없는 감격이 가슴에 찾아오는 것이다.

상만은 손으로 가만히 아이의 뺨도 만져보고 머리도 만져본다.

___

148 덧문.

"이 어른은?"

하고 화로에 불을 숯아 올리던 아주머니가 요시에를 돌아본다.

"애기 아버지야요!" 하고 겨우 대답을 한 요시에는 그만 그 자리에 쓰러졌다.

"오, 그러서요? 어쩌면! 내 그러기에 애기 얼굴과 같더라니."

아주머니는 찻종을 꺼내어 차를 따른다.

"오상만 씨! 어쩌면 어쩌면 그토록 무정하셨어요."

요시에는 원망인지 하소인지

"내 속에 당신의 씨가 있는 줄 알면서 날 모르게 가시다니 ……."

"……."

상만은 잠자코 이불을 젖히고 자는 아이를 살며시 무릎위에 올려놓았다.

서투르게 안아서 그러한지 아이는 낑낑거리면서 울듯이 얼굴을 찡그렸으나 다시 잠이 드는 것이다.

"어쩌면 이렇게도 아버지를 닮았담!"

아주머니도 눈물을 씻으며 아이를 바라본다.

"정말 요시에가 가엾어요. 그동안 요시에는 어머니도 돌아가시고 참 정말 가진 고생을 다했답니다."

아주머니는 빨개진 코를 손으로 닦으면서

"인젠 참 정말 참따랗게 가정을 이루서요. 요시에는 아이만 보면 밤낮 애기 아버지 애기 아버지하고 운답니다."

"인젠 우리 모자를 데리고 가시든지 그렇지 않거든 죽이고 가서요네? 참 정말 죽고 싶어요."

요시에는 손수건으로 눈을 씻으며

"맘에 없는 웃음을 팔아가며 밤잠 못 자고 뭇 사나이의 희롱을 받아가는 그 노릇은 정말 지긋지긋해졌어요. 네 오상만 씨."

상만도 주먹으로 눈물을 씻었다.

"아이 이름은 지었나요?"

"참 저."

요시에가 고개를 들고 코 먹은 소리로

"아버지 만날 때까지 죽지 말고 오래오래 살라고 학과 같이 살라고 학세(鶴世)라고 지었지요."

"학세? 오학세! 좋은데."

상만은 자는 아이의 뺨에 자기의 얼굴을 가만히 대었다. 향긋하고 고소한 냄새를 느끼는 상만은 난생 처음으로

'나의 아들! 불쌍한 나의 아들!'

하는 생각이 부르짖듯이 가슴 속에 스며드는 것을 느끼었다.

"요시에 어떤 일이 있든지 내 아들은 내가 기를 터이니 염려 말아 주어요 응? 요시에."

그것은 상만의 참맘이었다. 지금 이 당장에 이 아들을 위하여 가슴을 째고 피를 한 고뿌 쏟으라 하여도 사양할 맘은 없는 것이다.

"그렇지만 요시에 나는 취직한 지가 인제 겨우 사흘이야. 그러나 차차 자리도 잡히고 웬만치 힘만 돌리게 되면. 요시에 나를 믿어 주게나 남자인 나를 응."

요시에는 이렇게 상만의 간절한 말을 듣고서 그 이상 더 어찌할 수는 없는 것이다.

"이번이야 정말이겠지요. 죄 없는 학세에게야 거짓말을 아니 하시겠죠."

"암 맹세를 해도 좋아요."

시간가는 줄도 모르고 앉았던 그들은 어느 공장에서인지 울려오는 고동 소리에 비로소 밤이 새인 것을 깨달았다.

상만은 언제까지나 안고 있어도 싫지 않을 듯한 어린 아들을 살며시 방바닥에 내려놓고 일어섰다.

빈사의 백조

상만은 요시에와 함께 자동차를 타고 ××마찌아이[待合]으로 오니 서 사장은 아직도 세상모르고 잠이 들어 있었다.

거의 점심나절이나 되어 네 사람은 조반을 마쳤다.

술도 깨고 환하니 밝아진 낮도 되어 사장은 비로소 아들 같은 상만 앞에서 자기의 지나친 장난이 어째 면구스러웠다.

그래 그런지 사장은 까닭 없이 얼굴을 찌푸리고 음성조차 퉁명스러운 것이다.

사장은 상만이에게 일절의 계산을 마치게 한 뒤 여관으로 가자고 하였다.

자동차에 오를 때 뒤에서 단발이 무어라고 소리를 쳤다.

"오 군, 저 계집들은 천천히 다른 차로 돌아가라고 그러게나."

"네네."

상만은 단발과 요시에에게 눈짓을 하여 사장을 뜻을 전하였다.

사장의 뒤통수에 대놓고 단발이 혀를 쏙 내밀고 입을 삐쭉하여 보이고 안으로 쑥 들어가 버렸다.

사장과 상만은 여관으로 돌아왔다.

"아침에 이런 것이 배달이 되었습니다."

하고 하녀가 내미는 것은 전보였다.

전보를 펴서 들은 상만이 눈이 휘둥그레져서 잠자코 사장을 건너다 보았다.

무슨 불길한 사건의 보고인줄 사장도 짐작하고 천천히 손을 내밀어 상만에게서 전보를 받아 읽었다.

일본 문으로 쓴 전보의 뜻은 '유동섭 위중 속래'라는 말이었다.

"몇 시 차가 있겠나? 바로 동경 역으로 나가게."

사장은 볼 일도 중지하고 돌아갈 뜻이 확실하다.

상만은 가방에 이것저것 주워서 넣고 기차 시간표를 폈다.

'그렇게 팔자 좋은 동섭이 위독하다? 흥흥.'

상만은 속으로 코웃음을 치고

"그럼 지금 바로 나가서야겠는데요."

"응, 후후!"

사장은 금시로 맥이 풀린 듯 자동차 속에서 가끔 땅이 꺼지도록 한숨을 쉬고 무슨 생각을 하는지 사장은 자주 눈을 깜빡거리는 것이다.

"설마 별일이야 있겠습니까, 안심하시지요."

하고 상만이 위로도 해 보았으나 사장은 거저

"후유."

하고 한숨만 쉴 뿐이다.

하관에서 내려 관부연락을 탈 동안 상만은 사장의 분부로 두 번이나 자경에게로 전보를 쳤다.

'최선의 치료 최선의 간호.'

라는 의미로

상만은 기차에서 동섭이 죽어 관에 담겨 나가는 꿈을 보고 연락선에 서는 사장이 자기더러 자경의 남편이 되어 달라는 꿈까지 보았다.

상만은 이러한 꿈들은 자기 맘속에 있는 잠재의식에서 오는 것이 아 닐까 하고 생각할 때 그의 아름다운 얼굴은 계집애의 뺨과 같이 붉어지 는 것이다.

상만은 연락선 갑판 위에 올라와서 요시에에게 편지를 썼다.

비록 박봉이지만 달마다 다만 얼마씩이라도 학세를 위하여 양육비를 보낼 것이라는 것, 주위의 사정이 허락하는 대로 학세를 조선으로 데려 오겠다는 의미의 글을 쓰고 어떠한 일이 있더라도 결코 자포자기의 기 분을 가져서는 안 된다는 말을 자세히 써서 봉투 속에 넣었다.

상만은 그 보숭보숭한 어린애의 뺨의 촉감을 생각하고 스르르 눈을 감았다. 순간 그의 두 눈자위는 이상스럽게 뜨거워지는 것이다.

"불쌍한 생명아."

상만은 가만히 부르짖고 몸을 일으켜 난간으로 갔다.

바다에는 물새들이 수면을 낮게 날고 앉는 것이 보인다.

상만이 서 사장의 비서가 되어 사장과 함께 동경으로 떠난 그 이튿날 은 토요일이었다.

인애는 자경의 집으로 갔다.

상만을 취직하도록 힘써준 동무의 우정을 생각할 때 인애의 가슴은 감격으로 뻐근하여 지는 것이다.

남으로 향한 창밖에는 아담스러운 정원이 있고 정원을 격한 유리문 에는 연초록 커튼이 드리어 있는 방. 황마노[149]처럼 윤이 나는 장판 깔 린 온돌방이 자경의 겨울 침실이다.

자경은 언제나 하는 것으로 인애를 덥석 안을 듯이 방 아랫목으로 앉히고

"그러지 않아도 내가 갈까 하고 망설이던 참이었어 ……."

하고 그 검고 윤나는 눈으로 인애를 쳐다보고 웃는다.

"자경, 무어라고 인사를 했으면 좋을지 너무도 ……."

"무어가 말이야? 아, 주제가 바로 무슨 어른처럼 …… 그만 두어요 …… 하하하."

인애는 얼굴이 빨개져서 방그레 웃어 버렸으나 속으로 이 활발한 자경의 태도가 무한이 고마웠다.

자경은 벌떡 일어나더니 방 한편에 놓인 흑단스[150]의 문을 열고 눈같이 흰 털실을 한 뭉텅이 꺼내놓는다.

"한 폰트로 될까? 운동 셔츠 한 개를 짤 텐데."

"동섭 씨께 보낼 성탄 예물이냐?"

"응."

자경이 실 한 끝을 찾는 동안 인애는 실 뭉텅이를 양편 손목에 걸었다. 실은 풀리기 시작하였다. 희고 보드라운 털실은 이 처녀 팔에서 저 처녀의 손으로 감기는 것이다.

"그러면 인제 예식 날은 어느 날로 할 테야?"

자경이 한 눈을 끔쩍하고 인애를 건너다보았다.

"에이끼."

---

149 누른빛의 마노(송진과 같은 규산으로 광택(光澤)이 있고 고운 적갈색이나 백색의 무늬를 나타냄. 아름다운 것은 장식품이나 보석으로 쓰이고, 기타는 세공물 · 조각 재료 따위로 쓰임)
150 たんす. 옷장, 장롱.

"정말야. 취직만 하면 결혼한다고 그랬지? 위선 인애 어머님께서도 그렇게 생각하고 계시지 않어?"

인애는 한편 손가락에 걸리는 실을 풀어 놓으면서

"어머님이야 밤낮 성화시지 ……."

"그러니까 말이야 얼른 택일을 해요. 잘못하면 우리는 인애 혼인 예식 구경도 못하고 떠날까 보아."

"떠나다니 여행권 나왔나?"

"응."

"어쩌면 …… 그래 언제쯤 떠날 게냐."

"크리스마스 전에는 떠나게 될까봐."

자경은 실 감던 손을 쉬이고

"이봐 …… 인애."

"왜 그래?"

"저어 이렇게 하자꾸나. 너 결혼식 하고 신혼여행 할 테지. 우리도 그 날 같이 떠나기로 하거든 좋지 않아?"

"글쎄."

인애는 빙그레 웃고 살짝 얼굴을 붉히었다.

"그렇게 해요 응 인애. 그러면 얼마나 재미있겠어, 응? 응?"

"어디 준비가 그렇게 될까?"

"왜 무슨 준비가 그렇게 많을 게 있나? 예식에 당한 것만 장만하고 다른 의복들은 결혼하고 살면서 천천히 해 입지 뭐."

"이봐 이렇게 해요. 결혼 예식이 필하거든 우리는 경부선 열차를 타거든 그러면 인애 부부는 동래 해운대 온천으로 가고 우리는 그길로 현

해탄을 넘거든 그래서 신호(神戶)나 문사(門司)에서 바로 인도양을 횡단하는 큰 배를 탄단 말야."

"좋겠어, 인도양을 가는 사람은 여기서 외투를 입고 가다가도 인도양을 들어서면 죄다 여름옷으로 바꾸어 입는다니 재미는 있을 게야 호호호."

털실은 그 사이 다 감겼다. 자경은 털실 뭉텅이를 공처럼 한 손으로 받아보고 방바닥에 내려놓고 단스 서랍을 열더니 초콜릿 상자를 꺼낸다. 두 처녀는 붉고 푸른 종이를 벗기고 초콜릿 한 개씩 입에 넣을 때다. 문밖에서

"아씨 아씨."

하고 자지러지게 부르는 소리가 들린다. 자경과 인애는 다 같이 문 있는 대로 얼굴을 돌렸다.

"아씨 아씨!"

문밖에 소리는 바쁘게 들린다.

"왜 그래? 들어와."

자경이 소리를 쳤다.

"이 좀 보서요. 이런 사람들이 학생 서방님 방으로 들어갔어요."

자경은 계집애 하인의 손에서 하얀 명함을 받아 들었다.

"고등계서 왔군. 학생 서방님 돌아 오셨니?"

"아냐요. 저 좀 보서요. 첨에 이 명함을 가지고 두 사람이 현관에서 유동섭 씨 방이 어디냐고 묻기에 잠깐 기다리라 하고 안으로 들어오려니까 만길이 녀석이 현관을 쓸다 말고 학생 서방님 방 저게 야요 하고 손으로 가리켜 주지 않았겠어요. 그 사람들은 아직도 자세히 모르는지 기웃기웃하고 서 있는데 만길이 녀석 보서요 내 가르쳐 드릴게요 하면서

절름절름 학생 서방님 방으로 데리고 가지 않겠어요. 그래 제가 학생 서방님 안 계십니다 하고 몇 번이나 말을 했어도 그 사람들은 들은 척도 하지 낳고 곧장 서방님 방으로 들어갔어요."

자경은 계집 하인의 말을 듣고서 눈살을 찌푸리면서 일어서려는 때이다.

"아씨 아씨."

하고 절름거리면서 만길이가 이리로 온다.

"학생 서방님 방에 도둑놈이 왔어요. 도둑놈이 …… 마구 책을 들추고 서랍을 쏟아놓고 야단났어요."

하고 입을 뾰족해 가지고 눈이 휘둥그레서 자경을 쳐다본다.

"이 녀석아 그래 내가 뭐라더냐. 왜 아씨께 여쭙지도 않고 주제넘게 네가 먼저 그 사람들을 데리고 가느냐 말야."

"치 그럼 학생 서방님 방을 몰라서 애를 쓰는데 뭐."

"이 녀석아 그래 도둑놈이라면서? 이 녀석 건방진 녀석."

하면서 계집 하인은 주먹으로 만길의 볼퉁이를 쥐어박았다.

"치 누가 도둑놈인줄 알았나? 치 ……."

자경은 슬리퍼 소리를 내면서 동섭의 서재로 갔다. 인애도 자경의 뒤를 따랐다.

손잡이를 잡고 안으로 문을 열던 자경은 잠자코 그 자리에 섰다.

책이란 책은 모조리 바닥에 수북이 쌓이고 □□□ 복단스까지 말끔 □□□□□□□□□□ 방금 동섭에게 온 편지 뭉텅이를 꺼내서 하나씩 하나씩 속을 들쳐보고 있고 한 남자는 벽에 걸린 사진들을 내리는 것이다.

한 시간 전까지 일사불란하게 정돈되어 있던 동섭의 서재가 마치 전쟁이 지나간 뒤처럼 수라장이 되어 있는 것이다.

자경의 머리에는 번개같이 어떠한 생각이 지나갔다. 그는 두 다리가 바르르 떨리는 것을 느끼면서 목소리를 다듬었다.

"누구의 승낙을 얻어 이리로 들어 왔나요?"

하고 위엄 있게 소리를 쳤다.

"네?"

하고 사진틀을 내리던 사나이가 자경을 돌아보았다. 그의 코 아래로 노랑수염이 채플린 식으로 싹둑 잘리어 있는 것이 이 경우에라도 자경의 눈에는 우습게 보였다.

"네 저 아까 명함 들여보냈지요. 우린 저 ××서 고등계에서 왔어요. 유동섭 씨 신분에 조금 의심나는 점이 있어서요?"

"가택수색입니까?"

"네 …… 가택수색은 아니지요. 웬 집을 다 수색을 할 것이지만 우린 이 댁 주인 서정연 씨의 지위를 보아서 그것만은 위선 보류하기로 하고 오늘은 유동섭 씨 방만 수색을 하는 겝니다."

채플린 수염은 할 말을 다했다는 듯이 돌아서서 사진틀을 엎어 놓고 유리를 뺀다.

"신분이 미심 되다니요. 그렇다면 유동섭 씨가 무슨 일을 저질렀단 말입니까?"

"네 저 아니야요. 거저 저 잠깐 좀 조사해 볼 일이 있어서 그래요."

채플린이 고개를 비뚤하고 돌아다보고 이번에는 휴지바구니를 쏟아 놓는다.

"여보."

책상 서랍에서 편지 뭉텅이를 꺼내던 뚱뚱한 남자가 몸에 맞지 않게 쇠 된 목소리로 채플린 수염을 돌아보며 무슨 종이쪽을 들이민다.

"이상한데."

뚱뚱한 사나이는 손에 들었던 종이를 양복 주머니에 넣는다.

자경은 어깨가 오싹하고 소름이 지나가는 것을 억지로 참고 두 사나이의 얼굴을 번갈아 쳐다보고 섰다.

반시간 전까지 아니 십 분 전까지 공작 날개처럼 화려한 자경의 꿈은 처참하게 깨어지기 시작하였다.

얼마 후에 방을 수색하던 두 사나이는 돌아가려는지 밖으로 나온다.

"저, 담요 같은 것이나 차입해 보시죠. 유동섭 씨는 지금 ××서에 있는데요 쉬 나오기는 하겠지마는."

생색이나 낸 듯이 노랑수염은 자경을 돌아보고 샐쭉 웃고 뚱뚱보의 뒤를 따라 나갔다.

"자경 정신 차려요."

방금 쓰러지려는 자경의 어깨를 인애가 두 팔로 안았다.

자경은 인애에게 부축이 되어 침실로 돌아왔으나 쪽빛처럼 파래진 입술은 좀처럼 본색으로 될 성싶지도 않다.

"어떡하니? 인애 인애 어떡하면 좋아!"

인애는 방금 실신이나 하려는 듯이 초조하여 날뛰는 자경을 무어라고 위로할 말이 없다.

"좌우간 차입이나 해볼까? 그러고 회사에 기별을 해서 누구 더러 알아보아 달라고 해볼까?"

"아니 그럴 것 없어. 우리가 가요 응 인애. 좀 같이 가요? 응."

"가고말고. 자 위선 안심을 해요."

인애는 하인더러 물을 가져 오라 해서 자경에게 마시게 했다. 그 사이 계집 하인에게 소식을 듣고 어머니가 자경의 방으로 왔다.

"웬일이냐 대관절."

어머니도 얼굴이 노랗게 되어 자경의 손목을 붙잡고

"동섭이가 붙들려가다니 무슨 죄가 있다고 응? 글쎄 이거 웬 말이냐?"

울 듯한 어머니 목소기도 자경은 귀찮았다.

"글쎄 어머님은 가만히 누워 계세요. 인애하고 둘이 가서 알아보고 올 테니까요."

자경은 인애가 입혀 주는 대로 외투를 걸치고 목도리를 두르고 밖으로 나왔다.

현관문까지 쫓아 나오는 자경 어머니를 돌아보고 인애가

"너무 염려 마십시오. 아까 그 형사도 쉬 나온다고 그랬으니까요 …… 이제 곧 다녀오겠습니다."

하고 인애는 자경의 한 팔을 끼고 골목으로 나왔다. 뒤에는 담요와 솜옷과 침의를 보에 싸서 들고 계집 하인이 따르는 것이다.

××서에는 아까 보던 그 채플린 수염이 마침 층층대에서 내려오는 것과 마주쳤다.

자경의 집에서 해죽해죽 웃던 것과는 반대로 수염 아래로 풀잎같이 얇은 입술을 꼭 다문 채로 자경을 한 번 슬쩍 거들떠보고는 저편으로 가는 것이다.

"저 좀 보서요. 이것을 차입하러 왔는데요."

하고 자경이 억지로 웃음을 띠었다.

"저리로 가 보오."

하고 거만스럽게 한편 복도를 가리킨다.

자경과 인애가 천신만고로 차입을 마치고 집에 온 때는 전등불이 와서 켜질 때였다.

집에는 동경으로 간 사장에게 전보라도 치려고 서둘렀으나 어디서든지 자리를 잡고 앉은 곳을 알아야 소식을 보낼 것이다.

갈팡질팡 자경은 울고 뒹굴다시피 괴로워하고 어머니도 땅이 꺼질 듯이 한숨을 쉬면서

"어떡하면 좋단 말이냐."

하는 말만 연거푸 하는 것이다.

자경은 누가 찾아오더라도 절대로 면회를 하지 않는다고 하인들에게 명령을 하였다.

복도를 다니는 아랫사람들의 걸음도 조심조심 조용하여졌다.

하루 동안에 초상이나 난 듯이 이 크나큰 집은 근심과 슬픔의 동굴로 변한 듯하다.

인애는 차츰 어두워 오는 창밖을 바라보고 어머님이 기다리실 것이 걱정이 되었다.

그러나

"어떡하니, 어떡하니."

하고 인애의 치마를 붙잡고 있는 자경을 차마 떼어 놓고 일어설 수도 없는 것이다.

저녁상이 들어왔으나 물론 자경은 거들떠보지도 않는다. 인애는 자경 어머니의 권함을 받아 수저를 들었어도 물론 밥이 넘어가지를 않는

것이다.

밥상도 나가고 어머니도 자리에 가서 누워 있겠다 하고 돌아간 뒤다. 갑자기

"하하하하."

하고 자경이 웃는다. 인애는 소름이 오싹 돋았다.

'이 애가 미치나?'

하는 생각이 든 때문이다.

"호호호 인애 사람이란 영혼이 확실히 있는 게야. 내가 뭐라고 그랬어. 동섭 씨가 사회주의자가 돼서 붙들려가면 어쩌느냐고 언젠가 인애더러 묻지 않았어?"

"응 지난여름에 월미도에서."

"호호호 인애에게 묻기는 그때 한 번이었지만 내 맘속은 늘 불안했어요. 밤낮 무슨 일을 저질 것만 같단 말야."

"애 누가 들으면 정말 동섭 씨가 죄를 지은 것 같겠구나. 알아보지도 않고 …… 일은 무슨 일을 저질러?"

"아니 나는 직감이 있어요. 두고 보아요. 그인 좀처럼 못 나올 테니 …… 호호호."

어깨를 흔들며 자경은 천장을 물끄러미 바라본다.

"인애 난 죽어 버릴까 보아 응? 이렇게 가슴이 미어지는 고통보다 차라리 죽어버릴 테야."

하고 자경이 벌떡 일어나 앉는다. 그의 두 눈이 무섭게 충혈이 되어 있다. 탄환을 맞은 아름다운 새처럼 인애의 눈에는 자경의 고민은 애처로웠다.

'아아 빈사(瀕死)의 백조(白鳥)여!'

인애는 맘으로 부르짖고 자경의 어깨를 안았다.

그날 저녁 동경서 무사 도착이란 전보가 사장에게서 왔을 때 자경은 곧 동섭이 위중하니 속히 나오라고 마주 전보를 쳤다.

경성 역에 도착한 서 사장과 상만은 바쁘게 기차를 내렸다. 플랫폼에는 요 며칠 동안 몰라볼 만큼 얼굴이 수척하여진 자경이 인애와 나란히 서 있다.

"정거장에는 왜 나왔어? 병자의 곁에서 간호를 하지 않고?"

서 사장은 눈살을 찌푸리었다.

"아냐요 저."

머뭇머뭇 하면서 자경은 좌우간 바깥 광장까지 나올 수밖에 없었다. 상만과 인애는 전차를 타고 서 사장은 자경과 자가용 자동차에 올라앉은 뒤다.

"저 아버지."

자경은 그제서야 아버지의 귀에 대놓고 동섭이 ××서에 구검되어 있다는 말을 하였다.

"아 그래? 그렇다면 염려 없다. 염려 없어 허허허."

사장은 집으로 돌아와 자경과 마누라를 달래어 아침을 권하였다.

"염려 말어. ××주임이 내 말 안 들을 리 없지. 정 무엇하면 ××총감과 직접 만나 보아도 좋고."

자경은 아버지의 자신 있는 말을 듣고서야 비로소 잠깐이라도 안심을 하는 것이다.

먼 길을 다녀왔건만 서 사장은 조금도 피로한 빛도 없이 그길로 곧 자

동차에 몸을 싣고 총독부로 갔다. 어머니는 요 며칠 사이 말 못 되게 상한 얼굴로

"애 자경아 이번에 외국이구 무엇이구 다 그만두고 혼인부터 먼저 치러야 되겠다. 알아듣겠니?"

하고 어머님은 애원하다시피 말을 한다.

"아무래도 좋아요 정 어머님이 그러시다면 혼인해 버릴 테야요."

자경은 이번에 동섭이 무사히 나오기만 하면 가정이라는 울타리로 동섭을 얽어버리고 싶은 생각도 지나가는 것이다.

오후 두 시가 훨씬 지나서 아버지가 입술이 까맣게 타고 얼굴이 찌뿌듯해서 들어오는 것을 보자 자경의 가슴이 선뜻하였다.

"그래 그 사람이 영감 청을 들어 준다고 그럽디까."

마누라가 반쯤 몸을 일으키며 말을 건네었다.

"내 그런 벽창호들은 처음 본다니까. 빌어먹을 자식들 츳."

혼잣말 같이 하고 사장은 아랫목에 가서 털썩 기대어 앉는다.

자경은 가슴에서 뜨거운 김이 후끈하고 솟는 것을 느끼었다.

"아버지 정말 그이가 죄를 지었다면 집안에서 징역을 살도록이라도 주선해 보시지요."

"글쎄 말야. 나는 좌우간 집에 내다놓고 심문을 해달라고 그랬구나. 일만 원 보증금까지 걸겠다고 말했지만 그럴 수 없다는 거야. 단지 되도록 속히 처단은 해보마구 그러더라만."

"그래 죄는 무슨 죄래요?"

"건 자기들도 알 수 없다는 거야. 아마 비밀에 부치는 모양이야……
내 그래 인천이고 야학이고 무어고 다닌다고 할 때부터 어째 위태위태

하더라니까 ……."

"아버지! 어떡하면 좋아요?"

자경은 부끄러움도 잊어버린 듯 애원하듯이 또 한 번 아버지를 쳐다보았다.

"오상만 씨 오셨습니다."

하는 계집애 하인의 목소리가 문밖에서 들린다.

상만은 자기가 생각하던 바와는 딴판으로 동섭이가 앓는 것이 아니요 경찰서에 붙들려갔다는 말을 들을 때 그의 맘속은 매운 것을 먹은 때처럼 약간 얼얼하여졌다. 문득 그 수줍은 듯하던 동섭의 은근한 태도 언제 보아도 깊은 숲속처럼 고요하고 무거운 그의 모습이 눈앞에 나타날 때 이때까지 황금 벌레로 모멸하여 오던 자기의 맘이 천박한 듯도 하였다. 그리고 이름을 팔기 위하여 자선사업을 한다고 비난의 눈으로 보던 자기의 인식이 틀리지 않았나 하고 생각할 때 상만은 거기에서 또 다른 의미로 어떤 불쾌한 압력을 느끼었다.

'그렇다면 동섭은 진실한 양심이 있는 시대의 청년이다?'

이 결론은 마침내 상만의 지금까지 가지고 있는 질투와 적개심을 변하여 동섭을 자기와 대등의 지점에서 바라보게 하였고 동시에 인격이라는 저울로 서로를 달아보게 하였다. 상만은 자기가 내리쳐 보고 비웃던 동섭이 자기보다 훨씬 앞서 걷고 있는 것을 발견하였을 때 상만을 쓸쓸하였다.

자경이 응접실에 나올 동안 상만은 어디서인지 동섭이 부드러운 미소를 띠고 나와서 자기의 손목을 붙드는 듯하여 맘 한 구석이 어두워지는 것을 느끼는 것이다.

상만은 참으로 슬픈 듯이 자경 앞에 머리를 숙였다.

"무어라고 위로드릴 말씀이 없습니다."

"······."

싱싱한 수풀처럼 건강하고 아름다운 상만을 보자 자경은 얼굴을 돌이켰다.

자경은 지금쯤 컴컴한 방에서 어떠한 고생을 하고 있을 동섭을 생각할 때 자기 앞에 와서 무어라고 인사말을 하는 이 청년의 존재까지도 어째 미워지는 것이다.

"설마 별 일이야 없을 테니까 곧 나오시겠죠."

"······ 글쎄요. 곧 나왔으면 좋겠습니다만."

"면회라도 한 번 청해 보셨습니까?"

"아뇨. 그런 생각을 못 해봤는데요. 면회를 청하면 될 수 있을까요?"

자경의 얼굴은 금시로 명랑하여졌다.

"꼭 안 될 법도 없지요. 되든 안 되든 서둘러나 보셔야지요."

"참 그렇겠습니다. 오 선생님 미안합니다만 어디 면회하도록 주선해 주서요 네? 지금 나가 볼까요."

"물론이죠. 우는 애기 젖을 준다는 말도 있으니까요."

자경은 조금 전에 밉상스럽게 보이던 이 남자가 갑자기 고마운 친구로 눈앞에 비치는 것이다. 자경은 외출할 채비를 차려가지고 상만과 나란히 밖으로 나왔다. 바람도 없이 따뜻한 날씨가 바로 봄날 같이 안온한 겨울 오후이다.

공중에는 비행기가 두 채 푸르르 소리를 내며 남으로 날아가는 것이 보인다.

"아무튼 유 형의 속은 알다가도 모를 일이야."

동섭을 비난하던 습관이 배긴 상만이 혼잣말 같이 입속으로 중얼거리다가 흠칫하고 입을 다물었다.

"무엇이 모르시겠단 말입니까."

자경이 걸음을 딱 멈추고 상만을 바라다본다.

"아냐요 저 사랑하는 이가 얼마나 걱정하실 것을 생각한다면 좀 더 근신을 해도 좋았을 것이란 말이야요. 하도 무서운 세상이니까 말이지요."

"그렇지만 조금이라도 그이를 비난하지는 마셔요 …… 정말 그이는 남자니까요."

자경의 얼굴은 금시로 가을 달처럼 싸늘하여졌다.

"사실입니다. 내가 동섭 씨에게 나의 온정신을 다 바치고만 것도 그 남자다운 크고 깊은 인격 그것이었어요. 요새 보통 젊은 애들처럼 계집애 비위나 슬슬 맞추어 주고 그리고 외출할 때 스틱보이질이나 해주는 그러한 사람들과는 다르니까요."

상만을 노려보는 자경의 눈은 성난 암범처럼 새파란 불이 타는 듯하였다.

"하하하 내 말을 오해하시는군. 하여튼 지금은 흥분하여 계실 테니까 …… 내 말이 기분을 상하게 해드렸으면 용서 하십시요 사과하지요 하하."
하고 상만은 껄껄 웃어보였으나 자경은 좀처럼 웃을 것 같지도 않다. 그들은 큰길로 나와서 ××행 전차에 올라탔다.

사람들이 오르고 내리고 말하고 걸어가는 것이 자경의 눈에는 아무런 뜻도 없는 만화같이 보여지는 것이다.

오늘 동섭을 보러가서 될 수만 있으면 자기도 동섭이와 같이 마루방에 집어넣어 주었으면 고마울 것 같기도 하다.

사랑하는 동섭이가 있는 곳이 감옥 아니라 지옥이라 해도 사양할 것 같지가 않는 것이다.

자경은 입술이 바싹바싹 타는지 까닭에 자주 혀끝으로 입술에 침을 발랐다.

웬일인지 이대로 영영 동섭과 만나보지 못하고 말 것 같은 슬픈 생각이 가끔 가슴 속을 스쳐갈 때 그는 무서운 생각을 잊어버리려고 고개를 돌이켜 다른 곳을 보기도 하였다.

자경은 오래간만에 맘속으로 기도를 올렸다.

'하나님 동섭 씨를 무사히 집으로 돌려보내 주소서 ……'

전차에서 내려 두 사람은 ××서로 갔으나 물론 면회는 허락되지 않았다.

자경은 평소에 자존심도 간 곳 없이 사정도 해보고 애원도 해보았으나 그들 법을 가진 자 앞에 인정을 호소하는 것은 마치 어린아이 머리로 만석을 치는 것처럼 소용없는 일이었다.

삼색화

겨울도 차츰 깊어져서 밖에는 소리 없이 눈이 내리고 있는 밤이다. 회색 털실로 짜던 재킷이 거의 다 되어 단추를 달고 있는 인애를 건너다보고 어머니는

"기어코 이번 성탄 안으로 결혼식을 치르고 말자던 것이 그만 이렇게 늦어지는구나."

어머니는 바지에다 솜을 다 넣었는지 숭덩숭덩 호기를 시작한다.

"설 쇠고 천천히 해도 어떨라고요?"

"애가 그렇게 자꾸만 늦출 것이 못 된다. 속담에 쥐라도 늙은 쥐를 쓴다고 내 말을 허수히 듣지 말아라. 거저 속히 해서 좋다면 좋은 줄 알지 어미가 설마 너를 그르게 지도를 하겠느냐."

어머니는 건넌방에 상만을 두고 안방에 인애가 거처하는 것이 늘 맘에 조마조마한 불안을 느끼게 하는 것이다.

인애의 성격으로나 또한 자기의 감독으로 그러한 불상사야 없겠지만 행여나 젊은 아이들 일이라 혹시 결혼식 전에 무슨 실수라도 있으면 어쩔가 하는 근심이 맘속을 떠나지 않기 때문이다.

물론 인애도 어머님의 맘을 모르는 것은 아니다. 그러나 상만이가 서둘러서 할 일이지 자기가 먼저 예식 운운하고 덤비기에는 인애의 성격

으로는 할 수 없는 일이었다.

취직이 되었으니 지금쯤은 혼인 말이 나올 듯도 싶건만 웬일인지 어머니가 그런 말을 하려면은 상만은

"조금만 더 기다리셔요. 그래도 비용도 들겠고 여간한 준비가 되어야 하지 않습니까."

하고 상만은 예식을 미루는 것이다.

오늘 저녁은 벌써 열 시가 넘었건만 웬일인지 상만은 돌아오지 않는다.

일본 갔다 온 후부터는 태평통에 있는 서 사장의 회사에 사무원으로 들어간 것이다.

아침에 나가서 지금까지 어디 있을까 무엇을 할까 인애는 재킷에 단추를 달면서도 화로 위에 얹어둔 찌개 냄비를 가끔 만져본다. 거의 열한 시나 되었을까 대문이 찌걱 하면서 상만이 들어오는 소리가 난다. 인애는 벌떡 일어나서 문을 열고 전등을 내들었다.

불빛에 보아도 빨갛게 취한 상만이 비틀 걸음을 하면서 마루에 털썩 걸터앉는 순간 술 냄새가 휙 하고 풍긴다.

"아 인애 씨 용서하시오. 친구들이 이렇게 나를 술을 퍼먹였다오 아."

외투에 묻었던 눈이 차츰 녹는 것이 마치 비를 맞은 것 같이 번지르르해 지는 것이다.

"어여 방으로 들어가셔요."

"자 내 손을 좀 붙들어 주시오. 하 용서하시오."

인애는 상만의 두 팔을 잡아 마루로 올렸다. 건넌방 문을 열고 상만을 들여보낸 뒤 모자와 외투를 벗기고 이불 속으로 누여 주었다.

마루로 나와 안방으로 들어가려던 인애는 우뚝 걸음을 멈추고 섰다.

마루에는 사각 봉투가 한 개 눈에 뜨인 까닭이다.

문틈으로 희미하게 비치는 불빛으로 인애는 몸을 굽혀 봉투를 들었다. 안방 문을 빼꼼히 열고 불빛에 비쳐보니 오상만 씨라고 쓰인 편지다. 글씨가 이상하게도 여자의 필적이 아니냐. 인애는 본능적으로 이 편지를 꽉 쥐었다. 의심, 질투, 분노 이러한 교착된 감정이 일찰나로 인애의 중추신경을 지나갔다.

인애는 안방으로 들어가서 전등 아래에서 편지를 자세히 검사하였다. 뒤에는

'동경서.'

라고만 쓰였을 뿐이었으나 속에 사연은 능란한 일본 글씨로 깨알 같이 박은 여자의 편지다.

사연은 이러하다.

'나의 오상만 씨 일시도 일각도 잊지 못하는 나의 제일 귀중한 오상만 씨!'

편지를 들고 있는 인애의 두 손이 와들와들 떨고 있다.

"어서 온 편지냐?"

어머니가 아랫목에 깔아 논 요 밑으로 발을 넣고 누우면서 무심히 물어보는 것이다.

"아냐요 저 동무한테서 온 거야요."

이렇게 둘러대고 인애는 다음 사연으로 눈을 굴리듯 내리읽는다.

'사랑하는 이여. 그날 밤 당신과 꿈같이 만나 작별한 뒤 나는 왜 당신을 쫓아 조선으로 못 나갔던고 하고 지금도 스스로 후회하고 있습니다. 아가는 당신이 보내주신 그 돈으로 어여쁜 털 망토를 사 입혔더니 마치 귀공자처럼 아름다워요. 당신의 얼굴을 닮은 우리 학세! 보는 이마다

잘났다고만 한다고 아주머니도 코가 높아진답니다.

그동안 아기 수중은 내가 어떻게 해서라도 해갈 터이니까요 당신은 어서 월급 받는 대로 우리 살림살이 하도록 집도 얻고 세간도 장만하셔요. 아무래도 내년 봄에는 아기를 데리고 조선으로 당신 계신 곳으로 가고 말 터이니까요.

나는 정말입니다. 당신이 다녀가신 뒤로 카페에 가서도 술 한 잔 먹지 않는 답니다. 학세의 좋은 어머니로 또 당신의 가련한 아내로 나의 남은 날을 깨끗하게 보낼 결심입니다.

아아 나의 오상만 씨!'

인애는 편지를 든 채로 멀거니 앉았으나 그의 머릿속에는 갑자기 벌 떼나 들어간 듯 귓속은 왕왕 울고 가슴은 쇠망치로 내리치는 듯 전신에 오한이 들고 사지가 풀려서 금시로 호흡이 끊어질 듯한 고통을 어찌할 수가 없다. 어머니는 어느덧 잠이 드는 모양으로 앞니가 빠진 입술을 푸 푸하고 불을 불기 시작한다.

인애는 벌떡 일어났다. 후들후들 떨리는 다리로 문밖으로 나왔다. 그리고 건넌방을 건너다보았다.

전등 빛이 환하게 비치는 방!

인애는 입술을 깨물고 문 가까이 갔다. 그리고 소리가 나도록 문을 열어젖혔다. 상만은 그 사이 완전히 잠이 든 모양으로 베개도 베지 않고 양복을 입은 채 이불 위에 활개를 치고 잠이 들어있다. 인애는 반사적으로 두 손으로 머리를 쳐들고 베개를 받쳐 주었다.

그러나 상만은 사람이 들어온 것도 또는 자기 머리를 만지는 사람이 있는 줄도 물론 모르는 것이다.

인애는 그의 머리 옆에 쪼그리고 앉았다. 그리고 가만히 그의 자는 얼굴을 들여다보았다.

상만의 붉게 취하여 자는 얼굴은 평일보다 다른 의미로 또한 아름다운 것이다. 그러나 인애는 자는 상만의 아름다운 코를 주먹으로 내리치고 싶도록 상만이 밉고 분한 것이다. 아아, 오늘 한 밤을 내 생애에서 영원히 빼어버릴 수만 있다면!

"저 좀 보서요 네 여보서요."

하고 인애는 상만의 어깨를 흔들었다. 그러나 나무토막처럼 끄덕도 않고 상만은 여전히 곤하게 자는 것이다.

"이봐요 정신 차려요 이게 뭐야요."

이번에는 상만의 코를 두 손가락으로 집게처럼 꼭 쥐었다.

"푸푸 응응."

하고 상만이 돌아눕는다.

인애는 무슨 생각이 났던지 벌떡 일어나 마당으로 내려왔다. 정한 홑이불을 펴 논 듯이 마당에는 흰 눈으로 덮여 있다.

인애는 두 손으로 찬 눈을 뭉쳐가지고 상만에게로 갔다. 상만의 목덜미, 귀밑, 이마, 뺨 할 것 없이 고루고루 눈을 떼여 놓았다.

"앗 찻차차."

하면서 상만은 눈을 떠서 벌떡 일어나 앉는다.

"웬 장난이요 사람이 곤해서 자려는데."

하고 상만이 얼굴을 찌푸리며 목덜미에 손을 넣어 방금 녹아내리는 눈덩어리를 집어던진다.

"인제 잠이 깨셨군. 이게 뭐야요? 글쎄 이게 누구 편지야요."

"응? 편지?"

상만은 인애가 들이미는 사각봉투를 보자 여태껏 얼근하던 술기운이 한꺼번에 깨였다.

"……."

"이게 누구에게서 온 거야요."

"보셨으면 알게 아니요, 하하하."

상만은 호걸스럽게 웃어 보였으나 낮에 회사로 온 요시에의 편지를 없애 버리지 않고 외투 속주머니에 집어넣어 두었던 것을 그대로 잊어 버리고 있었던 것이 여간 후회스럽지가 않는 것이다. 오늘 저녁은 상만의 신입사의 환영이라는 명목이었으나 사실인즉 인천 파업단에서 무조건으로 먼저 굴복을 한 것을 무척 다행으로 생각한 사장이 사원 일동에게 한턱을 허락한 것이다.

그러나 저러나 요시에의 편지가 인애의 손에 들어가다니!

상만의 눈앞에 새파랗게 질려 있는 인애의 얼굴이 빙글빙글 돌아가는 것처럼 상만은 잠깐 동안 현기증을 느끼었다.

상만은 생각하여 보았다. 차라리 요시에와 된 일을 전부 설명을 해 버릴까.

'나를 사랑한다면 그것까지도 이해 못할 리는 없으련만…… 그러나 어린애까지 나왔단 말을 할 수 있을까.'

상만은 인애가 주는 학비로 공부를 하는 중 하숙의 딸과 관계를 하여 아이가 나왔다는 말까지는 차마 입이 떨어지지 않는 것이다.

인애와 결혼식이라도 하였다면 남편 된 권리로 눌러라도 보련만 …… 상만은 참으로 등골에서 진땀이 흐를 지경이다. 인애는 잠자코 한

참 동안 잠자코 앉아 있는 상만을 바라보더니

"내 그럴 줄은 몰랐어요. 사랑하는 이가 따로 있는 것도 모르고 ……."

인애는 쏟아지는 눈물을 손바닥으로 문지르며 얼굴을 돌린다.

상만도 차마 인애를 바로 볼 수가 없는지 고개를 숙여버렸다.

무거운 침묵이 잠깐 동안 두 사람 사이를 흘러갔다.

"인애 씨! 용서하서요."

상만은 손을 내밀어 인애의 손을 잡으려 하였다. 그러나 인애는 더러운 것이나 가까이 오는 것처럼 손을 뿌리쳐 버리는 것이다.

"하하하 장난을 너무 지나치게 한 죄를 용서해 주서요 네, 인애 씨!"

"……."

과연 상만은 요시에와 지난 일이 일종의 장난에 지나지 아니한 것이다. 그러나 그 장난은 드디어 상만의 일생을 암흑으로 끌고 들어갈 악마의 발톱이 되고 만 것이다.

"듣기 싫어요. 장난이 무슨 장난이야요. 실지로 그러한 사람이 있기에 이런 편지가 온 게 아니요. 암만 속이려고 들어도 난 안 속아요."

상만이 장난이라고 하는 말로 인애를 놀려주기 위하여 일부러 그러한 편지를 만들었다고 하는 말로 들은 모양이다.

이것은 돌연 뜻하지 아니한 구원의 길이 상만 앞에 나타난 것이다.

"하하하 용서하서요. 편지를 만든 사람이 있으니까요. 정 못 믿는다면 데려와도 좋아요. 오늘 저녁에 회사에서 내 환영회를 열어 주었지요. 그리고 이차회로 몇몇이 본정으로 갔거든요. 그리고 날더러 약혼 턱을 내라고 하면서 술을 막 먹이는구려. 나는 거저 주는 대로 넙적넙적 받아먹기만 했죠. 취중에 들으니까 어느 일본 계집애더러 편지를 쓰라 하고 그리고 자꾸 웃고 떠들더군요. 그러더니 무슨 말인지는 몰라도 아마 당신이 보고 놀라도록 쓰는 모양이더군요. 사실 장난이외다. 나의 불찰이외다. 자 용서하서요 하하하."

상만은 웃으면서 또다시 인애의 손목을 잡았다. 그리하여 요시에의 일은 인애 앞에서 아주 비밀이 되고 만 것이다.

그러나 이것이 상만의 일생의 식낱(符號)을 영원히 외로 틀어버린 동기가 될 줄은 상만은 깨닫지 못하였다.

인애는 아직도 성이 풀리지 않은 듯이 새치름해서 앉아 있기는 하나 그의 얼굴에는 확실히 안심의 빛이 떠도는 것을 상만은 놓치지 않고 알아보았다.

"인애 씨 용서하셔요."

"난 몰라요. 공연히 그런 사람이 있거든 바로 말을 해 주서요. 그러면 나도 잘 생각해서 피차 좋도록 처치를 할 터이니까요."

"온 천만에. 내가 인애 씨 이외에 누구에게서 편지가 올 여자가 있을 듯싶소. 온 인애 씨도 그렇게 내가 미덥지 못하게 보이나요?"

"그래도 속담에 믿는 나무에 곰핀다고."

"노 노, 꿈에라도 결단코 꿈에라도."

차차 술기운이 깨어나는지 상만은 자리끼를 쭉 들이키고는

"미안하지만 냉수 한 그릇 더 주시지요."

인애는 부엌으로 나와서 냉수를 뜨려 하였으나 물독은 꽁꽁 얼어 붙어 있다. 인애는 칼자루를 찾아서 얼음을 톡톡 깨치고 물을 떴다.

웬일인지 뜨거운 눈물이 주르르 물그릇에 떨어졌다.

그처럼 사랑하는 상만을 잠깐이라도 의심하고 저주하였다는 뉘우침

의 눈물이다.

동섭이 유치된 지도 벌써 일 개월이 넘은 어느 날 상만은 회사에서 장부의 기입을 하고 있노라니 전화가 왔다.

자경의 목소리다.

"미안하지만 댁으로 가실 땐 집으로 좀 들려가세요."

"네네? 네네 다섯 시 조금 지나서 가 뵙겠습니다."

상만은 시간이 되어 회사에서 나올 무렵에 넥타이를 만져보고 손으로 머리를 두 번이나 쓸었다. 웬일인지 자경 앞에 나갈 때는 자기도 모르게 옷매무새가 조심이 되고 말소리와 걸음걸이까지도 이상한 주의가 가는 것을 어찌할 수는 없는 것이다.

자경은 응접실로 나와서 상만의 오기를 기다리고 있었던 모양으로 몹시 반가워하는 표정이다.

"차입을 좀 해야겠는데요."

"네 그러시지요."

상만은 속으로 의례히 그 말이었거니 생각하였다.

자경은 테이블 위에 있는 하얀 주전자를 가리키면서

"마룻방에 혹시 배탈이라도 나면 어쩌나 하시면서 어머님이 오늘도 인삼을 달이셨어요."

"네, 그래서요."

"좀 같이 가서요, 네? 미안합니다만."

"온 천만에 말씀."

어저께 사장은 북선 방면으로 출장을 나가고 없음으로 자경은 자가용 자동차를 쓸 수 있었다. 두 사람은 쿠션에 기대어 앉았으나 둘 다 아

무 말이 없는 듯 서로 묵묵히 창밖에 진열되어 있는 세모(歲暮)의 풍경을
바라보고 앉았을 뿐이다.

자경은 오늘은 제발 면회가 좀 되었으면 하고 속으로 은근히 빌었다.

이날도 애걸하다시피 하여 차입은 겨우 되었으나 면회는 물론 허락
되지 않았다.

다시 돌아오는 자동차에서 자경은 비로소 입을 열었다.

"오 선생님! 요사이 썩 재미있는 활동사진 없을까요?"

자경은 훨씬 희어진 얼굴에 미소를 띠고 상만을 건너다보는 것이다.

"아마 있겠지요."

하고 상만은 대답하였으나 속으로는

'흥!'

하고 웃었다.

동섭의 구류 기일이 넘기 전에 어떻게든지 데려나올 작정으로 그 사
이 서 사장은 백방으로 주선하여 보았으나 동섭은 기어이 예심으로 넘
어가고 말았다.

터질 듯 터질 듯 심장의 고통을 한 달이나 참아온 자경은 인제는 잠깐
만이라도 그 무서운 괴롬에서 해방을 받고 싶은 욕망이 은근히 머리를
드는 것이다. 아무 근심도 모르고 온실 속의 화초처럼 고이고이 자라온
자경에게는 너무도 견디기 어려운 고통이었다. 이러한 자경의 맘을 상
만은 꿰뚫는 듯이 환히 짐작하는 것이다.

"××극장으로 가 보실까요. 유명한 사진이 있다는데요."

"비극보다 희극이 좋아요. 한 번 실컷 웃을 수 있는."

"참 요사이 돈키호테가 왔다는데요."

차가 삼월 오복점 앞 부근에서 대였다.

"우린 명치제과로 가서 기다릴 테니 주인애 씨 모셔 와요."

상만과 자경은 나란히 본정 골목으로 들어섰다.

밀물처럼 몰려 들어가고 나오는 사람의 파도를 헤치고 두 사람은 명치제과 이 층으로 올라갔다.

여기저기 테이블에는 문사인 듯한 청년이 덥수룩한 머리를 한 손으로 빗어 넘기며 무슨 잡지인지 보고 앉아 있는 것을 힐끗 보자 자경의 가슴은 선뜻하였다. 그 기름기 없는 그러나 그 청년의 머리로부터 발끝까지 흐르고 있는 잘 세련된 남성적 아름다움이 어디인지 동섭과 비슷한 곳이 있는 것을 발견한 때문이다.

자경은 코코아와 케이크를 주문한 뒤에도 그의 맘에는 걷잡을 수 없는 슬픔으로 가득하여져 있는 것이다.

마침 옆에 테이블에 새로 손님들이 사오 인 들어온다.

그들의 능금같이 붉어진 뺨들을 보거나 입은 옷이나 또 그들이 하나씩 상 아래 놓는 스케이트를 보아 그들은 지금 한강에서 얼음을 지치고 오는 사람들이 분명하다. 자경은 밝은 불빛을 발견한 나비처럼 그의 얼굴에는 생기가 떠돌았다.

"우리도 스케이팅하러 갈까요? 모레 일요일에."

"좋지요."

상만도 마주 웃어 보였다.

"정말이야요. 그런 운동이라도 해서 좀 기분을 돌이켜야 되겠어요."

"물론이지요, 난 벌써부터 그런 말씀이라도 드리고 싶었습니다만 혹 어떻게 생각하실까 하고 주저하고 있었지요."

"그러셨어요?"

보이가 코코아를 두 번째 가져왔을 때 층층대로 올라오는 인애의 얼굴이 보인다. 자경은 몸을 반쯤 일으켜 인애에게 손짓을 하였다. 보이가 새로 코코아와 케이크를 인애 앞에 갖다놓고 나갔다.

"인애 우리 모레 일요일에 스케이팅 하러 가요 응. 오 선생님도 가신다고 그러시는데!"

"그래그래, 자경이 좋다면 가지."

인애는 이 불행에 빠진 동무를 어떻게 해서라도 잠시라도 위로해 주었으면 싶었다.

세 사람은 오래간만에 본정을 한 바퀴 돌고 어느 식당에 가서 저녁을 마친 뒤 '돈키호테'라는 활동사진까지 보았다.

상만과 인애는 자경을 그 집까지 바래다주었다.

황금의 기사

벌써 벽 위에 걸린 달력도 말라붙은 가랑잎처럼 단 한 장이 남아 있는 섣달그믐이다. 아침부터 날이 흐르고 바람이 불고 이 겨울의 추위로는 이날이 제일인 듯 세말의 바쁜 날임에도 불구하고 거리에는 비교적 사람의 내왕도 적은 대한문 앞을 지나올 때 상만은 으쓱하고 외투 깃을 치켜세웠다.

그리고 손에 들었던 꾸러미를 무거운 듯이 다른 한 손으로 받아 들었다.

'내일 모레가 자경과 약속한 스케이팅!'

하고 상만은 웃었다. 그러나 그의 얼굴은 곧 다시 찌푸려졌다.

'또 들어가면 결혼식 때문에 졸릴 것인데.'

상만은 고개를 흔들었다.

'암만해도 연기할 수밖에 …… 그렇다면 …… 한 길밖에 없어.'

상만은 자기 혼자만 아는 말을 입속으로 뇌고 빙긋 웃었다.

인애의 집 대문 안으로 들어서자 전과 같이 인애가 달려 나와 상만의 책보를 받는다.

"이건 무어에요 아주 무거운데요."

"풀어 보시죠, 무언가."

인애는 방글방글 웃더니

"내 알아 맞히지요. 스케이트지 뭐야요, 호호."

"하하 참 용하군요."

"몰라요."

인애는 부엌으로 들어가 버렸다. 거의 다 된 저녁상을 방으로 가져왔다. 세 식구가 전과 같이 저녁을 받았다. 그러나 상만은 웬일인지 밥을 뜨다 말고

"기분이 나빠서요."

하고 건넌방으로 간다.

"감긴가 보지? 요새 날이 무척 추우니까 ……."

어머니는 걱정스러운 듯이 인애를 건너다보는 것이다.

"글쎄요."

서름질[151]을 마치고 인애는 행주치마를 벗어 놓고 건넌방으로 갔다. 자리를 펴고 누워 있는 상만은 잠이 들었는지 인애가 들어 왔건만 눈도 떠보지 않는 것이다.

"어디가 많이 편찮으서요? 의사를 불러 올까요?"

"……."

상만은 죽은 듯이 대답이 없다. 인애는 찬 손을 요 밑에 넣어 녹여 가지고 가만히 상만의 머리를 만져보았다.

머리는 별로 덥지가 않다.

"저 좀 보서요. 의사를 지금 데려 올까요."

하고 머리에서 손을 떼려던 순간이다. 지금까지 자는 줄만 알았던 상만

---

151 설거지의 방언.

이 갑자기 한 팔을 들어 인애의 가는 허리를 덥석 안는다.

"인애 씨!"

상만은 웬일인지 인애의 몸을 이불 속으로 안아 들이려고 하는 것이다. 전에 없던 일이라 놀라서 인애는 잠자코 상만의 손을 뿌리쳤다.

"인애 씨! 우리는 너무도 시대에 뒤떨어진 사랑이 아닐까요. 사랑하는 사람은 맘을 허락할 때 벌써 몸까지도 하나가 되어야만 할 것이 아니겠어요?"

"……."

"네! 인애 씨! 인애 씨가 만약에 나의 기분을 이해하지 못한다면 나를 사랑한다고 믿을 수는 없어요. 네 인애 씨!"

상만은 벌떡 일어나서 두 팔로 인애의 가슴을 안는다.

"아이 갑갑해. 노셔요."

"안 놓겠어요. 차라리 나를 죽으라고 하셔요."

"……."

상만의 두 팔은 칡넝쿨처럼 점점 인애의 몸에 조여드는 것이다.

"인애 씨! 당신은 나의 아내가 아니에요? 네 인애 씨!"

상만의 뜨거운 입김이 점점 인애의 얼굴 가까이 올 때다.

인애는 무서운 생각이 왈칵 솟았다.

"어머니!"

하고 소리를 치려하다가 돌이켜 생각을 하고 목소리를 낮추었다.

"어머니를 불러도 좋아요?"

"인애 씨! 당신은 나를 사랑하지 않습니까? 인애 씨!"

상만은 또다시 두 팔로 인애의 어깨를 안는다.

인애는 젖 먹던 힘을 다하여 목덜미로 점점 가까워오는 상만의 고개를 두 손으로 떠다밀었다.

"인애 씨! 인애 씨!"

상만의 호흡은 차츰 거칠어진다.

인애는 오른손을 번쩍 들어 상만의 한편 뺨을 힘껏 갈겼다.

"이게 무슨 망나니 행동이야."

인애의 음성은 낮았으나 그 속에는 상만의 심장을 콱 찌르는 듯한 처녀의 날카로운 반항이 숨어 있었다.

상만의 뺨이 철썩하고 소리가 났건만 인애를 붙잡은 상만의 두 팔은 좀처럼 움직이지 않는다.

인애는 또다시 전신에 힘을 다하여 상만을 뿌리쳤다.

머리맡에 놓였던 자리끼가 인애의 발길에 채어 출렁하고 절반이나 쏟아졌다.

"그래 이게 당신이 사랑하는 여자를 대접하는 법이야요?"

인애는 두 눈으로 똑바로 상만을 쏘아 보았다.

서릿발 같은 인애의 두 눈은 눈이 아니었다. 상만의 전신을 찌르려는 칼끝이었다. 그 눈과 마주치자 상만은 고개를 탁 숙여버렸다.

순간 상만의 두 팔은 숨이 끊어진 뱀처럼 스르르 인애의 어깨에서 풀렸다.

인애는 옷깃을 여미고 그 자리에 도사리고 앉았다. 잠깐 동안 불쾌한 침묵이 죽음과 같이 두 사람을 에웠다.

"상만 씨!"

인애가 먼저 입을 열었다. 그러나 그 음성은 극히 부드러운 그리고 침착한 그것이었다.

"용서하서요. 나는 깨끗한 당신의 아내로 한 평생을 당신을 섬기려는 몸이어요. 오해하지 말아 주서요 네? 상만 씨!"

인애는 말없이 수그리고 앉아 있는 상만의 얼굴을 들여다보았다. 그리고 두 손으로 상만의 손을 가져다 가슴에 안았다.

심술부리다가 매 맞은 어린아이를 어루만지듯 인애는 상만의 흐트러진 머리털을 가만히 쓸어주었다.

"우리는 결코 일시적 충동에 지배 되어서는 아니 됩니다. 일시적 감정보다도 ……."

"인애 씨!"

지금까지 잠잠하고 있던 상만이 비로소 입을 여는 것이다.

"알았어요. 나는 인애 씨의 그 고귀한 인력을 전부터 잘 알았어요. 그러나 용서하서요. 한 번 시험해 보았소이다. 사랑하는 사람을 시험한다는 것은 어떤 의미로 본다면 퍽 잔인한 것 같지만 그래도 나는 생각이 있었어요."

"…… ?"

'그렇고말고. 상만 씨가 일시적 충동에 지배될 사람은 결단코 아니다.'

인애의 이 생각은 순간이나마 상만의 인격을 먹물처럼 검게 만든 무거운 의심을 사라지게 하였다.

"내가 인애 씨를 사랑하는 그 정열을 보아서는 일시 일각을 지체 하지 않고 곧 결혼식을 거행하여야 할 것입니다. 그러나 인애 씨의 말씀과 같이 일시적 충동이나 감정에 지배만 받는 것보다 오히려 우리는 우리의 사랑을 좀 더 빛나고 영광스럽게 만들기 위하여 얼마동안 기다려야 하겠습니다."

"⋯⋯."

"아시겠어요? 나는 취직하기까지의 지나온 세상의 가지가지의 쓴맛 그것은 언제까지나 잊을 수 없는 나의 운명의 낙인이여요. 나는 결심을 했습니다. 운명과 싸워보리라고 ⋯⋯ 인애 씨 ⋯⋯ 좀 더 기다려 주서요. 내가 이만하면 되겠다 하는 자신이 만에 하나라도 생길 때까지 ⋯⋯ 네 인애 씨!"

"⋯⋯."

"그래 나는 요사이 늘 생각한 대로 이 집을 떠나 다른 데로 하숙을 옮기겠어요 ⋯⋯."

"네? 이 집을 떠나서요?"

인애의 음성은 약간 당황하여졌다.

"네, 젊은 남녀가 예식도 이루지 않고 이렇게 한 집에 너무 오래 있다는 것은 외인의 보기에 혹시 어떨지요. 나야 아무려면 어떻겠습니까마는 일점에 티가 없는 인애 씨께 혹시 어떠한 오해가 오는지 모르니까요. 사실 나는 인애 씨를 얼마나 꾸준히 생각하는지 아시겠어요?"

상만은 두 손으로 인애의 머리를 안고 그의 뺨에 입을 맞추었다.

"인애 씨! 용서하서요. 내일 창신동으로 옮기기로 하숙도 오늘 대강 작정이 됐어요."

"⋯⋯."

"그만하면 오늘 저녁 일은 내가 계획적으로 인애 씨를 시험해 본 것인 줄 아시겠죠."

"⋯⋯."

"하숙을 옮기더라도 날마다 놀러 올 터이고 …… 또 올 여름이나 가을에는 기어이 예식을 이루게 될 터이니까요. 인애 씨도 그렇게만 믿어 주세요, 네 인애 씨!"

"무어든지 당신 좋으신 대로 하서요."

인애는 착한 어린애 모양으로 고개를 끄덕여 보였으나 그의 맘속은 자칫하면 울음이 터질 듯 슬펐다.

인애가 안방으로 돌아간 후 상만은 예식을 연기할 것과 또한 이 집을 나가겠다는 말을 하기 위하여 만든 자기의 연극이 잘도 들어맞은 것이 여간 유쾌하지가 않았다. 그러나 일면이 연극에서 찾아낸 인애의 높은 인격이 새삼스레 그의 가슴에 조각처럼 새겨지는 것이다.

상만은 무거워지는 가슴을 안고 자리에 누웠으나 좀처럼 잠은 오지 않았다.

상만은 오후 다섯 시가 조금 지나 회사에서 나왔다. 만원으로 가득 찬 전차를 억지로 부비고 겨우 올라탔건만 이 시간쯤 인애가 자기를 기다려 주던 일을 생각하니 어째 가슴이 뻐근해지는 것이다.

그는 동대문 밖 하숙으로 들어왔으나 힘없이 문고리를 잡았다. 이불도 그대로 펴 논 채 어제 책가방도 방구석에 아무렇게나 있으려니 생각하고 문을 열어젖힌 상만은 잠깐 동안 자기의 눈을 의심하였다.

이불은 한편에 얌전스럽게 개나 안온하고 깨끗한 기분이고 책도 더러는 책상 위에 더러는 책꽂이에 질서 있게 정돈이 되어있는 것이다.

더욱이 책장 위에 놓인 하얀 프리지어 화분이 그윽한 향기를 뿜고 있고 바람벽에는 불란서 자수로 된 사막을 가는 약대행상의 그림이 걸려 있는 것이다.

"오오 인애!"

상만은 인애가 왔다갔다는 것을 직감하자 그는 눈물이 나도록 인애의 순정이 고마웠다.

인애는 어제 저녁 상만과 같이 와서 집을 알아 놓고 가더니 오늘 와서 이렇게 방을 꾸며 주고 간 것이다.

상만이 어떠한 계획으로 자기 집을 나왔는지 인애는 물론 알지 못하는 것이다.

황금! 눈이 부시는 황금이 손짓하는 데로 끌려 가려하는 상만은 무엇보다도 인애와의 결혼을 연기하지 아니하면 안 되는 것이라 생각하였다. 그러자면 위선 인애의 집을 나와야 하겠다고 생각한 것이었다. 그 때문에 상만은 인애를 향하여 야릇한 시험까지 해보지 않았던가……그러나 인애는 상만의 그 모든 것을 용서하고 오히려 더욱더 깨끗하게 상만을 믿고 사랑하지 않느냐.

저녁상이 나왔건만 상만은 조금 전에 시장한 생각도 잊었는지 밥을 절반도 먹지 못한 채 상을 물렸다.

바깥은 차츰 어두워지는지 창에는 밤빛이 완연하다.

상만은 책상머리에 우두커니 앉아 있으나 어째 맘이 쓸쓸하여지고 외롭다.

인애가 수를 놓아 그린 사막을 지나가는 나그네와 같이 정처 없는 인생의 길이 아득하기도 하다. 황량한 모래판 같이 쓸쓸하고 괴로운 인생! 무엇 때문에 사는가! 잠시 잠깐이라도 서로 믿고 서로 의지하는 맘의 동무가 없이 살아갈 수가 있을까.

'그렇다. 사랑! 오오 인애!'

상만은 그 앞에 만약 인애가 있다면 으스러질 듯이 안아주고 싶은 충동이 지나갔다.

'황금이 무엇이냐 행복이 공명이 …… 오직 사랑뿐이다.'

상만은 문득 어린 학세의 자던 얼굴이 눈앞을 스쳐갔다.

'츳.'

하고 상만은 무책임하게도 한때의 기분으로 돌이키지 못할 실수를 저질러 버린 지난 날이 몹시도 후회스러웠다.

'한 생명이 그들에서 영원히.'

이러한 생각은 상만의 일순간 전까지 사랑을 찬양하던 그 맘속에 날카로운 상처가 되어 쑤시기 시작하는 것이다.

'아비를 찾자면 영원히 어머니의 사랑을 모르겠고 어미의 나래 아래 둔다면 한평생 사생자가 되겠구나, 아아!'

상만은 고사리 같은 손을 반쯤 펴고 색색 숨소리를 내며 자던 그 노르스름한 어린 얼굴을 잊어버리려는 듯이 벌떡 자리에서 일어났다.

'하, 갑갑하다.'

상만은 문을 활짝 열었다. 방안에 불빛이 쏘아 나가는 곳에 무언지 희뜩희뜩 날고 있는 것이 보인다. 눈이다! 눈! 상만은 신을 신고 뜰 아래로 내려섰다. 언제부터 왔는지 제법 발자국이 뚜렷이 나도록 눈이 쌓여 있었다.

상만은 고개를 젖히고 하늘을 우러러보았다.

시커먼 어둠! 별 하나 구름 하나 볼 수 없는 영원의 흑암의 속으로 차디찬 촉감이 젖은 새 깃[鳥羽] 같이 얼굴을 스치고 있다.

눈! 눈! 언제나 눈이 오는 때면 상만은 슬퍼지는 것이다.

"오빠! 이 눈가루가 다 떡가루가 되었으면 좋겠지? 응? 오빠!"

하던 어린 누이 금순의 음성이 방금 어디서 들리는 듯하여 상만은

"후."

하고 한숨을 쉬었다.

아침에 어머니가 읍내 박 주사네 집으로 떡방아를 찧으러가서 늦게 돌아오시던 그 저녁도 눈이 왔겠다.

아침도 못 먹고 우리 남매는 종일토록 내리는 눈만 내다보고 어머니의 돌아오시기를 얼마나 기다렸던고! 해가 저물어 캄캄한 두름길[152]로 어머니가 떡과 밥을 얻어 치마 앞에 싸서들고 오시던 날 ……

"엄마 언제든지 설이었으면 좋겠지! 이렇게 밥도 먹고 떡도 먹게!"

하는 일곱 살짜리 어린 금순이! 아버지는 금순이 두 살 적에 세상을 떠나고 어머니의 손으로 우리 남매를 길러졌지! 그러나 그 이듬해 어머니마저도 돌아가시고 …… 금순이는 장터에 사는 오촌이 데려 갔겠다. 나는 김 선생네 집으로 사환으로 가고 …….

'아, 벌써 십수 년이 흘러갔구나.'

상만은 팔짱을 지르고 이리저리 눈 속으로 왔다 갔다 하는 동안 차츰 추워졌다.

그는 문고리를 열고 방으로 들어왔다. 우두커니 책상 앞에 앉았으나 생각은 연해 지나간 옛날로만 돌아가는 것이다.

어머니가 열흘이나 앓는 동안 미음 한 번 쑤어 대접도 못하였겠다.

금순이와 나는 밭두렁으로 가서 이를 캐다가 삶아 먹었겠다, 아.

---

152 빙 둘러서 가는 길.

상만은 진저리를 치고 눈을 감았다.

김 선생님이 나를 글을 가르쳐 보시고 천재라 하시면서 보통학교에 보냈겠다. 나는 일 년 동안에 두 반 이태 만에 네 반을 뛰어 마침내 사 년 만에 보통학교를 마쳤겠다.

그 뒤 나는 김 선생님을 따라 서울로 올라오고 중등학교에 입학을 하고 그때부터 고학을 시작하였지. 교무주임 이 씨가 나를 데려가고 그리고 산구 고등 상업학교로 가고 이 씨가 별세한 뒤 인애의 돈으로 학교를 마쳤다.

그동안 아아 그동안 나는 어떻게 지났던고. 주림, 천대, 멸시, 하수도의 구정물처럼 갖은 고생이 간난하고 외로운 나에게 몰리고 쏠려왔지 …….

상만은 입술을 꽉 다물고 허공을 노려보았다.

그러는 동안 세상은 나에게 무엇을 가르쳐주었느냐…….

돈만 있으면! 되지 못한 인간이라도 돈만 있으면 흥!

갑자기 상만의 맘속에는 활활 타오르는 불길을 감각하였다.

세상이 별 것이 아니다. 돈만 있으면 천하를 호령할 수 있는 것이다.

그렇다. 권력자도 지배자도 황금의 채질 앞에는 온순한 동물이 되고 마는 것이다. 사람은 떡으로만 사는 것이 아니라고 예수는 말씀하셨지만은 사람은 사랑으로만 사는 것은 아니다.

상만은 벌떡 일어났다. 그는 벽에 걸린 불란서 자수가 들어있는 사진틀을 내려놓았다. 그리고 그 속에 들어있는 사막의 행인을 수놓은 그림은 상만의 거친 손끝에서 방바닥으로 굴러 떨어졌다.

'복수다. 이십오 년 동안 쪼들려온 이 인간 사회에서 황금의 수레 위에서 호령할 때까지 나는 모든 것을 초월하리라. 세상 놈들을 내 발로 눌러 볼 때까지 나는 아무것도 타협을 허락지 않으리라.'

상만은 책상 서랍을 열고 언제 모아 두었던지 눈경치를 박힌 그림엽서 두 장을 사진틀에 박아 벽에 높이 걸었다.

'잊어서는 안 돼 …… 눈 오는 그 밤!'

상만은 또 한 번 어머니가 어둔 밭두렁을 떡과 밥을 얻어가지고 오던 때 일을 맘속에 그려 보는 것이다. 상만이 중학을 마치고 고향 예산으로 내려가서 장터에 사는 오촌을 찾아갔더니 떠나고 말았다는 말을 이웃 사람에게 들은 일이 있었다.

상만은 이 저녁에 웬일인지 만주 벌판에서 죽었는지 살았는지 소식을 모르는 금순이가 몹시도 그리웠다.

'금순아 보아다고. 오빠는 반드시 네 말대로 언제나 설날과 같이 떡과 밥을 가져 보겠다 응. 금순아 아아.'

상만은 목이 잘려 우는 것처럼 메였다.

그는 긴장된 얼굴로 책상 밑에 넣어 둔 스케이트를 꺼내 손에 들었다. 자경과 한강에서 스케이트를 약속한 날이 내일인 것을 생각하고 부대 내일은 날이 개여 지기를 빌고 빌었다.

상만은 자리에 누웠으나 얼른 잠이 들 성싶지도 않았다. 그러나

'제일 좋은 자세로 자경 앞에서 활발하게 스케이트를 해야.'

하는 이 생각이 머리를 스쳐가자 상만은 억지로 눈을 감았다. 그는 다시 일어나서 전등에 불을 탁 끄고 이불을 눈썹까지 갖다 씌우고 되도록 기분을 가라앉히었다.

이리하여 상만은 황금의 기사처럼 그의 한날 한날의 생활이 점점 자

경과 접근할 기회를 노리고 있는 것이다.

이튿날 아침 과연 상만의 소원대로 거울로 잇속을 살피고 그리고 칼라와 넥타이까지 새것으로 매었다.

아침을 마치고 나니 그럭저럭 열 시나 되었다.

'인애의 집을 먼저 가나? 자경의 집으로 바로 갈까?'

상만은 스케이트를 가죽 끈으로 졸라 한 손에 들고서 잠깐 동안 망설일 때

"안녕히 주무셨어요?"

하는 소리와 함께 인애가 산토끼처럼 상만의 곁으로 뛰어온다. 삼팔 목도리로 능금같이 붉은 얼굴에 하나 가득 웃음을 담고 인애는 상만의 앞으로 다가섰다.

세 사람은 한강행 전차에 올라탔다. 간밤에 왔던 눈이 때각때각 얼어붙도록 강바람은 무섭게 차다. 얼음판 위에 까마귀 떼가 내려앉은 듯 새까만 사람의 무리로 덮였는데 가운데 둥그런 원을 에우고 얼음을 지치는 사람들이 참새같이 적게 보인다.

"자 이리로 내려가야지요."

상만이 두 처녀를 돌아보았다. 비스듬한 언덕길을 내려오면서 상만은 인애의 팔을 붙들어 주기도 하고 자경의 손을 잡아주기도 하였다.

발아래 딱딱한 얼음장이 밟힐 때다.

"자 그럼 스케이트를 신어야지요."

하고 상만인 꾸러미를 풀었다. 자경도 가죽 끈을 늦추고 스케이트를 꺼냈다.

인애는 두 손을 두루마기에 끼운 채로 방글방글 웃으며 두 사람이 신

바닥에 스케이트를 비끌어 매는 것을 물끄러미 들여다보고 섰다.

"인애 씨도 스케이트를 가지고 나오자니까 …… 기어이 그냥 오신단 말이야요."

상만이 가죽 끈을 졸라매면서 하는 말이다.

"글쎄 난 본래부터 못한다고 그러지 않았어요?"

사실 인애는 수영이고 스케이팅이고 소위 첨단으로 가는 운동에는 가히 취미를 갖지 아니한 것이다. 학교 뜰에서 간간히 테니스나 처보□ □□□□□□□□□□□□□□□□을 어이는 듯한 강바람을 몸에 느끼면서 할 줄 모르는 스케이팅을 하러 여기까지 나온 것은 단지 사랑하는 상만이 같이 가자고 하는 말을 거절하지 못한 까닭이다.

상만의 청이라면 얼음이 아니라 지글지글하는 사막의 벌판이라도 사양하고 싶지 않은 인애이다.

자경은 웬일인지 스케이트를 신었다가 도로 풀고 끈을 매었다가 다시 끄른다.

"아이 속상해. 왜 이런 것까지 성화를 시켜? 츳."

자경이 짜증을 내면서 다시 스케이트를 신바닥에 붙들어 맬 때다.

"가만 계서요. 내가 도와 드리죠."

상만은 얼른 한편 무릎을 얼음 위에 꿇고 몸을 구부려 자경의 한편 발을 잡았다.

"용서하서요. 내 얼른 매어 드리죠."

"미안합니다."

자경은 빨개진 손을 입으로 호호 불고 장갑을 끼운다.

상만은 익숙하게 스케이트를 자경의 두 발에 단단히 비끄러매어 두고

"자 이만하면 됐습니다. 일어나 보시죠."

상만은 자경의 두 팔을 잡아 일으켰다.

"자 여기서부터 지쳐 볼까요?"

"글쎄요!"

자경의 대답이 끝나기도 전에 상만은 한 손으로 자경의 팔을 잡은 채 싸르륵 하고 소리를 내며 얼음 위를 지쳐간다. 상만이 상반신을 앞으로 조금 구부리자 두 사람은 속력을 내어 까맣게 미끄러져 갔다.

"아이 가만 잠깐 계서요. 호호호."

자경의 소리가 제법 멀리 들려온다.

두 사람이 점점 원 있는 데로 가까이 가고 마침내 상만은 교묘히 사람들 사이를 헤치고 자경을 유리같이 매끈매끈한 둥글 길 위로 밀어 넣었다.

혼자 떨어져 있던 인애도 방글방글 웃으며 상만과 자경이 미끄러져 간 뒤를 쫓아갔다.

조심조심 한 발을 내밀고 발끝에 힘을 주면서 지쳐보는 것이다.

그러나 인애는 누가 떠다민 듯이 얼음 위에 나가 넘어졌다.

'누가 보지 않았나?'

하고 얼른 일어나서 옷에 묻은 눈가루를 털었다.

이번에는 조심조심 천천히 걸어갔다. 인애는 또다시 딴 곳으로 넘어 졌다.

마침 제복을 입은 중학생이 지나가다가 인애의 팔을 붙들어 일으켰다. 인애는 한 손으로 얼얼하여진 어깨를 만지면서 중학생에게 고맙다는 말을 하고 사람들 틈으로 와서 원을 들여다보았다. 인애가 서 있는 바로 앞을 익숙하게 미끄러져가는 자경의 얼굴이 지나가고 그의 목에 감긴 연황색 비단 수건이 파르르 바람에 날리는 것이 눈에 띄었다.

그리고 그 뒤에 바로 가까이 상만이 두 손을 뒤로 젖히고 미끄러져가는 것이 보인다.

그 잘 균형된 얼굴이 붉게 충혈 된 채로! 인애는 속으로 한없는 자랑을 느끼었다.

'공부도 잘하고 인물도 잘나고 그리고 아무런 운동이라도 잘 하는 상만!'

인애는 누구나 자기더러 저 사람이 누군가 하고 물어주었으면 싶었다.

'저이는 나의 남편 될 청년이에요.'

큰 소리로 말하고 싶은 충동까지 느끼는 것이다.

갑자기 뒤에 떨어져 있던 상만이 속력을 내어 자경의 앞을 섰다.

"어때요 날 따라 오시죠."

상만이 자경을 돌아보며 웃었다.

"그럼 누굴 초대로 아시나봐!"

자경이 한 발을 뒤로 들고 앞가슴을 힘껏 내밀자 그는 앞서 가는 상만의 뒤를 육박하였다.

"하하 단연코 굉장하신데요."

상만은 빙긋 웃고 가까이 오는 자경의 한편 팔을 끼었다.

두 사람은 나란히 그러나 꼭 한 몸 같이 유리판같이 미끄러운 얼음 위를 쏜살같이 달리기 시작하였다.

가시관

동섭은 주임이 소리를 꽥 지르는 것을 듣고도 여하히[153] 바람벽만 바라보고 앉았다.

조금 전까지 그대라고 불러주던 존칭까지도 없어졌다.

"네가 암만 부인을 한다 해도 벌써 움직일 수 없는 증거가 손에 들어왔거든 후후후."

동섭은 팔짱을 낀 채 눈을 감았다. 주임은 갑자기 말소리를 낮춘다.

"이봐 고문 받다가 죽어나가는 사람이 얼마인지 아나?"

"……"

"네가 언제까지라도 부인하면 우리는 한 가지 길밖에 없다. 고문이 있을 뿐이다. 흥."

동섭의 눈앞에는 사흘 전에 당하던 광경이 나타났다.

그는 지금 고약을 붙이고 있는 등어리와 정강이가 욱신욱신 아파오는 것을 느낀다. 칡넝쿨이 획획 소리를 내면서 뱀처럼 등어리에 감길 때 불로 지지듯이 따가운 감각. 온 밤을 ××교의 위에 ××앉아 몇 번이나 굴러 떨어졌던고. 그 아스러져 오던 정강이. 동섭은 반사적으로 정강이

---

153 의견, 성질, 형편, 상태 따위가 어찌 되어 있게.

를 만졌다.

"후후후 어디 아프지?"

주임의 조롱하는 소리를 듣자 동섭은 얼른 손을 무릎에서 치웠다.

"지금까지 받아 온 고문 그것은 다 인제 짚신에 물 적시는 셈이야. 오늘 밤부터는 본격적으로 시작할 터인데 …… 죽어버릴는지도 모르지. 하지만 옥의(獄醫)가 있으니까 그렇게 만만히 죽어지지도 못할걸."

주임의 눈에서는 이글이글 타는 듯한 증오와 분노의 빛이 흘렀다.

사실 주임은 요한 삼십 일 동안 동섭이란 사나이에서 일찍 경험해 보지 못한 초조와 굴욕을 느낀 것이다. 그는 사상범인만 전문으로 십사 년간이나 맡아 보았지만 동섭이처럼 힘들고 손아귀 센 피고는 처음이었다.

'기껏해야 부르주아 청년 하나.' 하고 쉽게 알았던 것은 대야주임의 오산이었다. 달래고 우기고 때리고 굶기고 가지각색의 수단을 다 취했건만 동섭은 굳이 입을 열지 아니하는 것이다.

이제 사법주임도 거의 이성을 잃을 만치 악이 치받쳤다.

"죽여 버리는 일이 있더라도 네 아가리는 열고 말리라."

하는 맹세를 그는 자다가라도 혼자 중얼거렸다.

사흘 전에도 동섭이 고문 받는 곁에 산하주임은 지켜 있었다. 동섭이 아픔을 못 이겨 본능적으로 비명을 지를 때

"아직도?"

하고 동섭의 귀에 소리를 쳤다. 동섭은 잠잠하였다.

"자백하지?"

매를 때리는 간수들의 손이 잠깐 멈췄다.

"난 모릅니다."

하고 동섭은 고개를 좌우로 흔들었다.

"더 때려라."

주임의 호령을 들은 간수들은 팔에 힘을 주어 내리쳤다.

동섭은 입술을 꽉 문 채 잠잠하였다.

"아직도?"

"아직도?"

동섭은 바위처럼 움직이지 않는다. 동섭이 침착하면 침착할수록 매를 가진 사람들은 화가 치밀었다. 그들은 미칠 듯이 동섭의 어깨를 내리쳤다. 동섭은 하나씩 하나씩 내리치는 채찍의 아픔은 창호가 자기 몸을 밟고 넘어가는 아픔이라 생각하고 눈을 감았다.

'창수 군. 그대는 어서 나를 밟고 달아나게.'

동섭은 속으로 부르짖었다. 산하주임은 무어라고 호령을 하였다. 사나이들은 동섭의 등어리에 ××섞인 물을 끼얹었다. ××물은 피 흐르는 가슴 밑으로 스며든다. 동섭은 이를 물었다. 채찍은 동섭의 등에 소낙비처럼 내린다.

'창수 군 나는 끝까지 싸우고 있네.'

중얼거리면서 동섭은 차츰 의식을 잃어버렸다.

"인제 더하면 정말 죽습니다."

하는 옥의의 주의를 듣고 산하주임은 고문을 중지시켰다. 동섭이 옥의의 주사로 정신이 깨어난 뒤이다. 이마에 땀을 씻는 간수들의 말소리를 듣고 동섭은 속으로 부르짖었다.

'오늘도 이겼다.'

때려서 자백을 받으려는 그들과 입술을 깨물면서도 자백하지 않는 동섭은 일종의 격투이다.

산하주임은 몇 번째 되풀이하는 이 격투에 한 번도 이겨보지 못한 것은 동섭이에게서 첨 당하는 봉변이다. 창수를 망명시킨 모든 증거를 잡고 있는 주임은 사건의 내용은 그만하면 어지간히 되었다. 동섭이가 창수를 망명시킨 것까지도 다 안다.

다 아는 사실을 동섭이 이렇게까지 부인할 때에 산하의 분노는 컸다. 산하주임은 동섭을 공판정에 내보내기 전에 어떠한 수단을 써서라도 동섭의 입에서

"네!"

하는 한 마디 소리만 듣기로 결심한 것이다.

"오늘은 어째서라도."

주임은 속으로 단단히 결심을 하고 동섭을 똑바로 건너다보았다.

이윽고 주임은 담배를 한 개 쑥 빼어 불을 붙여가지고 두어 번 연기를 훅 훅 뿜더니 갑자기

"하하하."

하고 웃는다.

"남자란 게 그래야지. 정말 나는 그대 인격에 감심하였소. 그대가 일시적 실수로 혹시 일을 저질렀다 하더라도 …… 음 …… 그 책임감 그 친구에게 대한 우정 그래야지. 남자란 천금의 무게라도 비록 죽는 한이 있더라도 약속을 지킨다는 것만은 참으로 우러러 볼 일이요."

주임은 한 손으로 동섭의 어깨를 탁 친다. 동섭은 상처 난 곳에 주임이 손을 대는 것이 본능적으로 아팠다. 주임은 동섭이 찡그리는 얼굴을 물끄러미 들여다본다. 주임이 훅 하고 뿜는 담배 연기는 동섭의 얼굴 가

까이 흩어진다.

"많이 아파요? 여보 아까운 몸을 이렇게 감옥에서 썩히지 말고 하루라도 일찍 나가서 민족의 교화운동을 하는 것이 낫지 않겠소?"

주임은 담배를 재떨이에 쓱쓱 문지르면서

"그 꾸준한 성격으로 민중을 지도한다면 확실히 성공하리다."

하고 주임은 동섭의 얼굴을 뚫어지도록 바라본다.

"내가 상부에 잘 의뢰할 터이니 유 군이 이번에 나가거든 사회사업을 하나 시작하는 게 어떻겠소. 특히 청년 단체를 조직해 가지고 말이요. 뜻이 같은 사람들끼리 모여 가지고 말이요. 학교도 좋고 수양회도 좋고 자금은 내가 대어도 좋단 말이요."

"또 잡아다가 때릴려구."

동섭이 빙긋 웃어보였다.

"하하하하 이해만 있으면 되거든. 신임하는 사람을 누가 때려요? 담배 피시요."

"못 핍니다."

"안 피다 피면 어지럽지."

"본래부터 아니 핍니다."

"의지가 대단하신 걸 하하하. 참 그런데 요사이 얼마나 고생이요. 직무상 당신의 고백을 들으려고 고문을 명한 것이요만 당신이 한때에 실수란 말만 해준다면 정말 바로 이 저녁에 집으로 나가시게 해드리지요. 보석도 있고 또 형이 언도 되더라도 집행유예로 할 수도 있으니 어떻소."

"공연히 버티어 보았자 몸만 상할 것 아니요? 그리고 말 들으니 이번에 독일로 유학을 간다지요. 약혼한 서자경 씨와 함께! 참 자경 씨가 그 사이 여러 번 왔다갔지요."

동섭은 비로소 산하주임의 얼굴을 똑바로 바라보았다.

"내가 고문 받는다는 말은 제발 하지 말아 주서요."

"하하하 상심할까 보아? 네네 그러지요. 그보다도 자경 씨 있는 대로 돌아가고 싶지 않소?"

동섭은 길게 자란 자기의 턱을 가만히 만져보았다. 순간 맞은편 유리창에 비치는 초췌한 자기 형상이 자경이라는 환상 앞에서 부끄러워졌다.

동섭은 비로소 자기 손톱이 길게 자라고 손톱 밑에 때가 까맣게 끼어 있는 것을 발견하고 손톱을 잘랐으면 하는 생각이 났다. 동섭이 감방에서도 몇 번이나 자경을 생각하였지만 그것은 마음의 그리움이요 그저 무조건 하고 보고 싶은 것 그것이었다. 그러나 제삼자 앞에서 자경의 환경을 생각할 때 그는 자기의 외면적 조건에 관심되는 것이다.

주임은 무엇을 생각하는지 빙글빙글 웃더니

"이거 봐요."

하고 서랍을 쑥 빼더니 제법 커다란 종이 뭉텅이를 내놓는다.

"이게 무엇인지 알겠소?"

동섭은 대번에 그것이 자경이 필적인 것을 알았다. 자경의 편지다. 동섭은 손을 내밀었다.

"읽어보고 싶소?"

주임은 빙글빙글 웃기만 한다. 동섭은 그 편지만 열면 그 속에는 자경의 말소리가 구슬처럼 쏟아져 나올 것 같다. 자경이 손을 대어 쓴 그 종이에는 자경의 촉감이 전류처럼 자기 몸에 감각될 듯싶다. 동섭의 눈은 빛났다.

"이리 주서요."

"하하하하."

"그러지 말고 얼른 주서요."

"이런 편지는 피고에게 주지 않는 것이 법으로 되어 있는데."

주임은 편지 뭉텅이를 도로 서랍에 넣으려는 것을 보고

"가족의 편지를 아니 주는 법도 있어요?"

부르짖듯이 말하는 동섭의 호흡은 거칠어졌다.

"하하하 그것이 보통 편지면 몰라도 실례입니다만 연문 같은 도색 편지는 피고를 흥분시키는 까닭에 아니 보이니까요."

개에게 과자를 들고 놀리듯 주임은 서랍에 넣으려던 편지 뭉텅이를 다시 손에 들고 이리저리 들여다본다.

"보자 하나 둘 셋 넷 다섯."

동섭은 단념한 듯이 입을 다물어버렸다. 그러나 그의 눈은 맞은편 벽에서 움직이지 아니한다.

수없이 명멸되고 있는 자경의 환영을 지키는 것이다.

주임은 무슨 결심을 한 듯이 그 두꺼운 입술을 한 번 깨물더니

"자 그러면 나는 유 군의 인격을 신임하는 터이니까 이걸 가져가서 혼자 천천히 읽어 보시구려."

동섭은 간수에게 부축이 되어 독방으로 왔다.

동섭은 와들와들 떨리는 손으로 편지 꾸러미를 폈다. 날짜의 순서대로 먼저 한 장을 폈다.

'나의 사랑하는 이여. 당신을 떠나 나는 일시도 살 수 없다는 것을 새로운 진리처럼 발견하였나이다. 태양이 없이 지구는 존재할지언정 나

의 동섭 씨여 당신이 없이는 나는 일 초도 살 수가 없나이다. 마치 심장을 빼앗긴 동물이 일순도 살 수 없듯이! 나는 지금 지옥과 같은 흑암 속에서 허덕이고 있습니다. 당신의 힘센 팔이 나를 붙들어 줄 때까지 진실로 죽음보다 무서운 고통과 싸우고 있나이다…….'

동섭은 이 편지의 계속되는 남은 페이지 넉 장을 다 읽었다. 그담 편지를 열었다.

'일전 편지에 나의 괴롬만 하소한 것을 후회하나이다. 당신이 들어가신 지 벌써 일주일이 되었습니다. 당신의 소식을 알고 싶어 그 사이 두 번이나 갔으나 아무런 소득도 없이 돌아왔나이다. 당신은 어떻게 하고 계시나이까. 도무지 형용할 수 없는 설움이 회오리처럼 내 머리를 휘갈깁니다. 나는 미쳐지는 심경을 대강만이라도 이해할 수 있나이다…….'

이 편지의 계속도 석 장이 넘는다. 또 그담 편지.

'나는 지난밤 꿈에 당신을 보았나이다. 어디가 편치 않으서요? 두통이 나신다고 수건으로 머리를 동여매고 누우신 것을 보고 깨였나이다. 당신이 병나지 않고 속히 나오기 원하여 어머님은 새벽마다 예배당엘 나가십니다. 평소에 사주도 보고 관상도 믿던 어머니가 정작 환란을 당하고 보니 하나님께 밖에 구할 곳이 없다 합니다. 나는 어머님의 태도를 비웃을 수 없어요. 그러나 나도 그 하나님이란 존재를 믿을 수만 있다면 얼마나 행복일까요. 나의 동섭 씨여! 당신이 나의 신이요 나의 우상인 것을 아십니까. 당신밖에 믿고 의지할 수 없는 나인 것을 아십니까. 내가 물고기라면 당신은 바다, 내가 새라면 당신은 대기외다. 나는 당신만 있으면 그 밖에 아무것도 소용이 없어요. 그런데 아아 그런데 당신은 지금 어디 계서요…….'

동섭은 손등으로 눈물을 씻었다. 그는 다섯 장이나 되는 자경의 편지를 이십 자 십오 행 인찰지[154]로 삼십 페이지나 되는 것을 단숨에 다 읽었다. 편지 속에는 자경의 얼굴이 나타나고 말소리가 들리었다. 그는 편지를 가슴에 안았다. 창밖에는 파란 하늘이 귓속질이나 할 듯이 들여다본다. 견딜 수 없이 자경이 보고 싶다.

"자경!"

동섭은 가만히 소리를 내어 불러보았다.

"자경!"

자경이 정말 대답을 하고 들어오는지 쇠문이 절그렁 열린다. 산하주임이다.

"어때요 다 보셨소?"

주임은 웃지도 않고 그렇다고 성도 낸 것이 아니다.

그는 부드럽고 진정이 넘치는 얼굴로 동섭의 독방에 들어왔다.

"자경 씨가 당신을 많이 기다리겠지요."

"네, 편지에도 그랬어요. 자경은 나 없으면 못 살아요."

동섭은 가만히 한숨을 삼켰다. 그의 눈에는 눈물이 핑 돈다.

그렇게 돌같이 굳고 무쇠같이 단단하던 동섭! 주임 앞에서는 털끝만치도 타협의 빛이 없던 동섭의 눈에서 눈물이 보이는 것이다.

주임은 속으로 만세를 불렀다.

'됐다 됐다.'

그는 손뼉이라도 치고 싶었다. 주임은 이때 될 수만 있었으면 눈물을

---

154 미농지에 괘선을 박은 종이.

흘려 보이고 싶었으나 비극 배우가 아닌 이상 할 수 없는 노릇이다. 그러나 그는 근심스러운 듯이 고개를 드리웠다. 그리고 목소리를 낮추었다.

주임에게서 한 번도 들어보지 못한 따뜻한 음성이다.

"유 군 짐작합니다. 나도 지금 나이 사십이 넘었지만 내 아내는 나의 연인이었으니까. 그 세계의 소식은 나도 대강 알아요, 하하."

주임은 동섭의 곁으로 조금 들어앉는다.

"유 군 내가 나쁜 말은 하지 않소. 어때요 오늘로 집으로 돌아가시지요. 자경 씨가 그 사이 여러 번 왔다갔는데 바로 지금도 왔다갔소. 힘없이 고개를 떨어트리고 나가는 것을 나는 차마 정면으로 바라보지 못하였소. 어떻소, 나갈 맘 없소?"

"나가도 좋습니까?"

동섭의 얼굴빛은 간절하여졌다.

"암 내가 나가라면 누가 막지도 못합니다."

"갔다 다시 오기로 합니까?"

"아니요, 아주 나가는 게요."

동섭은 어린아이처럼 천진스럽게 웃었다.

"감사합니다."

동섭의 눈앞에는 자경이 팔을 벌리고 가슴에 달려드는 환영이 지나간다.

"그런데 내가 동섭 씨를 집으로 돌려 보내드리는 호의가 있는 것처럼 동섭 씨도 내게 호의를 보여줄 수 없을까요?"

주임은 그 커다란 손으로 동섭의 손목을 덥석 잡는다.

"자 이 말 한 마디만 '네'라고 대답해주세요."

동섭은 산하주임에게 붙들린 손을 슬그머니 빼어 팔짱을 끼었다. 자경의 음성이 귓가에서 들린다.

"'네'라고 해요 '네'라고 하고 집으로 나갑시다.'

산하주임은 동섭을 안을 듯이 한 팔을 동섭의 어깨에 올려놓으며

"창수는 국경을 넘어 망명했지요?"

'그렇다고 대답해 버려요 어여.'

자경의 환영이 동섭의 귓가에서 속삭인다. 동섭은 눈을 감았다.

"동섭 씨 당신은 조선을 사랑하지 않소? 당신은 하루라도 속히 나가서 불쌍한 동포를 구원하지 않으리오? 조선은 지금 일꾼을 기다립니다."
하고 주임은 동섭의 앞으로 조금 더 다가앉는다.

"조선은 지금 참다운 일꾼을 기다립니다. 실업 방면이 그렇고 정치 방면이 그렇지 않소? 자 당신이 이 말 한 마디만 '네!' 하고 대답하면 누가 창수를 보냈다던가 누가 여비를 주었다던가 그런 것은 묻지 않겠소. 벌써 내 수중에 모든 증거가 다 물어 와서 있으니까 구태여 유 군을 괴롭게 하고 싶지는 않소."

자경의 환영은 동섭의 목을 안고 눈물을 흘린다.

'대답해요, 대답해요, 나갑시다. 나도 당신을 따라 일하겠어요. 지금부터는 정말.'

주임은 말을 다시 계속한다.

"단지 망명하였단 말만 시인하면 동섭 씨의 앞길은 탄탄대로요 당신이 집회를 하거나 강연을 하거나 저술을 하거나 유동섭의 이름이 붙어 있다면 우리는 적극적으로 후원하겠고 또 필요하면 자금까지 융통하여 드리지요. 만 원까지는 장담하고."

주임은 한 팔을 마저 동섭의 어깨 위에 올려놓는다.

자경의 환영은 동섭의 팔을 끌고 등을 떠민다.

동섭은 가슴이 두근거리고 차츰 호흡이 괴로워진다. 그는 침을 꿀떡 삼켰다. 그의 입은 무슨 말을 할 듯이 입술이 움직였다. 주임은 눈에 불을 켠 듯이 동섭의 입을 쏘아보았다. 일 분 이 분 □□□힐 듯한 침묵이 계속되었다.

동섭의 입에서는 또다시 아무런 말이 나오지 않는다.

동섭은 한 손으로 이마에 솟은 땀을 씻고는 가만히 숨을 들이쉬었다. 그는 지금 창수의 해쓱한 얼굴을 보았다. 그리고 창수가 벽을 치며 울던 형상이 보인다.

"그 놈이 그 놈이 지도자? 개만도 못한 놈. 세력과 돈 앞에 머리를 숙인 놈. ×××아 이 놈 네가 그렇게도 허무하드냐!"

이것은 ××단체 지도급에 있는 ×××이라는 청년이 돈 ××원을 받고 변절하였다는 소문이 항간에 퍼졌을 때 창수가 한 말이었다. 동섭은 지금 그 청년의 전환한 심경을 짐작할 수가 있다.

'아아 불쌍하다.'

동섭은 입속으로 부르짖었다.

지금 그는 붓을 던지고 집회에 나가는 물론 강연회에 한 번 나오는 것도 못 보고 혹시 요릿집에서 기생을 희롱하고 나이 어린 여학생을 자동차에 담아 싣고 드라이브하는 것을 그의 동지들이 가끔 보았다는 것이다.

'애욕과 지위와 황금을 이용하여 만든 올가미 속으로 모가지를 쏙 들이밀어 주었거든. 올가미가 끄는 대로 갈밖에 …….'

동섭은 눈을 감은 채 한숨을 길게 쉬었다.

"어쩔 테요! 지금 자동차를 부를까?"

"⋯⋯."

"자 이렇게 합시다. 당신이 '네'라고 한 것으로 내가 생각하면 그만이겠죠? 당신이 입으로 '네!' 한 것은 아니겠지만 내가 그렇게 생각할 수는 있겠지요. 당신이 '네' 한 것으로 내가 판단하였다고. 말이 좀 까다롭습니다만."

주임은 차차 올가미를 가까이 가져온다. 속으로 십이분의 승리를 믿으면서.

"내가 생각한 것은 내 주관이니까 동섭 씨가 내 주관을 무시할 까닭이야 없지 않소."

동섭은 고개를 번뜩 들었다. 그리고 비로소 입을 떼었다.

"안 됩니다. 나는 '네!' 하고 대답하지 않습니다. 모르는 일을 어떻게 대답을 합니까."

동섭의 음성은 똑똑하였다. 동섭의 눈은 주임을 똑바로 건너다보았다.

순간 주임은 낭패하였다.

완전히 넉 아웃 된 줄 알았던 동섭이 어느덧 일어나서 자기의 코허리를 냅다 치는 듯 그는 동섭이 앞에 통으로 고꾸라지는 듯한 패배감을 느끼었다.

'이렇게도 송두리째 자존심을 꺾이다니 ⋯⋯.'

주임은 왈칵 솟아오르는 분노를 참으려고 양복 즈매애리[155]에 손을 대었다. 그 손은 부들부들 떨리었다.

---

155 えり. 옷깃.

"증거가 나서면 어쩔 테요?"

주임의 눈에는 분노와 살기가 흐른다.

"……."

"공연히 후회하지 말고 밖으로 나간 후에라도 자경인가 하는 여자의 완전한 남편 노릇도 못 하게 되면 섭섭하지 않겠소, 후후."

주임은 이만한 조롱쯤으로는 속이 시원치 않다. 아무래도 동섭의 입에서 '네' 하는 그 소리를 듣기 전에는 남자로 태어난 보람이 없을 듯싶다. 주임은 문을 열고 나가다가 되돌아와서

"창수는 러시아로 망명하였지?"

"모릅니다."

"요시."

주임은 상처 받은 곰처럼 거칠게 동섭의 방을 나갔다.

동섭은 주임이 나간 뒤에 멀거니 벽을 바라보고 혼자 웃었다.

'이겼다.'

하는 쾌감이 가슴에서 콸콸 소리를 내고 흘러가는 듯싶다. 육체적 고문보다 몇 십 배 무서운 격투가 지나갔다. 그러나 완전히 이겼다는 기쁨이 그를 웃게 하였다. 저녁에 집에서 차입한 인삼과 녹용을 달인 것을 마시고 밥도 되도록은 많이 먹었다.

이 저녁에는 전과 달리 반드시 어려운 고문이 올 것을 짐작한 까닭이다. 동섭은 어머니가 정성으로 보내는 약을 먹어 그러한지 붙들려온 지 이십여 일이 넘었건만 구미도 잃지 않고 고문당한 자리도 쉽게 풀릴 듯하다.

동섭은 맘속으로 어머니를 향하여 절을 하고 팔짱을 끼었다.

앉아서라도 좀 자야겠다 하고 눈을 감고 앉았으나 정말 어슴푸레 졸린다. 그러나 머리는 깨어 있어 창밖에 나뭇가지에서 찍찍거리는 밤새 소리까지 들린다. 열 시나 되었을까 귀에 익은 발소리는 문 앞에서 멈췄다.

동섭은 여기저기 켕기고 저리는 몸을 이끌고 문밖으로 왔다.

어둡고 좁은 층대를 내려갈 동안 동섭은 입속으로 중얼거렸다.

'창수 자네만은 무사히 가게 ……'

동섭의 눈앞에 또다시 자경의 환영이 나타난다.

'지금이라도 '네' 하고 나갑시다.'

동섭은 맘속으로 또 한 번 창수를 생각하고 태연하게 ××문을 들어섰다. 웬 사람인지 전보다 간수가 삼사 인은 더 많이 와 있다. 그들의 얼굴과 눈에는 분노와 복수심이 차 있는 듯싶다.

주임이 교의에 앉아 조롱하는지 웃어 보인다.

"이 자식 너도 인젠 고문의 맛을 단단히 알 것이다. 그대로 사람 대우를 했더니 에끼 괘씸한 놈."

놈이라고까지 하는 것은 오늘이 처음이다. 주임의 말이 떨어지자 오륙 인의 사나이는 사면으로 죽 갈라선다.

"시작!"

한 사람이 동섭의 옆구리를 칵 찼다. 동섭은 저편으로 쓰러졌다. 저쪽 사이가 칵 찬다. 동섭은 이리로 몸이 쏠린다. 오륙 인의 발길은 동섭을 풋볼처럼 받아 넘긴다. 동섭을 가슴, 등, 허리, 배, 다리 얼마 동안 채었던지 그는 완전히 감각을 잃었다.

옆에서 자경이 풋볼을 차자고 한다. 동섭은 공을 차려니 다리에 돌인지 쇠인지 무척 무거운 것이 매달려서 볼을 찰 수가 없다.

자경은 짜증을 내면서 껑충껑충 뛰더니 풋볼을 가지고 자기의 등, 어깨, 머리, 다리를 여기저기 자꾸 때린다. 물론 아프지는 않다. 그러나 무척 간지럽다. 동섭은 손을 내밀어 볼을 받으려 하였으나 가위 눌린 것처럼 손이 도무지 떨어지지가 않는다.

그러나 견딜 수 없이 간지럽다. 그는 크게 웃었다.

"허허허 허허허허."

"하하하 하하하하."

얼마든지 웃었다. 너무 우스워서 몸부림을 하였다. 무엇인지 자경이 휙 집어 던진다. 팔이 따끔하고 아프다.

"아얏."

"정신이 들었나? 인제 눈을 뜨는군."

하는 소리를 듣고 눈을 떴다. 감옥 의사가 자기 팔에다 주사를 빼고 반창고를 붙이는 중이다.

동섭이 기절한 뒤에 두 번째 놓는 주사이다.

"그래 '네' 하지?"

산하주임의 목소리다. 동섭은 비로소 자기가 지금 고문을 받고 있는 것을 알았다.

동섭은 고개를 좌우로 흔들었다. 무어라고 산하주임의 목소리가 꽥하고 난다. 사나이들은 동섭을 방 한가운데 놓여 있는 교의 위에 올려 세운다. 동섭은 온몸이 불에 덴 것처럼 얼얼하고 욱신거리는 것을 느끼며 교의 위에 서려고 몸을 버티어 보았다. 그러나 몸은 중심을 잃고 이리 비틀 저리 비틀 한다. 그러나 그것도 잠깐이었다. 동섭의 양 팔목에는 쇠고리가 와서 털컥 끼워지자 동섭의 두 팔은 위로 올라갔다. 한 사나이가 동섭이 딛고 있는 교의를 치워버리는 순간 동섭의 몸은 완전히 허공에 달렸다.

동섭은 시내에 남아 있는 동지들에게서

'나는 무사히 있으니 염려 말라.'

는 편지를 기다리고 기다렸다.

'무사히'란 말이 어떤 형식으로 쓰여 있던지 그것은 창수가 무사히 국경을 돌파하였다는 신호로 믿기로 서로 약속한 것이다.

시내에 있는 동지들은 만약 창수가 무사히 갔다는 통지만 왔으면 물론 동섭이에게 '무사히'라는 글자를 넣은 편지를 써서 동섭에게 보냈을 것이다.

동섭은 그 편지를 얼마나 기다렸던고! 창수가 국경만 넘은 줄 알면 동섭은 구태여 버틸 까닭도 없는 것이다.

그러나 웬일인지 창수가 떠난 지 한 달이 넘고 동섭이 잡혀온 지도 또한 거의 한 달이 되어오건만 동지들에게서 오는 엽서는 다

'나는 요사이 몸살이 나서 누워 있네.'

하는 말이 아니면

'나는 취직을 못해서 곤란이야.'

하는 말뿐이었다.

이것은 물론 아직 창수에게서 무사히 국경을 돌파하였다는 소식이 오지 아니한 증거다.

그러면 창수는 아직도 위험 지대에서 헤매고 있는 것이 아니냐. 동섭은 몸이 허공에 달리는 순간

'오냐 죽어도 ……'

하고 입속으로 부르짖었다.

두 팔목을 끼운 쇠사슬이 독사의 이빨처럼 팔목을 먹어 들어간다. 동섭은 입을 다물고 눈을 감았다.

버티고 있는 고개는 점점 앞으로 수그려진다.

옆에서 물끄러미 바라보고 있던 산하주임의 얼굴에서는 일종 복수적 쾌감이 흘러갔다.

이빨을 내놓고 빙긋이 웃는 주임은 쓴 것을 뱉듯이 하고 밖으로 나가 버렸다.

방안에 사나이들은 하나씩 하나씩 문밖으로 나가버렸다.

아무도 없는 방에 일 촉 전등이 희미한 빛을 내고 있을 뿐이다.

동섭의 몸은 점점 아래로 떨어질 듯하다.

그러나 두 팔목이 쇠고리 안에 있는 이상 몸은 그대로 허공에 달려있다.

십육관이 넘는 체중을 붙들고 동섭의 팔목과 어깨뼈는 빠지는 듯하다.

동섭이 부러질 듯이 아파오는 고개를 들어 뒤로 젖혔다.

순간 몸이 흔들리고 팔목 뼈가 어스러지는 듯하다.

동섭은 열기에 띠운 사람 모양으로 차츰 호흡이 가빠진다.

그리고 목이 말라 온다.

몇 번이나 침을 삼키었다.

그러나 타는 듯한 입술을 적시려고 혀끝을 내밀었으나 혀는 나무 조각처럼 완전히 타액이 말라 버렸다.

동섭은 목구멍이 뜨거워온다. □ □□□□□□□□ □나 가득 물고 있는 듯하다.

동섭은 고개를 내둘렀다.

그의 얼굴빛은 흙빛으로 변하여 온다.

고개를 내두를 때마다 팔목은 끊어진다.

"뚝 뚝."

정말 끊어지는지 모르겠다.

차라리 아주 끊어졌으면 시원할 것 같기도 하다.

동섭은 맘속으로

'창수.'

하고 외쳤다.

창수는 기다리고 있는 듯이 동섭의 눈앞에 그 해쓱한 얼굴이 나타난다. 문득 망망한 넓은 길을 걷고 있는 창수의 뒷모양이 보인다.

앞뒤로 에워싸는 경계망을 뚫고 창수는 지금 숨이 턱에 닿아 길을 간다.

창수는 달아난다.

자꾸 달아난다. ××가 가까웠다.

창수의 앞에는 깊은 웅덩이가 가로 질러 있다. 위기일발이다.

창수를 쫓아오는 손이 창수의 덜미를 붙잡으려 한다.

동섭은 창수를 향하여 소리를 쳤다.

그러나 창수는 수술한 자리가 아직도 아프다 한다. 동섭은 자기가 웅덩이로 들어갔다.

"자 나를 딛고 어서 건너게."

"아, 고마우이."

창수는 동섭의 몸에 발을 올려놓는다. 그 몸은 천근 같이 무겁다. 그러나 동섭은 참았다.

창수의 신바닥에 박힌 쇠못이 동섭의 살을 꿰뚫는다.

동섭은 신음을 하면서도 창수를 얼른 가라 재촉을 하였다.

"고마우이 이제 잠깐만."

외치는 창수의 얼굴에는 이상한 광채가 나타난다.

동섭이 바라보는 동안 그 광채 하나하나는 사람의 손도 되고 다리도 되고 머리도 된다.

그 머리 그 얼굴은 공사장에 돌을 깨치는 학령아동의 영양 불량한 얼굴들이다. 그리고 쇠망치를 들고 땀을 씻는 노인의 배고픈 얼굴이다.

아이를 업고 돌을 깨는 여인의 형용도 나타나고 그 앞에서 신도 벗고 밥 달라고 울고 앉아 있는 어린아이의 몸뚱이도 된다.

창수의 몸에는 점점 광채가 넓어진다. 그리하여 창수의 온몸을 둘러 뚜렷하게 원광(圓光)이 된다.

그 속에는 바가지를 달고 만주로 몰려가는 이민들도 있고 쓰레기통을 뒤지는 늙은 거지도 나타난다. 색주가로 팔려가는 묘령의 처녀들! 소작권을 떼이고 울고 있는 농부들도 있다.

창수의 온몸에는 이러한 모든 사람들의 머리와 다리와 팔이 붙어 있어 창수의 몸은 마치 천수보살처럼 되어 있는 것이다.

"그러니까 이렇게 무겁지! 어서 가게나."

"응 조금만 더 참게나. 조금만."

동섭은 창수가 이 다리만 무사히 건너면 창수뿐 아니라 창수가 걸머진 수많은 사람들도 살아날 것이니! 이러한 생각이 들 때 그는 창수의 신발에 박힌 쇠못이 누르는 아픔을 참았다.

동섭은 소리를 질렀다.

"오냐 참으마. 뼈가 부서져도 참으마."

동섭의 눈에서는 굵다란 눈물이 줄기지어 흘렀다.

'그렇다. '밀알' 하나가 땅에 떨어져 썩으면 많이 맺히고 그냥 있으면 언제나 한 알이다.'

동섭은 쇠사슬에 매인 두 손을 합장하고 싶도록 감격이 온몸을 휩싸는 것을 느꼈다.

'창수! 자네가 확실히 많은 수확을 낼 것이니 자네가!'

문이 왈칵 열리며 한 사나이가 고개를 쓱 들이밀었다.

"자 어때? 팔이 많이 아프지. 이번에는 네 하겠지."

동섭은 고개를 좌우로 흔들었다. 사나이는 잠자코 나가버렸다. 동섭은

'이겼다.'

하고 속으로 외쳤다.

'나는 이겼다. 주먹 한 번 쓰지 않고 …… 이 승리! 이 쾌감!'

동섭이 소리를 쳤다. 밤은 얼마나 되었는지 뚜벅거리는 발자취조차 사라지고 도수 깊은 안경처럼 희미한 전등도 자자지듯한 밤! 쇠사슬에 달린 동섭이 홀로 이 밤을 깨어 지킨다.

'잠시라도 졸았으면.'

하고 빌었지마는 일 분의 수면도 허락되지 않는 고통이다. 어째 새벽이 가까워오는 듯싶다. 문으로 사람의 들어오는 소리가 난다.

"자 그래도 대답을 못 할 테야?"

주임의 목소리다. 동섭은 고개를 좌우로 흔들었다.

"증거가 있어도?"

"……."

"자 보아라. 증거를!"

동섭은 또 다른 고문이 시작될 줄 짐작하고 눈을 감았다.

"눈을 떠서 여길 보아!"

"……."

동섭은 눈을 감은 채 잠잠하였다. 갑자기

"동섭 군!"

하고 부르는 귀에 익은 목소리가 들린다.

동섭은 눈을 번쩍 떴다.

동섭의 눈이 마주치는 곳에 창수가 수갑을 차고 서서 있지 아니하냐!

"창수 군!"

순간 동섭의 몸이 허공에서 꿈틀거렸다.

지금까지 창수의 환영을 몇 번이나 보아온 동섭은 이번도 이것이 환영인가 하였다.

그러나 창수의 두 어깨가 들먹들먹 하면서 양 뺨에 흘러내리는 눈물을 손등으로 씻을 때 절거렁절거렁 하는 쇠사슬 소리!

그 사이 제법 얼굴이 까맣게 된 창수의 머리가 덥수룩하게 귀를 덮은 것이라든지!

동섭은 꿈도 아니요 환상도 아닌 이 무거운 현실을 좀 더 똑똑히 알아보려는지 그는 되도록 눈을 크게 뜨고 창수를 바로 건너다보았다.

무엇이라고 말을 하고 싶으나 혀가 나뭇조각처럼 딱딱해서 말이 되지 않는다.

비분함을 참지 못하여 몸을 떨고 섰던 창수는 수갑을 이끌고 동섭의 발 아래로 왔다.

"동섭 군!"

"하하하하하 꼴 좋다."

산하주임은 방이 떠나갈 듯이 웃는다.

"동섭 군! 그 놈이 그 놈 영수가 팔았네. 그 놈이. 아, 분해서."

"……."

동섭의 고개가 앞으로 콱 수그려졌다. 그의 흙빛 같은 얼굴이 인제는 완전한 무명같이 희어졌다.

극도의 흥분과 실망이 그의 심장의 고동을 누른 것이다.

"여보 동섭 군이 기절하였소. 의사를 불러요."

창수가 미칠 듯이 소리를 쳤다.

"가만있어. 네 참견 안 해도 돼."

조금 후에 동섭은 쇠줄에서 내려 독방으로 업히어 갔다.

동섭은 의사의 간호로 정오가 지나서야 정신이 돌아왔다.

그러나 밥은 물론 물도 마시지 아니한다.

그 저녁도 또 그 이튿날까지 동섭은 완전히 병인처럼 눕고 일어나기를 못하였다.

등어리에서 피가 흘러내릴 때에도 빙긋이 웃으며 밥을 먹을 수가 있었다. 쇠사슬에 매달려 있을 때에도 그는 감격하였다.

그러나 인제는 죽음보다 더 무서운 절망이 동섭을 사로잡은 것이다.

'이렇게도 허무할 수가 있담? ××를 두 번이나 갔다 왔다던 영수! 창수에게 수혈하겠다고 덤비던 영수! 그 영수가!'

동섭은 진저리를 쳤다.

'할 수 없는 족속이다. 저주받은 종자다. 조선 놈이 ××를 해? 차라리 기생을 안고 춤이나 추어라. 약속? 신의? 이러한 문구는 조선 놈의 자전

에서 빼어 버려야 한다. 이놈 도적놈들아 아무리 ××를 팔아먹은 놈의 소생이로기니'

동섭은 어금니를 갈았다.

노아가 그의 둘째 아들 '함'을 저주하듯이 그는 형제를 저주하였다.

'종의 종이 되어 망하고 또 망하여 마땅하다.'

동섭은 바람벽을 향하여 침을 탁 뱉었다.

동섭이 생명을 내걸고 신의를 지켜 온 만큼 배신자에 대한 미움은 컸다.

할 수만 있다면 자기 몸에서 흐르고 있는 조선 놈의 피를 말끔 빼어 버리고 싶다.

그는 손이나 발이나 잘라 버리고 조선 놈이 되지 않는다면 당장에라도 잘라버릴 것 같다.

동섭은 미친 사람처럼 자기의 팔목을 깨물었다.

송곳니가 들어간 자국에서 시뻘건 피가 지렁이처럼 흘러나온다.

"하하하하하 하하하하하하."

동섭은 벌떡 일어나서 머리맡에 놓인 물그릇을 들어 쇠 창문에다 힘껏 매쳤다.

밖에서 감시하고 있던 간수가 칼 소리를 내며 저벅저벅 가까이 오더니

"조용해!"

하고 호령을 하다가 흠칫하고 물러섰다.

두 눈에 불을 켠 듯이 충혈이 된 동섭이 문자 그대로 악마와 같이 보인 까닭이다.

창수가 병원을 탈출하여 김준과 함께 함경선을 올라탄 때는 겨울비가 부슬부슬 내리는 새벽 네 시경이었다.

그들은 물샐 틈 없는 동지들의 경계와 후원 아래서 성진까지 무사히 왔다.

거기서 역시 미리 기다리고 있던 동지의 집에서 하루를 쉬고 다시 또 배를 타고 차를 타고 나흘 후에는 ××까지 왔다.

거기에는 미리 가서 국경 연락을 하고 있는 박영수가 기다리고 있는 것이다.

이상한 일은 동지들이 그렇게 걱정을 하고 초조해 하던 창수의 몸이 의외에도 차차 순조로 힘을 얻는 것이다.

성한 사람이라도 차를 타고 배를 타고 긴 여행을 하게 되면 몸이 괴로워지는 법인데 하물며 근 반 년이나 병중에서 고생을 한 창수의 몸이요.

그러나 창수는 죽더라도 국경까지는 가고야 말리라는 무거운 일념이 드디어 창수로 하여금 불 속에도 들어가고 바다라도 뛰어 넘을 만한 용기와 긴장을 준 것이다.

걷기도 하고 타기도 하고 또는 중간 중간에서 경계를 피하여 쉬기도 하여 거의 열흘이 넘어서 ××를 왔다.

박영수가 주선하여 논 목선만 오면 이 밤으로 국경을 넘는 것이다. 창수는 투르게네프의 걸작 '그 전날 밤'의 인사로프처럼 날이 어두워지기를 기다렸다.

그리고 자기를 실어갈 배가 오기를 기다리고 기다렸다.

그러나 그 밤은 바람이 불고 눈이 내릴지 하늘은 흐리고 바람조차 심하였다.

그래 그러한지 약속한 목선은 밤이 어두워도 소식이 없었다.

다음날은 일기가 회복이 되었으나 영하 이십 여도나 내려가는 첫 추위가 온 세상을 얼음 세계로 만들 듯 무섭게 추운 날이다.

이날도 목선은 보이지 않았다.

김준은 몇 번이나 밖으로 갔다가 들어오고 들어왔다 나가보고 하였으나 자기들의 탈 배는 소식이 없었다.

나흘째 되는 날 어둑할 때나 되어서 영수가 돌아왔다.

"어찌 경계가 엄중한지 이렇게 늦었어요."

하고 눈을 떨어트리는 것이다.

"그럼 배는 왔는가?"

하고 창수가 조급하게 묻는 말에

"네네 그런데 저 목선은 위험하니까요. 그래 마침 심복하는 기선이 있어서요. 이등 한 칸을 통으로 샀지요."

"기선이라니 그건 위험하지 않은가."

"일 없어요. 이등 보이 한 사람이 따와리시[156]니까요."

"정말?"

"그럼요. 적고 큰일이라 어련히 알아보았겠어요."

"그럼 이 저녁으로 떠나나? 그 배가."

"네! 물론이죠."

하고 영수는 맞은편 벽을 향하여 고개를 돌리더니

"오늘 저녁 아홉 시나 되어서 종선[157]이 나올 텝니다. 검은 옷을 입은 사람이 두엇이 탔을 텐데요. 여하간 잠자코 그들이 인도하는 데로만 들어가서야 합니다."

---

156 '따와리시(達瓦里希)'는 러시아어로 '동지'를 뜻하는 '따바리쉬(Товарищ)'를 중국어로 음차한 것.
157 큰 배에 딸린 작은 배.

"음!"

창수는 고개를 끄덕여 보이고 이 밤만 지나면 내일은 그물을 벗어난 고기가 대양을 들어가는 것처럼 자유롭게 그러나 조심조심해 걸어 나갈 자기의 행로를 생각하고 가슴이 뻐근해지는 흥분을 느끼었다.

이윽고 여덟 시가 조금 지나서 세 사람은 강변으로 나왔다.

살을 에는 듯한 바닷바람이 창수의 약한 몸에 칼질하듯이 아프게 감각이 되었으나 창수는 이를 악물고 종선이 나타나기를 기다렸다.

아홉 시가 훨씬 지나서 과연 종선인 한 개 까물까물 램프 등을 켠 채 두 사나이의 노질로 해안으로 오는 것이 눈에 띄었다.

영수는 무슨 뜻인지 휘파람을 두어 번 길게 불었다. 배는 점점 가까이 세 사람 있는 데로 오더니 노를 덜그렁 놓고 램프 등을 번쩍 들어 보인다.

"자 올라 서요."

영수가 배를 가리켰다.

김준은 창수의 한 팔을 조심히 부축을 하고 해안으로 가서 배에 올라 탔다.

"자 그럼!"

하고 영수가 나지막이 부르짖는 소리를 듣고 창수는 한 손을 들어 흔들어 보였다.

얼마 후에 희미한 난포불이 노 젓는 소리와 함께 자주 흔들릴 뿐 강과 강변의 사람들은 피차 얼굴을 알아보지 못하도록 종선은 바다로 바다로 나갔다.

이윽고 큰 배에 이르자 마중 나온 보이가 창수의 손을 붙들어 사닥다리로 올린다.

미리 준비하여 두었던 듯한 이등실 방에는 폭신한 담요가 깔려 있고 베개와 방석까지 그리고 담배 재떨이 성냥 할 것 없이 비교적 편리하도록 모든 것이 정돈되어 있다.

창수가 돌아 나가려는 보이를 향하여

"따와리시!"

하고 힘 있게 악수를 하였다.

보이는 빙긋 웃으며 흘러내릴 듯이 포마드를 흠씬 바른 머리를 잠깐 숙여 보이고 밖으로 나가버렸다.

보이는 뜨거운 커피와 케이크와 능금을 가져다 놓는다. 나가다가 다시 돌아서서 스팀의 고동을 틀어서 김이 많이 나오도록 해 놓고.

"인제 한 삼십 분만 있으면 닻을 뺄 것입니다. 변소는 저기로 나갑니다."

입에 혀같이 친절하게 구는 보이의 흰 얼굴을 창수는 감격하여 바라보는 것이다.

아홉 시가 조금 지나서 배는 길고 우렁찬 기적소리를 내면서 천천히 머리를 돌리기 시작하는 모양이다.

창수는 유리창 밖으로 가물가물 졸고 있는 별떨기 같은 항구의 불들이 일제히 방향을 돌려 서커스의 원처럼 빙 돌아가는 것을 바라보고 비로소 안심하는 한숨이 길게 나왔다.

배는 엔진의 폭음소리를 내며 점점 속력을 더하여 인젠 해안의 불들도 반딧불처럼 적어진 때다.

"그럼 지금부터 주무시죠. 차차 물발이 세어질 테니까요."

보이가 또 한 번 들어왔다. 나간 뒤 김준과 창수는 나란히 누웠다.

첨 얼마동안 선체의 동요를 느끼었으나 조금 후에 두 사람은 포근히 깊은 잠 속에 들어갔다. 그러나 맘만은 깨어 있어 창수는 얼마 아니 되어 어렴풋이 잠을 깨었다. 순간 무엇에 놀랐는지 그는 자리에서 벌떡 일어나 앉았다.

"누굴까?"

창수는 잠깐 동안 두근거리는 가슴을 진정하면서 다시 그 그림자! 문에 비치는 조롱하는 듯이 빙긋 웃고 사라진 그 얼굴의 정체가 무엇인가 하고 고개를 기울였다.

팔목시계를 보니 밤은 새로 한 시다. 창수는 다시 자리에 누웠으나 그 흉물스럽게 웃던 얼굴이 다시 나타나기를 기다리면서 실눈을 뜨고 자는 척하고 있었다.

그러나 기다리고 기다려도 알 수 없는 얼굴은 좀처럼 나타나지 않는다.

그러는 동안 창수는 혼곤히 잠이 들었다.

그는 다시 번쩍 눈을 떠서 시계를 들여다보니 오전 두 시가 조금 지났다.

창수는 일어나서 김준을 깨워가지고 변소로 갔다.

떠다 매칠 듯한 바닷바람이 얼굴을 후려갈기는 저편으로 검은 그림자가 저쪽 갑판으로 천천히 사라지는 것을 창수와 김준은 다 같이 보았다.

"이 추운데 누굴까?"

"글쎄."

창수는 태연히 대답을 하면서도 맘은 이상하게 긴장이 되었다.

그리고 조금 전에 문에 비치던 그림자의 이야기를 할까 하다가 입을 다물어버렸다.

변소에서 돌아온 두 사람은 완전히 잠을 놓쳐 버리고 오전 다섯 시만 되면

'이 배는 ××에!'

하고 이따금 이따금 시계를 들여다보나 맘속만은 날아갈 듯이 초조하여지는 것이다. 세 시가 지나고 그리고 네 시가 될 무렵이다.

"아 추워."

하고 낯선 사나이가 하나 쑥 들어온다.

창수는 태연히

"방을 잘못 보셨지요."

하고 마주 대답을 하였으나

"글쎄요."

하고 사나이는 싱글싱글 웃으며 창수의 곁으로 다가앉는다.

창수의 맘에는 번개와 같이 조금 전 그 흉물스럽게 웃던 얼굴이 이 사나이었구나 하는 생각이 지나갔다.

"그래 노형들은 어디까지 가시우."

하고 연방 빙글빙글 웃으며

"나는 이런 사람입니다."

하고 명함을 낼 동안 창수는 외투주머니에 한 손을 넣어 고춧가루 봉투를 더듬었다.

창수는 한 손으로 명함을 받아들고

"네! 그렇습니까. 국방에 대단한 조력을 하셔서 감사합니다."

말끝이 맺기 전에 창수의 한 손이 외투주머니 밖으로 나오는 순간 손은 앞에 있는 사나이의 눈앞을 획 지나갔다.

"앗."

하고 손바닥으로 두 눈을 가리는 사나이를 냅다 치고 두 사람은 문으로 뛰어 나왔다.

그러나 벌써 문밖에는 사오 인의 무장한 경관이 창수와 김준의 몸을 에워쌌다.

이리하여 창수는 경성을 떠난 지 두주일이 못 되어 경성으로 사로잡힌 사자처럼 끌려온 것이다.

그 뒤에 시치미를 떼고 경성으로 돌아온 박영수는 동지들에게 도로 창수의 안부를 묻는 것이다.

"못 봤어. 암만 기다려야 와야지. 허 길이 틀렸거나 중간에서 잡혔거나 그렇지 않으면 도중에서 앓아 누웠거나."

하고 한탄하는 소리를 하며 동지들을 다 같이 한숨을 짓게 한 것이다.

봄

어느덧 얼음도 풀려서 한강물은 비취와 같이 풀렸건만 아직도 겨울
의 찌푸려진 얼굴은 좀처럼 사라질 듯싶지 만은 않은 어느 날 아침이다.

자경은 어제 저녁 음악회에서 늦게 돌아온 탓인지

아침 아홉 시가 지났건만 자리에서 일어나고 싶지가 않은 것이다.

"아씨! 편지 왔습니다."

하고 계집애 하인이 들여다 주는 봉합을 받아 들고 자경은 천천히 봉을
떼었다.

한참 동안 사연을 다 읽고 난 자경은

"홍 앞섰던 기러기는 떨어지고 뒤섰던 기러기는 앞서 가는구나 ……."

혼잣말 같이 하면서 한 손을 이마에 대고 죽은 듯이 눈을 감는다.

"아이 속상해!"

자경은 벌떡 일어나서 침의 위에 실내복을 걸치고 세면소로 갔다. 약
간 손이 시리는 찬물에 일부러 두 손을 꽉 담그고 뽀얀 손등을 들여다보
았다.

'연숙이가 기어이 동경을 간다? 안엽 씨와? 홍 또 저러다가 연애 문제
나 일어나지 않을까? 그 음흉한 안 씨가 …….'

자경은 코웃음을 치고 세수를 마치고 방으로 돌아왔다.

이날은 웬일인지 분은 물론 크림도 바르지 않고 수건으로 얼굴을 박박 문지르고 그대로 머리를 아무렇게나 꿍쳤다.

열 시가 넘어서 아침을 가져 오라고 하여 비교적 달게 먹고 났건만 자경은 할 일 없는 사람같이 멀거니 앉았다.

'무엇을 할까 무엇을 하여 이 지루한 한 날을 보낸담!'

얼음이 녹기 전까지는 거의 날마다 한강으로 나가서 상만과 스케이팅을 하였건만

"인제는 얼음까지 녹았거든 춧."

책상 위에 얹은 잡지책을 손에 들었다.

"밤낮 나오는 이름들이야 …… 재탕 삼탕도 분수가 있지 ……."

하고 책을 홱 내던지고 벌떡 일어나 창문을 확 열어젖혔다. 눈앞에 보이는 남산의 푸른 숲에 어째 아지랑이가 보이는 것 같다. 순간 스르르 얼굴을 스치고 지나가는 봄바람.

"봄 ……."

자경은 반가운 동무의 이름처럼 소리를 내어 불러보고 싶도록 봄이 온 것이 무척 고마웠다.

일 분 전에 있던 그 우울한 생각은 어디로 갔는지 자경은 입속으로 가느다랗게 노래를 부르면서 어머니 방으로 들어갔다.

"어머니!"

하고 자경이 어머니의 번들번들 벗어진 머리를 들여다보며 불렀다. 요사이 훨씬 관절염이 쾌하여진 어머니는 화투를 가지고 오관을 뜨다 말고

"왜 그래?"

"옷 주세요."

"침모 부르렴."

침모가 건너와서 자경 앞에 내놓는 십여 개의 저고리와 치마 가운데서 자경은 맘에 맞는 대로 상하의복을 골라 들고는 어머니의 목을 안고 뺨을 한 번 비벼 보고 문밖으로 나왔다.

"아이그 아가씨께서는 원체 상냥하시니까요 호호."

하고 아첨하듯이 웃는 침모 말에

"괜히 어리광이 나와서 그러는 게지 뭘 하하."

자경은 어깨를 흠칫하면서 자기 방으로 돌아왔다.

언제 왔는지 인애가 생글생글 웃고 방 한편에 앉아 있다.

"아이그 깜짝이야 난 또 누구라고?"

자경이 소리를 지르며 인애 곁으로 갔다.

"그이도 왔어!"

"누구? 상만 씨?"

"응."

"어디 있어 응접실에?"

인애는 가만히 고개를 끄덕이며 빙긋이 웃는다.

"어쩌면!"

자경은 성큼성큼 응접실로 간다. 인애도 자경의 뒤를 따라가며 가만히 한숨을 삼켰다.

사실 인애는 하루하루 가까워지는 상만과 자경의 사이를 어떻게 비판하여 좋을지 모르는 것이다. 상만이 자경에게 받치는 정성이 보통 우정이라기에는 너무도 간절하게 또는 대담하게 인애의 눈에 비치기 시작한 까닭이다.

"어쩌면 가만히들 들어오신단 말이에요 온다는 말없이. 오는 사람은 예언자가 아니면 …… 도적이라나요 호호호호."

자경이 응접실 문을 열면서 인사 대신 하는 말이다.

"하하하 도적이라는 말은 정말 통쾌한 걸요 하하하."

상만은 소리를 내어 웃었으나 인애는 억지로 빙긋이 웃어보였다. 화장을 하지 아니한 오늘 아침 자경의 얼굴이 오히려 다른 날보다 더욱 아름다운 것을 느낀 인애는 조심조심 상만의 눈치를 살폈다.

상만은 까마귀처럼 검게 윤이 나는 머리를 한 손으로 쓸어 넘기며

"아마 확실히 봄은 왔나 봅니다. 봄의 여신이 바로 이 방에 계시는 걸 보니."

하고 턱으로 자경을 가리키며 동의를 구하듯이 인애를 건너다보았다.

인애는 못 들었는지 그 말에 대답은 하지 않고 고개를 돌려 바깥을 내다본다.

그러나 상만은 자기의 한 말이 묵살을 당하고 싶지는 않은 듯이

"그렇지 않아요? 인애 씨!"

하고 또 한 번 인애를 불렀다.

인애는 천천히 고개를 돌리며

"봄의 여신? 호호호 그럼 당신은 봄의 남신이라고 할까요."

웃지도 않고 정색을 하면서 말을 마친 인애는

"아차."

하고 속으로 후회를 하였다. 잠깐 동안 방안에는 어떤 조화되지 못한 불안한 침묵이 지나갔다.

인애는 자기 자신이 지금 불쾌한 얼굴빛을 하고 있는 것을 잘 안다.

그러나 자기도 어쩔 수 없이 이날 아침에는 전과 달리 우울하여지는 것을 자기 마음에도 딱하게 생각이 되었다.

"그래 레코드는 맘에 드셨나요?"

상만은 기분을 전환할 양으로 화제를 돌렸다.

레코드라는 것은 현 교수의 독창곡 〈그 집 앞〉이라는 것이었다.

어제 저녁 음악회에서 재박까지 받은 이 노래가 자경의 맘에 맞았던지 돌아오는 길에 ××악기부로 가서 일부러 산 것이다.

"돌려 볼까? 인애!"

하고 자경이 인애의 등을 툭 쳤다.

"응?"

인애는 꿈에서 깬 듯이 자경의 묻는 말을 얼른 알아듣지 못하였다.

"레코드 말이야. 어제 저녁 ××악기부에서 사온 것 돌려볼까 물었어. 왜 오늘은 무슨 걱정이 생겼니?"

하고 근심스럽게 인애의 얼굴을 들여다보았으나 자경의 맘속에는 어떤 생각이 횃불처럼 지나갔다.

"애 오늘 우리 셋이 식물원 온실에나 가볼까? 어떻습니까, 상만 씨!"

"베리 굿. 프리지아, 카네이션, 튤립도 피었을 게고 ……."

"글쎄 난 아마 이 길로 양 선생님 집을 좀 가봐야겠어."

인애는 전에 없이 탐탁지 않은 표정이다.

"왜?"

"피아노 악부를 좀 부탁받은 것이 있어서."

"그럼 나하고는 못 놀겠단 말이지? 호호."

"내까짓 것이야 있으나 없으나 호호호 ……."

상만을 흘깃 쳐다보고 웃는 인애의 얼굴에는 감출 수 없는 적막이 반
딧불처럼 흘러가는 것을 자경은 직각적으로 깨달았다. 약간 낭패하여
진 상만이

　"암, 인애 씨야 원체 연로하셔서 인제 방에나 들어 앉아 계실 때니까
요 하하하."

　웃고 이 자리에 기분을 고쳐 보려고 애를 썼으나 인애는 좀처럼 웃을
것 같지도 않고 멍하니 창밖을 바라다보고 앉아 있을 뿐이다.

　금방 양 선생 집으로 가겠다던 말은 잊어버린 듯이 우두커니 한 곳만 바
라고보 앉아 있는 인애를 건너다보며 자경은 혼자 생각을 하였다.

　'질투를 하는 게로구나. 인애가 상만을 가지고 피 어림없다. 내가 상
만에게 눈곱만치라도 맘이 있을 성싶으냐?'

　자경은 맘속으로 이렇게 외치고 나니 어째 까닭 없는 멸시를 받은 듯
가냘픈 분노가 잠깐 동안 자경의 말초신경을 바르르 떨게 하였다.

　'홍 이것들이 나를 누구로 안담?'

　자경은 레코드를 돌리면서

　"애 인애야 너 걱정 하나 있지?"

하고 자경은 입가에서 보일 듯 말 듯 조롱의 웃음을 띠고 인애를 바라보
았다.

　"아니 별로 왜 그래?"

하면서 인애는 핸드백을 들고 일어선다.

　"호호호 내가 관상을 하니 네 맘속에 큰 근심이 있단 말야. 조심해요
누가 훔쳐 갈라? 하하하하."

　"훔쳐가다니? 내가 무슨 물건을 가졌나?"

인애는 빙긋이 웃었으나 그의 입술에는 바늘로 건드리는 듯한 가느 다란 경련이 지나갔다.

"글쎄! 어떻든지 말야."

자경은 연해 의미 있게 웃으며 인애를 따라 일어섰다.

인애는 현관에 나와서 구두를 신고

"자 그럼 담에 또 올게."

하고 인사를 할 때 상만도 외투와 모자를 들고 현관으로 나왔다.

"오 선생님께서도 가시기로 합니까? 난 또 온실까지 같이 가시는가 했더니 ……."

자경은 일부러 상만을 돌아보고 웃었다.

그 사이 신을 다 신은 인애가 흘깃 상만을 한 번 더 돌아보고는 토끼 와 같이 밖으로 나갔다.

상만은 가야 좋을지 있어야 좋을지 잠깐 동안 머뭇거리다가

"그럼 온실로 가보실까요?"

하고 빙그레 웃는다.

"아니야요 인애도 없고 오늘은 그만 두겠어요. 자 그럼 안녕히 가십 시오."

상만이 약간 무안함을 느끼면서 밖으로 나오니 골목에는 얼굴빛이 해쓱하여진 인애가 기다리고 서 있다.

인애는 상만이 가까이 오는 것을 기다려 나란히 전찻길까지 오면서 도 한 말도 입 밖에 내지 않았다.

안전지대에는 오늘이 공휴일인 만큼 전차를 기다리는 사람들로 빽빽 하다.

"왜 어디가 편치 않으세요?"

상만이는 인애에게 말을 건넸다.

"아뇨."

"그럼 우리 좀 걷기로 합시다."

"온실엔 왜 같이 안가셨어요?"

"누구하고 자경 씨하고?"

인애는 인도로 올라서며

"물론이죠."

"자경 씨는 인애가 안 가니까 재미가 없어서 관둔다는 거야요."

대답을 하고 상만은 인애와 보조를 같이 하려고 되도록 걸음을 자주 옮겼다.

'이 처녀가 기어코 알아차리는구나.'

하고 생각을 하였다. 두 사람은 잠잠한 채로 연동 골목으로 들어섰다.

"인제 조금만 있으면 인애 없이 두 분이 곧잘 다니실걸."

인애는 불쑥 이 말을 해놓고 속으로 후회를 하였다.

'무슨 꼴이야. 질투 하는 것을 노골로 보이고.'

인애는 이런 생각을 하자 휙 돌아서서 달아나고 싶도록 불쾌한 생각으로 가슴이 가득하여졌다.

"하하하하 둘이만 갈는지도 모르지요. 하지만 둘이만 간다는 것이 죄될 것이야 없지 않아요?"

"……."

인애는 잠자코 상만의 보기 좋게 우뚝 솟은 코를 쳐다보았다.

"내 맘속에 일점의 티가 없고 또 자경 씨 역시 약혼한 사람이 있지 않아요?"

"……."

"난 정말 의외인데요. 인애 씨가 그렇게 의심을 가지실 양반이라고는 생각지 못했는걸요."

두 사람은 어느덧 나지막한 솔이 담상담상 자라고 있는 나산비탈로 올라섰다.

따스한 봄 날씨다. 하얗게 경사진 모래 언덕에는 한낮의 햇살이 제법 눈이시다.

바싹 마르기는 하였으나 어디인지 푸른빛이 떠돌고 있는 잔디 위에 인애는 손수건을 펴놓고 주저앉았다.

상만은 인애 곁에서 가까이 있는 솔가지를 휘어잡아 흔들면서

"인애 씨!"

하고 불러 놓고

"내가 자경 씨와 무관하게 지내는 것이 인애 씨 맘에 덜 좋습니까?"

"…… 그렇지도 않습니다만 남이 본다면 ……."

"남이 본다면?"

"남이 본다면 어느 편이 정말 상만 씨와 약혼한 사람인지 알겠어요? 호호호."

인애는 이왕 내친걸음이라 아픈 종기를 짤 때처럼 맘을 도지게 먹고 지금까지 맘속에 숨어있던 불평을 토해버리고 말았다.

상만은 잡고 있던 솔가지를 탁 놓고 인애 앞으로 두어 걸음 다가섰다.

"만약에 한 남자가 젊은 여성 둘을 데리고 가는 것을 볼 때 가령 그 하나가 그의 아내이고 다른 하나가 그의 누이동생이 된다면 그래 첨보는

사람이 누가 동생이고 누가 아내라는 것을 쉽게 알아낼 수가 있을까요?"

"그야 알 수 있을 것 같아요."

"어떻게?"

"표정을 보고 알지요."

상만은 속으로 뜨끔하였으나 짐짓 고개를 흔들며

"노 노 그럴 수 없지요. 단연코 그럴 수 없지요. 자 우리는 그런 불쾌한 이야기는 그만두고 다른 이야기나 합시다."

"싫어요. 난 지금 이 이야기가 아직 끝나지 않았어요."

인애는 발딱 일어섰다. 상만의 발 앞으로 돌아가서 그의 얼굴을 똑바로 들여다보면서.

"바로 말해 보서요. 당신 나와 약혼한 것 후회하지 않으서요?"

"네?"

상만은 예리한 물건에 가슴을 찔린 때처럼 한참 동안 말문이 막혔다.

"당신 지금이라도 자경과 같은 돈 있는 집 딸과 혼인하고 싶지 않아요? 호호호."

"아니 여보 인애 씨!"

상만은 목소리를 가다듬어 일부러 성낸 듯이

"누굴 놀리는 말이요? 어린 아이로 본다는 말이요."

"호호호 왜요 틀렸어요?"

상만은 인애가 자기의 맘속을 들여다본 듯이 톡톡 쏘아 버리는 말이 바늘 끝처럼 양심에 찔려왔다.

그러나 상만은 어이가 없는 듯이

"오, 인애 씨가 어디 돈 있는 집 아들에게서 청혼을 받은 게로구먼요

하하하."

"아니 역습은 웬 역습이야요?"

"피장파장이 아니요 하하하. 여보, 인애 씨! 쓸데없는 의심은 인애 씨의 어여쁜 맘과 얼굴을 좀먹는 벌레입니다 괜히 ……."

저편으로 전문학교 학생들인 듯 사각모를 쓴 젊은이들이 네댓이 이곳으로 비탈을 등지고 내려오기 시작하였다.

"정말 나도 어디 부잣집 아들이라도 하나 골라 볼까봐 호호."

"그럽시다. 그러면 나는 당신 말대로 자경 씨와 결혼을 하고 ……."

"피 결혼만 했다 보지 ……."

"하하하 만약에 결혼을 하며 어쩔 테요 네 인애 씨?"

하고 상만은 만에 하나라도 그럴 리가 없다는 듯이 그 열정적 눈으로 인애를 흘겨보는 것이다.

"결혼하면 잘 사시라고 기도해 드리죠, 정말입니다. 난 당신만 행복되신다면 정말에요."

약간 떨려 나오는 인애의 음성 속에는 속이지 않는 진심이 숨어 있었다.

상만은 속으로

'이 순정, 이 진심을 황금과 바꾸어?'

생각을 하고 그것을 부인하려는 듯이 혼자 고개를 흔들었다.

자경은 상만과 인애가 돌아간 후 다시 응접실로 돌아왔으나 조금 전에 봄이 왔다고 기뻐하던 맘은 어디로 사라졌는지 풀도 없고 나무도 없는 사막을 걷는 때처럼 일종 형언할 수 없는 권태가 자경의 심신을 사로잡는 것을 느끼었다.

자경은 소파에 기대어 앉아 손가락 마디를 딱딱 분질러 보았다.

피아노도 치기 싫고 편지도 쓰기 싫고 어디 나가기도 싫고 자경은

"동섭 씨!"

하고 가만히 속으로 불러 보았다.

비로소 잠자던 모든 정서의 마디마디가 활동을 개시하는 것처럼 그의 눈에서 눈물이 빙그르 돌기 시작하였다.

저기압 뒤에 내리는 소낙비처럼 무료와 권태에 잠기었던 자경의 맘속에 비로소 정열의 폭우가 내리기 시작하였다. 그는 채찍에 맞은 망아지처럼 응접실을 뛰어 나왔다.

자경은 복도를 꺾어 동섭의 서재로 갔다.

그는 방문을 열고 한참 섰다가 천천히 동섭이 늘 앉아 있던 그 교의로 가서 앉았다. 그리고 동섭이 읽던 술 두꺼운 책을 꺼냈다.

동섭이 책을 읽는 때 하던 버릇대로 자경은 한 손으로 이마를 받치고 한 손을 허리를 짚어 보았다. 그리고

"자경 씨!"

하고 부르던 동섭의 목소리를 흉내 내어 보았다.

기름 바르지 않은 그 약간 굽슬굽슬한 검은 머리, 소리 없이 빙그레 웃던 입 그 큰 입! 아주 많이 우스울 때

'허허허.'

하고 웃던 그 부드러운 저음! 자경은 자기 눈앞에 방금 나타나서 웃고 있는 동섭의 가슴에 와락 달려들고 싶은 충동을 느끼었다.

어린아이처럼 동섭의 팔에 매달려 보고 싶다.

"동섭 씨!"

자경은 비로소 흑흑 느끼기 시작하였다.

"벌써 다섯 달이 아니야요? 동섭 씨! 당신이 들어가신 지가 ······."

동섭의 책은 자경의 더운 눈물에 젖어 얼룩이 지기 시작한다.

자경은 젖은 뺨을 책 위에 대인 채 손바닥으로 책 가녘을 살그머니 만져 보았다.

그리고 동섭의 책상 위에 팔을 뻗어 보기도 하였다.

그는 맞은편 동섭의 침실 방문을 바라보았으나 차마 그 문은 열 수가 없는 것이다.

"아아 동섭 씨!"

자경은 어린애처럼 몸부림을 하며 울었다.

오정을 보하는 고동소리가 요란스럽게 울릴 때 자경은 젖은 얼굴을 손수건으로 씻고 세면소로 갔다.

자경은 속으로 생각해 보았다.

'그렇다 잠시라도 기분을 바꾸어야 살겠어. 잠시라도!'

그는 외출 채비를 해가지고 밖으로 나왔다. 어디를 갈고? 자경은 지향도 없이 대문까지 나왔으나 비로소 수일 내로 동경으로 간다는 연숙이에게 줄 예물을 사야겠다 하고 백화점으로 갔다.

이것저것 물건들을 사서 집으로 배달까지 부탁을 하여 놓고 밖으로 나오니 마침 전차가 한 대 새로 대이고 그 속으로 여러 사람들이 내리는 속에 상만과 인애가 나오는 것이 눈에 띄었다.

"인애."

하고 자경은 소리를 치려다가 주춤하여 버렸다.

순간 형언할 수 없는 적막이 밀물처럼 자경의 온몸을 적시는 듯이 생각이 되었다.

"인애가 나를 의심하는 걸 ……."

자경은 혼자 이 말을 하고 돌아서려 하였으나 무엇인지 그의 가슴 한 복판에서 뱀처럼 대가리를 치켜드는 것이었다.

"어디 한 번 놀려보아?"

이 생각은 도깨비불처럼 자경의 맘을 야릇하게 끄는 것이다.

자경은 잠깐 동안 두 사람이 가까이 오기를 기다려

"오 선생님 아니서요?"

하고 일부러 그 진주같이 빛나는 이빨을 다 들어 내놓고 웃어 보였다.

"자경."

하고 인애는 자경의 곁으로 한 걸음 다가섰으나 자경은 고개만 끄덕여 보이고

"그래 지금 산보하고 오시는 길이야요? 난 그러지 않아도 선생님 사관으로 가볼까 하던 참이었어요."

"네 그러셨어요. 너무 황송합니다."

상만도 그 아름다운 얼굴에 만면에 웃음을 띠우는 것이다.

"그러지 않아도 점심때는 지났는데 우리 어디 가서 차라도 잡수실까요."

상만은 인애를 돌아보고

"그럼 우리 물건은 천천히 사기로 하고 차부터 먼저 먹기로 합시다."

이미 두 사람의 동의가 있는 지라 인애는

"아무렇게나 합시다."

하고 방긋이 웃어 보일 수밖에 없는 노릇이다.

세 사람은 엘리베이터에 올라 식당으로 들어갔다.

동섭이 잡혀간 후로 자경은 자자지듯이 괴로운 맘을 잊어버리려 곧

잘 인애와 상만을 청하였다. 한강에 스케이팅, 음악회, 활동사진 같은 데는 물론이고 동섭의 차입을 부탁할 때도 흔히는 세 사람이 같이 가던지 그렇지 않으면 상만이나 인애의 두 사람 중에 하나를 데리고 가는 자경이었다.

그 때문에 친절한 사람들! 고마운 친구들! 자경은 이렇게 생각을 하여 왔다.

그러나 오늘 아침 인애의 얼굴에 지나간 질투의 표정을 감각한 찰나부터 자경의 맘속에는 어떤 보이지 않는 사탄이 귓속질 하였다. 식당에 들어와서 세 사람은 각각 자기 맘에 맞는 대로 음식을 주문한 뒤다.

갑자기 자경이

"호호호"

하고 웃었다.

"왜?"

하는 듯이 인애가 자경을 돌아보았다.

"우스워서 호호호 이봐요 인애 눈에도 그래? 내 얼굴이 오 선생님 얼굴과 비슷하다고 말하는 사람이 있기에 말이야."

한 손으로 입을 가리고 웃었다.

"그럴까요? 그렇다면 영광인데요. 대관절 누가 그런 말을 하는 거야요?"

하고 상만의 두 귀가 홍마노[158] 같이 붉어졌다.

"글쎄요. 그야 누구든지. 인애! 어때 인애 눈에는?"

자경은 대답을 독촉하는 듯이 고개를 갸우듬[159]하고 인애의 얼굴을

---

[158] 사도닉스(sardonyx). 카메오 세공에 쓰는 옥수(玉髓)로 흰색과 붉은 갈색의 줄무늬가 있는 보석의 하나.

들여다보는 것이다.

"글쎄 비슷할까? 난 모르겠는걸 ……."

"그 리더라나 또 어떤 사람은 우리 셋이 같이 다니는 걸 보고 오 선생님을 동섭 씨로 보았대, 호호호."

자경은 손수건으로 차 먹던 입술을 문지르며 인애를 건너다보았다. 그리고 속으로

'이건 너무하나.'

하고 후회를 하면서도

"오 선생님 온실에 갑시다, 네? 오늘 바깥 일기 좋지 않아요?"

자경을 말끄러미 쳐다보던 인애가

"지금 온실에서 돌아오는 길인데 그럴 줄 알았으면 같이 갈걸."

하고 둥그스름하게 온실을 거절하는 것이다.

주문한 음식이 와서 세 사람은 냅킨을 무릎 위에 올려놓고 칼과 포크를 들었다.

상만은 무어라고 말을 하려다가 인애의 기분에 눌리는지 잠잠하여 버리는 모양이다.

"오 선생님 같이 가서요, 네? 인애는 갔다 왔다면 그만두고 이번에는 저만 좀 안내해 주셔도 괜찮겠지요? 네?"

자경은 속으로

'이건 너무 심하다.'

하고 자기 자신을 비난하면서도

---

159 비스듬하게 한쪽이 조금 낮아지거나 비뚤어지게.

'심심하니까 장난 좀 해보는 데 어떨라구.'

자경은 맘속으로 스스로 변명을 하고

"인애도 같이 가요 응. 이번에는 나를 위하여 좀 가요."

자경은 구두 끝으로 인애의 발을 건드렸다.

"난 좀 바빠서 …… 어머니가 기다리실 게고 ……."

"아무래도 인애가 무슨 일이 났어. 심경 변화라더니 …… 나와는 인제 차츰 멀어질 생각인가봐 ……."

"천만에 오해하지 말아요. 어머니께서 날더러 인제 차츰 준비를 하라시는 게야. 저 이번에 철원 아가씨께서 명주를 일곱 필이나 보내주셨겠지. 그래서 그걸 손을 좀 보자고 그러시는구나."

"오 결혼 준비들 하신다고 …… 난 또 무슨 말이라고 호호."

"그럼 난 들러리겠지. 날짜를 알아야 나도 준비를 할 것 아냐?"

"날짜는 인제 천천히 알리지."

이렇게 대답을 하던 인애의 맘속은 두터운 구름장이 와서 가리는 듯 어두워졌다.

인애는 맘에도 없이 자경 앞에서 결혼 준비한다고 큰소리는 하였지만 과연 상만은 어느 날 결혼을 하려는지

'왜 조금 전에 낙산비탈까지 갔을 때 결혼식 독촉을 아니 하였던고 그러나 …….'

인애는 가늘게 한숨을 내쉬었다.

'결혼식을 속히 하자고 조르는 것은 부끄러운 일이 아닐까. 더욱이 여자인 내가 …….'

세 사람은 음식이 끝나고 인애가 사려던 양말을 사가지고 밖으로 나

왔다.

"그럼 이 길로 온실로 가시죠? 오 선생님?"

"네 그럼 같이 갑시다. 인애 씨도……."

인애는 잠깐 동안 잠자코 섰다가

"어쩔 테십니까 미스터 오께서는 온실로 가시겠어요?"

지나가던 택시가 자경의 손 젖히는 대로 세 사람 앞에 우뚝 섰다.

자경이 먼저 올라타면서

"자 어여 오르세요."

인애는 심은 듯이 그대로 서 있는데 상만이

"자 나부터 먼저 오르라는 말이죠?"

하고 자동차로 들어갔다. 인애는

"자경 용서해요. 난 좀 바빠서."

하고 뺙 돌아서서 걸어간다.

"인애 씨! 왜 같이 가시자니까."

상만의 말을 가로막듯이

"운전수 식물원으로……."

하는 자경의 말소리가 끝나자 자동차는 엔진의 폭음을 내며 속력을 놓았다.

인애는 약간 비뚤어지게 닳아진 구두 뒤축에 박혀 있는 쇠못이 톡톡 아스팔트에 부딪히는 소리를 들으면서도 어째 뿌얀 안개와 와서 가리는 듯이 눈앞이 잘 보이지가 않는다.

자기가 돌아서자마자 자동차가 움직였겠다, 흥!

인애는 지금까지 어렴풋이 맘속에 위협을 느껴오던 그 예감이 인제 현실로 나타나는 것이 아닌가 생각할 때 그의 적은 가슴은 참새처럼 팔딱팔딱 뛰는 것이다.

'그것도 어느 정도 내 불찰이었는지도 모르지.'

하고 인애는 바쁜 듯이 걸으면서도 오늘까지 세 사람 사이에 지내온 일을 하나씩 하나씩 생각하여 보는 것이다.

'동섭 씨가 잡혀간 뒤 자경이 심심하다고 우리 셋은 흔히 자경의 집 응접실에서 트럼프를 가지고 놀았겠다. 그때 상만 씨의 태도는 어떠하였던가! …… 그 웃음, 그 즐거운 얼굴, 무엇이 그리 우스운지 상만 씨는 자경의 집에만 가면 늘 웃었겠다. 자경도 웃고 나도 웃었다. 그러나 나는 차츰 그들의 기분을 조화시키기 위하여 억지로 웃게 되었겠다. 그때부터 나의 맘은 괴로웠다. 그러난 나는 그 모든 것이 다 괴로워하는 자경을 생각하여서라는 것보다도 상만 씨를 위하여 …… 말하자면 나의 욕심이랄까 탐심이랄까 …… 상만과 자경이 친하여지면 친하여 질수록 상만의 지위가 올라가는 것으로 나는 간주하였겠다. 상만의 행복은 즉 내 행복이라 생각하고 그래서 자경 앞에서 그가 웃으면 나도 웃고 그가 찌푸리면 나도 찌푸렸겠다. 내가 바로 상만 씨의 금지나 되는 것처럼 ……'

인애는 전차 안전지대가 눈에 띄고 마침 서대문으로 가는 전차가 와서 대임으로 선뜻 올라탔다.

그러나 인애의 머릿속은 여전히 생각을 계속하는 것이다.

'한강에서 스케이팅할 때만 하더라도 다른 여자 같으면 그렇게 태연스럽게 따라 다닐 수 있었을까. 음악회, 활동사진 같은 데서는 언제든지 자경을 상만의 곁에 앉히고 나는 자경의 옆에 앉았겠다. 그 때문에 그러면?'

인애는 쓴 침을 한 번 삼켰다.

'상만 씨와 나는 영영 ……?'

'아니, 아니.'

인애는 노래하던 어린아이 모양으로 고개를 흔들었다.

그는 이 말을 이렇게 무서운 말을 생각할 수도 없는 것이다.

'설마 …….'

인애는 스스로 위로하듯이

'설마 그 이가 …… 나의 인식 착각이 아닐까? 그렇다. 자경에게는 생명 같이 사랑하는 동섭 씨가 있지 않으냐?'

인애는 비로소 숨을 내쉬고 고개를 돌려 창밖을 내다보았다. 전차 창 앞을 지나가는 상점들의 모양이 어째 눈에 서툴다. 인애는 어느덧 두 정류장이나 지나쳐온 것이다.

'인식 착각이야.'

또 한 번 뇌고 인애는 전차에서 내려 집으로 돌아왔다.

어머니를 도와 바느질도 하고 저녁도 지었으나

'과연 인식 착각일까? 그럴까?'

가슴을 간질이는 듯한 의심의 고삐를 풀지 않고는 견딜 수 없는 듯이 인애는 저녁 설거지를 마치자 행길로 나와 곧 다시 동대문행 전차를 탔다. 상만의 하숙으로 가는 것이다.

'다시 한 번 물어보아야지 단단히 정말 단단히. 그리고 이 저녁에는 기어이 결혼 날짜를 정하고야 말 테야 …….'

인애는 속으로 몇 번이나 되풀이를 하면서 상만의 하숙집을 들어섰다.

그러나 인애는 주춤하고 섰다.

방에는 전등도 켜지지 않았고 문고리에는 참따랗게 자물쇠가 채워 있으므로 ·······.

인애는 갑자기 쫓겨 온 사람처럼 가슴 속에 일어나는 맹렬한 고동을 느끼면서 안으로 들어가서 물어 보았으나 아직 돌아오지 않았다는 것이다.

'여태 어디 있을까. 자경과 그 길로 가서 아직 안 왔다?'

인애는 반달음[160]으로 다시 전찻길로 나와서 종로행 전차에 올라탔다.

계동 자경의 집으로 가는 것이다. 전차에서 내려 골목을 들어설 때는 벌써 완전히 어두워 집마다 길로 난 창으로 흘러나오는 불빛이 촉촉한 봄 공기에 부드럽게 반사되고 있다.

인애는 되도록 천천히 자경의 집 대문을 들어섰다. 조금이라도 가슴의 동계(動悸)[161]를 늦출 생각으로 인애는 현관에서 초인종을 눌렀다.

안으로 콩콩 하는 발소리와 함께 현관문이 열리자 얌전스럽게 한편으로 벗어 놓은 상만의 초콜릿빛 구두가 눈에 띄었다.

계집애 하인이 무어라고 인사를 하였건만 인애는 무슨 소리인지 알아듣지 못하고 약간 떨리는 손으로 응접실문을 열었다.

인애가 파랗게 질린 얼굴로 방을 들어섰다.

트럼프를 들고서 한 장씩 한 장씩 뽑아 놓던 상만과 자경은 일제히 인애가 들어오는 쪽으로 얼굴을 돌렸다.

"낮에는 그렇게 혼자 달아나시는 법도 있었던가요? 하하."

상만이 웃으며

"자 이리로 앉으셔요, 인애 씨."

---

160 거의 뛰는 정도의 빠른 걸음.
161 두근거림.

상만은 턱으로 앞에 있는 교의를 가리킨다.

인애는 잠자코 말끄러미 상만을 바라보더니

"당신이 이 집 주인이서요? 호호."

"네! 네! 황송합니다. 자 이리로 와서 앉으옵소서 호호."

자경이 참새처럼 명랑하게 웃고 인애의 한 팔을 끌고 자기 옆에 있는 교의로 가서 앉히었다.

"자 이번에는 우리 셋이서 다시 시작한다고 ……."

자경이 좌르르 트럼프를 섞어가지고 세 사람 앞에 갈라놓았다. 그들은 한 장씩 한 장씩 트럼프를 내려놓으면서도 맘속은 한류와 난류가 섞여 흘러가는 강물처럼 맘속으로 제각기 딴 생각을 하고 있는 것이다.

한 달 전만 하여도 이러 하지는 아니하였거늘 하루 동안에 단지 하루 동안에 자경과 인애의 우정은 천 리나 만 리나 멀어진 것처럼 되다니.

그러나 이것은 결코 하루 동안에 갑자기 생긴 일은 아니라 두 처녀의 순진한 맘의 밭에 가라지[162]의 씨를 뿌린 것은 상만이었다. 황금을 탐하는 상만의 그 맘이었다. 상만은 이것을 짐작하느니 만큼 그의 맘은 괴로웠다.

그는 바쁜 듯이 트럼프의 숫자를 고르면서도 두 처녀를 번갈아 건너다보았다.

풍만하고 요염한 자경의 얼굴은 아름다웠다. 마치 위엄스럽고 찬란하게 꾸민 황금의 수레처럼 그러나 상만은 눈을 굴려 인애를 바라볼 때 그는 차고 매운바람과 싸우고 서 있는 한 가지 소나무같이 맑고 곧은 순

---

162 볏과의 한해살이풀로 줄기와 잎은 조와 비슷하고 이삭은 강아지풀과 비슷함.

정을 바치는 인애의 얼굴은 가늘 하늘에 ☐☐☐☐ 둥근달에 비길까.

상만은 가만히 한숨을 삼키고 트럼프를 한 장씩 한 장씩 뽑았다.

"어여 해요, 인애."

자경의 독촉을 받으며 트럼프를 고르는 인애는 혼자 생각하였다.

'어릴 때 나들이 가시는 어머님을 쫓아가려면 못 간다고 성을 내시는 대도 기어코 울며 쫓아간 때처럼 ……'

상만을 찾아서 이렇게 쫓아온 자기의 맘이 가여웠다.

비록 자경이 웃는 낯으로 자기를 대한다 하더라도 속맘으로는 어떻게 생각을 할는지.

'××백화점 앞에서 내가 돌아서 가기도 전에 자동차를 몰아간 사람들이 아니냐. 여기까지 오지 말고 상만 씨 하숙 방문 앞에서 기다리고 있을 걸 ……'

인애는 트럼프고 무엇이고 다 그만두고 상만을 독촉하여 가지고 당장에라도 이 집을 나가고 싶었다.

그러나 트럼프는 아직도 끝이 멀었고 상만도 언제 일어설지 …… 인애의 맘은 시계의 초침처럼 초조하여지는 것이다.

그러나 자경은 인애의 얼굴에 지나가는 표정의 하나하나를 놓치지를 않고 맘속으로 알아보는 것이다.

'흥 인애가 정말 붉었다 푸르렀다 하는데 ……'
하고 속으로 코웃음을 쳤다.

'아무리 동섭 씨가 감옥에 가서 여러 달 동안 있다만 인애야 내가 너의 남편 될 사내를 빼앗지는 않을 것이다.'

자경은 이렇게 맘속으로 부르짖고 인애와 상만의 얼굴을 노려보았다.

"저 배연숙 씨께서 오셨는데 들어 오시랄까요?"

계집애 하인의 말이 마치기 전에 연숙이 방싯방싯 웃으며 고개를 쑥 들이민다.

연한 크림빛으로 소매 끝을 졸라 단추를 끼우고 앞가슴에 높다랗게 리본을 붙인 이 양복이 연숙의 몸에 그 약간 넓은 듯한 얼굴에 보기 좋게 조화되어 있었다.

상만과 인애는 새로 손님이 온 것을 기회로 바쁘게 돌아갔다.

연숙은 지난 가을 동섭과 자경의 약혼 발표를 하던 저녁 자경의 초대를 받아 안엽과 같이 오고 이번이 처음이다.

익숙하게 화장을 하였건만 연숙의 목이 눈에 뜨이게 가느다랗게 된 것이라든지 한편 무릎을 깍지로 안고 있는 그 두 손이 노랗게 수척해진 것을 자경이 이상스럽게 건너다보고 있는 것이다.

"애 너 어디 앓았니? 얼굴이 좀 상했는걸 …….."

"아니 호호호."

연숙은 일순간 화끈 달아진 양 뺨을 둔 손으로 싸면서

"며칠 감기로 앓아 누웠더니 얼굴이 빠졌어."

"그 사이 그림 공부는 늘 계속 했다지?"

"응 모델 노릇도 해 주고 호호."

연숙은 양복 빛깔과 같이 된 진옥색 비단 양말을 신은 두 다리를 어린 애처럼 흔들흔들 한다.

"그래 안엽 씨도 간다지?"

"응."

"그인 연구하러 가는 셈인가? 그보다도 널 바래다주러 가는 것 아냐?"

"글쎄 두 가지의 의미가 다 들어 있는 지도 모르지."

계집애 하인이 새로 차를 내왔다.

"애 너의 집에서 잘도 허락을 하셨구나."

"그럼 내가 한다는데 누가 어쩌려고 에헴, 호호."

"호호호 저러니까 계집애들 공부를 못 시킨다는 거야. 너나 할 것 없이 모두 제 고집대로만 살려드니 부모님인들 할 짓이야? 호호호 차 들어요."

연숙은 차를 들어 한 모금 마시면서

"다들 팔자지 뭐야. 누가 자식들을 낳으랬나? 정말야 난 이 귀찮은 세상에 태어난 것이 여간 원망스럽지가 않아요."

갑자기 연숙은 근심스러운 듯이 고개를 떨어트리더니

"애 자경아 난 이번에 동경을 가면 조선은 영 하직이다."

"거짓말쟁이."

"아냐 정말이야. 난 이 좁다란 조선이 싫어졌단다. 동경 가서 얼마 있어 보고 거기서도 살기 싫으면 이태리나 불란서로 갈 테다."

"흥 좋구나. 시의 나라, 예술의 나라, 넌 팔자도 좋구나. 그러다가 너 오빠 만나겠구나, 호호호."

"아닌 게 아니라 오빠가 크리스마스에 엽서를 보냈더라. 바로 스위스에서 보낸 것이여."

"그래 너 학비는? 실례다만."

자경은 연숙의 집안 형편을 짐작하는 만큼 결코 연숙의 학비는 안엽이 대어주는 것이 아닐까 생각한 까닭이다.

연숙은 그 대답은 아니 하고 핸드백을 열더니

"이게 바로 그 엽서야. 오빠가 보낸 것이야."

"호, 이게 스위스 경치로구나."

"응!"

자경은 눈앞에 검붉은 배창환이 수줍은 듯이 웃고 서 있는 듯하여 가늘게 한숨을 쉬고

"세상일은 알 수가 없는 거야."

"너도 인제 내가 한 말만 하면 깜짝 놀랄 것이다 호호."

연숙은 생글생글 웃는다.

"무언데?"

"무어든지 ……."

"내 다 알아요. 너 안엽 씨와 연애하지 뭐야 호호."

"…… 호호 어떻게 아니?"

"그럼 정말이로구나. 애, 안엽 씨에게 아내 있는 줄 알지?"

"응 아들까지 있지."

연숙은 천연스럽게 대답을 하고 쓸쓸히 웃는다.

"아들이 있거나 아내가 있거나 그게 무슨 상관이 있담."

연숙은 입으로 휘파람을 불면서 핸드백을 꺼내어 얼굴을 고치는 것이다. 마치

'불과 한 겨울 동안 이렇게 변하다니 …….'

자경은 높은 언덕에서 굴러 떨어지는 것처럼 놀래었다.

그는 교의를 가지고 연숙에게로 바짝 다가앉으며 목소리를 낮추어 가지고

"애 그래 너 그 안가 녀석의 첩이 돼도 좋단 말이지? 정신이 있나 없나."

"호호호 애 숭 없다. 첩이 무어냐 애인이지."

"큰일 났구나. 애, 그렇게까지 깊이 들어갔니? 응 연숙아."

자경은 얼굴이 빨개져서 어깨로 호흡을 하면서

"내 그 녀석. 그 쥐새끼 같은 녀석이 무슨 일을 저지를 줄 알았어 ……
기어이 너 임신했지? 연숙이."

"아직은 확실힌 몰라. 의사에게 진찰해 보이지 않았으니까 호호호."

자경은 어이가 없는 듯이 연숙을 빤히 들여다보았으나 연숙은 곧잘
생글생글 웃으며

"안엽 씨가 인제 정식으로 아내와 이혼 수속을 한댔어."

"듣기 싫어요."

"애 넌 너무도 인습적이야. 사랑하는 사람끼리 결합하는 것이 무엇이
죄냐."

"글쎄 아내가 있다는 것보다도 자식이 있다는 것보다도 왜 하필 그 못
난 안엽이를 택하였느냐 말이다. 나 너와 절교다 오늘부터."

연숙은 손가락을 딱딱 지르고 앉아 있더니

"러브 이즈 블라인드(사랑은 소경이다)."

한 마디 하고 발딱 일어서면서

"아무리 잘났기로니 감옥에만 들어앉았으면 뭘 해. 이 봄철에 호호호."

히스테리컬하게 웃고

"그럼 안녕히 곕시오. 소인 물러갑니다."

자경은 연숙이가 현관문을 열고 나갈 동안 자리에서 꼼짝하지 않고
그대로 앉아 있었다.

이윽고

'저렇게까지 변할 수가 있을까.'

하고 자경은 두 손으로 머리를 쌌다.

자경은 우윳빛으로 뽀얗게 밝은 전등 아래에서 석고로 만든 좌상처럼 움직이지 않고 앉아 있으나 그의 맘속은 분함과 미움으로 가득차 있는 것이다.

'연숙이가 그렇게도 어리석은 줄은 몰랐어. 그까짓 안엽이 녀석 하나 맘대로 놀려 주지를 못 하고 제가 도로 끌려가다니 츳.'

자경은 혀를 차고 입을 삐죽하였다. 그리고 마치 자신이 안엽이라는 남자에게 모욕을 당한 것처럼 그 안엽이라는 사나이가 밉고 괘씸한 것이다.

그러나 꼭 다물고 앉아 있던 자경의 입술은 무엇 때문인지 갑자기 빙그레 웃기 시작 하였다.

"호호호 참 그래 내일 모레지? 삼월 이십구일이면 ……."

자경은 맞은편 벽에 걸린 달력을 바라보고 고개를 끄덕이었다.

삼월 이십구일이라는 것은 물론 오상만의 생일이다.

자경은 바쁜 듯이 침실로 돌아와서 책상 서랍을 열고 편지를 꺼냈다.

'친애하는 오 선생님!'

편지를 써내려가는 동안 장난꾸러기 웃음 같은 짓궂은 웃음이 몇 번인지 자경의 입가를 지나갔다.

의식주가 구비하고 돈과 일용품이 쓰고도 남는 소위 유한계급의 영양인 자경은 사랑하는 동섭이와도 만나지 못하고 심심하게 하루하루를 보내는 것은 그에게 있어 크나큰 고통이었다.

'무엇을 하며 좀 더 재미있게 시간을 보낼 수 없을까. 어떻게 해서 동섭의 생각을 좀 잊어버리고 살아볼까?

생각하고 있던 자경에게 상만의 생일이 불과 일이일 간에 임박한 것은 참으로 다행한 일이었다. 광산을 파던 사람이 금맥을 찾은 때처럼. 자경의 머릿속에는 상만의 생일을 중심으로 짜릿짜릿하게 재미있는 프로그램이 일순간에 그려졌다.

자경은 편지 끝에 가서

'당신을 믿고 존경하는 자경 올림.'

이라 쓰고 일부러 연분홍 사각 봉투에 집어넣었다.

'설마 내가 연숙이 와야 같을라고?'

혼자 중얼거리며 웃었다. 이튿날 아침 상만은 회사에 출근을 하자 급사 아이가 가져온 우편물 속에는 의외에도 자경에게서 온 편지가 들어 있었다.

상만은 일순 가슴이 울렁거리는 것을 진정하고 편지 봉투를 떼었다.

편지 속에는 향수를 뿌렸는지 은은한 향기가 화원에 들어간 때처럼 상만의 코를 스쳐갔다.

'친애하는 오 선생님! 돌연히 이러한 글을 드려 미안합니다. 그러나 나는 이틀 밤이나 자지 않고 생각한 괴로운 문제입니다. 그것은 다른 아무것도 아닙니다. 단지 나는 요 며칠 동안 인애의 얼굴에서 뜻하지 아니한 표정을 발견한 때문입니다.

인애가 왜 그럴까요, 네?

오 선생님! 인애는 당신의 약혼한 처녀라면 나는 당신의 친한 벗이 아닙니까. 인애가 당신을 애인으로 사랑한다면 나는 둘도 없는 친한 벗으로 당신을 믿고 존경합니다.

오 선생님! 나는 당신을 나의 가장 높은 친구로 사귀고 사랑하는 것이 나쁜 일일까요? 이것이 죄악일까요? 인애가 생각하는 것처럼! 아닙니다. 절대로 나는 내일 오후 네 시가 되면 당신을 맞으러 회사까지 가겠습니다. 가서 당신과 함께 산보하러 가겠어요. 길에는 꽃을 실은 수레들이 봄을 외치고 있지 않습니까?

짧은 편지건만 상만은 만족하였다. 지극히 만족하였다. 과연 이 한 장의 글을 받기까지 상만은 얼마나 자경에게 정성을 들였던고.

그러나 지금 상만은 자기 눈앞에 나타났다 사라지고 사라졌다 나타나는 세 개의 얼굴을 보고 있다. 수심을 띠운 듯이 자기를 쳐다보고 있는 인애의 얼굴, 학세를 유모차에 싣고 공원길로 산보하고 있는 요시에의 뒷모양. 그리고 피어나는 작약과 같이 화려한 자경의 웃는 입모습! 이 모든 여자들은 다 같이 젊고 아름다운 것이다.

어느 것을 택할까.

불쌍한 어린 아들의 어머니인 요시에냐 삼 년 동안 피와 땀으로 학비를 대어온 인애냐 그렇지 않으면 부와 지위와 공명을 한 아름 가득 안고 소매를 보내고 있는 자경을 취할까.

상만은 지금 손만 내밀면 자경이라는 꽃은 쉽게 자기 손에 꺾일 듯도 싶다.

하늘에서 반짝이고 있는 별떨기 같은 그 행복이라는 것도 인제 부르기만 하면 곧 눈앞에 사뿐 내려앉을 듯도 싶다.

"아아 부귀!"

상만은 가만히 부르짖었으나 어제 저녁에 인애에게 약속한 말이 가시처럼 가슴을 찌르는 것이다.

"내가 없는 곳에서는 결단코 혼자 자경과 만나지 말아 주서요."

몇 번이나 몇 번이나 다지는 인애의 말을 생각하고 이맛살을 찌푸릴 때다.

회계 주임이 월급봉투를 갖다 두고 갔다.

상만은 이십 원을 따로 봉투에 넣었다. 물론 동경에 있는 어린 아들 학세의 양육비로 요시에에게 보낼 돈이다.

인애는 아이들이 다 돌아가고 난 뒤 사무실에 양 선생과 함께 아이들이 만들어 놓은 수공품을 정리하면서도 어째 그 맘만은 끊임없는 불안에 싸여 있는 듯 양 선생이 무어라고 우스운 소리를 하여도 별로 웃지도 않는다.

"주 선생! 왜 오늘은 어디가 편치 안우?"

양순자가 걱정스럽게 물었으나 인애는 가볍게 고개를 흔들어 보이고 손에 들었던 오색지를 상자에 담더니

"언니!"

하고 나지막하게 양순자를 불렀다.

"응 왜 그래?"

"저어 언니는 꿈을 믿나요?"

하고 빵긋이 웃는다.

"꿈? 믿을 것도 있고 믿지 못할 것도 있지. 왜 무슨 꿈 보았니?"

"저 간밤에 이상한 꿈을 꾸었어요."

인애는 눈앞에 그 이상하다는 꿈이 보이는 듯이 눈썹을 찌푸리며

"저어 내가 결혼식을 한다고 해서 너울을 쓰고 자동차를 타고 식장엘 가지 않았겠어요?"

"신랑은 누군데?"

"누군 누구예요 아이 언니도."

"아참 물론 오상만 씨겠지 그래서."

"식장엘 갔더니 벌써 신랑 되는 사람은 목사 앞에 나가 서 있는데 그 옆에 신부가 하나 서 있겠지 너울을 쓰고. 그래 내가 너무도 기가 막혀서 발을 동동 굴렀구려. 그랬더니 신부가 휙 돌아보고 웃는구려. 그 얼굴이 누군지 아서요 언니?"

"글쎄 내가 알 수가 있나, 누구더냐."

"서자경이었어요. 서자경!"

인애는 몸서리가 치는 듯이 어깨를 으쓱하여 눈을 감는다.

"애 꿈은 바꿔 보이는 거래 안심해요. 그게 다 인애와 예식할 꿈이지 뭐야 하하하."

양순자는 사내처럼 호기스럽게 웃고 그 긴 팔로 수공품 담긴 상자를 맨 위 선반에 얹어 놓고

"가자꾸나. 그리고 이것 잊어버릴라."

월급봉투를 서랍에서 꺼내어 자기 것은 책보에 싸고 인애 것은 인애 손에 쥐어주었다.

인애는 돈을 받으면서 내일이 상만의 생일인 것을 생각하고 무엇을 살까 하고 고개를 기울였다. 두 사람은 유치원 교실 문을 잠그고 밖으로 나왔다.

골목에 서 있는 포플러 나무는 불일간 순을 뽑을 듯이 그 자갈색 어린 순들이 유난이 촉촉하여 보인다. 양순자는 대한문 앞에서 경성 역 가는 전차에 올라 남대문 밖에 있는 자기 집으로 가고 인애는 근처 상점으로

가서 태평통 서정연 씨 회사로 전화를 걸었다.

물론 상만에게 하는 전화다.

"여보서요 네네. 내야요 인애야요. 네네 조금 같이 나갈 수 없을까요? 네? 바쁘서요? 밤에도 일이 있어요? 야근이 있어요? 네네 알았습니다. 그럼 내일은 사관에 계시겠어요?"

찰칵하고 맞은편에서 수화기를 걸어버리는 소리를 듣고 인애는 한참 동안 망연하였다가 큰길로 나왔다.

"호."

하고 한숨을 짓는 인애의 눈앞에 뽀얗게 안개를 감은 인왕산이 지난밤 꿈처럼 풀지 못한 수수께끼를 안은 듯 침묵한 채로 우뚝 서 있다. 인애는 전차도 타기 싫고 타박타박 걸어서 종로 ××백화점으로 향하였다.

그는 걸으면서도

'무엇이 맞을까? 무엇이 그를 기쁘게 할까 ⋯⋯.'

넥타이, 커프스 버튼, 양말, 와이셔츠, 내복, 모자, 구두, 책, 화초, 손수건, 그림, 침의, 지갑, 남자가 가질 수 있는 모든 일용품의 하나씩을 생각하여 보았다.

그러나 결국 그는 가장 필요하고 또 날마다 만질 수 있고 늘 몸에 가지고 있는 조건 아래에서 넥타이와 와이셔츠를 택하였다.

그는 걸음을 빨리하여 화신 상점 정문까지 왔다. 들어가는 길로 양품부로 올라가서 넥타이를 먼저 물색하였다.

연한 비취빛 바탕에 흰 줄이 가늘게 우물 정자로 희미하게 무늬가 놓인 넥타이를 골라 들고 값을 물었다.

대학생인 듯한 사각모를 쓴 젊은이들이 인애가 고르는 넥타이를 들여다보고 무어라고 수군거리고 웃으며 지나간다.

인애는 두 귀 바퀴가 발갛게 달아 지는 것을 느끼면서

"이원 오십 전이야요."

하는 여자 점원의 말대로 핸드백을 열었다.

그 속에는 아직 떼지 아니한 봉투가 얌전스럽게 누워 있다. 인애는 여점원을 흘깃 쳐다보고 돌아서서 봉투를 살짝 떼고 날이 선 십 원짜리 넉장 속에서 한 장을 꺼냈다.

여자 점원이 거스름돈을 가져올 동안 그는 다시 부사견으로 지은 와이셔츠를 상만에게 맞는 십오 반이라는 호수를 골라 한데 싸 달라 하였다.

인애는 거스름돈 사 원 몇 십 전을 받아가지고 돌아섰다.

그는 그대로 층층대로 내려오려다가 마침 자기가 쓰던 크림이 다 된 것을 생각하고 화장품부로 가려고 두어 걸음 발을 옮기어 놓을 때다. 그러나

문득 인애는 못을 박은 듯이 그 자리에 섰다. 저편으로 나란히 돌아서 나가는 두 남녀의 모양이 어김없이 상만과 자경이 아니냐. 인애는 일순 동안 자기의 눈을 의심하였다. 그러나 그 둥글게 벌어진 어깨쪽 곧고 긴 두 다리 그것은 분명코 상만이 아니냐.

'바빠서 못 나온다던 상만이 어떻게 나왔을까?'

인애는 두 다리가 나른하여 힘이 없어지는 것을 느끼면서도 그대로 층층대를 뛰어내려왔다. 그림과 조각 같은 미술품들이 진열되어 있는 곳에 상만과 자경은 나란히 서서 있는 것이 보이자 인애는 쌔근쌔근 가쁜 숨을 쉬면서 걸음을 빨리하여 그리로 갔다.

인제 두어 걸음 옮겨 놓으면 그들에게 말을 건넬 수가 있는 거리에까

지 왔다. 그러나 인애는 입에 자갈이나 물린 듯 얼른 말이 나오지가 않았다.

"이것 어떨까요?"

하고 돌아다보는 자경의 굵다랗게 지진 머리가 상만의 널따란 앞가슴에 사뿐 하고 스치는 것을 보고 인애는 전기에 눈이 쏘인 것처럼 얼굴을 돌이켰다.

"참 오 선생님 과히 바쁘시지 않으서요?"

"아니요. 내일은 일요일이니까요. 학생들 같으면 오늘 오후는 의례히 쉬는 날이니까요 하하."

인애는 그 자리에 더 서서 있을 수가 없었다. 그는 도망꾼 모양으로 가만히 발길을 돌이켰다. 댓 걸음 층층대를 향하여 걸어 갈 때다.

"인애!"

하고 부르는 소리가 난다. 분명코 자경의 목소리였다.

"인애! 어쩌면 저렇게 혼자 가 버릴까?"

인애는 바로 자기 뒤에서 들리는 이 말소리를 듣고 그대로 가 버릴 수는 없다.

그러면 정말 도망꾼이 되어 버리는 것이 아닌가.

인애는 주춤하고 서서 천천히 뒤를 돌아보았다.

"아이 어쩌면 그냥 간단 말이야? 사람을 보고 앙큼쟁이 호호."

"날 불렀어? 난 못 보았는데 ……."

인애는 억지로 웃고 대답을 하였으나 그의 얼굴빛은 새벽달처럼 해쓱하여졌다.

"오 선생님!"

자경은 저편 자개 수공품을 진열하여 놓은 것을 일부러 오래오래 들여다보고 서 있는 상만을 손짓하여 불렀다.

상만은 속으로 혀를 차면서도 단념한 듯이 인애와 자경이 서서 있는 곳으로 왔다.

"오 인애 씨! 언제 오셨나요?"

"……."

물과 불이 한데 어울려 끓어 오르는 화산 속 같이 어지러운 가슴을 안고 인애는 무어라고 대답할 말이 없는 것이다.

"그래 이런 데는 혼자 오기야? 살짝 몰래 다니면서 물건 흥정만 하고 호호."

하고 자경은 깔깔 웃더니

"마침 잘됐군. 여기는 도무지 맘에 맞는 것이 없단 말야. 우리 지금 ××오복부로 가요. 응 인애!"

자경은 인애의 한 팔을 끼면서

"이런 것은 오 선생님께나 들려 드려요."

하고 인애가 안고 있는 꾸러미를 홀딱 뺏어서 상만의 팔에 안기어 주었다. 인애는 극도로 혼란하여진 기분을 얼굴에 나타내지 않으려고 애를 쓰면서 자경에게 한 팔을 붙들린 채 층층대를 내려오는 것이다.

"우리 ××오복점으로 가서 오 선생님께 내일 드릴 프레젠트를 사잔 말이야 응 인애. 무엇이 오 선생님께 맞을까."

"글쎄 내가 알 수 있나. 받을 양반에게 물어 보아야 알지 ……."

인애는 억지로 이렇게 대답을 하고 입술을 깨물었다.

"그래? 그럼 말씀하서요 오 선생님. 무엇을 제일 귀하게 생각하시겠어요, 네?"

"무엇이든지 자경 씨가 진정으로 주시는 것이라면 지극히 귀중하게 생각하지요."

그 유들유들한 상만의 대답소리에 인애는 견딜 수 없는 분노를 느끼면서도 그냥 달아나지 못하고 따라가는 자기가 원망스러웠다.

'왜 이렇게 내가 용기가 없고 힘이 없는가, 그러나.'

인애는 당장에라도 달아날 수는 있다. 그러나 지금 가버리면 그것이 상만과 최후의 시간이 되고 말 것 같기도 하다.

'피와 생명을 깎아서 사랑하던 상만을 이렇게 쉽게 잃어버릴 수가 있을까.'

인애는 칼끝으로 오려내는 듯이 가슴이 아파왔다.

"인애! 프레젠트 골랐지?"

하고 웃는 자경의 말소리에 비로소 고개를 들고 방그레 웃어 보였으나 건드리기만 하면 곧 눈물이 쏟아질 것 같아서 살짝 고개를 돌려 버렸다.

반시간 전에 자기가 부를 때에는 바빠서 못 나오겠다던 상만! 야근까지 있어서 저녁에도 만날 수 없다던 상만이 이렇게 자경과 같이 나다닐 수가 있을까.

'변했구나 ……'

인애는 혀끝을 쪼개지라 깨물었다.

'내게서 점점 멀어진다. 내게 대한 사랑은 식어간다.'

차츰 죽어가는 남편의 맥을 잡고 앉아 있는 여인처럼 인애는 맘이 어지러워지는 것이다.

'슬프다고 할까 괴롭다고 할까 미칠 듯한 고통이 이런 것인가!'

인애는 더 참을 수가 없었다. 세 사람이 아래층으로 내려온 때다.

"속이 자꾸 쓰려 와서 집에 가서 좀 누워야겠어!"

자경에게 한 마디하고 다람쥐처럼 문밖으로 나와 버렸다.

"하하하 인애가 왜 저렇게 달아날까."

자경의 조롱하는 듯한 웃음소리를 등 뒤에서 감각하면서 인애는 안전지대로 올라섰다. 전차에 올라서 두어 정류장이나 왔을까.

"아차?"

하고 주춤 일어섰다. 그는 상만에게 줄 선물이 들어있는 꾸러미를 그대로 상만에게 들리어주고 온 것이 생각인 난 때문이다.

'돌아가서 받아 와?'

하고 주춤 일어섰으나 그는 고개를 좌우로 흔들고 도로 자리에 걸터앉았다.

인애는 약간 피곤함을 느끼면서 집으로 들어오니 어머니는 바쁜 일감이 들어왔다고 안경을 코허리에 걸친 채 가위와 자를 들고 마름질을 하시는 것이다.

"너 인제 오느냐? 시장하겠구나."

'천지간에 영원토록 변함없는 것은 오직 어버이의 사랑뿐이로구나.'

생각한 인애는 눈자위가 뜨끈해지는 것을 느끼면서

"아뇨."

하고 고개를 흔들어 보이고 방으로 들어왔다.

요사이 늘 자나 깨나 상만의 일만 생각하고 어머니의 존재를 전연 잊은 것처럼 지내온 자기가 몹시도 죄송스러웠다.

인애는

"인내서요 저 말라보겠어요."

"고마 어서 좀 앉아서 쉬어라."

어머님은 연필로 치수가 쓰여 있는 종잇장을 들여다보시고는 연해 자를 놓고 가위질을 하신다.

어머니 곁에 우두커니 앉았던 인애는 무엇을 생각하였던지 보자기를 들고 밖으로 나갔다. 근처집 반찬가게에 가서 어머님이 좋아하시는 달래를 사고 또 어머님께 국을 끓여 드리려고 고기를 한 근 샀다.

그리고 인애는 과일가게로 가서 사과도 이십 전 어치를 샀다.

그리고 집으로 들어오자 불이 나게 칼을 찾아 사과를 벗기어 어머님 앞에 내 놓았다.

"어머니 좀 잡수서요."

"사과는 왜 샀니, 돈이 어디 있어서."

"호호호 오늘 월급 탔어요."

"응 월급을 탔어?"

"네."

인애는 배실배실 말라진 그 보드라운 어머님의 양 편 볼을 들여다보면서

"어여 잡수서요."

하고 사과 깎은 것을 어머니 입 가까이 가져갔다.

어머니는 앞니는 몇 개 빠졌으나 그래도 사과는 씹기에 불편하지 않도록 어금니는 성한 모양이다. 인애가 작게 깎아서 내놓은 것을 보고

"그만두어. 네나 먹어라 어여."

인애는 사과를 한 쪽 베어 물었으나 목이 메어 잘 넘어가지가 않는다.

웬일인지 오늘 유달리 어머니가 측은하고 가엽게 보이는 것이 어떤 불길한 예감 아닌가 생각하도록 인애의 가슴은 미어지는 것이다.

'어머니 부디 오래오래 사서요.'

인애는 맘속으로 부르짖었다.

'어머니 당신은 이 못난 딸을 위하여.'

인애는 생각하였다.

'지난 삼 년 동안 상만의 학비를 대기 위하여 어머님은 그만 두셔도 좋을 바느질을 오늘까지 하시지 않았는가?'

인애는 그 이상 더 생각하기가 싫었다. 서리를 맞은 듯이 하얗게 세지고 오그라진 그 적은 가슴을 바라보거나 인애는 크나큰 돌멩이로 가슴을 짓눌린 때처럼 맘이 괴로웠다.

"애 인애야!"

어머니는 문득 가위를 내려놓고 인애를 정면으로 바라본다.

"언제 허는 게냐? 너 혼인 말이다. 그만하면 상만이도 자리가 잡혔을 텐데 ……."

"……."

인애는 땅바닥에 눈을 떨어트렸다.

"애 내가 너희들 예식하는 것 보고 죽겠느냐?"

인애는 고개를 번쩍 들고

"아이 어머님도 사위스런[163] 말씀만 하시여."

"아니다 너희들은 무작정하고 연기만 하니 그래 이 늙은 어미가 어떻게

---

[163] 마음이 불길한 느낌이 들고 꺼림칙하다.

될지 아느냐. 나도 올해 육십이로구나 …… 그래 언제 한다는 거냐."

"그이는 돈을 좀 더 벌어가지고 한다는 거야요."

"글쎄 돈돈 하지만 그 돈이란 게 어디 한정이 있는 거냐 말이다. 아서라 그러지 말고 하루라도 일찌감치 예식을 이루도록 해라 응 인애야. 어미 말을 예사로이 듣지 말어."

"네! 그럼 요담에는 똑똑히 말을 해 보겠습니다."

인애는 도망하듯이 일어나 뒤주를 열고 쌀을 떠냈다.

아직 저녁하기에는 좀 이른 세 시건만 그는 부엌으로 내려가서 쌀을 씻었다. 비로소 인애의 두 눈에서 굵다란 눈물이 줄기 지어 흘러내렸다.

'어떻게 할고 ……'

인애는 입속으로 부르짖었다.

'상만 씨가 나보다 더 아름답고 돈 많은 자경에게로 가면 그만이다. 오히려 그를 위해서는 그것이 나을지도 모른다. 그러나 어머님! 당신을 ……'

인애의 어깨가 가늘게 떨렸다.

'늙고 약하고 외로우신 어머님 당신을 어떻게 위로해 드릴까요, 네? 어머님 ……'

인애는 글자 그대로 창자가 끊어지는 듯이 슬펐다.

인애가 울 듯한 얼굴로 돌아 나가는 것을 보고 상만은 소리를 쳐서 인애를 붙들고 싶었다. 그보다도 곧바로 인애의 뒤를 따라가서 무어라고 위로라도 하고 변명이라도 하고 싶었다.

그러나 재미있는 듯이 깔깔 웃고 서 있는 자경을 쳐다볼 때 상만은 그 자리에 주춤하고 서 있지 않을 수가 없는 것이다.

“호호호 오 선생님 인애가 암만해도 이상스럽지 않아요?”

“아마 어디가 불편해서 그러는 게 아닐까요?”

“불편하다면 맘이 불편하겠죠? 그렇지 않아요?”

자경은 약간 상만을 흘겨보고 방그레 웃었다.

두 사람은 걸음을 나란히 하여 자경이 말하던 ××오복점을 목표로 걷기로 하였다.

거리에는 전차, 자동차, 유성기와 라디오를 통하여 흘러나오는 유행가의 모든 노래가 한데 어우러져서 오늘도 까닭모를 소음이 범람하고 있다.

그러나 자경은 이 모든 혼잡스러운 음향이 마치 자기가 배치하여 놓은 연극의 반주소리처럼 그는 어떤 유쾌한 흥분을 느끼는 것이다.

잠을 깬 어린애 눈동자처럼 빤히 눈을 뜨기 시작하는 가로수의 어린 순들도 자경에게 즐거운 존재였다.

“오 선생님!”

“네?”

두 사람은 되도록 나란히 섰다. 그리고 서로는 서로를 바라보고 웃었다.

상만과 자경이 ××백화점에서 저녁을 마치고 그 길로 활동사진 구경을 하고 그리고 계동 자경의 집으로 돌아온 때는 밤 열 시가 조금 지났을 때다.

서 사장은 어제 신의주로 출장을 가고 없는 것을 아는 자경은 아무 꺼릴 것 없이 상만을 응접실로 안내를 하였다.

“자 인내서요 오 선생님 …… 내일 인애에게 정성껏 전해 드리죠.”
하고 저녁 때 인애에게서 빼앗은 꾸러미를 상만의 팔에서 받았다.

"선생님 곤하시죠?"

"아뇨, 자경 씨 피로하실 텐데 그럼 전 실례할까 보아요."

"오오 인애가 기다리고 있을 테니까 호호."

"노 노."

상만이 고개를 좌우로 흔들면서 소파로 가서 털썩 주저앉는다. 자경은 생글생글 웃으며 인애에게서 받은 꾸러미를 들고 밖으로 나가더니 조금 후에 다시 커다란 상자를 한 개 들고 들어왔다.

"오 선생님! 이것이 무엇인지 아서요?"

"글쎄요 ……."

"프레젠트야요. 선생님께 드리려고 준비했습니다만 너무 빈약해서 ……."

자경은 백어와 같이 어여쁜 손으로 꾸러미를 풀기 시작한다.

"이건 좀 법식에 틀리는 일입니다. 다만 이렇게라도 드리지 않으면 인애가 또 어떻게 의심을 할는지 ……."

자경이 슬픈 듯이 고개를 갸우뚱하고 가늘게 한숨을 쉬었다. 자경의 손끝에서 빼꼼히 얼굴을 내놓는 그 프레젠트라는 것은 연갈색 바탕에 진한 갈색 줄이 드문드문 가로 그어진 진한 하부다이 와이셔츠 그리고 역시 갈색 계통으로 된 고급 넥타이였다.

또 다른 상자 속에는 연회색 소프트가 얌전스럽게 놓여 있는 것이다.

"선생님 실례입니다만 입어 보세요, 네? 맞지 않으면 바꿔 와야지요."

자경은 살짝 문밖으로 나가 버렸다.

상만은 잠깐 동안 어리둥절하여 앉아 있었으나 어디서인지

'행복을 취하려거든 황금의 채찍을 잡으려거든 …….'

하는 소리가 귓속질 하듯이 지나갔다.

상만은 약간 떨리는 손으로 와이셔츠를 갈아입고 넥타이를 매었다.

"똑 똑."

노크하는 소리와 함께 자경이 미소를 띠고 들어왔다.

"어떠세요, 몸에 맞으십니까. 어림잡고 인치를 일러 주었는데 ……
십오 반으로."

"……."

상만은 잠잠하고 빙그레 웃으며 양복저고리를 입었다.

"어디 잠깐만."

자경은 상만의 앞으로 가서 새로 맨 넥타이가 비뚤어졌다고 요리조
리 바로잡아 주는 것이다.

자경의 약간 상기된 두 볼이 상만의 가슴에 살짝 스쳐가는 순간 아름다
운 처녀만이 가질 수 있는 향긋하고 달콤한 향기를 상만은 감각하였다.

"호호호 저기 좀 보서요."

자경이 한 편에 걸린 체경[164]을 손으로 가리켰다.

"러브신 같지 않아요 활동사진."

자경은 상만의 가슴에 얼굴을 대고 한 팔을 들어 상만의 팔을 안았다.

"어때요 이만하면 여배우 노릇 하지 않겠어요? 호호호."

"……."

상만은 잠잠하였으나 그의 가슴에서 벌떡이는 심장의 고동을 자경은
익숙한 의사처럼 자세히 알아들었다.

---

164 몸 전체를 비추어 볼 수 있는 큰 거울.

상만의 해쓱하여 빛을 잃은 그 얼굴빛! 달 아래 빛나는 흰 포도송이 같이 아름다운 그 얼굴을 바라보고 자경은 속으로 웃었다.

"오 선생님!"

"네?"

"무엇을 생각하서요?"

"……."

"인애 생각하시죠?"

상만은 고개를 좌우로 흔들었다.

"그럼?"

"……."

"저 봐 대답을 못 하시면서 ……."

자경은 짐짓 성이나 난 듯이 자리로 와서 앉았다.

그대로 혼이 나간 사람처럼 멀거니 서 있는 상만을 바라보고

"앉으서요 왜 그렇게 무슨 생각만 하고 계서요?"

"자경 씨."

상만은 한참 동안 무섭도록 빛나는 두 눈으로 자경을 쏘아보더니

"인애 씨 생각은 하지 말라면 아니 하지요."

"괜히 그러시지. 내일이면 곧 인애 집으로 가실 걸, 뭐."

"자경 씨가 가지 말라면 아니 가지요."

"정말이야요?"

상만은 잠자코 고개를 끄덕여 보이고 힘없이 교의에 걸터앉는다.

자경은 상만이 얼굴빛이 해쓱하여 지도록 그리고 그 잘 웃던 얼굴이 마치 석고로 만든 조각처럼 고정되어 웃지 않고 서 있는 것을 볼 때 소

리를 내어 웃고 싶도록 재미스러웠다.

'그러나 상만 씨 그대는 인애라는 사랑하는 처녀가 있는데 ······.'

자경은 속으로 이렇게도 외쳐보았다.

'그대가 내게 어떤 야심이 생기었단 말이죠? 호호'

자경은 속으로 고개를 흔들흔들하면서

'안 돼 안 돼 어림없어 ······.'

자경은 타오를 듯한 눈으로 상만을 마주 쏘아보면서도 그의 맘속은 차디찬 이성의 철사로 굳게 경계망을 에우고 있는 것이다.

자경의 머릿속에는 마루방 위에 쪼그리고 팔짱을 찌르고 앉았을 동섭의 환영이 환등처럼 나타나 잠시 동안 자경이 눈앞에 머물러 있다.

자경은 호 하고 한숨을 쉬고 눈을 감았다.

'오오 동섭 씨! 용서하서요. 처녀로써 이러한 장난이 분수에 넘치는 짓이죠.'

자경은 두통이 나는 때처럼 한 손으로 머리를 괴이고 눈을 감았다. 뚜벅뚜벅 상만이 가까이 오는 것을 알았으나 그는 여전히 눈을 감은 채 고개를 드리우고 있었다.

"자경 씨! 무엇을 그렇게 생각하고 계서요 네 자경 씨!"

상만의 두 팔이 조심조심 자경의 어깨를 안았다.

점점 창백하여 지는 상만의 얼굴이 자경의 뺨 가까이 갔다.

"용서하서요 자경 씨!"

상만은 백열되어 하얗게 된 금속 같이 뜨거워진 입술을 자경의 입술에 대려는 순간이었다. 자경은 전기에 부딪힌 자동인형처럼 벌떡 일어났다.

"저기 보서요. 인애가 서 있지 않어요?"

하고 턱으로 문을 가리켰다. 상만은 반사적으로 흠칫하여 문 있는 데로 고개를 돌렸으나 물론 인애가 있을 까닭이 없는 것이다.

"호호호호 놀래셨죠."

"상만 씨!"

"안녕히 가서 주무십시요. 전 지금 약간 두통이 나서 자리로 가서 누워야겠어요."

채를 맞은 망아지처럼 몸을 일으키는 상만의 머리 위에 자경은 새로 내온 소프트를 곱게 올려놓았다.

"오 선생님 내일 점심 진지 집에서 잡수시도록 준비하겠습니다. 사관으로 모시러 가죠."

자경은 오른손을 내밀었다.

상만도 쓴 웃음을 띠고 한 손을 내밀었다.

"그럼 안녕히 가서요, 네?"

자경은 상만의 손을 가볍게 두어 번 흔들었다.

상만의 돌아나가는 발소리가 현관에서 사라지자

"연숙이는 바보야 남자 한 개를 맘대로 놀려주질 못하고 ……."

자경은 조롱하듯이 이렇게 혼자 중얼거리고 침실로 갔다.

이튿날도 일요일이었으므로 인애의 집에서는 밤을 세우다시피 두 모녀가 간신히 세루 두루마기 한 개를 다 마치어 놓느라고 아침도 늦게야 짓게 되었다.

인애는 부랴부랴 설거지를 마치고 예배당엘 갔다. 맡은 대로 주일공과를 가르치기도 하고 아침 예배 순서에 풍금도 맡아 치고 열두 시가 되어 집으로 돌아오니 어머님은 신소설 책을 한 손에 든 채 포근히 잠이 들어 있었다.

인애는 조심조심 방으로 들어왔으나 어머님은 어느새 눈을 번쩍 뜨고

"너 인제 오느냐, 아이고 다리야 허리야."

하시면서 돌아눕는다.

옷을 갈아입지도 않고 인애는 그대로 어머님의 곁에 앉아서 다리를 쳐드리기도 하고 팔도 주물렀다.

살도 없이 가늘게 여윈 어머님의 팔다리.

'남 같으면 이런 연세에 놀고만 앉아서두 괴롭다 할 터인데 그놈의 바느질 까닭에 …… 춧.'

인애는 속으로 한숨을 삼키었다. 문득 그는 어떤 생각이 그의 머리를 후려갈기듯이 지나갔다.

'그렇다. 어떤 일이 있더라도 억지로라도 예식을 하리라. 예식을 한 뒤에? 나를 사랑치 않는다면? 그래도 할 수 없다. 어머님만 안심하시면 그만이지 …….'

인애는 지난 삼 년 동안 상만을 위해서는 비록 죽는 한이 있다 할지라도 겁내지 않겠다는 그 맘의 각도가 인제는 어머님을 위하여선 어떠한 고생이나 불행이라도 사양치 않을 결심인 모양이다.

'그렇다. 상만 씨 입으로 최후의 절연장이 오기 전에는 내로써 퇴각할 수는 없어 …….'

외로운 성을 지키는 슬픈 용사와 같이 인애의 결심은 굳어졌다.

'죽기까지 싸우리라.'

입술을 꼭 깨물던 인애의 눈앞에 문득 자경의 너울 쓴 얼굴이 조롱하

듯이 웃으며 지나갔다. 인애는 몸을 떨었다. 그 무서운 환상을 쫓아버리려는 듯이

"주여 어찌하리까 도와주소서."

하고 부르짖다가 고개를 번쩍 들었다. 문밖에서 들리는 음성

"인애 씨! 계서요?"

분명코 상만의 음성이다. 인애는 번개같이 영창을 열어젖혔다. 그러나 상만과 나란히 서서 생긋생긋 웃고 있는 자경이

"인애 어여 나와요. 오늘 우리 집에 가서 좀 같이 놀아요."

"글쎄."

인애는 웃어보여야 될 것을 알았으나 입 가녘에는 어색스럽게 경련이 지나갔을 뿐 억지로 웃는 것이란 얼마나 괴로운 일인고.

'그렇다. 싸우리라 나의 생명이 있는 동안 상만 씨를 빼앗지 못하리라.'

인애는 태연히 핸드백을 들고 뜰로 내려섰다.

인애 어머니는 밖에 사람이 온 것을 알고 몸을 일으키어 고개를 내밀었다.

"아유 난 누구라고 어서 들어오우."

요 며칠 동안 맘속으로 몹시도 기다려지던 상만이 뜻밖에 뜰 앞에 서서 있는 것을 보자 어머니는 질겁해서 반색을 하는 것이다.

"그 사이 안녕하셨습니까."

상만은 모자를 벗고 공손히 허리를 굽혔다.

"아이 들어오게나. 들어와요 어여 …… 좀 이야기 할 것도 있으니."

어머님은 베개를 한편으로 치우고 방석도 내려놓고 아무쪼록 상만을 들어오기를 바라는 것이다.

"오늘은 좀 가볼 데가 있어서요 …… 요담에 또 오겠습니다."

상만은 모자를 들어 고쳐 쓰는 것이다. 인애의 눈에 비친 이 모자는 어제까지도 쓰지 않았던 새 모자가 아니냐. 방긋방긋 웃고 서 있는 상만의 턱 아래에서 둔한 광채를 내고 있는 넥타이, 조끼 너머로 개웃이[165] 내다보이는 와이셔츠! 단연코 새로 보는 것이다.

'물론 자경이 보낸 것이겠지.'

인애는 잠자코 자경의 뒤에 서서 대문 밖으로 나왔다.

골목 밖에는 자경의 집 자동차가 유난스럽게 윤이 흐르는 몸을 가로 누이고 있다.

자경이 발걸음을 옮길 때마다 바삭바삭 비단옷이 스치는 소리를 듣거나 어디인지 억양스럽게 웃는 그 얼굴을 보거나 인애의 가슴에서 발간 반항의 불길이 솟구쳐 오르는 것을 어찌할 수는 없는 것이다.

'빛나는 것 모두가 황금은 아니니 …….'

인애는 저도 모르게 이렇게 속으로 부르짖고 상만의 뒤를 따라 자동차에 올라탔다.

인애는 차체의 가벼운 동요를 느끼면서 생각하였다.

'무엇 때문이냐 무엇 때문에 내가 자경만 못하단 말이냐? 자경의 아버지가 사장이요 자경의 어머니 아버지가 돈이 있고 집이 크고 살림살이가 화려하고 …… 다만 그뿐이다, 그뿐이다 …….'

인애는 고개를 똑바로 들었다.

'그러나 그것이 자경 자신은 아니다. 자경 한 몸을 내 한 몸과 비하여

---

165 고개나 몸 따위를 한쪽으로 귀엽게 조금 기울이는 모양.

본다면.'

길에는 사람이 지나가는지 자동차는 길게 경적을 울린다.

'한 사람의 서자경과 한 사람의 주인애를 발가벗겨 내 놓는다면?'

'자경이 건강하냐? 나도 그렇다. 자경이 처녀이냐 나도 처녀다.'

'자경이 고등교육을 받는 여자냐 나도 또한 그렇다. 자경이 자존심을 가졌느냐? 나도 더욱 가졌다 …… 흥'

인애는 눈을 굴려 자경의 불그레한 두 뺨을 말끄러미 건너다보았다. 그리고

"그래 어제는 오 선생님 드릴 예물은 샀느냐?"

하고 방그레 웃어보였다.

"응? 응 샀어 샀어."

자경은 상만을 돌아보고 웃는다. 세 사람이 자경의 집 현관에 당도하자

"자 두 분 먼저 응접실로 들어가서요. 난 주방에 잠시 다녀가리다."

인애는 고개를 끄덕여 보이고 성큼성큼 응접실로 들어갔다.

그러나 거기에는 참으로 놀라운 사실이 인애를 기다리고 있는 것이다. 교의 아래에 무슨 종이인지 어지럽게 흩어져 있고 테이블 위에 창자를 후벼 낸 괴물처럼 활개를 뻗치고 흐트러져 있는 것은 분명코 인애 자신이 어제 ××백화점에서 산 와이셔츠가 아니냐. 인애는 본능적으로 와이셔츠를 한 손으로 치켜들었다. 웬일인지 와이셔츠 등어리에는 누렇게 손바닥만치 얼룩이 져서 있다.

와이셔츠 옆에는 어제 산 비취빛 넥타이가 처참히도 생명이 끊어진 뱀처럼 한끝이 젖어 있다.

인애는 형언할 수 없는 분노와 놀라움 때문에 그 자리에 고꾸라질 것

같은 충동을 겨우 참고 상만을 흘겨보았다.

"이게 무슨 짓이야요?"

"네?"

상만은 어리둥절하여

"이게 무엇이야요?"

"무엇이야요? 어제 내가 ××백화점에서 샀던 거야요. 오늘 당신께 드리려고 …… 그러던 것을 어제 자경과 당신 두 분이 빼앗아 가지 않았어요?"

인애의 바르르 떨리는 입술 속에서 어금니가 바지직 하고 소리가 났다.

"아 그렇던가요? 난 전연 몰랐는데요."

"……."

"인애 씨! 인애 씨!"

상만은 당황하여 한 손으로 인애의 어깨를 붙들었다.

"그래! 자경이 주는 예물만 제일이에요?"

인애가 홱 돌아서서 상만을 노려보았다.

"인애 씨! 오해하지 마서요. 예물 받는 것이 나쁜 일인가요?"

"여보서요 ……."

인애는 발발 떨리는 손으로 테이블 한 끝을 붙들었다.

"꼭 한 마디만 할 테니 꼭 한 마디로만 대답해 주서요."

"무슨 말씀이야요?"

상만은 빙그레 웃었으나 맘속은 적이 불안하여졌다.

인애는 잠자코 테이블 위에 놓인 비취빛 넥타이를 집어 들었다. 그리고 천천히 입을 떼었다.

"자, 이것으로 바꾸어 매어 주서요. 네? 상만 씨."

인애는 한편 끝이 꺼멓게 젖어 있는 넥타이를 상만의 얼굴 앞에 내밀었다. 상만은 손을 내밀어 넥타이를 받았으나 자경이 주던 넥타이를 자경의 집에서 풀어 버릴 수가 있을까.

'왜 하필 두 사람이 다 넥타이로 택했을까?'

상만은 비로소 두 여자 중에 하나를 택하지 않으면 아니 될 절체절명에 빠진 때처럼 일순간 그의 가슴은 어지러웠다.

"어서 매서요? 못 매겠단 말이야요?"

인애의 두 눈에서 새파란 불이 쪼르르 흘러내리는 듯하였다.

"호호호호 인애 그 넥타이 젖었지. 글쎄 그런 미안할 데가 없어요."

자경이 바쁜 듯이 들어오며 하는 말이다.

"네게 전해준다고 오 선생님에게서 이걸 받지 않았겠나. 그런데 정말 이상스럽게 됐어요. 아까 너의 집에 갈 때 꾸러미를 가지고 가려고 들어보니 글쎄 함빡 젖어 있더구나. 그래서 속에 든 물건을 버리지나 않았나 하고 부랴부랴 꺼내 보았더니 글쎄 이렇게 젖었더구나. 하인이 화병을 쏟았더라나."

자경은 말을 마치고 초인종을 누르더니 계집애 하인이 들어온다.

"너 팔 벌리고 거기 섰거라."

계집애 하인이 눈이 둥그레져서 자경을 쳐다보았으나

"팔을 벌리라면 벌리는 게지."

계집아이는 얼굴이 빨개져서 엉거주춤 두 팔을 벌렸다.

"돌아서 저리로! 이담부터 주의해야 된다. 응? 이게 무슨 꼴이냐 말이다."

"무엇이야요?"

계집애가 돌아보려는 것을

"그래도 가만히 못 있겠어?"

인애는 빤히 자경을 바라보다가

"자 위선 우리 앉기나 하자구나. 앉으서요 상만 씨!"

인애는 넥타이를 한 손에 휘휘 감아쥐고 자리에 앉았다.

"그래서 일이 그렇게 됐으니 인애 맘 상하지 말아 주어요. 응 인애."

자경은 바로 인애 곁에 있는 교의로 가서 앉으며 목소리를 낮추었다. 상만도 앉아 무슨 말이 나올까 하고 조마조마 하여 인애를 바라보았으나 인애의 입은 좀처럼 열릴 것 같지가 않는다. 얼마 동안 터질 듯한 긴장이 세 사람을 에웠다.

"이봐 자경."

인애가 입을 열었다.

"내가 할 말이 있는데 하인을 좀 내보내 주어."

"나가라 인제."

자경이 소리를 지르는 곳으로 한 번 돌아다보고 나가는 계집애 하인의 얼굴에서 어찌된 영문인지 모르겠다는 듯 그러한 표정을 인애는 똑똑히 알아보았다.

"상만 씨도 자세히 듣고 그리고 자경도 잘 들어 주어요."

인애는 잠깐 동안 두 사람을 번갈아 바라보더니

"자경! 이런 말을 불쑥 내놓는 것은 어떻게 생각하면 괘씸하게 들릴는지도 모르겠다마는 내 맘속에는 아주 커다란 고민이 생긴 까닭에!"

"무어야? 말해 봐요 어여."

"너 상만 씨를 사랑하니? 동섭 씨를 사랑하니? 분명히 한 마디 해주렴."

가늘게 떨리는 입술을 잘근잘근 씹으면서 인애는 사르르 눈을 감았다.

"호호호 인애가 미쳤어. 내가 왜 상만 씨를? 아이 흉물스럽구나. 난 어디까지든지 친한 친구로 생각하고 상만 씨와 교제한단다. 야 너 왜 그렇게 오해를 하니 아이참 ······."

"그래? 그렇다면 내가 잘못인지도 모르지. 상만 씨."

인애는 이번에는 똑바로 상만을 건너다보았다.

"어떠십니까? 당신은 나를 사랑하십니까? 그렇지 않으면 자경 씨를 사랑하십니까?"

"······."

"대답하서요 오 선생님!"

자경이 약간 목소리에 위엄을 보이며 상만을 독촉하였다.

"난 두 분 다 사랑합니다. 단지 자경 씨는 친구로서 경애한다고 하면 더 좋을는지요 하하하."

"그 봐 인애. 왜 아이가 이렇게 신경질이여? 애 넌 아예 계란 가지고 성 밑일랑 가지마라[166] 호호호."

이렇게 웃었으나 모처럼 계획하였던 그 장난이 이렇게 속히 막을 내리게 되나? 생각한 자경의 맘은 약간 적막하여졌다.

자경의 맘과 같이 아니 그보다도 좀 더 공허를 느낀 사람은 상만이었다.

천재일우로 손에 쥐일 듯 쥐일 듯한 행복의 새가 멀리 날아가 버린 것처럼.

---

166 북한 속담으로 원래는 '곯은 계란으로 성 밑으로 못가겠다.' 곯은 계란을 지고 성 밑으로 가다가 혹시 성돌이나 떨어지면 계란이 깨지지나 않을까 하여 지레 겁을 먹고 못갈 것이라는 뜻으로 지나치게 걱정이나 겁이 많은 사람을 두고 이르는 말.

인애는 인애대로 안심한 듯이 속으로 호 하고 숨을 내쉬었으나 당겼던 시위의 화살을 쏘지 못한 것처럼 어째 맘 한 구석이 허전한 것이다.

세 사람은 그 사이 준비가 다 되어 있는 식당으로 갔다. 그리고 그들은 아무런 일도 없었던 모양으로 먹고 마시고 즐거이 웃고 이야기 하였다.

전환

벌써 봄도 무르녹아 만발한 창경원의 벚꽃을 박은 사진이 가끔 신문의 한 모퉁이를 꾸미게 되었다.

"사쿠라가 피었어."

하는 이 말 한 마디가 누구의 입에서든지 한 번 불리어지자 사람들은 무슨 암호나 들은 것처럼 거리로 거리로 쏟아져 나오기 시작하는 것이다.

월급쟁이, 학생, 장사꾼, 늙은이, 젊은이, 사내, 아낙 심지어 내일 시집 갈 처녀까지 어제 결혼한 색시까지 사쿠라는 기어이 사람을 휘몰아다가 사람의 물결을 만들고 범람한 사람이 홍수를 만들고 그리고 거기에서 온갖 인생의 탁류를 희비 활극을 만들어내는 것이다. 이날도 장안 한 거리에서 꽃에 술에 사람에 취한 봄이 저물어가고 있는데 봄의 환락이나 생의 약동과는 영구히 등진 저곳 높게 쌓은 붉은 집 속에는 고문과 초려와 울분에서 시들어진 얼굴로 어마어마한 간수의 호위 아래에서 수인(囚人)¹⁶⁷ 자동차에 올라가는 사오 인의 청년이 있으니 그들은 독자 여러분이 잘 아시는 유동섭과 조창수와 및 그 밖에 몇몇의 연루자들이다. 정동 재판소에 내린 그들은 법정으로 끌려들어가는 동안 행여나 하고 그

---

167 옥에 갇힌 사람.

들의 가족이나 친지들의 얼굴을 찾는 것이다.

차입하여 온 흰 바지저고리를 입은 동섭은 용수[168] 안에서 눈을 번득이며 자경은 하고 찾았으나 신문기자인 듯 두어 청년이 사진기를 노리고 있고 저쪽 담 밑으로 두루마기를 입은 중년 남자와 양복을 한 젊은이들 그중에는 각모자를 쓴 청년들도 섞이어 있을 뿐 자경 같이 여학생 차림을 하고 있는 사람은 눈에 뜨이지 않았다.

이윽고 재판장 앞에 이르자 용수를 벗기고 수갑을 끄르는 동안 그들은 서로 돌아다보고 고개를 숙였다. 반년 동안이나 철창 속에서 그리워하던 그들은 헬쓱한 얼굴에 미소를 띠었다. 그러나 그 처참한 미소가 사라지기도 전에 간수들은 좌우에 하나씩 들어섰다. 그야말로 물샐 틈 없는 경계다.

재판장이 먼저 피고들의 성명, 연령, 주소, 직업을 물은 뒤다.

미리 약속을 한 듯이 무장을 한 경관 두어 사람이 빡빡이 앉아 있는 방청석에 사람들을 몰아내었다.

"우르르."

소리가 나면서 몰려 나가는 사람들의 자취를 따라 동섭은 반사적으로 뒤를 돌아보았다.

검은 치마에 흰 저고리를 수수하게 입은 여학생의 뒷모양이 어째 자경과도 비슷하건만.

동섭은 단념한 듯이 자리에 바로 앉아 눈을 감았다.

먼저 김준의 심문이 시작되었다. 그가 조창수의 동지라는 것과 조창

---

168 죄수의 얼굴을 보지 못하도록 머리에 씌우는 둥근 통 같은 기구.

수가 병원 탈출을 할 때 길잡이가 되어 갔다는 사실을 그대로 묻고 또 그대로 대답하였다. 담에 박인수, 이명식의 심문이 지나가고 조창수와 유동섭은 내일로 밀고 재판장은 일어섰다. 피고들은 다시 용수를 쓰고 수갑을 차고 법정 바깥뜰로 끌려나왔다.

거기에는 벌써 방청꾼이라고는 거의 다 돌아가고 다만 법정에서 심리의 방청을 허락받은 신문기자들이 비통한 얼굴들을 하고 서 있는 것이다.

동섭은 수인 자동차에 올라탔다. 그러나 먼빛에라도 자경을 보지 못한 것이 몹시도 섭섭하였다.

차가 천천히 재판소 정문을 미끄러져 나올 때다. 무엇인지 힐끗 나는 것이다.

동섭은 용수 쓴 고개를 돌렸다.

'앗 자경이다. 자경.'

방금 울음이 터져 나올 듯한 얼굴을 한 자경이 동섭이 타고 있는 자동차를 향하여 손수건을 흔드는 것이다.

'아아 자경!'

하고 속으로 부르짖고 수갑이 채인 손등으로 턱 아래 흘러내리는 뜨거운 눈물을 씻었다.

파란 하늘 아래 아련하게 자줏빛 안개를 감은 멀고 가까운 산들이 용수를 쓴 사람들의 가슴을 내리 누르듯이 애수와 우울로 가득하게 만들었다.

이튿날 아침 동섭은 감방으로 돌아왔으나 흰나비 같이 날던 자경의 손수건이 눈앞에서 흔들리는 듯 그는 몇 번이나 가만히 소리를 내어

"자경!"

하고 불러보았다.

동섭은 잘 시간이 되었건만 어째 잠은 오지 않고 여러 가지 생각이 얽혀진 삼오라기처럼 질서 없이 가슴속에 오고가고 하는 것이다. 동섭은 문득 어둠 속에서 얼굴을 가려 버렸다.

'영수가 팔았다는 이 사실의 심리를 받을 장면이 눈앞에 나타날 때 그는 얼굴이 홧홧하여 지는 것이다. 지금까지 반년씩이나 감옥에 있는 자기 자신이나 국경까지 갔다가 ○○땅을 눈앞에 두고 도로 실려 온 조창수나 김준이나 다 같이 아무 의미 없는 희극 배우 노릇만 하고 그 때문에 심판한다는 그들에게 서는 분노나 증오의 질책보다 오히려 조롱의 비웃음이 흐르고 있지 않느냐.'

'할 것 없는 놈들야.'

하고 저이들끼리 코웃음을 칠 것이 분하였다.

그의 눈앞에는 커다란 활자로 박아 놓은 ○○○ 사전 발각이라는 글자가 하나씩 하나씩 지나갔다.

'○○당도 그러하였고 ××군도 그러하였고 또 ××결사 그리고 ○○ 단체도 모두가 사전 발각이다. 왜 떳떳하게 일을 하여 보고 잡혀도 좋을 것인데 …… 어떻게 그렇게 잘도 알았는가 하였더니 그 결사 속에 결사를 파는 놈이 있고 그 단원 속에 단원을 잡아주는 놈이 있는 바에야 …….'

생각하자 동섭은 몇 달 전에 조창수가 붙들려온 장면을 보고 혼도하던 때와 같이 그는 또다시 무거운 발작이 중추신경을 음습하여 오는 듯하여 옆으로 누워버렸다.

그는 입을 깨물고 입속으로 중얼거렸다.

'그대로 할 수 없어. 조선아 너는 내 보금자리라 …… 파는 놈이 있기로니! 가는 놈이 있기로니 너만은 내 영원한 보금자리다.'

동섭은 맨 앞줄에 나선 전사가 탄환을 무릅쓰고 돌진하는 때와 같은 그러한 감격을 느끼었다. 그러다가 어렴풋이 잠이 들었던 모양으로 어느덧 밖에는 간수의 패금 소리가 슬픈 풍경처럼 들려오는 것이다. 이른 아침이 되었다. 날이 새자 방의 자리에서 가슴을 후벼 파낼 듯이 괴롭던 분노 그 수치감, 모욕감은 점점 사라지고 새로운 생각이 마치 교대하는 젊은 병사처럼 동섭의 가슴을 잡아 흔드는 것이다.

그것은 자경이었다.

'아아 자경!'

동섭은

'어서 재판정으로 데려다 주었으면.'

속히 판결이 내리고 그리고 형이 집행되었으면 좋을 것 같다.

그래서 한 달에 한 번이고 간에 자경이 면회할 시간이 있어졌으면 싶었다.

'먼빛으로라도 오늘은 기어이 자경의 얼굴을 보고야 말 걸! …….'

동섭은 아침을 마치자 간수의 발자취 소리만 기다렸다. 그러나 웬일인지 정오가 넘어도 나오라는 말은 없다.

술 두꺼운 의학서류를 읽고 있으면서도 그의 맘은 터질 듯 초조하였다.

점심때도 지나고 높게 쌓아올린 붉은 벽 위에는 고달픈 나그네와 같이 마침내 괴로운 황혼이 찾아왔다.

'웬일일까?'

'또 무기한하고 연기된 것이 아닌가?'

하고 생각할 때 드문드문 가로 세로 얽혀진 감방의 쇠문처럼 맘속은 무겁고 어두워졌다. 또다시 번뇌와 우울 속에서 한밤이 지나갔다. 이튿날 아침 열 시가 되어서

"나오라."

는 간수의 말을 듣자 동섭은 나들이 가는 어린아이 모양으로 일순간 어떤 즐거운 흥분이 가슴을 스쳐갔다.

'자경을 보리라.'

어제와 같이 용수를 차고 수인 자동차에 올라 정동 재판소로 향한 동섭은 길에 지나치는 여학생 하나하나가 자경이 아닌가 하고 용수 속에서 눈을 돌렸다.

"몸은 어떠서요, 괜찮아요?"

하는 여자의 음성이 들렸다.

자경이다.

동섭은 자경이 눈앞에 서 있는 것을 보자 반사적으로 용수를 벗으려고 수갑을 찬 손을 위로 치켰다.

그러나 쇠사슬의 불쾌한 음향이 절그렁 하고 지나가는 순간

"빠가 이께나이!"

하는 호령 소리와 함께 한 순사가 자경의 덜미를 잡다시피 저편으로 몰아내는 것이다.

동섭은 자경의 간절한 그 사랑 그 정성에 맘속으로 몇 번이나 고개를 숙이고 또 숙였다.

피고들은 그 전과 같이 주소 성명을 묻고 그 전과 같이 방청인이 몰려

나갔다.

변호사 석에는 서정연 씨가 동섭을 위하여 특별히 의뢰한 ×변호사 외에 관선 변호사가 한 사람 있고 신문기자가 사오 인 따로 자리를 잡고 앉아 있는 것이다.

재판장은 곧 사실 심리로 들어갔다. 조창수가 동섭에게 여비를 얻어 가지고 국경까지 갔다가 ××환이란 배를 타고 거기서 경관에게 붙들려온 것을 거의 한 시간이나 걸려서 심문은 끝이 났다.

그러자 검사로부터 준엄한 논고가 시작되었다.

복역 중에 있던 죄인의 몸이 병으로 보석 되어 치료 중에 있다가 경찰의 눈을 피하여 국경을 탈출하려던 조창수가 얼마나 위험한 인물이며 앞으로도 이러한 사람 때문에 선량한 청년이 악화될 것이 두렵다 운운하고 금고 칠년을 구형하였다.

그 다음 유동섭은 선량한 가정에서 자라났음에도 불구하고 이번 같은 큰일을 저지른 것을 보면 겉으로는 평온무사한 양으로 꾸미고도 내심으로는 사회 조직에 대하여 불평불만을 품었던 것만은 사실이다.

금고 삼 년, 김준 삼 년, 이명식외 한 사람에 각 일 년 반의 구형이 끝나자 ×변호사의 변호가 시작되었다.

청산유수 같은 열변이 근 사십 분 동안이나 계속된 뒤 다시 관선 변호사의 판에 박은 듯한 변론이 또 삼십 분 동안이나 지난 뒤 끝으로

그러나 재판장께서는 피고 중 의사를 표시한 사람이 있는 것을 참작하여서 특히 관후한 처분을 내리시기를 바란다 하고 끝을 맺었다.

'방향 전환?'

피고들은 서로 얼굴을 돌아보았다. 모두들 일종 이상한 긴장 때문에

그들의 창백한 얼굴은 처참하게까지 보였다.

'누굴까?'

피고들의 눈과 눈은 전기와 같이 부딪혔다.

'그리스도를 잡아줄 사람이 누구 오리까.'

하고 묻던 제자들처럼 피고들의 얼굴에는 의혹과 분노와 고민의 물결이 질서 없이 명멸되고 있을 뿐이다.

법정 안은 파리 나래라도 들리리 만큼 죽은 듯한 침묵이 잠깐 동안 흘러갔다.

재판장은 파랗게 면도를 한 턱을 한 손으로 문지르며 약간 빙그레 웃었다.

동섭은 견딜 수 없는 듯이 얼굴을 탁 숙여버렸다.

'비웃는다, 조롱을 한다. 아.'

두 손으로 얼굴을 가리어 버리고 싶은 충동을 겨우 진정하고 눈을 굴려 피고석에 앉은 사람들을 돌아보았다.

'방향 전환? 홍 하녀를 가정부라 하고 첩을 소실이라 하고 감옥을 형무소라 하는 것처럼 변절이라 하는 문자를 방향 전환이라 고쳤겠다? 하하하.'

동섭은 소리를 내어 웃고 싶었다.

그는 웬일인지 이 전환이란 말이 무척 우스웠다. 희극 배우의 탈놀음을 보는 때와 같이 그저 우스웠다. 우스웠을 뿐 놀라지는 않았다.

영수가 조창수를 밀고하였다는 말을 듣는 때처럼 놀라지는 않았다.

동섭은 마치 무서운 전염병을 한 번 고르고 난 사람처럼 놀라움의 면역성이 생긴 모양이다.

재판장은 무슨 종이를 들고 들여다보더니

"에 이번 피고 중에 방향 전환을 표시한 사람이 생긴 것은 자기의 전정을 위하여서나 또는 국가사회의 전도를 위하여 크게 경하할 바이라고 생각하오. 그런데 여기엔 쓰인 글과 같이 심중에 변화가 일어난 경과를 말해 보시오."

재판장은 피고석을 쏘아보더니

"자 그러면 조창수!"

하고 불렀다. 순간 동섭은 자기의 귀를 의심하였다.

'조창수?'

동섭은 입속으로 뇌여 보았다.

지금까지 비교적 태연하던 동섭의 귀에 조창수라는 한 마디가 마치 딛고 있던 대지가 쑥 물러 꺼져 밑 없는 낭떠러지에 몸이 굴러 떨어지는 것 같이 그는 눈앞이 캄캄하여 지는 것이다. 조창수는 천천히 자리에서 일어서더니 손을 들어 이마를 씻고 기침을 두어 번 하여 목소리를 가다듬는다.

"나의 방향 전환의 동기는 그 글발에 쓴 것과 같이 아주 간단합니다."

창수는 똑똑한 음성으로 말머리를 시작하였다.

자리에 앉아 있던 피고들은 서로 돌아다보며 웃었다. 그것은 견딜 수 없는 미움과 조롱과 그리고 분노의 웃음이었다.

창수는 그런 것에는 관심치 않는다는 듯이 태연히 말을 계속하여 가는 것이다.

"나는 나의 몸이라든가 내 생명이라든가 다시 말하면 조창수 내 한 사람의 힘이란 것은 어떤 범위 안에 한정 되어 있는 것을 발견한 까닭입니다. 말하자면 인류의 행복을 위하여 일하여 보겠다는 그 일은 너무 크고 거기 비하여 내 힘은 너무 적다는 것입니다. 그리하여 나는 이 적은 힘을 어떻게 사용할까를 생각한 때문입니다.

대양을 횡단하려면 먼저 배를 지어야겠습니다. 그러나 나는 헤엄을 쳐서 건너려고 한 것이요 얼마 전까지 나의 생각이었습니다. 그런고로 내가 지금 방향을 전환한다는 것은 나는 지금부터 인류를 위한 행복을 초래하기 위하여 배를 짓겠다는 것입니다.

그 때문에 나는 지금까지 제일선에 나서서 일하던 것을 위해로는 좀 다른 방식으로 내가 최선이라고 생각하는 길로 나갈 생각입니다. 어떤 방식이라는 것은 여기에서 구태여 말하고 싶지 않습니다.”

창수는 말을 마치고 피고석에 앉았다.

재판장은 기다렸다는 듯이 그러나 정중히 입을 열었다.

“그렇소. 오늘날 청년으로서 맘 있는 사람이면 누구나 국가의 전정을 생각지 않겠소. 또 민중의 복리를 위하여 도모한다는 것은 제국 신민의 당연한 의무라겠소. 피고가 이 점에 착안한 것은 본관은 무한히 다행으로 생각하는 바이요.”

재판장의 판결 언도는 지금부터 이주일 후로 밀고 피고들은 간수의 호위 아래에서 법정문 밖으로 끌려나왔다.

밖에는 물론 자경은 없다.

언제 시작하였는지 보슬보슬 늦은 봄비가 법정 뜰의 파랗게 돋은 잔디 위에 소리 없이 나리고 있다. 동섭은 자동차 안에서 행여나 어제처럼 자경이 수건이나 흔들어 주지 않나 하고 용수 안에서 자주 눈을 돌렸으나 사람의 내왕도 그친 거리 위에는 가느다란 빗줄기만이 분무(噴霧)와 같이 나부끼고 있다.

동섭은 불란서 시인 베를렌의 시구가 생각이 났다.

'비가 오네

비가 오네.

거리에도 비가 오고

지붕에도 비가 오고

내 가슴에도 비가 오네.'

동섭은 속으로

'폐허여!'

하고 부르짖었다.

'폐허여 아아 영원한 폐허여!'

'봄비는 부질없이 오늘도 이 땅의 잔디만 살찌게 하는구나.'

동섭은 땅을 치고 울고 싶었다. 그러나 눈물로 청산될 슬픔은 아니었다. 온몸이 재가 되어 사르르 녹아질 듯한 적막과 공허가 그의 몸과 맘을 집어삼킨 듯하였다.

"동섭 군."

갑자기 한 용수 아래에서 소리가 났다.

"동섭 군 오해하지 말게나."

조창수의 음성이다.

이상한 일은 창수가 말을 하는 데도 간수들이 못들은 척하고 앉아 있는 것이다.

'말을 해도 괜찮다는 은전이 벌써 내렸구나.'

동섭은 속으로 고개를 끄덕였다.

"동섭 군. 나도 요 며칠 동안 밤잠 자지 않고 생각한 것일세. 내가 ×
×서 붙들려온 그 이튿날 영수가 내게다 편지를 하였더구나. 눈 오는 시
베리아로 보내는 것보다 차라리 자네를 감옥으로 보내는 나의 맘을 이
해해 달라고 하고 바로 그랬더구나 자기가 내통을 하였다고. 뭐? 내 건
강과 또는 앞에 오는 일을 위해서 소아병적 태도를 버리라고!"

"⋯⋯."

"그래 내 말을 들어 보게나. 첨엔 말야 나도 무척 분했었네. 영수 놈을
보기만 하면 당장에라도 때려죽일 것만 같았어. 그랬더니 ⋯⋯ 차차 내
심경에 변화가 생겼어 후 ⋯⋯."

동섭은 돌부처같이 그저 잠자코 앉아 있다.

"도대체 내가 첨에 감옥에 들어간 때만 해도 말야."

창수는 음성을 낮추어

"같이 일을 도모한 사람이 밀고를 해서 잡혔지. 그리고 그담에도 또
이번에도 그렇단 말야. 그래서 이래선 안 되겠다 하고 생각을 해 보았어
⋯⋯ 다른 방식이 없을까 하고 ⋯⋯."

"대관절 얼마를 받았누?"

비로소 조롱하듯이 동섭의 굵다란 베이스가 굴러나왔다.

"이 사람 받긴 무얼 받는단 말야?"

"아니 날더러 만 원을 주겠다는 말이 생각이 나기에 말야. 자넨 지도
급이니까 한 십만 원 받았겠지? 하하하."

"아냐 자넨 날 오해하네."

자동차는 갑자기 속력을 늦추더니 딱 멈췄다. 어느덧 형무소까지 당
도한 것이다.

판결 언도를 받고 돌아온 밤이다. 묘지와 같이 고요하고 음침한 복도에서는 밤을 지키는 간수들의 무거운 발자취 소리가 간간히 적막을 깨치는 방중 창수는 혀를 차며 돌아 누웠다.

"춧 ······."

이편으로 누우나 저편으로 돌아누우나 그의 몸은 바늘방석에 누운 것처럼 괴롭다. 천근 무게의 쇠망치를 올려놓은 때처럼 그의 가슴은 답답하였다.

'그럼 내가 잘못이냐? 방향 전환이란 죄악이냐?'

그는 입속으로 중얼거렸다.

'그러나 나의 방향 전환은 다른 사람의 변절과는 다르지 않느냐? 나는 보다 더 지혜롭게 좀 더 수확이 많을 방침을 세우고 있지 않느냐?'

그러나 창수는 어둠 속에서 흠칫하였다.

'제국 신민의 마땅한 의무 ······.'

재판장이 웃으며 자기를 내려다보던 그 얼굴이 눈앞에 나타난 때문이다.

'범죄한 사실로만 보면 금고 오 년이 해당하나 지금까지 ××당 지도급에 있던 조창수가 방향 전환한 것을 참작하여 금고 일개 년 집행유예 삼 년.'

이라고 판결을 언도하던 재판장의 목소리가 징장구 소리처럼 고막을 울리는 것이다.

"하하하하."

하고 크게 웃던 김준의 얼굴, 노한 듯이 노려보던 이명식의 눈, 잠자코 돌부처처럼 앉아 있던 동섭의 모양이 차례차례 환등같이 지나갔다.

'금고 일 년 육 개월 유동섭 …… 김준이 이개 년이다? 나는 일 년이고
…….'

그는 쓰디쓴 잔을 마시는 때처럼 어둠 속에서 보기 싫게 얼굴을 찌푸렸다.

이튿날 아침밥을 받은 창수는 갑자기 음식이 달라진 것에 놀랐다.

기름이 조르르 흐르는 흰밥에 갖은 반찬과 곰국까지 곁들인 차입은 대야주임의 말과 틀림없이 감옥에서 특별히 대우하는 조건의 한 가지다.

창수는 웬일인지 이렇게 맛있는 음식을 받았으되 보리와 좁쌀이 절반씩 섞인 콩밥처럼 목구멍에 술술 넘어가지가 않았다. 식후에는 대야주임이 보낸 과일이 들어오고 오후에는 계란까지 왔다.

그 이튿날 또 그 이튿날 창수는 자기에게 대한 모든 대우가 현저히 달라가는 것을 깨달았다.

가끔 웃음을 머금고 들여다보는 간수가

"무엇 먹고 싶은 것이 있거든 말해 보시우."

하는 소리까지 들었다.

그러나 웬일인지 이렇게 달라진 모든 좋은 대접이 그의 맘을 극도로 불안케 또한 괴롭게 하는 것을 어찌할 수가 없었다.

판결이 지난 뒤 거의 한 달이 되어가는 날 비로소

'잘못했구나.'

하는 후회가 회초리처럼 그의 양심을 아프게 하였다.

'취소? 취소할까?'

하고 혼자 중얼거려 보았으나 이미 때는 늦었다는 절망이 그의 입을 봉해 버렸다.

가롯 유다와 같이 견딜 수 없는 자책과 회한의 회오리가 그의 상한 대뇌를 독사같이 깨물었다.

창수는 차츰 밥맛을 잃었다.

그의 감방에서는 반숙한 계란과 갓 짜온 생우유가 곧잘 그대로 그릇에 담겨 있었다.

그리고 이튿날 간수가 상한 우유를 들여다보고

"왜 어디가 아프오?"

하고 물었으나 창수는 귀찮은 듯이 고개를 좌우로 흔들어 보일 뿐이다.

독서도 하지 않고 멀거니 혼이 나간 사람처럼 앉아 있는 일이 차츰 많아지게 되었다.

어느덧 여름을 재촉하는 이른 장마가 사흘이나 계속하는 어느 아침.

간수는 전과 같이 창수를 위하여 따로 준비한 양식을 가지고 감방 문을 열었다.

그러나 그는 음식 그릇을 든 채로 돌아서서 전옥(典獄)[169]에게로 달려갔다.

전옥과 감옥의가 와서 창수의 싸늘하여진 몸을 감방의 들창에서 내려놓았다.

유서나 있는가 하고 이리저리 찾아보았으나 아무런 것도 없었다.

창수의 몸은 석유 궤짝 같은 관속에 아무렇게나 넣어서 감옥 묘지로 간 뒤 몇 날 후 신문에는

'××사건의 수괴 조창수는 심장마비로 돌연히 감옥에서 사망하였다.'

---

[169] 교도소의 우두머리.

는 기사가 쓰여 있었다.

그러나 아무도 조창수가 간수의 눈을 피하여 감방의 들창에 목을 매어 자살하였다는 것을 아는 사람은 없었다.

인간의 온갖 슬픔과 괴롬과 그리고 즐거움과 희망을 실은 채 절기는 쉬지 않고 바뀌어 동섭의 감방에도 여름은 오고야 말았다.

감방의 여름! 숨이 막힐 듯 막힐 듯한 공기, 욱신욱신하고 띵 아파오는 머릿속, 목덜미와 등어리에서 흘러내리는 기름땀, 그보다도 빈대와 모기와 벼룩, 실렁거미, 돈벌레들, 문자 그대로의 흡혈귀가 쇠문 속에 갇혀있는 사람들의 피를 빠는 무서운 여름이 동섭을 찾아온 것이다.

연일 궂은 장마가 걷히고 오늘은 아침부터 내리쪼이는 폭양이 감옥의 붉은 지붕을 이글이글 풀무처럼 쪼이고 있는 한 낮.

동섭은 손에 들었던 책을 내려놓고 한 손으로 이마에서 흘러내리는 땀을 씻고 눈을 굴려 창밖을 내다보았다.

연옥색으로 파랗게 갠 하늘이 창문 너머로 할 말이나 있는 듯 빤히 들여다보고 있다.

'하늘아 조선의 하늘아!'

동섭은 가슴 속에 무엇이 뭉클하고 지나갔다.

'너는 변함없이 사시를 통하여 푸르건만 어찌하여 인간은 이렇게도 무상하냐.'

동섭의 눈앞에 영수의 얼굴이 나타나고 창수의 모양이 지나갔다.

일순간 동섭은 어깨를 흠칫하고 눈을 감았다.

'피리를 불어도 춤추지 않고 슬픈 소리를 하여도 눈물을 흘리지 않는다고 나사렛 성자는 말씀하셨다.'

어미 닭이 병아리를 안는 듯이 너를 안고 싶지만 네가 원치 않는 바에야 아아.

동섭은 치밀어 오르는 울분을 뿜는 듯이 길게 길게 한숨을 내쉬었다.

'조선아 너는 버림을 받아야 마땅하냐? 너의 할아버지가 너의 아버지가 너를 판 것처럼 너는 영원히 쫓김을 받아야 마땅하냐?'

동족의 손이 자기 몸을 빌라도[170]에게 내어 줄 것을 짐작한 그리스도는 무어라고 외쳤느냐.

'형제가 형제를 죽는 데 내어 주고 아비가 자식을 팔고 자식이 아비를 치고 며느리가 시어미를 치고 시어미가 며느리를 치고 …….'

무너져가는 예루살렘 성문에서 비분의 눈물을 삼키던 그는 마침내

돌 하나도 돌 위에 놓이지 않고 다 무너지리라 하고 외쳤겠다.

예루살렘의 최후가 각일각으로 닥쳐오건만 오히려 학대와 모함과 배반을 일삼고 있는 자기의 동족이 얼마나 그의 눈에 애달프게 비쳤으랴.

나라가 망한 지 이천 년이 지난 오늘에도 오히려 유태 민족에 등 뒤에는 학살과 약탈과 추방이 따르고 있는 것은 무슨 운명일까.

이천 년 전에는 삼십에 스승을 팔아먹도록 그토록 타락하여 버린 그 피가 오늘도 그들의 혈관에서 흐르고 있는 까닭이다.

인색과 탐욕의 화신이라는 수전노의 별명에서 유태 민족이 해방되기 전에는 유태 민족은 영구히 유리(遊離)하는 민족이 되고 말 것이다.

'조선아 그러면 너도 수전노이냐 과연 너는 그토록 인색하냐. 도망간 딸이 시체가 되어 올지라도 그 귀에 달린 보석 귀고리만 성하여 돌아오

---

170 예수가 체포되고 처형될 때 유다 속주를 관장하는 로마제국의 총독.

라고 부르짖은 샤일록(셰익스피어의 베니스의 상인)처럼 과연 너는 돈만 아
느냐? …… 아니다 아니다. 너는 너의 역사가에는 금전의 가치를 초월
한 모든 선과 덕이 얼마나 많으냐. 네가 형제를 죽여? 네가 아비를 몰라?
네가 자식을 팔아? 아니다 아니다 다 아니다. 오직 한 가지가 한 가지가
부족하구나…….'

동섭은 고개를 끄덕였다.

'한 가지 모자라 너의 피 속에는 끈적끈적하고 쩍쩍 들어붙는 응고력
이 적단 말이야. 너무 맑아 너 피는 저 파란 너의 하늘빛처럼 투명하여!
흘러가는 맑은 물같이 음영이 적어 네 피 속에는 독소도 없고 병균도 없
어…… 그 때문에 사람들이 너를 먹을 것으로 알고 아주 쉽고 만만한
과일로 아는 지도 모르지 …… 보아라 너는 백합조개처럼 내장을 흘리
어 네 속에 간직한 모든 귀한 것을 다 가져가건만 너는 무엇을 말하느냐
너의 살찐 등어리에 낯선 장기가 들어오고 그리고 너의 자손이 남으로
북으로 쫓기건만 너는 그래도 잠잠하지 않느냐. 사람이 너의 아들을 동
으로 몰아넣거나 너의 딸을 창기로 팔거나 …… 조선과 너는 너무도 반
발력이 없어.'

여기까지 생각한 동섭은 갑자기 한 주먹으로 가슴을 쾅 하고 쳤다.

'어찌하랴 조선아 너는 확실히 병적이다.'

동섭의 눈에서 눈물이 주르르 흘러내렸다.

'비료도 일광도 받지 못하고 자라난 화초처럼 너는 확실히 빈혈증이
다…….'

'한 가지를 붙잡으면 목이 달아 날 때까지 붙잡고 나갈 파악력이 있기
에는 너는 너무도 영양이 부족하다.'

동섭은 몸을 떨었다.

'너무도 무서운 사실이다.'

그는 입속으로 중얼거리고 팔짱을 질렀다.

"이백 칠호 나와."

하는 간수의 말소리가 쇠창살 밖에서 들렸다.

동섭은 간수가 부르는 소리를 듣고 몸을 일으켜 밖으로 나왔다. 길고 곱고 어두운 복도를 지나서 간수가 떠미는 데로 조그마한 창이 뚫린 곳으로 얼굴을 향하였다. 순간

아래 위를 하얗게 차린 자경이 일심으로 이곳을 바라보고 서 있는 것과 눈이 마주쳤다.

"어떠서요, 몸은 괜찮습니까."

자경은 형언할 수 없는 슬픔을 감추려는 듯이 억지로 생글생글 웃는 그 얼굴이 마치 사막에 피어 있는 한 떨기 야국과 같이 애처롭게 보였다.

동섭은 가슴에 할 말은 가득하면서도 어찌 말이 얼른 밖으로 나오지가 않는다.

너무 오랫동안 시장하였던 사람이 음식을 대한 때처럼 동섭은 한참 동안 멍멍하여서 있을 수밖에 없는 것이다.

"왜 어디가 불편하서요. 요샌 차입이 통 그대로 나온다고 집에선 모두들 걱정하시야요."

"어머니께선 어머니께선 안녕하서요?"

벌써 온 열 달 동안이나 말이라고는 몇 마디를 지껄여 보지 못한 동섭은 어찌 입술이 무거운 것 같기도 하고 혓바닥이 두터워진 듯 어눌함을 느끼었다.

"네 그러지 않아도 어머님이 꼭 오시려고 그랬는데 요전 장마 통에 관절염이 부쩍 더치셔서 꼼짝 못하고 누워 계서요."

동섭은 어서 시간이 지나가지 전에 무슨 말이라도 해야 할 텐데 속으로 초조함을 느끼면서도 뒷말이 계속되지가 않는 것이다. 자경은 지난 가을보다 훨씬 얼굴이 여위어지고 음성까지도 어디든지 철이 들어 보이는 것이 그가 자기 없는 몇 달 동안에 슬픔과 그리움에 지치었다는 것을 짐작할 수 있는 것이다.

"몸조심 하시오 자경 씨."

동섭은 비로소 혀끝이 활활 틀린 듯이

"나는 조금도 염려 마시오. 몸도 성하고 요샌 더위 때문인지 밥맛은 조금 잃었소마는 괜찮아요. 그런데 읽던 책이 거의 끝이 났는데 다른 것으로 이번엔 자경 씨가 골라서 한 권 들여보내 주시구려."

"네 그러지요. 그런데 오늘 새 옷 차입한 것 받으셨나요?"

"아뇨, 차차 받겠죠."

갑자기 옆에 지키고 섰던 간수가

"시간."

하고 외치는 소리와 함께 탁하고 나무 조각이 내려와 동섭의 눈앞을 가려버렸다.

"저 염려 마서요. 인애와 상만 씨가 곧잘 놀러오니까요."

하는 소리가 동섭의 귀에 가늘게 들려왔다.

그는 다시 감방으로 돌아왔으나 눈동자 속에 사진처럼 박힌 자경의 얼굴을 향하여 그는 혼자서 웃고 이야기하고 그리고 꽃송이처럼 향기를 뿜는 듯한 그 얼굴에 입술을 대이는 환상을 보는 것이다.

단지 눈 깜짝할 사이와 같이 짧은 시간이었건만 자경을 만난 것이 동섭에게 있어 마치 폭양 아래 시들어진 풀이 단비를 맞은 때처럼 그의 맘에 생기가 돌았다.

지금까지 동섭의 맘을 덮고 있던 어둡고 침침한 구름 속에 한 줄기 광명이 스며드는 것이다.

'아 자경아 나의 자경아.'

동섭은 자경을 사랑하였다.

동섭은 다시 부르짖었다.

'다 가거라 갈 것은 가야한다. 겨(糠)는 날아가 버려라. 죽정이도 가거라.

한 떨기 붉은 꽃을 위해서는 모든 잡초는 다 버리리라. 한 알의 금강석을 얻기까지 크나큰 석탄광은 헐리고 만다. 그렇다. 참 일꾼 하나가 생길 동안 모든 밀고자 모든 배반자의 검은 그림자가 어지럽게 뛰놀 것이다.

그러나 태양이 올 때 뭇별이 숨는 것처럼 참된 일꾼들이 올 때 비로소 거짓 삯군들은 그 자취를 감출 것이다.'

동섭은 두 손을 꼭 잡고 동그라니 꿇어앉았다.

갑자기 어디서인지 뇌성이 우르르하고 들어온다.

고개를 들어보니 바깥은 햇빛이 환한데 빗소리가 쏵 하고 들린다.

'지나가는 소나기로군. 자경이 옷 젖지 않을까?'

동섭은 고개를 기울였다.

폭풍우의 밤

자경은 담뱃진 같이 녹아내리는 아스팔트의 한 모퉁이를 지나면서 혀를 찼다.

"자동차를 타고 올 걸."

그는 무교정 인애의 집 대문을 들어서자

"인애."

하고 소리를 질렀다.

방금 양상추를 씻어서 양재기에 담아 놓고 마늘장을 만들던 인애가

"자경."

하고 마주 소리를 쳤다.

"어쩌면 인제야 점심이야?"

하고 자경이 뜰로 올라서다가

"안녕하십니까? 아주머니."

하고 방에 있는 인애 어머니를 향하여 고개를 까딱하고 마루 끝에 걸터앉았다.

"아그 난 누구라고 자 이것이나 좀 깔고 앉지."

인애 어머니는 죽피(竹皮) 방석을 내놓는다.

"깔고 앉어 얘. 난 인제 점심 먹고 가려는 참인데 ······."

인애는 행주치마에 손을 씻으며 부채를 갖다 인애 앞에 놓았다.

"피, 지금이 몇 시기에 자, 시계를 좀 보아요."

자경은 팔각 백금 시계를 걸린 왼편 팔목을 인애 눈앞에 내밀었다.

"두 시 십 분. 아유 어쩌면 어느새 두 시가 넘었어."

"흥 년 팔자도 좋구나 시간가는 줄도 모르고 사니까 ……."

정말로 부러운 듯이 자경은 가늘게 한숨을 짓고 태극부채를 집어 앞가슴을 활활 부쳤다.

"자 상추쌈 좀 같이 먹어 보련?"

"올라 와서 한 쌈 싸보게나 아주 연할 걸로만 골랐으니 ……."

인애 어머니도 권하는 바람에 자경은 손을 씻고 밥상 앞으로 왔다.

그들이 점심을 마치고 인애가 설거지를 하는 동안 자경은 심심해서 못 견디겠다는 듯이 조그마한 화단으로 가서 꽈리도 찾아보고 봉선화도 두어 송이 뜯어보고 핸드백을 열고 얼굴도 고치었다.

"아주머니 인앤 여름 동안 저하고 인천 가서 좀 있도록 허락해 주서요 네?"

"글쎄 그랬으면 좋겠지만 밥은 누가 짓고?"

"아주머니 우리 집에 하인을 하나 보내 드리죠 네 아주머님."

"호호호 자경 말만 들으면 천하가 다 태평이야."

인애 어머니는 쪼그라진 뺨을 어린아이같이 웃으며

"정 그렇게 데리고 가고 싶거든 한 일주일만 갔다 오지 ……."

"아주머님 눈 딱 감으시고 삼 주일만 휴가를 좀 주서요. 인애도 인젠 혼인하면 어디 놀 시간이 있겠어요. 저하고는 말입니다 네 아주머님."

"일요일마다 오도록 할 터이니까요 네? 아주머님!"

자경이 부득부득 조르는 바람에 인애 어머니는 할 수 없다는 듯이

"그래 그럼 두 주일만 있다오지."

하고 허락을 하는 것이다.

"아이고 좋아. 아주머님 감사합니다."

인애도 새 옷으로 갈아입고 얼굴에 파우더까지 뿌리고 양산을 가지고 뜰로 내려섰다.

"어머니 요담 주일에 오겠습니다. 무슨 일이 있으면 인천으로 곧 편지하서요 네?"

인애는 어머니에게 몇 번이나 다지고 돌아서 나왔다.

두 처녀가 여기저기 돌아다니며 물건들도 사가지고 인천 월미도에 있는 자경의 집 별장에 이른 때는 저녁노을이 서쪽 하늘을 곱게 물들이는 오후 여섯 시가 조금 지났다.

별장에 들어가니 계집애 하인이 질겁해서 마주 나온다.

티끌 하나 없이 잘 소제된 응접실에는 자경의 피아노가 한편에 놓여 있는 것이라든지 등나무로 만든 교의와 테이블이 적당한 자리에 놓여 있는 것이라든지 작년 여름과 조금도 틀림없는 것이다.

단지 변하였다면 동섭의 서재로 쓰던 방이 꼭 닫혀 있는 것이다.

"인제 우리 둘이 좀 같이 살아요. 그 사이 한 열흘 동안 심심해서 죽을 뻔했어 …… 생각해 보아요 연숙이도 동경으로 갔지, 그 희극 배우 안엽 씨도 갔지, 배창환 씨도 가버렸지 그리고 동섭 씨도…….'

자경은 가늘게 한숨을 짓고

"가지마 응? 인애."

인애는 가만히 고개를 끄덕여 보였으나 맘속으로는 자경이 몹시도 측은하게 생각이 되었다. 인애는 인제 한 달만 있으면 자기도 남의 아내가 될 것을 생각하니 앞으로 얼마 남지 아니한 처녀 시절이 무척 아깝기도 하고 친한 동무끼리 지내는 이 시간이 새삼스럽게 귀중하게 생각이 되었다.

창으로 촉촉한 바다 바람이 이맛전을 스쳐갈 때 인애는 눈을 들어 멀리 쪽빛처럼 푸른 바다 위에 갈매기들이 떴다 날았다 하는 것이 웬일인지 하염없이 슬프게 보였다.

오상만의 아내로써 주인애의 새로운 생애가 어떻게 전개될는지 …….

'미래는 저 아련한 수평선 같이 여기 앉아서는 볼 수 없는 거야. 거기까지 가지 않고는 모르는 것이야.'

인애는 속으로 부르짖고 교의에서 일어섰다.

"자경 용서해요 응 자경!"

인애가 가만히 한 손을 자경의 어깨 위에 올려놓았다.

"무엇이?"

자경이 고개를 돌렸다.

선풍기의 바람을 등 뒤로 받으면서 자경은

"무엇이 미안하단 말야?"

하고 또 한 번 재쳐 물었다.

"웬만치만 어머님이 서두르시지만 않으신다면 말야 …….."

인애는 방긋이 웃고

"난 너의 동섭 씨가 나오기를 기다려 가지고 우리 둘이 같이 예식을 이뤘으면 좋을 것 같아서!"

"아! 그 말이었어? 난 또 무어라구? 관두어요. 그런 자비심은 내가 그렇게 불쌍해 보이나? 나는 다 속이 있거든. 인제 네가 상만 씨와 결혼식을 하겠지? 이따 한 일 년 지나면 뭐? 권태기라는 것이 온다나? 그때 우리는 나 좀 보아라 하고 척 신혼 예식을 하신단 말야. 어떠시요? 호호."

"그도 그럴 듯하다. 요 앙큼쟁이 호호호."

갑자기 자경이

"애 인애야 저기 오는 저이가 상만 씨가 아니냐?"

하고 급하게 부르짖는 소리에 인애가 황급히 창문으로 고개를 내밀었다. 그러나 거기에는 상만은커녕 낯선 사람도 지나가지 않는 것이다.

"누굴 속이려고 ……."

인애가 자경의 하얀 목덜미를 두 손으로 간질여 댔다.

"호호호호 살려 주어 살려 주어 잘못했수."

"안 된다 안 돼. 또 그럴 테야?"

"호호호호 다시는 안 그런다니까 ……."

하인이 저녁이 다 되었다고 하는 보고를 듣고서야 그들은 겨우 웃음을 진정시키고 식당으로 갔다.

저녁 후에 두 처녀는 비탈길을 내려가 바닷가를 한 바퀴 돌고 별장으로 왔다. 레코드를 돌리고 실과를 먹고 그리고 잠자리로 갔다.

남쪽으로 창이 난 침실에 두 처녀의 침대가 가지런히 놓여 있고 새로 세탁된 홑이불이 얌전하게 깔려 있다.

유리창 밖에 철망사로 덧문이 달려 있는 이 방에는 모기 한 마리 구경할래야 없고 선풍기도 없건만 창문으로 서늘한 바람이 스르르 어깨를 휘감고 돌아갈 때 인애는 지금쯤 빈대 성화에 자주 잠을 깨실 어머님을 생각하고 한숨을 삼켰다.

'어서 나도 혼인을 하고 좀 더 깨끗하고 넓은 방에 어머님을 모셔야지!'

인애는 침대로 들어갔으나 방금 상만이가 자기들의 살림집이라고 낙산 아래 참따랗게 문화주택을 짓는 것을 생각하여 보았다.

'안방에는 어머님을 계시게 하고 이 층은 상만 씨 서재로 아래층 양실은 응접실 거기서 마루를 한 칸 지나 침실이 있고 …….'

인애는 한 달 후에 혼인을 하고 그 참따랗게 지어진 집에 주부로써 아니 그보다도 상만 씨의 아내로써 맞이할 그날이 눈이 부신 무지개처럼 찬란하게 맘속에 나타나는 것이다.

이튿날 아침 명랑하게 우지 짖는 참새소리에 두 처녀는 서로 바라보고 방그레 웃으며 자리에서 일어났다.

그들은 아침을 마치고 신문을 읽고 피아노를 치고 그리고 책상에 앉아서 편지들을 썼다.

인애는 어머니에게 문안편지를 쓰고 다음에 상만 씨에게 붓을 잡았다.

'이곳에를 오니 모든 것이 유쾌합니다. 당신이 이 글을 받으실 때는 나는 인어와 같이 바닷물 속에 잠겨 있으리다. 오늘부터 나도 헤엄을 배우기로 하였습니다. 자경이가 선생이여요. 당신도 오셔서 나 좀 가르쳐 주서요. 꼭 오셨으면 좋겠습니다. 물도 시원 바람도 그리고 희망이 귓속질하는 이곳 당신만 계시면 여기는 곧 파라다이스입니다. 인애.'

과연 이 편지가 지글지글 타는 듯 경성 한복판에서 종일 철필만 붙들고 앉아 있는 상만에게는 크나큰 유혹이 되었다.

상만은 바쁘게 장부에 글자를 기입하면서도 자주 그의 입가에 미소가 지나갔다.

그는 해수욕복을 입은 인애의 육체를 바라볼 것이 무척 흥미스러웠다.

아니 그보다도 해수욕복 하나만 걸친 자경의 반나체를 상상하고 혼자서 빙긋 웃었다.

인애가 자경의 집 별장에 와서 묵은 지도 거의 일주일이 되고 그 사이 상만도 두 번이나 다녀갔다.

이날도 자경과 인애는 종일 헤엄을 하고 모래사장에서 뒹굴었다. 두 사람은 엄브렐라 아래에서 과일도 먹고 과자도 먹고 콩도 까먹고 이따금 해변으로 돌아다니면서 조개껍질도 주웠다.

자경의 맘속에 슬픈 새와 같이 동섭의 생각이 날아들 때에는 자기 자신에게 변명이나 하는 듯이

'내가 내 신경을 괴롭힌다고 동섭 씨에게 무슨 유익이 있을까. 내마저 고통 중에서 지낸다는 것은 결코 동섭 씨가 원치 않을 일이다. 그렇다. 나는 이 여름을 기쁘게 보내리라.'

자경은 벌떡 일어났다. 그리고 물속으로 텀벙 들어가서 인애를 손짓하여 부르는 것이다.

"자 내 손을 이렇게 붙들어요. 그리고 뒷발을 탕탕 차 보아요. 옳지 몸이 떴지? 자 그러면 내 손을 놓아보아요."

인애는 암만해도 손을 놓을 용기가 없는 듯이

"아니 잠깐만 잠깐만, 호호호."

하고 웃는다.

"자 죽는다 하고 얼굴을 물속에다 넣어요. 그리고 발만 놀려 보아요, 하나 둘 셋 ……."

"아니 아니 못 하겠어."

인애가 얼굴이 파래서 자경의 팔을 붙잡을 때다.

저편으로 누구인지 물거품을 일으키며 헤엄을 쳐서 오더니 인애가

깔고 있는 우끼를 슬쩍 빼어가는 사람이 있다.

순간 인애는 물속으로 쑥 들어가면서 자경의 팔만 떨어지라고 붙들었다.

"하하하 자경 씨 팔만 그렇게 붙잡으면 어떡합니까. 자 이 팔을 붙드셔요. 이 팔을 하하하."

파란 이맛전에 물방울이 흰 구슬처럼 맺혀 있는 상만의 얼굴이 두 처녀 앞으로 쑥 들어왔다.

"호호호 난 누구라고."

인애가 소리를 지르고

"오 선생님 아니서요?"

자경도 반갑게 인사를 하였다. 상만은 한 손으로 인애의 어깨를 붙들면서 한 손으로 우끼를 넣어 주었다.

한참 동안 헤엄을 하고 웃고 소리를 지르고 하다가 이윽고 세 사람은 모래사장으로 나왔다.

그들은 엄브렐라 아래로 와서 모래 위에 배를 깔고 누웠다.

상만은 오늘도 여기저기 사람들의 부르고 떠드는 소리를 들으면서 자경의 잘 균형 잡힌 사지와 약간 들어간 듯한 인애의 가슴을 비교하여 보는 것이다.

잠시라도 가만히 있으면 동섭을 생각하는 슬픈 마음이 찾아올 것 같아서 자경은

"보트를 탑시다."

하고 일어섰다.

언제 배워두었는지 상만은 노질도 익숙하게 잘하는 것이다.

배가 멀찍이 등대 있는 곳으로 나갈 때다.

'작년 여름에는 저 바위 위에서 연숙과 같이 고동을 주웠겠다.'

자경은 맘속으로 생각하였다.

'서투른 곡예라고 비웃어주던 안엽은 지금 동경서 돌아다니겠지 ……'

자경은 노질하는 오상만의 두 팔을 바라보았다.

'작년에는 야구선수 배창환이 노를 저었겠다. 그때 같이 탔던 사람은 연숙이었는데 지금은 인애가 타고 오상만 씨가 노를 젓고 …… 세상일은 알 수 없는 것이야 ……'

자경의 맘은 어느덧 지금쯤 감방에서 땀을 흘리고 앉았을 동섭에게로 달려가는 것이다.

'내년 여름에는 동섭 씨! 당신이 노를 저어 주서요. 내 눈앞에 이렇게 마주 보고 앉아 있는 남자가 오직 동섭 씨 당신이라야만 ……'

자경은 상만과 인애가 무어라고 웃고 이야기를 하건만 아무 소리도 귀에 들어오지 않는 것 같이 멀거니 눈을 들어 하늘을 바라보았다.

구름이 뭉게뭉게 하늘 한 모퉁이에서 일어나고 있다.

그러나 그때 배창환이와 마주 앉아 바라보던 그 희고 부드럽고 비둘기 떼같이 뭉실뭉실 떠 있던 그 구름은 아니다.

저편 수평선 위로 검고 두꺼운 구름이 때 묻은 이불같이 보기 싫은 구름이다.

이것이 앞으로 닥쳐 올 그들의 불행을 암시하는 것인 줄 누가 알았으랴. 자경도 몰랐고 인애도 몰랐고 또한 상만 자신도 몰랐을 것이다.

그러나 구름은 점점 검은빛을 더하여 뭉게뭉게 하늘을 싸기 시작하였다.

산 그림자 구름 그림자가 굵게 무늬를 놓는 바다 위는 기름을 떠 놓은 듯이 잔물결 하나 없이 고요하였다.

폭풍우의 앞에 오는 잔잠함. 돌아보니 물 위에는 벌써 보트들은 다 돌아가고 자경 일행의 배만 뒤떨어져 있는 것이다.

상만은 팔에 힘을 내어 노를 저으며

"비가 올듯 합니다."

말하는 그의 얼굴에는 약간 당황한 빛이 떠돌았다.

얼마 후에 보트는 육지까지 무사히 왔다. 이때까지 잠잠하고 있으나 맘속으론 얼마쯤 불안하여졌던 두 처녀는 비로소 큰숨을 내쉬었다.

그동안 해수욕객들은 하나씩 하나씩 돌아가고 해안은 비교적 한가로웠다.

갑자기 저편으로

자경의 집 계집 하인이 전보 한 장을 가지고 달려 왔다.

자경이 얼른 받아서 펴 보고

"인애야 어머님이 편치 않으시다나봐."

하고 전보를 인애 앞에 내밀었다.

"모친 위독 속래."

인애는 일순간 얼굴이 파래졌다.

"난 지금 갈 테다."

한 마디하고 케이프를 어깨에 걸치자마자 별장 쪽을 향하여 반달음질을 하기 시작한다.

"그럼 가십시다."

상만도 근심스러운 낯빛으로 인애와 보조를 같이하여 별장으로 갔다.

"얘 어머님이 웬만하시거든 곧 와요. 응? 인애!"

자경이 옷을 갈아입고 나오는 인애의 어깨를 만졌다.

"응. 어쩌면 어머님 그 사이 돌아가셨을 게야."

"얘 공연히 사위스런 말 하지 말라. 앓으면 다 죽느냐?"

"아니 난 요사이 늘 그런 예감이 있었어요. 웬일인지 오늘은 온종일 가슴이 두근거렸어."

상만은 인애의 손가방을 들고 나오고 자경도 이들을 전송하기 위하여 세 사람은 정거장으로 나갔다.

"같이 가시지요 서울로."

차에 오르면서 상만이 자경에게 권해 보았으나

"아냐요 전 그대로 남아 있을까 봐요."

"심심하시지 않으서요?"

"집에 갔자 어머님도 계시지 않을 게고 …… 관절염 때문에 온천 하신 다고 온양으로 가셨으니까요 동부인하시고 호호호."

"하하하하 그러셨던가요?"

"자 그럼 자경!"

손을 내미는 인애의 눈에 이슬 같은 눈물이 맺혀 있었다.

이윽고 차가 떠나고 상만이 층대에서 모자를 휘두르고 인애는 창밖으로 손을 두어 번 흔들어 보이다가 들어갔다.

자경도 손수건을 들었다.

차체가 파충 동물처럼 허리를 꿈틀거리면서 차머리가 활등처럼 휘어지기 시작할 때 하얀 손수건이 차창 밖에서 팔랑거리는 것이 보인다.

상만인가 인애인가 손수건을 흔드는 손 너머로 하얀 소매 끝이 보일 때 그것은 분명코 인애라고 생각되었다.

그러나 이것으로 자경과 인애가 십 년이 넘은 우정을 끝막는 것이라고 그들은 꿈엔들 생각하였으랴!

자경이 정거장 밖으로 나와서 두어 걸음 발을 옮겨 놓을 때 굵다란 빗방울이 두어 개 자경의 뺨을 스쳐갔다.

언제 덮였는지 하늘은 두꺼운 장막을 가린 듯이 컴컴해졌고 나뭇가지가 설렁설렁 바람에 부대끼는 것이 소나기가 쏟아질 것 같이 보였다.

과연 인천 측후소에는 폭풍우의 경보가 내걸렸다.

자경이 택시에 올라 월미도를 반허리나 올라올 때 굵다란 빗줄기가 자주 차창을 내리친다.

별장엘 와서 응접실로 들어가자 그는 창 앞으로 갔다.

조금 전까지 짙은 초록빛으로 푸르던 바다는 은회색으로 몽롱이 안개가 가렸는데 산이고 하늘이고 물이고 한결같이 아득할 뿐이다. 비는 점점 많이 쏟아져 바람에 쫓긴 빗줄기가 후드득 자경의 치마를 적시는 것이다.

그는 창문을 닫았으나 간간히 지나가는 바람이 드르렁 드르렁 유리창을 잡아 흔드는 것이다.

쏴 후루루

비와 바람이 한데 어울려 쏟아지는 까닭에 창 가까이 서서는 삼나무 가지조차 허리를 휘영휘영 하는 것이 금방이라도 부러질 것 같다.

한 삼십 분 동안이나 비는 계속하여 쏟아졌다. 도랑물 흘러가는 소리가 쭈르르쭈르르 들리고 비는 줄어져 가늘게 내리는 빗줄기가 훨씬 성글게 보였다.

그는 밖으로 나가서 다시 측후소의 깃발을 바라보았다.

여전히 폭풍우의 기호는 변치 않았다.

하녀가 가져온 저녁밥을 먹고 자경은 전과 같이 피아노에 돌아 앉아 은파를 탔다.

동섭이 좋아하는 은파를 첫 장을 치고 둘째 장을 칠 때다. 갑자기

우르르 딱.

하고 바로 머리 위에서 뇌성이 울렸다. 그리고 쏴 하고 소나기가 다시 시작되었다.

어느덧 바깥은 칠(漆)과 같이 검은 밤이다.

비는 자꾸자꾸 호세[171]로 쏟아지고 쏴 후르르

비바람 소리가 점점 처참하게 들려온다.

이따금씩 번개가 번쩍하고 지나가면 그 뒤에 들려올 무서운 뇌성소리가 듣기 싫어 자경은 두 손으로 귀를 막곤 하였다.

창문은 놀라 도망하여 오는 사람이 잡아 흔드는 듯이 소란스럽게 덜커덩거리고 바람과 비가 어우러져서 쏴르르쏴르르 맹수의 포효하는 듯하는 소리에 우르르 파도의 끓는 소리가 괴물의 부르짖음 같이 들려오고 이따금씩 휙휙 하고 나뭇가지가 유리창에 부딪히는 음향이 어떤 원령이 오열하는 듯하야 자경은 으쓱하고 소름이 지나갔다.

바닷물이 있고 서늘한 바람이 있고 녹음이 있고 사장(沙場)이 있어 지상의 낙원처럼 사람들의 흠모와 찬미를 받는 이곳 월미도가 단 몇 시간 사이에 이처럼 무서운 지옥이 되다니!

---

171 크고 강한 세력.

자경은 대자연의 변화란 진실로 무서운 것 같이 느껴졌다.

번쩍번쩍 지나가는 번개가 보기 싫어 그는 창문에 커튼을 내렸다.

자경은 정신을 집중하여 외계의 소연한 향음(響音)을 잊어버리려고 책을 폈다.

동섭과 같이 읽던 불란서 문법책을 폈으나 물론 책이 머릿속에 들어갈 까닭이 없는 것이다.

'그들과 함께 서울로 갈 걸.'

상만과 인애와 같이 못 간 것이 몹시도 후회가 나기 시작하자 그의 맘은 더욱이 음산하고 공허한 별장이 무시무시하여 지는 것이다.

자기가 절해고도(絶海孤島)로 표류하여온 것 같아 그는 견딜 수 없는 외로움을 느끼었다.

그러나 그 고적을 느끼는 생각도 일순간이었다.

와르르 딱 하고 지나가는 뇌성 소리가 또다시 그의 맘을 밑 없는 공포를 끌고 간 때이다.

'피뢰침이 분질러지고 이 집에 벼락이 된다면?'

자경은 무서운 생각을 잊어버리려고 다시 피아노에 올라 앉아 건반을 눌렀다.

그러나 그는 자기가 무슨 곡조를 타고 있는지도 알 수가 없었다.

비는 자꾸자꾸 호세로 쏟아지기만 하는데 시계는 인제 겨우 아홉 시다.

'이 밤이 언제 새일고.'

그는 한숨을 들이마시고 이번엔 무슨 노래인지 억지로 콧노래를 불러보았다.

그러나 머릿속에는

'이 월미도가 이대로 홀랑 바닷속에 들어가지 않을까?'

하는 생각이 지나갔다.

그는 작년 여름인가 비 때문에 산꼭대기에서 큰 돌이 굴러 떨어져 그 아래 절간에서 자고 있는 사람들을 치어 죽였다는 기사가 눈앞에 아른거리기도 하는 것이다.

'정말 큰 돌이라도 내려와서 이 집을 억질러 버린다면?'

자경은 앉을 수도 없고 설 수도 없이 그 맘은 초조와 무서움으로 가득차게 되었다.

'계집애 하인을 불러? 제까짓 것이 있기로니.'

하고 그는 고개를 좌우로 흔들었다.

이럴 때 동섭 씨라도 있었으면 아니 인애라도 가지 말고 있었으면 상만 씨라도 있었으면.

문득 산 아래에서 들려오는 자동차 경적 소리에 그는 귀를 기울였다.

그 속에 자기를 방문하러 오는 손님이 타고 있다면? 그 사람이 비록 자기가 지렁이처럼 천시하는 안엽일지라도 이 저녁에는 진심으로 환영할 것 같다. 그러나 자동차 소리도 간 곳 없고 비만 한결같이 줄기차게 쏟아지고 있다. 시계는 인제 열 시다.

갑자기

'따르르.'

울리는 초인종 소리에 자경은 하인보다도 한 걸음 앞서 현관으로 달려갔다.

문밖에는 비에 함빡 젖은 외투를 입은 상만이가 서서 있었다.

자경은 찾아 온 손님이 오상만인 줄을 알 때 그는 지옥에서 천사를 만난 듯이

"오 선생님!"

하고 부르짖고 물 묻은 오상만의 한 팔을 덥석 안았다.

"들어가서요 네? 오 선생님!"

"이렇게 늦게 찾아와도 좋습니까? 혼자서 얼마나 심심하실까 싶어서 왔습니다."

"오 선생님 고맙습니다. 정말 고맙습니다. 얼마나 무서웠는지 몰랐어요."

자경은 저도 모르게 상만의 팔을 안은 채 응접실로 들어갔다.

"외투를 벗어야지요. 바로 요 아래까지 오고는 자동차가 더 못 오겠다고 해서 부득이 걸었지요, 하하하."

하고 외투의 단추를 벗긴다.

"아이 그러셨어요? 이 어두운 밤에."

자경은 상만의 뒤로 돌아가서 손수 외투를 벗겨 계집애 하인에게 주고

"자 좀 앉으서요. 아이 양복바지가 막 흙투성이가 됐네."

자경은 하나에서 열까지 감사와 찬탄뿐이다.

"선생님 자 이리로 앉으서요 네? 이리로."

자경은 상만을 위하여 교의를 가져다 놓고 하인을 불러 뜨거운 차를 명하였다.

"자경 씨! 많이 쓸쓸하셨지요?"

상만은 감개무량한 듯이 자경을 바라보고 빙그레 웃었다.

"네, 정말 무서웠어요. 전 난생 첨이었어요. 그래 조금 전에 선생님과 인애와 같이 못 간 것을 여간 후회하지 않았습니다."

"참 인애 어머닌 어떠서요?"

"네! 뇌빈혈이었던 모양이더군요. 의사가 와서 주사를 놓고 해서 우리가 갈 때엔 정신이 회복되었습니다."

"그래 인애가 퍽이나 실망을 하겠지요."

"네."

"선생님!"

자경은 상만을 또 한 번 불러 놓고

"오늘 저녁엔 서울로 돌아가시지는 않겠죠?"

자경은 애원하듯이 상만을 건너다보았다.

"자경 씨가 가지 말라면 아니 가지요."

"인앤 선생님 여길 오시는 것 압니까?"

"……."

상만은 말없이 빙그레 웃고 고개를 좌우로 흔들었다.

자경은 근심스러운 듯이 눈을 떨어트리고

"인애 어머닌 정말 괜찮아요?"

"네 의사가 있으니까요. 의사 말도 그러더군요 별일 없으리라고요."

뜨거운 레몬차가 상만과 자경 앞에 왔다.

상만은 차를 마시면서 테이블 위에 놓인 잡지를 펴들었다.

그 사이 몇 번이나 뇌성이 들리고 번개가 지나갔건만 자경은 웬일인지 조금 전 같이 그렇게 자지러지게 무섭지는 않는 것이다.

자경은 커튼을 걷어 치고 바깥을 내다볼 용기까지 났다.

조금 전까지는 자기 한 몸이 이 무서운 대자연이라는 무대 위에 헤매는 한 불쌍한 배우였던 것이 이제는 관람석에서 재미있게 폭풍우의 밤을 감상할 수 있다는 맘의 여유가 생긴 것이다.

"오 선생님 저기 좀 보세요. 기선의 등불이 저렇게들 일렁거리고 있어요. 꼭 건넛줄처럼 ……."

상만은 보던 책을 놓고 일어서서 자경의 곁으로 갔다.

"호 대단한 걸요. 항구 안이 이럴 때에는 큰 바다로 나간 배들은 상당히 손해가 많을 걸요."

상만은 걱정스러운 듯이 입맛을 다시었다.

"선생님! 정말 선생님의 은혜는 한 평생 잊지 않겠습니다. 이 무서운 밤에 이렇게 오셨으니 말이야요."

"온 천만에 말씀을. 사실 나도 한참 망설였습니다. 인애 씨도 나를 자꾸만 찾지요 그리고 여기까지는 물론 자동차가 올라오지 못할 것도 알았습니다 …… 그러나 자경 씨 혼자서 이 밤에 어떻게 지나실까 하고 생각할 때 나는 모든 것을 각오하고 일어섰습니다."

"그럼 인애가 찾지 않을까요?"

"인애 씨요? 하하 그 양반에게는 내가 몸이 괴로워서 가서 좀 눕겠다고 하고 왔지요."

상만은 약간 괴롭게 웃고 자경의 어깨 너머로 밤바다를 내다보고 섰다.

또다시 뇌성이 와르르 딱하고 울렸다. 자경은 흠칫하여 상만에게로 한 걸음 다가섰다.

상만은 가만히 자경의 어깨를 붙들어 주었다.

"곤하시지 않아요? 자경 씨."

"아뇨 전 괜찮습니다, 선생. 곤하시지 않으셔요?"

"저도 별로 ……."

하면서도 상만은 하품을 가리느라고 손바닥을 입에 대는 것이다. 자경은 계집애 하인을 불렀다.

"선생님 침상 보아 두어."

장거리 선수가 골이 눈앞에 나타날 때처럼 상만은 속으로 부르짖었다.

'취후 오 분간이다.'

상만은 지난봄에 자경의 집 응접실에서 인애와 자경 앞에서 자기는 분명히 인애를 사랑한다고 말하였다.

그리고 자경은 친구로서 존경하고 사랑한다고 말하였다.

그러나 자경에게 대한 동경과 사모하는 맘은 조금도 변치 아니하였다.

그가 참마음으로 자경을 사랑한 것은 아니다. 단지 자경의 배후에서 찬란하게 광채를 내고 있는 그 황금과 지위였다.

상만은 잠들기 전에는

'어떻게 황금의 채를 휘둘러 볼 수 없을까. 어찌하면 행복의 열쇠를 가질 수 없을까…….'

하고 생각하는 것이다.

이 생각은 그로 하여금 부지불식간에 자경에게로 상만을 끌어간 것이다.

그는 순정을 주고 있는 인애라는 처녀가 있으면서도 쇳조각을 끌러 다니는 자석 모양으로 자경의 부귀가 그의 맘을 더 힘 있게 감아쥐는 것이었다.

오늘 낮에 인애와 함께 서울로 가면서도

'어찌하여 혼자 있는 자경과 접촉할 수 없을까?'

하는 생각도 머리를 스쳐갔다. 그러나 그는 무서운 생각을 잊어버리려고 곧 다른 일에 생각을 바꾸기도 하였다.

그러나 비가 내리고 마침내 그 비가 폭풍우로 변하는 것을 볼 때 상만은 혼자 고개를 끄덕인 것이다.

'지금쯤 별장에선 자경이 어떻게 하고 있을까? ……'

그는 인애에게 하숙으로 간다 하고 경성 역으로 나와서 폭풍우를 무릅쓰고 월미도 자경의 별장까지 온 것이다.

과연 자기의 상상과 같이 자경의 다시 없이 반가워하는 것을 볼 때 그는 자기 계획이 너무도 적중하는 것이 도리어 무시무시하여졌다.

아직까지 그의 맘속에 남아 있는 양심의 소리가

'인애와 자경 두 사람을 다 죽이는 것이다.'

하고 외치는 듯하여 그는 힘없이 잡지 위에 눈을 떨어트렸다.

차츰 빗소리가 줄어지고 뇌성소리도 적어진다. 상만은

"비가 웬만치 그치는 모양인데 전 돌아갈까 봐요."

하고 빙긋이 웃어 보였다.

"지금이 몇 시기에 열한 시가 넘었는데 차가 있을라구요."

"네 차야 없을 겝니다. 없으면 역 근처 여관엘 □□□□□"

"선생님."

자경은 침착하게 또 한 번 상만을 불러놓고

"이왕에 말입니다. 여관에서 주무실 바에야 여기서 주무시면 어때요? 동섭 씨 방에요."

"글쎄요. 아까 올라오면서 보니 언덕이 패이고 길이 뚝뚝 떨어진 곳이 보입니다만 …… 좀 위험하긴 하조만 ……."

"그러니 말야요. 주무시고 가서요. 왜 그러세요? 네?"

자경은 알 수 없다는 듯이 상만을 빤히 들여다보았으나 속으로는

'그대가 대단히 갸륵은 하시오만은 염려 말아요. 내가 누구기에 당신이 설혹 유혹을 한다고 내가 넘어갈 듯싶소?'

이러한 생각이 지나가자 자경은 여간 우습지가 않았다.

"호호호 선생님 정 돌아가실 작정이시야요? 인애에게도 이상스럽게 보일 것이고 또 비도 그칠 성싶으니 그럼 자동차를 부를까요?"

하고 곁눈으로 흘깃 상만을 바라보며 초인종을 만졌다.

"글쎄요. 밤중에 자동차를 부르는 것도 무엇하고 …… 자경 씨가 정말 용서하신다면 동섭 군의 방에서 밤을 새워도 좋습니다."

자경은 속으로

'그러면 그렇지.'

하고

"호호호호 그러서요? 고맙습니다. 자 이리로 오서요."

두 사람은 복도로 나갔다.

바다가 한쪽 밖에 보이지 않고 앞으로 산을 안고 있는 아늑한 이 방은 피서 올 때마다 동섭이 자기 서재로 택하여 쓰던 방이다.

금년 여름에는 방주인이 없음으로 침대만 홀로 알몸으로 이방을 지키고 있었다.

그 사이 하녀가 새 홑이불을 갖다 펴고 냉수를 넣은 유리병까지 차단스[172]에 놓여 있는 것이라든지 더우면 언제라도 돌릴 수 있도록 선풍기가 방 한편 벽에 달려 있는 것이라든지 하나에서 열까지 편리하게 되어

---

172 ちゃだんす. 찬장식 찻장.

있는 방이다.

상만은 자경을 돌아보고

"혼자 주무셔도 무섭지 않겠어요?"

하고 침대 가까이 놓인 등의자로 가서 털썩 주저앉았다.

"네, 물론."

"그럼 안녕히 주무셔요."

웬일인지 상만의 가슴은 차츰 두근거리기 시작하였다.

'행복의 문은 인제 눈앞에 있다.'

맘속으로 부르짖고 상만은 돌아나가는 자경의 뒷모양을 바라보고 빙그레 웃었다.

갑자기 쏴 하고 비가 다시 퍼붓는 것이다.

그러는 동안에 전등도 꺼졌음으로 자경은 촛불을 켜들고 자기 방으로 왔다.

그는 자리옷으로 바꾸어 입고 머리를 활활 풀어 모레나(머리에 뿌리는 향수)를 뿌리고 빗으로 빗어 넘긴 뒤에 파란 리본으로 질끈 동여매었다.

침대로 들어가려 하는 자경은 무슨 생각이 났던지 단스 서랍을 열고 조그마한 열쇠를 꺼내어 침대 문을 찰칵하고 잠가버렸다.

'내가 누군데 흥.'

그는 방그레 웃고 침대로 들어갔다. 침상에 누워서도 혼자 방글방글 웃었다.

'상만 씬 지금쯤 무슨 생각을 하고 있을까?'

벽 한 겹 너머 누워 있는 상만의 얼굴에서 어떤 망욕이 번득이고 있을 것을 짐작할 때 주린 고양이 앞에서 고기를 들고 놀리는 듯한 어떤 잔인한 쾌감이 일순간 자경의 가슴속을 지나갔다.

상만은 바지를 벗고 침의를 걸치고 침대로 들어갔으나 까닭 없이 그의 가슴은 두근거리고 호흡조차 거칠어지는 것이다.

머리맡에 놓아둔 시계는 어느덧 밤 열두 시다.

"지금쯤 잠이 들었겠지?"

그는 혼자 중얼거리고

"좌우간 실내의 형편이나 보아두고 ……."

약간 떨리는 다리로 방바닥에 내려서려는 순간이었다. 갑자기 천지가 무너지는 듯

'우루루딱.'

하는 뇌성소리가 머리위에 들리자 상만은 침대 위에 펄썩 주저앉아버렸다.

'낙뢰(落雷)다.'

하고 고개를 기울이노라니 뒷 방문이 열리며

"아씨 방이야 이를 어째."

하면서 계집애 하인이 부르짖고 지나가는 소리가 들린다.

상만은 문을 열고 복도로 뛰어나왔다.

"아씨 아씨, 문 열어주서요 네?"

계집애 하인이 울듯이 부르짖었으나 안에서는 아무 소리가 없다. 상만은 힘을 다하여 손잡이를 비틀어 보았으나 열릴 이치가 없는 것이다.

그는 문이 부서져라 하고 주먹으로 꽝꽝 쳤다. 발길로 차고 어깨로 밀고 또 주먹으로 치고

"누구야?"

하는 가는 소리가 안으로써 흘러 나왔다.

"아씨 문 열어 주서요."

"가만있어."

한참 만에 문이 열리었다. 한 손에 촛불을 들고 서 있는 자경은 무덤에서 나오는 사람 모양으로 얼굴이 무섭게 헬쑥하였다.

"에구머니."

촛불에 비친 자경의 침대를 보자 하인이 먼저 소리를 질렀다.

창밖에 서 있던 전나무가 한 허리가 부러져 상체를 유리문에 처박고 그 맨 윗가지가 방으로 고개를 들이밀고 있는 것이다.

바로 그 유리창 아래 놓여 있는 자경의 침대 위에는 산산이 부서진 유리 조각이 널려 있고 방바닥에도 유리 조각들이 번쩍번쩍 깔려 있는 것이다.

"자경 씨!"

상만은 참새새끼 모양으로 바들바들 떨고 있는 자경이 어깨를 붙들고

"놀라셨죠? 더운 물 가져와."

하인에게 명령을 하고

"좌우간 이 방을 나갑시다."

상만은 자경을 부축하여 가지고 자기가 있던 방으로 왔다.

"자 이리 좀 앉으서요."

상만은 자기가 누웠던 침대 위에 자경은 앉히고 그의 어깨 위에 자기의 양복저고리를 걸쳐주었다.

하인이 가져온 더운 차를 마시고 자경은 하인의 방으로 가서 속옷을 입고 다시 상만의 방으로 왔으나 그의 하얀 입술에는 좀처럼 핏기가 돌

것 같지도 않는 것이다. 더운 물 주머니를 가져온 하인이

"자 이걸 끼고 좀 누우서요 네 아씨!"

하고 애원하다시피 하고

"자경 씨! 자 이러다가 병이나 나시면 안 됩니다. 잠깐만 들어 누우서요."

상만도 권하는 바람에 자경은 침대로 들어갔다.

"심심하신데 내 이야기 하나 할까요?"

"네 그러서요."

상만은 웬일인지 무서운 육갑이 이야기를 몇 개나 몇 개나 거푸 하였다.

"저 창문에 커튼 좀 내려 주서요. 무엇이 자꾸 창으로 들여다보는 것 같아서."

상만은 빙긋 웃고 커튼을 내리었다.

"그러면 다른 이야기로 할까요?"

이번에는 비교적 평범하고 지루한 이야기를 시작하였다. 목소리까지 나직나직하게 마치 어린애를 잠들게 하려는 할머니처럼 상만은 도란도란 이야기를 한 시간 반 동안이나 계속하였다.

과연 자경의 어여쁜 눈까풀이 차츰 아래로 내려오고 드디어 숨소리가 새근새근하고 들리기 시작하였다.

"자경 씨 자경 씨."

얼마 전에 기절하도록 놀랐던 자경은 전신에 피로가 한꺼번에 몰려와 맘으로는 자지 말자 하면서도 어느덧 천길 물속에 잠기듯 깊은 잠에 빠져 버린 것이다.

"자경 씨."

또 한 번 크게 불러본 상만은 악마와 같이 빙긋 웃고 촛불을 휙 불어

꺼버렸다. 그는 와들와들 떨리는 손으로 속옷 단추를 끌렀다.

　이튿날 아침 날이 새었다.

　악몽과 같이 무섭던 한 밤은 기어이 새고 말았다.

　유리창 너머로 옥을 깎은 듯한 푸른 하늘이 반가운 듯 내려다보고 광선을 안은 정원 나무들 위에는 참새 떼가 부지런히 우지 짓고 있다.

　그러나 자경에게는 영구히 새이지 아니할 어둠의 첫날이 시작되는 것이다.

　하룻밤 사이에 자경은 모든 것이 달라졌다.

　'차라리 어젯밤 벼락에 맞아 죽었던들 …….'

　상만도 돌아가고 자경은 침대 위에 혼자 누워서 입속으로 부르짖었다.

　'대체 내가 그렇게 약하던가? 소리라도 질렀다면 …… 그 녀석 하나 죽는 게 어때서 …… 정말 죽도록 내버려두지 않고 …… 미친 년.'

　자경은 난생 처음으로 자기를 욕하였다.

　'저 바다에 나가 빠져 죽어버릴까?'

　하지만 어머니가 …… 언젠가 어느 활동사진에서 어떤 여자가 정조를 빼앗기고 자살하던 장면을 보고 비웃어 주던 일이 생각났다.

　'정조만으로 사는 것인가, 그래 여자란 정조를 잃으면 남는 것은 아무 것도 없단 말인가? 못난이.'

하고 웃던 자기가 지금 막상 당하고 보니 정조란 그렇게 간단하게 처리해 버릴 문제가 아닌 줄 알게 되었다.

　하녀가 아침밥을 가져왔으나 물론 눈도 떠보지 않았다.

　그는 앓는 사람 모양으로 종일 침상에 누워 뒹굴었다.

　저녁때가 되어 겨우 세수를 하고 뜰로 나왔다. 자기 침실 유리창 곁에

무참하게도 넘어져 있는 전나무를 바라보고

'나를 이렇게 되도록 만드느라고 구태여 이 나무가 꺾어지지 아니하였을까? 그렇다면 나는 이렇게 될 어떤 숙명적 조건 아래 있었던 것이 아닐까.'

자경은 한숨을 쉬고 고개를 돌려 바다를 바라보았다.

어젯밤 폭풍우에 영향을 받아 아직도 바닷물은 흉흉하고 해변에는 사람의 그림자도 없다.

'숙명이 아니다. 내 자신의 잘못이다.'

자경은 날카롭게 부르짖는 양심의 소리를 어찌할 수 없었다.

'비록 낙뢰가 되었다 하더라도 상만의 방으로 갔느냐. 하인방도 있고 응접실도 있지 않았느냐. 너는 처녀의 몸으로써 침의를 입고 상만의 침대로 들어가지 않았느냐.'

자경은 입술을 깨물고 눈을 감았다.

'주린 고양이에게 고기를 가지고 놀리는 것은 먼 거리에서만 할 일이다. 너무 가까이 바로 그의 턱 아래에서 …….'

자경은 두 손으로 얼굴을 가리고 응접실로 뛰어 들어갔다.

'연숙아.'

그는 연숙을 비웃던 자기가 연숙과 꼭 같은 길을 걷고 있었다는 것을 지금이야 깨달았다.

창 아래 지켜 앉아 황혼이 점점 짙어오는 바다를 내다볼 때 자기의 한 몸이 저 파도에 쫓겨 모래사장으로 밀치는 한 조각 해초와도 같이 외롭고 가엾음을 느끼는 것이다.

'상만 씨가 지금쯤 올 테지.'

그는 웬일인지 죽이고 싶도록 미운 상만이가 기다려지는 자기의 맘의 모순을 발견하자 가느다란 소름이 등골에 오싹 지나갔다.

방안에 전등이 오고 하녀가 저녁 준비를 부지런히 할 때다.

현관문이 드르릉 열리며 안내도 없이 상만이 응접실로 들어왔다. 약간 피로하여 보이는 상만은 장미와 난초를 섞은 꽃묶음을 들고 빙그레 웃으며 자경의 곁으로 왔다.

"고단하셨죠?"

그는 자경의 뺨에 입을 맞추고 그의 둥그런 어깨를 안았다. 자경은 잠자코 앉아 있으나 두 눈에서 진주와 같이 차디찬 눈물이 흘러 떨어졌다.

상만은 손수건으로 자경의 뺨을 씻어주고

"용서하서요 네? 자경 씨! 날더러 죽으라면 죽지요. 당장에 죽으리다. 제발 눈물만은 내리지 말아주어요."

상만은 두 손으로 자경의 손을 모아 쥐고

"그러나 나는 결코 한 때의 실수가 아닙니다. 나는 생명을 걸어 놓고 당신을 사모하였어요."

"인애는?"

"인애? 인애 씨는 내 은인이야요. 고맙긴 고마워요. 그러나 내 심장 전부는 아니었어요."

"악마!"

갑자기 자경이 상만의 앙가슴을 냅다 지르고 교의에서 벌떡 일어섰다.

"난 이 길로 가서 인애와 만나고 올 테야요. 인애에게 전부를 다 말해 버릴 테야."

자경은 응접실 문을 확 열었다.

밀림(상)

"정말이요? 그렇다면 너무 감사한데. 내가 할 말을 자경 씨가 대신해 주신다니 하하하."

상만은 일어서서 나가는 자경의 허리를 덥석 안고 목덜미에 입술을 대었다.

"난 죽어버릴까 봐."

자경은 상만의 가슴에 얼굴을 파묻고 흑흑 느끼었다.

"자경 씨, 성격이나 취미나 당신은 나와 결혼을 해야만 행복한 일생을 보내리다 네 자경 씨. 우리는 결혼해야 됩니다."

죽음보다 강한 것

팔월도 다 가고 벌써 오늘이 구월 초하룻날이다.

사람들이 거의 다 돌아간 별장들은 쓸쓸하게 문이 닫혀 있고 해변에는 간간히 책을 들고 산보하는 사람 이외에는 별로 사람들의 내왕도 드물어졌다.

자경은 오늘도 창 너머로 훨씬 드높아진 하늘을 바라보고 가늘게 한숨을 쉬었다.

'동섭 씨! 어찌 하리까 …….'

자경은 몸부림을 하면서 뒹굴어도 시원치 않을 듯 그는 어디다 호소할 곳 없는 슬픔과 괴롬을 안고 오늘도 혼자 울었다.

이날은 일요일인고로 상만은 아침 첫차로 월미도엘 왔다.

"자 인제 서울로 돌아갑시다. 너무 오래 있는 것도 무엇하고."

상만은 자경의 어깨에 한 팔을 걸치고 부드럽게 웃어보였다.

"싫어요. 난 정말 가기 싫어요."

"왜? 왜? 그래요?"

"듣기 싫어요 ……."

"결혼하면 그만 아니요? 글쎄 번연히 일러 드려도 그러는구려."

상만은 알 수 없다는 듯이 가만히 혀를 챘으나 앞으로 일주일 밖에 남

지 아니한 결혼식 준비에 분주한 인애의 얼굴이 자기를 노리고 있는 듯
하여 그는 고개를 숙여버렸다.

상만은 자경 앞에서 몇 번이나 장담을 하였지만 아직까지 인애의 약
혼은 해소된 것은 아니다. 사실 상만으로서는 똑똑히 자경의 입에서

'그러면 우리 결혼합시다.'

하는 한 마디가 나오지 않는 이상 가볍게 인애에게 파혼 선언을 할 수가
없는 것이다.

만약에 끝끝내 자경이 자기에게 결혼할 의사가 없다면 자기는 인애
와 결혼하기 하루나 이틀 전에 서 사장을 찾아보고 자기는 사실상 자경
의 남편이라는 것을 고백하고

'딸을 주려느냐.'

'돈 몇만 원을 내놓으려나.'

하고 다질 것이다.

'어느 편으로라도 손해될 것은 없으니 ……'

상만은 이렇게까지 타락하여 버린 자기의 마음을 들여다보고 혼자
쓸쓸히 웃는 것이다.

그러나 최후 일 분까지 그는 자경에게 결혼을 독촉하여 볼 맘이다.

"자경 씨! 당신 맘만 정하였다면 내일로 우리 약혼을 발표해 버립시
다. 네 자경 씨!"

"……"

"누가 무어라고 해도 당신은 나의 아내여요 그런 줄 아십니까?"

상만이 그 검은 눈썹을 똑바로 세우고 자경을 노려보았다.

'이왕 엎질러 놓은 물이다. 상만 씨와 결혼을 해? 하지만 동섭 씨는 어

떻게 하고. 그와 내가 영영 남이 되다니 …….'

여기까지 생각한 자경은 참을 수 없이 눈물이 좌르르 쏟아졌다. 그리고 속으로 상만을 향하여

'이 불측한 놈 같으니 …….'

하고 이를 갈았다.

계집애 하인이 편지를 한 장 가지고 들어왔다.

"서자경 씨 전이라 주인애로부터로구나 어디?"

상만이 봉을 떼려는 것을

"인내요 남의 편지를 왜?"

자경이 쑥 잡아 빼앗아 겉봉을 열었다.

'자경! 벌써 가을이 왔구나. 그리고 그날도(결혼날) 앞으로 일주일밖에 남지 않았구나. 어머님은 웬일인지 병환이 더쳐가는 모양이시고 …… 나는 혼자서 준비라고 한다마는 모든 것이 뒤죽박죽이다. 어서 네나 돌아왔으면 같이 의논이나 할 텐데 인애.'

자경은 후르르 한숨을 내쉬고 편지를 상만 앞에 내밀었다.

'차라리 상만이 하루바삐 인애와 결혼을 하였으면.'

하고 자경은 속으로 빌었다. 점심을 마치고 두 사람은 역으로 나와서 차를 탔다.

경성 역에 내린 그들은 먼저 계동 자경의 집으로 갔다.

법석을 하여 현관으로 나와서 맞이하는 하인들의 인사를 받으며 자경은 상만을 응접실로 들여보내고 자기는 안방으로 들어갔다.

오늘은 기분이 좋은 모양으로 어머니는 담뱃대를 물고 일어나 앉아 있다.

"아유 너 오느냐 그러지 않아도 오늘쯤은 사람을 보낼까 했더니라. 옛다 이것 보아."

문갑 서랍에서 꺼내주는 엽서는 눈에 익은 동섭의 필적이다.

'아버님의 보석 운동으로 일주일 후에 출옥이 되어 나갑니다.'
하는 간단한 사연이었다.

자경은 앉은 자리가 물레처럼 뱅뱅 돌아가는 것을 느끼었다.

뜰 앞 오동나무에서 까치가 깍깍 하고 지저귄다.

"저 봐 반가운 소식이 또 올려나 보다."

어머니는 담뱃대를 재떨이에 톡톡 턴다. 자경은 두근거리는 가슴을 진정하고

"그럼 방을 소제하여야지요."
하고 억지로 웃었으나 그의 음성은 약간 떨리었다.

"암! 내일은 말끔 책들을 꺼내서 거풍[173]도 시키고 할 테다……곤하겠구나. 어서 여기 좀 누워라. 얼굴빛이 왜 핼쑥해졌구나."

"괜찮아요."

한 마디하고 그는 부들부들 떨리는 다리로 응접실로 나왔다.

"왜 어디가 불편하신가요? 얼굴빛이 말이 아닌데…….."

상만은 근심스럽게 자경을 쳐다보았으나 자경은 잠자코 손에 들었던 엽서를 상만에게 내밀었다.

"오늘은 웬 편지가 이렇게 여러 번인데요?"
하고 사연을 쭉 훑어보는 상만의 얼굴빛도 일순간 변하였다.

---

173 쌓아 두었거나 바람이 잘 안통하는 곳에 두었던 물건을 바람에 쐼.

"일주일 후라면 바로 구월 팔일이 아닌가요?"

"호호호 바로 당신 결혼식 날입니다그려."

"결혼은 누가해요 괜히 층."

상만은 편지를 주고

"어떡하시렵니까. 좌우간 자경 씨의 마음이 어디 있다는 것을 알아야 할 것 아니어요?"

"어딘 어디야요 호호호 당신은 인애 씨와 결혼을 하고 그리고 나는 동섭 씨 ……."

"뭐요?"

상만이 무섭게 눈을 부릅뜨고 자경을 노려보았다. 그러나 그는 견딜 수 없이 슬픈 듯이

"자경 씨 ……."

하고 두 손으로 얼굴을 가리는 것이다.

'일주일 후에 나온다?'

자경은 꿈이 아닌가 하고 생각하였다. 그러나 얼마나 슬픈 일인고. 자자질 듯이 기다리고 바라던 동섭이었건만 과연 자기는 동섭의 앞에 나설 자격이 있는가. 자경은 자기 앞에 웅크리고 앉아 있는 상만의 아름다운 몸뚱이가 갑자기 무슨 흉물스러운 야수와 같이 보였다. 그는 벌떡 일어섰다.

"골치가 아파서요. 방에 가서 누워야겠어요."

자경은 문을 휙 열고 자기 침실로 가버렸다. 과연 자경은 아슬아슬 춥고 골치가 띵 하고 아파오는 것이다. 상만은 돌아나가는 자경의 등을 향하여

"흥!"

하고 웃었다. 그는 아무도 없는 방에서 손가락을 딱딱 분지르고 앉았다가

"칙쇼!"

하고 벌떡 일어나서 응접실 문을 소리가 나도록 열어젖히고 밖으로 나갔다.

바닷가와 달리 서울은 아직도 잔서(殘暑)가 제법 따갑다. 그는 휘파람을 불면서 아스팔트를 탁탁 찼다.

낙산 아래 짓는 문화주택도 거의 준공이 되고 뜰에 나무만 심으면 손볼 것은 거의 다 본 셈이다. 삼천여 원이나 드는 이 집 값은 물론 현금으로 하는 것은 아니다. 낙산 아래 있는 서정연 씨의 밭이 하토가리가 있는 것을 거저 얻다시피 하고 다시 그것을 은행에 잡히고 그리고 건물은 달마다 월급에서 제하기로 하고 사장에게 빚을 얻어 집을 짓는 것이다.

그리고 서 씨도 그 밭을 거저 주는 것이 아니라 해마다 두 번씩 주는 '보너스'를 앞으로 삼 년 동안 받지 않기로 약속을 한 것이다.

상만은 남향으로 참따랗게 세워진 문화주택이 눈에 뜨이자 그는 반달음질로 뛰어올라갔다. 뜰에는 방금 자기가 주문하여둔 은행나무를 실은 구루마가 놓여 있고 일꾼들은 주인이 오기를 기다리는 듯이 담배를 뻑뻑 피고 있다.

"언제 가져온 것을 여태껏 이러고 있수? 자 얼른."

상만이 소리를 듣고 일꾼들은 피우던 담배를 쓱쓱 비벼버리고 괭이를 집는다.

"어디로 하랍시우?"

"아 또 가만있자."

"호호호 저기가 좋지 않아요. 저기 우물 맞은편에 ……."

언제 왔는지 인애가 방긋방긋 웃고 자기 뒤에 서 있는 것이다.

"앗 인애 씨! 그럼 그리로. 인애 씨 말대로 저 우물 맞은편에."

일꾼들은 지정한 장소에 괭이로 파고 나무를 심는다.

"그런데 남은 한 주는 어디다 심을까?"

상만은 혼잣말 같이 하고 고개를 기울이면서 인애를 보고 웃었다.

"그건 저 대문 곁에 심죠. 어쩌서요 마주 바라볼 수도 있고 ……."

"하하하 마주 바라본다?"

상만은 손바닥을 탁탁 털어버리고 인애에게로 와서 귀에 대놓고

"그런데 은행나무는 왜 하필 두 주를 심는지 아서요?"

"……."

인애의 두 귓바퀴가 봉선화처럼 붉어졌다.

인애는 그 날 밤 자리에 눕기 전에 일기장에 다음과 같이 썼다.

'은행나무를 왜 두 주를 심느냐고요? 사랑하는 이여 당신과 나는 왜 둘인가 물어 주서요.'

그는 방 한편에 수북이 쌓인 햇솜을 두어 새로 만든 이부자라를 바라보고 부끄러운 듯이 눈을 감아버렸다.

이튿날 회사에서 돌아 나올 무렵에 상만은 화신 양복부에서 '가리누이(가봉)가 다 됐다'는 전화를 받고 그는 그 길로 화신으로 갔다.

난생 처음 입어보는 모닝에 팔을 꿰면서

'이 옷을 입고 결국 인애와 혼례식을 하렸다. 자경은?

상만은 비로소 맘 한구석에서 후회와 비슷한 감정이 가슴에 설레고 있는 것을 느끼었다.

'공연히 헛된 장난이었다. 공연히 …… 자경의 한 몸은 점령했을지언정 그의 맘은 결국 동섭의 것이 아니야 …….'

그는 아래층으로 내려와서 인애 어머니에게 가지고 갈 과자를 사서 들고 밖으로 나왔다.

무교정 인애의 집에서는 그 사이 철원 아주머니가 올라와서 웬만한 준비는 거의 다 되어 있는 것이다.

이제 남은 것은 예식 날 신을 신부의 구두를 찾아오고 청첩장을 박으면 그만이다.

상만은 과자 상자를 들고 인애의 집 대문을 들어서자 그는 마치 유리하던 새가 깃으로 날아 들어온 때처럼 안온하고 든든하여지는 감정을 오늘도 맛보는 것이다. 달려 나오는 인애에게 꾸러미를 주고

"어머니께선 좀 어떠서요? 그 철제(鐵劑)는 다 드렸나요?"

"네 인제 한 번 잡수실 것밖에 안 남았어요."

상만은 안방으로 가서 아랫목에 누워 있는 인애 어머니의 머리를 만져보고 마루로 나왔다.

저녁이 다 되었다고 인애가 붙드는 바람에 오래간만에 인애 집에서 밥상을 받았다.

그는 상머리에서 소곳이 고개를 숙이고 기름 묻은 상추쌈을 한 이파리씩 펴서 숟가락 위에 올려 놓아주는 인애를 향하여 속으로 부르짖었다.

'인애 씨! 안심하서요. 다시는 방황하지 않으리다. 황금보다도 당신이 나의 참말 행복이어요.'

그는 이렇게 생각을 하자 자기가 자경에게 저질러 논 일이 새삼스럽게 후회가 되었다.

'만약에 누가 인애 씨를 그렇게 했다면 내 맘이 좋았을까?'

그는 어디서인지

'이놈 상만아!'

하고 호령하는 동섭의 음성이 들리는 것도 같아서 눈살을 찌푸리고 밥상에서 일어났다.

잠자코 밥만 먹다가 잠자코 일어서는 상만이 이상스러웠던지 인애가 방그레 웃었다.

"아뇨, 어디 좀 갔다 올 데가 있어서 …… 그럼 청첩장은 내일 박도록 합시다. 주례는 김인찬 목사라고 했지요?"

상만은 모자를 들고 대문으로 나왔다.

모든 동요와 미혹에서 돌아섰다고 생각한 상만은 힘 있게 땅바닥을 밟고 전찻길까지 나왔다.

'황금을 얻으려고 자경을 버려 주었겠다. 더러운 놈, 고약한 놈.'

상만은 카추샤를 만나러 감옥으로 가는 네플류도프처럼 괴로웠다.

'자경 앞에서 사죄하리라 …… 상한 다리를 절면서 달아나는 참새와 같은 자경을 놓아 주리라. 그렇게 사랑하는 동섭에게 맘 놓고 돌아가라고 …….'

상만은 자경의 집 현관에서 조심조심 초인종을 눌렀다.

안으로 따르르 하는 소리를 듣자 순간 눈이 부시게 찬란한 황금의 꿈도 이 저녁으로 마지막이다 부르짖은 상만의 속에는 형언할 수 없는 적막이 가득하여졌다.

월미도에서 돌아올 때보다 훨씬 초췌하여진 자경이 웃지도 않고 상만을 응접실로 안내를 하였다.

화장도 하지 않고 머리도 아무렇게나 꿍쳐가지고 나온 것을 보면 지금까지 누워 있었던 것이 분명하다.

"왜 어디가 편치 않으서요?"

"……."

자경은 잠자코 쓰러질듯이 소파로 가서 앉는다.

"자경 씨!"

상만은 부드럽게 자경을 불러 놓고 방그레 웃어 보였다. 그러나 자경은 견딜 수 없는 증오에 넘치는 눈으로 상만을 쏘아보는 것이다.

"자경 씨! 용서하서요."

"편지를 쓰려고 하던 참이었어요. 미안합니다만 지금부터는 당신이 찾아와도 난 다시는 안 만나겠습니다."

씹어 뱉듯이 자경의 말소리는 똑똑하였다.

"그러서요? 왜 갑자기 그러실까요?"

상만은 이 집에 들어올 때에 생각하던 그 따뜻하고 화평스럽던 인간적 양심이 마치 찬 서리 같은 자경의 태도에 얼어 버린 듯이 그의 입가에는 어떤 조롱의 빛이 흘러갔다.

"자경 씨가 오지 말라면 안 오고 오라면 올 사람인 줄 생각하였던가요? 이 집이 누구 집이기에 하하하하 자경 씨 집이 아니야요 당신은 나의 아내!"

자경은 벌떡 일어나서 손바닥으로 상만의 입을 막았다.

"우리 뜰로 나갑시다. 하인들도 혹시 엿듣는 것 같고 ……."

"하인들이 들으면 상관있나요. 난 이 밤으로 춘부장을 만나 뵙고 직접 담판을 할 작정인데요."

"호호호호."

히스테리컬하게 웃는 자경의 얼굴에서 칼날 같은 살기가 일찰나로 지나갔다.

"그보다도 내가 인애 씨에게 모든 경과를 보고 한다면 아마도 당신이 좀 더 불안하리다."

상만은 주먹으로 자경의 어여쁜 콧잔등을 내리치고 싶은 충동을 겨우 진정하고

"자경 씨 ……."

"……."

"자경 씨 ……."

못 들은 척하고 팔짱을 끼고 돌아앉아 있는 자경의 뒷덜미가 석고로 만든 조각처럼 차디차게 보였다. 눈과 얼음 세계에서 보낸 여신같이

'요부(妖婦)다.'

하고 외치면서도 그 쌀쌀하고 교만한 자경의 아름다움에 또다시 어떤 유혹이 머리를 치켜드는 것을 깨달았다.

'이때까지 내 품에서 놀던 파랑새가 아니냐. 저 입술, 저 얼굴, 저 몸 전부가 바로 몇 날 전까지 내 가슴에서 자고 쉬었겠다.'

순간 상만은 중추신경을 스치고 지나가는 어떤 야욕을 느끼었다.

"자경 씨!"

그는 떠밀어내는 자경의 어깨를 으스러지라고 안았다.

"자경 씨! 당신은 나를 버리렵니까."

"어서 돌아가서 결혼 준비나 해 두어요. 공연히 피에로(희극 배우) 노릇 하지 말고."

자경은 방긋이 웃고 사르르 눈을 감는 것이다.

벌써 처녀성을 잃은 자경의 얼굴에는 어떤 요염한 교태가 흐르고 있다.

"자경 씨! 나는 죽어도 당신을 놓지 않을 터야요. 나는 동섭 군과 결투라도 하겠어요."

자경은 벌떡 일어나서 팔을 내밀어 상만의 두 손을 힘 있게 잡아 일으켰다.

"자 나갑시다. 뜰에는 달빛도 있나 봐요 자."

두 사람은 뜰로 나왔다.

반 넘어 기울어진 달이 회나무가지에 걸쳐 있고 어디서인지 쩍쩍쩍 째르르 …… 하고 벌레소리가 들려온다. 두 사람은 드문드문 오동잎이 떨어져 있는 연못가를 돌아 회나무 아래로 갔다.

상만은 벤치 위에 손수건을 깔고 자경을 앉히고 자기도 말없이 그 옆에 앉았으나 그의 맘속은 삼실과 같이 어지러웠다.

'조금 전에는 아주 인애에게로 돌아간다고 맘으로 맹세를 하여 놓고 …….'

그 사이 혼란하여졌던 상만의 이성이 차차 눈을 뜨기 시작하는 것이다.

"자경 씨!"

"말씀하서요."

"그러면 나는 어떻게 하면 좋겠습니까. 나는 아무 것도 몰라졌습니다. 이제는 당신이 명령을 하십시오. 당신이 죽으라면 죽고 살라면 살고 가라면 가고 ……."

자경은 고개를 끄덕이고

"상만 씨! 당신이 정말로 나를 사랑한다면 나를 잊어 주서요. 아주 깨끗하게 백지와 같이 잊어버려 주서요."

"지나간 오십여 일의 생활을 잊어버리라는 말이지요?"

"네!"

"잊을 수가 있습니까?"

"…… 용서하서요 …….”

자경은 입속으로 중얼거리고 고개를 떨어뜨릴 때다.

저편 화단 앞으로 웬 사람의 그림자가 하나 나타났다. 그림자는 한참 서서 뜰 안을 휘휘 살피는 모양이더니 말소리가 나는 이편으로 향하여 차츰 가까이 온다. 괴상한 그림자가 가까이 오는 것을 두 사람은 모르는 모양으로

"자경 씨! 자경 씨 내가 인애와 결혼을 해야만 당신이 행복 되겠다면 그렇게 하지요 …….”

그림자는 놀란 듯이 우뚝 서더니 다시 살금살금 회나무 뒤로 와서 몸을 숨긴다.

"나는 인애 씨와 결혼을 하리다. 그러나 나중에 자경 씨 후회하면 안 됩니다. 그 사이 당신은 벌써 남의 어머니의 몸이 되었는지도 모릅니다."

"그럴 리가 있나요?"

"나도 그렇게 되지 않기를 바랍니다만 그래도 그동안이 오십여 일이 아니었어요?"

"자 마지막입니다. 자경 씨."

상만은 자경의 가슴을 안고 그의 입을 맞추는 것이다.

회나무에 붙어 섰던 그림자는 전기에 부딪친 모양으로 땅 위에 털썩 주저앉아 버렸다.

상만은 몸을 돌이켜 두어 걸음 발을 돌리어

"자 그럼 부디 동섭 씨와 행복 되게 사서요."

"상만 씨 시간도 아직 이르고 차나 좀 잡수시고 가서요, 네?"

"최후의 만찬입니까 하하 먹지요."

두 사람은 팔을 끼고 천천히 안으로 들어갔다.

회나무 아래 주저앉았던 그림자는 멍하니 두 사람의 등 뒤를 바라보고 앉았다가 갑자기 두 손으로 머리를 쥐어뜯었다. 그림자는 오늘 감옥에서 출옥한 유동섭이었다.

앞으로 닷새가 있어야만 출옥한다던 동섭이가 어째서 오늘 저녁에 나왔을까.

사실 동섭 자신도 간수가 부르는 대로 전옥(典獄)의 앞에 나설 때까지 몰랐던 일이다.

"애! 저! 지난 팔월 이십구일이 일한합병일이 아니었소? 그래 총독부에서는 이 날을 좀 더 뜻있게 기념하기 위하여 금년에는 특별 사상범인에게 다소 감형을 하도록 한 것이오. 그래서 그대도 닷새가 지나야 보석이 되어 나갈 것이오마는 형무소에 있는 동안 은전(恩典)에 참례시키기 위하야 닷새 앞서 오늘 나가도록 주선을 한 것이오."

전옥은 잠자코 서 있는 동섭을 떠밀 듯이

"자 그럼 나가서는 각별히 주의하시오."

나가는 사람에게는 전옥의 말씨까지 변하는 것이다.

벌써 어두워 장안의 밤이 불바다로 이룬 오후 아홉 시.

동섭은 간수가 내어주는 조그마한 보퉁이를 끼고 형무소 앞에서 버스에 올라탔다.

'갑자기 들어가면 모두들 놀랄 테지.'

그는 참으로 오래간만에 혼자 빙그레 웃었다.

전차를 바꾸어 탄 후에도 혹시나 자경이 타고 있지 않나 하고 휘휘 살 피기도 하였다.

계동 자경의 집골목을 들어서자 그는 반달음질로 걸음을 빨리 하였 다. 그러나 웬일인지 속히 걸으려면 걸을수록 그의 다리에는 천근이나 되는 쇠망치를 달아 놓은 듯이 걸음이 더디게 생각이 되었다. 가쁜 숨을 쉬면서 대문 안으로 들어서자 응접실에서 흘러나오는 불빛이 반갑게 웃음을 보내는 듯하였다.

그는 가만히 현관으로 가려하다가 문득 회나무 아래 사람이 앉아 있 는 것이 보였다.

'자경이겠지. 이 저녁에도 나를 생각하고 …….'

동섭은 가까이 가서 놀래주려고 발소리를 죽여 가며 회나무 아래로 간 것이다. 그러나 뜻밖에도 거기서 상만과 비밀히 만나고 있는 자경을 발견하자 그는 그 자리에서 넘어질 뻔한 것이다.

"벌써 남의 어머니가 되지 않았을까?"

하고 걱정하는 그들의 말소리는 마치 날카로운 칼끝으로 동섭의 심장 을 쑤시는 듯이 그는 더 버티고 섰을 힘이 없어진 것이다. 그는 이마에 서 흘러내리는 기름땀을 씻을 생각도 하지 않고 그 자리에 쭈그리고 앉 아 있는 것이다.

'이것이 꿈이겠지. 꿈이다. 악몽이다.'

그는 이 무서운 꿈을 깨쳐 버릴 듯이 벌떡 일어섰다. 동섭은 현관을 향하여 걸음을 옮기었다. 현관문을 들어섰건만 아무도 아는 사람은 없다. 한 옆에 놓인 남자의 구두를 못 보았는지 바로 그 곁에 자기 신을 아무렇게나 벗어 놓고 복도로 올라섰다.

그는 패부하여 돌아온 장군처럼 소리 없이 자기 서재로 들어갔다.

손을 더듬어 스위치를 들어 불을 켰다. 순간 테이블 위에 첩첩히 쌓인 먼지가 눈에 띄었다.

그는 또한 먼지가 가득한 교의로 가서 털썩 주저앉았다.

"아이고 서 서 서방님 언제 오셨수?"

하고 뛰어와 무릎을 안는 사람은 만길이다.

"너 잘 있었니?"

"네! 서방님 저때 번에 서방님 방에 도둑놈들이 와서 막 책을 들추고 서랍을 열고 하는 것을 아씨가 쫓아 보냈어요."

지난겨울에 형사들이 와서 동섭의 방을 수색하던 것을 보고하는 셈이다.

조금 후에 복도가 떠들썩하며

"불이 켜졌기에 이상스러워서 문을 열고 들여다보았죠."

하는 어멈의 소리에 뒤이어

"참말이냐? 응 참말이냐?"

자경 어머니가 쫓아 들어와서 동섭의 손을 잡고 통곡을 하는 것이다.

"아이고 얼마나 고생을 하였느냐 응? 어쩌다 그 봉변을 당했을까?"

자기가 낳은 아들과 다름없이 어릴 때부터 길러온 동섭이라 그의 눈물에는 일점의 사기가 없는 것이다.

"어머니!"

동섭은 겨우 한 마디 부르고 고개를 숙여버렸다.

"어디 아픈 데는 없느냐?"

"아뇨."

자경 어머니는 동섭의 어깨를 만져보고 맨숭맨숭 깎은 머리를 쓸어보고 길쭉한 두 다리까지 손으로 훑어보는 것이다.

어머니가 옷고름으로 젖은 눈을 씻을 때다.

콩콩하는 발소리가 들리더니

"아이 왜 통지도 없이 ……."

한 마디하고 동섭의 무릎 위에 가서 쓰러지는 것은 자경이었다. 자경은 자지라질 듯이 흑흑 흐느끼기 시작하였다.

어머니와 하인들은 어느새 밖으로 나가고 방에는 두 사람만이 남아 있다.

"동섭 씨! 얼마나 기다렸는지요."

"……."

동섭은 잠자코 이상스런 물건을 보는 듯이 자경이 머리를 내려다보고 앉아 있다.

자경은 참으로 슬펐다. 울고 울어서 이대로 전신이 녹아 버렸으면 좋을 것 같다.

사랑하는 이의 무릎 위에서 이대로 자자지고 말았으면 얼마나 고마울고.

자기는 영원히 동섭의 거룩한 사랑의 옥좌에서 스스로 쫓김을 받은 몸이 아니냐?

그는 이렇게 생각을 하자 견딜 수 없이 슬퍼져 몸부림을 하며 느끼어 울었다.

일 분 이 분 시간을 흘러갔다. 동섭은 물끄러미 자경을 내려다볼 뿐 그는 한 마디의 말도 없는 것이다.

　마땅히 위로의 말이 있어야 하고 반갑다는 포옹이 있어야할 동섭이가 아니냐.

　자경은 동섭의 손을 잡아보고 그의 팔을 안아도 보았다. 그러나 그 손과 그 팔은 마치 죽은 사람 모양으로 척척 늘어질 뿐 아무런 반응이 없는 것이다.

　자경은 차츰 불안하여졌다. 돌부처처럼 꼼짝하지 않고 앉아 있는 동섭이가 점점 무서워졌다.

　'알았구나. 회나무 아래에 있던 것을 보았구나.'

하는 생각이 들자 그는 젖은 얼굴을 숙인 채 벌떡 일어나서 도망꾼처럼 동섭에 방을 나가버렸다.

　그는 침실로 들어가서 이불로 얼굴을 가리고 느껴 울었다.

　'죽어버리자 그렇다 자살이다."

하고 부르짖었다.

　"서방님 저녁 진짓상 안방으로 건너가셔서 받으십사고 ……."

　하인의 말을 듣고

　"먹고 왔어."

　동섭은 간단히 대답을 하고 물끄러미 바람벽만 바라보고 앉아 있는 것이다.

　"서방님 저 목욕물이 더워졌는데요 ……."

　다른 하인이 비와 걸레를 가지고 들어오며 하는 말이다.

　뒤따라 자경 어머니가 다시 건너왔다.

"그러지 않아도 내일쯤은 소제를 하려고 했더니 자경이 집에 있을 때는 제가 늘 맡아서 치우던 것인데 여름동안 별장에 간 뒤로는 하인들이 눈만 속이고 ……."

자경 어머니는 변명 비슷이 이런 말을 하고 손수 테이블 위에 먼지를 닦는 것이다.

"여러 가지로 어머님께 걱정을 끼쳐드려서 죄송합니다. 아버지께선 안녕하세요?"

"응 평양 가셨다. 그러지 않아도 네가 나올 때까지는 기어이 돌아오신다고 가셨단다. 어여 목욕이나 해라. 정말 시장하지 않니?"

어머니는 관절염으로 아프다던 다리도 나은 듯이 기운차게 걸어 나갔다.

걸레를 든 하인이

"서방님 잠깐만 비켜 주서요."

하는 소리를 듣고 그는 목욕실로 들어갔다.

수십 명이 일렬로 쭉 늘어서서 오리 목욕 감듯 한 번씩 물속에 텀벙텀벙 적시고 나오는 감옥의 목욕과 비교하여 얼마나 편안하고 깨끗한 욕실이냐.

그러나 지금에 동섭은 그러한 생각을 할 여유조차 없이 그의 중추신경이 송두리째 뽑혀진 듯이 그저 기계적으로 수건을 가지고 몸을 문지르고 있다.

하인이 가져온 새 옷으로 바꾸어 입고 서재로 돌아오니 방은 티끌 하나 없이 말짱하게 소제가 되어 있었다.

그러나 지금 그에게는 아무런 감각도 없는 것이다.

머릿속이 텅 비어 기쁜 것이나 슬픈 것이나 깨닫고 느낄 감정이 움직이지가 않는 것이다. 단지 어떤 크나큰 손이 자기 몸뚱이를 훌쩍 공중에까지 들었다가 그대로 던지어 내동댕이치는 듯한 그러한 현기증을 느낄 뿐이다.

"자리 보아 두었습니다."

조심조심 하인이 돌아나가고 손수 과일을 쟁반에 담아 들고 자경 어머니가 또다시 건너왔다.

"이애 자리에 누우려무나. 응 애 오래 앉았지 말고."

조심스러운 듯이 동섭의 얼굴을 들여다보고 나간 뒤이다.

동섭은 두 손을 머리에 싸고 테이블 위에 고꾸라졌다.

이윽고 그는 무엇을 중얼거리면서 벌떡 일어섰다.

서재로 통한 침실 문을 열고 들어가자 그는 차단스 서랍을 열었다. 거기에는 날이 시퍼렇게 선 서양면도가 전등 아래 처참히 번쩍이고 누워 있는 것이다.

'이걸로 고 놈을 죽일 수 있을까?'

'너무 적어.'

그는 고개를 흔들고

'총이라야만 돼. 육혈포라야만 돼 …… 아버지에겐 있지만 …….'

그는 사장의 침실로 가려는지 복도 있는 쪽으로 고개를 돌렸다.

동섭은 면도칼을 집어 들었다. 그리고 침대 위에 걸치어 있는 침의에다 날을 대어 보았다. 침의는 썩 하고 베어졌다.

'이것만으로도 넉넉하겠지.'

동섭은 시계를 쳐다보았다. 오랫동안 감아주지 아니한 시계는 일곱

시 이십 분을 가리키고 있는 채로 머물러 있다.

'그 녀석이 지금 응접실에 있을까?'

'만약 돌아갔다면 지금 어디 있을까?'

이러한 생각이 지나가자 그는 갑자기 모든 것이 귀찮아졌다.

'그까짓 녀석 한 마리 죽여 보았자 세상이 깨끗해질 것도 아니고 ……
결국 세상은 실없는 장난이야 …….'

영수가 밀고를 하던 때에도 분하였다. 그러나 그는 창수를 믿었었다.

창수가 배반을 한 때에도 분하고 슬펐다. 그러나 그는 오히려 자경을
생각하고 위로를 받았었다. 하지만 지금은 자경마저 잃어버리지 않았
느냐.

그의 묵은 상처가 아직도 낫기 전에 새로운 창이(瘡痍)[174]를 거듭 받을
때에 그의 눈에 세상이란 한 까닭모를 장난으로 비치어진 것이다.

'눈을 감자. 눈을 감아. 모든 더럽고 추하고 흉한 이 장난을 보지 말자.'

이 생각은 마침내 동섭에게 죽음을 귓속질하였다.

그는 칼자루를 단단히 쥐었다. 그리고 눈을 딱 감고 칼날을 오른편 경
동맥에 대었다.

순간 그의 눈앞에 핏빛 같은 연지를 칠한 자경의 입술이 조롱하듯이
웃고 지나가고 쪽 골라선 하얀 이빨을 드러내놓고 껄껄 웃는 상만의 얼
굴도 지나갔다.

'하하하하하.'

하고 크게 웃는 웃음소리를 듣고 동섭은 눈을 번쩍 떴다.

---

174 병기(兵器)에 다친 상처라는 뜻.

삼부가리(삼분예)로 깎은 대야주임의 얼굴은 허공 속에서 사라졌으나 그의 목소리만은 귓가에서 똑똑히 들리는 것이다.

'실없는 자식 같으니 …… 한껏 그뿐이야? 그래도 허수아비는 아닌 줄 알았더니 …… 별 수 없군. 후후후후 모두가 하잘 것 없는 놈들이라니까 하하하하.'

칼을 가진 동섭의 손이 부르르 떨렸다. 그는 입술을 깨물고 눈을 감았다.

'그 무서운 지하실의 밤 그래도? 그대로? 하고 다지던 대야주임의 얼굴.'

가물가물 까무러지면서도 고개를 외로만 흔들던 자기! 갑자기 동섭은 벌거벗은 몸으로 이글이글하는 용광로 속으로 뛰어든 때처럼 전신을 태우는 듯 뜨거운 촉감이 자기를 휩싸는 것을 느끼었다.

일순간 번개와 같이 백열된 불꽃이 동섭의 두 눈에서 좌르르 하고 흘러내리는 듯하였다.

'대중이 있다. 대중은 나를 기다린다.'

그는 입속으로 부르짖으며 손에 들었던 칼을 발아래에다 동댕이쳤다.

동섭은 마치 지금까지 열려고 애를 쓰던 크나큰 문이 활짝 열린 때처럼 뚫으려고 힘을 모으고 기를 쓰던 석벽이 뚫어질 때처럼 그의 맘에는 진리의 큰 빛으로 가득하여진 것이다.

'결국 그와(자경과) 나는 가는 길이 다르지 않느냐? 한 때는 어여쁜 이단자라고까지 부르지 않았더냐?'

그는 차단스 위에 놓인 냉수를 내려 거푸 두 고뿌나 마시었다. 그리고

'한 계집아이의 사랑은 잃었다. 그러나 대중은 나를 기다리고 있다.'

그는 맘속으로 부르짖고 서재로 왔다.

그는 무슨 생각인지 책장 옆에 흰 베로 가리어 있는 생리학 표본 곁으

로 갔다.

흰 베를 걷어버리자 거기에는 석회로 만든 사람의 해골이 서서 있는 것이다.

의학을 연구하는 동섭에게 이 표본은 교과서의 하나로 벌써 오년 째나 동섭의 서재에 서 있는 것이다.

동섭은 천천히 팔을 내밀어 해골의 상체를 안았다. 그리고 두 눈이 쾅 들어간 촉루에다 자기의 뺨을 대었다.

'영원히 변치 않는 것은 오직 너뿐이다. 오오 죽음아 오직 너에게만 거짓이 없고 배반이 없구나.'

'그렇다. 나는 너의 진실한 손이 나를 붙잡을 때까지 …… 싸우마.'

비로소 동섭의 눈에서 굵다란 눈물이 수은처럼 굴러 떨어졌다.

동섭은 앙상한 해골의 손을 잡고 두어 번 흔들었다. 뼈는 뼈에 부딪혀 처참하게 소리가 났다.

휘장으로 표본을 다시 덮은 후 그는 소리 없이 가만히 문을 열었다. 컴컴한 복도를 더듬어 조심스럽게 현관문을 열었다.

바깥은 아직도 엷은 어둠이 사라지지 않는 새벽이다.

동섭은 연못가에 있는 회나무 아래로 갔다. 그가 어제 저녁에 떨어트린 채로 아무렇게나 굴러 있는 작은 보따리를 집어서 한 손에 들고 가만가만히 대문의 빗장을 벗기었다.

거리에는 전등이 거물거물 졸고 있을 뿐 아직 행인 하나 없이 만뢰(萬籟)[175]는 새벽잠에 잠긴 채 지극히 고요하다.

---

175 거리에서 나는 온갖 소리.

그는 드문드문 새벽별이 깜박이고 있는 하늘을 쳐다보고 힘껏 숨을 내쉬었다.

과연 그는 장차 어디로 가려는고.

동섭의 방에서 뛰어나온 자경은 찬물을 끼얹은 듯이 전신의 오한을 느끼며 자리 속으로 들어갔다.

"죽어버려야지 자살이다."

하고 중얼거리다가 어느덧 혼곤히 잠이 들어 한잠을 잤다.

잠이 깨이자 그는 다시 생각을 하였다.

'울지만 말고 무슨 말이라도 건네 볼 걸 …… 왜 무슨 불편한 일이 있나요? 하고 물어볼 걸. 지레 짐작하고 공연히 내가 먼저 놀란 것이 아닐까?'

이렇게 생각을 하자 자경은 자리에 더 누워 있을 수가 없었다.

'밤이면 어때 …….'

그는 침의 위에 저고리와 치마를 걸치고 동섭의 방으로 왔다.

'똑똑 똑똑 …….'

문을 두드렸으나 웬일인지 대답 소리가 없다.

'잠이 들었나?'

자경은 문을 슬그머니 열고 안으로 들어갔다.

서재를 지나 침실로 들어선 그는 우뚝하고 그 자리에 서버렸다.

구김살 하나 없이 침대는 고대로 이부자리가 깔려 있는 채 동섭은 어디로 갔는지 텅 비인 방안에 전등만 고요하게 비치었을 뿐이다. 문득 그의 눈에 뜨인 작은 종잇조각이 있다.

'나는 가오. 기다리는 그이들에게로 가오. 행복이 있거든 부디 그 행복을 놓치지 말고 잘 사시요. 동섭.'

자경은 그 자리에 털썩 주저앉아 얼굴을 가리고 울었다.

새벽에 자경 집을 나온 동섭은 아침 첫차에 올라 인천으로 갔다.

그는 낯익은 인천역에 내려 타박타박 비탈길을 올라갔다.

언덕을 안고 돌아져 있는 오막살이 초가집을 들어선 때에는 아침 해가 가난한 지붕에도 찬연히 빛나고 있는 아침 일곱 시였다.

"일남이냐?"

동섭이가 소리를 치자 마루에서 벤또를 싸던 일남이가 힐끗 뒤를 돌아보더니

"아유, 선생님!"

하고 뛰어 내려와 동섭의 팔에 매달렸다.

"너 잘 있었니?"

동섭은 빙그레 웃고 일남의 머리를 만져 주었다.

"아유! 선생님 아유 웬일이서요?"

일남이는 겅중겅중 뛰고 굴리고 동섭의 뒤로 갔다 앞으로 갔다 어쩔 줄을 모른다.

"언니 가서 불러 올게요. 공사장에 있어요."

"아서 관두어."

"아냐요 내 가서 데려올게요. 언니가 얼마나 선생님을 기다리는지 아서요?"

일남이는 산토끼처럼 울 밖으로 나가 버렸다.

가까이 이야기하고 싶어서 그 모자를 훔치도록 사모하던 유 선생님 (동섭)이 아니냐. 보고 싶어서 화물자동차에 올라타고 그 집까지 가서 그 보기 좋은 방에서 마술사의 이야기를 들려주던 유 선생님이 아니냐. 형

이 흙에 치어서 죽을지 살지 모르는 밤에 병원을 찾아와서 밤을 새어 간호하여 주던 고마운 그 유 선생님이다.

그 아침 이상한 사람들과 같이 나간 뒤 근 일 년이나 지난 오늘 하늘에서 내려온 듯이 뜻밖에 자기 집에 나타난 유 선생님! 차돌이를 데리러 가는 일남이의 다리는 공중에서 놀았다.

동섭은 마루 끝에 보따리를 놓고 한옆에 걸터앉았노라니

"선생님 ……."

하고 차돌이가 씨근벌떡거리며 뛰어 들어온다.

"웬일이서요?"

하고 흙 묻은 손으로 동섭의 손을 덥석 붙잡는 그는 눈물을 가리느라고 머리에 썼던 청엽수건을 벗어서 코를 푼다.

순간 그의 머리에는 흙에 치였을 때 병원에서 꿰어 맨 흉터가 사태 진 골짜기 모양으로 군데군데 허옇게 눈에 띄었다.

"선생님 얼마나 고생을 하셨어요?"

"나? 나야 괜찮았어. 그래 그 뒤에 몸은 괜찮았던가?"

"네! 명이 긴 탓인지 …… 선생님께서 그날 밤 어려운 고비를 보아주신 덕분이겠지요. 천행으로 살아나기는 났습니다."

하고 빙그레 웃는다.

"방으로 들어가서요, 네? 너무 더럽습니다만."

일남이가 달려들어 동섭의 구두를 벗기려 한다.

"그러지 않아도 난 이제 일남이와 같이 살아보려고 왔는데."

하고 웃어 보였다.

"건 정말이야요? 우리 방은 너무 더러워서 ……."

"일 없어. 난 이 방이 좋아. 그런데 차돌이 자네 저 방 비었거든 얼마 동안 내게 좀 빌려주게나."

"빌리고 말고 여부가 있겠습니까."

"소용만 되신다면 ……."

"응 내가 좀 거처할까 싶어서!"

차돌은 그 말이 떨어지자마자 달음질로 밖으로 나간다.

얼마 후에 차돌은 신문지와 풀비 같은 것을 들고 돌아왔다.

"좀 발라야겠습니다. 너무 험해서요."

"그럼 내가 바르지. 자넨 공사장에 가야지."

"아뇨 괜찮아요. 오늘 하루는 안 가도 좋습니다."

차돌이는 바르고 동섭은 풀칠을 하고 저녁때가 되어 신문지로나마 방은 말짱하게 도배가 다 되었다.

일남이가 점심 겸 저녁 겸 밥을 지어왔다.

아침도 먹지 않은 동섭인지라 반 넘어 좁쌀이 섞인 밥에 반찬은 된장찌개 하나 밖에 없건만 그는 한 그릇 밥을 맛있게 다 먹었다.

뿌린 씨

동섭이 집을 나간 아침 계동 서정연 씨 집에서는 상하가 법석이 되어 온 집을 샅샅이 찾았으나 아무도 동섭을 발견하지 못하였다.

자경은 동섭의 없어진 것을 누구보다 먼저 알았지마는 그는 잠자코 자리 속에서 머리도 들지 아니하였다.

어머니가 당황하여 들어오면서

"얘 웬일이야 그 애가 어딜 갔겠니?"

"……."

"원 별일도 다 많지. 글쎄 어제 내 논 사람을 밤사이 붙들어갈 리는 없고…… 왜 또 너는 어디가 아프냐. 원 저 입술 좀 보아…… 물이 실리도록 부르텄구나, 춧."

어머니는 자경의 머리를 만져보더니

"머리가 막 뛰는구나 춧."

이 걱정 저 걱정에 어쩔 줄을 모르고 허둥지둥 돌아나가는 어머니의 뚱뚱한 뒷모양을 바라보고

'나는 죽을 테야요.'

하고 자경은 입속으로 부르짖고 돌아 누웠다.

'동섭 씨가 옥에서 나왔는데도 그이와 같이 못 있게 되는 일이 무슨

운명의 장난일까?

갑자기 뽀얀 안개가 가슴 한복판에서 뭉텅뭉텅 올라오는 것도 같고 코와 입에다 함박으로 물을 쉴 새 없이 퍼붓는 듯한 그러한 기가 막히는 느낌을 어찌할 수가 없는 것이다.

'어디를 갔을까? 동섭 씨 당신과 나는 영원히 떠나야만 됩니까?'

오정을 보하는 소리가 날 때다. 손수 약 그릇을 들고 와서 빌다시피 자경에게 마시우는 어머니는 딸의 얼굴빛을 보아 동섭의 없어진 것이 자경에게 크나큰 타격을 준 줄로만 생각은 하였으나 딸의 가슴속에 숨은 무서운 비밀은 알 길이 없었다. 이튿날도 자경은 자리에 누운 채 동섭을 생각하고 있는 것이다.

'만약 동섭 씨가 이 자리에 나타나서 나의 잘못을 용서해줄 테니 그 대신 팔 하나를 베어버리라면 이 당장에 베어 버릴 테야 정말로.'

자경은 백납처럼 창백한 자기의 팔을 들여다보았다.

'모든 것을 용서할 터이니 한편 눈을 빼어버리라면 나는 주저하지 않고 빼어버리리라. 아니 두 쪽 눈을 빼어버려도 좋아! 두 눈이 깜깜하게 된다 하더라도 동섭 씨의 음성을 들을 수 있고 그의 큼직한 손을 만질 수가 있다면!'

자경은 두 눈을 꼭 감고 손을 더듬어 허공에 나타나는 동섭의 팔을 안 아보았다.

오후 세 시 치는 소리가 나자 자경은 자리에서 일어났다.

발갛게 충혈 된 눈을 거울에 비쳐보고 머리와 얼굴을 손질하고 옷을 갈아입었다.

허둥거리는 다리에 억지로 힘을 주며 큰길까지 나와 전차에 올라탔다.

'인천으로 가 보고 거기서 못 만나면 경찰에 수색원을 제출할 테야.'

초가을 석양이 뉘엿뉘엿 산허리를 넘어 갈 때 자경은 인천역에 내렸다.

'만나기만 하면 모든 것을 고백하리라. 그의 발아래 엎드려 용서한다는 말을 듣기 전에는 일어나지 않을 테야.'

그는 흔들리는 인력거 위에 올라앉아서도 이런 말을 입속으로 중얼거렸다.

"길이 좁아 더 못 들어갑니다."

하고 채를 놓는 차부에게 일 원짜리 한 장을 집어주고 서투른 골목으로 들어섰다.

야학교는 아직 시작이 안 되고 근처 아이들인지 사오 인이 모여 팽이를 돌리고 있다.

"애들아 너 유 선생님 어디 계신지 아니?"

"유 선생님요?"

그중에 한 아이가 옷에 흙을 툭툭 털며

"날 따라 오서요."

하고 앞을 선다.

사실 동섭이 왔다는 소문은 하나 건너 둘 건너 그가 온 지 이십사 시간이 못 되어 ×동 빈민촌 사람들은 동섭의 돌아온 것을 모르는 사람은 없게 된 것이다.

자경은 팽이처럼 달아나는 소년의 뒤를 가쁜 숨을 쉬면서 멀찍이 따랐다.

이윽고 소년은 한 집 앞에서 우뚝 서더니

"일남아! 유 선생님 계시니? 손님 오셨어."

"손님? 어디?"

하고 문을 여는 사람은 빡빡 깎은 머리에 헬쑥한 얼굴을 하고 있는 동섭이다. 자경은 그 자리에서 고꾸라질 듯한 충동을 겨우 누르고 마루 가까이 갔다.

"오셨습니까?"

동섭은 웃지도 않고 그렇다고 성을 낸 얼굴도 아니다.

"들어오시지요."

자경은 신을 벗고 방으로 들어갔다.

사면 벽과 방바닥까지 신문지로 발라진 조그마한 방에는 먼저 온 손님인 듯 웬 낯선 청년이 둘이 있다.

자경은 방 한편으로 가서 쪼그리고 앉았다.

여자 손님이 들어오는 것을 보고 청년들은 일어나려 하였다.

"아니 괜찮아. 게들 안게나."

"그래도 …… 손님이 오셨는데 ……."

"그래 그 뒤 그이는 어떻게 됐어?"

동섭이 먼저 이야기를 계속하는 것이다.

"올라갔지 별 수가 있나요?"

"올라가다니 서울로?"

"하하하 못 알아들으십니까? 그럼 내려갔나 봅니다. 땅속으로 하하하."

"죽었어요. 그 때문에 김 선생이 만주로 가구요."

"호."

동섭은 침통한 낯빛으로

"그럼 그 어린애는?"

"아이는 외조모가 데려 갔지요."

"참 그 앤 바로 올라간 셈이군. 서울로 갔으니 하하하하."

쓰메에리를 입은 청년이 재담이나 한 듯이 웃어댄다.

자경은 그들의 이야기에서 완전히 제외 되어있는 자기 자신이 약간 적막하여졌다.

옷고름을 접어 보기도 하고 핸드백을 열고 종이도 꺼내서 만지작거려도 보았으나 동섭은 자경의 존재는 전연히 잊어버린 듯

"그래 김 선생은 그 뒤 만주서 자주 편지나 오는가?"

"웬걸요. 첨에 두어 번 왔지만 요 몇 달 동안은 종 무소식이에요."

"호."

"자네 시장하지 않은가? 차돌이 저 사람에게 저녁 대접 하지 않나?" 하고 동섭은 문 곁에 앉아 있는 젊은이를 바라보았다.

"아냐요 전 막 집에서 저녁을 먹고 왔습니다."

"그래? 그럼 괜찮지만 ……."

"네! 오래간만에 선생님을 만나 뵙고 여러 가지 이야기도 있고 해서 일찌감치 밥을 먹고 왔지요 하하하하."

"잘 왔네. 자 이야기하세."

이 사람들의 이야기는 언제 끝이 날는지

"저 시간 좀 없겠습니까? 잠깐 여쭈어 볼 말이 있어서 왔는데요."

자경이 참다못해 입을 떼었다.

"네? 무슨 말씀인데요?"

동섭은 그제야 자경을 돌아보았다.

"저 밖으로 잠깐만 나가실 수 없을까요?"

"보시다시피 손님이 있으니까요. 나갈 수는 없습니다."

"……."

자경의 자존심으로 이 이상 더 이 방에 머물러 있을 수는 없는 것이다.

"그럼 전 돌아가겠습니다."

"그렇습니까? 멀리 전송 못 합니다."

하고 동섭은 곧 다시 청년들 있는 곳으로 얼굴을 돌려버린다.

자경은 입술을 깨물고 마루를 내려와 신을 신고 사립문 밖으로 나왔다.

갑자기 방이 떠나갈 듯이 웃는 장정들의 웃음소리가 들려오자 그의 등골에다 불을 끼얹는 듯 화끈하고 진땀이 솟았다.

그는 어느덧 컴컴하여진 골목을 돌아 비탈길로 내려올 때에 뾰족한 구두가 몇 번이나 조약돌에 부딪쳤다.

역에 내려와 기차를 기다리는 동안 적삼 깃 속으로 기어드는 찬바람에 그는 자주 몸을 떨고 팔짱을 끼었다.

슬픔과 절망에 쌓인 채 자경이 가만히 자기 침실로 들어간 때는 밤 아홉 시가 조금 지났을까? 울듯이 달래는 어머니의 원에 못 이겨 미음 한 보시기를 억지로 마시고 자리에 누워버렸다.

이튿날 아침 일찍이 어머니는 ○○병원에 자동차를 보내어 의사를 데려왔다.

서정연 씨 집에 다년 신임을 받는 ○박사는 자경의 방으로 안내되어 들어왔다.

의사가 체온기를 자경의 겨드랑이에 세울 때다.

"때때로 오한이 들고 도무지 아무 것이고 먹기가 싫다고만 합니다그려. 요 며칠 동안 노 그래요. 좀 잘 보아 주서요."

어머니는 애원하다시피 의사의 곁으로 다가앉았다.

청진기를 내려놓고 손가락으로 가슴을 두들기고 배를 만져 보던 ○박사가 자경을 보고

"멘스(월경)는 언제 지나갔습니까?"

이 뜻밖에 질문에 자경은 말문이 콱 막혀버렸다.

"지날 달 그믐께에요 ……."

하고 아무렇게나 꾸며대었지마는 실상인즉 칠월 중순에 있고 아직까지 없는 것이다.

"당신이 메리(혼인) 하셨다면 쯔와리(입덧)로 볼 수 있지만."

"호호호 그럼 혼인을 한 게지요. ○박사님 진찰이 틀릴 리가 있을라구요? 호호호."

조롱과 비슷한 자경의 역습에 인제 겨우 사십이 넘을락 말락 한 ○박사는 무료한 듯이 빙그레 웃으며

"글쎄 단순한 소화불량이겠지만 …… 하복부에 ……."

말끝을 흐리고

"그럼 지금 가서 곧 약을 보내리다. 별 일 없으니까요. 안심하서요."

인사 겸 자경 어머니에게 이런 말을 하고 신경질로 보이는 여윈 몸이 밖으로 사라졌다.

의사를 전송하고 들어온 어머니는 어떠한 불길한 예감에 몸을 떨면서 안방으로 건너갔다.

자경은 가만히 손을 넣어 아랫배를 만져보니 심리 관계로 그러한 지 어째 배꼽 아래가 불룩하여진 것 같다.

'임신을 하였다? 홍.'

자경은 와드득 두 손으로 머리카락을 쥐어뜯었다.

'임신을 하였다?'

입속으로 중얼거리던 자경은 자리에서 벌떡 일어났다.

그는 책상으로 가서 백과전서를 찾아 독약 극약의 페이지를 열었다.

유산(硫酸),[176] 염산끼니, 청산가리, 모르핀, 승홍수[177] …… 등등 수십 가지가 넘는 약 이름을 하나씩 하나씩 훑어보다가 문득 무슨 생각이 났던지 그는 다른 페이지를 들치는 것이다.

'최면제(催眠劑)가 좋아! 고통이 적어서!'

'칼모친,[178] 아다링[179] …….'

자경은 칼모친이란 글자에서 한참 동안 눈을 움직이지 아니하였다.

그러나 그의 눈에는 이미 눈물이 말라졌다.

감상이라든가 애원이라든가 후회라는 것은 벌써 어제까지의 일이다.

일체의 현실과 타협을 허락지 않는 죽음이란 자기 청산을 결심한 자경에게는 얼음과 같이 싸늘한 이지가 있을 뿐이다.

그래서 그는 지금 자기가 어떻게 죽을 방식을 생각하고 또 죽은 뒤에 자기 시체에 대하여 냉정히 생각을 하는 것이다.

'섣불리 자살하였다는 소문이 돌게 되고 경찰서에서 쫓아와서 검시(檢屍)라도 된다면?'

문득 그의 눈앞에

'임신 삼 개월의 처녀의 자살 …….'

---

176 황산.
177 이염화수은의 수용액. 강력한 살균력이 있어 기물(器物)의 살균이나 피부 소독.
178 칼모틴(calmotin). 백색무취의 고체로 된 가루약으로 최면제로 쓰임.
179 최면제 또는 수면제로 쓰임.

커다랗게 박은 신문 활자가 나타날 때 그는 괴롭게 고개를 흔들었다.

'죽더라도 아무도 내 몸을 손대지 못하게 하는 법이 없을까?'

'무거운 돌을 걸메고 한강에 뛰어들면?⋯⋯ 그래도 혹시 시체가 떠오르면⋯⋯.'

자경은 소태같이 쓰디쓴 입맛을 다시고

'어떡하나?'

하고 고개를 기울였다.

이윽고 그는 반가운 듯이 고개를 끄덕였다.

'옳지 됐다. 철도 자살이다⋯⋯ 산산이 부서져 버리면 아무도 모를 것이다.'

자경은 일순간 달려가는 기관차 바퀴에 휘감게 조각조각이 으깨어지는 자기의 몸을 생각할 때 어떤 잔학하고 처참스러운 상쾌감을 느끼었다.

그러나 그 다음 순간 그는 두 손으로 머리를 쌌다.

죽음이란 일체의 허무와 망각으로 이십 이년의 생애의 막을 닫으려는 자경의 머릿속에 이상스럽게도 한 생각이 나타난 까닭이다.

어두운 바다 위에 등대처럼 반짝이는 그 생각은 동섭이란 존재였다.

'그와 이야기를 하고 산보를 하고 독서를 하고 피서를 같이 가고 해수욕, 테니스⋯⋯ 그리고 그와 약혼하던 밤의 자랑스럽던 일⋯⋯.'

'동무, 오빠, 애인, 스승.'

이 모든 것을 한데 뭉쳐 놓은 그 동섭이란 기억은 싸늘하여진 자경의 혈관에다 현실의 미련을 귓속질하는 오직 한 가지의 매력이었다.

자경은 멀거니 천장을 바라보고

'동섭 씨! 세상에 절대가 있다면 그것은 오직 당신이어요. 오오 영원

한 절대 영원한 당신!'

이렇게 부르짖자 자경은 불로 지지듯이 동섭이 그리웠다.

'한 번만 보았으면 꼭 한 번만 만나보고 잘못하였습니다 한 마디만 하고 갔으면 ……'

죽기 전에 한 가지 소원에 천하를 주고도 바꿀 수 없는 절체절명의 기원이다.

'어떻게 해서라도 만나보고 죽어야지 ……'

그는 이대로 죽는다면 철로 위에 한 조각 한 조각씩 흩어진 자기의 살점이 언제까지든지 죽지 않고 팔딱거리고 있을 것 같다.

자경은 하인을 불러 목욕물을 데우라 명령을 하고 자기는 책상에 돌아 앉아 붓을 잡았다.

유서를 쓰는 것이다.

'어머님, 아버님 자경은 당신네의 딸이 아니올시다. 전생에 어떤 원한을 품은 원수가 당신의 자식의 모양을 빌리고 왔던 것으로만 알아주옵소서.'

다음은 동섭에게 쓰는 것이다.

'동섭 씨! 유동섭 씨! 지구상에 이보다 더 아름다운 이름이 또 어디 있겠습니까? 나는 이제 스스로 내 생명을 끊어 붉게 흐르는 선혈로 나의 사랑의 제단에 받치는 붉은 포도즙을 삼나이다. 당신이 만약 이 술을 마시고 슬픔에 취하여 우시거든 그 깨끗하고 고마운 눈물로써 내게 대한 모든 분노와 미움을 씻어 버려주소서. 자경.'

그 사이 목욕물이 다 더워졌다는 보고를 듣고 자경은 욕실로 들어갔다. 설백의 장미떨기와 같이 아름다운 그의 몸은 따뜻하고 맑은 물속에서 말짱하게 씻어졌다.

그는 정성을 들여 마지막 화장을 마치고 안방으로 건너갔다.

침모가 내어놓은 옷 속에서 흰 치마 흰 저고리를 택하여 들고 돌아 나오려다가

"어머니!"

하고 자경은 아랫목에 누워 있는 어머니의 얼굴에 뺨을 대여보고 자기 방으로 돌아왔다.

모든 준비가 다 된 그는 이상스럽게도 침착하여지는 가슴을 안고 경성 역으로 나왔다.

인천으로 가는 것이다. 그러나 거기에는 자기가 상상하지도 못하였던 광경이 기다리고 있을 것은 알지 못하였다.

인천역에서 내린 자경은 이상스럽게도 어제와 꼭 같은 시각에 동섭을 찾아가게 되는 것이 약간 우스웠다.

'오늘은 어떤 사람이 있을지라도 몰아내 버릴 테야……'

죽음과 직면하고 있는 그는 아무 것도 두려울 것이 없었다.

어제와 같이 언덕 아래에서 인력거에 내려 가지고 타박타박 골목으로 휘돌아 들어갔다.

동섭이 우거하는 초가집 지붕이 보이자 자경은 두근거리는 가슴을 진정하면서 사립문으로 들어섰다.

뜰 앞에는 오늘도 신발이 사오 켤레가 놓여 있고 방안에서 도란도란 말소리도 들려온다.

자경은 마루 가까이 가서 가볍게 기침을 하였으나 아무도 내다보는 이가 없다.

"계십니까?"

나지막이 불러보았으나 여전히 대답이 없고 방안에서

"호호호호."

하는 여자의 웃음소리가 났다. 자경은 흠칫하여 섰던 자리에서 한 걸음 비켜섰다.

"호호호호 벌써 취하셨나요? 아이 선생님도 …… 자 자 요것만 요것만 마셔요. 다시는 안 권하죠 자."

"안 돼요 못 합니다. 더는 못 하겠어요 푸."

혀는 꼬부라졌으나 갈대 없는 동섭의 목소리다.

"자 안주 받으서요 …… 호호호 입만 벌려요 자자 호호호."

"하하하 어여쁜 아가씨! 자 나를 놓아 주서요 난 괴롭습니다. 후."

"내가 예쁘게 보여요? 네? 유 선생님 호호."

"예뻐요 대단히 그러나 어여쁜 여자는 속이는 법이어요, 하하."

여자는 동섭의 목을 끌어안았는지

"아이 노시요 갑갑해요."

하는 동섭의 숨찬 소리가 들린다.

자경은 왈왈 떨리는 다리로 문 가까이 가서 귀를 기울였다.

그리고 조그마하게 틈이 난 문고리 곁으로 눈을 대었다.

건너 방에서도 젊은 사내들이 무슨 이야기를 하는지 가끔 웃음소리가 들려왔다.

자경은 맘을 크게 먹고 동섭이 있는 방문 틈으로 방안의 형편을 살피었다.

"자 여기 누서요. 내 무릎 위에 누워요. 사 사 이이고다가라유─도리

오나리요(착한 아기는 말을 잘 듣는다고……)"

여자는 하얀 손으로 동섭의 머리를 안아다가 자기 무릎 위에 올려놓는 것이다.

희미한 촛불의 광선을 받아 몽롱이 비치는 여자의 얼굴!

자경은 지금까지 보아온 모든 여자 가운데 이렇게 아름다운 얼굴이 있었던가.

약간 풍만한 듯한 그 두 뺨, 이슬을 머금은 듯한 크고 서늘한 눈! 그러나 과히 붉은 입술이라든가 이마 위에 덮인 고리와 같은 '컬'을 볼 때 그는 웃음을 파는 것을 직업으로 하는 여자인 것을 짐작하였다.

여자의 탄력 있는 무릎을 베고 누워 있는 동섭의 얼굴이 약간 상기되어 반만치 눈을 감고 있을 때다. 갑자기 자경은

"앗."

가늘게 부르짖고 뒤로 물러섰다. 여자의 춘나무 꽃같이 붉은 입술이 동섭의 입술에 입 맞추는 것을 본 까닭이다.

자경은 놀란 토끼 모양으로 비탈길을 내리 달렸다. 길이고 두렁이고 그는 아무 데고 뚫려진 곳으로만 달려왔다.

이윽고 평지에 내려선 그는 비탈길을 돌아보고 눈을 흘기었다.

'아무럼 그래 내가 그런 여자보다야 못할라구 피.'

무서운 질투가 독사의 어금니처럼 그의 심장을 깨물었다.

지글지글하는 분노와 증오를 느끼는 자경은 후들후들 떨면서 불빛이 환한 시가지를 바라보고 걸음을 옮기는 것이다.

'절대? 무엇이 절대야…… 영원? 무엇이 영원이야 상만이나 동섭이나 다 마찬가지 아니냐…… 위선자.'

자경은 핸드백에 들어있던 유서들을 꺼내어 갈기갈기 찢어버렸다.

자기는 비록 실수를 하였다 하더라도 동섭만은 완전무결한 그이로만 믿고 있었더니 만큼 자경의 실망은 참혹하였다.

경성 역에 내린 자경은 벌써 한 시간 전에 자경은 아니었다. 택시에 올라타자 패기에 넘치는 폭군 모양으로

"동대문."

하고 소리를 쳤다. 상만의 하숙에는 과연 상만이 무엇인지 바쁘게 쓰고 있는 것이었다.

갑자기 찾아온 자경을 이상스럽게 보았는지 한참 물끄러미 바라보다가

"웬일이십니까? 대관절 앉으서요."

하고 상만은 방석을 내놓는다.

"무엇을 쓰십니까? 호호호 청첩장을 쓰시는구만 …… 어디 내 좀 도와 드릴까요?"

자경이 청첩장을 한 장 들고 죽 훑어보더니

"당신은 결혼하시기 전에 마지막으로 드라이브 하시지 않겠어요?"

"……."

"가요 네? 한강에 있는 ××정까지 가서 차 먹고 와요 네?"

자경은 요염하게 웃어 보이고 상만의 한 팔을 잡아 일으켰다.

"……."

상만은 속으로 혀를 차고

"오늘 다 써서 부쳐야 되겠는데요."

하고 괴롭게 웃어보였다.

상만과 인애의 결혼식은 이제 앞으로 사흘 밖에 남지 아니하였다. 청

첩장은 오늘 밤에 띄워야 내일 아침 첫차에 실릴 것이다.

축전이나 축문을 받자는 것은 아니지마는 그래도 이미 청첩장을 보내는 이상 예식 전에 도착되지 않는다면 아무 의미 없는 노릇이다.

상만은 이제 겨우 스무 장을 썼을까 아직도 백 장이나 넘어 남아 있는 봉투에다 주소와 이름을 써야 한다.

이름들을 다 쓴 다음에는 이 저녁으로 인애에게 갖다 보이고 빠진 곳이 없나 알아본 뒤에 포스트에 넣을 것이다.

상만은 뜻하지 아니한 침입자 때문에 시간이 늦어가는 것이 약간 불쾌하여졌다.

"좀 바빠서 ……."

그는 간단하게 한 마디하고 빙긋 웃었다.

자경은 상만이 자기를 반가워하지 않는 것을 잘 알았다.

의례히 그럴 것이라고 생각은 하였다. 그러나 그는 이미 맘속에 어떠한 계획이 있는 지라 짐짓 빙그레 웃고

"그래도 인제 마지막이 아니야요? 자 오늘 저녁만은 같이 나가 보아요 네?"

"그래도 아직 쓸 것이 이렇게 남아 있고 …… 암만해도 시간이 없을 것 같습니다."

일순간 자경의 긴 눈썹이 파르르 떨렸다.

'시간이 없다던 말은 동섭 씨도 하였겠다. 손님이 있어서 안 된다고. 나를 쫓아내다시피 하였겠다. 그리던 동섭이 계집의 무릎을 베고 …….'

이런 생각이 지나가자 자경은 두 눈에서 번쩍하고 불이 지나가는 듯하였다.

"뭣이 어째요?"

자경은 성난 암범처럼 상만에게로 한 걸음 다가앉았다.

"정말 오늘 나하고 같이 삼보 나갈 수 없지요? 그렇죠?"

상만은 자경의 살기가 떠도는 시선을 피하면서

"하하하 노하셨어요?"

"내일 저녁에 드라이브 합시다. 보시다시피 이 청첩장은 마저 써놔야 되겠으니까요."

자경은 잠자코 상만의 웃는 이빨을 빤히 들여다보다가

"내가 무섭지 않아요?"

"그럴 리가 있나요?"

"그럼 왜 날 축객을 하세요?"

"천만에 천만에 …… 지금은 바쁘니까 내일 저녁으로 제발."

상만은 애원하다시피 괴롭게 웃는 것이다.

"안 돼요 지금 나가요. 지금 나가서 나와 같이 산보를 해요 …… 그렇지 않으면 ……."

"그렇지 않으면 어쩔 테야요, 네? 자경 씨! 말해 보시죠."

"…… 죽어 버릴 테야 …… 호호호 무섭지요? ……."

자경은 간드러지게 웃고 상만을 흘겨보았다. 그 요염한 시선을 받은 상만은 채를 맞은 듯이 벌떡 일어나서 자경의 어깨를 덥석 안았다. 그리고 그의 차디찬 뺨에 뜨거운 입술을 대었다.

"고맙습니다. 자경 씨!"

상만은 자경의 맘속에 자기에 대한 미련이 이렇게까지 남아 있는 것을 발견하자 그의 가슴은 독한 술을 마신 때처럼 어떤 정열이 활활 타오르는 것을 느끼었다.

자경은 방바닥에 흩어져 있는 청첩장을 주섬주섬 거두어 책상 위에 놓인 신문지로 싸면서

"이것은 우리 집에라도 가서 쓰기로 하고…… 자 나가서요. 산보하러 네?"

"오라잇."

상만은 모자를 들고 레인 코트를 한 팔에 걸치었다. 신을 신는 자경의 귀 가까이

"동섭 군은 잘 있나요?"

"네, 물론."

두 사람은 어두운 골목을 나와 택시에 올라탔다.

"한강."

자경은 운전수에게 명령을 하고 상만을 돌아보고

"××정으로 가요 네? 난 아주 식전이야요."

"호 여태껏? 시장하시지 않으서요?"

"조금."

자동차는 눈 깜짝할 동안 종로를 지나 어느덧 남대문을 지나는 때이다.

"인제 정말 눈 꼭 감고 이틀 밤만 지나면 자경씬 아주 맘을 놓이리다."

상만은 농담 비슷이 하면서도 후 하고 한숨을 쉬는 것이다.

"참 그러시겠군, 축하합니다. 모쪼록 행복 되게 잘 사서요."

자동차는 차츰 불빛이 희미한 거리를 들어서자 어둠 속에도 한강의 철교가 가까워지는 것을 짐작하였다.

"벌써 한강야."

자경은 혼잣말 같이 하고 한 손으로 자동차의 유리를 내리면서 다른

한 손으로 무릎 위에 얹혀있는 청첩장 꾸러미를 들자마자 획 하고 창밖으로 내동댕이쳤다.

꾸러미는 철교의 난간을 넘어 강물에 떨어졌다.

"무슨 장난이요? 대체."

상만은 성난 듯이 부르짖고 얼굴을 찌푸렸다.

"호호호호 성났어요?"

"……."

"성나셨어요? 네? 네?"

자경은 상만의 얼굴을 들여다보면서 연방 물었으나 아랫입술을 꽉 깨물고 운전수의 등 뒤만 바라보고 앉아 있는 상만은 정말 성이 난 모양이다.

자경과 이렇게 나온지라 청첩장은 늦어도 내일 아침 출근 시간까지 인애 집에 갖다 주어도 안 될 것은 아니다. 그러나 송두리째로 청첩장이 없어졌으니 지금 이 자동차로 돌아가서 새로 박는다 하더라도 내일은 부치기 어려울 것이고 어차피 결혼식 전에 청첩은 틀려졌다.

'내일 인애에게 무어라고 한담.'

상만은 곁에 앉아 있는 자경이 일부러 자기들의 결혼을 방해하려는 심사인 것을 깨닫자 그는 맘속으로 자경을 따라 나온 자기의 경솔을 후회하였다. "××정 다 왔습니다."

문을 열고 허리를 굽실하는 운전수에게 돈을 치루고 두 사람은 동글동글한 자갈을 밟으며 ××정 경내로 들어섰다.

"성나셨죠? 네? 호호호."

자경은 재미있다는 듯이 소리를 내어 웃고 상만이 한 팔을 끼었다.

"상만 씨! 당신은 인애와 결혼은 아마 단념하셔야 될 걸요 호호호. 당신은 벌써 남의 아버지가 됐나 봅니다."

"뭐요?"

상만은 걸음을 멈추고 그 자리에 우뚝 섰다.

"어여 걸으셔요. 들어가서 이야기 해야죠."

상만은 한 걸음 앞서 걷는 자경의 뒤를 따르면서도

'남의 아버지가 되었다?'

하는 말을 입으로 되뇌어 보고 고개를 기울였다.

'자경이 임신을 하였단 말인가. 그렇지 않으면 동경에 있는 학세의 일이 탄로가 되었나? 그래서 인애가 결혼을 하지 않겠다고 해서 자경이 청첩장을 물에 넣어 버린 게 아닐까?

이러한 생각이 지나가자 상만은 어째 자기가 자경에게 놀리고 있는 것 같아서 불쾌하여 지는 것이다.

아래층 동남 편으로 있는 조용한 방을 택하여 두 사람은 책상을 가운데 놓고 마주 앉았다.

"인애와 꼭 결혼을 하셔야 됩니까? 호호호."

"웃지만 말고 아까 하던 말을 좀 더 똑똑히 들려 주셔요."

자경은 상 위에 놓인 화보인 듯한 책장을 들추면서

"똑똑히? 당신이 어린아이 아버지가 되었다면 감상이 어떠시겠어요? 호호호."

자경은 책을 덮으면서 깔깔거리고 웃어댄다.

하녀가 차를 가지고 올라와서 음식 주문을 듣고 내려간 뒤다. 상만은 단체로 바꾸어 입고 다시 자경 앞으로 와서 앉았다.

"자 그러지 말고 좀 구체적으로 말을 해 보아요 ……."

"오늘 모 박사의 진찰을 받았어요 …… 그래 임신이라는 것을 알았죠."

하고 비로소 자경은 고개를 떨어트리고 가늘게 한숨을 쉬는 것이다.

"임신이 됐으면 불가불 혼인할 수밖에 없지 않아요?"

"……."

여전히 잠자코 있는 상만을 볼 때 자경은 약간 맘속으로 허둥거리면서

"내 말 못 알아 들으셨어요?"

그래도 오히려 잠잠하고 앉아 있는 상만의 머릿속에는 밤거리의 네온사인처럼 여러 가지 생각이 한꺼번에 돌고 있는 것이다.

그는 지금 인애의 얼굴을 보는 것이다. 일점에 티도 없이 생명을 받쳐 사랑하는 순진한 인애를 어찌하랴.

'그러나 지금 자경에 뱃속에는 한 어린 생명이 자기를 향하여 손을 벌리고 있지 않느냐? 학세와 같이 그늘에서 자라날 또한 생명이 생겼다? …… 하지만 …….'

상만은 바로 눈앞에 앉아 있는 자경은 꼭 자기를 괴롭게 하기 위하여 세상에 존재하여 있는 것 같이 생각이 되어 그는 괘씸하고 미운 생각까지 드는 것이다.

'그동안 내가 몇 번이나 결혼을 하자고 애걸을 하였던고. 달래고 빌고 위협까지 하였건만 …… 기어이 동섭에게로 가고 말지 않느냐? 그렇던 자경이 이제야 내 앞에 와서 결혼을 하자고? 청첩까지 다 박은 오늘에 …… 그렇다. 동섭이가 차버렸군!'

여기까지 생각할 때다.

"어찌 대답이 없으셔요. 된다든지 못 된다든지 …….."

자경이 짜증 비슷이 독촉을 하는 것이다.

"못 하겠습니다. 너무 늦었어요. 내가 무어라고 합디까? 그 회나무 아래 있는 벤치에서 …… 후회하지 말라고 내가 하던 말 기억하지요?"

"……."

자경은 젖은 손으로 뺨을 얻어맞는 듯한 울분을 느끼면서

"그럼 못 하시겠단 말이죠?"

"그렇습니다. 자경 씨와의 결혼은 인제 과거의 문제가 되어버렸습니다."

말뚱말뚱 상만을 쳐다보고 앉아 있는 자경의 입술에 가느다란 경련이 지나갔다.

자경은 동섭을 참으로 사랑하였었다.

생명을 버리더라도 그에게 대한 애모의 생각은 잊을 수가 없는 것이었다.

죽기를 결심한 것도 동섭을 위하여 함이었고 마지막으로 인천을 간 것도 동섭을 만나러 간 것이다.

그러나 자경 자신보다 훨씬 더 아름다운 여자의 무릎을 베고 누워 있는 동섭을 발견하자 자경의 높고 깨끗하고 아름다운 꿈은 물거품과 같이 일순 동안에 사라지고 만 것이다.

꿈이 사라지는 동시에 동섭을 사랑하고 사모하던 그 정열의 반동으로 무서운 복수의 폭풍이 그의 타기 쉬운 정열에 불기 시작한 것이다.

그는 아무라도 좋았다. 그 몸을 맞아서 행복된 남편 노릇만 하여주었으면 그뿐이다.

동섭의 눈앞에다

'자 보아요.'

하고 외치고 싶었던 것이다.

그렇다면 이미 그 어린 씨를 잠재우고 있는 상만이 낫지 않을까 자기의 과거의 상처를 다 알고 자기를 숨겨줄 사람은 결국 상만이 밖에 다른 사람이 없는 것이다.

그보다도 지금 동섭이가 죽이고 싶도록 미워할 그 상만에게 이 몸이 정식으로 시집을 간다면?…… 이야말로 동섭에게 마시우는 쓰디쓴 복수의 잔이리라.

이러한 일들을 생각하고 자경은 상만을 찾아간 것이다.

어느 때 어느 시를 물론하고 자기 입으로 혼인만 청하면 감격하여 머리를 숙일 상만인 줄로만 알고 있었던 것은 까닭 없는 자기의 자부심이었다는 것을 발견하자 자경의 자존심은 송두리째로 짓밟히는 것이었다.

그러나 이미 자기 입에서 상만에게 혼인을 선언한 이상 그대로 물러설 자경은 아니었다. 그는 맘속으로 다음 화살을 준비하면서 상만의 깎아 놓은 듯이 아름다운 이맛전을 말끄러미 바라보고 앉아 있을 때다.

하녀가 차를 가지고 오고 저녁 준비 여부를 묻는 것을 자경은 간단하게 주문을 하여 보낸 뒤에도 두 사람 사이에는 여전히 무거운 침묵이 흐르고 있었다.

아침부터 아무 것도 먹지 않은 자경은 피로함을 견딜 수가 없는 듯 그는 방석을 쭈르르 밀어 어깨 아래로 넣고 옆으로 살그머니 누워 버렸다.

팔로 베개를 하고 눕는 것이 딱하게 보였던지 상만이 초인종을 눌러 하녀에게 베개를 가져오라 하는 말을 듣자 허실을 엿본 적수처럼 자경은 비로소 말끝을 열었다.

"사실 나는 그동안 망설이었어요. 당신에게는 인애가 있고 또 나는 동섭 씨를 생각하고 …… 그러나 운명은 용서가 없는가 봐요 …… 결국 나는 당신에게로 갈 수밖에 없게 되었어요 …….”

“…….”

“책임을 따진다면 하나에서 열까지 당신이 그 죄를 당해야 할 테죠. 월미도에서 폭풍우의 밤만 하더라도 …….”

“자경 씨! 그것은 어디까지든지 나의 잘못으로 생각합니다.”

상만은 괴로운 듯이 눈을 감고 고개를 흔들었다.

그는 지금 자경에게 혼인하자고 간청하는 말을 듣고 보니 웬일인지는 그는 인애에게서 떠날 수가 없는 것 같이 생각이 되었다.

황금을 수레에 하나 가득 싣고 오는 자경보다도 가난한 초가지붕 아래에서 지금 자기의 신부될 날을 헤이고 앉아 있는 인애가 이 지구상 어느 여자보다도 값 높은 향기를 뿜고 있는 아름다운 존재로 생각되는 것이었다.

“동섭 씨도 우리 일을 짐작하고 집을 나가버렸어요.”

상만은 비로소 눈을 크게 떴다.

“동섭 군이 집을 나가요?”

“네, 그날 밤에 나갔어요. 상만 씨! 아버지께 아들 없는 것 아시죠? 당신은 나와 결혼하면 서정연 씨의 상속자야요.”

황금을 단념한 상만에게 이제 황금이 제절로 걸어서 상만은 찾아온 것이다.

그러나 이 황금은 이슬람 교회의 경전 코란처럼

‘받으려느냐?’

‘죽으려느냐?’

두 가지 가운데 하나를 요구하는 것이다.

자경은 누웠던 자리에서 상반신을 일으키면서 상만을 노리듯이 쏘아보고

"길은 하나 밖에 없어요. 당신이 인애와의 혼인을 깨트려버리고 나와 결혼식을 하든지 그렇지 않으면 …… 농담이 아닙니다. 내일 저녁차로 평양서 돌아오실 아버지께 전부를 고백할 수밖에 도리가 없어요 …… 아버진 자식의 체면을 생각해서라도 박사에게 부탁을 해서 수술을 해서 태아를 꺼내버릴 겝니다. 그러나 아마 아버지께서 당신에겐 그리 좋은 상급은 주시지 않을 것 같아요 호호호."

"……."

"그럼 이렇게 합시다 …… 당신이 암만해도 결심을 못 하시는 걸보니 인애에게도 어떤 일을 저질러 놓았다고 볼 수밖에 없어요. 그렇다면 인애와 결혼을 하세요. 나는 아버지와 타협을 해서 선후책을 취할 수밖에 ……."

상만에게는 이 나중에 말이 무서운 쇠망치로 뒤통수를 내리치는 듯한 공포심을 일으키게 하는 것이었다.

한때는 자신이 서 사장을 찾아보고

'딸을 주려느냐?'

'돈을 주려느냐?'

하고 위협해 보려고까지 한 상만이건만 모든 허영을 단념하고 인애의 착한 남편으로 따뜻한 가정에 주인이 되려는 지금의 상만은 한 적은 양과 같이 온순하여진 것이다.

매양 안전과 평화를 도모하는 사람은 다분(多分)의 비겁조차 가지고

있는 것은 사실이다.

더욱이 자경의 편에서 먼저 습격을 하여 온다면 일이 적게 벌어져서

'정조유린죄.'

로 감옥행은 면한다 치더라도 서 사장의 회사에서 쫓겨날 것은 정한 일이다.

생각만 하여도 지긋지긋한 실직한 룸펜의 생활을 생각할 때 그의 가슴은 암담하여졌다.

모처럼 자기를 믿고 의지하는 인애에게도 크나큰 맘의 상처를 주게 될 게고 …… 동경에 있는 불쌍한 학세에게도 한 푼도 보내주지 못할 것이다.

불쌍한 학세 …… 학세와 같은 어린 생명이 또 하나 자경의 뱃속에 숨어 있다 …… 이 생각은 드디어 운명의 재판장 앞에서 허덕이고 있는 상만에게 오직 한 가지의 도피성(逃避城)이 되었다.

'한 생명은 인애에게 대한 모든 애처로운 생각 미안한 생각보다 크다.'

'한 생명을 살리기 위하여 나는 인애에게 배은망덕 하는 놈이라는 말을 달게 받자.'

'자경은 인애보다 교만하고 방종하고 대담하고 종교심이 적고 …….'

상만은 자경의 인격에서 하나씩 하나씩 결점을 들추어내었다. 그러나

'한 생명을 죽이는 것보다는 적은 일이다.'

생각한 그는

"자경 씨! ○박사의 진찰은 틀리지 않겠지요?"

"글쎄요 경선 안에 의사로는 그보다 더 용한 이가 또 있다면 좀 가르쳐 주서요."

"…… 그럼 자경 씨와 결혼을 하기로 합시다. 한 생명은 마침내 우리를 결합시키나 봅니다 …… 춘부장께선 승낙하실까요?"

"그건 내게 맡기세요."

"인애 씨에게 최후통첩을 하는 것까지 맡아 주서요. 나는 인제부터 영원히 인애 씨를 만나볼 수는 없으니까요."

"호호호 상당히 죄를 지셨구먼요. 인애도 ○박사의 진찰보고를 하러 올는지 누가 아나요?"

"자경 씨! 인애 썬 의심치 말아 주서요. 하나님이 있다면 그 앞에 맹세합니다. 그와 나 사이는 결백합니다."

상만은 핼쑥해진 얼굴을 두 손으로 쌌다.

하녀가 음식상을 들여왔다.

"양주 있거든 가져와."

자경이 명령을 하고

"난 당신의 취한 얼굴이 보고 싶어요."

하고 상만을 바라보고 방그레 웃었다.

"위스키."

상만은 돌아나가는 하녀에게 소리를 쳤다.

"얼마든지 취해서 자경 씨를 놀래게 해줄 테니 하하하."

이윽고 술이 들어오고 붓는 대로 상만은 죽 죽 들이마셨다.

상만의 아름다운 얼굴과 목덜미가 차츰 산홋빛으로 붉어질 때다.

"운명이란 큰 손에서 인간은 벗어날 수가 없는 거야요 그렇지 않아요? 자경 씨!"

상만은 차츰 술기운이 돌고 보니 어느덧 자기는 황금의 수레에 높이

올라앉아 천하를 호령하는 몸이 된 것을 깨닫게 되자 어떤 장쾌한 기분
이 가슴 한 복판에서 용솟음하는 것을 느끼었다.

"자경 씨! 시장하셨다죠? 이것 좀 자서 봐요."

간즈메를 한 젓가락 집어다 자경의 입에 넣어 주었다.

입을 벌리고 받아먹던 자경은 자리에서 벌떡 일어나서 세면소로 갔다.

그는 수건으로 솟아오르는 눈물을 가만히 씻고

'동섭 씨 동섭 씨 이만하면 속이 시원하지요?'

그가 거울을 들여다보고 젖은 얼굴을 고치고 복도로 나올 때다.

독사의 주둥이처럼 붉게 연지를 칠한 여인의 얼굴이 어둠 속에서 조
롱하듯이 자경을 흘겨보고 사라졌다.

동섭에게 무릎을 베어 주던 그 여인의 얼굴이다.

일순간 무서운 질투의 회초리가 소낙비처럼 자경의 중추신경을 후려
갈기는 것을 느끼었다. 이토록 자경을 괴롭게 하는 그 여자는 과연 누구
인고.

그날 저녁 동섭은 자경이 찾아온 것을 냉정하게 돌려보낸 뒤에도 그
의 맘은 바늘을 먹은 듯이 찔리고 아픈 것은 어찌할 수 없었다.

차돌이와 석룡이가 신이 나서 이야기를 하는 데도 동섭은 어찌 그 말
은 귀에 잘 들어오지 않고 지금쯤은 어두운 골목을 다 내려가서 인천역
에서 기차를 기다리겠거니 하고 생각은 연해 자경의 뒤를 따르고 있을
때다.

갑자기 밖에서

"애 차돌이 있니?"

하고 목소리가 들리고

"손님 왔네. 손님이래도 아주 굉장한 손님야."

하고 왁자지껄 떠드는 소리가 들림으로 방에 있는 사람들은 문을 열고 마당을 내다보았다.

"아저씨 아니서요?"

하고 말하는 이에게 인사를 하며 차돌이가 마루로 나갈 때다.

"애 너 알겠니? 이가 바로 너 누님이야 응 알겠니?"

"자 들어가우 들어가. 이게 자라던 집이야. 나도 늙었지마는 자라나는 사람들이란 참으로 알 수가 없는 거야. 순이가 벌써 이렇게 자라다니 …… 자 들어가게나."

큰일이나 난 듯이 흥분하여 소리를 치는 노인의 뒤에서 자그마한 손가방을 든 젊은 여자가 방글방글 웃으며 마루로 가까이 오는데 밤빛에 보아도 달리아같이 아름다운 얼굴이었다.

여자는 손을 내밀어 마루 위에서 있는 차돌이의 손을 잡으며

"많이 컸군."

하고 손수건을 눈에 대인다.

손님을 데리고 온 박 노인은 멍멍하고 서 있는 차돌이가 딱한지

"애야 이가 너의 누님이다. 바로 내가 역전까지 볼일이 있어 갔더니라. 그래 누가 뒤에서 아저씨 아니서요 하고 소리를 친단 말야. 돌아보니 순이란 말야 하하하."

차돌이가 그제야

"순이 누나."

하고 그 크고 단단한 손으로 여자 손님의 하얀 손을 덥석 잡았다.

"일남인 어디 있어?"

하는 여자는 신을 벗고 방으로 들어왔다.

"어머니 아버지 세상 떠나서 너희들 고생 했구나."

여자는 또다시 손수건을 눈에 댈 새도 없이 커다란 눈물방울이 자주 여자가 입고 있는 육색 세루 드레스에 떨어졌다.

차돌이도 주먹으로 눈물을 씻는 것을 보고

"울긴 왜 울어 세상일이란 그런 게야. 거저 죽는 사람, 사는 사람, 어린 사람은 자라고 늙은 사람은 죽고 그게 다 세상의 고락이란 말야."

노인이 위로를 하면서도 그 늙은 눈에도 눈물이 핑 돌았다.

건너 방에서 자던 일남이도 깨어 일어나고 여자는 또다시 일남이 목을 안고 울고 한바탕 희비극이 지나간 뒤에 노인도 돌아가고 석룡이도 제집으로 갔다. 차돌이는 누나에게 유 선생(동섭)을 소개하였다.

서울서 제일 큰 부잣집 아들로써 우리 가난하고 무식한 사람들을 도와주기 위하여 오신 선생님 의사요, 야학교 선생이요, 그리고 이곳 공사장 주인의 아들이고 또 우리 형제를 무척 사랑하고 자기가 흙에 치어 죽게 되었을 때 밤을 새워 간호하여 준 것 그 외에 가난한 사람의 병을 무료로 치료하여 주고 자기 돈으로 약을 사서 어려운 사람에게 주고 그 밖에 차돌이가 말할 수 있는 범위 안에서 최대의 웅변과 찬사로써 설명하였다.

동섭은 면구스럽기도 하고 우습기도 하여 고개를 수굿하고 앉아 있노라니

"그렇게 장하신 선생님이 이런 한 곳에 오신 것은 너무도 ……."

여자는 얼굴을 붉히면서 다음 말을 계속하지 못하였다.

차돌은 웬일인지 동섭이 감옥에 갔다 왔다는 말은 슬쩍 빼어 놓았다.

이날 밤 동섭은 새로 바른 방에 여자 손님을 자라고 강권을 하였으나 한사하고

　"여동생들 자는 방에 같이 자겠어요."

하고 방바닥이 두틀 두틀 해어진 방에 담요를 깔고 일남이를 앞에 누이는 것이었다.

　이튿날 아침 차돌이 형제가 공사장으로 간 후 여자는 얼굴에 새로이 화장을 하고 의복도 비단으로 된 실내복으로 바꾸어 입고 동섭의 방으로 건너왔다.

　낮에 보는 이 여자의 얼굴은 밤에 보는 것보다 좀 더 명랑하고 그리고 윤택이 있다고 동섭은 맘으로 생각하였다.

　동섭은 읽던 책을 내려놓고 한옆으로 옮기어 앉아 여자에게 자리를 사양하였다.

　여자는 그 크고 서늘한 눈으로 동섭을 내려다보고 한참 그대로 서서 있더니

　"얘기할 시간 좀 계시겠어요?"

하고 방그레 웃는다.

　웬일인지 이 여자의 웃음 속에는 인생의 지친 사람만이 가지는 약간 쓸쓸하고 그리고 과분의 조심성조차 보이는 그러한 웃음을 발견하자 동섭은 속으로

　'고아(孤兒)다.'

하고 고개를 끄덕이었다.

　"선생님 유 선생님이라 셨지요?"

　"네 유동섭이올시다."

"네 그러서요. 전 요석마라고 해요 호호호."

웃고 손가락을 딱딱 자르더니

"어릴 때는 금순이라고 불렀어요마는 ……."

그 여자는 첨보는 동섭을 어떻게 생각하였던지 그가 김금순이란 이름에서 어떻게 오꾸마로 불리게 되었는가를 다음과 같이 이야기하는 것이었다.

열세 살 때 역전에 사는 일본인 부부에게 돈 이십 원을 받고 그들의 양녀라는 이름 아래 그들과 같이 동경으로 갔었다. 어릴 때부터 어여쁘고 총명한 금순이는 그곳에 간지 반년이 못 되어 그 나라말을 능통하고 학교에도 가지 않았건만 일 년이 지난 뒤에는 주인 여자의 편지 써 논 것을 넉넉히 읽을 수가 있었다 하니 그의 비상한 글재주를 알 수 있는 것이다. 그가 열다섯 살 되던 가을에 그 부부는 금순을 어떤 요정에 예기(藝妓)로 팔아버렸었다. 이때부터 오꾸마의 생활이 시작된 것이다. 열아홉 살이 되자 그는 신바시[新橋]에서도 제일가는 명기로 이름을 날리고 있게 되었는데 어떤 돈 많은 부자가 빼가지고 상해로 데리고 간 것은 지금부터 꼭 십년 전 일이었다. 상해로 간지 이태 후에 데리고 갔던 단나(남편)가 죽어버리자 그는 한 만 원 되는 유산으로 참따랗게 바(서방 술집)를 차렸었다.

그의 미모와 재기를 탐하여 모여드는 사나이들 가운데 어떤 영국 신사 한 사람의 눈에 들어 라샤멘(양첩) 노릇도 한 일 년 하였었다. 그 뒤 그 영국 사람은 본국으로 돌아가자 오꾸마는 시몬 게렌스키라는 러시아 사람과 알게 되어 하얼빈으로 가서 몇 해 살았었다.

그러는 동안 그는 영어, 러시아말, 일본말, 중국말, 조선말까지 다섯 나라 방언을 자유자재로 할 수가 있게 되었다.

그 뒤 그는 다시 상해로 흘러 들어와서 어떤 댄스홀에서 그의 아름다운 얼굴을 팔고 있다가 어떤 중국 사람의 후원으로 조그마한 요리점을 열었었다.

이리저리 하는 동안 그의 수중에는 한 이만 원의 돈이 들어오게 되자 그는 고향으로 돌아올까 하고 맘으로는 요리점을 누구에게 양도하려고 생각하고 있었다.

열세 살 때에 고국을 떠나 올 때 치마꼬리로 눈물을 씻고 서 있는 어머니의 얼굴을 잊을 수가 있을까.

그 초라한 지붕 그 아래 어린 동생들이 지저귀고 아버지가 때 묻은 □ □□□□□□□□□마는 몇 번이나 꿈속에서 그리운 고향을 찾아갔던고. 그 때문에 그는 자기 바를 찾아와서 술을 먹는 손님 가운데서 조선말을 하는 사람을 발견하면 그는 일부러 돈을 받지 아니하였다. 만약 그 사람이 얼굴이 초췌하고 의복이 남루하면 그는 살그머니 봉투 속에다 돈을 넣어 그 손님의 손에 쥐어주기도 하였었다.

'고향으로 돌아갈까 보아.'

생각한 그는 어떤 조선 손님을 붙잡고 편지를 한 장 빌린 일이 있었다.

그러나 그 편지는 이십여 일이 지난 뒤에 도로 돌아오고 말았다. 그리하는 중에 또다시 일 년이 이태가 지나갔다.

어느 눈 오는 밤이었다.

전과 같이 손님들 상에는 붉고 푸른 술잔이 오고가고 하는데 웬 양복 입은 젊은 청년이 자기 곁으로 와서 봉투를 한 장 던지고 갔다.

그것은 영어로 쓴 글인데

긴급히 쓸 곳이 있으니 이천 원만 꾸어다오. 쓸 곳은 묻지 말아 다고. 그리고 끝에는 조선 사람의 이름이 쓰여 있었다 한다.

오꾸마는 무슨 생각이 났던지 현금 이천 원을 준비하여 두었다가 그 담날 찾아온 그 청년에게 주었다.

그 뒤 한 달 만에 다시 그 청년은 오천 원만 꾸이라.

하는 편지를 가져왔다. 오꾸마는 두 말 없이 또 오천 원을 주었다. 그 뒤 몇 날이 지난 뒤 오꾸마는 그 청년의 안내로 이상한 집엘 가고 그 집에서 약 한 시간이 지난 뒤에 돌아 나온 오꾸마의 얼굴에는 이상한 긴장과 흥분이 넘치고 있었다.

그는 거기서 약속한 대로 자기가 맡은 크나큰 심부름을 위하여 그 요리점을 아무렇게나 팔아버리고 조선으로 들어온 것이 이런 걸음이라 하는 것이다. 그의 긴 이야기가 끝이 났을 때는 벌써 저녁연기들이 아랫마을을 뽀얗게 싸고 있을 무렵이었다.

그는 시가지로 내려와서 과자와 실과와 그리고 양주를 사가지고 돌아왔다.

동생들도 일터에서 돌아오고 식구들은 저녁을 마친 뒤다. 오꾸마는 유 선생과 동생들을 위하여 조그마한 주연을 배설하였다.

"유 선생님. 너무 고마워서 드리는 술이오니 한 잔 받으서요."

이렇게 시작한 술이 한 잔 두 잔 동섭도 취하고 차돌이와 오꾸마도 취하여 버렸다.

마침 차돌이의 동무들이 찾아와서 건너 방으로 차돌이와 일남이가 건너간 뒤 동섭은 술기운에 몸을 가누지 못하는 것을 보자 오꾸마는 평소에 취객을 취급하던 솜씨로 동섭에게 무릎을 베어주고 안주를 먹여

주고 하였다.

　그뿐 아니라 젊고 꿋꿋한 동섭의 인격에 어떤 매력을 느낀 오꾸마가 취한 것을 핑계로 동섭의 입술에 입을 맞춘 것은 지금까지 그러한 세상에서 생활하여 온 오꾸마로서는 자기의 하는 일이 결코 분방하거나 음탕한 일로는 생각지 아니한 것이다.

　그러나 자경이 두 번째 동섭을 찾아오고 그리고 문틈으로 엿보던 그 순간이 오꾸마가 동섭을 입 맞추던 그 찰나였다는 것은 너무도 운명의 장난이라고 아니할 수는 없는 것이다.

　이리하여 자경은 동섭과 영원히 갈리고 만 것이다.

　상만과 자경은 열 시가 넘어 ××정을 나왔다.

　계동 자기 집으로 돌아온 자경은 안방으로 들어서면서

　"어머니 주무서요?"

　"넌 어딜 갔다 오니? 밤낮 쏘다니기만 하는 거냐?"

　전과 달리 어머니의 음성에는 확실히 짜증이 섞여 있는 것이다.

　"어머니 나 동섭 씨 만나보고 왔어요."

　"뭐야?"

　어머니는 질겁하여 자리에서 일어나 앉는다.

　"…… 놀라시긴 왜 뭐 그렇게 놀라실 게 있어요."

　"얘 대관절 그 애가 어디 있더냐?"

　"인천에 있어요. 거지굴에."

　"거지굴에? …… 거기는 왜 또?"

　"누가 아나요? 참외를 거꾸로 먹어도 자기의 맛이니까요 …… 그런데요 어머니. 나 동섭 씨와 파혼하고 왔어요. 난 그럼 사람에게 시집갈 맘은 없어요."

칼로 베듯이 싹 잘라 말하는 딸의 얼굴을 물끄러미 바라보다가

"얘가 또 이건 무슨 말이냐? 원."

"아냐요 정말에요. 징역하고 나온 사람과 누가 혼인을 해요."

"야 그렇다면 그 애가 너무도 가엽지 않니?"

"할 수 없지요 …… 그런 사람과 결혼을 하면 나도 감옥으로 가게 돼
요 …… 어머닌 내가 감옥에 가도 좋아요?"

"후유."

"어머니 나 오상만 씨와 약혼을 할까 봐요. 그인 아버지 사업을 돕는
편으로도 동섭 씨보단 낫지 않겠어요?"

어머니는 물었던 담뱃대를 빼어 방바닥에 놓으며

"너 오상만이와 결혼하지 않으면 안 될 일이 있지?"

나지막이나마 자경은 이렇게 무서운 어머니의 음성을 들어본 일은
없었다.

"어머니도 별 의심을 다 하서요."

"어밀 속이려고? 못된 자식 같으니 …… 그래도 너만은 남의 총명한
아들 부럽잖게 여겼더니라 ……."

자경 어머니는 어머니의 본능으로써 요 며칠 동안 딸의 신변에 어떠
한 큰일이 닥쳐오지나 않을까 하고 맘을 졸이고 있었으나 딸의 입으로
오상만과 결혼하겠단 말을 들을 때 마치 땀과 피로 가꾸어 둔 곡식이 일
조에 된서리를 맞고 쓰러진 곡식을 바라보는 농부처럼 그 늙은 맘은 괴
롭고 슬퍼졌다.

"상만이란 사람도 똑똑하여 보이드라만 넌 일평생 그 앞에서는 머리

는 들지 못하리라. 남자란 죽네 사네하고 덤비는 척해도 속은 다 있단 말야 …… 결혼하기 전에 일을 저질러 가지고 행복스럽게 일생을 보내는 사람은 난 별로 보지 못했으니 …….”

“아이 어머니도 그럼 누굴 …….”

“거저 이년이 죽일 년야. 나이 찬 계집애를 몇 달씩이고 혼자 별장에다 두었으니 말야 …… 그렇다면 동섭이란 아이는 세상에 둘도 없는 성인군자이던 모양이지 …… 해마다 가서 있다 왔건만 …… 후유 …….”

“피 믿는 나무에 곰이 핀다는 말 못 들으셨나봐. 지금 동섭 씨가 혼자 있는 줄 아서요?”

“난 무어가 무언지 모르겠다. 너는 잘난 아이니까 네가 잘 처리하럼. 나는 네 아버지 볼 낯도 없고 …… 아야 팔꿈치야 아야 정강이야 …….”

“그럼 고만두서요.”

자경은 발딱 일어나서 침실로 돌아왔으나 그의 흥분된 얼굴에는 형언할 수 없는 슬픔이 흐르고 있었다.

상만은 자경을 데려다 주고도 동대문 하숙으로 가지는 않았다.

××정에서 좀 과하게 먹은 위스키가 아직도 그의 몸을 활활 태우는 듯 그는 몽롱하여지는 머리를 이고 거리 아무 데고 밤거리를 헤매고 싶었다.

“인애 씨 인애 씨 상만은 아주 나쁜 놈입니다. 나를 잊어버려 주서요.”

그는 혼자 중얼거리면서 사람의 파도를 헤치고 아스팔트 위로 걸어갔다.

얼마를 걸었던지 술도 깨고 목도 말라왔다. 그는 어느 찻집으로 들어가서 소다를 연거푸 세 고뿌나 마시고 나니 차츰 피로하여 자리에 눕고 싶은 생각이 났다.

그는 지나가는 택시를 불러

"××여관으로."

하고 일본 여관을 지정하였다. 하녀가 깔아주는 푹신한 자리에 몸을 던진 상만은 드러눕기만 하면 세상모르고 자버릴 것 같더니 정작 자리에 눕고 보니 어째 눈이 말똥말똥 하여지고 천근이나 되는 몸이 훨씬 가벼워지는 것이다.

'그렇다. 요시에에게 답장을 써야지.'

그는 머리맡 상 위에 놓인 편지지를 들고 다음과 같이 글을 썼다.

'요시에여 내 아들의 어머니 요시에여. 그대의 말이 하루라도 속히 내 곁에 와서 살고 싶다고 그리고 저축한 돈 삼백 원을 가지고 와서 신접살림을 차리겠다고 …… 얼마나 기특하고 고마운 말인지! 그러나 요시에 그대가 만약 나를 믿거든 그리고 그대의 아들의 아버지인 나를 사랑하거든 내가 부를 때까지 아직 잠깐만 현상을 유지하여 주시요. 멀지 않은 앞날에 나는 그대와 또 학세를 데리러 가겠으니! 조급한 맘을 진정하고 잠깐만 기다려 주시요.'

이렇게 써가지고 봉투에 넣은 뒤에 다른 종이에

'인애 씨!'

하고 쓰다가 무슨 생각이 났던지 와드득 그 종이를 찢어 버리고 자리로 가서 벌떡 누워버렸다.

인애는 저녁을 먹고 시작한 손수건 한 개가 거의 다 되도록 상만이 오지 않는 것이 이상스러워 자주 문밖을 내다보면서도 지금 막 생각난 이름들을 맘속으로 되뇌어 보는 것이다.

"그래그래 황진 씨에게도 빠지고 배연숙이 안엽 씨에게도 빠질 뻔했구먼."

이렇게 중얼거리면서 시계를 쳐다보니 어느덧 열한 시가 넘었다.

"꼭 오겠으니 ……."

하던 상만의 말을 생각하고 열두 시까지 그대로 앉아 있다가

"내일 아침에 오려나?"

하고 대문에 빗장을 걸고 자리에 누웠다.

그러나 그 이튿날 아침이 지나고 오후가 되어도 상만은 그림자도 보이지 않았다. 그는 이상스럽게 생각이 되어 회사로 전화를 걸었으나

"오늘은 들어오지 않았소."

하는 대답이다. 인애는 약간 당황하여지는 맘으로 동대문 상만의 하숙으로 달려갔다.

그러나 문고리에는 자물쇠가 걸려 있지 않느냐. 안으로 들어가서 물어보니

'어제 저녁에 나가서 여태껏 돌아오지 않았다.'

는 것이다.

'갑자기 무슨 볼일이 생겨서 시골로 출장을 갔나?'

'내일 모레가 결혼일인데 설마 그때까지에 돌아오겠지 …… 청첩장은 자기 혼자 부쳐 버렸다 해도 그뿐이지 …….'

이 생각은 지금까지 허둥거리던 인애에게 든든한 믿음과 평화를 주는 것이었다. 집으로 돌아 오려던 그는 요 며칠 동안 맘속으로 벼르던 한 가지 일을 오늘은 기어이 실행해 보려는 듯이 종로 X정목에서 전차를 내렸다.

안전지대에서 한참 망설이다가 결심한 듯이 ××미용원으로 들어갔다.

난생 처음으로 미용원 문턱을 밟는 인애는 누가 아는 사람이라도 와서 있다면 어쩌나 하는 생각으로 먼저 온 손님들을 흘깃흘깃 쳐다보았으나 다행히 아는 사람은 없고 비녀를 쪽진 여자 손님이 둘, 그리고 굵게 지진 머리에 방금 짙게 화장을 하고 있는 여자가 하나 있을 뿐 실내는 비교적 조용하였다. 견습생인 듯 하얀 가운을 입은 어여쁜 여자가 인애 곁으로 왔다.

"결발(結髮)[180]이요? 화장이요?"

하고 묻는 것을

"저 …… 살결을 곱게 하는 저 …… 마사지를 해 보았으면 싶어서요 …… 내 얼굴엔 주근깨가 있으니까요 ……."

여기까지 말을 하고 난 인애의 얼굴은 술이나 취한 사람처럼 붉어졌다.

"네 이리로 앉으셔요."

뜨거운 수건이 인애의 얼굴을 싸고 유성 크림이 얼굴과 몸에 흠뻑 발라졌다.

한 삼십 분 후에 그곳을 나온 인애는 훨씬 매끄러워지고 윤택하여진 자기의 얼굴을 만져보고 맘속으로 방그레 웃었다.

'내일 한 번 다시 와야지. ×십 전이면 결코 비싼 것은 아냐.'

그는 이렇게 어여뻐진 얼굴을 상만이가 본다면 응당 만족하게 여기려니 하고 생각하니 어서 결혼식이 닥쳐와서 성장(盛裝)한 자기의 맵시를 그의 눈앞에 보여주고도 싶어 그는 집으로 오는 전차 속에서도 결혼 후

---

180 예전에 관례를 할 때 상투를 틀거나 쪽을 찌던 일.

에 어떻게 살아갈 공상이 무지개와 같이 나타나는 것이었다.

'만약 월급봉투를 나를 맡긴 다면 그이 월급이 칠십 원이니까 이 할은 저금을 해야지 …… 그리고 내가 받는 월급은 오 할을 저금한다면 보자 저것이 십사 원 내 것이 이십 원 모두 삼십사 원 …… 일 년에 삼백 원하고 육십 팔원 …….'

이러한 생각을 하면서 집으로 들어왔으나 상만이 아직도 다녀가지 않았다는 것이 아침 햇살과 같이 밝은 그에 맘을 약간 어둡게 만드는 것이었다.

그러나 이튿날 날이 새이고 해가 돋자

'설마 오늘이야 돌아오겠지.'

지난밤 동안 맘속에 덮여 있던 우울한 생각은 안개와 같이 사라지고

'처녀로서의 마지막 날.'

이란 형언할 수 없는 감개가 가슴에 가득하여졌다.

내일을 맞이하기 위하여 오상만의 아내로써 새생활을 시작하는 첫날을 위하여 마지막 준비를 하려는 이상한 긴장이 인애의 전신을 전류와 같이 돌기 시작하였다.

정동 ××유치원으로 들어서자 오늘도 원아들은 병아리 떼처럼 몰려와 치마폭에 안기는 것을 일일이 머리를 쓸어주고 사무실로 들어갔다.

먼저 온 양 선생과 박 선생이 머리를 모으고 무엇인지 수군거리고 있다가 인애가 들어오는 것을 보고 뒤로 홀쩍 감추어 버리는 것이다.

인애는 반달음질로 두 선생에게 쫓아가며

"어쩌면 혼자들만 보고 감추기는 왜 감추어요 …… 내놔요 나도 좀 보게."

"아니야 주 선생 볼 것은 아냐."

하고 양 선생이 점잖게 말을 하고 돌아서려는 때이다.

"안 보긴 왜 안 보아요. 누구보다도 주 선생이 먼저 보아야할 게 아뇨?"

하고 박 선생이 들었던 신문을 인애에게로 쑥 내민다.

"아서 인애는 못 볼거야."

하고 양 선생인 도로 빼앗으려는 것을

"왜 그래요. 언닌 괜히 성화야 인내요."

하고 인애가 와락 달려들어 신문을 싹 뺏었다.

그는 신문을 뺏은 후에도 행여나 양 선생이 덮칠까 하여 깨드득 웃으면서 댓 걸음 물러서서 신문을 펴서 들었다.

한참 동안 신문 위에 눈을 굴리던 인애가 갑자기

"아이고 머니나."

한 마디하고 그 자리에 펄썩 주저앉아 버렸다.

인애가 들고 보던 ××일보 조간 제이면 한가운데는 상만과 자경의 사진이 커다랗게 박혀 있고

'서정연 씨 가의 경사.'

라는 제목이 삼단을 뽑은 큰 활자로 쓰여 있고 그 옆에

'영애(令愛) 자경 양의 결혼.'

이란 소제목이 쓰여 있는 한편에 신랑 오상만 씨는 동경 ××고등상업을 발군(拔群)의 성적으로 졸업한 수재요 신부 서자경은 ××여자전문학교 영문과를 마친 재원으로 취미는 음악, 운동, 영화의 다방면이며 오는 십오일 결혼식을 마친 뒤에는 신랑 신부는 여행차로 세계 일주의 장도에 오르리라고 한다…….

인애는 사지에 맥이 풀리고 호흡이 곤란하다고 느낀 것도 일순간 그

는 그 자리에서 전연 의식을 잃어버리고 말았다. 청천에 벽력이 있다면 아마 지금의 인애가 당한 일이 그것일 것이다.

양 선생과 박 선생은 달려들어 사지를 주무르고 물을 떠먹이고

"정신 채려 정신 채려."

하고 소리 소리 질렀으나 인애의 새파랗게 질린 얼굴은 죽은 사람의 그 것과 조금도 다름이 없는 것이다.

박 선생은 자기가 신문을 보여 준 것을 속으로 후회를 하면서 밖으로 나와 전화를 빌려 의사를 청하였다.

주사를 맞고도 반시간이나 지나서 인애는 겨우 본 정신으로 돌아왔다.

"주 선생! 정신 채려. 왜 사람이 그 모양이야. 호랑이에게 물려가도 정 신을 채리라는 말이 있지 않아?"

"언니!"

인애는 양순자의 팔을 붙들고 소리를 내어 울어버렸다.

"언니 그이가 상만 씨가 그러한 사람이었을까요?"

"상만인 사내가 아니냐? 사내란 다 그런 게야."

"언니 그래도 그이만은 그이만은."

"인애 상심 말아요. 외려 잘됐지 뭐야. 그까짓 의리 없는 녀석을 일평 생 남편으로 받들고 사는 것이 더 불행하지 않아?"

"언니 그래도 분해서 ……."

"암 분하지. 하지만 본래 세상이란 그런 게야."

양순자 역시 실연의 쓴 경험을 가진 사람인 것만큼 그는 지금 인애의 고통을 대강이라도 짐작하는 것이다.

상학 종소리가 땡 땡 나고 아이들이 우르르 운동장에 모이는 것이 보

인다.

"이 봐 인애 자동차를 부를 터이니 집으로 가서 좀 가만히 누워요. 내 시간만 파하면 곧 달려갈게 응 인애."

인애는 가만히 고개를 끄덕였다.

이윽고 자동차가 왔다는 말을 듣자 인애는 아까 보던 신문을 착착 접어 손에 꼭 쥐었다.

박 선생을 따라 보내려는 것을 한사코 사양을 하고 인애는 혼자서 자동차에 오르면서

"계동 서정연 씨 집으로."

하고 운전수에게 부탁을 하였다.

'꿈이 맞았구나. 기어이 그 꿈이 맞았어 ……'

인애는 입속으로 중얼거리며 달려가는 자동차 속에서 눈을 감았다.

계동 서정연 씨의 집 정문 앞에서 자동차는 멈췄다.

인애는 찻삯을 치른 후에 현관문을 열었다. 안내도 없이 신을 벗고 마루로 올라선 인애는 명명할 수 없는 분노에 와들와들 떨리는 손으로 응접실 문을 아무렇게나 휙 열어젖혔다.

방금 무엇을 쓰는지 고개를 다소곳이 숙이고 마주 앉아 있는 상만과 자경이 눈에 띄었다.

"자경."

하고 인애가 날카롭게 부르짖자

"아 인애 씨."

하고 반사적으로 상만이는 벌떡 자리에서 일어섰다.

자경은 각오한 듯이 천천히 이편으로 고개를 돌이키며

"좌우간 좀 앉아요, 인애."

하고 교의를 가리켰다.

"자 보아요. 이 기사가 어떻게 되어 있는가, 상만 씨."

인애는 바르르 떨리는 아랫입술을 깨물면서 손에 들었던 신문을 테이블 위에 펼쳐 놓았다.

"……."

"인애 씨 용서하서요. 모든 허물은 내게 있습니다."

"그럼 자경과 결혼을 하신단 말입니까?"

"인애 그러지 않아도 오늘쯤 인애를 만나러 가려고 하던 참이었어…… 모든 것은 운명이라고 단념해 주어요, 응 인애."

자경은 인애의 어깨에 한 손을 얹으려 하였으나 인애는 더러운 것이나 떨어 버리듯이

"절교다. 유치원 시절부터 십육 년 동안 친해 오던 너와 나의 사이는 오늘부터 원수다."

"호호호 간대로 그렇게 원수가 되려구. 남자 한 사람 때문에?"

"뭣이 어째? 좀 부끄럼을 알아요. 도적보다도 더 악하고 강도보다도 더 흉악한 인간들 같으니라고……."

"뭐야? 누굴 강도라고?"

자경도 낯빛을 변하고 인애에게로 다가섰다.

"그럼 강도가 아니고? 너는 물품을 훔쳐가는 것만 도적으로 아느냐? 남의 사랑이나 영혼을 빼앗아 가는 것은……."

인애는 솟구쳐 오르는 분노 때문에 뒷말이 계속되지가 않았다.

나래를 상한 어린 참새 모양으로 바들바들 떨고 서 있는 인애를 차마

바로 볼 수 없는 듯이 상만은 고개를 숙인 채 눈을 떨어트리고 있을 때다.

"영혼을 빼앗았다? 사랑을 빼앗았다? 호호호 사랑이라든가 영혼이라든가 그게 누가 도적질을 하고 빼앗기고 하는 성질에 속한 것이던가? 그렇다면 인애는 잘못 간수를 하였던 게지 호호호."

미리 준비하고 있었던 모양으로 자경은 팔뚝시계 줄에 끼워 있는 착착 접은 종이를 꺼내 가지고 인애 앞에 내밀며

"옜다 이것만 돌리면 네게서 아무 것도 도적한 것은 없어."

그 종이는

'삼천 원'

이라고 쓴 소절수(小切手)[181]다.

"……."

"아버지의 도장이 찍혀 있으니 어느 은행에 가서라도 당장에 찾을 수 있어요."

하고 자경은 억양스럽게 소절수를 테이블 위에 내려놓는다.

일순간 인애의 손끝이 바르르 떨리자 소절수를 휙 집어가지고 박박 찢어버렸다.

"황금만 가지면 아무 것이나 사는 줄 알았느냐? 자경아! 그 돈은 두었다가 이 담에 상만 씨를 뺏어가는 계집애나 주어라."

오월에 서리와 같이 인애의 말에 자경의 등어리에 오싹 소름이 지나갔다.

"상만 씨!"

---

[181] 수표.

하고 인애가 상만을 불러놓고 말끄러미 한참 동안 노려보고 문밖으로 나가버렸다.

인애가 돌아간 뒤 상만과 자경은 형언할 수 없는 불쾌한 기분에 사로잡힌 듯 잠깐 동안 묵묵히 그 자리에 앉아 있었다.

"아씨 잠깐 안방으로 들어오십사구 ……."

계집애 하인이 빼꼼히 들여다보며 하는 말이다.

자경은 안방으로 가까이 들어가자

"글쎄 그 애가 아주 변했더라고 해도 못 알아듣는구려."

하고 소리를 버럭 지르는 아버지의 음성이 들려온다.

"글쎄 그래도 온 동섭이 말도 잘 들어보지도 못하고 왜 신문에부터 먼저 내버린단 말이요 온."

마누라가 울 듯한 음성으로 영감을 원망하는 말이다.

자경이 조심조심 방문을 열고 한옆으로 가서 앉았다.

"들어 보아요. 글쎄 내가 왜 동섭이를 조금인들 미워하거나 싫어 하겠수? 글쎄 한 시간이나 빌고 달랬구려. 그래도 생각이 아주 딴판으로 들어가는 아이를 낸들 어떡하우. 글쎄 당초에 집에는 들어오지 않겠다구 합디다. 자경과 결혼도 딱 잘라 말을 하더군 …… 자기 같은 전과자에게 내줄 딸은 못될 터이니 달리 잘 여우라고 …… 사실 깨어놓고 말을 한다면 그 애가 우리 집에 들어와서 내 사업을 상속시킨다 해 봅시다. 그래 그게 일 년을 지탱시킬 듯싶소 반년을 붙들어 나가겠소 …… 그 애 말대로 하면 부자로 사는 것은 큰 죄가 된다니 ……."

"그래도 난 동섭이와 인연을 끊고 살 수는 없어요."

마누라는 지금 자기들이 잘 사는 것도 근본을 따져 보면 유동섭의 부친이 벌어가지고 온 돈 일만여 원의 혜택이라고 생각하는 때문이다.

물론 서 사장도 이 말 뜻을 모를 리는 없었다.

"허 그러기에 생활비로 한 달에 백 원씩 주기로 하고 왔지 …… 꿩 새끼는 산으로 간다고! 그저 남 난 자식이란 할 수 없는 거야 ……."

마누란 잠자코 담배만 피우고 앉아 있다.

"아 글쎄 자경은 밖에서 기다리고 있었지만 내가 한 시간을 빌었구료 …… 혼인이야 하든 말든 집에 가서 있어 달라고 …… 막무가내하구려. 그 예쁘장스런 여자가 하나 있긴 있더라만 그에게 반할 이치도 없을 게고 ……."

"이치가 없긴 왜 없어요. 내 눈으로 보았다고 그래도 아버지께선 자꾸만 저러신다니까."

하고 자경이 짜증을 내었다.

"좌우간 오상만이란 아이는 내가 수하에 두고 부리지 않소? 정말 분명하거든 …… 속담에 입에 혀도 잘못하면 물린다는데 벌써 일 년 동안을 두고 보아야 그저 하루 같구료. 놈이 그쯤 되면 난 정말이요. 자경을 맡겨도 안심이란 말요 …… 마누라 너무 상심 말아요. 글쎄 연분이란 따로 있는 거야."

하고 서 사장은 일어선다.

"전 왜 부르셨어요?"

하고 자경이 아버지를 쳐다보니

"너 어머니께서 좀 잘 알아듣도록 얘기를 해드려라 응? 그리고 아따 자 이걸로 위선 혼수 준비를 하란 말야."

서 사장은 십 원짜리로만 묶은 지전 뭉텅이를 방바닥에 내던지고 밖으로 나갔다.

　상만은 인애에게 대한 미안한 생각을 잊어보려고 조끼 안 포켓 속에 들어있는 학세의 사진을 꺼냈다. 적은 수병복을 입은 학세는 무엇이 기쁜지 방긋거리고만 서서 있는 것이다.

　자경이 돌아오는 듯한 발소리가 가까워질 때 상만은 바쁘게 사진을 포켓에 집어넣고 가만히 한숨을 삼켰다.

착란(錯亂)

　인애가 자경의 집 응접실에서 마지막으로 상만과 자경을 만나보고 온 지도 그럭저럭 일주일이 넘어갔다.

　여름부터 앓던 인애 어머니는 요 며칠 새 부쩍 더하여 맡아보던 의사도 눈살을 찌푸리게 되었다. 인애는 상만에게 속은 것이 분하고 원통한 중에 세상에 오직 한 분 의지하던 어머니의 생명이 서산에 낙일(落日)[182]처럼 기울어져 가는 것을 볼 때 인애의 가슴은 찢는 듯이 아프고 서러웠다.

　"상만이 상만인 여태 안 오나?"

　밤새도록 부르던 상만의 이름은 날이 새었건만 그대로 계속하여 부르는 어머니의 동공은 벌써 탄력을 잃어 유리로 만든 눈알같이 움직이지 않고 한 곳에 머물러 있는 것이다.

　"지금 막 다녀갔어요, 어머니."

하고 입버릇처럼 꾸며 대답을 하면서도

　'어떻게 해서 상만 씨를 좀 만나게 해 드릴 수가 없을까.'

하고 생각을 하였으나 그것은 인애의 힘으로는 어떻게 할 수 없는 일이다.

　"어머니 정신 차리세요."

----

182 지는 해.

"상만이 아직 안 왔나? 상만이."

"어머니 ……."

인애는 목이 메여 뒷말이 나오지가 않았다.

'어머니 용서하서요. 저 때문에 이 못난 인애 때문에 …….'

뼈만 남은 어머니의 손바닥에 입을 대고 흐느껴 우는 인애는

'나 때문에 나 때문에 어머니는 하지 않으셔도 좋을 바느질을 하셨지요 …… 그리고 끝끝내 상만이 학비 때문에 …… 어머님.'

이렇게 생각을 하고 피보다도 아픈 눈물을 떨어트리는 것이었다.

'의사가 왜 안 올까?

인애는 밖을 내다보고 미음을 좀 데워 볼까 하고 마루로 나올 때다.

땡 땡 땡 땡.

들려오는 종소리!

정동 제일 예배당에서 오늘 상만과 자경의 혼인을 위하여 울리고 있는 종소리다.

잊어버리려는 인애의 귀에 너무도 똑똑한 저 종소리 …….

'주여 이것이 십자가 오니까.'

부엌으로 들어서자 그는 두 손바닥으로 얼굴을 쌌다.

손가락 사이로 숨어 흐르는 뜨거운 눈물이 쉴 새 없이 행주치마 위에 떨어졌다.

'주여 순이 받게 하여 주소서. 이것이 당신께서 받은 마지막 그 잔이라 하오면 …… 오늘 인연을 맺는 저 두 사람을 위하여 축복할 맘 주옵소서.'

불을 지피며 미음을 데워 가지고 들어오니

"사마이 사마이 나 좀 보게. 이 삼 사마이."

어머니의 이마에서는 끈적끈적 기름땀이 흐르기 시작하고 싸늘하여진 손으로는 자주 이불깃을 더듬고 있는 것이다.

인애는 미음 그릇을 한옆에 놓고

"어머니."

하고 해골 같은 어머니의 어깨를 흔들었다.

"응?"

아직도 말소리만은 귀에 들어오는 모양이다.

"어머니 왜 그러서요 네?"

"응 사마이 사마이."

"상만 씬 지금 막 다녀갔다니까 그러시네 ……."

하고 또 한 번 거짓말을 하는 인애의 창자는 도막도막 썰어지는 것이다.

"사마이 사마이."

이런 때에는 아무라도 좋으니 젊은 남자 손님만 하나 오면

"이게 상만이야요."

하고 어머니 곁에 앉아두고 싶었다.

그러나 어머니의 수족은 점점 싸늘해 가는 것을 볼 때 인애는 더 참을 수가 없었다. 마침 권찰 노인이 한 분 위문하러 오는 것을 보자

"어머니 내 가서 의사 불러 올게요."

하고 인애는 미친 듯이 대문 밖으로 뛰어 나왔다.

그는 몇 번이나 고꾸라질 뻔하면서도 그대로 큰길까지 달아 나왔다.

전화를 빌리려고 아는 상점으로 들어갔으나 웬 남자가 막 전화를 걸 양으로 번호 책을 찾고 서 있는 것을 볼 때 인애는 다시 큰길로 뛰어나

왔다.

'이왕 여기까지 왔으니 병원까지 달려갈까 보다.'

이렇게 생각을 하고 그는 어머니를 맡아 보아 주던 전중환 병원을 향하여 뛰기를 시작하였다.

머리에서 핀이 한 개 떨어졌다. 양말도 한 짝이 반쯤 흘러내리는 것을 알았으나 그 따위 것은 아무래도 좋았다.

인애는 가쁜 숨을 삼켜가면서 대한문을 바라보고 뛰었다. 갑자기

"이깡(안 돼)"

하는 호령소리와 함께 들보와 같이 큰 팔이 인애의 앞을 막았다. 그것은 교통 순사였다.

바짝 마른 목구멍에 침을 삼키면서 주춤 하고서는 인애의 앞으로 쏜 살같이 달려오는 자동차의 긴 행렬이 나타났다.

방금 정동 골목을 빠져나오는 자동차 행렬은 장곡천정을 향하여 몰아가는 것이다.

"앗!"

인애가 선 자리에서 뺨이나 맞은 듯이 두 손으로 얼굴을 가리어 버렸다.

분명히 셋째 자동차다. 그 속에는 예모를 쓴 상만의 옆에 자경이 너울을 쓰고 꽃다발을 안고 앉아 있지 아니하냐.

신랑 신부를 태운 차가 지난 뒤에 손님들인 듯 이십여 대의 자동차가 뒤를 따랐다.

탄환을 맞은 백조와 같이 고민하는 인애를 뒤로 두고 기나긴 자동차의 행렬은 구멍으로 들어가는 뱀처럼 조선호텔의 정문 안으로 미끄러져서 들어갔다.

'어머니가 그렇게도 기다리시는 상만은 자동차 속에 자경과 같이 ……'

인애의 송곳니가 빠드득하고 소리가 났다.

허둥거리는 다리를 버티어 다시 뛰려 하였으나 마치 망치로 정강이를 얻어맞은 듯이 그는 폭삭 그 자리에 주저앉을 듯만 하였다.

기러기의 행렬에서 단 한 마리가 뒤떨어져 오듯이 인제야 정동 골목을 나오는 한 대의 자동차가 최대의 스피드를 몰아오고 있건만 인애는 그런 것을 돌아볼 여유는 없었다.

'어서 가서 의사를 ……'

이 한 가지 생각을 하면서 지금 막 지나간 수십 대의 자동차가 남기고 간 가솔린 냄새로 가득하여진 포도를 타박타박 걷기 시작하였다.

뒤떨어져서 달려오던 자동차의 문이 열리면서 차는 우뚝 멈췄다. 안으로써 뛰어내리는 여자는 깨끗한 흰 비단 저고리 앞섶에 보랏빛 야국을 리본으로 매어 꽂은 채 바쁜 걸음으로 인애 앞으로 달려든다.

"주 선생."

하고 초라한 몰골을 하고 있는 인애를 덥석 안는 것이다.

그는 유치원 양 선생이었다.

"언니!"

"인애 너무 흥분하지 말어 응? 세상에 상만이 하나 만이 사내가 아니니까 응 인애. 맘을 진정해요 …… 무슨 시원한 걸 보려고 여기까지 나왔어?"

"아냐 언니. 어머니가 지금 위독하셔요. 그래서 의사 데리러 가는 길이야요."

"응? 어머니가? 츳츳츳츳! 저를 어째 그럼 전화라도 해서 의사를 부르지 않고 ……."

"바로 조기 야요. 전중환."

"그래?"

양순자는 오늘 자경의 결혼식에 피아노를 쳐주었고 지금도 조선호텔에서 열리는 피로연에 여흥이 시작될 때는 피아노 독주라는 순서를 맡은 것이다.

잠깐 유치원에 들러서 악보를 가져온 때문에 양 선생이 탄 자동차가 이렇게 늦게 떨어져 오게 되고 그 때문에 양 선생의 맘은 적이 초조하였다. 거의 실신 상태에 빠져 걸어가는 인애를 발견하자 그의 맘은 불로 지진 듯이 인애가 불쌍하여졌다.

피로연이고 무엇이고 자기는 단연코 이 가련한 한 처녀를 도와주려고 결심한 양순자는

"병원엔 내가 대신 가서 의사를 데리고 올 테니 인앤 집으로 바로 가요."

하고 병원을 향하여 돌아서려던 양 선생이 갑자기 인애의 옆구리를 꾹 지르며

"저이가 유동섭 씨 아냐?"

하고 소곤거린 뒤에 그는 바쁜 듯이 전중환 병원을 바라보고 달려갔다.

인애가 돌아보니 과연 그 후리후리한 키, 서늘한 큰 눈으로 앞을 똑바로 보고 걸어오는 이는 유동섭이가 분명하다.

그러나 알 수 없는 일은 전에 보지 못하던 양장한 여자가 동섭과 나란히 서서 걸어오고 낯선 소년이 동섭의 손을 붙들고 오는 것이다.

요 며칠 오꾸마는

"경성에서 댄스홀 겸 섹다점[183]을 차릴 만한 장소를 한 군데 보러 갑시다."

하고 조르는 것을 오늘이야 틈을 내어 서울로 온 것이다.

그는 오늘 자경이 오상만에게로 시집을 가는 것을 아는지 모르는지 태연히 일남의 손을 잡고 오꾸마를 위하여 적당한 장소를 물색하고 있는 중이다.

인애는 차츰 동섭과 거리가 가까워지자 그의 맘에는 번개와 같이 어떤 생각이 지나갔다.

"유 선생님."

인애는 동섭의 앞을 막아섰다.

"인애 씨 아니서요?"

동섭은 감개무량한 듯이 인애를 물끄러미 내려다보고 섰다.

"선생님 과히 바쁘시지 않거든 지금 저희 집으로 좀 가서요 네? …… 어머니가 퍽 위독하신데요."

"어머니가 위독하서요?"

"네! 그런데 자꾸만 상만 씨를 찾으니까요 …… 선생님 너무 미안합니다만 …… 좀 같이 가서요? 네?"

"……."

동섭은 상만이라는 말을 들을 때 일순간 그의 전신의 근육이 경직하여 지는 것을 느끼었다.

"선생님이 가셔서 마지막으로 어머니께 ……."

---

183 찻집.

인애는 애원하는 듯이 동섭을 쳐다보았다.

잠깐 동안 묵묵히 서 있던 동섭은 결심한 듯이

"가지요, 갑시다."

하고 옆에 있는 오꾸마와 일남이를 돌아보고

"난 볼일 좀 보고 갈 테니까 어디 가서 점심이라도 자시고 먼저 내려가시지요 …… 자 인애 씨 속히 갑시다."

성큼성큼 걷는 동섭의 걸음을 따르려고 인애는 반달음질을 시작하였다.

인애의 뒤를 따라 안방으로 들어간 동섭은 아랫목에 누워 있는 인애 어머니를 한 번 보자 벌써 임종이 가까워 온 것을 직감하였다.

"어머니, 어머니."

미친 듯이 부르짖는 인애의 소리에

"응? 사마이냐?"

이상스럽게도 어머니의 의식은 아직 남아 있는 것이다.

"어머니 상만 씨 여기 왔어요. 상만 씨가 왔어요."

하고 인애가 소리를 질렀다.

"사마이? 어디?"

하고 어머니는 갈고리와 같은 손을 벌린다.

"어머니! 제가 상만이 올시다. 상만이 여기 있어요."

하고 동섭은 가만히 손을 내밀어 인애 어머니의 손을 꼭 잡았다.

"어머니 그렇게도 기다리시던 상만 씨가 왔어요, 네? 어머님."

"오 ─ 사마이 …… 나는 …… 인제 …… 가오 …… 인애를 …… 인애를 …… 불쌍히 …… 여겨주."

"어머님 염려 마서요. 모든 일은 제가 맡았습니다. 상만이가 맡았어요."
하고 동섭이가 소리를 쳤다.

인애 어머니는 인제야 안심을 하였다는 듯이 그 늙고 쪼그라진 뺨에 미소조차 띄우고 천천히 호흡을 거두기 시작하는 것이다.

"어머니!"

인애가 어머니의 한 손을 붙잡고 그 차디찬 가슴에 얼굴을 처박았다.

권찰 노인도 무어라고 중얼거리며 돌아앉아서 눈물을 씻었다. 지금 막 대문을 밀어붙이면서 들어오는 사람은 양 선생과 의사다.

의사는 이미 감은 인애 어머니의 눈을 뒤집어 보고

"유감(遺憾)데시다(유감입니다)."

하는 직업적인 인사를 하고 잠깐 그 자리에서 머뭇거리다가 가방을 들고 돌아나가 버렸다.

"주사라도 한 대 놔 주시지요."

하고 양 선생이 말을 하는 것을

"그런 것 없어요. 벌써 늦었습니다."

동섭이가 천천히 말을 하고

"인애 씨! 진정하십시오, 네? 인애 씨!"

하고 한 손으로 인애의 어깨를 흔들었다.

"너무 가엾어요, 너무 가여워요. 어머닌 …… 한 번도 …… 단 한 번도 편하게 지나본 때는 없었어요 …… 오! 오!"

인애는 울음에 북받쳐서 잘 알아들을 수도 없는 말을 지껄이고 차디찬 어머니의 뺨에 얼굴을 부비는 것이다.

"어머님 용서하서요 네? 이 불효한 인애를 …… 어머님 ……."

인애를 뱃속에 넣고 혼자되어 몇 십여 년을 고독과 가난으로 싸워온 인애 어머니의 일생은 실로 눈물과 피로 쓰인 인생 엘레지에 하나였다. 자지러지게 흐느껴 우는 인애를 바라보고

'불쌍한 딸 불쌍한 어머니!'

하고 동섭은 속으로 부르짖고 눈물을 삼켰다.

권찰 노인이 돌아가서 알리었는지 정동 예배당 종각에서는 땡땡! 땡땡! 땡땡! 하는 종소리가 들려왔다.

아침에 결혼을 축하하던 종은 저녁 때 사람이 죽음을 조상하는 것이다.

이리하여 인생은 무상이라는 궤도를 밟고 영원을 향하여 한 걸음 한 걸음 나아가는 것이다. 이 아침에 상만은 대통령의 즉위 행렬처럼 궁사극치(窮奢極侈)[184]를 다한 결혼식장을 향하는 자동차 속에 들어앉을 때 꿈속에서나 그리워 보던 그 행복을 오늘 실지로 체험하여 맛보는 것이다.

자경의 집 금 화병에 담은 솔과 대를 꽂은 탁자를 앞에 놓고 검은 예복에 싸인 늙은 목사로부터

"평생토록 충실히 아내를 사랑하고 아끼고 도와주겠는가."

하고 물은 때

"네!"

하고 맹세하는 상만의 음성은 똑똑하였다. 그리고 자경의 대답소리도 언제나 다름없이 맑고 고운 그 목소리였다.

그러나 상만의 행복은 짧은 순간이었다.

식을 마친 뒤 자경과 함께 탄 자동차가 위세가 당당하게 대한문을 뒤

---

[184] 사치가 극도에 달함.

로 무교정 모퉁이를 돌아갈 때 그는 뜻밖에도 인애를 본 것이다.

교통 순사에게 제지를 당하고 서 있는 인애의 참담한 모양을 바라볼 때 어디다 비교할 수 없는 후회와 자책에 그는 호흡이 끊이는 듯 괴로웠다.

자동차가 웅장한 조선호텔의 정문에 당도하고 앞뒤로 귀빈들이 와서 그를 안내하여 층계를 올라갈 동안도 그의 다리는 불규칙하게 떨리는 것을 어찌할 수는 없었다.

쪽빛처럼 푸른 하늘은 구름 한 점 없이 높은데 그 푸른 하늘의 정령인 듯 산들산들 나래를 흔들고 지나가는 가을바람이 한 여름 동안 시달린 사람들의 피부에 분수처럼 스며드는 날 성장한 신사숙녀들로 가득 찬 조선호텔 대식당에서는 우레 같은 박수 소리가 쏟아져 나오고 있다.

"에— 이상에 말씀드린 것은 저의 솟구쳐 오르는 감격의 극히 적은 한 부분이올시다 …… 에— 그런데 끝으로 한 말씀 드리는 것은 신랑 오상만 씨는 에— 고등 상업 출신인 만큼 장래 실업계의 패왕으로 군림할 날이 오고야 말 것을 믿어 의심치 아니 합니다."

머리가 훌렁 뒤통수까지 벗어진 그렇다고 아직 늙은이도 아닌 말하자면 한 오십여 세나 되어 보이는 신사 한 분이 드리는 축사의 말이다.

그는 가끔가끔 일어나는 박수 소리에 자기 음성이 파묻히는 것을 답답스럽게 생각하였음인지 자주 에헴 에헴 기침을 하여 목소리를 돋아가면서

"에— 그런데 신부되시는 서자경 양께서는 뛰어나게 총명하신 자질과 미모로써 모범적 양처양모로서 단란 가정의 주부로써 후진의 젊은 여성의 일대 거울이 될 것을 믿고 미리 축사를 드리는 바입니다."

말이 마치기도 전에 또다시 박수 소리는 실내가 떠나갈 듯하였다. 이

렇게 오류 인의 축사가 지나가고 이어 축전의 낭독이 시작되었다.

정동 제일 예배당으로 온 것만도 백여 장이 넘었는데 이곳 피로연회장으로 온 것도 사십여 장이나 되었다.

"축전 낭독을 하겠습니다."

하고 가느다란 음성을 내면서 피아노 앞으로 나선 사람은 포마드를 흠씬 바른 머리에 모닝을 입고 자주 아랫입술을 빨면서 방싯 방싯 웃을 때마다 노란 금이빨이 번득였다.

그는 독자 여러분께서 기억하실지 모르나 상만이 일본서 첨 나와서 취직을 의뢰하러 찾아갔던 민 남작의 아들 민병수 군이다.

그는 하얀 가는 손가락에 전보지를 쥐고 납신 허리를 굽혀 예를 하였다.

전일 그렇게 교만하고 가증스럽던 민병수가 상만의 영화를 아첨이나 하는 듯이 자기가 자진하여 축전 낭독의 순서를 맡은 것을 생각하자 상만의 가슴에는 형언할 수 없는 감개가 가득하여졌다.

"축하 혼 경남 도지사 ○○○○."

누가 시작을 하였는지 또다시 박수 소리가 요란하게 들렸다.

"축 화촉성전, 철원 ××금광."

"근축 결혼식, 조선 약물 주식회사."

"축 동방화촉 흥남 질소 비료 주식회사."

끝없이 축전은 계속되고 박수 소리는 간갈(間渴)적[185]으로 들려오자 지금까지 인애 생각으로 괴롭던 상만의 맘의 상처는 몰약(沒藥)[186]으로

---

[185] 간헐적(얼마 동안의 시간 간격을 두고 되풀이하여 일어나는 것).
[186] 감람과에 속하는 몰약나무의 껍질에 상처를 내어 흐르는 유액을 건조시켜 만든 약재로 소염, 진통제의 효과를 지님.

싸매는 것처럼 부드러워 지는 것이다.

"축 성혼식 ××은행원 일동."

"축 결혼식 한기탁."

"축 성례 민×식."

"축 만수무강 백자천손 유동섭."

따다다다닥 하고 박수 소리는 요란하건만 두텁게 화장을 하고 앉아 있는 신부의 얼굴이 갑자기 흙빛으로 변하여 버렸다.

이 전보는 일전에 신문에 오상만과 서자경의 결혼 예고를 보고 격분한 동섭의 친구 황진이 일부러 조롱하는 뜻으로 동섭의 이름으로 써 보낸 것이다.

그러나 거기 앉은 일부의 사람들 특히 그 전보를 읽고 있는 민병수까지 유동섭의 이름이 쓰여 있는 축문을 미리 알아내어 빼놓지 못한 것을 몹시도 후회하였다.

민병수가 남은 사십여 장의 축전을 다 읽을 동안 몇 번이나 박수 소리가 일어났다.

그러나 자경은 모두들 자기를 비웃는 박수 소리 같이 들려 이마에서 진땀이 솟았다.

축전이 끝난 뒤 신랑과 신부가 나란히 서서 경례를 하자 또다시 박수 소리가 진동하였다.

산진해미(山珍海味)로 차린 식탁에는 보이들이 돌아가며 포도주를 따르고 그리고 이윽고 피아노 독주의 순서가 왔다.

그러나 피아노를 맡아 칠 양순자의 자리가 아까부터 비인 채로 있지 않느냐.

자경은 양 선생이 일부러 자기의 결혼 피로연에 흥미를 깨트리기 위하여 오지 않은 것이라 하는 단언을 내리자 그의 맘은 불꽃이 일어나는 듯이 분노로 가득하였다. 이윽고 다음 순서로 넘어가서 홍 선생의 바이올린 독주가 시작되었다.

이것도 양순자가 반주를 할 것인데도 순자가 없음으로 홍 선생 혼자서 그 능란한 솜씨로 줄을 켜기 시작하였건만 자경의 귀에는 음악 소리는 간 곳 없고 손님들이 서로 무슨 이야기인지 웃으며 주고받고 하는 것만 눈에 띄고 그들은 자기를 비웃고 있는 것만 같아서 그는 자리에 앉아 있을 수가 없었다.

자경은 갑자기 콧구멍이 서물서물 하는 것을 느끼자 가만히 손수건을 코에 대었다. 빨간 피가 인주같이 수건에 묻어 나왔다.

지위와 세력에 아첨하는 모든 찬사와 예찬이 소낙비 같이 퍼붓는 속에서 오후 두 시가 조금 지나자 피로연은 무사히 끝이 났다.

내빈들은 미미(美味)의 성찬(盛饌)으로 배부른 외에 이처럼 성대한 연회석에 초대를 받았다는 만족에 도연히 취한 채로 쌍쌍이 자동차에 올라 경성 역으로 나갔다.

'신랑 신부가 북행 열차를 탄다.'는 말을 들은 까닭이다. 상만과 자경은 잠시 휴게실로 들어와서 예복과 너울을 벗고 여행복으로 바꾸어 입었다. 자경은 짙은 남빛 바탕에 흰 점이 물방울처럼 날리는 드레스로 양장을 하고 상만도 예모와 턱시도를 벗고 흑색 세비로[187]와 소프트로 바꾸었다. 상만이 시계를 들여다보며

---

187 せびろ. 신사복(저고리 · 조끼 · 바지로 이루어짐).

"자 그럼 우리도 역으로 나가 볼까요? 손님들도 기다리고 있을 게고."

하고 돌아보니 자경은 소파로 가서 한 손을 머리에 대고 눈을 감고 앉아 있는 것이다.

"기분이 불편하신가요?"

상만은 가까이 가서 자경의 머리를 짚어보았다.

관자놀이가 펄떡펄떡 하고 뛰는 것이다.

"두통이 심하서요?"

하고 상만이 근심스럽게 물었으나 자경은 잠잠하여 대답이 없다. 상만은 인단을 꺼내어 자경이 입에 서너 알 넣어주며

"그까짓 전보 때문에 맘 상할 것 뭐 있어요? …… 사내답지 못하게 미련이나 폭로를 시키고 ……."

상만은 자경이 동섭의 전보 때문에 괴로워하는 것을 짐작한 때문이다.

"아냐요. 누가 그 때문에 그래요? 사람들이 많이 모인 곳에 좀 오래 앉았더니 상기(上氣)가 돼서 그런 게지요."

하고 자경은 상만의 팔에 살며시 얼굴을 파묻었다.

"염려 말아요 자경 씨! 부족하나마 내가 있지 않습니까?"

상만은 파랗게 면도를 한 눈썹을 내리 감으며 자경의 어깨를 힘껏 껴안았다.

모든 주저와 의혹을 다 버리고 운명이란 큰 손 안에 안기어 버린 듯한 그러한 안심과 평화가 상만의 얼굴에서 빛났다.

자경은 맘속으로

'이것이 동섭이었다면 얼마나 좋았을까.'

하고 생각을 할 때 가슴 한복판에서 솟아오르는 듯이 뜨거운 눈물이 스

며 나왔다.

그는 눈물을 보이지 않으려고 그대로 상만이 가슴에 얼굴을 파묻은 채

"속이 자꾸만 쓰려 와서 …… 기찰 탈 것 같지 않아요."

"속이 비여서 그런 게구려. 아까 식탁에서도 당초에 아무 것도 먹지 않더니."

상만은 벨을 눌렀다.

조심조심 노크를 하면서 얼굴을 들이미는 보이에게

"생우유 한 고뿌 가져와."

하고 부탁을 할 때다. 자경은 날쌔게 돌아서서 손수건으로 눈물을 씻고 가루분으로 눈언저리를 고쳤다.

보이가 가져온 우유를 상만은 손수 받아서 자경의 입에다 마시어 주었다.

두어 모금 마시고 살랑살랑 고개를 흔드는 자경을 어린애처럼 달래가며 기어이 한 고뿌를 다 마시었다.

자경은 어린애처럼 방그레 웃으며 수건으로 입 가장자리를 씻고 손가락으로 상만의 넥타이를 만지면서

"왜 자꾸만 넥타이가 비뚤어져요? 맘이 비뚤어진 사람은 넥타이가 비뚤어진다나? 호호호."

"하하하 신부로써 첫날 인사가 너무 과하신 걸."

상만은 자경을 두 팔로 번쩍 안았다가 내려놓으며

"자 나가 봅시다. 오늘은 우리가 주인이니까."

상만은 자경의 한 팔을 끼었다. 신랑 신부가 나오는 것을 보자 옆에 방에서 기다리고 있던 들러리들과 자경의 부친 서 사장, 자경의 어머니

와 친척들이 주르르 따라 나왔다.

십여 명 보이들이 일렬로 늘어서서 삼십 도 최경례를 하는 동안 자동차의 바퀴가 천천히 정문 밖으로 굴렀다.

경성 역 귀빈실에는 신랑 신부를 기다리는 손님들이 여기서도 자기들의 지위와 재조와 미모를 자랑할 기회를 만드노라고 제각기 있는 재조를 짜내고 있을 때다.

달무리 속에 나타난 한 쌍의 학처럼 뛰어나게 아름다운 상만과 자경을 발견하자 그들은 환호의 소리를 연발하면서 다투어 악수를 하고 준비하였던 꽃다발을 내미는 것이다.

두 사람은 명랑하게 웃으며 일일이 답례를 하였다. 사람들의 인사가 거의 끝났을 때다.

네 살이나 됐을까 귀엽게도 수병복을 입은 어린애가 아이 자신만큼이나 큰 꽃다발을 안고 상만의 뒤로 가까이 왔다.

아이의 어깨를 안듯이 아이의 뒤에서 허리를 꼬부장하며

"사 오하나오 사시아게마쇼 고레데 오지기오 시마쇼(자 꽃을 드려요 그리고 인사를 하여야지)."

하고 말하는 여자의 화려한 화복(和服)이 위선 뭇사람의 시선을 끌었다.

상만이 말소리 나는 곳으로 돌아보니 그것은 천만 뜻밖에도 요시에가 아니냐.

상만은 소리를 지를 뻔하고 놀란 표정을 겨우 진정하였으나 대체 무어라고 말을 해야 좋을지 모르는 것이다.

얼빠진 사람 모양으로 멍하고 서 있는 상만을 바라보고 요시에는 생글생글 웃으며

"곤니지와 혼도니 오메데도우 고자이마시다(오늘은 참으로 기쁘시겠습니다. 축하드립니다)."

하고 요시에는 그 날씬한 허리를 이마가 땅에 닿도록 굽히는 것이다.

"아노 고지라사마와 옥사마데이랏샤이마스가(이 어른이 부인되시는 분입니까)."

하고 이번엔 자경을 향하여 구십 도의 최경례를 하였다.

자경도 방싯 웃으며 마주 허리를 굽혔다.

"와다시와 우매노 요시에도 유모노데고쟈이마스가 도죠 요로시구 오네가히이다시마스(나는 우매노 요시에라고 하는 사람입니다. 모쪼록 사랑하여 주십시오)."

하고 또 한 번 허리를 굽히더니

"이건 보잘 것 없는 꽃이지만 정성으로 드리는 것입니다."

하고 어린애가 들고 서 있는 꽃을 받아 자경의 손에 놓아주었다.

"학세야 경례를 해요. 자 착한 학세는 아주머님께 경례를 한다!"

학세는 그 작은 두 손을 옆으로 착 붙이더니 고개를 까딱하여 보인다.

"아이 어쩌면 이렇게 귀여울까."

자경은 아이의 머리를 쓸어주면서

"고맙습니다. 너무도 훌륭한 꽃입니다그려."

하고 학세에게 머리를 숙여보였다.

"자 이번엔 아저씨께 경례를 해요. 오 착한 학세."

어머니의 명령대로 학세는 상만을 향하여 두어 걸음 다가서서 전과 같이 납신 고개를 숙였다.

"오 착한지고."

상만은 이 말 한 마디를 하려 하였으나 가는 줄로 목을 잘라맨 듯이 말이 목구멍으로 나오지가 않는다.

　　"아이 아이도 어쩌면 얼굴이 이렇게 잘 생겼어."

　　자경은 혼잣말 같이 하고

　　"누구에요?"

하고 상만을 쳐다보았다.

　　"동경서 같이 지내던 내 친구의 아내여요."

　　"참 언제 나오셨나요?"

하고 요시에를 바라보고 빙그레 웃어보였다.

　　"네! 바로 오늘 아침에 내렸어요. 어느 분의 부탁도 있고 해서 급히 만나야 되겠기로 근무하신다는 회사로 찾아갔더니 마침 결혼일이라지요 …… 어떻게 반가웠는지 몰랐습니다."

하고 생긋 웃는 요시에는 참으로 반가운 듯이 그 얇은 눈까풀이 초승달처럼 가늘어지는 것이다.

　　이 사나이에게 처녀를 바쳤고 그리고 그의 아들을 낳고 기르고 있으면서도 버젓이 아내라고 남편이라고 부르지 못하고 아무렇게나 꾸며 대답을 하는 요시에는 그늘에 피는 꽃만이 맛보는 그 슬픔을 지금도 뼛속까지 느끼는 것이다.

　　이때 민병수가 사람들의 물결을 헤치고 상만의 앞으로 오더니

　　"시간이 다 됐어."

하고 어깨를 툭 쳤다.

　　상만은 요시에를 향하여

　　"그럼 담에 또 뵙지요."

한 마디 하고 도망하듯이 귀인들의 틈에 섞이어 플랫폼으로 내려갔다.

요시에는 과연 오늘 아침에 경성 역에 도착한 것이다.

그는 작년 팔월에 상만을 만난 후부터는 참으로 학세의 좋은 어머니로 살고 싶었다.

그래서 될 수 있는 대로 저금을 한 요시에는 견딜 수 없이 상만이 그리워지고 하루라도 남의 아내로서 참된 생활을 보내고 싶었다. 상만에게 자기의 심중을 호소하는 편지를 보낸 것만도 십여 장이 넘었다.

그러나 상만은 웬일인지 자꾸만 기다려 달라는 것이다.

'무작정하고 언제까지든 기다릴 수가 있담?

이 생각은 드디어 요시에로 하여금 어린 아들을 데리고 조선까지 상만을 찾아 나오도록 만든 것이다.

그러나 전보를 받고 정거장까지 나와 기다려 주리라고 믿었던 상만은 그림자도 볼 수 없었던 것이다.

상만은 요 며칠 전에 요시에가 조선으로 나오겠다는 편지를 받은 후 제발 나오지 말라고 회답을 하였던 것이다.

오늘 부산서 요시에가 친 전보는 회사로 배달된 것을 소사 아이가 정동 예배당으로 돌린 까닭에 접빈(接賓) 위원의 손에 들어갔다.

그러나 전문(電文)의 뜻을 보니 축전은 아니요 누가 온다고 정거장까지 나오라는 기별인 듯한데 오늘 장가드는 신랑이 역까지 마중 나갈 수는 없는 일이다.

이렇게 혼자 생각한 접빈 위원은 식이나 끝이 나면 전해줄 생각으로 이 전보를 포켓 속에 집어넣은 채로 지금까지 상만에게 전할 것은 잊어버리고 있었던 것이다.

그 때문에 요시에가 오늘 경성에 도착된 것을 귀신 아닌 상만으로서는 알 길이 없었던 것이다.

　하여간 요시에는 정거장에 내리면서 거기서 기다리고 있어야 할 상만이가 없는 것을 보자 가슴이 선뜻하였다.

　'어디가 아픈가? …… 또 달아나지나 않았을까?'

　생각하면서 그는 바른길로 회사로 찾아갔던 것이다.

　회사에서

　"오늘이 바로 그의 결혼하는 날."

이라는 말을 듣는 순간 그는 눈앞이 캄캄하여졌다. 한참 동안 망연히 섰다가 다시 자동차에 올라탈 때 귓가에서 소군거리는

　'자살.'

이라는 유혹을 물리치듯이

　'신데야루모노까 지사쯔낭가 미쓰구사이 …… 이기대 후구슈오 스루노다 이지매데, 이지매데 누이데 야루와(죽기는 왜 죽어. 살아서 원수를 갚을 테야. 실컷 못 견디게 굴어볼 걸).'

　이렇게 생각한 요시에는

　"그렇지? 학세야."

하고 그 적은 목을 껴안았다.

　"어미 죄로 …… 아니 아비 죄로 …… 학세야."

　"그처럼 생각하였건만 …… 끝까지 버림을 받았구나."

　이런 생각을 하는 동안 자동차는 두어 길이나 되게 높이 쌓은 솔문 앞에 정거하였다. 자동차에서 내리자

　"이리로 들어 오십시요."

하고 익숙하게 안내하는 청년에게 요시에는 오늘의 순서를 물었다.

"식이 끝나면 조선호텔에 피로연 …… 오후 세 시 반 북행열차로 출발."

여기까지 알고는 요시에는 도로 자동차에 올라 경성 역 부근 어느 여관으로 와서 위선 학세와 함께 요기를 하고 자리에 누워서 피로한 몸을 쉬었다.

오후 한 시까지 누웠다가 아들과 함께 목욕탕으로 들어갔다.

공자화장을 마친 뒤에 트렁크를 열고 새 옷을 꺼냈다.

동경 ××오복부에서 이 옷을 살 때

'상만 씨 이 옷감을 잘 택하였다고 응당 칭찬할 걸.'

하고 혼자서 빙그레 웃던 때에 일이 생각나서 그는 긴 한숨을 내쉬었다.

'도대체 내라는 여편네가 얼간망둥이였어. 그까짓 센진(조선사람)에게 반해가지고.'

이렇게도 빈정거려 보았으나 그의 맘은 조금도 시원치가 않았다.

'요놈을 단칼에 푹 찔러 죽이고 내마저 죽어버려?'

이런 생각도 났으나

'아냐 한꺼번에 죽어 버리면 누구 좋으라고 …… 기름을 말리고 피를 조리고 …… 그래서 …… 하얀 뼈다귀만 남겨 놓거든 호호.'

요시에는 경대 속으로 빨간 혀를 쏙 내밀어보고 혼자서 처참하게 웃고 담배를 한 개 꺼내 불을 붙였다.

그는 위선 복수에 첫 계획으로 하녀를 시켜 꽃다발을 사오라 하였다. 그리고 상만이 좋아하는 프리지아와 달리아 꽃을 고르라 명하였다.

이윽고 북행열차의 시간이 임박하자 그는 아들을 데리고 꽃다발을 들고 경성 역으로 왔던 것이다.

요시에는 자기의 첫 계획대로 수많은 사람 앞에서 학세가 들어든 꽃다발을 받고 허둥거리는 상만의 얼굴을 재미있게 바라보았다.

시간이 다 되어 요시에 자신보다 훨씬 아름다운 자경과 나란히 서서 나가는 상만의 뒤를 쏘아보고

'흥, 견뎌 보아 누가 못 견디나.'

요시에는 학세의 손을 잡고 사람들과 같이 귀빈실을 나왔다.

상만과 자경은 차 속으로 들어와서 미리 준비하여 놓은 자리로 왔으나 소파는 전송 나온 손님들의 꽃 무덤으로 덮여 앉을 자리조차 거의 없을 지경이다.

창밖에 서 있는 여러 손님들과 또 한 번 인사를 주고받고 하는 동안 발차의 신호가 울려왔다.

상만은 웬일인지 차츰 속력을 내는 기차가 더딘 것만 같이 생각이 되어 이대로 차가 비행기처럼 공중으로 훨훨 날아갔으면 싶었다. 그는 일시 일각이고 속히 이 경성을 떠나버리고 싶었다.

성난 매와 같이 자기를 엿보는 요시에가 있는 곳, 죽음보다 쓰린 상처에 울고 있을 인애가 사는…… 여기 경성은 상만의 생명을 노리는 맹수가 거처하는 황량한 빈 들처럼 무서운 곳이다.

기차가 역 부근을 지나 편편한 밭인지 시내인지가 눈앞에 나타날 때 상만은 비로소 후 하고 숨을 내쉬었다.

소파에 가득한 꽃들을 모두 선반 위에 얹고 위선 자경을 편히 앉게 하였다.

전 같으면 흔히 절반 남아 비었을 일등실 객차에는 오늘은 빈자리도 별로 없는 것을 보면 만주국과 거래하는 고관신상(高官紳商)들이 많이 왕

래하는 까닭일까.

상만은 보이를 불러 침대를 주문하여 두고 자리에 앉아 두 사람은 비로소 마주 바라보고 빙그레 웃을 여유가 생겼다.

"신혼여행이란 누가 냈는지 아주 사람 살리는 묘안이구."
하고 상만이 양복 윗저고리의 앞단추를 끄르고 그 흑칠같이 윤이 나는 머리를 소파로 기댄다.

"그래도 신혼여행은 야만인들이 처녀를 훔쳐가지고 도망가던 습관이라면서요? 호호."

"그야 첨엔 어찌 되었든 …… 지금은 이렇게 고마운 밀월이 아니요?"
하고 다음 말에는 살그머니 목소리를 낮추어 자경을 흘겨보는 것이다.

"참 그런데 아까 보던 그 여자 미인이던데요?"

상만은 속으로 뜨끔하였으나

"그 여자라니?"
하고 시치미를 뗀다.

"무슨 요시에라던가 하는 여자 말이요. 예쁘지 않아요? 그리고 그 어린애가 어쩌면 그렇게 귀여워 ……."

"……."

상만은 아픈 곳에나 닿는 듯이

"글쎄 ……."

한 마디하고 잡지를 꺼내서 읽기 시작하는 것이다.

"동경서 아셨다지요? 그이 남편은 뭘하는 사람이야요?"

자경은 심심하게 앉았느니보다 이런 이야기라도 하여서 시간을 보내고 싶은 모양이다.

"그이 남편? …… 그이 남편은 나하고 한 반에서 공부를 했죠."

"그래 졸업도 같이 했겠군요."

상만은 잠자코 고개를 끄덕였다.

"그이는 그래 취직이 됐어요?"

"글쎄 …… 무슨 광업 회사라던가 …… 들었더니 잊었군."

상만은 이 이야기에는 그리 흥미를 느끼지 않는 표정을 하여 보이고 어린애처럼 미주알고주알 캐어묻는 자경의 질문을 피하고저

"목도 마르고 하니 우리 식당으로 갈까요?"

하고 상만은 반쯤 몸을 일으켜 보았다.

"아이스크림 있을까요?"

하고 자경도 따라 일어섰다.

일, 이등 식당 문을 열자 허리를 굽실거리는 보이의 안내대로 두 사람은 빈자리를 향하여 걸음을 옮길 때다.

"아라마— 옥사마 고지라 이가가데 고싸이마스, 고고아이데 이루노데 고싸이마스게도 호호(아이고 부인, 이리로 오시지요. 여기 빈자리가 있으니까요 호호)."

하고 웃는 소리가 나는 곳을 바라보니 그는 요시에다.

상만은 갑자기 두 발에 경련이 일어난 듯이 주춤하고 그 자리에 서버렸다.

"소데 고싸이마스가 쟈 소지라니 마이리마쇼—(그렇습니까. 그럼 그리고 가죠)."

하고 자경이 앞서 쪼르르 요시에 곁으로 갔다.

"아이고 너도 왔구나."

하고 자경은 학세의 머리를 쓸어주었다.

"구레상 고지라니 오이데니나리마셍(오 선생! 이리로 오시지요)."

요시에가 방싯방싯 웃으며 한 손으로 자리를 가리켰다.

상만은 잠자코 요시에가 가리키는 곳으로 가서 자리를 잡고 앉았으나 그의 가슴은 매운 것을 먹은 때처럼 얼얼하여졌다.

"자 학세야 아저씨께 인사를 드려."

하고 요시에가 기어이 학세를 이렇게 상만에게 인사를 시킨 뒤다. 상만은 체면으로라도

"오, 착하구나."

하고 팔을 뻗치어 아이의 머리를 쓸어 주지 아니 할 수 없는 것이다. 하물며 자기를 찾아 수륙 수천 리를 시달려온 어린 학세가 아니냐.

"너 몇 살이야?"

하고 빙그레 웃으며 아이를 건너다보는 상만의 얼굴에서는 천언만어[188]를 포함한 어버이로써의 자정(慈情)[189]이 넘쳐흐르는 것이다.

"네 살."

하고 손가락 넷을 펴 보이는 학세를

"아이 귀여워. 얼굴도 어떻게 이렇게 잘 생겼을까?"

자경이 또 한 번 감탄을 하고 학세의 등을 어루만져 주는 것이다.

"혼자 오셨나요?"

하고 자경이 방그레 웃어 보이자

"네, 물론 어린아이만 데리고 혼자 나왔어요, 호호호. 아이 아버지를

---

188 千言萬語. 수없이 많은 말.
189 부모로서의 인자한 마음.

만나러 왔으니까요."

"그럼 애기 아버지께선 지금 어디 계신가요?"

하고 자경이 묻는 말에

"애기 아버지요? 호호호."

요시에는 그 약간 아이쉐도우를 칠한 눈으로 상만을 흘겨보며

"오 선생 대답하셔요. 우리 학세 아버진 어디 있을까요?"

"그 글쎄요."

하고 상만이 괴롭게 웃을 때 보이가 음식의 주문을 받으러 왔다.

"아이스크림 두 사람 분."

하고 상만이 얼른 대답을 해버리고 창밖으로 얼굴을 돌이켰다.

"애기 아버지께선 지금 이렇게 모자분이 나오시는 걸 보면 퍽이나 기뻐하실 걸요?"

하고 자경이 방그레 웃으며 요시에를 건너다보았다.

"글쎄요 …… 그래도 의외에 일이 없으란 법은 없으니까요 …… 오래간만에 찾아가는 나를 도리어 귀찮게 생각하고 있을지도 모르죠 호호호."

요시에는 간드러지게 웃고

"그렇지 않아요? 오 선생."

하고 대답을 기다리는 듯이 상만을 말끄러미 쳐다본다.

"그 그럴 리가 있나요?"

하고 대답하는 상만은 등골에서 버썩하고 찬 땀이 솟았다.

상만과 자경의 앞에 아이스크림이 왔다.

"그럼 두 분 천천히 잡수셔요. 우린 객차로 가겠습니다."

하고 요시에가 배시시 일어서는 것을

"참 어디까지 가십니까?"

하고 아이스크림을 뜨다 말고 자경이 인사 대신 묻는 말이다.

"글쎄요 중간에서 별일만 없으면 이대로 봉천까지 가려고 합니다만."

하고 요시에는 곱게 연지를 칠한 입을 잠깐 웃어 보이고

"그럼 먼저 실례합니다."

곱실 허리를 굽히고 학세의 손을 붙들고 나가버렸다. 그럭저럭 차는 사리원 부근까지 오자 차안에는 전등이 켜졌다.

창밖으로 황혼이 짙어가는 질펀한 넓은 들을 바라보고 앉아 있는 자경은 끝없는 생각에 잠기고 있는 것이다.

'인생은 무엇이냐? 운명이란 어떤 것인고?'

아득한 지평선 너머로 사라지는 보랏빛 하늘처럼 무궁한 미래 속에 숨어 있는 자기의 앞날이 어째 어둡고 컴컴한 것만 같아서 그는 가만히 한숨을 삼키었다.

그들이 예정대로 평양역에 도착하자 미리 예약하여 둔 여관 하인들이 마중 나와서 가방을 받는다.

상만이 휘휘 돌아보았으나 요시에와 비슷한 여인은 보이지 않음으로 좋다구나 하고 얼른 자동차에 올라 ××여관으로 향하였다.

여관에 들어간 그들은 반일을 차 속에서 시달린 피곤한 몸을 따뜻한 물에 씻고 이 층에 있는 자기 방으로 돌아올 때다.

"아이 어지러워."

아침부터 종일 이래저래 시달려온 자경은 거의 빈속으로 장시간을 기차 속에서 보낸지라 더운 물속에 들어갔다 나오니 어째 메슥메슥하고 현기증이 나는 것이다.

누구나 임신이 삼 개월이면 경험하는 그 입덧이 자경에는 격렬한 심리적 고통 때문에 일층 더 참혹한 것이었다.

상만은 뒤로 돌아서서 자경의 한 팔을 붙들며

"자 이렇게 내게 기대시오. 그리고 눈을 꼭 감고 발만 떼 놓으시요 자."

한 팔로 자경의 어깨를 안고 한 손으로 자경의 손을 붙들고 한 걸음씩 한 걸음씩 층층대로 올라갈 때다.

위에서 쿵쿵하는 발소리와 함께 사람이 내려오는 듯하여 상만은 자경을 안는 듯이 하고 한옆으로 비켜섰다.

"아라마! 구래센세이가다 고지라노 고료간대시다? 와다구시모요, 호호호(아이고 오 선생님 네도 이 여관이었어요? 나도 여기로 정했는데요, 호호호)."

깔깔거리고 웃는 것은 기차에 실려 간 줄로만 알고 있었던 요시에다.

상만은 가슴에서 칵 악이 치받쳤으나 억지로 기분을 가라앉히고 자경의 팔을 붙든 채로 층층대를 올라갈 수밖에 없는 것이다.

눈을 감고 상만의 어깨를 기대었던 자경이 내려가는 요시에의 등 뒤를 돌아보고

"정말 무슨 인연인 게죠? 호호. 그래 당신 방도 이 층인가요?"

"네 저 바로 십일 호 방이야요, 호호호."

무엇이 그리 우스운지 요시에의 웃음소리는 수은 알처럼 동글게 그러나 차디차게 어슴푸레 어두운 층층대 아래에서 울려왔다.

상만은 조마조마한 가슴으로 자기 방 앞으로 와서 번호를 보니 십이 호실이었다.

'츳 요시에의 방이 바로 저 맞은편, 후유.'

상만은 방금 차를 가지고 온 하녀가 애교스럽게 웃고 인사를 하였건

만 무슨 소리인지 귀에 들어올 이치는 없었다.

새로 지은 저녁상이 들어오고 하녀가 떠주는 대로 밥을 받았으나 상사뱀처럼 따라 다니는 요시에의 일을 생각하니 입속에 들어간 밥이 마치 모래알같이 되씹히기만 하였다.

자경도 어지럽다 하여 겨우 한 공기를 받고 젓가락을 놓았다. 상이 나간 뒤 곧 자리를 보라 명하고 자경을 눕게 한 뒤 자기도 자리 속으로 들어갔으나 맞은편에서 노리고 보는 요시에의 두 눈이 자동차의 헤드라이트처럼 이 방문을 들여다보고 있는 듯하여 그는 눈을 감을 수가 없었다.

'혹시 밤중에 무슨 흉기라도 가지고 달려들면?'

이런 생각을 하자 자기 애인의 칼에 찔려 피를 흘리면서 일어나 그 칼을 빼앗았다는 대삼영(大森榮)의 일까지 생각이 나는 것이다.

상만은 벌떡 자리에서 일어났다.

'차라리 내가 가서 빌어보고 좋도록 돌아가도록 할까?'

상만은 유가다[190]에 오비[191]를 매고 살그머니 방문에 손을 대었다.

"어디 가서요?"

자는 줄로만 알았던 자경은 깨어 있던 모양으로 자기의 나가는 것을 보고 나지막이 소리를 치는 것이다.

"아니 저 변소에 좀 가려고."

"그래요? 그럼 나도 갈까 봐요."

하고 자경은 보시시 일어난다.

복도에 나와 보니 과연 요시에는 아직껏 자지 않는 모양으로 책상 위

---

190 ゆかた. 목욕을 한 뒤 또는 여름철에 입는 무명 홑옷.
191 기모노의 허리 부분을 감싸는 띠.

에 무엇을 쓰는지 반쯤 구부린 그의 상반신의 그림자가 종이 문에 비쳐 있다.

'자지도 않고 누워 있던 자경이 내가 요시에 방으로 들어가는 것을 알았더라면?'
하고 생각하자 상만은 자기의 지혜 없는 모험에 새삼스럽게 놀래지는 것이다.

변소에를 다녀와서 전과 같이 자리에 누웠으나 종이 문 한 겹 넘어 요시에의 그림자가 이 방을 지키고 있는 것만 같아서 그는 속으로 혀를 차고 돌아 누웠다.

그보다도 상만의 맘 한 구석에 두꺼운 그늘을 지우고 있는 것은 지금쯤 깊은 잠이 들어 있을 어린 학세의 일이다.

'불쌍한 자식! 번연히 아비를 보고도 그 무릎에 한 번 안기어 보지도 못하고 …….'
그는 천장을 향하여 길게 한숨을 뿜고 눈을 감았다.

한때의 실수가 이렇게도 자기의 맘과 몸을 묶어 버릴 크나큰 운명의 쇠사슬이 되다니 …… 내일이라도 요시에의 입으로 학세가 누구의 아들인지를 자경에게 선언하지 않으리라고 누가 보증할 수 있을까. 죽기를 한하고 여기까지 따라오는 요시에는 앞으로도 계속해서 어디까지든지 따라갈 것이 아닌가.

방금 터지려는 폭탄과 같이 위험한 요시에가 있는 이상한 신혼여행이고 무엇이고 …… 이러한 생각을 하고 속으로 몇 번이나 혀를 차던 상만은 무엇을 결심하였는지 벌떡 자리에서 일어났다.

"하 큰일 났군. 회사에 부탁을 하여 두어야 될 중대 사건을 깜빡 잊어

버리고 왔으니 츳."

자경을 들으라는 듯이 일부러 크게 중얼거리면서 책상으로 와서 편지지를 펼쳤다.

충충하게 방안이 어두웠으나 행여 자경이 무엇을 쓰는지 눈치를 채일까 싶어 전등에 씌운 초록빛 커버도 벗기지 않고 그대로 붓을 잡았다.

'요시에여 그대가 어린 아들을 데리고 머나먼 길에 나를 찾아온 것은 무어라고 감사를 해야 좋을지 나는 다만 그대의 성심에 감복할 뿐이외다.

그러나 내가 왜 백만장자의 외딸을 취하였을까 이것은 나의 원대한 경륜에서 온 것이니 즉 황금을 취하려는 한 가지 목적밖에 아무 것도 아니외다. 그리하여 그 황금은 오직 나의 아들 학세를 위하여□□□□□□ 앞에서 나의 심장을 뽑아 보일 수 있다면. 아마 어린 학세에게 너무 긴 여행은 좋지 못한 것이니 부디 서울로 돌아가서 적당한 여관을 잡고 내가 돌아가기를 기다려 주시요.

한 이주일 후에 돌아와서는 무엇이든지 당신의 명령대로 하기를 약속하오니 부대 부대 경성으로 돌아가 주시요.'

상만은 자는 자경의 머리를 힐긋 바라보고 양복 조끼 주머니 속에서 지갑을 꺼내어 백 원짜리 한 장을 편지와 같이 봉투 속에 넣고 봉해 버렸다.

그는 편지를 조끼 속주머니에 넣어두고 가만히 자리로 들어갔다.

이튿날 아침 날이 새어 자경이 세면소로 간 뒤다.

상만은 번개같이 조끼 속주머니에서 편지를 꺼내 유가다 소매 속에다 넣고 변소로 갔다. 그러나 변소에나 또는 세면소에서나 요시에는 교묘히 상만이 혼자 있을 때에는 몸을 피하여 오지 않는 것이다. 가고 싶지도 않은 변소를 또다시 두 번이나 갔다 오고 세면소로 가서 어정거리다가 할 수 없이 방으로 돌아오는 길이다.

얼굴을 말짱히 씻고 수병복을 입은 학세가 복도를 지나간다.

상만은 달려들어 아이를 치켜 안고 그의 뺨, 코, 눈, 입, 이마 할 것 없이 입을 맞추고 얼굴을 비비었다. 그리고 소매에서 편지를 꺼내어 아이의 양복 포켓에 넣어주며

"어머니 갖다 드려 응?"

하고 귓속말을 한 뒤에 내려놓았다.

상만은 비로소 숨을 내쉬고 방으로 돌아오니 그 사이 자경은 화장을 마치고 무슨 잡지책인가를 들여다보고 있다.

상만은 창문을 열어젖혔다. 깎은 듯이 푸른 하늘은 옥같이 미끄러운데 점점이 떠 있는 구름은 놀란 비둘기 떼같이 후두둑 나래 소리를 내며 날아가는 듯하다.

"저 실례입니다만 잠깐 여쭐 말이 있어요."

문밖에서 들리는 목소리는 요시에가 분명하다. 방안에서 미처 대답 소리가 나기도 전에 바시시 문이 열리며

"저 이런 것 혹시 떨어트리지 않으셨어요? 학세가 복도에서 주어가지고 왔더군요."

하고 상만이 쓴 편지를 방안으로 들이밀고 문을 싹 닫아버렸다.

"무얼까?"

하고 문 가까이 앉아 있던 자경이 입을 벌리고 있는 사각 흰 봉투를 집었다.

자경이 사각봉투를 집어 드는 것을 보자 상만은 전기에 부딪힌 것처

럼 껑충 뛰어 자경의 앞으로 왔다.

봉투는 뱀에게 붙잡힌 가련한 개구리 모양으로 눈 한 번 깜작한 사이에 그 속에 들어있는 돈과 편지가 자경의 손바닥에 올려 놓여졌다.

"무어야? 돈이 들었어. 백 원짜리가 그리고 이건 ……."

백사와 같이 흰 자경의 손가락이 편지를 펴려는 순간이다.

"편지는 나를 주시오. 그게 어제 저녁에 바로 내가 회사로 보내려고 썼던 것인데 …… 어떻게 쓸려 나갔을까? 춧."

하고 짜증 비슷이 목소리를 높였다.

"회사 일이에요? 어디 나도 한 번 읽어 볼까봐."

혼잣말 같이 하고 자경은 착착 네 귀 나게 접은 편지의 한 귀퉁이를 열려고 한다.

"자경 씨!"

상만은 위엄 있는 목소리로 자경을 불렀다.

"왜 그러서요?"

"당신은 내가 회사일로 보내는 편지에까지 손을 댄단 말이죠?"

"손 좀 대면 어때요."

자경은 이만 일에 상만이 성을 내는 것이 의외라는 듯이 한참 동안 상만을 빤히 쳐다보며

"좀 보면 안 될게 뭐 있어요?"

"나는 당신의 교양을 의심합니다. 아내란 반드시 남편의 공무에까지 간섭을 해야만 됩니까?"

서릿발 같은 상만의 기염에 어이가 없는 듯이

"아니 그래 무슨 큰일을 저질렀다고 교양이니 무엇이니 ……."

자경은 발끈하고 성이 난 모양으로 아랫입술을 꼭 깨물더니 손에 들었던 편지를 더러운 것이나 버리듯이 휙 집어 던지고 조금 전에 읽던 잡지책을 손에 드는 것이다.

  상만은 그제야 속으로 숨을 내쉬고 방바닥에 흩어진 편지와 돈을 거두며

  "별 것 아냐요. 비밀도 없고 아무 것도 아니지만…… 내 성격이랄까 어째 가정에 있는 아내가 남편의 공무에 참견한다는 것은 아주 불쾌해서……."

  상만은 편지를 가지고 일어서서 양복 주머니에 넣으면서

  "어때요 내 취미가? 단연코 남성적이 아니야요? 네? 자경 씨? 하하."

  웃고 자경을 돌아보았으나 자경은 새초롬한 채 못 들은 척하고 책만 읽고 있는 것이다.

  상만은 벙글벙글 웃으며 자경의 뒤로 와서 지금 막 화장을 하여 잘 익은 수밀도와 같이 연황색 가루분이 묻어 있는 그의 목덜미에 입술을 대었다.

  "노하셨나요? 네? 자경 씨."

  이번에는 자경의 앞으로 와서 그의 다소곳이 수그리고 앉아 있는 이마에 입을 맞출 때다.

  "용서하십시오."

  하고 또다시 문이 바스스 열린다. 상만이 황급히 뒤로 물러앉으며 돌아보니 하녀가 아침상을 가져오는 것이다.

  두 사람이 아침을 마친 후에 각각 외출옷으로 갈아입었다.

  평양 성내를 일주하려고 벌써 자동차까지 명하여 두고 오늘의 명소

안내역으로 서정연 씨 회사의 평양지점장이 일부러 사무를 쉬고 아침 아홉 시부터 대동문에서 기다리기로 한 것이다.

자경은 그 사이 기분도 풀려

"오늘 일기대로 한다면 대동강에 보트를 띄워도 되겠죠?"

하고 빙그레 웃기까지 되었다. 상만은 고개를 끄덕여 보였으나

'또 요시에가 쫓아 올 걸.'

하고 생각을 하니 어쩐지 오늘 하루 날이 무거운 짐을 진 것처럼 괴롭게 느껴지는 것이다. 자경을 앞에 세우고 상만이 층층대로 내려오는 때이다.

층층대 아래에서 이리로 올라오던 요시에와 마주쳤다.

웬일인지 요시에는 당황스럽게 돌아서서

"좀 얼른 해주어요. 어린애가 열이 삼십팔 도나 되니까요."

하고 소리를 지르고 바쁘게 층층대를 올라갔다. 아래에서

"네 네 그렇게 하겠습니다."

하는 하녀인 듯 여자의 목소리가 들려온다.

상만은 선뜻하여 주춤 그 자리에 섰다.

'학세가 아파? 어디가? 어떻게?'

그는 곧 다시 돌아서서 이 층으로 가서 학세의 있는 방으로 뛰어가 보고 싶은 충동을 겨우 진정하고

'바로 조금 전에 내가 안아보았을 때 그때 머리가 더웠던가?'

상만은 그 몽실몽실하고 매끈매끈한 촉감을 기억하려는 듯이 고개를 기울였다.

"자경 씨 우리 가서 어린아이 한 번 들여다보고 갈까요?"

하고 상만이 조심조심 물었으나

"지금이 열 시나 되었는데 바로 갑시다. 남에게 실례가 안 돼요?"

하고 자경은 한 발을 내려딛는 것이다.

상만은 층층대를 내려가는 자경의 등 뒤를 바라보고

"그래도 지금까지 동행해 오던 사람이 아니우? 동경서는 나도 여러 번 저이 남편에게 폐를 끼친 일도 있고 …… 우리 잠깐만 들어가서 위문이나 하고 갑시다."

애원하다시피 말을 하였으나 자경은 뒤도 돌아보지 않고 그대로 콩콩 거리고 내려가더니

"어여 오서요 …… 자동차 온 지가 언제라고요 …… 우리 갔다 와서 문병을 합시다. 그러고 빈손으로 갈 수가 없지 않아요? 돌아오는 길에 꽃이든지 장난감이든지 사가지고 와서 봅시다. 네?"

자경은 어린애처럼 방글방글 웃으며

"어여 내려 오서요."

하고 한 손을 치켜 보이더니 쪼르르 다람쥐 모양으로 다시 층대로 올라 와서 상만의 한 팔을 안고

"병자의 있는 방에 함부로 문병 가는 것도 도리어 폐 되는 수가 있으니까요."

상만은 이이상 자경의 말에 거절할 용기는 없었다. 자경에게 한 팔을 끼우고 층대로 내려와서 현관으로 나올 때다. 주방으로 통한 복도에서 얼음주머니를 들고 하녀가 반달음질로 오는 것이 보였다.

"그것 어디 가져가는 거야?"

하고 상만이 부드럽게 묻는 말에

"저 이 층 십일 호실 손님 애기가 갑자기 열이 난다구 해서요."

황송한 듯이 대답을 하고 층계로 올라갔다.

상만은 입맛을 다시고 현관에 내려서서 자동차에 올라탔다. 유람객인 줄 아는 운전수는 되도록 천천히 차를 몰아 대동문까지 왔을 때는 열시 반이나 거의 되었다.

미리부터 와서 기다리고 있던 지점장에게 상만이 간곡이 인사를 하고 세 사람은 모란대를 향하여 대동강을 끼고 천천히 걸음을 옮기었다.

쪽빛으로 푸른 대동강 한복판에 비스듬히 누워 있는 능라도는 푸른 띠를 장식하는 비취옥이라 할까.

"만약에 어떤 화가가 이런 그림을 그려냈다면 너무도 부자연스럽다고 하리 만큼 아름답지 않아요?"

이러한 감탄을 할 만큼 능라도는 자경의 맘에 들었다.

반대로 상만은 □□□□□□□□□ 모양으로 자주 여관 있는 곳을 향하여 고개를 돌리고는 가만히 한숨을 쉬는 것이다.

영명사에 들어가서 지점장이 점심을 시켜 놓고 일행은 바로 모란대, 기자묘, 을밀대, 칠성문, 부벽루를 돌아 다시 영명사로 온 때에는 점심때가 훨씬 지나 한 시 반이나 거의 되었다.

자경은 포켓 속에 넣어 두었던 초콜릿, 캐러멜 같은 것을 씹으며 걸었지마는 세 사람은 상당히 시장하였다.

남쪽으로 창이 난 방에 깨끗한 돗자리를 깔고 세 사람은 점심상을 받았다.

"이젠 보트를 타도록 해 주시겠죠?"

절반이나 밥을 먹던 자경이 지점장을 쳐다보고 방그레 웃으며 하는 말이다.

"네! 그렇게 하십시다. 대동강 뱃놀이란 한강보다 또 다른 정취가 있습네다. 그렇지 않습네까? 오 선생님."

"…… 글쎄요."

상만은 지금까지 다닌 것만 생각하고 앉았던 고로 적당한 대답이 생각나지 않는 것이다.

'이 길로 여관으로 돌아갈 핑계는 없을까.'

하고 생각한 까닭이다.

'불쌍한 학세가 무슨 병으로 아픈지 한 번도 아버지하고 불러 보지도 못하고 …… 만약에 죽기나 한다면?'

상만은 절반 조금 못 먹고 밥은 그대로 숟가락을 놓고 숭늉을 마시었다.

"우리 능라도를 일주해 봐요 네? 네?"

하고 자경이 가느다랗게 땀방울이 돋은 코끝을 손수건으로 눌러가며 상만의 대답을 독촉하였다.

"글쎄요 …… 저기 좀 보서요."

하고 상만이 천천히 마당을 가리키는 곳에는 제법 굵은 빗방울이 드문드문 섬돌 위에 무늬를 놓고 있는 것이다.

"츳 비가 오는군."

자경은 완전히 실망하였다는 표정을 하고 쟁반에 놓인 과일을 집어 들었다. 상만은 비오는 것을 핑계로 자경을 독촉하여 여관으로 돌아오자 한 달음질로 이 층으로 올라갔다.

그러나 이상한 일은 요시에 모자가 들어있던 방은 텅 비인 채로 하녀가 소제를 하고 있는 것이다.

상만은 요시에의 모자가 들어 있던 방이 비어있는 것을 보자 어떤 불길한 예감이 일순 동안 먹물처럼 그의 가슴을 어둡게 하는 것이다.

뒤따라오던 자경이

"에게! 벌써들 떠났어?"

하고 방금 하녀가 소제를 하고 있는 방을 흘깃 바라보았다.

"이 방 손님 애기가 병이 나서요 그래 병원엘 간다고 가시더니 입원을 한다고 바로 조금 전에 전화가 왔어요. 그래서 아예 이 방을 이렇게 치우는 게지요."

"어느 병원이래?"

상만이 한 걸음 다가서서 물어보았으나

"병원 이름은 못 물어 보았습니다."

하녀가 미안하다는 듯이 방그레 웃어 보이는 것이다. 상만은 고개를 끄덕이고 자기 방으로 왔으나 가슴 속에는 무엇인지 뭉클하고 뜨거운 것이 치미는 듯하였다.

그는 창문을 열어젖히고 화끈 단 얼굴을 창밖으로 내밀었다.

가느다란 빗줄기가 분수기처럼 그의 잘 균형 된 얼굴을 고루고루 적시어 준다.

상만은 신산한 빗방울의 촉감을 탐하는 듯이 얼굴에 어리는 빗물에 아득한 평양 시가를 굽어보는 것이다.

마치 학세의 작은 몸이 열기에 띠어 허덕이고 있는 그 병실을 찾으려는 듯이

상만은 아름다운 머리털까지 비에 젖고 있건만 그는 언제까지든지 그대로 서 있는 것이다.

그 사이 변소에를 갔다 오는 듯한 자경이 뒤로 와서 두 팔로 상만의

어깨를 안으며

"좋지 않아요? 빗속에 기자성(箕子城) …… 내가 시인이 되었더라면 ……."

상만은 손수건을 꺼내어 빗방울과 함께 눈물로 함초롬 젖은 뺨을 씻고

"자 자리로 가서 앉읍시다. 얼굴이 막 이렇게 젖는구려."

상만은 한 팔로 자경은 안는 듯이 하고 두꺼운 방석으로 와서 앉았으나 그의 귓속에는 어디서인지

"아빠, 아빠, 아빠."

하고 방금 숨이 끊어지는 학세의 부르짖는 소리가 들리는 듯하여 그는 가만히 자리에 앉아 있을 수가 없는 것이다.

'차라리 자경에게 이 점을 고백하고 마지막으로 내 손으로 학세의 간호라도 해볼까?'

이러한 생각을 할 때다.

"오늘 저녁에 떠나면 봉천에는 언제쯤 닿을까요? 네?"

자경인 손가락을 폈다 오므렸다 하면서 시간을 계산한다.

"자경 씨."

"네?"

"만약 내가 무서운 강도라면 어쩔 테요?"

"누가? 당신이?"

상만은 고개를 끄덕여 보였다.

"강도라? 그러면 달아나지요."

"나를 버리고."

"우리 그런 불쾌한 농담을 그만 둡시다."

자경은 점잖게 한 마디 하고

"그런데 어떻게 하실 테야요. 오늘 저녁차로 평양을 떠나기로 하셨죠? …… 지점장이 또 정거장에 나올 텐데 …… 그런데 저 좀 보서요. 지점장에게 너무 허리를 굽히지 마서요. 당신은 적어도 서정연 씨 대리 격이 아니야요? 좀 더 억양스럽게 해도 좋을 것 같아요. 그리고 지금은 여행 중이지마는 혹시 누구와 명함을 교환하게 될지도 모르니까 당신 명함 새로 인쇄합시다."

"……."

"한성물산 주식회사 상무 취체역급 지배인이라고 타이틀을 하나 붙이는 게 어때요? 아버지께선 당신을 지배인으로 하신다고 말씀을 하십디다만."

"그래도 정식으로 사령장이 내리기 전에 명함부터 박는다는 것은 너무 쑥스러워요."

"괜찮아요. 인제 돌아가서는 당신이 사령장을 쓰실 양반이 아니서요? 호호."

"……."

"애, 하녀 부를 터야."

하고 자경은 초인종을 눌렀다. 상만은 손을 내밀어 상 위에 놓인 과자 그릇에서 비스킷을 한 개 들고 뒤로 벌떡 누워 버렸다.

'아무 것도 모르겠다. 될 대로 되어라.'

하는 부르짖음이 그의 입속에서 뱅뱅 돌았다.

소금도 짜다

인애의 어머니가 세상을 떠난 지도 벌써 열흘이 넘었다.

어머니의 장삿날 묘지에 갔다 온 후로 자리에 누운 인애는 여태껏 그냥 누워 일어나지 못하고 있는 것이다.

아무 데도 별로 아픈 곳도 없지만 그저 인애는 세상이 귀찮았다.

철원 아주머니가 끓여 주는 미음을 계속할 재미도 없어 요 사이는 죽을 용기로 밥을 몇 술씩 뜨기는 하되 어째 그것을 먹고 살 것 같지가 않았다.

'하나님이여 나를 불러 가소서. 내 어머님 있는 그곳에 날 보내주소서.'

그는 간간이 이런 기도를 올리면서 벽을 향하여 언제까지든지 그대로 누워 있는 것이다.

사르르 영창을 스치고 지나가는 낙엽 소리, 이따금 그쳤다가 울고 울다가 그치는 벌레 소리를 헤면서 이 저녁도 인애는 그 푸른 잎사귀 위에 환하게 되었던 조안화(朝顔花)[192]같이 화려한 그러나 덧없는 그날을 생각하고 있는 것이다.

종일 누웠던 인애는 자리에서 벌떡 일어나서 일기장을 꺼냈다. 오상

---

[192] 나팔꽃.

만이란 한 청년에게 받쳤던 삼 년이란 세월의 하루하루의 기록을 쫓아 가늘게 여윈 손가락이 자주 떨면서 잉크 향기조차 새로운 책장들을 넘 기고 있는 것이다.

시계는 여덟 시나 되었을까 밖에서

"이리 오너라."

하고 나지막이 부르는 소리가 들린다. 인애는 책을 놓고 귀를 기울였다.

대문이 두어 번 찌걱찌걱 소리를 내고

"내야요, 유동섭이야요."

하는 소리가 들려오자 그는 벌떡 일어나서 영창문을 열었다. 쓰러질 듯이 힘없는 다리를 억지로 버티면서 인애는 대문까지 나갔다. 미처 문도 열지 못하고

"유 선생님!"

하고 소리를 질렀다.

인애는 조급하게 대문을 열자 태산같이 든든하고 힘찬 유동섭이 어둠 속에서 빙그레 웃고 서 있는 것이다.

"어여 들어오셔요."

인애는 방안에 흩어진 자리와 책들을 한옆으로 치우고 방석을 내어 동섭에게 자리를 권하였다.

"그래 어떻게 지내십니까."

동섭은 모자를 한편으로 놓고 그 시원스럽게 빛나는 눈으로 인애를 바라보는 것이다.

"그 사이 진작 오려고 했습니다마는 부득이한 사정이 있어서 …… 죄송합니다."

웬일인지 인애는 참으려면 참으려 할수록 솟구쳐 오르는 눈물을 어떻게 할 수가 없는 것이다.

인애는 손수건을 눈에 대인 채 한참 동안 아무 말도 못하고 그 자리에 앉아 있다.

가끔 그 여윈 어깨가 자주 물결을 칠 뿐 인애에게서는 흐느낌 소리조차 들리지 아니하였다.

"인애 씨!"

동섭도 창연하여 한 손으로 가만히 인애의 등을 어루만졌다.

"울지 마서요. 울음으로 일이 해결되는 것은 아닙니다. 네? 인애 씨!"

"선생님 ……."

인애는 겨우 한 마디 불러 놓고 격렬한 슬픔 때문에 다음 말이 계속되지가 않는 것이다.

"전 죽고 …… 죽고 싶어요 …… 어머니처럼 ……."

"안 될 말씀입니다. 인애 씨! 사람이란 크나큰 시련을 지난 뒤에야 비로소 참된 값을 발휘하는 게야요 …… 이러한 시련을 치룬 인애 씨에겐 인제 참으로 찬란한 인생의 코스가 시작되는 것입니다."

동섭은 한 손으로 인애의 어깨를 붙잡고 그 얼굴을 들여다보면서

"연애만이 인생의 전부가 아닙니다. 연애보다도 오히려 더 큰 사명이 인류에게 있는 것을 알아야 합니다."

"선생님 저도 압니다. 그렇지만 인제는 버티고 나갈 힘이 다 빠지고 말았어요."

"그야 기운이야 떨어질 테죠. 하지만 …… 버티어 봅시다. 버틸 수 있는 최후 일각까지 ……."

동섭은 목소리를 낮추어

"버티어 보아야지요. 당신의 뒤에는 부족하나마 유동섭이 있는 것을 기억해 주서요."

"……."

동섭은 두 손을 인애의 어깨 위에 올려놓으며

"동무로 믿든지 실례입니다만 오빠라고 생각을 하시든지 좌우간 동섭은 인애 씨가 혼자 서서 길을 걸어 갈 수 있는 날까지 힘이 되어 드리기로 생각합니다. 네 인애 씨!"

동섭은 인애의 어깨를 흔들면서

"너무 실망하면 못 써요. 그렇지 않아요? 자존심을 가져야지, 하하하."

동섭이 다녀간 지 다시 두 주일이 되던 날 인애는 동섭에게서 다음과 같은 편지를 받았다.

'인애 씨 그 사이 괴로운 맘이 조금이라도 나아지셨습니까? 나는 오늘에야 비로소 전일 대강 말씀드린 조그마한 병원을 시작하기로 하였습니다. 실비 치료라는 명목이 붙어 있지마는 대게가 무료 치료를 받는 환자가 많습니다.

약만 있으면 이 인천에 있는 빈민들의 환자는 전부 다 맡아볼 수가 있습니다. 약이야 설마 어떻게 되는 수가 있겠지요. 그러나 단지 한 가지 문제는 간호부가 없는 것입니다. 상당히 경험을 가진 이면 월급을 주어야 되겠고 …… 그러나 아직 그러한 여유는 없고 …… 아침 여덟 시부터 저녁 다섯 시까지 의사 겸 간호부의 직무를 한꺼번에 하여 가기는 그리 힘든 일이 아니겠지마는 그 대신 일의 능률이 나지는 않는 것입니다. 하로 백 명이나 볼 것이면 오륙십 명밖에 못 보게 될 테니까요 …… 그러나 이것도 앞으로 어떻게 되겠지요, 너무 걱정 마십시요. 좌우간 오늘은 이만치 보고만 드리고 그칩니다.

너무 들어앉았지만 마시고 일기 좋은 날을 택하여 인천으로 한 번 놀러 오서요. 동섭.'

편지를 다 본 인애는 길게 길게 한숨을 쉬었다. 그러나 그것은 절망이나 탄식의 한숨은 아니었다. 보다 높고 큰 힘이랄까 믿음이란 것을 가진 한 남자의 굵고 힘찬 걸음걸이를 바라볼 때에 느껴지는 그 찬탄의 한숨이었다.

인애는 편지를 쥔 채 생각하였다.

'나는 상만이를 잃었다. 동섭 씨는 자경을 뺏기지 않았느냐? 나는 어머니를 잃었다. 동섭 씨도 집을 떠나지 않았느냐. 동섭 씨의 고통은 결단코 나보다 덜한 것은 아니다. 오히려 그는 지난 일 년을 감옥에서 고생하고 나온 이만큼 나보다 더 참담하지 않을까.'

이렇게 생각한 인애는 지금까지 느껴보지 못하던 동섭에게 대한 동정이 봄바람같이 눈물에 젖은 그의 혼을 따뜻하게 만드는 것이다.

인애는 고개를 번쩍 들고

"과연 남성은 위대하다."

하고 부르짖었다.

그러나 그렇게 부르짖는 인애는 일순간 어떤 보이지 않는 주먹에 얻어맞은 듯이 흠칫하고 고개를 숙여버렸다.

삼 년 전 상만을 만나 그의 미모와 천재와 그리고 가난과 싸우면서도 오히려 굴하지 않는 그 정신을 발견하였을 때 그는 몇 번이나

'남성은 위대함인저.'

하고 부르짖었던고. 그리하여 둘도 없는 그 인격 그 천재에 대하여 인애의 동정은 비로소 자기의 봉급으로 상만의 공부를 계속하게 한 것이 아니었더냐. 동정이 애정으로 연모로 변하는 것은 술이 초로 변하기보다 오히려 쉬운 일이 아니었던가.

인애는 고개를 숙인 채 생각하였다.

'그렇다면 나는 동섭 씨에게 어떤 연모를 느끼고 있는 것인가?'

순간 그는 지독한 오한이 중추신경을 스쳐가는 것을 느꼈다.

'생각만 하여도 무서운 그 과정을 다시 밟다니? ……'

그는 바르르 몸을 떨면서 일기장을 꺼냈다.

'한 마리의 매미가 화하여 나가버린 그 매통이 껍질 속에 어떠한 생명이 존재하지 않는 것과 같이 이미 나의 진선미를 다 받쳐 사랑한 상만 씨가 가버린 오늘 과연 나는 다시 한 사나이를 사랑할 수가 있을까? 있을까? 만약에 죽은 사람을 살린다는 기적이 나타난다면 모르지만 …… 아아 기적은 신화 중에만 있는 전설이 아니냐? …… 까닭 없는 기우(杞憂)는 금물이다. 내 어머니가 땅 속에 묻힌 것처럼 나의 사랑은 영원히 어둠 속에 매장되었다.'

인애는 일기장을 덮고 우두커니 앉았으나 어쩐지 그의 맘은 비고 쓸쓸하고 그리고 가엾은 빈들에서 방황하는 나그네처럼 외롭고 고달픈 정서를 어찌할 수가 없는 것이다.

'주여 어찌하리까.'

그는 두 손을 모으고 빌어도 보았으나 아무런 대답도 들을 수가 없었다.

'무엇 때문에 살까? 누구를 위하여 살까?'

상만에게 배반을 당하던 그 순간부터 생각하던 이 질문이 또다시 괴로운 병마와 같이 인애를 찾아왔다.

　같은 생각을 가지고 밤새도록 잠을 이루지 못하고 고민한 인애는 날이 샐 무렵에야 어떤 대답을 얻은 모양으로 전날보다 훨씬 일찍이 자리에서 일어났다.

　아침을 마친 후에 근 한 달 만에 처음으로 외출할 준비를 하였다.

　그는 자기의 모교 교장 Y부인을 찾아가는 것이다.

　언제보아도 남자같이 큰 몸에 불그스레한 얼굴에는 넘칠 듯한 미소를 띠고

　"오 인애 오래간만이요. 어머님 세상 떠나서 매우 섭섭하오."

　참으로 섭섭한 듯이 그 길고 노란 속눈썹을 자주 떨면서

　"앉으시오 자 여기."

하고 친히 교의를 들어다 놓는다.

　결심은 하고 왔지마는 인애는 말을 꺼내기가 어째 거북해서 저고리 고름만 만지작거리고 앉았노라니

　"인애 무슨 목적 있소? 날 방문한 까닭 말하시오."

　"선생님 저 혼인하려던 일 아시겠지요."

　"오 아임 쏘리, 잘 알아요. 양순자에게 죄다 들었소. 오, 너무 섭섭했소…… 그러나 하느님 믿는 인애 넉넉히 그 고통 참을 수 있다고 생각하오."

　인애는 눈을 떨어트리고 교장의 말이 끝나는 것을 기다려

　"선생님 나는 지금부터 이 몸을 온전히 주님께 바치기로 생각했습니다…… 그러나 저는 사람이야요. 될 수 있으면 지금 있던 자리를 변해서 인천 유치원으로 가보고 싶어요. 거기에는 좋은 친구도 있고…… 너

무 내 생각만 하는 것인지는 모르나 될 수 있으면 영순이와 자리를 바꿔 보았으면 싶어요…… 그래서 교장님께 여쭈려고 왔어요."

인애는 조심조심 Y부인의 얼굴빛을 살폈다.

"오 알겠소. 잘 알겠소. 그것 그렇게 하면 좋겠소. 자리 바꾸는 것 대단히 좋은 일이요."

Y부인이 내놓는 차를 마시고 Y부인과 함께 기도를 드리고 집으로 돌아왔다.

인애는 벌써 어저께의 인애는 아니었다.

한 남자 때문에 울던 인애는 지난밤 동안에 장사하여 버렸다.

'일을 위하여 살리라.'

하고 뜨거운 정열이 그의 좁은 가슴에 열풍과 같이 감격을 솟구치고 있는 것이다.

'그렇다. 사람은 연애보다도 더 큰 사명이 있다. 더욱이 조선 사람에게는……'

한 사람 상만은 나를 버리고 가버렸다. 그러나 아직도 일천만의 남성이 있지 않느냐. 그들은 지금 가장 긴급하게 일동무를 기다리고 있지 않느냐? 형언할 수 없는 흥분과 용기가 인애의 혈관의 모세관까지 스쳐가는 것을 느끼었다.

'그렇다. 단 하루를 살아도 좋다…… 이 몸이 할 수 있는 최선의 노력만 받치면 그뿐이다.'

인애는 이때처럼 자기의 몸이 값 높고 거룩한 존재로 생각한 때는 첨이었다.

그는 가만히 콧노래로

"아베 마리아."

를 부르면서 천천히 농문을 열고 옷을 꺼냈다.

마치 답답스럽던 농속에 갇혔던 옷이 가볍고 신선한 고리짝으로 나오듯이 오상만이란 한 남자로 전 우주를 삼고 살아 온 인애는 이제 새로운 세계를 향하여 첫걸음을 옮기려 하는 것이다.

'부모나 형제고 친구를 나보다 더 사랑하는 사람은 내□□ 당치 않고 십자가를 지□□□□ 쫓지 않는 사람도 □□□□□□ 않고 …….'

인애는 그리스도□□□□□ 빈 맘속으로 뇌여 보고 □□□□□ 든 손을 모으고 고개를 숙였다.

'주여 오늘부터 나는 오직 당신의 것이나이다.'

그리고 사흘이 지난 어느 석양에 인애는 조그마한 고리짝 한 개만 가지고 인천역에 내렸다. 역에는 미리 와서 기다리고 있던 동섭과 일남이가 인애의 짐을 받았다.

인애는 형언할 수 없는 감격 때문에 눈물이 흐를 것만 같아서 잠자코 그저 길만 걸었으나 동섭은 자주 인애를 돌아보고 빙그레 웃으며 무슨 말이고 건네는 것이다.

××동 부근을 들어서자 길바닥에서 노는 아이들의 귀밑까지 덮은 노란 머리와 코 떨어진 고무신을 신을 것을 보아

'빈민촌이 이 부근이로구나.'

하고 고개를 끄덕였다.

이윽고 산 밑으로 돌아앉은 일남의 집으로 들어가자 안으로서

"인제들 오서요?"

하고 부엌에서 행주치마에 손을 씻으며 젊은 여자가 나온다.

'어디서 꼭 본 얼굴과 같은데 …….'

인애가 생각하고 여자의 얼굴을 유심히 바라보고 섰노라니

"누추하지만 올라가십시다."

하고

"이 어른이 주인애 씨지요?"

"네 인사하시지요, 두 분."

"첨 뵙습니다."

하고 인애가 허리를 곱실하고 예를 하니

"첨은 왜 첨이야요 호호호 우리 저때 번에 대한문 앞에서 보지 않았어요? 이를테면 구면이죠, 호호호."

그제야 생각이 난 듯이 인애는

"오, 네 네 알겠습니다."

"참 상사 말씀은 ……."

웃음을 거둔 오꾸마의 크고 검은 눈에는 어느덧 이슬이 맺혔다.

인애는 오꾸마의 권하는 대로 방으로 들어갔다.

방에는 숙마줄로 묶은 상자가 두엇 한 구석에 놓여 있는 것이 눈에 띄었으나 인애는 잠자코 한 손으로 머리에 핀을 고쳐 꽂으며 속으로

'대체 이 여자가 무얼 하는 사람일까?'

하고 고개를 기울었다.

"그럼 내 잠깐만 부엌으로 가 봐야 되겠는데요."

하고 방안으로 고개를 들이밀고 섰던 오꾸마가 뜰로 내려선다.

"저도 좀 도와드릴까요?"

"괜찮아요. 나도 이 저녁이 마지막 서비스니까요."

인애는 방 한편에 놓인 상자를 힐끗 바라보고

'어디로 떠나가는구나.'

하고 짐작을 하였다.

이윽고 저녁상이 들어오고 옆에 방에 있던 동섭이와 일남이도 건너왔다. 오꾸마가 솜씨를 다하여 만든 음식이라 양요리인지 청요리인지 분간하기 어려운 반찬이 몇 그릇 눈에 띄었다.

오꾸마는 물 묻은 손을 수건으로 씻으며

"주인애 씨를 위하여 음식을 잘 만들어 달라고 아침부터 유 선생님이 청을 하시는구려. 글쎄 내가 무슨 솜씨가 있나요. 그저 애써 만든다는 것이 이 모양이죠. 자 많이들이나 잡수서요."

인애는 무어라고 대답을 해야 좋을지 그저 방그레 웃어 보였으나 두 귀밑이 진달래처럼 붉어졌다.

"자 인애 씨 수저를 드시지요. 아닌 게 아니라 이 양반 솜씨는 국제적이니까요 하하하."

웃으며 동섭이 먼저 숟갈로 김치 국물을 떴다.

"흥, 또 놀리신다니까."

하고 오꾸마는 한참 동안 동섭을 흘겨보더니 인애를 향하여

"난 오늘 저녁 서울로 갑니다. 장사를 좀 해 보려고요. 돈을 벌어야 살지 않겠어요? 그래서 본정통에다 찻집을 냈지요. 찻집이라기보다도 술집이 되는지도 모르조만!"

어디인지 서투른 악센트가 섞이어 있는 조선말이지마는 오꾸마의 약간 위로 치켜진 듯한 눈초리를 보거나 잘 발달된 아래턱을 보아 그의 하는 말이 결코 농담만이 아닌 것을 인애는 짐작하였다.

"네 그러서요?"

하고 인애는 숟갈을 멈추고 오꾸마의 말이 떨어질 때마다 고개를 끄덕였다.

"그런데 주인애 씨도 심심하시거든 유 선생님을 뫼시고 가끔 놀러 오시죠. 찻값은 내라 하지 않을 테니 ……."

"네 그렇습니까?"

인애는 방그레 웃으며 또 한 번 고개를 끄덕였으나 지금까지 마주 보고 웃던 오꾸마의 입이 갑자기 조롱하듯이 약간 삐쭉하고 한편으로 돌아가는 것을 놓치지 않고 바라본 인애의 가슴은 가시로 찔린 것처럼 뜨끔하여졌다.

"자 그럼 저녁 설거지는 인애 씨께 부탁합니다, 호호."

웃고 먼저 숟가락을 놓은 오꾸마는 담배를 꺼내어 성냥에 불을 붙인다.

"설거지야 누가 하든지."

동섭은 미안한 듯이 말을 가로막자 오꾸마는 담배 연기로 눈이 부신 듯이 한편 눈을 지그시 감으며 동섭을 바라보더니

"인제 모든 것이 유 선생님 뜻대로 잘 됐습니다그려. 꿈에 볼까봐 진저리를 내시던 오꾸마가 인제 영영 떠나가 버리겠다…… 그 대신 ……."

"그럴 리가 있나요?"

동섭도 숟갈을 놓으며 □□□그릇을 든다.

"흥!"

오꾸마는 쓸쓸하게 코웃음을 치더니 훅 하고 담배 연기를 뿜는다. 주섬주섬 빈 그릇을 거두는 인애가 연기를 피하여 약간 고개를 돌리자

"담배 못 피시는가요? 인애 씨"

하고 인애의 얼굴을 쏘아보던 오꾸마가 갑자기 깔깔 웃으며

"참 여학생 아가씨라지 호호호."

동섭은 인애의 기색을 자주 살피면서

"자 그러면 산보 겸 정거장으로 나가 봅시다."

"그저 한시 바삐 쫓아 보내고 싶어서 어규 우."

오꾸마는 반쯤 탄 담배를 마당으로 홀쩍 집어던지더니

"일남아 이 상 좀 내가거라, 냉큼."

하고 약간 히스테리컬하게 소리를 지른다. 인애가 빨개진 얼굴로 상을 들고 일어섰다.

시가지에서 잡화상을 벌인 차돌이가 지게꾼을 데리고 올라와서 방구석에 놓였던 짐짝이 나가고 그리고 오꾸마도 옷을 갈아입고 또 한 번 가루분을 바른 뒤에

"자 그럼 인애 씨 부대 유 선생님 일을 좀 잘 도와 드려요 네 인애 씨!"

오꾸마는 조금 전과는 딴판으로 연하고 부드러운 목소리로 인애의 등을 두들겨 주고 지게꾼의 뒤를 따라 나갔다.

"내 저 양반 바래다주고 곧 올 테니까요."

동섭은 인애를 돌아보고 손을 한 번 흔들어 보인 뒤에 골목을 나갔다.

오꾸마는 그 사이 서울 본정에 집을 얻어가지고 오천 원이나 들여서 대강 개축을 하였다.

요 며칠만 지나면 곧 개점을 하도록 집수리도 거의 끝이 난 까닭에 오늘 비로소 이사를 간 것이다.

오꾸마가 조선을 나온 것도 그리고 경성 한복판에다 등불과 술과 색

채로서 손님을 기다리는 집을 만든 것도 그가 상해에서 나올 때에 가지고 온 크나큰 심부름을 실행하는 순서의 한 가지밖에 아무 것도 아닌 것이다. 분과 기름과 향수로 장식한 어여쁜 인형과 같은 오꾸마의 가슴 속에는 남자도 따르지 못할 대담한 지력과 초인적 모험이 숨어 있건만 그래도 오꾸마는 여인이었다.

근 삼십이 되도록 이 사나이에게서 저 사나이에게로 돈과 정욕에 팔려서 전전하는 동안 그는 한 번도 참으로 사랑이란 것을 체험하지 못한 문자 그대로의 그늘에 꽃이었다. 그러나 우연히 참으로 우연히 유동섭이라는 한 청년을 대한 때 오꾸마는 꿈속에서 동경하던 그 사나이를 만난 것처럼 그는 간절한 사모의 정서를 느끼게 되었다. 일부러 취한 척하고 동섭의 무릎을 안아도 보았다.

슬프고 외로운 것을 핑계로 밤중에 동섭의 방문을 두드려도 보았다.

그럴 때마다 동섭은 어린아이를 달래듯 가여운 누이를 위로하듯 친절하고 점잖게 오꾸마를 취급하는 그 인격에 그는 감탄도 하였지마는 또는 역정도 났다. 그러나 바로 이틀 전에 주인애라는 처녀가 인천으로 온다는 말을 들을 때 오꾸마는 쓸쓸히 입술을 깨물었다.

음식점 급 오락 장소로서 관청의 허가를 얻자면 한 달이나 또는 그 이상 걸리게 되는지도 모르면서 오꾸마는 부득부득 짐을 싸는 것이다.

동섭이가 차표를 사주고 기차의 자리까지 잡아주고

"그러면."

하고 손을 내밀 때 오꾸마는 잠자코 빙그레 웃어보였으나 그의 눈에서는 진주를 쏟듯이 눈물이 좌르르 흘러내렸다.

기차가 차츰 속력을 내기 시작하고 인천 시가지의 불빛도 어둠 속에 사라지자 오꾸마는 생각하였다.

'부모를 잃어버리고 …… 처녀 시절도 가져보지 못하고 …… 그리고 사랑마저도 잃어버린 몸이 아니냐? 오직 한 가지가 남았다 …… 죽음.'

일순간 그의 얼굴에는 요염한 교소(嬌笑)가 흘러 나왔다.

그는 어떤 손님에게서 들은 독일에 여자 간첩 '마타하리'의 최후를 눈앞에 그려보고 만족한 듯이 숨을 내쉬면서 흑칠과 같은 어둠을 내다보는 것이다.

인애는 아무도 없는 빈집 그나마 생전 첨보는 남의 집 방에서 희미한 램프 등을 벗 삼아 앉았노라니 하루 사이에 자기 한 몸이 천만리나 되는 먼 길에 나그네로 온 것 같이 외로워졌다. 더욱이 조금 전에 오꾸마에게서 받은 그 찌를 듯한 날카로운 조롱!

사랑도 빼앗기고 어버이도 없는 고아로서의 설움이 인애의 뼛속까지 스며드는 것이다.

'무엇하러 왔는가?'

인애는 자기의 약하여 지려는 맘을 초달[193]하듯이 자기 자신을 반성하여 보았다.

"일주일 동안 잘 쉬시오."

하던 Y부인의 말대로 쉬지 않고서 왜 이곳에 왔던고.

일부러 동섭에게

'나는 선생님이 계신 그곳에 가서 며칠 동안 있어보렵니다.'

하고 편지를 보낸 뒤 짐짝을 가지고 동섭의 우거하는 일남의 집으로 온

---

[193] 보통을 넘어서 그 방면에 통달함.

것은 인애의 맘속에 스스로 찾아보려는 그 한 가지가 있었던 것이다.

차고 쓸쓸한 밤이 한 이성(異性)을 목표로 사는 것은 이미 청산하였다.

'그리하여 그리스도의 한 적은 계집종처럼 몸을 바쳐 살겠다.'

맹세한 때에 비로소 그는 어떤 새로운 감격을 느낀 것이었다. 그러나

'어떻게 바칠 것인가. 무슨 일에 무슨 방식으로.'

이것을 대답하기에는 인애의 가진 체험과 식견이 너무도 가난하였다. 얼마동안 방황하던 그의 눈앞에 흑암을 뚫고 걸어 나가는 유동섭이 나타날 때 오직 그 한 사람만이 자기의 고마운 스승으로 보이는 것이다.

같은 상처를 안고도 오히려 용감스럽게 나가는 그 유동섭을 배우고 싶었다.

그의 먹고 자고 일하는 모양을 다만 며칠이라도 실제로 견학하리라.

이 한 생각이 인애로 하여금 처녀다운 부끄러움과 주저를 초월하여 담대히도 독신자인 유동섭의 일터로 찾아오게 한 것이다.

인애는 이렇게 되풀이하여 생각하여 보자 지금까지 느껴지던 외로운 생각 대신에

'주여 내가 여기 있사오니 뜻대로 하시옵소서.'

하고 두 손을 모을 수 있게까지 되었다.

동섭이가 돌아오는 듯 뚜벅뚜벅 구두 소리가 마당 가운데서 들려온다.

동섭은 뜰로 올라서며

"너무 오래 돼서 미안합니다."

하고 구두를 벗는다.

인애는 램프 등을 문밖으로 내밀었다.

뒤따라오던 일남이가

"선생님 전 졸려서 자겠어요."

"응 그래라."

일남이는 동섭의 방으로 들어가는 모양이다.

동섭은 자기 방으로 가서 일남이를 위하여 자리를 보아주고 다시 인애가 있는 방으로 건너왔다.

밤은 거의 열 시가 가까워 온종일 과격한 노동에 시달린 이 빈민촌 사람들은 벌써 곤하게 잠이 들어 사방은 적막하고 저 멀리 아랫마을에 들려오는 다듬이 소리가 간간히 침묵을 깨칠 뿐이다.

"인애 씨!"

동섭은 빙그레 웃으며

"고맙습니다. 새로운 출발을 맹세하신 인애 씨께 무어라고 감사를 드려야 좋을 지요."

"온 천만에 말씀을 …… 그저 맘만 간절할 뿐이고 …… 무슨 방향이 확실히 정하여 지지가 않았어요."

"네 네. 문제는 거기 있습니다. 맘 하나만이 정해졌는지 아닌지 그것만 확정되면 …… 아무 것도 두려울 것이 없습니다 …… 그야 일을 하여 나가려면 난관이 있을 것, 괴롬과 수고가 있을 것, 때때로 박해와 모험이 없으란 법은 없으니 ……."

"저 이렇게 생각을 하고 있습니다. 인천 ××유치원이 열두 시에 하학이 되니까요 …… 새로 한 시부터 밤까지 선생님 병원 일을 도와드려 볼까 싶은데요. 간호부로의 경험은 없습니다마는 선생님 곁에서 심부름이나 해 드렸으면 …… 선생님의 하시는 위대한 사업에 저도 한 몫 드는 셈도 될 게고 호호."

"그렇게 말씀을 하시면 너무도 부끄럽습니다 …… 좌우간 인애 씨께서 오후에 시간을 내실 수 있다면 오전에는 또 어떻게라도 해갈 수 있으니까요. 감사합니다. 사람이야 얻으려면 아주 없는 것은 아닙니다."

인애는 이때다 한 듯이 조금 전부터 입속에서 뱅뱅 돌고 있던 오꾸마에 대하여 기어이 말끝을 열었다.

"참 오늘 떠난 이는 누구십니까?"

인애는 방글방글 웃으며 동섭을 건너다보았다.

"네, 저 일남이 누님이야요! 그리고 그이는 지나온 생애가 무척 파란이 많았던 모양으로 다소간 성질도 좀 거칠어진 곳도 없지 않아요."

동섭은 눈을 떨어트리고

"저녁 진지 잡수실 때는 아마 다소 불쾌하셨지요?"

하고 인애를 쳐다본다.

"네, 조금 어째 속에 화가 치미는 사람같이도 보입디다만."

"좌우간 성격은 무척 복잡한 사람이나 그렇다고 양심까지 잃어버린 사람은 아니고."

"그인 병원 일에 도와 드리려고 하지 않습디까."

하고 인애는 동섭의 기색을 살폈다.

"자기 일이 바쁘니까요. 그럼 곤하신데 일찌감치 쉬시죠."

"참 이건 이부자리랬지요?"

"네 위선 이불과 의복 몇 벌만 가져왔어요."

동섭은 매듭이 굵게 묶여진 고리짝을 어렵지 않게 풀어 놓고

"별일이야 없겠지만 안으로 고리를 걸고 주무서요."

동섭이 건너간 뒤에 인애는 자리를 펴고 누웠으나 하나에서 열까지

든든하고 믿음직스러운 동섭을 신뢰하고 여기까지 온 자기가 결코 잘못이 아니었다고 생각하고 안심하듯이 큰 숨을 내쉬었다.

새로운 출발!

인애가 걸어 나가려는 길에는 클레오파트라의 지옥과 같이 연애는 없을지 모른다.

그러나 극광처럼 찬란한 인류애의 전당이 손짓하여 기다리고 있는 것이다.

이러한 것을 생각한 인애는 지금 가슴에 와서 덮칠 듯이 야트막한 천장 아래에서도 만족한 듯이 빙그레 웃고 눈을 감았다.

이튿날 아침 아직 밝기도 전에 잠이 깬 인애는 살그머니 문을 열고 부엌으로 나갔다.

세수를 한 뒤 걸레를 빨아 마루를 훔치고 있노라니 동섭이 굽실굽실한 머리를 한 손으로 쓸어 넘기며

"잘 쉬셨습니까?"

하고 빙그레 웃고 나온다.

뒤따라 일남이가 쌀자루를 들고 나오자

"이리 다오. 쌀은 내 씻으마."

하고 인애는 부엌으로 가서 함지박을 찾았다.

인애가 부엌으로 들어가는 것을 동섭은 말리지도 않고 일남이를 데리고 바케쓰[194]를 들고 사립문 밖으로 나가더니 이윽고 물을 한 통 길러 가지고 온다.

---

194 バケツ. 양동이 혹은 물통.

어제까지는 오꾸마가 있어서 반찬도 사오고 음식도 장만하였지마는 어리둥절한 인애는 물론 부엌에 남아 있는 재료만으로 반찬을 만들 수밖에 없는 것이다.

다 쓰러져가는 선반 위에는 오꾸마가 쓰다가 둔 모양으로 말라서 거의 쪼그라진 감자가 몇 알 있고 어제 저녁에 쓰다가 남았는지 양파가 한 알 있다.

일남이에게 물어서 된장을 꺼내가지고 장찌개를 끓이기로 하였다. 이것도 오꾸마가 장만한 것인 듯 새로 사온 냄비와 풍로가 이 부엌에서는 가장 문화적 시설이다. 밥이 끓은 뒤에 풍로에 불을 옮기어 냄비를 얹은 때다.

달음박질로 들어오는 일남의 한 손에는 신문지로 싼 두부가 놓여 있다. 반찬이라고는 된장찌개 그리고 좁쌀 섞인 밥이건만 동섭은 수굿이 앉아 세 공기나 먹는 것을 볼 때 인애는 속으로 고개를 끄덕였다. 일찍이 서정연 씨 집에서 동섭이 어떤 음식을 먹고 어떤 자리에서 자던 것을 인애는 너무도 잘 안다. 고동 하나만 틀면 맑은 물이 몇 통씩이나 나와 씻어가는 자경의 집 변소보다 빈약하고 불결한 이 오막살이집에서 태연히 자고 쉬고 그리고 그 집 행랑 사람들도 먹지 않는 조밥을 먹는다는 사실이 과연 인애의 눈에 어떻게 비치었는고.

동섭의 의지! 동섭의 건강! 동섭의 용기! 인애는 가만히 입속으로

'장하다'

하고 부르짖었다. 아침을 마친 뒤 두 사람은 일남이를 앞세우고 아랫마을로 내려왔다. 병원이라는 집은 어떤 일본 사람의 잡화상하던 것인데 한 달에 이십 원씩 주기로 하고 빌린 것이다. 아래층은 제법 병원과 같

이 들어가는 첫 머릿방이 진찰실이고 그 너머 방이 치료실 그리고 그 맞은편이 약국이다.

위층에는 다다미 넷 반을 까는 방과 다다미 여섯을 까는 방이 있다. 월미도 다리를 건너서 몇 마장 오른편으로 가서 남향을 한 집인데 이곳은 공사장에서도 비교적 가깝고 그러자면 물론 빈민촌 사람들을 중심한 것이라는 것을 일견에 알 수 있는 것이다.

문에 굵다랗게 먹으로

'실비치료원(實費治療院)'

이라 쓰인 간판이 붙어 있는데 물론 동섭의 친필로 쓴 것이다. 동섭이 안으로 들어서며

"이 사람 이석이 있는가?"

하고 소리를 치자

"네! 선생님이서요?"

하고 물 묻은 손을 씻지도 않고 뛰어나오는 청년이 있다.

푸른 납바후꾸를 입고 머리는 사부가리로 깎고 …… 독자 여러분께서 혹시 짐작하실지 모르나 자경이 동섭을 찾아 인천으로 갔던 첫날 저녁에 차돌이와 할 때

"아냐요 내려갔어요. 땅속으로."

하고 껄껄 웃던 그 청년이 바로 이 이석이였다.

공부라고는 보통학교 사학년까지 다니다가 월사금에 몰려 쫓겨나가지고 공사장에 다니면서 돌을 찧었다. 차차 자라나면서 돌을 운반도 하고 흙을 파기도 하였지만 어쩐지 이석이는 그 무시무시한 축항 공사장이 딱 싫어져서 한 달이면 열흘을 집에서 꾀병을 앓아눕고 하였다.

하루는 자기 어머니가 의사를 데려왔다고 하여 자기의 과히 아프지도 않는 배앓이를 동섭에게 진찰을 받고 그 손에서 약을 먹던 날부터 그는 웬일인지 동섭을 존경하고 따르고 사모하게 된 것이다.

어머니는 아들이 한사하고 축항 공사 일을 싫다 하는 바람에 아랫마을에 새로 양조장을 설치한 먼 일가 집에다 사환으로 보냈더니 무슨 까닭인지 스무날도 채 못 있고 돌아와 버리고 말았다.

그럭저럭 집에서 어머니에게 눈치코치를 하여 가며 놀고 있던 이석이는 동섭의 병원이 되는 것을 알자 하늘에나 오를 듯이 쫓아온 것이다.

"선생님 전 월급 일 없어요. 그저 선생님 곁에서 심부름만 해드렸으면 ……."

스무 살이나 먹은 이석이는 여드름 돋친 이마를 찌푸리며 눈물까지 흘려 보이는 것이다.

"정 자네 맘이 그렇다면 와서 있게나. 병원이나 소제하고 ……."

"고 고맙습니다. 선생님."

이때부터 이석이는 몸에 날개가 돋은 듯이 병원을 쓸고 닦고 그리고 동섭을 위하여 차를 끓이고 병원에 쓸 소독 물을 만들고 동섭은 이석의 열심에 감사하였다.

동섭은 인애에게 이석을 소개한 뒤에 진찰실로 들어갔다.

축항 공사장에 저녁 고동이 길게 울고 방안에 전등이 켜질 무렵이 되어 동섭은 가운을 벗고 진찰실을 나왔다.

동섭과 인애 사이에는 무슨 의논이 성립되었는지 이 저녁부터 동섭은 이석이와 함께 병원에서 거처하기로 하고 인애는 일남의 집을 빌려 이석이 어머니와 같이 있기로 되었다.

인애는 ××유치원 보모 최영순이 하던 대로 십칠 원씩만 주면 정갈한 방 하나와 세 끼에 밥을 먹을 수가 있는 것이다.

그러나 십칠 원을 가지고 존절히[195] 하면 두 사람은 끓여 먹을 수가 있다고 생각한 인애는 이석이 어머니를 데리고 있고 싶었다.

그렇게 하면 성심으로 동섭을 돕는 이석이를 조금이라도 안심시킬 수가 있고 아들의 수입이 없다고 슬퍼하는 어머니의 맘도 위로할 수도 있는 것이다.

인애는 즐거이 조밥과 된장찌개를 먹기로 결심하였다.

일남이는 오꾸마의 소원대로 보통학교에 넣으려 하였으나 연령이 초과하였다는 이유로 입학이 거절된 까닭에 오꾸마는 시가지에다 일남의 형제를 위하여 조그마한 잡화상을 하나 내었다.

그러나 일남이는 차돌이에게 있는 것보다 동섭의 심부름을 하는 것이 더없이 즐거운 모양이다.

그럭저럭 인애의 쉬는 한 주일도 지나가고 ××유치원으로 갈 날이 닥쳐왔다.

인천 ××유치원에는 인애와 같이 졸업을 맡은 보모가 하나 있고 또 그 전해 졸업을 한 동창 한 사람. 이래저래 인애에는 반가운 동무들이었으나 그들의 의복이나 신발이나 그 외에 핸드백, 파라솔 같은 것들이 눈에 뜨이게 사치스러운 것이 맘에 들지 않았다.

그러나 이미 인애 자신과는 길이 다르지 않느냐. 구태여 그들을 질시하고 나무랄 이유는 없는 것이다. 한 달 전만 하여도 자기도 저들과 같

---

195 알맞게 절제하는 데가 있게.

이 아니 그 이상 더 모양을 내고 싶었고 값 높은 물건들을 가지고 싶지 않았더냐. 단지 경제적 쇠사슬이 자기를 묶어 임의로 못한 것뿐이었다. 이미 자기에게서는 빛과 향기를 담은 꽃 시절은 가버렸다.

'피어보지도 못하고 말라버린 꽃 봉우리다.'

그러나 꽃이 지난 뒤에 녹음은 보다 아름다운 열매를 약속하고 있지 않느냐.

열두 시가 되어 아이들이 돌아간 뒤 보모들은 인애를 자기들 있는 하숙(고 장로 댁)으로 가자고 졸랐으나 인애는 다음 기회로 미루고 동섭의 병원으로 뛰어갔다.

진찰을 기다리는 환자가 넷이나 되고 동섭은 청진기를 귀에 건 채 약 화제를 쓰고 있고 이석이는 체온기를 빼서 동섭의 앞에 들이밀고 섰다.

인애는 약국에 걸어 두었던 자기 입던 가운을 찾아 입고 들어올 때다. 한 여인이 안고 있던 어린아이가 삐르르 하고 똥을 갈겼다.

기저귀를 채우지 않았던 모양으로 어린애 똥은 여인의 손가락 사이와 팔뚝 너머로 흘러내린다.

옆에 앉았던 사람은

"저런."

하고 자기 일들처럼 민망히 생각하였으나 걸레도 없고 사람들은 서로 쳐다보고 앉았을 수밖에 없는 형편이다.

여인은 아이를 땅바닥에 내려놓더니 똥 묻은 손으로 아이의 궁둥이부터 먼저 때린다.

금방 넘어갈 듯이 우는 아이를

"이 소리 못 그쳐."

하고 또 한 번 덥적 때린다.

인애는 얼른 안으로 들어가서 헌 신문지를 내고 따뜻한 물과 타월 수건까지 가져왔다.

여인에게 방바닥을 훔쳐내라 하고 인애는 아이의 궁둥이를 씻어 주었다.

"츳츳츳."

혀를 차고 섰던 이석이는 돌아가며 문을 열어젖히느라고 야단이고 일남이는 한 손으로 코를 쥐고 한 손으로 여인이 닦아 놓은 신문지를 들고 나갔다.

동섭은 자기도 모르게 소리를 질렀다.

운명의 바퀴

　상만과 자경은 신혼여행을 마치고 돌아왔다.

　자경은 근 삼주일이나 되는 긴 여행에 지치기도 지쳤으려니와 남보다 유난스럽게 입덧이 심하여 거의 굶다시피 하고 기차와 자동차에 시달린 까닭에 얼굴이 말 못 되게 수척 되고 신경은 침 끝같이 예민하여져 상만은 자경의 비위를 맞추기에 실로 일거수일투족에도 맘을 쓰지 않으면 아니 될 형편이었다.

　두 사람은 정거장에까지 마중 나온 식구들의 환영을 받으며 집으로 들어오자 자경은 곧 침실로 들어가 누워버렸다. 이튿날 아침 상만은 오래간만에 회사로 나갔다.

　그는 자경을 떠나 일터로 간다는 것을 생각할 때 어여쁜 사슬에서 놓인 강아지처럼 자유로운 기분을 느끼는 것이다.

　회사로 들어서자마자 사원 일동은 거의 총기립을 하다시피 상만을 맞이하였다. 한성물산 주식회사의 총 지배인의 위신을 보이려는 듯이 상만은 되도록 억양스럽게 고개를 숙이면서 급사 아이가 약간 당겨놓은 지배인석 교의로 가서 앉았다.

　지금까지 지배인 대리라는 직함을 가진 김윤수라는 일전 피로 연회장에서 축사를 올리던 대머리 중년 신사는 바로 일주일 전에 가봉(加

(俸)[196]이 붙어 경상북도 대구 지점장으로 이전이 되어갔다.

며칠 전까지도 서로 평교로 지내던 동료 앞에서 갑자기 지배인으로서 눈을 내리깔고 앉아 있기란 상만에게는 그리 좋은 일은 아니었다.

종일 이 문서 저 문서를 뒤적거리면서 거래 차로 시골서 올라온 손님들과 담배를 피우며 회사 시간을 기다렸다.

자경은 곤한 것을 핑계로 침실에 누웠으나 그는 몸보다 경보다 오히려 맘 아니 영혼으로부터 오는 고통을 느끼고 있는 것이다.

'오상만의 아내.'

아무리 생각하여도 자기의 남편은 오상만이 아니고 오상만의 아내는 자기 이외에 따로 있는 것 같다.

마치 어쩌다 칼을 제집에 꽂지 못하고 다른 칼집에 꽂은 때 같은 그런 어색하고 거북상스러운 느낌을 어찌할 수가 없는 것이다.

'동섭 씨!'

하늘 아래 높이 솟아 흰 눈을 이고 서 있는 태산같이 늠름한 그이.

자경은 열이 있어 달아진 입속으로

"동섭 씨!"

하고 나지막이 불러보았다. 그러나 다음 순간 그는 기나긴 한숨과 함께 앵두와 같이 어여쁘게 부풀어 오른 아랫입술을 지그시 깨물었다.

그의 눈앞에서는 문득 인천서 보던 그 여자의 짙게 화장한 얼굴이 나타난 때문이다.

'그러나!'

---

196 정한 봉급 외에 일정한 액수를 따로 더 줌.

자경은 요사이 아니 결혼하던 그날부터 자기 맘속을 엿보는 한 가지 무서운 생각을 피하려는 듯이 고개를 흔들었다.

'동섭 씨가 그 여자를 참으로 사랑하였을까 …… 단지 한때의 기분이 아니었을까? 그렇다면 내가 너무 경솔하지 않았을까?'

자기 자신을 향하여 던지는 이 몇 마디 질문은 서릿발같이 예리한 칼날이 자경의 가슴을 향하여 찌르려 하는 것보다 오히려 자경을 무섭게 하는 것이었다.

'좀 더 기다려 볼 걸. 좀 더 알아보지 않고 ……'

이 한 생각은 자경의 눈에서 모든 아름다운 산천의 경치를 빼앗고 마땅히 즐거워야할 신혼의 가지가지의 꿈을 짓밟아 버린 것이다.

자경이 능라도가 좋다, 봉천성이 굉장하다, 만리장성이 위대하다는 등 갖은 찬사를 다하여 부르짖는 그 찬미는 결국 시시각각으로 좀 먹어오는 자기 맘의 공허를 숨겨보려는 애달픈 비명이 아니었던가.

그러나 외로든지 바로든지 한 번 구르기 시작한 운명의 수레바퀴는 이제 영원히 …….

그 가서 멈출 곳까지 굴러가고야 말 것이다.

상만이 돌아오는 듯한 기척을 듣고 자경은 가만히 일어나 머리맡에 놓인 경대를 들여다보고 가루분으로 얼굴을 고쳤다.

빙긋빙긋 웃으며 들어온 상만은 자경의 머리를 짚어보고

"그래 기분이 좀 어떤가요?"

하고 그의 뽀얀 뺨에 입술을 대인다.

"오늘 저녁은 지배인 환영회라나요 아마 좀 늦어질는지 모르니 …… 돌아올 때 오미양에[197] 가져 올게."

자경은 빙그레 웃고 고개를 끄덕여 보였다.

자경이 방에서 나온 상만은 미리 등대하고 있는 자가용 자동차를 타려고 현관으로 나왔다.

허리를 굽히며 문을 열어 상만을 올라 앉히고 운전대로 가서 손잡이를 잡던 운전수가

"저 이런 분 혹시 아십니까?"

하고 명함을 보인다.

'우메노 요시에.'

상만은 자기도 모르게 소리를 질렀다.

운전수의 입에서 요시에가 이삼일 전에 계동 서 사장의 집으로 찾아왔더란 말과 지금 경성 역전 ××여관에 묵고 있단 말을 들은 상만은 위선 먼저 알고 싶은 것이 학세의 안부였다.

'급한 병으로 입원하였던 학세 …….'

학세를 생각할 때에는 실뱀같이 징그럽고 미운 요시에를 굳이 피할 마음은 없었다.

그보다도 이편에서 피해 본댔자 이미 경성 한복판에다 주소를 정하고 자기의 일동일정을 살피고 있는 요시에가 아니냐.

섣불리 냉정하게 굴다가 도리어 불리한 결과를 저지르게 될지도 모른다.

이러한 타산이 머릿속을 스쳐가자 상만은

"화신백화점으로."

---

197 모찌(찹쌀떡).

하고 운전수에게 명하였다.

요시에 모자에게 줄 선물을 살 겸 그보다도 이 경우에 더욱 중요한 것은 타고 온 자경의 집 자가용 자동차를 돌려보내고 싶은 것이다.

상만은 자동차를 집으로 돌아가라 명하고 자기는 곧 화신상회로 들어가 이 층으로 올라갔다. 학세에게 줄 값이 싼 장난감과 요시에가 기뻐할 만한 향수를 하나 사가지고 전화로 택시를 불러 놓고 아래층으로 내려왔다. 방금 문으로 들어오는 한 여자의 얼굴을 무심코 바라보던 상만은 흠칫하여 고개를 돌이켰다.

그 호리호리한 허리 그리고 약간 여윈 얼굴에 주근깨조차 보이는 그 여학생 타입의 젊은 여성은 자기가 배반하여 버린 주인애 그와 너무도 흡사하기 때문이다.

상만은 가만히 한숨을 삼키고 꾸러미를 안고 밖으로 나왔다. 웬일인지 전화로 부른 택시도 오지 않고 상만은 한 자리에서 있을 수도 없어서 전차에 올라탔다.

경성 역 앞에 있는 ××여관에는 과연 요시에의 모자가 머물고 있었다.

상만의 명함을 받은 요시에는 구르듯이 내려와서 친히 상만을 맞았다. 살기는 자취도 없고 녹아내리는 듯한 애교가 넘쳐흐르고 있다. 상만은 방으로 들어와서 자동차, 비행기, 군함 같은 장난감을 가지고 놀던 학세를 보자 얼른 두 팔로 아이를 안고 그 보들보들한 뺨에 입을 맞추었다. 아이는 손바닥으로 뺨에 묻은 침을 닦으며 머쓱하여 요시에에게로 달려든다.

"괜찮아 학세야 아빠란다. 알겠니?"

아이는 빙그레 웃고 어머니의 등 뒤로 가서 그의 어깨에 매달린다.

"이리 온 학세야. 자 아빠에게 안겨보아 자."

상만은 손을 치고 손바닥을 치고 하였으나 아이는 뱅글뱅글 웃기만 하고 그냥 서 있는 것이다.

"요 자식아 그래도 아니 올 테야?"

상만은 무르팍걸음으로 엉금엉금 기어 아이를 붙잡으려고 요시에 뒤로 갔다.

아이는 깨드득 웃으며 어머니의 가슴을 파고 들어온다.

상만은 아이를 붙들어 가지고 가로세로 안고 아이의 얼굴에다 함부로 입을 맞추었다.

이 광경을 보는 요시에는 무엇을 생각하였는지 돌아앉은 채로 소매 끝으로 눈물을 씻는다.

상만은 아이를 내려놓고

"자 아버지가 사온 선물을 구경할 테냐?"

하고 꾸러미를 풀었다.

그 속에는 커다란 기관총이 나왔다.

상만이 기관총 손잡이를 잡아내리니 총 끝에서 타닥타닥하면서 새파란 불이 쏟아져 나왔다.

학세는 이 장난감이 몹시 맘에 든 모양으로 상만의 손에서 기관총을 뺏듯이 가져갔다.

학세가 저 혼자 놀아 본다고 기관총을 들었다 놓았다 하는 때다.

"어쩔 테야요? 학세를 위해서라도 나는 서울을 떠나지는 않을 테야요. 먼빛으로라도 당신이 계신 이곳에 살고 싶어요."

"…… 글쎄."

"글쎄가 뭐야요. 당신이 뭐라고 하였어요. 서울로만 가서 기다리고 있으면 무에든지 내 소원대로 해준다고 안 그러셨어요?"

"그래 내 말대로 유순하게 서울로 바로 왔으니까 하하."

상만이 조롱하듯이 웃는 것을 가로막듯이 요시에는

"그래도 좀 내 맘도 짐작해 보서요. 내가 어디 나무야요? 돌이야요?"

상만은 요시에의 하소연을 들었다는 것보다 지금 기관총 연습을 한다고 얼굴이 빨개져서 앉아 있는 학세를 위하여 요시에의 청하는 대로 ××정에다 순일본식 집을 빌리고 살림을 시작하기로 하였다.

상만이 ××관으로 온 때는 기다리다 지친 사원들이 주빈 없는 음식상을 들여다 놓고 막 술잔을 받으려 시작하는 때였다.

바람에 쫓긴 마른 새잎들이 놀란 새처럼 가지에서 자주 날아 내리는 시월 중순 어느 날.

낙산 아래 지어둔 상만의 집 대문 안으로 새로 장만하는 세간을 실은 마지막 구루마가 들어갔다.

한의에게서 지어온 약을 십여 첩이나 달여 먹고 훨씬 기분이 좋아진 자경은 행주치마를 두르고 손수 찬장 속에다 새로 사온 유리그릇과 사기그릇을 하나씩 하나씩 포개어 놓기도 하고 안방 윗목에 놓인 단스에 상만의 양복을 솔질하여 걸기도 하면서 가늘게 콧노래를 불렀다.

자경의 본집과는 비교도 할 수 없이 좁고 빈약한 이 집이건만 화분을 적당한 자리에 놓고 자경의 취미에 맞는 문장과 레이스로 창과 벽을 꾸며 보니 그만하면 두 식구 식모까지 세 식구가 살아가기에는 아무 불만이 없을 것도 같다. 저녁때가 되어 집안은 전부 정돈 되고 상만이 서재에는 달리아를 꽂은 화병이 물방울에 젖은 채 주인을 기다리게 되었다.

요리책을 들여다보며 만들어 화덕 속에 집어넣어둔 비스킷이 어찌 되었는가 보려함이다.

부엌으로 뛰어가 화덕 문을 열어젖히고 보니 비스킷을 꼭 알맞게 노르스름하고 보드랍게 구워졌다.

자경은 빙긋이 웃고 고개를 끄덕였다.

무슨 일이던지 해서 시간을 보내 버리자는 것이 요사이 자경이 새로 발견한 진리다.

'바쁘면 모든 슬픈 생각은 잊어 지나니 ……'

하얀 행주치마를 두른 자경은 훌륭한 주부의 한 사람으로써 비스킷을 그릇에 옮겨놓고 남편이 돌아오기만 하면 차를 만들려고 주전자에 물을 넣었다.

이럭저럭 다섯 시가 지나고 여섯 시가 되어도 웬일인지 상만은 돌아오지 않는다.

'전화를 해?'

자경은 문득 자기 집에 전화가 아직 걸리지 않은 것을 생각하고 혀를 찼다.

마루 끝에 서서 저편 평평한 언덕을 보고 섰노라니 모자를 벗어 흔들면서 뛰어오는 것은 분명코 상만이었다.

자경은 행주치마를 입은 채 대문 밖으로 나갔다.

상만은 손수건으로 이마에 돋은 땀을 씻으며

"지금 큰길에 자동차가 기다리고 있는데 …… 손님들과 바로 가려고 하다가 당신이 기다릴까 싶어서 ……."

이 저녁도 또 나가서 먹겠다는 말이다.

신혼여행에서 돌아와 과연 몇 번이나 같이 저녁을 먹었던고.

"남은 종일 죽도록 집안을 정돈하고 비스킷까지 만들어 노니까."

"용서하시오. 시골 손님인데 우리 회사 거래로는 아주 이거야요."

상만은 엄지손가락을 세워 보이고

"자 그럼 갔다 오리다."

"몇 시에 돌아 오서요?"

"글쎄 아마 늦어질지도 몰라요."

자경은 급하게 뛰어가는 상만의 뒤를 한참 바라보고 힘없이 안으로 돌아섰다.

상만이 나간 지 반시간이 못 되어 우수수 하고 빗방울이 지붕을 때리는 소리가 들려왔다.

자경은 첨으로 이사 온 집, 그나마 식모와 단둘이 있는 이 집에서 밤 열두 시까지 잡지책을 들고 앉아 남편을 기다렸으나 그 밤이 새도록 마침내 상만은 돌아오지 않았다.

상만은 학세가 잠이 드는 것을 보고 시계를 보니 벌써 아홉 시가 되었다.

"열두 시 안에는 꼭 돌아가야겠는데 ……."

"염려 마서요. 열 시쯤 되어 마누라님께 가면 더 좋지 않아요? 호호."

조롱하듯이 웃으며 주방으로 나갔던 요시에는 다시 돌아오면서 따끈한 홍차를 가져왔다.

상만은 요시에의 손에서 차를 받아먹고서 양복을 벗고 학세 곁에 누워버렸다.

얼마이니 하여 잠이 든 상만은 온밤을 꼼짝 아니하고 그대로 깊은 잠에 빠져버렸다.

요시에가 갖다 논 그 차 속에는 최면제가 두 알이나 들어 있었던 까닭이다.

날이 새어가건만 코만 골고 누웠던 상만이 얼굴을 들여다보고 요시에는 승리한 듯이 호호하고 웃는 것이다.

"여보서요 일어나서요. 무슨 잠을 그렇게 주무신단 말씀이요."

하는 소리가 어렴풋이 들리자 그는 눈을 번쩍 떴다.

종이문 사이로 스며드는 햇살에 눈이 부신 듯이 가늘게 실눈을 뜬 상만의 눈에 벌써 아침 화장을 곱게 마친 요시에의 흰 얼굴이 보이자 그는 자리를 걷어차고 벌떡 일어났다.

"이것 큰일났네."

"큰일은 무슨 큰일이야요. 그래 여기는 못 주무실 곳이란 말이야요?"

"지금이 몇 시요? 좌우간."

"지금 돌아가시면 어여쁜 마누라가 가져오는 아침상을 받기에 꼭 알맞은 시간야요 호호호."

상만은 속으로 혀를 차면서 바쁘게 양복을 입었다.

요시에가 가져온 젖은 수건으로 얼굴을 대강 문지르고 상만은 큰길로 나와서 택시에 올라탔다.

반쯤 열어 논 창틈으로 새어드는 늦은 가을 아침의 산뜻한 바람이 흐리터분한 상만의 머릿속에 박하와 같이 시원하게 느껴졌다. 그러나 상만은 팔짱을 끼고 손에 기대어 앉은 채 자주 한숨을 쉬었다.

'츳 이사한 첫 밤을 온통 나가 새우다니 …… 장인 영감 귀에 이런 말이 들어간다면? 츳.'

자동차가 낙산 아래 편편한 길에 대이고 상만은 뚜벅뚜벅 무거운 다리로 약간 비탈진 길을 올라왔다.

대문을 들어서서 현관까지 갈 동안 그는 어려서 동무들과 장난하다가 학교 유리창을 깨어놓고 선생님에게 불려갔던 그때를 생각해 보았다.

'좌우간 변명이나 해보고 …….'

생각하고 구두를 벗는 상만의 귀에 울려오는 음향 …… 은빛으로 밝은 달 아래 천 조각 만 조각의 물결이 고요히 흐르고 부딪치고 깨어지고 합치는 미묘한 음악소리는 그의 맘속에 연기와 같이 덮인 우울과 불안을 일 분 동안에 씻어주는 듯하였다.

'과연 자경은 훌륭하다.'

속으로 외치고 조그마한 응접실문을 열었다.

남편이 돌아오는 줄을 안 자경은 피아노 뚜껑도 덮지 않고 어린애처럼 달려와 상만의 목을 안는다.

"용서하서요 자경 씨!"

상만은 가슴에 안기는 자경의 어깨를 힘껏 껴안았다.

"왜요? 내가 되레 죄만스러운데요, 호호."

가느다랗게 앞이마에 두어줄 지진 머리가 자경의 약간 노르스름한 얼굴에 몹시도 고상한 조화를 보이고 있다.

"엊저녁에 당신이 나가시자 곧 비가 오지 않았어요?"

자경은 상만을 교의로 밀어다 앉히고

"당신이 나가시자 곧 빗방울이 돋기 시작 않았어요."

"그래 그런지 낮에 일을 좀 해서 그랬던지 초저녁부터 어떻게 졸리는지 그냥 쓰러져 자 버렸어요. 난 바로 조금 전에 잠이 깼어요."

자경은 어제 저녁 열두 시가 넘어 자리로 들어가고 그리고 날이 밝도록 거의 한잠도 못 이루었건만 상만을 밤새도록 기다렸다는 말은 차마 그의 자존심이 이를 허락하지 않는 것이다.

상만은

"그럼 다행이었소그려."

하고 빙그레 웃었으나 자경이 자기를 기다리지도 않고 한밤을 편히 잤다는 말을 들을 때 그의 맘은 어째 약간 적막하여 지는 것이다. 자경은 바쁜 듯이 주방과 안방으로 들어갔다 나갔다 할 뿐

'어디서 잤느냐 누구와 만났더냐.'

하는 말 같은 것은 입 밖에도 내지 않는 것이다.

"그럼 진짓상을 가져 올까요?"

하고 고개를 갸우뚱하여 보이는 것을

"아침은 못 먹겠소. 간밤에 토사를 만나서 손님들과 여관에서 의사를 청하여 주사를 맞고 ······."

상만은 천연스럽게 거짓말을 하고 아직도 괴로운 듯이 손으로 배를 만져보는 것이다.

거짓과 거짓으로 무장하는 부부! 과연 그들의 행복은 모래 위에 지은 집처럼 덧없는 그것이 아닐까.

"그럼 자리로 가서 누우시죠. 간밤에 오죽이나 고통이 되셔서 집에도 못 오셨겠어요? 난 그래도 혹시 오셨다가 문을 열어 드리지 않아서 성이 나서 도로 어디로 가시지나 않았나 하고 속으로는 걱정을 하던 참이었어요."

친절하게 하는 자경의 말속에는 어디인지 모르나 보이지 않는 조롱이 섞인 듯하여 상만은 괴롭게 웃어 보이고

"고맙소이다. 하지만 오늘 회사로 찾아올 손님도 있고 꼭 해결을 지어야 될 문제도 있고. 나가보아야 되겠는데."

상만은 자경이 데워다주는 우유를 좀 마시고 집을 나왔으나

'밤새도록 잘 잤다.'

하는 자경의 말이 어째 찌부듯 가슴 속에 걸리었다.

상만의 첫 외박이 있은 지 일주일이 지난 날 그는 또다시 사람들의 눈을 피하여 ××정 요시에의 집을 갔다.

전과 같이 학세와 셋이서 저녁을 마친 상만은 길게 기지개를 켜면서

"나 오늘 밤은 여기서 자고 갈 테니 ……."

"정말요? 학세야 아빠가 집에서 우리와 같이 주무신단다."

하고 어린아이의 몸을 껴안고 좋아서 어쩔 줄을 모르는 요시에를 물끄러미 바라보고

'도대체 나를 참으로 사랑하는 여자는 누구냐. 자경이냐 요시에냐 …… 그나마 …… 인애냐.'

상만은 그 사이 배워서 훌륭하게 피울 줄 아는 담배를 훅 하고 연기를 뿜으며

'인애 씨! 용서하서요.'

하고 허공을 노려보는 것이다.

즐거운 카나리아처럼 갖은 애교를 다 부려 지껄이는 요시에의 말소리에 한 귀를 기울이면서도

'흥 오늘 밤도 달게 잠이 올까? 자경!'

하고 상만은 쓰디쓴 웃음을 혼자 웃었다.

과연 그 이튿날 날이 새어 상만은 낙산 본집으로 돌아왔으나 자경의

입에서는

"왜 밤새도록 돌아오지 않았어요?"

하는 말은 들을 수가 없었다.

　집에다 전화를 걸자는 둥 라디오를 가설하자는 둥 살림살이 이야기만 하는 자경을 발견한 상만은 어렴풋이나마

　'자경은 지독한 위선자가 아니면 나를 조금도 사랑하지 않는 여자다.'

　이런 생각이 맘속에 떠오르기 시작하였다.

　연남빛으로 푸른 조선의 가을 하늘도 삭풍을 안은 회색 구름 속에 숨어버리고 모이를 따라 흩어지는 흰옷 입은 무리처럼 기러기도 북으로 가버린 지 오래되었다.

　겨울을 접어들면서부터 상만과 자경 사이는 가끔 하늘이 흐리고 눈보라가 날리는 듯 살풍경한 감정의 얼룩이 점점 노골화 되어갔다. 첨 한 달에 한 번 혹은 두 번의 외박을 하던 것이 일주일에 한 번씩 나가자고 들어오는 남편을 향하여 가벼운 조롱과 빈정거리는 말뿐만으로는 자경의 분노가 풀리지 않는 것이다.

　마침내 폭풍의 아침은 오고야 말았다.

　"간밤에는 손님들과 여관에서 밤늦도록 이야기를 하다가 잠깐 옆에서 팔을 베고 누웠다가 온다는 것이 이렇게 되었소이다. 용서하시우."

하고 빙긋빙긋 웃는 남편의 따귀를 냅다 갈기고 싶은 충동을 억지로 참고

　"네! 네! 다 알았어요 다 알았어. 하지만 진주를 돼지 앞에 던지는 사람은 없거든요. 알겠어요? 왜 내가 성내지 않는 이유를 하하하."

　히스테리컬하게 웃는 자경의 얼굴을 차디찬 눈으로 건너보는 상만은

　"그래 말 잘하는구려. 진주같이 고귀한 당신도 결국 돼지 여편네니까 치."

상만은 씹어 뱉듯이 받아 넘기고 아침 밥상도 받지 않고 그대로 모자를 집어 들고

"아 그래 내가 나쁜 짓을 하고 다닌단 말이요? 어디 홀린 데가 있단 말요."

하고 자경을 노려보았다.

"글쎄요 그건 내가 더 알고 싶은 문제라니까 ……."

자경은 말도 채 마치지 않고 응접실로 뛰어가서 피아노를 부서져라 내리치는 것이다.

허전허전한 속에 밥도 먹지 않고 나오는 상만은 요란한 피아노 소리가 흘러나오는 자기 집을 돌아보고 눈을 흘기었다.

"흥 암만 네가 안달을 해 보아라. 요시에는 너보다 몇 배나 더 솔직하고 순정이니까 ……."

중얼거리며 상만은 입을 깨물었다.

'도대체 일주일에 한 번씩 학세를 보러가는 것이 무엇이 나쁘단 말야 무엇이.'

이렇게 자기 자신을 변명하여 보는 상만은 못 견디게도 요시에의 모자가 가엾어지는 것이다.

'풍속도 언어도 다른 곳에 오직 나 하나를 바라고 …….'

자경은 상만에게 처녀를 빼앗겼다면 요시에는 상만에게 처녀를 바친 몸이다.

한 여자는 상만의 아내로써 상만의 일동일정을 감시할 권리가 있고 한 여자는 아들까지 낳고도 그늘에 숨어 살지 않느냐. 이렇게 생각하는 상만은 새삼스럽게 사회의 불공평에 대하여 의분을 느끼는 것이다.

이날부터 상만은 학세의 이름으로 오천 원 정기 예금을 시작하였다.

아침에 자경과 다투고 나온 상만은 퇴사 시간이 되었건만 물론 낙산 본집으로는 가지 않았다. 그는 시골서 온 손님들이 청하는 대로 요릿집에서 저녁을 마치고 열 시가 조금 넘어 ××정 요시에의 집으로 갔다.

상만의 목소리에 귀를 기울이던 요시에는

'됐다!'

하고 속으로 손뼉을 쳤다.

간밤에 자고 간 상만이 이 저녁에 또 오지 않느냐…… 동경 한복판에서 수백수천 명의 사나이를 상대로 수완을 닦아온 요시에지만은 황금과 지위를 배경으로 한 자경에게서 오상만을 송두리째 빼앗고야 말리라는 자기의 야심이 어째 부질없는 한 개의 꿈과 같이 생각이 되어 스스로 절망을 느낀 때도 있었다.

그러나 세상에 모든 어머니와 같이 그는 아들을 이용하여 남편의 맘을 사로잡는 비결을 잘 알고 있었다.

그 때문에 평양 ××여관에서 멀쩡한 아들을 가지고도 열이 삼십팔 도니 병원에 입원을 하였느니 하여 상만의 맘을 아프게 한 것이 아니냐.

"네 곧 나갑니다."

하고 요시에는 제비처럼 현관문을 열어 놓자 허리를 굽혀 상만의 구두를 벗기었다.

"고맙소."

상만은 향긋이 술 냄새가 풍기는 얼굴을 요시에의 뺨에 대이면서

"고맙소."

또

"아가는?"

한 번 놓이고 하고 위층을 쳐다보았다.

"오늘 저녁에는 유달리 아빠 이야기만 재잘거리더니 …… 아마 오시려고 그랬던 거죠 …… 바로 조금 전에 잠이 들었나봐요."

요시에는 상만의 외투를 벗기고 모자를 받아 한편 벽에 걸고

"바깥은 퍽 춥지요?"

하고 화롯불을 파헤친다.

"아니 그렇지도 않아. 그런데 식모는 어찌 됐소. 직업소개소에서 통지도 없습디까?"

"네 참 하나 왔어요, 낮에."

목소리를 낮추어 가지고

"내지 여자인데요. 쉰 살이나 되는 할멈인데 성질도 부드럽고 그만하면 되겠어요. 주방 곁에 있는 삼조 방을 주었습니다만 사람은 깨끗해요."

상만은 고개를 끄덕이고

"인젠 맘 놓고 산보라도 할 수 있게 됐소그려."

"글쎄요."

요시에는 돌아앉아 책상 위에서 무엇을 찾더니

"이것 보서요 아주 재미있지 않겠어요? 호호."

엇비스듬하게 접힌 보랏빛 광고지를 꺼낸다.

"이보서요 댄스홀 …… 유쾌하지 않아요?"

하고 가리키는 요시에의 하얀 손가락 끝에는

'여러분의 오락장. 오로라! 단연코 최첨단의 시설!'

'아래층에는 세계 각국의 차와 술, 이 층에는 연회석과 식당, 삼 층에는 오십여 명이 한꺼번에 춤출 수 있는 댄스홀 …… 러시아, 스페인의

춤, 아메리카 재즈 댄스의 개인교수도 있습니다.'

'물건을 사시러 갖다 오시는 길, 단란한 가족끼리 산보하고 돌아오시는 길, 기억하여 주세요 오로라.'

'마담 오꾸마는 최선의 서비스를 고객 여러분께 약속합니다.'

오꾸마가 인천서 올라 온 지도 그럭저럭 석 달이 접어들어서야 겨우 당국의 허가가 난 것이다. 첨 이층집을 빌어 설비한 곳은 댄스홀의 내부가 길에 왕래하는 사람의 눈에 띄게 되고 따라서 풍기문란의 염려가 있다 하여 삼 층으로 하기 전에는 허가할 수 없다는 까닭에 그 집은 다른 사람에게 양도하여 버리고 이번에는 예전 ××오복점 하던 삼층집을 빌렸다.

아래층은 카페 이 층은 식당 삼 층은 댄스홀이라는 거대한 오락과 영리 본위의 시설을 하기까지 오꾸마는 근 이만 원이라는 자본을 넣었다.

"갑갑한데 우리 거기나 한 번 가 볼까?"

요시에가 몹시도 호기심을 가지고 있는 것을 보고 상만은 슬며시 한 번 권하여 본 것이다.

"글쎄요 …… 혹시 부인이라도 만난다면? ……."

하고 요시에는 가늘게 한숨을 쉬고 눈을 떨어트린다.

"괜찮아 지금 …… 이래서 밖엘 통 안 나가니까 ……."

하고 임신하였다는 형용을 하여 보였다.

"임신요?"

요시에는 바늘에나 찔린 때처럼 깜짝 놀란 표정을 겨우 진정하고

"그렇다면 …… 나가도 좋지만."

요시에는 상만의 권하는 대로 외출할 채비를 하면서도

'흥 아들 좋아하는 조선 사람에게 자경이 아들이라도 낳는다면?'

지금까지 만세 반석 같이 믿고 있던 학세라는 자기의 군기고(軍器庫) 향하여 크나큰 대포가 입을 벌리고 들여다보는 듯 그는 어떤 공포에 가까운 불안을 느끼었다.

자동차가 '오로라'라 쓰인 장방형의 전등 앞에서 정거를 하자 상만이 앞서 나오고 그 뒤에 목도리를 어깨에 걸친 요시에가 따라 왔다.

아래층은 초만원이 되다시피 사람들이 빡빡이 들어앉은 것을 보고 요시에가 주춤 뒤로 물러설 때다. 안으로서 예쁘장하게 생긴 여급 한 사람이 나오더니

"위층으로 올라가시지요. 엘리베이터를 타시지 않으려면 길에서 바로 이 층으로 올라가는 계단도 있습니다."

하고 친절히 안내를 한다.

"그럼 위층으로 가볼까."

두 사람은 여급이 가리키는 밖에 층계를 밟고 이 층으로 들어왔다.

진홍빛 융을 깔아 논 대리석 계단을 올라 댄스홀의 정문을 들어서자 무지갯빛으로 찬란한 칠색의 광선이 두 사람을 에웠다. 이런 곳에서는 단연코 요시에가 상만의 선생이다.

그는 표를 몇 장 사가지고 상만의 한 팔을 척 끼고 객석으로 가서 앉았다.

백화가 난만한 화원으로 들어간 때처럼 상만은 잠깐 동안 그저 황홀하였다.

도발적인 곡조에 맞춰 남자들의 팔에 가는 허리를 안긴 묘령의 여성군(女性群)!

그들의 도전적이고 폭로적인 의상과 화장! 상대자가 없는 모양으로 자리에 우두커니 앉아 있는 댄서가 사오 인이 있고 그중에는 화복을 입은 여자도 두엇 눈에 띄었다.

"개점한 지 얼마나 되나요?"

요시에가 자기와 같이 화복을 입은 젊은 여자를 돌아보고 묻는 말이다.

"인제 겨우 한 일주일 남짓합니다요."

"그래 마담은 어디 있는가요?"

하고 요시에가 방글방글 웃으며 상만을 돌아보았다.

"저기 저 양반이야요 보랏빛 이브닝 입은 저이."

나지막이 속삭이고 눈으로 가리키는 곳을 방금 지나가는 한 여자의 설백으로 동그란 어깨가 석고로 만든 조각처럼 미끄럽게 보인다.

춤이 끝나고 신사들은 손수건으로 이마에 땀을 씻고 댄서들은 돌아앉아 가루분으로 얼굴을 고친다.

웃음 소리, 이야기 소리 실내에는 잠깐 동안 분홍빛 소음이 흐르고 있는데 또다시 음악이 울려왔다.

왈츠곡이다. 뚱뚱한 중년 신사가 요시에 앞으로 와서 넙죽 절을 한다. 같이 춤을 추자는 뜻인 줄을 아는 요시에는 상만을 돌아보고 살짝 고개를 숙여 보이고 뚱보 신사를 따라 일어선다.

박자에 맞춰 미끄러지듯 잔걸음을 쳐 나가다가 스르르 맴을 도는 남녀들을 상만은 한 손으로 턱을 괴인 채 빙그레 웃으며 바라보고 있을 때다.

"추어 보시죠."

하고 상만의 옆으로 다가서는 한 여자의 가을 호수와 같이 맑고 큰 눈이 마치 상만의 전신을 빠뜨려버리고야 말듯이 상만의 얼굴을 지키고 있는 것이다. 소복이 부풀어 올린 앞가슴의 고은 곡선이 절반이나 드러나도록 보랏빛 이브닝이 겨우 그 아름다운 어깨 위에 사뿐 걸쳐 있을 뿐이다.

'마담이로구나.'

상만을 속으로 생각을 하면서

"글쎄요 난 경험이 없어서."

"왈츠는 본래 춤이 아니야요. 저 음악 소리에 따라 발만 옮겨 놓으면 되요. 저 보서요. 라라라 라라라 세 박자씩 자 일어나 보서요."

상만의 한 팔을 붙드는 이 여자의 몸에서 값 높은 향수를 뿌린 사람에게서만 발견할 수 있는 아름다운 향기가 풍겨왔다.

"자 일어나 보시까요? 라라라 라라라."

상만은 자기도 모르게 여인이 끄는 대로 일어섰다. 조심조심 그러나 박자에 맞춰 발을 옮기고 여인이 그 미끄럽고 향기로운 분홍빛 긴 팔로 상만의 어깨에다 넌지시 힘을 주는 대로 빙그르르 맴을 돌기도 하였다.

"앗!"

상만이 가늘게 부르짖고 주춤 섰다. 그는 부지중에 은빛 구두를 신은 그 여자의 발을 밟은 까닭이다. 상대편 남자를 부끄럽지 않게 하려는 듯

"용서하서요."

하고 속삭이는 여자의 긴 눈썹 속에 빛나는 두 눈은 한 사나이를 뇌쇄시키고 남을 만치 온전히 매혹적이었다.

상만은 몇 번이나 맴을 돌고 몇 번이나 미끄러져 갔던지 여자의 이끄는 대로 다시 자기의 본자리로 오자 음악은 끝이 났다.

"어떠서요? 운동 겸 괜찮지 않아요?"

이 여인의 말속에 약간 사투리 악센트가 섞여 있는 것이 형용할 수 없

는 매력으로 들리는 것은 무슨 까닭일까.

상만은 돌아오는 자동차 속에서 지그시 눈을 감았다.

그는 옆에 있는 요시에가 무어라고 소곤거리는 소리를 들으면서도 그저 잠자코 고개만 약간 끄덕여 보일 뿐 생각은 지금 막 오로라 삼 층에서 만나고 온 오꾸마에게로 가는 것이다.

'이상한 여자다.'

상만은 속으로 중얼거리며 고개를 기울였다.

'단연코 첨단이면서 어디까지든지 은근한 태도!'

그는 지금까지 자기가 접근하여온 모든 여성들의 얼굴과 자태에서 오꾸마의 용자를 발견하려는 듯이

'요시에, 자경 …… 인애.'

하고 골고루 맘속에 그려보는 것이다.

빈약한 체격에 주근깨까지 보이는 인애는 그만두고라도 지지고 태우고 하는 바람에 군데군데 모자라진 머리털을 가진 요시에, 더구나 홍등가에서 웃음을 파는 사람들의 독특한 과장스러운 화장은 가끔 상만의 눈썹을 찌푸리게 하는 것이지마는

얼굴이나 맵시나 말소리, 웃음소리까지 하나에서 열까지 점칠 곳이 없는 자경은 어떠하냐. 상만은 가만히 고개를 좌우로 흔들었다.

'자경은 오꾸마보다 더 젊고 더 아름답다. 단연코 그러나.'

상만은 후 하고 가만히 한숨을 쉬고 창밖에 번듯번듯 지나가는 불빛을 노려보았다.

'아름답다 하지만 그는 나를 사랑하지 않는다, 확실히.'

상만은 아침에 자경에게서 들은 모욕의 언귀가 귓가에서 들리는 듯

하였다.

'진주를 돼지에게 던지는 사람은 없어요. 그러면 알겠지요. 왜 내가 당신에게 성내지 않는가를?

하고 보기 싫게 비웃던 자경의 교만하고 무례한 태도를 생각할 때 그는 얼굴에 열탕을 끼얹는 듯하여 고개를 획 돌려 이편 창밖을 내다보는 것이다. 차가 ××정 어구에 대이고 상만은 요시에의 뒤를 따라 집으로 들어갔으나 웬일인지 그 맘은 어디다 지접을 할 수 없이 외롭고 쓸쓸하여지는 것이다.

한 시간 전만 하여도 그는 학세의 아버지로서 용감하였고 또한 한성 물산 주식회사의 총지배인으로써 씩씩하고 젊은 사나이가 아니었더냐.

그러나 오로라에서 오꾸마를 발견한 뒤에 상만은 갑자기 채울 수 없는 크나큰 공허를 자기 맘속에 느끼는 것이다.

요시에가 화로를 헤치고 더운 차를 따르고 …… 길들인 고양이처럼 포근히 그 무릎에 와서 앉기는 대도 상만의 맘은 그저 적막하였다.

자경 하나만 붙들면 황금의 수레를 끄는 말고삐를 쥐는 줄로만 알았더니 …….

그가 힘껏 붙들었다는 자경은 순정도 사랑도 없는 아름다운 조각 밖에 아무것도 아닌 것이었다.

초저녁 잠이 어렴풋이 깬 자경은 시계를 쳐다보니 벌써 열 시가 조금 지났다.

그는 잠도 벌써 가버리고 가만히 일어나 레코드를 열었다. 곡조는 현제명 씨의 '찔레꽃'이다. 호소하는 듯 원망하는 듯 그리고 축복하는 듯한 이 노래가 자경의 심장의 한 가닥 한 가닥을 찢는 듯하여 그는 가만히 옷고름을 눈에 대었다.

그 맑고 둥글고 그리고 못 견디도록 애수를 자아내는 이 노래가 거의 절반이나 갔을 때다. 자경은 문득 자기의 배 확실히 오른편 아랫배에서 무엇이 꿈틀하고 돌아가는 것을 느끼었다. 그는 일순간 본능적으로 한 손을 아랫배에 대었다.

붕어 새끼가 물을 먹는 것 같이 빨딱빨딱 하르르 하고 떠는 촉감!

'태동이로구나.'

생각한 자경은 순간 어떤 형언할 수 없는 감격에 사로잡히고 말았다. 그는 가만히 한숨을 쉬고 아직 돌아가고 있는 레코드의 사운드 박스를 들어버렸다.

자경이 이 노래를 듣는 동안 눈물을 흘려가며 뱃속에 들어있는 어린 아이와는 아무런 관계도 없는 동섭을 생각하였다는 것이 지금 그의 뱃속에서 빨딱빨딱 하는 새로운 생명 앞에 어머니로서 어떤 미안한 생각을 느낀 까닭이다. 그는 거울 앞으로 가서 얼굴을 고치고 시계를 쳐다보았다.

'아들일까? 딸일까? 누구를 닮았을까?'

자경은 남편이 돌아오지 않는 또 한 밤을 새웠다.

오꾸마는 오후 한 시부터 개인교수를 시작하여 겨우 저녁밥 먹은 후 삼십 분을 쉬고 나면

아래층 카운터로 이 층 응접실로 그리고 삼 층 댄스홀로 번갈아 그의 얼굴을 나타내야 하는 것이다.

몸은 능라(綾羅)와 지분(脂粉)에 싸여 있으면서도 그의 맘은 언제나 살얼음을 딛고 가는 때처럼 끊임없는 긴장과 불이 잡힌 총부리 앞에 선 사

람 모양으로 결사적 모험을 느끼고 있는 것이다. 휴식과 향락을 찾아 불빛 아래 모이는 사람들을 상대로 오꾸마가 가진 무기는 오직 한 가지 미소였다.

손님들의 하나하나 앞에 살짝 던지고 지나치는 미소 그것은 웃음이 아니었다.

값 높은 향기였다. 그러나 향기는 매양 봉우리보다도 활짝 핀 꽃보다도 오히려 시들기 시작한 꽃떨기에서 더욱 무르녹은 향취를 감각할 수 있는 것이다. 삼십 고개를 올라서는 오꾸마의 한 번 웃는 얼굴 한 손을 올리고 한 발을 내딛는 그 동작의 하나하나는 강렬한 향유처럼 그와 접근하는 모든 사나이의 심신을 도취시키고야 말았다.

이 저녁도 오꾸마는 뭇 손님들의 갈망과 찬탄의 시선을 받으며 아래층 위층 한 바퀴 돌고서 댄스홀로 왔으나 요 이삼 일 전부터 못 견디게 아리고 쑤시는 발가락 때문에 일찍이 들어가 누워 버릴까 하고 망설일 때다. 지금 막 들어오는 남녀 두 사람을 보고 오꾸마의 귀에 속삭이는 부하가 있다.

'백만장자 서정연 씨의 오직 하나 되는 사위 현재 한성물산 주식회사의 총지배인 …… 같이 온 여자는 서정연 씨의 딸은 아닌 것을 보아 아마 아미(애인)인 모양이다.'

라고 보고를 받자 일순 그물에 걸린 나비를 향하여 달려가는 거미처럼 오꾸마의 전신경은 상만의 동작을 지키기에 집중되어 버렸다.

그는 개점된 지 일주일 만에 첨으로 들어온 이 귀빈을 놓치지 않으려는 듯이 발가락의 아픈 것도 잊어버리고 천천히 상만의 앞으로 갔던 것이다.

그날 저녁 상만과 요시에를 층층대까지 바래다주고 돌아서는 오꾸마는

"아직 초대야. 호락호락한 품이 아주 어린 사람인데 ……."

이런 말을 입속에서 중얼거리며 어떤 승리를 예약한 것처럼 그는 가만히 속으로 웃었다.

그러나 그 이튿날 밤에 다시 올 줄 알았던 상만은 그림자도 보이지 않고 그 담날 밤 또 그 담날 밤에도 그 미모의 청년 실업가는 영영 얼굴을 나타내지 않는 데는 자기 자신에 일보도 양보하지 않는 오꾸마로도 고개를 기울이기 시작하였다.

'웬일일까? …… 확실히 정복을 받은 기색이었는데.'

그러는 동안 오꾸마는 아픈 발가락이 점점 더하여 춤은 고사하고 보통으로 걷기에도 불편을 느끼게 되었다.

'그래 동섭 씨 병원으로 가 보아?'

하고 쓸쓸이 웃었다.

오꾸마는 사실 눈이 돌아가게 바쁜 하루하루를 보내면서도 그의 맘은 일에만 열중되지 않았다.

'그동안 동섭과 인애와는 약혼이 성립되었는지도 몰라.'

하는 생각을 하면 어디다 비할 데도 없이 그의 맘은 어두워지는 것이다.

'좌우간 병이 났으니 의사가 필요하단 말야 …….'

그는 전화 한 번이면 곧 동대할 의사가 경성 시내에도 수두룩하건만 구태여 인천까지 가서 실비치료원으로 찾아가는 맘은 사랑하는 사람의 손에 잠깐이라도 이 몸을 맡기겠다는 애달픈 희망이었다.

환자들의 진찰도 거의 끝이 나고 동섭은 막 저녁을 마치고 석간신문을 펼치고 앉았던 때이다. 뜻밖에 찾아온 오꾸마를 보고 동섭은 반가이

일어나 악수를 하고 자리를 권하였다.

"다들 어디를 가고 이렇게 혼자 앉아 계서요?"

하고 오꾸마는 외투를 벗으며 진찰실을 이리저리 살펴보는 것이다.

"이석이와 일남이는 무엇 좀 사려고 차돌이 가게까지 갔죠."

"그럼 간호부는? 호호."

"저녁 먹으러 갔어요."

"그래 재미들은 어떠서요?"

오꾸마는 교의를 가지고 동섭의 가까이 왔다.

"재미라니 별 재미있나요? 밤이고 낮이고 바쁘기만 하니까 하하."

"밤에도 환자들이 옵니까?"

"아니요. 밤에는 무엇 좀 가르치는 게 있어서!"

"아직도 야학교엘 가시나요?"

오꾸마는 약간 눈이 동그래서

"고단하시지도 않으서요?"

"야학교는 인애 씨가 맡아 가르쳐 줍니다. 그 대신 나는 병원에서 밤 시간을 내어 의학 강습 비슷한 것을 시작했습니다. 한 달포 넘었는데 모이는 사람은 열댓 됩니다. 차돌이도 가끔 오지요 하하 …… 그래 경영하시는 일은 순조로 진행되시나요?"

"……."

오꾸마는 잠자코 고개를 끄덕여 보이고 가만히 한숨을 쉬었다. 이러한 사람들을 가지고 사랑이나 약혼이니 하고 질투까지 느낀 자신이 너무도 천박하게 생각이 된 까닭이다.

그는 난로 위에 올려 논 주전자에서 모락모락 김이 올라가는 것을 물

끄러미 바라보다가

"저 그런데요 선생님. 전 발이 아파서 치료를 받으려고 왔는데요."

하고 오른편 발에 신었던 연보랏빛 비단 양말을 벗는다.

"발이요?"

"네! 요 새끼발가락이 해마다 겨울이면 말썽을 부린답니다. 요사이는 어떻게 애리는지 ……."

동섭은 오꾸마의 발을 들고 손가락으로 꼭꼭 눌러보더니

"동상(凍傷)입니다. 수술을 해야겠는데요. 이 발가락 하나가 전부 상했으니까."

"네!"

동섭은 무슨 약인지 탈지면에 적시어 오꾸마의 발가락에 바르니 부그르르 거품이 끓었다. 노란 고약을 찍어 골고루 바를 때다.

"늦게 되서 미안합니다."

하는 소리와 함께 진찰실 문이 사르르 열리면서

"아이고 언제 오셨습니까, 난 또 누구라고."

소리를 치고 오꾸마에게로 달려드는 사람은 인애다.

"지금 막 왔어요. 그래 그새 얼마나 고단하십니까?"

"아이 뭐 하는 게 있어야지요?"

인애는 난로 불에 손을 쪼이다가

"그래 개점을 하셨다는데 재미 많으십니까? ……."

하고 니켈 상자 뚜껑을 열고서 얇게 베어 논 탈지면과 소독 가제를 내어 오꾸마의 발에 대이고 하얀 붕대를 꺼내 발가락을 싸매기 시작을 한다.

오꾸마는 인애의 말대답은 하지 않고 아픈 발을 안으로 조금 오므려

뜨리면서

"인내요 내 싸맬게 …… 바쁜데 다른 일이나 하시요."

하고 인애의 손에서 붕대를 빼앗아 손수 휘휘 감기를 시작한다.

"왜 그러시나요? 붕대는 인애 씨가 더 잘 감을 것을."

"괜찮아요. 이왕 끊어버릴 발가락을 잘 감으면 뭘 해요 호호."

어이없는 듯이 한편에서 있는 인애를 바라보며 오꾸마는 깔깔거리고 웃는다.

오꾸마는 조금 전에 동섭에게 느낀 감격은 인애를 보는 순간 자취도 없이 사라지고 어떤 거칠어진 감정이 밀물과 같이 가슴 속에 흘러들어 오는 것을 느끼었다.

"선생님 웬만하시거든 오늘 저녁으로 수술을 해주서요 네?"

하고 동섭을 바라보았다.

"마취로 쓰는 주사약이 마침 떨어졌는데 내일 아침 일찍이 수술을 받으시도록 합시다."

"괜찮아요. 난 마취 일 없어요. 그냥 할 테야요."

동섭은 고개를 좌우로 흔들면서

"수술 중간에 아프다고 야단을 하시게 되면 되레 큰일이니까요."

"아니 절대로 죽는 한이 있어도."

오꾸마는 감고 있던 붕대를 좌르르 풀어버리더니 가제와 탈지면을 떼고서

"한시라도 속히 서울로 돌아가야겠고 또 지금은 병원도 비교적 조용도 하니까 …… 좋지 않겠어요?"

동섭은 딱한 듯이 머리를 긁적긁적 거리며 인애를 돌아다본다.

"그러면 수술을 못 하시겠단 말씀야요?"

하고 오꾸마는 옆에 벗어 놓았던 양말을 집어 든다.

"아니 그런 것은 아닙니다. 마취를 아니 받으신다는 게 어째 불안해서 그럽니다."

"......."

오꾸마는 잠자코 그 호수와 같은 눈으로 동섭을 바라보더니

"마취제를 꼭 쓰신다면 저도 수술을 그만 두겠어요."

하고 약간 아랫입술이 나온 듯한 입을 꼭 다물어버린다.

오꾸마는 마취제 문제보다 좀 더 까다로운 문제를 가지고 동섭과 다투어 볼 것은 없나 하고 생각도 하여 보았다.

그는 웬일인지 동섭과 실컷 싸움이라도 해보았으면 싶은 정체모를 흥분을 느끼는 자신이 민망도 하였다.

"정 그렇다면 하시지요. 마취제를 쓴다는 것도 결국 당신의 고통을 덜어드리자는 목적이니까요."

하고

"자 인애 씨 그럼 물을 좀 끓입시다."

"네."

인애는 화덕에다 석탄을 넣고 수술할 기계들이 들어있는 양철 상자를 화덕 위에 올려놓았다.

이윽고 수술할 준비가 다 되어 오꾸마는 하얀 수술대 위로 올라갔다. 소독된 기계들이 동섭의 오른손 가까이 놓이고 오꾸마의 아픈 발가락에도 말짱하게 소독이 되었다.

"간단하긴 합니다만 좀 잘 참으셔야 합니다."

동섭의 손에 들린 빛난 칼끝이 오꾸마의 애기발가락 밑동 깊이 들어 갔다.

순간 풀썩하고 시커먼 피가 솟아올랐다.

칼날이 뼈끝에 대어 몇 번이나 싸르릉 소리가 났다.

오꾸마는 본능적으로 이를 악물었으나 칼을 가진 이가 동섭이라는 것을 생각하자 그는 형언할 수 없는 어떤 쾌감이 중추신경을 후려갈기는 듯하여 잠깐 동안 육체적 고통과 정신적 쾌락에서 오는 착란된 감정에 사로잡힌 채 지그시 눈을 감고 있는 것이다.

"뚝."

하고 뼈를 자르는 집게의 소리가 들릴 때다. 비로소 그는

"아."

하고 가늘게 소리를 질렀다. 그러나 그것은 결코 아픈 것을 호소하는 외침은 아니었다.

사랑하는 이로서부터 받는 고통이다 하는 생각이 그로 하여금 참을 수 없는 어떤 법열(法悅)을 느끼게 한 것이다.

"다 됐습니다. 인제 다 됐어요."

동섭은 바쁘게 집게를 놓고 바늘로 꿰매기를 시작한다.

"조금만 참으서요 네? 인제 곧 끝이 납니다."

인애도 옆에서 격려를 하였으나 어떤 잔인한 쾌감 속에 잠긴 오꾸마에게는 쓸데없는 문구들이었다.

이리하여 오꾸마는 일시적이나마 훌륭한 마조이스트가 되어버린 괴상한 자신을 발견하는 것이었다.

밤은 몇 시나 되었는지 멀리서 울려오는 기선의 고동소리가 길게 울

리고 그 고동소리의 여음인 듯 우 하고 밤바람이 드르릉 유리창을 흔들고 지나간다. 오꾸마는 이미 수술한 자리도 거의 다 나아 앞으로 이삼일만 있으면 퇴원하여도 무방할 만치 되었건만 이상하게도 그는 자기의 상처가 영원히 이대로 낫지 말았으면 하는 야릇한 모순을 지금도 느끼고 있는 것이다.

층층대만 내려서면 진찰실 맞은편 약국 옆에 조그마한 온돌은 이석이의 침실이다.

동섭은 지금쯤 허술한 이부자리 속에 이석이와 머리를 나란히 하고 무어 곤한 잠이 들어있을 것이다.

그 번듯한 이마, 그 굽슬굽슬한 머리털 그리고 그 크고 서늘한 눈, 웃을 때는 귀밑까지 나갈듯 하나 꼭 다물어 버리면 …… 과단 …… 인내 …… 절제의 모든 미덕의 상징인 듯한 그 입 …… 오꾸마는 가만히 머리맡에 놓인 시계를 집어들었다.

'두 시 십 분!'

그는 자리에서 몸을 일으켜 핸드백에서 종이와 붓을 꺼냈다. 으쓱하고 찬 공기가 옷깃 속으로 스며들건만 오꾸마는 무슨 전당에 예배나 드리는 사람 모양으로 옷깃을 바로 하고 자리 위에 꿇어앉았다.

한참 동안 종이를 들여다보던 그는 익숙한 히라가나로

'야나기상 와다구시노 유이지노 야나기상!'

하고 써내려가다가 무엇을 생각하였는지 그 종이를 쫙 찢어버리고 서투른 조선문 글씨로 다음과 같이 쓰는 것이다.

'단 한 번이라도 좋습니다. 사랑한다고 한 마디만 들려주소서. 천병만마의 창검 앞에서 춤추고 있는 오꾸마의 반딧불 같은 생명이 언제 사라

질지 ······ 그 순간 나를 영원의 평화 속에 잠들게 할 오직 한 마디 아아 ······.'

오꾸마는 종이를 집어 베개 아래 넣고 눈을 감았으나 동섭을 연모하는 정열이 열병과 같이 그를 단잠에서 몰아내는 것이다.

'유 선생님! 당신은 인애를 사랑하십니까 ······ 인애는 결단코 나보다 아름답지는 않은데요 ······ 그러나 그는 처녀입니다. 아아 처녀 ······.'

이렇게 중얼거려 보자 그는 지글지글 타오르는 불덩이 속에 떨어진 뱀처럼 그의 맘은 명명할 수 없는 집착과 저주가 일찰나로 그의 전신을 결박하는 것을 느끼었다.

'처녀 시절을 가져보지 못하고 처녀를 빼앗긴 나! 정조가 무엇인지 모르는 사이에 나의 정조는 길바닥에 진흙처럼 값없이 짓밟혀 버렸겠다 ······ 그러나 이것은 나로서는 어찌할 수 없는 불가항력의 운명적 소치였다.'

나는 이 운명이라는 커다란 힘에 대하여 반항해 보려고는 꿈에도 생각지 못했다.

그러나 상해에서 그 이상한 집에서 그 이상한 사람들이 나에게 무엇을 가르쳐 주었을까. 깨어지고 더러워진 값없는 질그릇 같은 내 몸을 이 운명이란 큰 힘 앞에 폭탄처럼 동댕이 쳐보려고 결심하기까지 ······ 던져서 깨어져! ······ 그리고 죽는다. 얼마나 통쾌스러우냐. 그러나 나는 그를(동섭) 발견한 그 순간부터 내 맘 깊은 속에 지옥과 같은 괴롬이 찾아왔으니 ······ 그것은 탁류와 같은 내 맘속에 곱게 핀 연꽃과 같은 사랑이 눈을 뜨기 시작한 까닭이다. 처녀라는 이름이 그이 앞에 나설 때 비로소 죽음과도 바꾸지 못할 지극히 귀한 그 한 가지인 줄 깨달았다.

'그러나 …… 운명은 너무도 유희적이야.'

'오 유 선생님! 당신은 당신은 …….'

바로 이때이다.

"빠적 빠저적."

하고 무거운 물체가 층대를 밟는 소리가 들려왔다.

오꾸마는 자리에 누운 채로 가만히 귀를 기울였다.

저벅 저벅 분명코 사람의 발소리다.

그러나 너무도 조심하는 발소리.

'도적일까?'

사르르 문이 열렸다. 오꾸마는 두근거리는 가슴을 진정하고 실눈을
떠서 문 있는 데를 바라보았다. 가쁜 숨을 쉬는 듯이 가슴에 손을 얹고
서 있는 사나이 순간 오꾸마는 소리를 지르고 일어나고 싶은 충동을 억
지로 진정하고 자는 양 그대로 사나이의 동정을 살폈다.

남자는 한 걸음 한 걸음 오꾸마의 머리맡으로 가까이 왔다.

무엇을 생각하는지 선 자리에 심은 듯 가만히 섰던 사나이는 드디어
오꾸마의 머리맡에 쪼그리고 앉았다.

그는 유동섭이었다.

오꾸마에 머리맡에 앉은 동섭은 모시빛같이 창백한 얼굴을 두 손으
로 싼 채 한참 그대로 앉아 있었다.

오꾸마는 터질 듯한 가슴속에 고동을 느끼면서도 그는 이것이 꿈이
아니되어 지기를 속으로 빌고 비는 것이다.

'꿈에서도 생각지 못하던 현실이다 …….'

동섭이 깊은 밤에 자기를 찾아온 것은 분명코 자기를 사랑하는 그 맘

이 아니고 무엇이냐. 오꾸마는 심장과 골수까지 태워버리고 말 듯한 그 정열이 전류와 같이 동섭에게 전달된 것이 아닌가.

오꾸마는 속으로 부르짖었다.

'천하에 모든 사나이는 다 내 앞에 와서 무릎을 꿇었다.'

그는 이십구 년이나 세상에 나와서 살아온 것은 오늘 하루를 위함인 듯 지금 당장에 숨이 끊어진다 해도 별로 슬플 것도 없을 것 같다.

자기가 한 번 웃으면 사나이들은 곧 황홀해졌다. 자기가 눈물을 흘리면 사나이들은 즉석에서 생명을 받치리라 맹세를 하였다.

'동섭도 사나이다. 그런고로 그는 창살을 받은 고래가 육지로 끌려오듯 그는 결국 나의 매력에 굴복하고 말지 않았느냐. 여자로 태어난 것이 왜 서러우랴. 처녀를 잃었기로니 미모만 가지면 모든 남성은 손바닥 안에 있는 것이 아니냐.'

여기까지 생각한 오꾸마는 눈을 번쩍 떴다.

동섭이 우뚝 일어서더니 문 있는 대로 성큼성큼 걸어 나가는 것을 감각한 까닭이다.

동섭이 문을 확 열어젖히는 순간 오꾸마는 자리에서 벌떡 일어나면서
"유 선생님!"
하고 도망꾼이 모양으로 층대로 뛰어 내려가는 동섭의 등 뒤를 바라보고 소리를 질렀다.

그러나 층대는 다시 조용하여지고 밤바람인 듯 드르렁 유리창을 스치는 소리만 귀를 스쳐간다. 일 분 전 아니 일 초 전에
'사나이처럼 손쉬운 동물이 어디 있으랴. 동섭도 결국 사나이다.'
하던 그 자랑스럽던 맘은 마치 맹렬한 우박 아래 어린 보리순 모양으로

참담히도 무찔리우고 말았다.

오꾸마는 그 자리에 고꾸라져서 흐느껴가며 울었다.

그는 베개 아래 넣어 두었던 동섭에게 보낼 편지를 꺼내어 발기발기 찢어 버렸다.

이튿날 아침 일찍 병원 문이 채 열리기도 전에 일남이는 오꾸마의 명령으로 자동차를 데리고 왔다.

"절대로 경적을 울려서는 안 된다."

는 오꾸마의 주문대로 자동차는 조용히 실비치료원 정문 앞에서 기다렸다.

털외투로 몸을 싼 오꾸마는 일남의 어깨를 짚고 자동차로 올라 정거장으로 나왔다.

이튿날 동섭은 다음과 같은 편지를 받았다.

'이제부터는 결코 한눈은 팔지 않기로 당신의 그 높은 인격 앞에 맹세하옵니다. 오꾸마.'

그럭저럭 연말이 박두하고 크리스마스도 앞으로 사흘이 남은 날 급사 아이가 하얀 타원형의 봉투를 가지고 상만 앞에 왔다.

속에는

'오로라에서 열리는 크리스마스 밤에 가장 무도회에는 기어이 참석하여 주실 줄 마담 오꾸마 이하 전원 일동 연오분(年五分)의 수입으로 오천 원이 되는 허리를 굽혀 기다리고 있사오며 더욱 그날 밤에는 '마담 찾아내기'라는 재미있는 가장무도가 있사온 바 바로 찾아낸 분에게는 무엇이든지 그분의 소원대로 응할 것을 오로라의 신용으로 약속하옵니다.'

광고도 비슷하고 초대도 비슷한 그러나 정묘한 인쇄로 박은 이 글발을 보는 상만은 괴롭게 웃었다.

'가 보아?'

하고 그는 천장을 향하여 담배 연기를 훅 뿜었다.

오꾸마는 밤중에 자기 방으로 들어온 동섭이 자기의 손 한 번 만지지 않고 그대로 살짝 다시 자기 방으로 나가는 동섭을 볼 때 그는 슬펐다 부끄러웠다.

그러나 이상한 일은 이가 갈리도록 동섭이 미워지는 한편 그는 지금까지 보지 못하던 사나이를 발견한 것이다.

동섭은 모든 남성과 같이 자기의 미모에 끌려 맘이 흔들렸다. 그러나 그가 용감히도 불붙은 정욕과 싸워 이기지 않았느냐. 오꾸마는 많은 돌멩이와 같은 남자들 가운데서

'옥과 같은 인격.'

을 가진 동섭을 찾아낸 것이다. 순간 지금까지 보아온 그의 인생이 변하여 버렸다.

'파괴하여 버릴 세상만도 아니야……'

오꾸마의 눈앞에 사막의 밤같이 어둡고 적막하게만 보이던 인간 사회에 뜻밖에 생명 샘을 담은 오아시스가 있는 것을 발견한 것이다.

'천하에 모든 남성은 한 잘난 사나이를 위하여 존재하라.'

부르짖은 오꾸마는 일순간 연애보다 훨씬 더 높고 뜨거운 정열을 느끼었다.

그가 인천서 돌아온 날 밤이다.

'일전에 부탁한 대로 ○○○원 만 보내라.'

는 상해서 온 밀서를 받았다. 오꾸마는 한참 동안 생각하다가

"암만해도 그 미모의 청년 실업가밖에 없어."

하고 입속으로 중얼거리고

무엇인지 부하에게 명령을 하였다.

상만이란 황금 새를 자기의 그물로 몰아넣기 위하여 만반의 준비를 다한 것이 결국 '오로라'의 가장 무도회였다는 것을 오로라 내부에서도 오꾸마 이외에 아는 사람은 없었다.

요시에와 처음으로 '오로라'에 갔던 상만은 낮이고 밤이고 오꾸마를 잊어본 때는 없었다.

날마다 오로라로 가서 그 아름다운 여인과 웃고 이야기하고 싶은 것이 속임 없는 그의 맘이었다. 그러나 웬일인지

'안 돼.'

하고 제지하는 맘의 소리를 어찌할 수가 없는 것이다.

여자에게서 여자에게로 괴로운 인연의 십자가는 너무도 무겁지 않느냐.

'인애, 자경! 요시에.'

이런 일을 생각한 상만은 되도록 오꾸마를 생각지 않으리라 하였다.

요시에가 몇 번이나 졸랐건 만도 오로라에는 근 달포가 되도록 한 번도 가지 않았던 것이다. 오늘

'급사 아이가 가져온 종이.'

'마담을 찾아 낸 분에게는 무엇이든지 …… 가 보아? 흥.'

상만은 픽 웃고 손을 내밀어 방금 따르르 울려오는 전화의 수화기를 집어 들었다.

요시에의 목소리다.

"글쎄 …… 난 다른 볼일도 있고 구경 안 하는 것도 쑥스러우니까 지

금 나가서 가든 안가든 작정할 테니 ……."

요시에가 오로라의 가장 무도회에 가자는 독촉이다.

상만은 전화를 끊고 한참 동안 우두커니 앉아 있었다.

'가 보아? 안 돼?'

그러나 그때로부터 다섯 시간 뒤 중세기 기사의 복장을 입은 상만은 역시 중세기 귀부인으로 차린 오꾸마와 손에 손을 잡고 오십여 명의 남녀와 같이 춤을 추고 찾아 섰다.

"나중에 마담 찾는 경기를 하는데 당신이 꼭 나를 찾아주어야만 돼요 네?" 하고 귀밑에 늘인 어여쁜 컬을 흔들며 속삭이는 오꾸마에게

"글쎄 어떻게 알 수가 있나요?" 하고 상만은 빙긋 웃어 보였다.

"의복과 머리 모양은 어떻게 변하더라도 애기손가락에 낀 흑색 다이아 사각 반지 기억하시겠죠?"

상만은 고개를 끄덕여 보이고 빙그레 웃었으나 점점 폭발 되어가는 때처럼 어떤 불안이 가슴 속에 설레기도 하였다.

요시에는 중국 여자의 의복을 입고 해군 복장을 입은 청년과 춤을 추고 있으면서도 그의 날카로운 시선은 군항의 포대와 같이 언제나 상만의 몸을 지키고 있는 것이다.

탱고, 트로트, 왈츠, 블루스 춤들이 갈릴 때마다 사람들은 의상실로 달려갔다.

남자는 남자의 의상실로 그리고 여자는 여자의 의상실로 그들은 서로서로 옷을 바꾸어 입고 얼굴에 쓴 탈까지도 교환하였다.

그 때문에 사람들은 벌써 어느 것이 자기의 상대자인지 자기가 만나

려는 대상이 누군지 차츰 몰라지게 되었다.

관악이 그치고 사람들이 객석으로 돌아갈 때다.

빵 하고 샴페인을 따는 소리가 났다. 사나이와 여인들은 돌아가며 흰 거품이 끓어오르는 술잔을 들었다.

환락의 밤은 점점 깊어 술과 향수와 분과 기름과 흥분된 남녀들의 입 김으로 방안에 공기는 늦은 봄날 같이 훈훈하고 축축하였다.

상만은 뜨거운 머리를 잠깐이라도 식혀보려고 안뜰로 향한 노대로 나갔다.

싸르르 얼굴을 스쳐가는 찬바람, 상만은 한 손으로 이마를 만지면서 멀리 밤거리를 바라보았다. 네온사인의 활동도 그친 장안의 밤을 지키는 동짓달 그믐달이 원망 있는 여인의 눈초리처럼 인왕산 기슭을 빠끔 내다보고 있다. 상만은 획 하고 몸을 떠다밀 듯한 거친 바람을 피하여 다시 홀로 들어가려고 몸을 돌이켰다.

그러나 거기에 한 사람이 서 있어서 어둠속에서도 분명히 방그레 웃고 있는 것이 보였다.

그는 벌써 얼굴에서 탈을 벗어 버린 오꾸마였다.

"들어가십시다요, 인제부터 마담 찾기가 시작됩니다."

오꾸마는 그 향기로운 뺨을 살며시 상만의 턱에 대이며

"당신이 꼭 찾아내 주셔야 할 텐데요."

"……"

상만은 이것이 오꾸마의 일시적 농담이라 해도 좋다. 아니 새빨간 거 짓말이라 해도 상관없는 것이다. 활활 타오르는 정열에 사로잡힌 상만 은 두 팔로 오꾸마의 어깨를 으스러져라 붙잡았다. 숨이 막힐 듯한 포옹!

갑자기 그들의 등 뒤에서

"흥 재미 좋으시구려."

하는 소리가 들려왔다.

번쩍 얼굴을 들어 돌아보는 상만의 눈에 비친 여자 그것은 스페인 무희의 복색을 하고 있는 요시에였다.

약간 술기운을 띤 요시에의 긴 눈초리가 무딘 칼끝같이 두 남녀를 쏘아보고 있는 동안 불쾌한 침묵이 세 사람을 에웠다.

"흥."

조롱하듯이 웃고 무슨 말을 하려는 요시에 앞으로 오꾸마가 한 걸음 다가섰다.

"당신은 너무도 시골뜨기세요그려 호호."

웃고 오꾸마는 한 쪽 어깨를 치켰다.

"시골뜨기라니 …… 그런 말버릇이 ……."

요시에의 아랫입술이 파르르 떨렸다.

"흥 왜 이러시우 그래 당신도 보아하니 순진한 안방 아씨도 아닌 양반이 그만한 공기쯤은 이해할 성도 싶단 말요."

"무엇이 어째?"

한 구슬을 가운데 놓고 서로 빼앗으려는 두 마리 용과 같이 두 젊은 여인은 바야흐로 백병전(白兵戰)이 시작되었다.

상만은 얼근히 취한 김이라 여인들의 싸움을 말릴 생각도 하지 않고 재미있는 것이나 보는 것처럼 우두커니 두 여자를 바라보고 있는 것이다.

"내가 누군지 알어? 내가 …… 이 사람의 아들의 어머니야요 어머니. 좀 더 똑똑히 보아두라니까."

요시에는 손가락으로 코끝을 가리키고 약간 가슴을 내밀었다.

"글쎄 아들의 어머니인지는 모르겠소이다. 하지만 이 양반의 부인은 아마 따로 있는 듯싶은데요, 호호호."

콧잔등을 냅다 치는 듯한 오꾸마의 말이 채 마치기도 전에

"참 아니꼬운 꼴을 다 본다니까."

요시에는 비명에 가까운 소리를 지르고 홀로 들어가 버렸다. 상만은 곧 요시에의 뒤를 따라 안으로 들어왔으나 벌써 요시에는 그곳에 있지 않았다. 오꾸마의 붙드는 대로 상만은 기어이 마담 찾아내기라는 맨 끝에 순서까지 남아 있었다.

이날 밤 상만은 궁사극치로 된 오꾸마의 침대 속에서 포근히 새벽까지 잠이 들어 있었다.

요시에는 닿으면 비겠다는 듯이 날카로운 얼굴로 의상실로 들어갔다.

××오복부의 특제품이라는 눈이 부신 오비에다 역시 값 비싼 하오리[198]에 코트까지 입은 요시에가 은빛 여우 털목도리를 들고 날랜 새와 같이 댄스홀을 빠져 나왔다.

무슨 까닭인지 모르나 몹시 얼굴빛이 변해 가지고 총총히 돌아가는 이 여자 손님이 혼자 층층대를 내려가는 것이 딱하게 보였던지 비교적 나이 어린 딸 한 사람이 이 층까지 내려오면서

"왜 혼자 가십니까요? 동행하여 오신 분이 찾으시면 어쩌실 테야요."

하고 방긋이 웃는다.

"괜찮아요. 난 기분이 좀 불편해서 한 걸음 먼저 가는 거야요."

---

198 옷 위에 입는 짧은 겉옷.

하고 밖으로 난 층계로 통한 문을 열려다가 다시 돌아서서

"참 당신 이름이 무어라더라?"

하고 상긋 웃어보였다.

"내 이름요? 하나꼬(花子)야요."

"하나꼬? …… 고맙소."

요시에는 자동차에서 내려 집으로 들어왔으나 오늘 달리 학세가 깨어서 얼마를 울었던지 할멈 등에서 훌쩍거리면서 인제 겨우 잠이 드는 것을 볼 때 그의 가슴에는 어떤 불길한 예감이 찬 눈이 스쳐가는 것처럼 등골에서 소름이 오싹 지나갔다.

요시에는 아이를 받아 자리 속에 누여 두고 할멈이 따라주는 차를 마시고 그리고 콜드크림으로 짙게 화장한 얼굴을 씻으면서

"츳."

하고 혀를 챘다.

'너무 급히 서두른 게 아닐까?'

하고 지금 오꾸마와 다투고 온 자기를 후회하는 것이다. 요시에는 웬일인지 오꾸마가 상만의 품에 안기어 있는 것을 볼 때 그는 모든 이성을 다 잃어버리도록 왈칵 분이 치밀었던 것이다.

'자경 앞에서는 그렇지도 않았는데 …….'

하고 그는 고개를 기울였다.

'기껏해야 곱게 자라난 처녀 하나!'

이러한 일종의 경멸과 안심이 요시에의 맘의 여유를 주었는지도 모른다.

그러마 오꾸마! 오꾸마는 단연코 요시에 자신보다 훨씬 더 강한 적수

였다.

그의 미모가 그러하고 그의 동작이 …… 또한 그의 모든 환경이 요시에보다 몇 십 배나 더 뇌쇄적 매력을 발휘하고 있지 아니하냐. 그 때문에 요시에는 오꾸마 앞에서 추태에 가깝도록 질투를 폭로하게 된 것이다.

요시에는 수건으로 얼굴을 문지르면서도

'오늘 밤에는 내가 왜 그렇게 서투르게 했을까.'

하고 몇 번이나 혀를 찼다. 요시에는 자기 집을 지나가는 자동차의 경적 소리를 헤면서

'여태껏 무얼 하는 거야?'

하고 입속으로 중얼거렸으나 그의 긴 눈초리는 잘 벼른 낫과 같이 예리하여 지는 것이다.

새벽 다섯 시까지 뜬눈으로 누웠던 요시에는 마침내 백사와 같은 흰 손을 내밀어 경대 옆에 놓인 전화기를 집어 들었다. 근 오 분이나 지나서

"네."

하는 가냘픈 여자의 목소리가 들려왔다. 요시에는

'자경이로구나.'

하고 짐작하자 그는 어깨를 흠칫하고 방긋 웃었다.

"아 여보세요 거기가 오상만 씨 댁이세요? 저, 그런데요 대단히 미안합니다만 주인어른께 급히 여쭐 말씀이 있어서 네? 네? 여기는 저 ✕✕ 병원 입원실이야요. 저, 어제 저녁에 입원하였던 남자 손님이 점점 위독하게 돼서요. 직무상 가르쳐드려야만 되겠기로 네네 바깥어른 잠깐만 바꿔 주실 수 없겠습니까? 네? 안 계서요? 출장요? 네."

요시에는 조롱하듯이 빙긋 웃고

"그럼 바로 어젯밤에 떠나셨군요. 그럼 실례합니다."

전화를 끊고 자리 위에 털썩 누워버린 요시에는 물끄러미 천장을 쳐다보다가

"그럼 결국 집에도 아니 돌아가고 흥 …… 기어이 복수를 해야만 되는 거야? ……."

중얼거리는 요시에의 입 가장가리에는 일순 처참한 미소가 흐르고 있었다.

깨어지는 조각

　자경이 결혼하여 첫 봄이 왔다. 밖에는 꽃과 새와 아지랑이와 부드러운 바람이 산으로 들로 사람을 불러내는 사월 초순 어느 날 자경은 한 아이의 어머니가 되었다. 벌써 이틀 전부터 산기가 있는 자경은 의외에 난산으로 신고(辛苦)하던[199] 끝에 전문 의사의 기민한 수완으로 모자가 다 살기는 살았으나 자경은 한동안 생사에 경지에서 방황하고 있었던 것이다. 요시에는 자기에 대한 상만의 사랑이 오꾸마에게로 옮은 것을 알면 알수록 자경이 낳은 것이 무엇인지 몹시도 알고 싶었다.

　'아들일까? 딸일까?'

　몇 번이나 병원으로 전화를 하고 또 하여 비로소 딸이라는 말을 듣게 되자 그는 만족한 듯이 방그레 웃을 수가 있었다. 요시에는 곁에서 무심코 노는 학세를 덥석 안고

　"너는 아들이지?"

하고 그 어린 뺨에 입을 맞추는 것이다.

　자경은 본정신으로 돌아오자 곧 어린아이를 찾았다. 간호부가 침대 곁에서 가져온 아이의 적은 머리를 손으로 만져보았다.

---

[199] 어려운 일을 당하여 몹시 애쓰다.

죽음과 방불한 고통을 맛보고 얻은 이 적은 생명이 이렇게도 불쌍할까 ……

불끈 쥐면 곧 죽어버릴 것 같은 적은 동물이 이렇게도 사랑스러울까 …… 까만 두 눈을 빛 있는 데로 돌리며 젖을 찾는지 고개를 내두르는 발가숭이를 볼 때 ……

자경은 결단코 전에 경험하지 못한 상만에 대한 강렬한 사랑이 자기 맘속에 꿈틀거리고 있는 것을 발견하는 것이다.

어린아이를 통하여 상만을 볼 때 거기에 아버지로서의 신뢰와 남편으로서의 희망이 마치 단비를 맞은 잔디처럼 무럭무럭 자라나고 있는 것이었다.

이상한 일은 자나 깨나 자경의 맘속에 짙은 그늘을 지우고 있던 동섭에 대한 기억이 애기가 난 뒤로부터 차츰 엷어지게 되는 것이다.

그뿐만 아니었다. 자경은 어린아이 앞에서 동섭을 생각하는 것은 일종의 죄악이라고까지 생각하게 되었다.

비록 여자로서는 약하였는지는 모른다. 그러나 어머니로서는 강하게 살고 싶은 것이 자경의 맘이었다.

이때부터 자경의 맘속에 새로운 결심이 하나 생겼으니 그것은 밤마다 늦게 돌아오고 한 주일에 한두 번은 외박을 하는 남편의 맘을 어떻게 완전히 잡아볼까 하는 것이다.

아이가 난 지 서너 주일이 지나고 자경은 차츰 방바닥에 일어나 앉아 집안일을 간섭할 만치 건강이 회복되자 그는 식모를 주의하여 되도록 저녁밥상에 정성을 들이게 하였다.

식탁에는 꽃과 과일 그리고 향기 높은 양주도 예비하여 두곤 하였다.

그러나 상만은 아이가 난 뒤 한 번인가 두 번 집에서 저녁을 먹었을 뿐 대게는 거의 열 시가 될 무렵에 자경이 혼자 쓸쓸하게 수저를 드는 것이었다.

상만은 늦게 들어와서 취한 척하고 자리로 들어가 털썩 누워 버리지만 속으론

'잘못했다.'

하고 혼자 뉘우치는 때도 있는 것이다.

이날도 상만은 오구마와 함께 저녁을 먹고 늦게야 돌아왔다. 자지 않고 기다리던 자경이 혈색을 잃은 얼굴에 방그레 미소를 띠고 상만의 머리맡으로 다가앉았다. 한참 동안 망설이던 자경은 상만의 한 손을 잡고

"많이 고단하세요?"

하고 나지막이 물었다.

"응? 아주 고단해서 …… 어떻게 바쁘게 돌아다녔던지 ……."

하고 상만은 한 팔을 자경의 어깨에 올려놓으며

"모두 회사일로 그런 게니 오해하지 마시오 ……."

하고 스르르 눈을 감는다.

자경은 가만히 한숨을 쉬고

"저 그런데요. 회사일이 그렇게 중한 지는 모르겠습니다마는 내게는 무엇보다도 당신 몸이 제일 귀중하니까요. 혜순(딸)이를 생각하시더라도 …… 좀 더 시간을 내서야만 될 것 같은데요."

"……."

"전에는 나도 잘못한 것이 많이 있었지만 지금부터는 혜순의 좋은 어머니로 살아야만 되겠어요."

여기까지 말을 한 자경은 웬일인지 설움이 북받쳐 올라와 그 이상 더 말을 계속할 수가 없었다.

그는 상만의 몸에 얼굴을 처박고 허덕이며 울었다.

자경의 우는 것을 본 상만은 자리에서 벌떡 일어나더니

"자경 씨, 자경, 울지 말아요 응. 나도 지금까지 너무 자경을 소홀히 한 점을 모르는 것은 아니야요 하지만 자 울지 말아요."

상만은 한 팔로 자경의 어깨를 안고 그의 눈물을 씻어 주었다. 한참 만에 얼굴을 든 자경은

"혜순의 좋은 아버지가 되어 주시기로 약속하여 주서요 네?"
하고 방그레 웃었다.

"암! 여부가 있나요, 자."

상만은 손을 내밀어 자경의 손을 힘 있게 쥐었다.

그러나 속으로

내일 오꾸마와 경마장에 갈 약속을 생각하고 아랫입술을 깨무는 것이다.

이튿날은 일요일이었다.

상만은 늦게 아침을 마친 후 카라와 넥타이를 갈아매었다.

"왜 어디 또 나가시겠어요?"

"네! 잠깐 약속한 곳이 있어서."

그는 자경에게 간단히 대답을 하고 도망이나 하듯이 현관을 나왔다.

큰길로 나오면서 상만은 혼자 중얼거렸다.

"기특하게도 자경이 좋은 어머니로써 살겠다고 맹세를 하였겠다 …… 하지만 너무 늦었거든 …… 오꾸마에게 벌써 오천 원이나 주었으니."

상만은 자동차를 몰아 동대문 밖 경마장으로 향하였다.

아지랑이 낀 하늘은 끝없이 평화롭고 반 넘어 봄이 짙은 거리에는 꽃과 사람들이 범람하고 있다.

상만이 경마장으로 들어온 때는 한창 말들이 달리고 있어 사람들의 환호와 박수소리가 간갈적으로 들려온다.

가지런히 말머리들은 거의 수평으로 나란히 둥그런 마장을 돌아가는 것은 마치 급히 흘러내려가는 물 위로 떠가는 것 같이 보였다.

말 잔등에 착 붙어서 한 손으로 채찍만 치는 기수와 최대 최속의 능률을 내어 달리고 있는 말들이나 일렬로 미끄러져 가는 것처럼 보이는 것이다.

상만이 층대로 올라가 적당한 자리에 걸터앉을 때다.

"말머리들 좋지 않으서요?"

하고 상만의 자리 가까이 와서 앉는 여자는 물론 오꾸마였다. 상만은 인사 대신 빙긋 웃어 보이고 몸을 조금 비켜 자리를 내었다.

마침 뒤에 오던 말이 앞서 가던 말을 육박하게 되자 장내는 갑자기 소란하여졌다. 숨이 막힐 듯한 긴장 속에서 말들은 골에 들어가고 마이크로폰은 외쳤다.

"일등 십일, 이등 십삼, 삼등 십육."

사람들은 떠들고 웃고 그중에는 혀를 차면서 입술을 깨무는 여자도 눈에 띄었다.

지전을 쥐고 지갑을 열고 닫고 장사치들은 사이다 병마개를 바쁘게 빼고

이러는 동안에 경종이 울리고 붉고 푸른 옷을 입은 기사를 태운 말이

그 준수한 몸들을 사람들에 눈앞에 선보이는 듯이 한 마리씩 한 마리씩 앞으로 지나간다.

"지금 나가는 말들은 십칠, 십팔, 십구, 이십, 이십일, 이십이, 이십삼입니다. 아무쪼록 속히 투표하여 주시기를 바랍니다."

하고 마이크로폰은 외친다.

"우리도 마권 한 장 사볼까요?"

오꾸마가 빙그레 웃으며 상만의 귀에 속삭였다.

"글쎄요 한 번 재수를 시험해 보는 격으로 한 장 사 보아?"

하고 고개를 끄덕이더니

"어느 걸로 할까 …… 저 셋째로 가는 검은 말이 어떻소?"

"글쎄요 그보다도 둘째로 가는 말이 어떨까요? 어디인지 저력이 있어 보이지 않아요?"

"자, 그럼 당신의 의견대로 둘째로 가는 앞이마에 흰점 박힌 말을 삽니다. 좋지요?"

"내 생각에는 그렇습니다만 어떨지요 호호호!"

상만은 오 원짜리 마권 한 장을 사가지고 왔다.

"우리 말이 십구 번이었죠?"

"네네 십구 번야요."

이윽고 신호와 함께 말들은 달리기 시작하였다.

두 사람의 앞으로 지나가는 말들은 첫째가 이영, 둘째가 이일, 셋째가 일구 번이었다.

한 바퀴를 도는 동안 십구는 둘째로 가는 말을 넘어섰다.

사람들의 떠들고 부르짖는 소리와 함께 십구 번은 맨 앞을 가는 이영

번과 나란히 서게 되었다.

상만은 반쯤 몸을 일으키고 오꾸마도 손에 땀을 추기고 있는 사이 마침내 십구 번은 선뜻 골로 들어갔다.

장내는 물 끓듯 소란한 일순이 지나가고 마이크로폰에서는

"일등 십구, 이등 이십, 삼등, 이일."

하는 소리가 들려왔다.

이리하여 오 원의 마권을 샀던 상만은 약 십 배의 오십 원을 찾았다.

"또 한 장 사 보아요? …… 호호호."

상만은 약간 흥분한 눈으로 오꾸마를 돌아보며

"십 원짜리로 삽시다."

"호호호 이번엔 오 선생 골라 보서요 네?"

"요시."

상만은 자신 있게 고개를 끄덕여 보이고 칼라에 앞깃을 만지는 것이다.

또다시 말들이 나왔다.

상만은 오꾸마를 돌아보며

"저기 저 누런 말이 어때요 네? 말굽이 하얀 …… 다리도 길어 보이고 …… 좋지 않아요?"

"글쎄요. 그럼 그 말로 해 보시죠."

그러나 그 말들이 골에 들어갈 때 상만이 택한 이오 번은 등외로 떨어지고 말았다.

오꾸마는 민망한 듯이 상만을 돌아보고

"요담엔 아까 잃어버린 십 원을 찾을 겸 이십 원짜리로 한 번 사 보시죠."

"……."

상만은 손가락을 딱딱 분지르고 앉았더니

"한 번 더 택해 보시구려."

"그럼 이렇게 합시다. 이번에 내가 지정한 말이 일등 당선이 되거든 그담부터 말 택하는 권리를 내게 주시겠어요? 호호호 ……."

"요시."

"자 그럼 저기 보셔요. 저 말 주황색 저고리를 입은 기수가 탄 말 어떠서요?"

과연 이 대춧빛 말은 오꾸마의 예언대로 일등에 당선 되었다. 아래층으로 내려간 오꾸마는 이백오십 원의 돈을 상만의 손바닥에 놓아주는 것이다.

그날 석양이 되어 갈 때 상만의 주머니에는 거짓말 같은 천여 원의 거액이 굴러 들어왔다.

이튿날 그 이튿날 사흘 동안에 상만은 실로 만 원이란 큰돈을 한 손에 거머쥐어 버렸다.

이리하야 상만의 도박성이 비로소 눈을 뜨기 시작한 것이다.

그러나 경마장이 기수들이 다 오꾸마의 부하들이오 동시에 그 기수들은 철두철미 오꾸마의 명령에 의지하여 일등으로 혹은 등외로도 나갔다는 것을 귀신이 아닌 상만은 알 수가 없는 것이다.

그날 밤 오로라 삼 층! 오꾸마의 응접실 소파에 비스듬히 기대 있던 상만은

"실로 당신은 천하에 둘도 없는 천재외다. 하!"

상만은 오꾸마의 과인한 격식과 총명 그리고 뛰어나게 아름다운 그 미모를 생각할 때 이 여자를 한 개 오락장에 마담으로 일생을 암흑 속에

매장시켜 버리는 것은 너무도 아깝다 생각하는 것이다.

"자 이 돈은 그저 생긴 것이니 절반은 받아 두시오. 그리고 절반은
⋯⋯."

상만은 그 다음 말은 흐려버린다.

"절반은 그이 줄 것 아냐요? 그때 같이 오셨던 요시에나 그 아들 학세
에게."

상만은 자리에서 벌떡 몸을 일으키며

"그건 어떻게 알아요 응? 어떻게."

"다 아는 수가 있지요. 경마하는 식으로 알죠 호호호."

오꾸마는 간드러지게 웃고

"그 경마의 기수들은 결국 다 내 부하들이고 그들은 다 내 손가락 끝
에서 노는 요술쟁이야요."

하는 말이 혀끝에서 뱅뱅 돌았으나 오꾸마는 억지로 침착한 얼굴을 짓고

"오 선생님!"

하고 나지막이 불렀다.

"오 선생님! 정말 돈벌이 하나 해 보실 맘 있어요?"

"돈벌이?"

"네 아주 썩 큰 돈벌인데요."

"크다니?"

"만주와 러시아 국경 사이에 있는 무진 금광의 소문을 혹시 들은 일이
계서요?"

"무진 금광?"

하고 상만이 고개를 기울였다.

"한 동안 미국 사람들이 와서 이태 동안인가 팠는데 이억 원의 금을 가지고 갔다니까 굉장하지 않아요?"

상만은 그 말에는 별로 자극이 없는지

"아이 곤해. 그런데 아까 하던 말이나 들어봅시다. 그래요 어떻게 요시에라니 학세라니 하는 이름들을 알아냈소?"

"호호호 어지간히 아시고 싶은 모양이야. 내가 ××정 그 요시에 집으로 가 보았죠. 당신의 비밀의 집을 호호호. 문 들어가는데 예쁘장한 정원이 있고 동편에는 제법 큰 소나무가 두 주 그 소나무 아래에 어여쁜 못이 있고 그 못 속에는 꼭 요시에 입술처럼 미끄러운 금붕어가 놀고 호호호 그만하면 됐죠?"

상만은 놀란 빛을 감추려는지 테이블 위에 놓인 긴구찌[200] 한 개를 들면서

"헉 그만하면 오로라는 집어 치우고 내일부터 사립 탐정국이나 경영해 보는 것이 어떻소?"

오꾸마는 손 빨리 성냥을 그어대며

"실상인즉 요새는 오로라보다 그 탐정 노릇이 본업이 돼 버렸어요. 그게 다 누구 덕택인지 아서요?"

오꾸마는 담배 붙이던 불을 입으로 혹 불어 꺼버리고

"남의 집을 탐정하고 …… 무척 비겁하지 않아요? 내라는 여자도 …… 하지만 ……."

오꾸마는 말없이 그 아름다운 눈으로 상만을 말끄러미 바라다보다가

---

[200] きんぐち. 입에 닿는 부분을 금종이로 만 궐련.

"사랑은 맹목이란 서양 속담이 아마도 명답인가 봐요."

사르르 눈을 내리 감고 한숨의 쉬고 잘 화장이 되어 있는 손끝을 배려 다보는 것이다.

그의 길고 윤택한 속눈썹이 이렇게도 처녀와 같이 아니 어린아이와 같이 순정스럽고 깨끗하게 상만의 눈에 비친 때는 없었다. 상만은 가슴 속에서 뜨끈한 김이 치미는 듯한 정열을 느끼면서도 그는 파란 담배 연기만 천장을 향하여 뿜었다.

"오 선생님!"

오꾸마는 갑자기 상반신을 상만의 가슴 속에 던져버렸다.

"오 선생님 나를 버리시지는 않겠지요? 네? 네?"

흰 구술과 같이 영롱한 눈물이 좌르르 오꾸마의 두 눈에서 흘러나왔다.

상만은 물었던 담배를 천천히 빼어 재떨이에 얹고

"정말 나를 사랑합니까? 정말로?"

상만은 봉선화 같은 오꾸마의 입술이 점점 가까워오는 것을 막는 듯이 두 손바닥으로 오꾸마의 젖은 두 뺨을 싸면서

"자 대답해 봐요."

"……."

이때이다. 오꾸마가 언제 준비하고 있었던지 그의 한 손에 번쩍하고 적은 칼이 지나가자 눈 한 번 깜짝할 사이에 왼편 새끼손가락 끝이 선뜻 베어졌다.

뚝뚝 흐르는 선혈을 한 방울씩 한 방울씩 테이블 위에 떨어뜨리던 오꾸마가

"대답을 하라구요? 네?"

상만은 기가 막혀서

"아니 거 웬 웬일이요 당초에."

"자 보세요 대답을."

오꾸마는 한 손에 쥐었던 하얀 손수건을 테이블 위에 펴더니

"네."

하고 한자를 써서 상만의 앞에 내밀었다.

밤 한 시가 넘어 오꾸마의 방을 나온 상만은 양주 '진'을 몇 고뿌나 먹은 뒤라 혼혼히 기분 좋게 취한 몸을 자동차에 올라탔다.

'삼십만 원이 있으면 이십억 원이 들어온다? 과연 ××나라는 그 나라 노신들의 손에 있단 말야. 하지만 오꾸마란 여자는 확실히 천재야. 어느 사이에 그러한 사람들과 교제를 하였던고. 현직으로 있는 고관에게서 친필을 다 받고 …… 그러한 오꾸마가 나를 위해서 혈서를 썼다? 하하.'

그는 백미러에 비친 불그레한 혈색 좋게 빛나는 자기 얼굴을 바라보고

"미남자란 이런 때 값이 있는 거야 하하."

이렇게 중얼거려 보니 그는 천하에 둘도 없는 행복을 가진 사람은 오직 자기 한 몸인 것 같이 생각이 되었다.

'이십억 원이 들어온다? 삼정, 삼릉의 대재벌과 맞서는 재력이 아니냐. 만약 그렇게 된다면 …… 이십억 원이 십 년 후에는 보자. 이자만 하더라도 …… 아니 투자를 해야만 돼.

조선의 처녀림은 물론 만주 평야로 진출해 가지고 그 동으로 바라보나 서로 바라보나 아규 일망무애의 대평원의 지주가 된다면? 그리고 또 남양군도의 미간지까지 전부 점령해 가지고 조선의 빈민을 말끔 이민을 시켜도 좋고 …… 그렇게 된다면 우리 학세란 놈도 애비와는 달리 한

번 실컷 뽐내볼 수가 있겠고 ⋯⋯.'

"다 왔습니다."

하고 운전수가 손잡이를 놓고 뒤를 돌아본다.

"응? 벌써 다 왔어?"

"네, 낙산 앞 큰길까지 다 왔습니다."

운전수는 상만이 졸고 있었나 싶어 지점까지 말하는 것이다.

"여보 ××정으로 몰아주오. 나 지금 그리로 가야만 되겠소."

"네."

운전수는 이상한 듯이 백미러를 몇 번이나 들여다보고 차머리를 동대문을 향한 큰길로 속력을 놓았다.

'자경이 기다린다니 어쩌잔 말야. 난 지금 내 아들을 좀 가보야지. 벌써 한 달이 되었군. 춫 돈을 보면 요시에는 기뻐하렸다 흥.'

상만은 맘속으로 중얼거리고 졸리는 고개를 쿠션에 기대었다. 상만은 요시에의 집 정문에서 두어 번이나 벨을 눌렀다.

할멈이 나와서 문을 열고 상만은 오래간만에 요시에의 집 이 층으로 올라갔다.

층층대까지 마중 나온 침의 바람의 요시에의 손목을 한 번 잡아 흔들고

"미안하게 됐소. 그 사이 너무 바빠서 ⋯⋯ 그래 학세는 잘 있소?"

"네 도련님은 안녕하십니다. 도련님 보시러 오셨지 어디 유모 노릇하는 저야 안중에 있겠어요?"

한 마디 톡 쏘고 입을 삐쭉하는 것이다. 지난겨울 오꾸마와 다투고 온 요시에는 다시 그날 밤 이래로 오로라는 가지 않았다.

그보다도 점점 상만의 발길이 자기 집 대문에서 멀어지는 것을 깨달

자 요시에는 최근에 와서

"무엇 때문에 살고 있는가? 학세의 유모로?"

하고 혼자 중얼거리는 일이 가끔 있었던 것이다.

"유모? 하하하 좋지. 유모 관계 좀 신성한 직분요? 자 유모 월급 ……."

상만은 경마장에서 벌어온 돈 오천 원을 호기스럽게 요시에 앞에 내던졌다.

"웬 돈이 이렇게 많아요?"

요시에는 살짝 풀리는 얼굴로 지전을 헤면서

"내지로 돌아가라는 여비까지 들었나 보지요?"

하고 방그레 웃었다.

"노, 노! 천만에. 가다니 어딜 가? 인제 조금만 참고 있어요. 훌륭한 아주 훌륭한 집을 학세를 위하여 짓고 또 학세 어머니를 위해서도 아주 예쁘고 좋은 집을 지어 줄 테니."

"정말요? 정말 집을 지을 테야요? 그럼 기지는 어디 짬이야요?"

"그야 만주도 좋고 남양도 좋고 동경 한복판도 좋구 ……."

요시에는 상만의 전에 없이 큰소리를 하는 것이라든지 한꺼번에 오천 원을 주는 것이라든지 어째 정체모를 사건이 돌발된 것 같아서 요시에는

"지금 어디서 오시는 길이야?"

하고 약간 눈썹을 찌푸려 물었다.

"나? 손님들과 여기저기서 마시고 왔지."

"그럼 이 돈은 학세 이름으로 저금을 합시다. 그런데 나 좀 보서요."

요시에는 상만의 무릎 앞으로 한 걸음 다가앉으며

"그 오로라엔가 하는 데는 너무 자주 가지 마서요. 어쩐지 그 마담인가 하는 여자는 무슨 불쾌한 비밀을 가지고 있는 것 같지 않아요?"

"염려 말아요. 모든 것은 내게 다 맡겨요. 내 무슨 일이 있던 꼭 학세를 행복스럽게 만들어 놓고야 말 테니."

상만은 잠이 들어 있는 학세 곁으로 가서 그 머리를 쓸어주고 그 이마에 입을 맞추고 반쯤 열고 자는 손을 쥐어보고

"요사이는 자꾸 자꾸 크는 가봐. 헉 그 참 아이들 자라는 게 신통하거든."

혼잣말 같이 하고

"어디 아빠가 한 번 안아주어야지."

상만은 자는 아이를 살며시 안아 무릎 위에 올려놓고 그 뺨에다 얼굴을 문지른다.

요시에는 멀거니 상만을 바라보면서

'대체 저 남자를 미워해야만 되나? 사랑해야만 되나?

속으로 생각하고 한숨을 삼키는 것이다.

상만은 학세를 안은 채 방바닥에 쓸어져 포근히 잠이 드는 것을 보고 요시에는 살며시 이불을 걸치어주고 자기도 그 옆에 누웠으나 어쩐지 잠이 들것 같지가 않았다.

아연히 꽃 안개에 가린 달그림자가 비친 종이 문을 바라보고 요시에는 가만히 한숨을 쉬었다.

'학세의 장래를 맡아 줄 사람은 이 사람 밖에 누구냐 …… 걸핏하면 복수 복수하고 입버릇 같이 외웠지만 …….'

아들을 통하여 바라보는 사나이! 요시에는 천하에 모든 어머니와 같이 아들을 지켜줄 이 사람이 잘 되고 성공하기를 빌고 있는 자기 맘을

발견하는 것이다.

어린아이 있는 편으로 돌아 누워 자는 상만과 또한 그 품에 누워 편안히 잠들고 있는 학세를 바라보자 그는 입속으로 중얼거렸다.

'그렇다. 자경이 누구냐 오꾸마가 무엇이냐. 학세가 있는 동안 단연코 이 사나이를 내 손에서 빼앗을 사람은 없을 것이다. 그렇다면 오꾸마에게 못 가도록 지금부터 적극적으로 방비를 하여야지 …… 그까짓 오락장의 계집이란 것은 돈만 먹자는 것이 목적일 테니까 ……'

여기까지 중얼거리던 요시에는 문득 입을 다물어 버렸다. 학세의 어머니라고 자랑하는 자기 자신도 결국 돈을 바라고 쓸쓸히 이 집을 지키고 있는 몸이 아닌가 하는 생각이 지나간 때문이다. 좌우간 요시에는 지금까지 제 분노에 북받쳐 오꾸마에게로 가는 상만을 방관만 하고 있었던 것을 비로소 뉘우치기 시작하는 것이다.

이튿날 아침 요시에는 비교적 일찍이 일어났다.

오늘이 천장절[201]인 것을 기억하고 있는 요시에는

'오늘 하루를 어떻게 가장 유리하게 이용할 수 없을까.'

하고 맘속으로 생각하여 보는 것이다.

요시에는 일부러 할멈을 아침 시장에까지 보내서 상만의 밥상을 보고 있을 때다.

"오이."

하고 부르는 소리가 위층에서 들려왔다. 상만이 잠이 깬 모양이다. 요시에가 행주치마로 손을 씻으며 층층대로 올라가니 상만이 와이셔츠

---

[201] 일본의 천황 탄생일.

바람으로 이리저리 방으로 걸어 다니고 있다.

"아라마! 보야! 가마에대호가리시대 호호바."

"에게! 젠 밤낮 어리광만 부리는 거야? 호호호."

"왜 불렀어요? 세수도 아니 하시고."

요시에가 방그레 웃었다.

"이봐 학세가 말야 오늘 아빠하고 어딜 가자고 조르는데 말야, 꽃구경이나 갈까?"

요시에는 자기가 하고 싶은 말을 학세가 대신하여 준 것이 너무도 신통하였으나 얼굴빛은 되도록 점잖게

"글쎄요 바쁘지 않으서요?"

한 마디하고 상만의 기색을 살폈다.

"바쁘기야 늘 바쁘지. 하지만 우리 학세가 청을 하는데 안 들을 수야 있나?"

"호호호 그럼 꽃구경 가기로 합시다. 도시락은 지금 곧 될 테니까요."

요시에는 다람쥐 모양으로 층층대를 내려와서 샌드위치, 노리마끼스시,[202] 오믈렛 등속으로 도시락을 주문하였다.

요시에가 주걱으로 밥을 떠서 상만 앞에 내밀고

"아가 너도 어여 밥 먹어. 아빠 하구 우리 창경원 간단다."

"그래 창경원도 좋지만 너무 평범해서 ……."

하고 상만은 요시에가 말하는 창경원을 슬쩍 피해 버린 것은 사실상 요사이 부쩍 날카로워진 자경의 시선이 혹시 어느 곳에 숨어 있지나 아니

---

[202] 김초밥.

할까 저어함이다.

"인천 월미도가 나을 것 같은데. 바다도 볼 수 있고 기차도 타고 ……
좋지 않아?"

"아이참 좋구먼요. 월미도란 이름부터 좋구먼요."

학세는 젓가락으로 밥을 쓸어 넣고는 아빠가 넣어주는 반찬을 넙죽
넙죽 받아먹으면서 무언지 바쁘게 재잘거리고 있는 것이 무척 신이 난
모양이다.

세 사람이 기차에 내려 월미도 유람 자동차에 올라탄 때는 그럭저럭
열한 시가 되었을 때다.

월미도는 사쿠라가 한창이다. 꽃그늘에는 삼삼오오의 남녀들이 담
요도 펴고 초석[203]도 깔고 앉기도 하고 비스듬히 눕기도 하여 얼근히 취
한 목소리에 손바닥에 장단으로

"오유노나가니모 고랴 하나가사구요 죠이나죠이나."

하는 소리가 들리는가 하면 저편 비탈길로 사오 인의 남자들이

"…… 얀데 낫도스세 얀데 낫도고세."

동모들의 어깨와 어깨를 서로 떠밀면서 비슥비슥 올라가는 뒷모양도
보이는 것이다.

상만의 손을 붙들고 걸어가는 학세는 좋아라고 뛰고 굴리고 저 혼자
앞을 서서 쪼르르 달아나기도 하고 돌아서서

"어여 와요 엄마 저기 봐요."

하고 가리키는 곳에는 비교적 파리한 사슴들이 사람들이 가까이 오는

---

203 왕골, 부들 따위로 엮어 만든 자리.

것을 보고 모이나 얻을 듯이 울타리 가까이 내달아오는 것이다.

숲 사이에서 들려오는 이름 모를 새들의 노랫소리도 어린 학세는 무척 신기한 듯이

"엄마 새 어디 있소?"

하고는 나뭇가지를 쳐다보는 것이다.

세 사람은 이윽고 월미도 서편으로 돌아 비교적 조용한 데로 자리를 정할 수가 있었다.

꽃은 많지 않았으나 그 대신 바다를 볼 수 있는 것이 세 사람의 맘을 즐겁게 하는 것이다.

요시에는 여기까지 초석과 도시락과 사이다를 가지고 따라온 아이에게 돈 이십 전을 집어주고 점심 그릇을 열었다.

먹고 마시고 웃고 이야기하는 그들은 진실로 아무런 근심과 걱정이 없는 한 가정의 가족들이었다. 그리하여 한 시간 후에 자기들 위에 닥쳐올 위험과 불행은 꿈에도 생각하지 못하고 있는 그들이었다.

축축하고 훈훈한 풀 향기를 느끼면서 먹는 그들의 점심은 만나[204]와 같이 그들을 만족하게 하는 것이었다.

먼저 젓가락을 놓은 상만은 초석 위에 비스듬히 기대어 자주 바다를 바라보았다. 눈앞에 넘실거리는 푸른 바다 송림 사이로 빤히 보이는 좁은 길은 여름이 오면 별장 사람들이 해수욕장에 가는 길이어니.

작년 이맘때만 하더라도 상만은 한 개의 평사원으로 월수입 칠십오 원에 목을 매고 있었겠다.

---

204 모세의 지도 아래 이집트를 탈출한 이스라엘 백성이 광야에 이르러 굶주릴 때 하느님이 내려준 신비로운 양식.

그러나 지금은? 상만은 하늘과 땅이 달린 것 같이 쓰디쓴 과거와는 비교도 할 수도 없는 자기의 현재를 생각할 볼 때 커다란 자부심이 가슴 한복판에서 맹수와 같이 포효하고 있는 것을 느끼는 것이다.

'이백만 원의 기본 자금으로 일천만 원 아니 그 이상의 금융을 융통하고 있는 한성물산 주식회사의 총지배인으로 월급은 이백오십 원이지마는…… 교제비라는 것은 삼사백 원 내지 천여 원의 현금 혹은 소절수가 자기 도장 한 번이면 임의대로 처분할 수 있는 신분이 아니냐.'

상만은 담배에다 불을 붙여 훅 하고 연기를 뿜으면서 한 손으로 면도 자리가 파란 턱을 쓱쓱 문질렀다.

'과연 나는 운명과 싸워 이겼다. 나는 영웅이다.'

그는 자랑스럽게 빙그레 웃고 한 손으로 퇴침을 하여 비스듬히 누워 버렸다.

'만약에 오꾸마의 말이 참말이라면 이십억 원의 부자가 될 것이 아니냐?…… 경마장에서 어느 말이 일등 될 것을 틀림없이 알아맞히는 오꾸마의 총명으로써 잘못 알지는 아니하였을 것이다. 더구나 내 앞에서 손가락까지 베인 그 여자가 나를 속일 이치는 단연코 없을 테야. 그리고 현장까지 가서 보고 실지로 조사를 하기로 하였으니…… 보고서 맘에 들면 할 것이고 안 들면 그만 두는 것이지.'

상만은 이런 생각을 할 때다. 야금야금 메불을 씹어 먹고 앉았던 학세가

"엄마, 난 이것 싫어."

하고 손에 들었던 과일을 요시에의 앞으로 내밀고는

"노루 보러 가 응 아빠."

하고 상만의 어깨를 잡아 흔든다.

"그래그래, 우리 노루 보러 간다고. 자 이 수건으로 손을 말짱히 닦아요. 오 옳지. 우리 학세 같이 착한 아이가 어디 있어?"

상만은 학세의 머리를 쓸어주고 구두를 신긴 후에 손을 잡고 일어섰다.

초석 한 개를 돌돌 말아 쥐고서 학세와 상만의 뒤를 따르는 요시에는 만족한 듯이 방그레 웃었다.

비탈길을 내려오자 울타리에는 또다시 여윈 노루들이 모이를 찾아 따라 왔다.

학세는 주머니에서 초콜릿을 꺼내 던져주기도 하고 캐러멜도 집어주었다.

학세는 신이 나서 줄달음질을 치기도 하고 손을 내밀어 울타리 밑에 곱게 피어나는 앉은뱅이 꽃도 땄다.

상만과 요시에의 손을 하나씩 붙들고는 주르르 두 발로 미끄러져 내려가던 학세가 갑자기 상만이 손을 탁 놓더니

"나 배 아파."

하고 땅에 펄썩 주저앉는다. 상만과 요시에는 눈이 둥그레져서 학세를 일으켰다.

"아가 배가 아프니?"

하고 요시에가 가만히 물어보았으나 고개만 두어 번 까딱거릴 뿐 꼭 다문 입술이 쪽빛처럼 푸르러지고 그 적은 얼굴마저 옥색 빛으로 질려졌다.

상만은 부들부들 떨리는 손으로 학세를 치켜 안고서

"어여 자동차 있는 곳으로 갑시다."

요시에를 돌아보고 호령하다시피 한 말을 하고 두어 걸음 내딛었으나 위로 유람 자동차의 종점인 조탕으로 나가는 게 빠를지 그렇지 않으

면 월미도 다리까지 가서 빈 자동차를 붙들어 타는 것이 속할지 상만은 일순 얼떨떨하여졌다.

팔에 안긴 학세는 점점 눈자위가 풀리고 사지가 척 늘어지면서 돌같이 무거워지는 것을 감각한 상만은

'이러다가 아주 죽어버리는 게 아닐까? 음식 중독이면 어른도 죽는 수가 있으니 ……'

이러한 생각이 지나가자 상만의 가슴은 쪼개지는 듯 슬프고 괴로워지는 것이다.

'불쌍한 내 아들아.'

상만은 올라가지도 못하고 내려가지도 못하고 우두커니 서 있는 자기가 안타까웠다.

요시에는 초석을 집어 던지고 월미도 다리를 향하여 달음질을 하여 내려갈 때다.

저 위에서 아래로 내려가는 빈 택시 한 대가 상만의 눈에 뜨이자 상만은 길 한복판에 우뚝 서서 한 손을 들었다.

요시에도 올라타고 세 사람을 실은 자동차는 질풍과 같이 산 아래로 내리달렸다.

"여보 어디든지 좋으니 가까운 병원으로 몰아주시오. 가까운 병원으로 얼른얼른."

상만은 일변 학세의 싸늘해지는 얼굴에 뺨을 대어가면서

"가까운 병원으로 속히 갑시다."

하고 부르짖었다.

월미도 다리를 건너설 때다. 이윽고 운전수는 객석을 돌아보며

"저기 보이는 저 집이 병원이올시다."

하고 속력을 늦추는 동안 자동차는 실비치료원이라고 먹으로 쓴 간판
이 붙어 있는 정문 앞에 머물렀다.

아이를 안은 채 신도 벗지 않은 상만은 진찰실 문을 아무렇게나 열고

"급한 환자올시다. 방금 이 아이가 죽어갑니다. 좀 속히 보아 주서요."

상만은 방금 먼저 온 환자를 진찰하고 있는 젊은 의사 앞으로 달려갔다.
귀에 걸렸던 청진기를 내려놓으며 이쪽으로 돌아보는 의사!

"앗!"

상만은 일순간 자기 눈앞이 캄캄하여 지는 것을 느끼었다.

상만은 거기 앉아 있는 의사가 유동섭인 것을 발견할 때 자기의 팔에
안기어 있는 것이 어린 학세가 아니고 또한 방금 죽어가는 아들이 아니
었던들 그는 주저할 것 없이 그 자리에서 돌아서서 나와 버렸을 것이다.
그러나…… 상만은 극도로 혼란하여지는 맘을 어찌할 수 없는 듯이 그
는 그 자리에서 앉지도 또한 서지도 못하고 있다. 아이를 살려 달라고
애걸이라도 하여야만 될 것을 느끼면서도 상만은 금시로 혀끝이 마비
나 된 것처럼 말이라고는 한 마디도 입 밖에 나오지가 않는 것이다. 동
섭은 그곳에 바로 자기 눈앞에 상만이가…… 꿈에만 보아도 하루 종일
불쾌하여지던 그 오상만이 와서 있는 것을 보자 그는 반사적으로 흠칫
눈을 돌이켜 버렸다.

'아 학세는 죽는구나.'

상만은 속으로 부르짖었으나 할 수 없는 일이다.

실내는 죽음을 눈앞에 둔 무서운 침묵의 몇 초가 흘러갔다.

그러나 그 다음 순간 쪼개지라고 혀를 깨물고 섰던 동섭은 마침내

"봅시다, 내려놓으시오."

부르짖듯이 한 말을 하고 상만의 팔에 척 늘어져 있는 아이의 손을 잡았다.

맥을 보는 것이다.

동섭은 아이의 양복 단추를 바쁘게 끄르면서 한 손으로 체온기를 학세의 겨드랑이에 끼웠다.

청진기를 귀에 걸고 아이의 가슴과 배를 진찰하고 손가락으로 두들겨보더니

"지금 무엇 먹인 것 없나요?"

하고 태연스럽게 상만을 건너다보고 묻는 것이다.

"저 점심을 도시락을 저 샌드위치를 노리마끼스시를 먹었지요."

상만은 두서없이 지껄이는 자기 말에 스스로 초조함을 느끼면서

"죽지나, 죽지나 않겠나요?"

겨우 이 말 한 마디를 하고서 이마에서 흘러내리는 땀을 손바닥으로 문지르는 것이다.

"센세이 오네가히데고사이마스 도가 고노고오 다스게데구다사이마시(선생님 어떻게라도 이 아이를 살려만 주서요 네. 선생님)."

요시에는 울 듯한 음성으로 동섭을 쳐다보고 애걸을 하는 것이다.

"난데모나인대스 스구 요구나리마스가라(괜찮습니다. 곧 나을 터이니까요)."

동섭은 부드럽게 대답을 하고 조그마한 창문을 향하여

"캄플과 관장기(灌腸器)를 가져 오시오 속히."

하고 알코올에 젖은 탈지면으로 자기의 손끝과 어린아이의 팔을 닦는다.

진찰실 서편으로 문이 열리면서 설백의 가운을 입은 한 젊은 여자가

노란 주사약이 들어있는 주사기를 동섭의 앞에 내밀고

"관장기는 지금 곧 가져옵니다."

하고 방금 동섭이 탈지면으로 닦고 있는 어린아이의 팔을 붙드는 것이다.

침 끝은 동섭의 익숙한 솜씨로 선뜻 아이의 팔을 뚫었다.

동섭이 침을 빼자 기다린 듯이 하얀 반창고를 꼭 누르고 한참 어린아이의 팔을 문지르다가

"그럼 옷을 입혀 주서요."

하고 비로소 아이의 옆에 있는 남녀의 얼굴을 쳐다보는 간호부의 얼굴! 상만은 그곳에서 뜻밖에도 인애가 있는 것을 보자 일순간 자기의 선 자리가 그대로 구멍이 나서 온몸을 그냥 홀랑 삼켜주기를 바랐다. 인애는 또한 인애대로 상만과 눈이 마주치는 순간 무슨 무서운 것이나 본 것처럼 흠칫 한 걸음 물러섰다.

인애의 얼굴이 상만의 눈에 종이같이 창백해진다고 생각하는 동안 벌써 인애는 그 자리에 있지 않았다.

상만은 부들부들 떨리는 손으로 아이의 양복 단추를 끼우면서도

'어째 하필 이 병원으로 왔을까 츳츳.'

그는 맘속으로 짜증이 났다.

"내가 끼우죠."

하고 요시에가 아이의 옷을 입히고 있을 때다. 다시 약국의 문이 열리면서 인애가 이번에는 유리로 된 관장기를 들고 나왔다.

그 사이 주사 기운이 퍼진 모양으로 학세의 파랗던 입술에는 차츰 생기가 돌고 얼굴빛도 약간 회복이 되는 성싶었다.

이윽고 아이는 몸을 한 번 뒤지며

"배 아파."

한 마디 부르짖고 옆으로 돌아눕는다.

"아가 학세야 애야."

하고 요시에가 학세의 이마를 손으로 쓸고 그 적은 턱을 손가락으로 건드렸다.

관장기를 가지고 나온 인애는 요시에 앞으로 와서

"관장을 할 테니까요."

하고 아이의 바지 단추를 늦추고 아이의 항문에다 관장액을 넣은 후 한 손에 준비하고 있던 탈지면을 대면서

"한참 동안 이대로 누르고 계서요. 손을 떼면 약물이 흘러나오니까요."

요시에에게 일러두고 방금 새로운 환자의 겨드랑이에서 체온기를 뽑아서 열도를 검사하는 것이다.

상만은 첨에 뜨거운 욕탕에 들어간 때처럼 조금 전에 홧홧하고 당황하여지던 맘은 얼마쯤 회복이 되어 그는 곁눈으로 인애의 전보다 훨씬 노숙하여진 …… 어디인지 회복할 수 없는 슬픔이 조각되어 있는 그 얼굴을 바라볼 여유가 생각되었다.

상만은 흘깃 인애의 한편 팔목에 눈이 스치자 마치 뜨거운 햇살이 동공을 쏠 때처럼 그는 눈을 감으면서 고개를 돌이켜 버렸다.

인애의 팔뚝에 걸린 사각 니켈 시계 그 한편이 약간 벗어져 누렇게 진유(眞鍮)가 내다보이는 …… 굵다란 가죽 끈에 얽어매어 있는 그 시계!

그것은 사 년 전 가을 상만이 인애와 약혼을 하고 인애의 돈으로 공부를 계속하러 떠나던 그날 바로 경성 역 플랫폼에서 인애에게 기념으로 준 상만의 시계가 아니냐.

'아아 인애 씨!'

일천 가지 감회가 폭풍처럼 상만의 가슴을 잡아 흔들었다.

'젖은 옷과 같은 나의 과거를 지금 이 당장에 청산할 수 있다면 …….'

인애의 가는 허리에 두르고 있는 설백의 가운을 붙들고 소리를 내어 울어버리고 싶도록 상만은 가슴이 뻐근해지는 일순간이었다.

"아이를 좀 안으셔야 되겠는데요."

하는 인애의 소리가 다시 들리고 그의 앞에는 배변기를 가진 인애가 요시에와 마주보고 서 있는 것이다.

"당신 안으셔요. 얜 무거워서 내 힘으로는 안을 수가 없어요."

하고 요시에는 상만을 돌아본다. 상만은 잠자코 아이를 들어 뒤로 안고 두 다리를 들었다. 인애가 허리를 구부리고 탈지면을 빼는 순간

"뿌드득 치르르."

잘 소화되지 못한 대변의 독특한 고약한 냄새가 방안에 가득하여졌다.

상만은 아이를 안은 채 고개를 돌이키고 요시에도 손수건으로 코에 대었다.

이석이는 돌아가며 유리문을 여느라고 들거렁 거리는 것이다. 동섭은 인애의 어깨 너머로 아이가 배설하고 있는 대변을 자세히 들여다보고 있다.

대변의 빛깔이 묽고 된 것 또는 분량 등을 검사하고 있는 것이다.

아이의 대변도 끝이 나고 요시에가 아이 바지를 치켜 입힌 뒤다.

나쁜 것이 말끔히 나간 뒤에 학세는 기분이 제법 상쾌하여진 모양으로

"엄마 집에 가."

하고 요시에를 쳐다보는 것이다. 요시에는

"그래그래 인제 또 우리 아빠하구 기차타고 간단다. 그렇지요?"

하고 상만을 돌아보았다.

"인제 약 먹으면 집에 보내준다 응?"

하고 동섭이가 학세를 건너다보고 빙그레 웃어 보였다.

"나 약 안 먹어."

집에서 종종 소화제 같은 것을 먹어본 학세는 약이 어떤 것인지 대강 짐작이 있는 모양이다.

"선생님 말씀대로 약을 먹어야 우리 또 아빠하구 장난감 사러 간단다. 그렇지 않아요?"

하고 요시에는 또다시 상만을 돌아다보는 것이다.

상만은 괴롭게 웃으며

"그래 우리 갈 때는 학세가 제일 좋아하는 장난감 사서 준다구."

"아빠 그럼 노루 사주 응? 노루."

"암 사주지."

동섭이가 써주는 처방지를 받아들고 약국으로 들어간 인애는 잠깐 동안 로봇과 같이 그 자리에 서버렸다.

'학세? 학세? 흥 …… 그러면 결국 저 여자가 요시에란 말이지?'

인애의 입가에는 쓰디쓴 조롱의 웃음이 흘러나왔다.

상만이 아직 인애 집 건넌방에 있을 때 어느 밤 술이 취하여 돌아온 상만이 인애 집 마루 위에 떨어뜨린 그 흰 봉투.

'우리 학세는 아빠가 보낸 돈으로 망토를 사서 입혔더니 …… 상만 씨 학세와 내가 조선으로 가는 날은 언제일까요? 요시에는 참으로 학세의 좋은 어머니로써 살겠어요 ……'

"그래도 상만 씨는 내게 무엇이라고 하였던고. 친구들이 일부러 만들어 넣은 편지라고 했지?"

이렇게 중얼거리던 인애는 갑자기 전신에 오싹 소름이 지나가자 그의 오뚝한 코끝이 일순 동안 칼끝처럼 날이 섰다.

'철두철미 하나에서 열까지 나를 속였구나.'

인애는 동섭이 써주는 처방지를 아무렇게나 구겨버리고 반딧불처럼 파란 불이 똑똑 흐르는 눈으로 약장을 쭉 훑어보았다.

이윽고 바들바들 떨고 있던 인애의 열 손가락이 실뱀처럼 독약이라고 쓰인 하얀 사기그릇을 움켜쥐었다.

인애의 손은 동그란 손잡이가 달려 있는 약그릇 뚜껑을 열었다.

하얗고 반짝반짝 광택이 있는 가루약을 들여다보는 인애는 바르르 떨리는 아랫입술을 꼭 깨물었다.

마침내 인애는 약 숟갈로 듬뿍 한 숟가락을 떠서 조그마한 유리 고뿌에 넣었다.

쪼르르

물을 따라 붓자 약은 살 세게 쏟아져 내려오는 물을 금방 떠다 논 듯이 뽀야스름한 가는 거품이 섞인 액체로 되었다.

잔은 괴물의 눈알처럼 빤히 인애의 눈을 쳐다보는 것이다.

'복수다 어머니의 복수다. 어머니의 임종 시까지 괴롭게 굴던 그 복수야.'

인애는 널장[205]을 두드리는 듯이 고동하고 있는 자기 심장에게 또한 질서 없이 경련하는 열 손가락에게 반항이나 하는 듯이

---

205 낱장의 널빤지.

'제자식이 당장에 피를 토하고 죽는 것을 본다면 내 어머니의 가슴 속도 대강만은 짐작 할 것이야.'

인애는 냄새도 빛깔도 맛도 없는 아비산(비상)이 녹아 있는 잔을 들고 문을 향하여 일어섰다. 진찰실로 통한 약국 문의 손잡이를 잡던 그는 문 밖에서 들려오는 소리에 저도 모르게 우뚝 서버렸다.

"엄마 약 먹거든 노루 사주 응 엄마."

"그래그래 약 먹으면 사준단다. 우리 학세는 엄마 말을 참 잘 들어요."

인애의 눈에는 갑자기 참으로 갑자기 두 볼이 쏙 들어가고 앞 이빨이 빠진 머리가 하얗게 세인 어머니의 얼굴이 나타났다. 걱정하는 듯이 달려드는 듯이 그 착하디 착한 입술이 무어라고 소곤거리는 것 같기도 하다.

'오오 어머니!'

인애는 문고리를 잡은 채 소리를 죽여 느끼기 시작하였다. 인애의 눈에서 눈물이 흘러나온다. 그동안은 불과 이 분 밖에 되지 않았다. 그러나 눈물은 복수의 불길에 바작바작 하고 있는 인애의 가슴을 향유처럼 부드럽게 하였다. 일 분 전에 그처럼 밉던 그 사람 그 아이 그 여인이었건만 어머니의 환상이 스쳐가는 순간 인애는 자식을 잃어버린 어미의 슬픔이 뼛속 깊이 깨달아졌다.

'어미와 자식.'

세상에 그보다 더 거룩하고 참된 인연이 또 있을까.

인애는 꿈에서 깬 때처럼 자기가 들고 있는 독약의 잔을 들여다보고 흠칫 몸을 떨었다.

그는 약물을 발아래 쏟아버리고 조금 전에 아무렇게나 구겨버렸던 동섭의 처방지를 펴서 들었다.

'지아스타제 2.5 삐오삐루민 2.5 감천당(甘泉糖) 5'

인애는 손 빠르게 약들을 달아 다른 고뿌에 담고 물을 부어가지고 진찰실로 나왔다.

'주여 저는 죄인이 올시다.'

인애는 애원하듯이 맘속으로 중얼거리고 학세의 곁으로 왔다.

"자 아가야 약 먹어."

인애의 눈에 눈물이 핑그르르 돌았건만 아무도 인애의 눈을 본 사람은 없었다.

아이는 결심한 듯이 입을 벌리고 꿀딱꿀딱 약물을 들이키는 것을 보고

'주여 저는 흉악한 죄인이 올시다.'

하고 인애는 또 한 번 속으로 부르짖었다.

마침내 학세의 복통증이 없어지고 그들은 돌아갈 채비를 할 때다.

다른 환자의 처방지를 쓰고 앉았던 동섭이

"오 군."

하고 상만을 불렀다.

"나를?"

동섭은 고개를 끄덕여 보이고

"잠깐만 이리로."

저력 있고 침착한 그의 목소리에 얼마쯤 위압을 느낀 상만은 동섭을 따라 문밖으로 나갔다.

마침 현관에 아무도 없는 것을 발견한 동섭은 우뚝 서서

"그 아이 자네 아들인가?"

상만은 약간 부릅뜨고 노려보는 동섭이 당장에 주먹으로 자기의 앞

가슴을 냅다 칠 듯하여 그는 두어 걸음 뒤로 물러섰다.

"자네 아들인가?"

동섭이 재차 묻는 말에 상만은 힘없이 고개를 끄덕여 보였다.

"그럼 자경은 결국 자네 첩으로 데려간 셈일세그려."

"아 아니 천만에 …… 그런데 저 어린아이는 저, 말하자면 우연히 아주 우연히 ……."

"오 군!"

동섭은 상만의 말을 가로질러

"몇 여자를 울릴 테냐 말야."

"……."

방금 죽어가는 중상인을 실은 들 것의 네 채가 현관으로 들어왔다.

"선생님!"

하고 사람들을 헤치고 동섭의 앞으로 달려오는 아이는 수돌이었다.

"선생님 산이 무너졌어요. 그래 이렇게들 치었는데 아버지도 ……."

수돌은 북받쳐 오르는 울음을 참노라고 몇 번이나 흐느긴 후에

"도 돌아갔을 거야요. 아까부터 불렀는 대도 대답이 없어요."

"울지 말어. 이래도 치료만 받으면 나을 수가 있으니 응."

동섭은 이렇게 일러주고

"자 들것을 방안으로 떠메시오."

하고 동섭은 반달음질로 진찰실로 들어갔다.

동무들의 중상에 얼마큼 기가 죽은 한숨을 쉬기도 하고 혀를 차기도 하면서 들것을 들고 진찰실로 들어왔다.

인애는 물을 끓이고 외과용 수술 기계들을 소독하기 시작하는 것이다.

동섭은 알코올 면으로 손을 닦으면서 먼저 들어온 들것 곁으로 갔다. 뺨과 귀 밑으로 벌건 피가 줄줄 흘러내리는 장정의 얼굴은 푸르다 못해 꺼멓게 되어 있는 것이다.

동섭은 잠자코 손 빨리 장정의 머리에 동여매진 청엽수건을 끌러 버리자 피는 시냇물처럼 쏼쏼 쏟아지기 시작을 한다.

장정의 머리통은 방금 쪼개지려는 수박 모양으로 왼편 귀 너머에서 시작하여 오른편 눈언저리까지 쩍 벌어진 채 검붉은 피를 술술 쏟고 있는 것이다.

동섭은 소독한 솜으로 대강 상처를 닦고 무슨 약인지 하얀 가루약을 덥석 뿌린 뒤에(그것은 곱게 빻은 소금이다) 장정의 머리통을 어물처 쥐고 바늘로 꿰매기를 시작하였다.

마치 여인이 베개 통을 감쳐 나가듯이 동섭의 바느질은 익숙하고 날쌔었다.

바느질이 절반쯤 진행되어 가자 인애는 전에도 여러 번 이러한 중상인의 치료를 경험한 대로 그는 탈지면을 알코올에 적시어 불끈 짜낸 뒤에 누렇고 검은 고약을 흠씬 발라 가지고 동섭의 곁으로 왔다.

바느질이 다 되자 동섭은 이번에는 유리병에서 노란 가루약을 꿰맨 자리에 고루고루 칠한 뒤에 인애가 들고 서 있는 고약 바른 탈지면을 받아 상처에 덮었다.

그 위에 얇은 유지를 깔고 소독 가제를 싸고 그리고서 붕대로 싸 동이기 시작하자 기다리고 섰던 이석이가 달려들어 붕대를 받아 감는 것이다.

병자가 진찰실로 들어올 때부터 붕대를 감기까지 실로 그 시간은 오 분 밖에 되지 않았다.

이것은 동섭이 얼마나 익숙한 수완의 소유자란 것을 증명하는 것이 겠지마는 그가 한 사람이라도 죽이지 않고 살려보겠다는 그 간절한 맘이 그의 손을 날쌔게 만든 것이다.

그 다음 환자는 피나는 곳은 없으나 가슴이 푸르게 부어 오른 것을 보아 가슴이 돌에 부딪힌 모양이다.

그것은 수돌이 아버지였다.

언젠가 동섭이 '돼지우리'로만 보았던 그 적고 더러운 집에 누웠던 수돌 아버지는 각기로 고생하다가 동섭이가 진찰을 해주고 오랫동안 투약을 하고 그래서 마침내 그는 완인이 되어 공사장 인부가 된 것이었다.

"아버지 아버지."

하고 수돌이가 자지러질듯이 불렀으나 척 늘어진 그의 고개는 마치 삼년 전 여름 동섭이 첨으로 공사장에 와서 압살된 사람을 볼 때 느낀 그

'공기 나간 고무 인형.'

과 조금도 다름이 없는 것이다. 동섭은 청진기로 그의 가슴에 대어보면서 고개를 기울였다. 그는 약간 헤벌쭉 벌려 있는 장정의 턱을 두어 번 쓸어보고 주사 하고 소리를 질렀다.

주사를 한 개 놓은 뒤에 동섭은 남은 두 개의 들 것으로 갔다. 어깨가 결단난 사람, 다리가 부러진 사람 동섭은 일일이 적당한 응급 수당을 한 뒤 다시 수돌의 아비 곁으로 왔다.

또 한 번 청진기를 들고 가슴에 대어 보던 동섭은 혀를 차면서 손가락으로 장정의 눈을 뒤집어 본다.

"선생님 아버진 모 못살겠지요, 네?"

하고 부르짖는 수돌의 얼굴은 절망과 공포의 상징인 듯 동섭은 차마 그

적은 얼굴을 바로 볼 수가 없었다.

"각기 때문에 원래 심장이 약했거든 …… 그런데 아마 치명적 내상이 든 모양이야 …… 수돌이 너무 슬퍼하지 마라 응? 선생님이 있지 않니?"

동섭은 수돌이의 적은 그러나 험한 노동에 거칠어진 그 두 손을 꼭 쥐었다.

"아이고 선생님, 할아버지를 어떡해요 네? 할아버지를."

하고 수돌이는 강중강중 뛰는 것이다.

동섭이 눈에는 삼 년 전 여름 공사장에서 돌을 깨치고 앉았던 그 노인의 배고픈 얼굴이 지나갔다.

'눈을 껌뻑일 때마다 허옇게 미영씨가 보이던 불쌍한 노인.'

동섭은 후르르 한숨을 내쉬고

"수돌아 진정해."

하고 그 적은 어깨를 껴안았다.

상만의 일행은 언제 돌아갔는지 벌써 그 방에는 있지 않았다.

바다에서 들려오는 기선이 고동소리가 오늘은 유달리 바로 귀밑에서 울리는 것 같다.

"비가 오려나?"

들것을 매고 왔던 인부 한 사람이 옆에 사람을 돌아보고 하는 말이다.

"글쎄 또 비가 오면 경쳤지?"

하루하루의 날삯을 받는 그들에게 비가 온다는 것은 곧 굶으라는 명령과 다름이 없는 것이다.

인부들의 불안한 얼굴을 비웃는 듯이 지금까지 볕살이 쨍쨍하던 창문은 구름이 낀 듯 차츰 흐릿하여 지는 것이다.

과연 인천 매축 공사장을 에우고 대지에는 비가 나릴 지 폭풍이 불지 시시각각으로 닥쳐오는 저기압의 신호는 장차 무엇을 그들에게 가르칠 것인고.

　이튿날 아침나절.

　수돌이의 아버지는 병원에서 바로 매장터로 갔다.

　그날 오후에 또 한 사람 어깨가 결단 난 사람도 역시 동섭과 인애의 간절한 치료도 무효로 절명되고 말았다.

　남은 두 사람도 지극한 중태로서 동섭은 밤새도록 그들의 곁을 떠나지 않았다.

　인애도 물론 동섭과 같이 남아 있어서 환자들의 입술도 적시어 주고 얼음주머니도 갈아 대었다.

　환자들의 가족으로 따라 온 늙은 할머니와 젖먹이 아이가 따른 중년 여인은 종일 괴로운 노동에서 시달린 탓인지 벽에 기대인 채 졸고만 있는 것이다. 그렇게 괴로워하고 헛소리들을 연발하던 환자들도 새벽 세 시가 되어 올 때는 어렴풋이 잠이 드는 모양이다.

　동섭은 인애더러 이 층으로 가서 좀 쉬라고 간청을 하였으나 인애는 고개를 좌우로 흔들 뿐이다.

　"그럼 미안하지만 내 들어가서 한 시간만 눈을 붙이고 나올까요?"
하고 동섭이 빙그레 웃는다.

　"네 그렇게 하셔요 선생님. 정말…… 선생님이 먼저 쉬시고 나오시면 저도 좀 자든지 하겠어요. 아직까지 전 졸음이 올 것 같지가 않아요."

　"그럼 용서하셔요."
하고 동섭은 살그머니 문을 열고 이석이가 자는 온돌방으로 들어갔다.

인애는 혼자 환자들의 머리맡에 앉아 있노라니 어제 하루 동안의 지난 일이 활동사진의 필름처럼 한 가지씩 한 가지씩 눈앞에 나타났다 사라지고 사라졌다 나타나는 것이다.

'상만 씨가 무슨 뜻으로 어린아이를 데리고 하필 이 병원으로 왔던고. 나를 괴롭게 하려고?'

이러한 생각은 얼마쯤 과로하여진 그의 신경을 어지러운 삼실과 같이 혼란하게 하는 것이다.

'백보를 사양하여 그가(상만이) 이 병원에 내가 있는 줄을 모르고 왔다고 하자. 그러나 그는 옛날 나에게 무어라 하였는고. 요시에라는 인간은 실지로 존재하여 있는 사람이 아니라고 …….'

인애는 소매 끝으로 스며드는 새벽 공기에 바르르 몸을 떨면서 한 손을 가슴에 대었다. 마치 하루 동안에 아니 반일 동안에 일어난 자기 맘에 변화를 붙잡아 보려는 듯이.

사실 인애는 상만에게서 배반을 당하여 몹시도 슬펐다. 죽어서 이 괴롬을 잊어버렸으면 하고 부르짖도록 인애의 가슴에는 절망의 회오리가 불어왔던 것이다. 그러나 한 번이라도 단 한 번이라도 상만을 미워한 때는 없었다. 상만이 자경과 혼인하는 그날에도 그는 맘속으로 부르짖었다.

'어여쁜 자경을 돈 많고 화려한 환경을 가진 자경을 취하는 것이 상만 씨로서는 행복된 일이다. 사람이면 누구나 다 행복을 원하는 것이니까?'

이렇게 생각하고 자경과는 비교도 못할 만큼 모든 조건이 구비하지 못한 자기 자신을 가엽게만 생각하였다.

그러나 날이 갈수록 웬일인지 인애는 인애 자신보다 오히려 상만을 더욱 불쌍하게 생각하게 된 것이다.

'가여운 청년 불행한 그이.'

가끔 이렇게 중얼거리고 가만히 한숨을 삼키는 것이었다.

'모처럼 얻은 그 부귀에 자리에서도 상만 씨는 결단코 맘이 편치 못하리라. 불쌍한 그이.'

때로는 상만을 원망하는 생각이 괴로운 벌레처럼 그의 중추신경을 간지를 때에는 그는 늘

'불쌍한 그이.'

라는 주문으로 상만에게 대한 생각의 일체를 청산해 버리려고 애를 썼다.

그러나 애를 쓰면 쓸수록 자기 가슴속에 영원히 깃들어져 있는 상만에 대한 기억은 점점 깊이 자리를 잡는 것이었다.

날이 가고 달이 갈수록 상만의 기억은 마침내 익숙한 가운데 아름다운 상만의 얼굴, 자태, 음성까지를 하나씩 하나씩 조각하여 버린 것이다.

'그는 가버렸으나 아름다운 조각은 영원히 내 맘의 소유이다.'

인애는 이렇게 혼자 중얼거리고 가만히 한숨을 쉰 적이 몇 번이었는고.

그러나 인애는 오늘 상만에게서 무엇을 발견하였느냐.

곱게 간직한 그 고운 조각 위에

'양심 없는 사나이.'

라는 제목을 붙이지 않으면 안 되게 된 것이 한없이 슬픈 일이었다.

'오상만, 그는 양심 없는 놈이다.'

이렇게 생각하자 일순간 인애의 맘속에는 어떤 보이지 않는 손이 나와서 그 보기 좋은 맘의 조각을 산산이 부서 버리고 마는 것을 느끼었다.

인애는 쓰디쓴 자조의 웃음을 띠고 자기의 왼편 팔목을 들여다보았다.

이윽고 그는 한 손으로 천천히 사각 니켈 시계를 풀기 시작하였다.

그는 유리병 속에 들어있는 소독 가제를 꺼내 그 시계를 쌌다.

지나간 사 년 동안 그의 팔목 위에서 시간을 속삭이던 그 시계! 인애는 이 누렇게 변색되어 가는 시계에서 몇 번이나 빙그레 웃는 상만의 얼굴을 보았던고 그러나 …….

인애는 조심스럽게 문을 열고 뜰로 나왔다.

'내 맘속에 세워 있는 아름다운 조각은 깨어졌다. 모든 기억은 영원히 죽었다.'

입속으로 중얼거리면서 뜰 앞 적은 소나무 있는 데로 왔다.

그는 머리에 스친 편으로 나무 아래 푸석푸석한 흙을 파헤쳤다.

주먹 하나 들어갈 만한 구멍이 생기자 그는 가제에 싸인 시계를 슬그머니 그 속에 넣고 다시 흙으로 덮어버렸다.

일어서서 두어 번 발로 밟은 다음 눈을 들어 멀리 창공을 바라보았다.

오리온 성좌가 월미도 훨씬 서편으로 피로한 듯이 누워 있다.

힘과 힘 (1)

상만은 요시에와 학세를 데리고 경성 역에 무사히 내렸건만 조금 전에 들은 동섭의 말이 마치 생선가시가 목구멍에 걸린 때처럼 불쾌한 기분을 어찌할 도리가 없었다.

요시에의 모자를 택시에 태워 ××정 비밀의 집까지 보낸 뒤 자기는 낙산 자기 집으로 향하였다.

산 아래 편편한 언덕 위에 서 있는 단층 문화주택이 눈에 뜨이자 그는 어떤 야릇한 반항에 가슴이 설레는 것을 느끼었다.

'흥 자식이 아직까지도 미련이 대단한 모양이야. 자경을 불행하게 만든다면 그때에는 용서치 않으리라? 후후후.'

동섭의 하던 말을 되뇌어보는 상만은 질투와 분노의 감정이 독주를 먹은 때처럼 그의 전신을 화끈하게 만드는 것을 느끼면서

'아니꼽게 내 여편네를 가지고 내야 어떻게 하던지 제가 바로 용서한다느니 안 한다느니 …… 쑥스런 자식 같으니라구.'

상만은 감정의 거친 손길이 점점 자기의 이성의 목덜미를 잡아 누르는 것을 의식하면서 아무렇게나 현관문을 열어젖히고 신을 벗은 후 응접실로 들어갔다.

그는 우선 모자를 벗던 손으로 테이블 위에 놓인 신문지를 집어 들고

교의로 가서 펄썩 주저앉았다.

'무슨 말이고 간에 해 보아.'

상만은 지금쯤 짜증을 내고 나타날 아내의 얼굴을 맘속에 그리면서

'그러니 어떻단 말야.'

하고 호령을 하고 싶은 충동에 부르르 몸을 떨고 있을 때다.

과연 문이 벙싯 열리면서

"인제 돌아오셨어요?"

하고 요 몇 날 동안 훨씬 얼굴이 창백하여진 자경이 약간 미소를 띠고 들어온다.

상만은 한 번 흘깃 자경을 바라볼 뿐 들고 있는 신문으로 다시 눈을 떨어뜨리었다.

자경은 무슨 말이고 다시 입을 떼려다가 전과 다른 남편의 기분에 눌린 듯이 잠자코 상만의 곁으로 와서 그 교의 손잡이를 붙들고 섰다.

상만은 신문에다 눈을 둔 채로

'××까지 가볼 일이 생겨서 갔었는데 당일 돌아 오려던 것이 이렇게 됐구려.'

상만은 일일이 아내에게 보고하고 들어오고 나가야만 하는 자기의 생활이 잇가리[206]에 얽힌 송아지처럼 부자유스러운 것을 오늘 새삼스럽게 뼛속 깊이 느끼는 것이었다. 그 때문에 태연한 채 신문을 보고 앉아 있는 상만의 두 눈은 이상한 흥분 때문에 타는 듯이 번뜩이고 있는 것이다.

"……."

---

206 물건과 물건을 잇는 끈. 고삐.

자경은 잠잠한 채로 그 자리에 섰으나 맘속으로는

'이틀이나 외박을 하고 돌아온 남편은 이렇게 해야만 되는 것인가?'

싶은 듯이 그 자리에서 빤히 상만을 바라보고 섰던 자경의 속눈썹이 파르르 떨자 그는 뒤로 돌아서 버렸다.

'이래서는 안 된다.'

자경은 자기의 약한 맘을 편달하였건만 솟아오르는 눈물을 어찌 할 수가 없는 것이다.

해산한 이후로 걸핏하면 빙그르 눈물이 고이는 자기가 무척하게 생각이 되었건만 그의 눈에서는 기한 전에 떨어지는 실과처럼 자칫하면 굴러 떨어지는 눈물을 처치할 도리가 없었다. 상만은 가늘게 떨고 있는 자경의 어깨를 힐끗 바라보자 그의 입가에는 증오와 조롱이 섞인 웃음이 일찰나로 지나갔다.

"흥?"

상만은 귀찮은 듯이 부스럭 부스럭 소리가 나도록 신문을 뒤적거리었다.

돌아선 채로 울고 있는 자경은

거지와 같이 상만의 애정을 구걸하고 있는 자신이 민망하게 생각이 되었다.

'내가 이렇게까지 가련하게 되다니.'

자경은 갑자기 쫓긴 사람 모양으로 문을 휙 열고 안방으로 달아 왔다. 외할머니가 손수 만들어 보낸 하얀 포대기 속에서 색색 잠이 들어있는 어린아이 곁으로 오자

'혜순아 너만 아니면.'

그는 어린아이 머리맡에 고꾸라져서 느끼어 울었다.

상만은 신문을 아무렇게나 집어던지고 담배를 꺼내 불을 붙였다.

훅 하고 연기를 뿜는 그는 쓰디쓰게 입맛을 다시고 무거운 다리로 안 방으로 건너갔다.

"왜 그러우 밤낮 울기로만 작정요? 춧."

상만은 넥타이와 칼라를 끄르면서 짜증 비슷이 한 마디하고

"모처럼 집에 오거든 좀 명랑한 얼굴빛을 빼주구려."

하고 아랫목에 깔아 놓은 보료 위로 가서 턱 들어 누웠다.

자경은 젖은 얼굴을 들고

"그래요 난 본시 우울하고 눈물만 찔금거리는 못난이야요."

날카롭게 톡 쏘고 돌아앉아 수건으로 뺨을 씻는 것이다.

"뭐요?"

누워 있던 상만의 음성이 갑자기 거칠어졌다.

열 시에 돌아오겠다 하고 나간 상만은 그 밤이 새도록 돌아오지 않았다.

분노와 절망에서 아침을 마친 자경은 전과 같이 열한 시나 되어서 혼자서 쓸쓸히 아침을 마치고 어린아이 목욕을 시작하였다

자경은 언제나 하는 습관대로 손수 어린아이를 씻기고 파우더로 아이의 목덜미 겨드랑이에 뿌릴 때다.

갑자기 현관에서 따르르 하고 초인종이 울려왔다.

이사 온지 반년이 훨씬 넘건만 초인종 소리를 헤다시피 내객이라고는 별로 없는 이집이다.

자경은 고개를 기울였다.

"아씨 계서? …… 자경!"

하고 소리를 지르며 뛰어 들어오는 사람은 지난 해 삼월에 동경으로 갔던 배연숙이었다.

"연숙이 아니야."

자경은 아이를 안은 채 연숙의 팔을 잡아당겼다.

"언제 왔어?"

"벌써 한 일주일 됐어. 그래 그 사이 애기가 다 나고 ……."

연숙은 훨씬 세련되고 명랑하여진 표정으로 자경을 바라보고 방그레 웃는다.

오늘도 연숙은 몸에 착 들어맞는 연비취빛 양장이었다.

"그래 잘 있었니?"

"응."

두 사람은 미소를 머금은 듯 서로 말끄러미 바라보고 한참 동안 앉아 있었다.

"일 년이 짧다 해도 이렇게 우리 생활이 달라졌구나."

연숙이가 자경의 젖꼭지를 빨고 있는 어린애를 들여다보며

"어쩌면 애기 젖을 네가 먹이니?"

"그럼."

하인이 차를 가져오고 어린아이는 기분 좋게 잠이 들었다.

두 사람은 가슴에 싸인 말을 어느 것을 먼저 할지 모르는 것이다.

"그래 너도 그 사이 어머니 됐니?"

"아니 누가 귀찮게 그 노릇을 하고 있어 호호."

연숙은 차를 호르르 마시다가

"그러지 않아도 동경으로 갈 때에는 삼 개월쯤 됐지만 동경 가서 처분

해 버렸지 호호호."

자경이 눈이 둥그레지면서도

"거짓말쟁이 누굴 속이려고 호호."

하고 웃어보였다.

"아이 참말야. 그런 것은 이것만 있으면."

손가락으로 동그라미를 그려 보이고

"일 없어요. 일주일 동안만 입원하고 나오면 만사 오케 참 그건 그렇고 너도 어지간히 지독했던 모양이었지. 기어이 인애를 녹아웃을 시켰으니 하하하."

연숙은 남은 차를 홀딱 들이마시고

"나도 바로 얼마 전에 결혼예식을 거행하였지. 바로 동경 YMCA회관에서."

"그럼 그이는?"

하고 자경이 의미 있게 웃었다.

"안엽 씨 마누라? 아직 모르는군. 벌써 신선되어 갔어요. 지난겨울에 죽었어요."

"그래? 그런 건 난 도무지 몰랐어."

하고 자경이 차를 더 따라 붇는다.

"그까짓 일이야 아무려면 어때. 그보다도 아주 썩 유쾌한 일이 생겼어요. 이봐, 오빠가 온대요 오빠가 호호호."

"좋겠다. 넌 그리던 오빠를 만날 테니까."

두 사람은 방바닥에 비스듬히 들어 누워 배창환에게 온 편지를 읽기도 하고 또 그의 최근의 사진이라는 것도 꺼내보기도 하였다.

"얘 오래간만에 우리 같이 산보나 가자꾸나."

"참 너의 그 안 씨는 어디 있니?"

"집에 있지. ××동 우리 집에. 우리 그리로 가볼까?"

"글쎄."

"글쎄가 뭐야 나가요 나가."

이리하여 오래간만에 자경은 연숙과 함께 밖으로 나간 뒤

두 사람이 나가고 오 분이나 되었을까 무엇 때문인지 이마에 굵다랗게 힘줄이 나보이도록 흥분한 상만이 황황히 들어왔다.

"이따위 것을 보낸다면 어쩌란 말야 쑥스런 자식 같으니라고."

상만은 손에 쥐었던 종이를 아무렇게나 폈다.

상만은 지금 막 회사로 찾아온 대표자들과 만났으나 그들이 요구한다는 네 가지 조건은 도대체 상만의 의사에 하나도 용납되지 않는 것이다.

더구나 상만으로 하여금 견딜 수 없는 분노에 떨게 한 것은

"이것도 좀 읽어 주서요."

하고 그들이 내민 동섭의 친필이었다.

'그대도 일찍이 가난한 사람이었다. 그 때문에 그대는 가난한 사람들의 심정을 잘 알 것이다. 나는 이제 인부들의 소청을 저버릴 수 없어 그대에게 한 말로 권고하노니 그들이 부르짖는 네 가지 조목을 순순히 들어주는 것이 인정과 의리에 합당하는 것보다도 그대와 그대의 가족과 또 그대가 높이고 노래하는 그 황금을 보호하는 점으로도 훨씬 더 유리함이 될 줄 믿는다.'

대체의 문의가 그러하였다.

상만은 일전에 인천에서 동섭에게 받은 모욕의 언사가 아직도 기억에

서 새로운 오늘 이러한 협박과도 비슷하고 교훈과도 같은 글발을 보게 되자 그는 자기도 알지 못하는 사이에 주먹이 단단히 쥐어지는 것이다.

'자식 못난이 같이. 자경을 빼앗긴 분풀이를 이렇게 해야만 되나? 비겁하게 제힘으로는 못하고 결국 많은 사람의 힘을 이용하려고?'

상만은 얼굴이 화끈 붉어지도록 부끄러움과 분함을 느꼈으나 되도록 침착하게

'좀 더 생각한 뒤에 대답할 터이요.'

한 말하고 천천히 자리에서 일어섰다.

사장도 마침 남조선 지방으로 출장을 나간 뒤다. 그는 중요한 간부 몇 사람과 대강 선후책을 토의한 뒤 슬쩍 뒷문으로 나와 버린 것이다.

'자경을 불행하게 만든다면 용서치 않는다? 후후후.'

하고 웃던 상만의 입은 문득 처참하게 다물어졌다.

'자경이 혹시 동섭과 무슨 연락이 있는 것이 아닐까?'

이 생각은 상만의 흥분된 머릿속에 얼음과 같은 전율을 느끼게 하였다.

'좌우간 집으로 가서 동섭이 인부들을 부추겨서 동맹파업을 시켰다는 말을 해 보고서 자경의 얼굴빛을 살펴보아?'

생각하고 집으로 들어온 그는 의외에도 자경이 없는 것을 발견할 때 그는 일순 돌부리에 부딪혀 넘어진 사람처럼 허둥거렸다.

상만은 쓴 입을 다시며 뒤통수를 안은 채 털썩 보류 위에 누워서 자경을 기다리었다.

열두 시가 치고 새로 한 시가 될 무렵에 아이는 잠이 깨어 젖을 찾는지 울기 시작하였다.

어멈이 들어와서 기저귀를 갈아대고 안고 일어섰으나 아이의 울음은

좀처럼 그칠 것 같지가 않았다.

"아씨 어디 가셨어?"

"저, 웬 여자 손님과 같이 나가셨는데요."

"어딜 간다고 그래?"

"모르겠어요."

상만은 우는 아이를 물끄러미 바라보다가 우뚝 자리에서 일어나 문을 열고 밖으로 나가버렸다.

그는 언덕길을 내려오면서

"요시."

하고 두 주먹을 쥐면서 큰길을 향하여 뚜벅뚜벅 걸어 내려왔다. 큰길에 나와서 지나가는 택시를 불러 타고 다시 회사로 나왔다.

'어떤 일이 있더라도 침묵일관으로 나갈 터이니 ⋯⋯.'

간부 일동에게 선언하다시피 한 말을 던지고 그는 총총히 자동차에 올라 본정으로 향하였다.

오로라 오꾸마에게로 가는 것이다. 이상한 듯이 상만의 얼굴빛을 살피던 오꾸마가 상만이 포켓에서 꺼내 보이는 동맹파업의 통지를 보고

"얼마 동안 여행해 보시는 게 어떨까요? 무진 금광이나 보러 가시면 좋잖겠어요?"

"⋯⋯."

한참 동안 잠자코 있던 상만은

"그럼 오늘 밤차로 떠나기로 하지."

과연 그날 저녁 특급차로 두 사람은 북행의 손이 되었다.

자경은 연숙과 함께 ××백화점을 다녀서 오래간만에 자동차로 한강

까지 드라이브를 하면서도

'혜순이가 깼으면 어떡하나.'

하고 간간히 눈썹을 찌푸렸다.

"애 유모를 구해요 유모를. 글쎄 밤낮 네가 아이에게 매달려 가지고 그게 뭐냐 …… 그래도 좀 사람답게 살아야지?"

연숙은 잠자코 대답이 없는 자경의 어깨를 꾹 찌르고는

"어때 내말이 틀렸나?"

하고 자경의 얼굴을 들여다보는 것이다.

"아니."

"글쎄 말이야. 너의 '허즈'²⁰⁷는 밤낮이나 돌아 댕기기만 하는데 넌 무슨 청승으로 집안 징역이냐 말야."

자경은 한숨을 후 내쉬고

"그래도 난 그 아이 젖 먹이는 일까지 없어진다면 …… 너무도 무서운 일야."

자경은 들릴 듯 말 듯 중얼거리고 팔뚝시계를 들여다보며

"낙산 큰길로."

하고 운전대를 향하여 소리를 쳤다. 연숙은 조선은행 앞에서 내렸다.

"속히 몰아주어요."

자경은 몇 번이나 독촉을 하였다. 허둥지둥 대문 안에 들어설 때는 과연 어린아이의 울음소리가 들려왔다.

자경은 구두를 아무렇게나 벗어 버리고 한 걸음에 안방으로 뛰어 들

---

207 husband. 남편.

어가 아이를 받아 안았다.

자경은 그 사이 어린아이를 떠난 것이 마치 수십 년이나 못 본 듯이 그 보드랍고 매끄러운 입부리에 젖꼭지를 물리며 좀 더 일찍이 들어오지 못한 것이 무척 후회스러웠다.

"저 아씨께서 바로 나가시자 나리님께서 들어오시겠지요. 아주 한참 동안 아씨를 기다리시다가 나가셨어요. 바로 조금 전에요."

"그래 아무 말씀도 없어시여?"

"네! 암 말씀도 안 하셨어요."

식모와 자경이 이런 말을 주고받고 한 그 이튿날 저녁 오후에 안동현이란 일부인(日附印)[208]이 찍혀진 상만의 편지가 왔다.

북만 일대를 순찰할 일이 생겨서 한 일주일 후에 돌아가겠다는 말이다.

자경은 고개를 끄덕이고

'만주까지 가노라고 일부러 집에 와서 나를 기다렸군.'

이런 생각을 하고 어제 외출한 것이 어찌 미안스럽게 생각이 되는 것이었다.

상만이 떠난 지 닷새가 되는 날이다.

벌써 봄도 저물어 첫여름을 재촉하는 빗소리가 처마 끝에서 소곤거리는 한낮 자경은 각간 열이 있는지 자주 끙끙거리고 보채는 혜순을 안고 방안에서 이리저리 왔다 갔다 할 때다.

식모가 봉합 편지를 가져 왔다.

'누굴까?'

---

208 서류 따위에 그날그날의 날짜를 찍게 만든 도장.

아직 한 번도 보지 못하던 필적에 위선 자경은 고개를 기울였다.

그러나 일 분 뒤 자경이 그 편지를 여는 순간 그는 까닭 없이 불길한 예감에 가슴이 후두두 떨리는 것을 어찌할 수 없었다.

'조선 글로 써야만 할 것입니다마는 익명으로 편지를 쓰는 이상 일부러 내지말로 씁니다. 나는 구태여 당신의 가정의 평화가 문란하여 지는 것을 원치 않습니다. 그러나 당신이 지금 얼마나 큰 위험과 직면하고 있다는 것을 알려 드리고 싶습니다.

첫째 당신의 남편 오상만은 지금 어떤 여자에게 홀리고 있습니다. 그 여자는 어떤 오락장의 마담인데 편의상 그 집 이름까지 알려 드리지요. 본정통에 있는 '오로라'라는 댄스홀이 그 집입니다.

지금 당신 남편은 그 여자와 함께 만주까지 여행을 간 모양입니다. 그 여자! 아마 당신보다 더 아름다운 그 여자는 기어이 당신과 오상만을 영원히 갈라지게 하고야 말 터이지요. 이만할 때 무슨 방법이라도 충하시기를 바랍니다.'

자경은 그 편지를 끝까지 다 읽은 뒤에도 한참 동안 움직이지 않고 그 자리에 앉아 있었다.

'누굴까 누가 이런 편지를 보냈을까?'

자경은 그 편지의 내용보다도 그 보낸 사람이 누군가 알고 싶은 그 맘이 더욱 괴로웠다.

곪은 헌데에서는 고름이 쏟아지고야 마는 것처럼 하루걸러 이틀 걸러 외박을 하고 들어오는 남편의 배후에 반드시 여자가 있으리라고는 짐작하고 있었지마는 어째 그러한 말을 제삼자로부터 더구나 이름을 숨긴 편지로써 알게 될 때 자경의 맘은 분노보다도 슬픔보다도 어떤 불쾌한 공포가 앞을 서게 되었다.

'오로라? 본정통에.'

자경은 고개를 끄덕끄덕하면서 편지를 도로 봉투에 집어넣어서 단스 서랍 속에 넣고 열쇠로 잠가버렸다.

그러나 편지보다도 더 한층 자경을 괴롭게 하는 일이 생겼으니 그것은 아침부터 찌뿌듯해서 보채는 혜순이가 저녁이 되어 오자 후끈후끈 뜨거워진 납덩이처럼 착 나라지며 울음소리가 어째 목이 쉬어오는 것이다.

체온기를 꽂아 보니 삼십구 도였다.

자경은 곧 ××소아과 의사를 청하였다.

아이의 전신에 불긋불긋한 점이 내솟고 눈을 감은 양 꽁꽁거리고 보채는 것을 보던 의사는 고개를 갸우뚱하고

"성홍열(猩紅熱)의 의심이 있음직합니다. 좌우간 ××병원으로 입원을 하시는 게 나을 것 같습니다."

자경은 일각을 지체하지 않고 입원할 채비를 하였다.

병원에 들어간 지 나흘이 되도록 자경은 옷고름 한 번 풀지 않고 발 뻗고 누워보지도 못하였다.

닷새째 되는 아침 식모의 손으로부터 상만의 편지를 받았다.

'지금 목단강 부근에 있소. 한 이틀 지난 뒤 신경으로 나가겠소.'

자경은 곧 간호부를 불러 목단강으로 전보를 치라 하였다.

그러나 그 이튿날 새벽 다섯 시 삼십 분 혜순은 전신에 푸릇푸릇한 반점을 남긴 채 그 어린 혼은 길이 깨지 아니할 잠 속에 들고 말았다.

화장터로 가는 자동차에는 적은 아이의 관 외에 자경이 올라타고 그

앞에 간호부가 함께 탔다.

　울지도 않고 말끄러미 관을 내려다보고 앉았던 자경이

　"차라리 매장이라도 하게 하여 주었으면."

하고 입속으로 중얼거렸다.

　"전염병이 아니었다면 그리다 뿐입니까."

하고 간호하던 간호부가 자경을 쳐다보고 위로를 하는 것이다.

　그날 낮이나 되어 아이의 뼈를 넣은 조그마한 상자를 가지고 낙산 본집을 돌아온 자경은 안방으로 들어가자 펄썩 주저앉아버렸다.

　"혜순아 어디 있니?"

하고 그는 방안에 휘휘 살펴보다가 그 자리에 고꾸라졌다.

　어머니와 아버지와 그리고 따라온 간호부까지 법석을 하여 겨우 본정신으로 돌아온 자경은 맥없이 물끄러미 천장만 지키고 누웠다.

　혜순이 죽은 뒤 사흘 만에 상만은 돌아왔다.

　크나큰 슬픔과 파멸이 자기를 기다리고 있는 줄을 꿈에도 생각지 못한 상만은 전과 같이 그 아름다운 얼굴에 웃음을 띠고 안방으로 들어왔으나 자경은 눈도 거들떠보지 않았다. 식모의 입으로 어린 딸의 죽음을 알게 되자 상만은 참으로 슬픈 듯 방바닥에 쓰러져서 우는 것이었다.

　한참 동안 눈물을 흘리던 상만은 천천히 고개를 돌려 자경을 쏘아보며

　"아이를 두어 두고 밤낮 돌아만 댕기니까 그리 무사히 자라날 까닭이 있겠소."

　성난 듯이 눈을 흘기면서

　"좋은 어머니로 살겠다고 맹세 하던 이가 아이의 젖 먹을 시간을 넘기고 돌아 당기고."

상만은 세면소로 가서 세수를 하고 다시 방으로 왔다.

"결코 당신을 원망하는 것은 아니요 하지만 좀 생각해 보란 말요."

들었는지 못 들었는지 첨부터 잠자코 있는 자경을 다시 한 번 쏘아보고 거울 앞으로 가서 넥타이를 갈아맨 뒤에

"회사에 중대 사건이 돌발되어서 지금 나가니까요 ……."

상만은 목소리를 낮추어

"무엇이든지 좀 먹고 정신을 차리도록 하시우. 이왕 가버린 것을 생각하면 무엇 하우?"

하고

"그럼 갔다 오리다."

상만의 발소리가 사라지자

"미친 녀석!"

자경은 코웃음을 치며 돌아 누웠다.

상만이 나간 뒤 자경은 무슨 생각이 났던지 어멈을 불러 미음을 가져오라 하였다.

역겨워서 몇 번이나 넘어 오려는 것을 그는 입을 악물고 한 그릇을 기어이 다 마셨다.

자경은 세수를 하고 그리고 화장을 시작하였다.

머리에 마지막 핀을 꽂을 때다. 현관에서

"아씨 계서?"

하는 목소리가 들려오자 자경은 빙그레 웃으며 젖은 수건으로 손바닥을 문질렀다.

"자경! 그래 얼마나 앙심을 하니?"

배연숙은 슬픈 듯이 얼굴을 흐리면서 자경의 손목을 잡았다.

"그러지 않아도 네가 왔으면 하고 지금 생각하고 있었단다."

"어디 외출할 테냐?"

"응."

"어디?"

"아무 데나."

"그럼 나가자구나."

"응."

"응 어디로 갈까?"

"……."

자경은 잠자코 핸드백을 들고 앞을 섰다.

혜순이라는 닻줄 하나로 겨우 지탱하고 있던 배가 뜻하지 않던 광풍에 그 닻줄을 잃어버리게 된 자경의 맘은 광풍에 쪼개진 배처럼 지향할 수가 없는 것이었다.

'슬프다.'

하고 형용하기에는 자경의 맘에서 치밀어 오르는 자조와 울분이 너무 컸다.

언덕길을 한참 내려오다가

"얘 너 정말 낙심하면 안 된다. 앞으로 얼마든지 또 낳을 수가 있지 않아?"

하고 연숙이가 자경의 얼굴을 들여다보는 것이다.

그 말대답은 하지 않고

"지금 나가면 인천 가는 차 있을까?"

하고 자경이 시계를 들여다보는 것이다.

"왜 인천가려고?"

"응."

"건 왜?"

"왜든지 만나고 싶으니까."

연숙은 갑자기 걸음을 멈추고

"아니 얘가 정신이 있나 없나. 만나긴 누굴 만난단 말야."

"동섭 씨!"

자경은 태연히 서서 연숙을 내려다보는 것이다. 연숙은 마른 침을 삼키고

"관두어요. 이왕 이렇게 가정을 이루고 살면서 건 또 무슨 쑥스러운 짓이야 응 자경."

"호호호호 ……."

자경은 간드러지게 웃고

"넌 인천 안 가겠니? 난 갔다 올 테다."

자경은 성큼성큼 걸어서 앞을 선다.

"정 네가 가자면 나도 가겠다만."

두 사람은 전차에 올라탔으나 연숙은 어떻게 자경의 맘을 안돈시킬 방침이 없을까 하고 생각해 보았으나 갑자기 무슨 기발한 생각도 나오지가 않았다.

전차가 종로 ×정목을 지나갈 때다.

"우리 어머님 가서 좀 뵙고 갈 테다."

하고 자경이 일어선다. 두 사람은 오래간만에 나란히 계동 서 사장 집 정문으로 들어갔다. 어머니는 요 며칠 사이에 관절염이 부쩍 더하여 일

어나 앉지도 못 하고 누워 있는 것이다.

곱게 화장을 하고 나온 딸의 얼굴을 보자 자경 어머니는 무척 다행하게 생각이 되었는지 반쯤 몸을 일으켜 가지고 이런 말 저런 말 이야기를 시작하는 것이다. 그는 되도록 화제가 죽은 손녀에게 가지 않도록 조심을 하면서

"연숙이도 혼인을 하고 신랑은 안 씨라지?"

"네."

"인제 너의 동무들도 거의 다 시집을 갔나 보다. 옥윤이도 갔지 ……."

"신랑은 누구래요?"

연숙은 호기심 있게 웃으며 말끝을 챘다.

"저 그이 한기택 씨 아들이야."

"오 한영남 씨구먼."

"내 어쩐지 그럴 것 같더라니."

하인이 가져온 차 그릇을 연숙이 앞에 당겨 놓던 자경이 빙그레 웃으며 한 마디 하는 것이다.

"인제 좀 있으면 인애도 혼인할 게다."

하고 노인은 담배를 든다.

"인애라니요 주인애 말이죠? 누구와 약혼이 되었나요?"

하고 묻는 연숙이의 눈에는 현재에 자경의 남편인 오상만의 늠름한 풍채가 지나갔다.

"다 제짝이 따로 있지. 바로 한 달 전인가 봐. 내가 인천엘 가지 않았겠니."

자경은 이상스럽게 울렁거리는 가슴으로 어머니 말에 귀를 기울였다.

"나도 그 사이 서너 번 인천을 다녀왔지 …… 그런데 암만해도 인애와 동섭이가 약혼이 된 것 같애."

자경은 바늘로 엮은 못 방석이 와서 자기를 싸는 듯한 고통을 느끼면서

"어머니 건 어떻게 아서요?"

"얘 보게 날 늙은이라고 그러니? 하하하 인앤 바로 작년 가을부터 동섭의 병원에 간호부로 가서 있다는데 아마 그렇게 짝을 지으면 과히 틀리지는 않을 게다. 그렇지 않아 연숙이."

연숙은 곁눈으로 자경을 쳐다보면서

"그 글쎄요 그런 건 다 운명이니까요."

겨우 한 마디 하고 얼굴을 돌려 바람벽을 바라보는 것이다.

"어머니."

자경이 하닥 하닥 가쁜 숨을 쉬면서

"인애가 그럽디까 동섭 씨와 약혼이 됐다고?"

어머니는 담배에다 성냥을 그어 붙이며

"그런 말은 똑똑히 하지 않더라만 그 흉악한 병자들만 모이는 곳에 말이야 무엇 때문에 인애가 밤낮 거기에 간호부 노릇을 하느냐 말이야. 그래 내가 동섭이 더러 결혼식을 한다면 내가 전부 맡아 잔치를 하겠다고 그러지 않았겠니?"

"그러니 뭐라고 그래요?"

자경은 눈도 깜짝이지 않고 어머니의 입을 지키고 있는 것이다.

"그랬더니 빙그레 웃기만 하더구나."

자경은 그 자리에 더 앉아 있을 수 없는 듯이 연숙을 재촉하여 밖으로 나와 버렸다.

"이봐 자경 우리 썩 재미있는 대로 한 번 가볼까?"

"어디야 재미있는 데란 게?"

"댄스홀 인데 오로라란 집 몰라? 아주 썩 모던이야 설비든지 서비스든지."

자경은

"오로라?"

하고 입속으로 뇌이면서

"싫어 그보다 좀 더 조용한 곳이 없을까. 종일 누워 뒹굴 만한 대로 저 한강에 있는 ××정으로 갈까?"

"오케."

"참 너의 허즈 씨 너 기다리면 어떡하니?"

"일 없어. 그인 요새 좋은 취재가 하나 됐다고 밤을 낮을 삼고 아틀리에만 박혀 있으니깐."

두 사람을 실은 자동차는 눈 깜짝할 사이에 ××정으로 달려왔다. 두 여자는 조용한 방으로 안내되어 치마들을 벗고 방석을 깔고 비스듬히 누웠다.

"너 술 먹을 줄 아니?"

하고 자경이 연숙을 바라보고 빙그레 웃었다.

"응 조금은."

"요시."

자경은 초인종을 눌러 하녀를 불렀다.

"양주(洋酒) 진도 소래가라 사구람보오(양주 진을 가져오고 그리고 앵두 좋은 것 하구……)."

"그런데 저녁까지 먹고 갈 터이니 무엇이든지 제일 맛있는 것으로."

하녀가 내려간 뒤 자경은 한 손으로 턱을 괴고 멀거니 창밖을 보면서

"도대체 내가 제일 빈약한 제비를 뽑았던 게지?"

"어째서?"

"너도 말야. 인제는 안엽 씨의 부인으로 아주 스위트홈의 주인이 되고 인애도 동섭 씨에게 시집을 간다니 말이야."

"넌 좀 좋니? 천하에 둘도 없는 미남자를 남편으로 모셨겠다 두뇌가 명석하고 ……."

자경은 얼른 한 손으로 연숙의 입을 가리어 버리고

"모닥산."

하고 드르릉 창문을 열어젖혔다. 깨끼겹저고리를 입었건만 자경은 가슴 속에서 이글이글 타고 있는 고민의 불길 때문인지 등어리가 후끈거리는 것을 어찌할 수 없는 것이다.

하녀가 양주와 과일을 안고 들어왔다.

자경은 연숙이 따라 주는 대로 술을 한숨에 마시고

"맛있는 술이야."

하고 손수 연숙을 위하여 술을 부었다.

후끈후끈하고 짜르르 가슴이 쓰려오건만 자경은 연방 술을 마시었다.

그는 자기 자신을 학대하고 괴롭게 하는 것이 무슨 재미나 있는 듯이 지글지글 타는 목구멍에 또다시 독주를 들이붓는 것이었다. 자경과 연숙이 술도 깨이고 저녁밥도 먹은 뒤 두 사람이 ××정을 나온 때는 밤 열 시가 조금 지났을 때이다.

자경은 약간 노곤하여 지는 다리로 자기 집 현관을 들어설 때에 얌전

스럽게 놓아진 남편의 검은빛 구두가 눈에 띄었다. 자경은

"흥."

하고 코웃음을 치면서 발소리를 콩콩 거리면서 안방 문을 열었다.

자리도 깔지 않고 보료 위에 비스듬히 누웠던 상만은 스르르 이편으로 고개를 돌렸다.

자경은 잠자코 핸드백을 한편에 집어던지고

"어멈!"

하고 소리를 쳤다.

"왜 자리 안 보아."

어멈은 조심조심 상만을 돌아보며

"저 나리님께서 관두시라고 그리시기에."

"어서 깔아."

자경은 척척 옷을 벗고 어멈이 깔아 논 이불 속으로 들어가서 눈을 감았다. 어멈이 나간 뒤다.

"여보."

하고 상만은 자경을 불렀다.

"……."

"여보."

상만은 좀 더 크게 자경을 불렀으나 자경은 눈도 깜짝하지 않고 그대로 누웠던 것이다.

"여보."

하고 세 번째 부르는 상만의 목소리는 방이 떠나갈 듯이 크게 울렸다.

자경은 귀찮은 듯이 이불을 끌어다 이마까지 덮어 버렸다.

상만은 어이가 없는 듯이 잠자코 앉았다가 목소리를 낮추어 그러나 저력 있는 음성으로

"여보 자경."

하고 불렀다.

"말씀하서요."

자경은 누운 채로 이불 속에서 대답하는 말이다.

"어딜 갔다 오는 길이요?"

"여기 저기 갔다 왔죠."

"여기저기라면 알 수가 있소……어딜 갔다 왔소. 바로 말을 해 주시오."

"……"

"말해 보시오."

"……"

잠자코 누워 있는 자경의 덜미를 당장에 끌어내어 짓밟아주고 싶도록 상만의 전신은 질투와 증오에서 벌벌 떨었다. 상만은 오늘 아침 회사로 나갔을 때 인천 매축 공사장 총파업의 상황을 제일 먼저 물었다.

간부들의 대답은 자기의 예상과는 딴판으로 일은 맹랑하게 되어가는 것이다.

기껏해야 한 십여 일만 지나면 파업단 쪽에서 먼저 통제를 잃어버리고 괭이와 삽을 가지고 일터로 나올 줄만 알았던 것이 파업된 지 이주일이 지난 오늘까지 인천 매축 공사장 파업단은 일사불란의 지구전을 계속하고 있는 것이다.

더구나 그 사이 두 번째 유동섭에게서 온 편지를 손에 펴 들은 상만은 파업단의 배후에서 있는 동섭을 향하여 눈을 부릅뜨지 않을 수 없는 것

이었다.

"유동섭 흥 비겁한 자식 같으니라고 자경을 빼앗긴 분풀이를 ……."

하고 중얼거려 보았으나 상만의 가슴은 조금도 시원치가 않았다.

'어떤 일이 있더라도 절대로 타협은 안 된다.'

그는 빠드득 어금니를 갈면서

'너도 사나이야? 나도 사나이다.'

이렇게 부르짖으면서도 그의 맘속에 불로 지진 듯한 괴로운 생각은

'자경과 동섭이 점점 접근하여 지는 것이 아닐까?'

하는 공포심이었다.

'그렇게 되면 모든 것은 근본적으로 패부이다.'

저녁때가 되어 오꾸마에게서 전화가 오고 요시에에게서 속달이 왔건만 그는 바로 낙산 본집으로 왔던 것이다.

달래고 위로하고 그리하여 자경의 허실을 관찰하려고 돌아온 상만은 밤 열 시까지 고스란히 혼자 자경을 기다리게 된 것이다.

상만은 자경이 쓰고 누워 있는 이불을 힘대로 벗기어 버리며

"일어나요 일어나."

하고 소리를 질렀다.

자경은 아니꼬운 듯이 눈을 흘기고 이불을 끌어다 덮으려고 일어났다.

"인천 갔다 왔지? 동섭과 만나고 왔지? 바로 말해요."

"……."

자경은 잠자코 다시 이불을 쓰고 자리에 누워버렸다.

"자경 일어나요 일어나 자, 말해 봐요. 어딜 갔다 왔소? 응 자경."

"인천 갔다 왔지요. 호호호호 좋지요?"

"뭐야?"

성난 곰처럼 부르짖는 상만의 큰 손바닥이 철썩하고 자경의 뺨을 후려 갈겼다. 자경은 파리 한 마리가 지나간 듯이 태연하게

"인천 가면 못 쓸 일이 있나요?"

"그럼 오로라에나 가 볼까 호호호호."

"오로라?"

상만은 오로라의 한 말을 듣자 횃불을 본 호랑이처럼 한 걸음 뒤로 물러서지 않을 수 없는 것이다.

"이건 또 무슨 도깨비 놀이요?"

"호호호호 그래 당신은 여편네와 차탈 땐 언제나 북행 차만 타기요?"

"그러면 내가 여자를 데리고 차를 탔단 말이지 그래 말을 해 보아요. 어떤 여자를 데리고 갔던가?"

"고만 둡시다. 난 당초에 당신과 말을 주고받는 것이 귀찮으니까요."

"건 왜 그렇소?"

상만은 목소리를 부드럽게 하여

"왜 나와는 말이 하기 싫소? 왜 그럴까요?"

"사랑하지 않으니까 그렇지 왜 그래요."

자경은 칼로 어이듯이 한 마디 하고 싹 돌아앉자 상만은 자경의 덜미를 한 손으로 잡아 낚아 치면서

"뭣이 어째? 그럼 사랑하는 사내가 따로 있는 게지."

상만은 발을 들어 자경의 어깨를 찼다.

"이건 오로라 마담식인가요? 호호호."

처참하게 웃는 자경의 눈에서는 새파란 불이 똑똑 흘러내렸다.

인천 매축 공사장의 인부들의 총파업이 시작된 지도 벌써 한 달이 넘어갔다.

노동자의 편에서도 일점에 양보가 없는 대신 자본주 측에서도 털끝만 한 타협의 빛이 보이지 않는 것이다.

그러나 겉으로 태연한 척하면서도 두 편이 다 속으로는 좀을 볶고 있는 것이다.

상만은 한 달 이상이나 파업이 계속되어 간다는 것은 첫째로 자기의 무능함이 폭로되고 또는 회사의 위신상 여간 불명예스러운 것이 아니라 생각하였다.

그뿐만 아니라 얼마 전에 오꾸마와 같이 무진 금광까지 가서 친히 광맥을 조사하고 돌아온 상만은

"사도록 합시다."

하는 말을 하여 놓은지라 날마다 조르다시피 하는 오꾸마의 소청대로

'삼십만 원.'

을 하루바삐 판출하지 아니하면 안 되는 것이다.

그것은 오꾸마가 권한다는 것보다도

'무슨 일이 있더라도 이십억 원.'

의 부호가 되어보지 않고는 안 되겠다는 상만 자신의 욕망이 더욱 그로 하여금 삼십만 원의 자본을 만들기에 초조하게 하는 것이다.

돈을 융통하기 위하여 사장을 설복하려고 하여도 이 총파업 문제가 혹처럼 달라붙어 있는 이상 어찌할 수 없는 일이었다.

'만약에 이 일을 동섭이가 간섭치 않는다면 벌써 해결되었을 것인데 …… 즛.'

이런 생각을 할수록 상만의 가슴은 무겁고 답답하였다.

그러나 파업단 편에서도 크나큰 걱정이 생겼다. 그동안 한 달 동안은 인부들에게 그 딸린 식구들의 인원대로 한 사람에게 쌀 세 홉씩 주어왔다. 한 끼에 식구가 다섯이면 한 되가웃 셋이면 아홉 홉 그렇게 주어 오기를 근 삼백 명이나 되는 사람에게 한 달 동안이나 계속하고 보니 인제는 더 버티어 가려고 하여도 동섭의 수중에 돈이 떨어졌다. 더구나 그동안 동섭에게 신용대부로 쌀을 근 오십여 가마니를 대어준 ××미곡 상점에서는

"이제 더 줄 수는 없소."

그러나 인부들에게 쌀을 주지 못하는 것은 곧 인부더러 일을 하라는 선언과 마찬가지다.

따라서 오늘까지 버티어 온 파업단은 참담하게도 자본주에게 무릎을 꿇고 말게 되는 것이다.

일. 물가의 등귀[209] 됨을 따라 삯전도 오 할 가량으로 올리라.

이. 부상된 사람은 다 나아서 다시 노동할 수 있는 몸이 될 때까지 회사의 부담으로 치료하라.

삼. 불행히 참사하는 사람에게는 오백 원으로부터 천 원까지 배상하여라.

사. 노동 시간을 매일 십 시간까지로 축소하라.

만약에 지금 파업단 측에서 먼저 굴복하게 된다면 이 네 가지 중에 한 가지 대답도 얻지 못 할 것은 물론이고 앞으로 자본주의 복수심으로부

---

209 물건 값이 뛰어 오름.

터 오는 온갖 횡포를 감수하지 아니하면 안 될 것이다.

　동섭은 파업단 간부들이 벌써 힘이 풀려서 고개를 쑥 비틀고 앉아 있는 것을 볼 때 그는 말없이 인애를 돌아보았다.

　그러나 인애 역시 자기의 유치원 월급까지 두 달 치나 미리 받아다가 파업단에 바치지 않았느냐. 차돌이 상점에서도 근 이백여 원 어치의 일용품을 제공하고 있는 것이다.

　'이 이상 더 할 수는 없을까 아아 이 이상.'

　동섭은 굵게 힘줄이 일어서던 자기 팔뚝을 내려다보았다.

　'누가 내 몸의 피라도 몇 십 그람씩 사준다면.'

하고 입술을 깨물었다.

　그러나 초조의 그날도 저물어 인부들의 아낙네들이 쌀을 얻으려고 파업단의 사무소로 되어 있는 야학교 뜰 앞까지 왔다가 빈손으로 돌아가게 되는 것을 목격한 동섭은

　'아아 분하다 앞으로 일주일만 더 계속할 수 있다면 꼭 일주일만.'

하고 부르짖으면서 그는 달음질로 ××미곡 상점으로 갔다. 그러나

　"할 수 없습니다."

하고 미안한 듯이 머리를 긁고 앉아 있는 주인에게 다시 무어라고 할 말이 없다.

　이튿날 마침내 간부의 한 사람이 씨근벌떡거리며 동섭에게로 달려왔다.

　"빌어먹을 놈의 자식들 같으니라고. 두어 끼 굶었기로니 벌써 괭이를 들고 일터로 간단 말에요."

　"그래 가만 두지요."

　"네? 가만 둘 수가 있나요? 악이 벌컥 치밀기에 주먹으로 볼따구니를

두어 번 갈겨줬지요."

"안 돼요. 그렇게 되면 파업단은 곧 폭행죄로 고발될 것이니까 ……
그렇다면 파업단은 경관의 간섭 때문에라도 지탱할 수 없게 됩니다. 잊
어 버렸소? 첨에 우리가 정한 방침을."

"네 잘못했습니다."

흥분하여 왔던 간부는 고개를 떨어뜨리며 사과를 하는 것이다. 동섭
은 잠자코 팔짱을 낀 채 눈을 감고 방으로 왔다 갔다 하고 있으나 그의
콧구멍으로 금방이라도 연기가 풍겨 나올 듯이 속은 바작바작 타들어
오는 것이다.

갑자기 밖에서 이석이가 뛰어 들어오며

"도장 달랍니다."

하고 소리를 쳤다. 동섭은 편지를 받으며 한 손으로 도장을 찍어주고 봉
을 떼었다.

'위선 삼백 원을 보냅니다. 끝까지 싸워 이겨 주십시요. 오꾸마.'

동섭은 가와세[210]를 가지고 쌀점으로 달려갔다.

상만은 어제 인천 사무소로부터

"오늘은 오륙 인의 인부가 나와서 일을 시작합니다. 이렇게 되면 일
사천리로 승리는 우리 것 입니다."

하는 사무인의 통지를 받은 지라

'오늘쯤은 적어도 절반은 취업을 하렸다.'

하고 생각하고 있었던 것이 뜻밖에도

---

210 かわせ. 환(換, 멀리 있는 채권자에게 현금 대신에 어음, 수표, 증서 따위를 보내어 결제하는 방식).

"정오가 되어도 한 사람의 인부도 보이지 않는다."

라는 보고를 받았다. 상만은

'그대로 아직 한 이틀 더 기다려 보아야지.'

하고 대답을 해두었다.

그러나 그 이튿날 또 그 이튿날 파업단의 진용은 점점 더 굳게 단결이 되어 간다는 기별이다.

"츳."

하고 짜증은 내던 상만은 어떤 불길한 예감에 찬물이 등골을 스쳐가는 듯이 쓰르르 소름이 지나갔다.

'정말 동섭이 복수를 하려고 드는 것이 아닐까?'

그동안 은인자약 하던 유동섭의 두 손이 문어 빨처럼 자기의 목을 감아쥐는 것 같이 생각이 되어 으쓱 어깨를 치켰다.

삽과 괭이를 가진 인부들의 성난 얼굴들 속에 전광과 같이 빛나는 동섭의 광채 있는 두 눈이 마치 불을 단 폭탄처럼 자기를 노리고 있는 것 같이 생각이 되었다.

'오로라 마담의 일도 동섭이가 자경에게 가르쳐준 것이 아닐까?'

이런 것을 생각하는 상만은 어째 자기가 딛고 서 있는 자리가 송두리째 허물어져 버릴 듯한 그러한 불안이 일찰나로 머릿속을 스쳐갔다.

'무진 금광에서 이십억 원을 얻기 전에는'

갑자기 부르짖는 그는 무엇을 결심한 듯이 자리에서 벌떡 일어섰다.

사장실에는 서정연 씨가 앉아서 무슨 서류인지 검열을 하고 있는 것이다.

"저 이번에 파업단의 일을 보면 꼭 회사 내부와 연락을 취하고 있는 것 같은데요."

한 마디 하여 위선 사장을 뜨끔하게 만들었다.

"연락이라니?"

사장은 안경을 벗으며 얼굴을 든다.

"네. 제 눈에는 그렇게 비칩니다. 제 생각에는 회사의 주(株)를 종래와 같이 사장과 중역의 소유로만 하지 말고 일반 사원들에게도 주주(株主) 될 기회를 주는 것이 어떨까 합니다. 적립금을 주로서 계산하여 준다면 사원들 하나하나 자기도 곧 이 회사에 주주라는 의식을 갖게 될 게고 그렇게 하면 일의 능률도 날 뿐더러 첫째 불평분자의 발호를 미연에 방지할 수 있다고 생각이 됩니다. 어떻게 생각 하십니까?"

상만은 사장의 얼굴에서 호의의 미소를 인식하자

"사원들을 주주로 만들자는 제 의견을 어떻게 생각하십니까."

"그 대단히 좋은 생각이야 응 자네니까 그런 명안을 낸단 말야."
하는 사장의 감탄하는 대답을 듣고 상만은 속으로 악마의 미소를 띠었다.

"그럼 이렇게 하시는 게 어떻겠습니까. 주의 총수를 삼분으로 하여 하나는 사장이 가지시고 그 하나는 사원들에게 나누어 주고 또 하나는 …… 저도 체면을 유지하기 위하여 삼분의 일을 주셨으면 좋겠습니다. 중역들의 주는 얼마 되지 않는 것이니 그대로 두기로 하구요."

"아 그렇게 하게나. 자네야 이름만 사위지 실상인즉 내 아들과 다를 바 없단 말이야, 음."

사장은 그 이튿날 곧 사원일동을 불러 그 적립금의 금액대로 주주가 되었다는 선언을 하였다. 상만은 그날 밤에

'신주주 제씨를 환영함.'

이라는 뜻으로 사원일동을 ××요리점에 초대를 하였다.

성대한 음식상과 제비 같은 기생들을 하나씩 차지한 신주주들은 멀지 아니한 장래에 자기들도 중역이 될 날이 오는 듯하여 다 같이 만족하고 즐거운 얼굴빛 들이다. 술과 음식이 절반쯤 갔을 때다.

"신주주 제씨께 한 말씀 드립니다."

상만은 되도록 정중히 입을 열었다.

"우리들이 존경하는 서 사장께서는 오늘까지 회사의 토대를 쌓고 지반을 굳게 하기 위하여 모든 일이 보수적이고 따라서 어느 정도까지 소극적이었습니다. 그러나 이미 한성물산 주식회사의 역사는 십 년이 넘었습니다. 최근에 사장께서는 저 더러 이런 말씀을 하셨습니다.

좀 더 적극적이고 좀 더 명랑하고 활발하게 사무를 처리해 나갈만한 사장이 있었으면 자기는 노래의 몸도 쉬일 겸 은퇴하고 싶다는 의미의 말씀이었습니다.

다행이 앞으로 총회도 이틀밖에 남지 않았으니 여러분께서는 모쪼록 신주주의 권리를 행사하시어 적당한 사장을 투표하시기를 미리 부탁드립니다.

과연 □□□음 제이십이회 총회에서 역원 개선을 한 결과 새로 피선된 사장은 오상만이었다. 지금까지 역원 개선이란 것은 형식뿐으로 언제나 만년 사장으로 내려오던 서 사장은 갑자기 엉에나 떨어진 듯이 아연실색하였으나 어찌할 도리가 없었다.

—『동아일보』, 1935.9.26~1936.8.27

『밀림』 상권은 『밀림』 233회(「힘과 힘」 11회)까지를 수록하였다. 『밀림』 233회와 234회 사이에는 발표 지면인 『동아일보』의 정간으로 1년 2개월이라는 공백이 존재한다. 이 시간차를 물리적으로 가시화하기 위해 「힘과 힘」의 챕터를 「힘과 힘 (1)」(1~11회, 상권)과 「힘과 힘 (2)」(12~22회, 하권)로 나누게 되었다. 이로 인해 상·하권 분량의 불균형이 초래되었지만 저간의 사정이 있었음을 밝혀 둔다.

부록

김말봉 초기소설 연구

『찔레꽃』을 중심으로

진선영

1. 들어가며

1930년대 후반기는 가히 대중소설의 시대, 그 중에서도 대중연애서사의 시대라 해도 과언이 아니다. '현대 신문장편의 챔피언들만이 고생창연한 만년 연애형의 끊일 줄 모르는 반복'이라는 김남천의 비아냥거림이나[1] '사랑은 본능이며 만인이 흥미를 가지는 문제이기에 신문소설의 귀중한 주제가 된다'는 통속생의 말[2]을 비추어 볼 때 감상적 운명물어(運命物語)로서 대중연애서사는 당시 최고의 신문 연재소설 장르였다.

1930년대 후반기에 대중연애서사가 창궐(猖獗)할 수 있었던 가장 큰 이유는 상업주의적 속성이 짙어진 신문과 잡지 등이 대중독자의 흥미를 끌 수 있는 테마를 핵심적으로 수용하면서 연애를 다룬 소설들이 신

---

1   정호웅·손정수 편, 『김남천 전집』 2, 박이정, 2000.
2   통속생, 「신문소설 강좌」, 『조선일보』, 1933.9.9.

문 연재 장편으로 대거 포섭되었기 때문이다. 조동일의 말을 빌리자면 '신문에 연재된 장편소설은 어느 것이든지 통속소설이고 연애소설이었다. 통속소설이 아니고서는 업주는 들인 밑천을, 작가는 쏟은 노력을 보상받을 수 없었다. 연애소설이 아니고서는 통속소설에 필요한 흥미를 갖출 수 없었다. 역사소설이든 사회소설이든 장편이라면 그런 성향을 얼마쯤 지녀 본의가 아니더라도 타협을 해야 했다.'[3]

    1930년대 후반기 작가 나름대로 특수한 기교와 방식으로 연애 사건을 구성하고 독자들에게 큰 인기를 얻은 몇몇 작가를 확인할 수 있다. 짧은 문단 이력에 비해 식민지 후반기에 발표한 두 작품이 5천 부 이상 팔릴 정도로 큰 인기를 누렸던 함대훈의『순정해협』(1936)『무풍지대』(1937), 스스로 대중소설 작가임을 천명하고 대담함과 '스마트'한 맛[4]으로 인기를 끈 김말봉의『밀림』(1935~1938)과『찔레꽃』(1937), 대중소설의 통속성을 당대 사회의 성격을 드러내는 '사회성'으로 인식하고 스타일리시한 문장의 유려함으로 '황금과 이상의 갈등을 리얼하게 묘사[5]한 이태준은『화관』(1937),『딸 삼형제』(1939),『청춘무성』(1940)을 통해 명실상부한 베스트셀러 작가가 된다. 방인근은 "조선서는 소설 원고료로는 최고인 일일 삼원의 고료를 받"[6]았으며 '새끼꼬는 기계처럼 술술 잘 써내려가' 1930년대 가장 많은 대중연애서사를 집필한다. 1930년대 전반기

3 조동일, 「통속 연애소설의 기본형」, 『한국문학통사』 5, 지식산업사, 1994, 347~348쪽.
4 임화는 김말봉을 현대소설이 곤란에 빠졌을 때 그 현상을 일체 고민하지 않은 대담함에 '스마트' 한 맛이 있다고 평가한다. '씨는 자기의 독특한 방법을 가지고 현대소설의 깊은 모순인 성격과 환경의 불일치를 통일하였다. 이 점이 통속적인 의미에서 일망정 김씨를 좌우간 유니크한 존재로 만들게 한 것이다.' 임화, 『문학의 논리』, 학예사, 1940.
5 홍효민, 「북·레뷰-『화관』독후감」, 『동아일보』, 1938.9.11.
6 방인근, 「'유랑의 가인'을 쓰면서」, 『삼천리』 9, 1933.

『마도의 향불』(1932)과 『방랑의 가인』(1933)의 인기에 힘입어 후반기 『쌍홍무』(1937), 『새벽길』(1938), 『젊은 안해』(1939)를 연이어 발표한다. '문장이 유려창달하여 그 수법의 묘한 맛이 춘원을 어루만져 흡사 소춘원의 개(槪)가 있다'[7]는 평가를 받은 박계주의 『순애보』(1939), 사회적 정열로 일관된 보수정신의 대변자였던 이광수는 '낙양의 지가를 올린 근래의 센세이셔날한 작품'[8]인 『사랑』(1939)을 통해 1930년대 대중연애서사를 주도한다.

1930년대 후반기 대중연애서사가 일정한 수준의 문학성을 성취하고 대중독자들의 인기를 얻은 것은 대중연애서사가 담지한 '사랑의 속성'이 독자들의 독서 욕망에 부합되어 특정한 사랑 이데올로기를 산출하였기 때문이다. 이전에도 대중연애서사는 존재하였으나 '대중연애소설군'이라는 양적인 집단을 형성한 경험이 없으며, 개별적 속성을 도출하기에도 부족한 면이 있었다. 중요한 것은 특정한 시기에 소설 속에서 사랑의 이데올로기가 두드러지게 나타나기 시작했다는 사실이며 이러한 특성이 어떠한 사회적 징후를 드러낸다는 점이다.

본고는 이러한 사전 이해를 바탕으로 1930년대 대표적 대중연애서사로 김말봉의 『찔레꽃』(1937)을 살펴보고자 한다. 김말봉의 『찔레꽃』은 1937년 3월 31일부터 10월 3일까지 『조선일보』에 연재되었다가 1939년 인문사에서 단행본으로 출간하였는데 1930년대의 열악한 출판 상황 속에서도 6판을 찍어냈을 정도로 많은 대중독자를 확보했던 작품이다. 대중연애서사의 효시라는 측면에서 『찔레꽃』의 폭발적 인기는 그 의의를

7　박종화, 「현대소설의 백미」, 『매일신보』, 1939. 12. 17.
8　「문예 '대진흥시대' 전망」, 『삼천리』, 1939. 4.

둘 만 하나, 작가가 의식적으로 대중소설을 표방하고 작가적 정체성을 '대중소설가'에 두고 있었음을 볼 때 김말봉의 역사적 등장은 엄밀한 의미에서 대중소설사의 시작이라 해도 과언이 아니다. 당시 조선의 '기쿠치 간菊池寬'이라고도 불리던 김말봉은 발표한 대중연애소설의 연이은 성공으로 조선서 전례가 없는 순통속소설의 길을 열었다.

2. '성모'의 재현과 멸사(滅私)의 희생정신

『찔레꽃』[9]은 재자가인(才子佳人)의 사랑하는 남녀 주인공을 둘러싼 오해와 갈등을 극기와 인내로써 이겨내는 여성 주인공을 통해 이타적 사랑의 절대성과 이상화를 보여준다. 이 작품에서 여성주인공 안정순은 고난으로 서사화 되는 현실적 한계를 희생으로 넘어서며 이것은 완벽한 성모(聖母)의 이미지로 구현된다.

재능, 덕성, 미모 면에서 한 점의 결함도 없는 완벽한 '여성미의 절정' 안정순은 가난이라는 물질적 한계를 지니고 있다. 가난이 결국 그녀의 사랑을 좌절시키지만 그녀는 개인적 애정에 머무르지 않고 가난한 가족에 대한 책임, 주변 사람들에 대한 봉사와 배려, 자기 자신에 대한 의지로 확대 변형하면서 사랑의 영역을 확장시킨다. 정순이 자신을 버리되 모든 것을 품는 성모의 이미지로 재현되는 것은 크게 세 가지 측면에서 살펴볼 수 있다. 대리가장, 가정보육교사, 타인의 행복을 위해 자신의 불행을 감내하는 사랑의 양보가 그것이다.

---

[9]　김말봉, 『찔레꽃』, 문학출판사, 1984. 이하 인용 시 『찔레꽃』, 쪽수로 표기.

『찔레꽃』의 서두는 '해가 이글이글 대지를 내리쬐는 한여름' 아침부터 일자리를 구하러 다니는 정순의 초라한 행색으로 시작된다. 보육학교 출신의 정순은 다니던 유치원이 하루아침에 문을 닫게 되면서 직업을 잃게 된다. 정순이 일자리를 찾아 서울의 큰 거리를 헤매고 다니는 것은 갑자기 미쳐버린 아버지의 석 달 치 밀린 병원비 때문이다. 어린 동생은 이모님 댁에 의탁해 있고, 썩을 대로 썩어 내려앉은 초가집, 생계를 이을 가장의 부재는 깨끗하고 젊은 여성을 불순한 세계로 던져 넣는다. 어렵사리 보육교사 자리를 얻어 생계를 유지할 수는 있게 되었으나 정순을 핍박하고 모멸하는 외부 세계의 폭력에 정순은 시장에 팔려 나온 송아지처럼 하루하루를 견디어 내지 않으면 안 되었다. 닥쳐올 가족의 고난을 대신 짐 지며 모든 이기적 오해와 폭력적 현실에 맞서는 정순은 더 큰 사랑의 실천을 위해 자신을 희생의 제물로 바친다.

가족을 위해 돈을 벌어야만 하는 교육받은 신여성의 설정은 1930년대 초반 과도한 섹슈얼리티로 가족제도를 위협하던 '모던걸'로서의 신여성과는 확실히 대별(大別)된다.[10] 대부분의 신여성들이 경제적 어려움으로 직업세계에 발을 들였다 하더라도 신세한탄이나 허영에 들뜬 욕망으로 가족들의 애물단지가 되거나 몸을 망치기 십상인데 반해 가난한 집안을 건사하기 위해 젊음을 희생하는 정순은 '어디까지나 자기 자신 이외에는 생각지 못하는 동물적 존재들'과는 변별된다.

정순이의 직업은 보육교사이다. 정순의 구체적인 직업 활동이 사회에서 이루어졌다면 정순의 교사적 입지가 확인되었겠지만, 정순은 가

---

10 김종수, 「멜로드라마적 인물과 자본주의 가치의 내면화」, 『대중서사장르의 모든 것』, 이론과실천, 2007, 151쪽.

정보육교사로 활동하면서 '어머니'의 이미지가 부각된다. 오래 전부터 심장병으로 누운 경애의 어머니를 대신해 어린자녀들의 엄마 역할을 담당하게 된 것이다. 정순은 경애 어머니의 질투와 모함 속에서도 꿋꿋하게 아이들을 자기 자식처럼 돌보고, 경애 어머니가 죽은 후에도 조만호의 집을 나가려고 했으나 "어린 아들 용길이가 엄마를 부르며 선생님을 찾는다"(『찔레꽃』, 233쪽)는 행랑어멈의 말을 듣고 발길을 돌린다. 시기와 질투로 매일 정순을 들볶던 경애 어머니도 죽기 전에 정순을 어린 아이들을 마음 놓고 맡길 수 있는 유일한 '새어머니감'이라고 말한다.

정순이 구체적으로 성모의 이미지를 획득하게 되는 것은 한 번도 만난 적도 본 적도 없는 경구가 세계 일주에서 막 돌아와 아이들의 가정교사인 정순에게 성모의 그림이 들어 있는 사진을 선물하면서부터 이다. 이로써 정순은 성모의 이미지로 강렬히 환기되는데 경구는 용길을 안고 있는 정순이가 귀국 기념으로 정순에게 준 마돈나聖母의 그림과 같이 생각되어 일순 정순에게 합장하고 싶은 충동을 느끼곤 한다.

병든 아버지와 가족을 위해 헌신하는 대리가장의 모습에, 자신을 핍박하고 모멸하던 이의 자식들을 사랑으로 끌어안음으로써 획득되는 모성적 이미지는 자신을 죽여 더 큰 사랑을 실천하는 성모적 이미지로 승화된다. '하늘에서 내려온 듯이 티 없이 아름다운 정순의 육체', '짙은 그늘을 쫓아내주는 오직 하나의 태양', '경건하고 깨끗한 정순의 미소' 등은 정순의 이미지를 모성애, 자매애, 인류애를 지닌 성스러운 어머니나 구원의 여성으로 기능하게 한다.[11]

11 김미현, 「여성 연애 소설의 (무)의식―김말봉의 『찔레꽃』을 중심으로」, 『여성문학을 넘어서』, 민음사, 2002, 233쪽.

부성(대리가장)과 모성(성모)을 동시에 가져 탈성화(脫性化)된 정순은 마지막으로 사랑하는 남자의 행복을 위해 자신의 사랑을 포기한다. 정순은 경구에게 경애가 민수를 사랑하고 있으며 민수와의 결혼을 희망하고 있다는 이야기를 듣는다. 정순은 마음 같아서는 당장 모든 오해를 풀고 민수가 자신의 약혼자임을 밝히고 싶지만 졸업 후 유학을 시키는 것은 물론 민수의 생활비쯤이야 간단히 해결해 줄 수 있다는 이야기를 듣고 과연 자신이 민수의 행복을 깨뜨릴 권리가 있는지를 반문한다. 자신과 결혼하는 것보다 경애와 결혼하는 것이 더 나으리라는 정순의 생각은 민수의 입장에서 모든 것을 생각해 보려는 정순의 지극한 사랑에서 출발한다.

정순은 모든 오해가 풀린 후에도 자신의 사랑을 재출발시키기 보다는 그 남자를 사랑한 다른 여성(경애)의 불행을 막기 위해 새로운 사랑의 시작을 거부한다. 정순이 경구의 열렬한 구애를 거부하는 것도 똑같은 이유에서이다. 정순은 경구에게 그의 신부가 될 날만을 손꼽아 기다린 윤희에게 잔인한 남성이 되지 말라고 충고한다.

> 모든 것은 될대로 되지 않았어요? …… 민수씨! 이미 한 여자를 울렸으니 또다시 한 여자를 울리는 것은 너무 잔인하지 않아요? …… 두 분은 이미 약혼을 하셨으니 …… 행복 되시기만 빕니다.(『찔레꽃』, 402쪽)

타락한 세상에 도덕적 주체로서 자존심을 지켜나가는 정순이 자신의 개인적 사랑을 희생하여 더 큰 사랑을 실천하는 '성모'의 이미지로 고양되는데 반해 남성미의 절정인 이민수는 도덕적 영웅의 모습을 보여주는데 그친다. 일주일 전에 자신의 집을 경매에 부친 조만호의 딸 조경애를 죽음의 경각에서 구해낸 민수는 '운명의 물레바퀴'처럼 교만한 조만호에게 도덕적으로 패배감[12]을 안기고 결국 자신이 승리하였다는 사실에 쾌감을 느낀다.

민수가 날렵한 승마 솜씨로 경애를 구하고 경애 또한 혼절한 상태에서 영환을 무시하고 민수를 찾으며, 경애의 사고 소식을 듣고 온 가족이 달려와 민수에게 경의를 표하는 대목에서 '진실로 선(善)으로써 악(惡)을 이긴' 민수의 행동은 악인들 스스로에게 반성의 기회를 제공하였기에 더욱 정의롭고 대범하게 부각된다.

높고 거룩한 인류애를 실천한 민수의 영웅적 행동은 여기에서 그치지 않는다. 경애의 퇴원과 경구의 귀국을 축하하는 가족 파티에서 영환이 제시한 현상금 오천 원을 거절한 민수의 '젊은 사자와 같이 늠름한' 노기는 참석자들로 하여금 저절로 고개가 숙여지게 만든다. 더불어 이것을 기회로 가난한 민수를 비웃어 주자했던 윤영환의 그릇된 짐작과 현상금으로 경애의 생명을 건지려 했던 영환의 존재를 부각시키고자 했던 조만호의 술책은 민수의 옥 같은 행동과 대비되어 더욱 비열하고 추잡하게 그려진다.

그러나 '남성미의 절정'인 민수의 영웅적 행동이 정순의 성모와도 같은 '숭고미'로 상승되지 못하는 것은 민수의 모든 행동이 '도덕성'으로

---

12 자기는 일주인 전에 자기집 응접실에서 어떻게 무정하게 이 청년의 부자를 보냈던고? "에이, 여보쇼. 당신도 자식 키우지요? 두고 봅시데이! 흥, 세상은 물레바퀴라" 하고 분노에 떨던 이 도사의 말소리가 지금 북소리처럼 조만호 씨의 귀를 울리는 것이다. 그 노인의 아들이 목숨을 내걸고 경애를 건졌다는 사실은 뜨거운 숯불로 그의 이마를 지지기라도 하는 듯 진땀이 내솟는 것을 어찌할 수 없었다. 생각하면 할수록 부끄러워졌다. 차마 민수를 쳐다볼 용기가 없다. 하물며 무어라고 이러니저러니 말이 나올 수는 없는 것이다. (『찔레꽃』, 169쪽)

위장된 '복수심'으로부터 비롯되었기 때문이다.

> 내 아버지를 울린 녀석! 그리고 그 경애라는 교만하고 맹랑한 계집애 앞에
> 서서 오천 원을 받아 버린다면? 모처럼 참마로 천재일우의 기적적으로 얻은
> 내 복수(復讐)가 그들 오천 원과 상쇄(相殺)되어 버리겠지? 흥, 오천 원에다
> 내 감정을 팔아 버릴 수는 없거든. 그보다도 오천 원을 내게 던져 주고 난 뒤
> 에 마치 삯군에게 삯을 지불한 것처럼 득의양양해질 그 꼬락서니를 차마 볼
> 수 없었을 것이 아니야.(『찔레꽃』, 202쪽)

자신의 행복을 깨뜨린 조만호에 대한 복수는 경애와의 약혼으로 이
어진다. 복수는 사랑의 절대성이 실패한 대상을 향하는 것이 아니라 사
랑에 실패한 자기 자신에 대한 보상으로 나르시시즘의 절대성을 드러
낸다. 민수가 정순이 조두취와 결혼할 것으로 오해하고 경애와 약혼하
려 드는 것은 이러한 복수로서의 사랑을 보여준다.

이민수의 사랑이 안정순의 사랑처럼 숭고성을 담지할 수 없는 것은 '오
해'라는 똑같은 상황 속에서 민수와 정순의 반응태가 극적으로 상반되기
때문이다. 정순은 자신보다 먼저 민수의 입장에서 생각하고 과연 그에게
이익이 되는 것이 무엇일까를 고민하는 반면 민수는 자신을 물질적으로
패배시킨 조만호와 정순에 대한 복수심으로 들끓었던 것이다.

가난하지만 순결함을 잃지 않고 타락한 세계에서 고고하게 자신을
지켜나가는 정순은 값 높은 영혼의 값 높은 승리를 보여주며 성모적 이
미지로 재현된다. 허위와 가면의 진흙탕 싸움에서 공리적(功利的) 현금주
의자가 되지 않기 위해 늘 경계하며 도덕적 자존심으로 자신을 지켜나

가는 정순은 그야말로 '보아주는 이가 없어도 홀로 피어 알아주는 이가 없어도 향기를 보내주는 찔레꽃'과 같이 숭고한 면모를 지닌다. 정순의 '거절'이라는 당혹스러운 결말은 찔레꽃이라는 상징적 장치를 통해 긴장을 완화시키고 복선적 역할을 수행한다. 경애에 의해 포착되는 찔레꽃의 이미지가 정순의 성격과 행동을 시종일관 지배함으로써 안정순의 존재를, 그와 동시에 안정순의 삶으로 표상되는 자기희생과 헌신이라는 모랄을 신비화한다.

3. 돈과 사랑의 이분법과 '악(惡)'을 통한 '악(惡)'의 징벌

『찔레꽃』이 1930년대 대중연애서사의 대표성을 지닐 수 있는 것은 '사랑'과 '자본주의적 가치 질서'간의 대립이라는 '돈과 사랑'의 문제가 핵심적 갈등으로 포진하고 있기 때문이다. 돈이 단순한 물질적 허영이나 외부의 폭력적인 강압, 성적 유혹 등의 형식으로 상징되던 이전 시대의 대중소설과 달리 생활의 논리, 일상으로 자리매김 되는 것이 『찔레꽃』만의 특수성이자 시대적 안목인 것이다.

1930년대 소비자본주의 사회에서 돈은 '인간의 가장 기본적인 본성' 또는 '인간 최대의 행복인 사랑'에 값하는 지위를 갖게 된다. 이제 돈은 신이 사라진 시대에 '물신(物神)'이 된다. 돈이라는 물질적 가치와 사랑이라는 정신적 가치의 대결은 1930년대 대중독자들의 감정과 욕망의 흐름을 반영함으로써 시대적 '트랜드'를 형성하지만, 이 둘의 대결을 가장 고전적인 방식으로 일시에 해소해 버림으로써 재래적 윤리는 신봉(信奉)된다.

『찔레꽃』은 다양한 성격의 인물들이 등장하여 사건이 복잡하고 규모 있게 꾸며져 있는 듯 보이지만 사실 중첩된 여러 개의 삼각관계는 주인물을 중심으로 정확하게 이분된다. 멜로드라마의 공식성에 따라 선과 악이 사랑과 돈의 대립으로 정확히 구분된다. 조만호-안정순-이민수, 조경애-이민수-안정순, 조경구-안정순-이민수, 조만호-옥란-최근호 등 크게 네 가지로 구분되는 갈등의 서사는 중심인물을 분기로 좌(左)는 부자 = 돈 = 악을, 우(右)는 빈자 사랑 = 선을 표상한다.

악의 축이자 돈 많은 부자의 전형을 보여주는 조만호는 은행 두취로서 부와 권력을 지닌 인물이다. 스물다섯에 와세다 대학을 마치고 경상도 부호 정창식의 맏딸에게 장가를 든 이래 민활한 사업 수완과 정씨의 후원으로 오늘날에 이른 그는 사십이 넘어서면서 요리집, 호텔, 온천엘 수시로 드나들며 색(色)을 탐(探)한다. 그러던 중 보육교사로 취직한 정순을 보고 "잘 익은 과일을 보는 때처럼 그의 눈에서는 어떤 애욕의 횃불이 여름밤의 인광과 같이 흩어졌다"(『찔레꽃』, 18쪽).

조만호는 도덕적으로 타락한 인물의 토포스를 보여준다. 은행의 두취라는 지위를 이용하여 재물을 축적하고 병든 아내를 두고 성적 욕망을 탐한다. 사회적으로 높은 지위를 이용하여 자신의 성적 욕망을 충족시키는 조만호의 이미지는 대중 로망스(popular romance)에서 가부장제의 이득을 누리는 전형적인 남근적 영웅(phallic hero)과 일치한다. 남근적 영웅은 여성인물을 도덕적으로 성적으로 억압하는 면에서 비도덕적 인물의 전형이다.[13]

---

13 이정옥, 『1930년대 한국 대중소설의 이해』, 국학자료원, 2000, 155~156쪽.

그러나 조만호의 안정순에 대한 성적 탐욕은 아내의 신경증적 경계와 침모 박씨의 음모로 표면화되지 않는다. 악의 근원태인 조만호는 오히려 익살맞고 희극적인 인상을 준다. 이러한 이유로 조만호는 공포나 혐오의 감정을 유발하지 않고 악당으로서의 모습은 희석된다. 반면 악의 실행태로서 침모 마누라 박씨는 그로테스크한 묘사를 통해 구체적인 악인의 모습을 보여준다.

침모 박씨는 거동이 불편한 경애 어머니의 사설탐정이자 그림자 역할을 수행하면서 정순을 핍박과 모멸감 속에 빠뜨리는 인물이다. 경애 어머니가 죽자 조만호의 매파 역할을 하면서 정순을 오해 속에 고립시키고 자신의 물질적 욕망을 채워나간다. 결국 정순이 자신의 마음대로 되지 않자 기묘한 사기를 계획하고 딸 영자를 정순으로 둔갑시켜 조두취의 침실로 들여보낸다. 인륜을 저버리고 물질적 욕망에 따라 처신하는 박씨의 행동은 당위적 서사의 공식적 결말에 따라 처리된다.

『찔레꽃』의 선행연구가 조만호-안정순-이민수의 삼각관계에 집중하여 논의된데 반해 조만호-백옥란-최근호의 삼각관계는 부차플롯 정도로 인식되었다. 하지만 백옥란의 서사는 '돈이냐 사랑이냐'의 선택에 있어 안정순과 정반대의 선택을 하게 함으로써 정순이 가지 않은 길에 대한 독자들의 호기심을 충족시킨다. 그러므로 안정순의 서사와 백옥란의 서사는 조만호를 기준점으로 상극의 데칼코마니처럼 겹쳐진다. 옥란의 선택이 부정되면 부정 될수록 정순의 선택은 더욱더 이상화된다.

조만호-백옥란-최근호의 서사는 '황금을 가지고 사랑을 사려는 사나이'(조만호)와 '순정한 사랑을 돈이라는 우상과 맞바꾸려는 기생'(백옥란), '세상물정 모르는 귀여운 도련님'(최근호)의 삼각관계를 은유한다. 최근호는 요정에서 우연히 만난 '학대 받는 백색 노예' 옥란을 불행에서 건져내 일평생 사랑할 것을 약속한다. 하지만 자신의 전부를 내어 걸었던 옥란이 다시 기생 권번으로 나온 것을 보고 환멸을 느낀다.

옥란이 근호와의 다짐을 깨고 생활전선에 뛰어들 수밖에 없는 상황은 정순의 그것과 동일하다. 옥란에게는 근호가 벌어오는 육십오 원으로는 생계가 불가능한 칠팔 명의 식구가 달려 있다. 더욱이 숨겨 논 아들이 내년이면 학교에 들어갈 나이가 된다. 옥란은 궁핍으로 인해 사랑하는 근호와의 약속을 어기고 권번에 나갈 수밖에 없게 되었다. 하지만 정순이 타락하고 비도덕적인 돈의 전횡 속에서도 도덕적 자존심으로 자신을 지탱하는 반면 옥란은 자신의 물질적 이익을 계산하고 미래의 안정을 위해 현실과 타협한다. 옥란은 조두취에게 반강제로 아내가 죽으면 혼인하여 아들 수남을 정식 아들로 호적에 넣어줄 것을 다짐받고 최근호와 헤어질 것을 결심한다. 자본의 논리가 지배하는 가부장적인 사회 속에서 사랑을 포기하고 적극적으로 자신의 욕망, 금전적인 욕망과 사회적 지위를 얻기 위해 수단방법을 가리지 않는 옥란은 비정한 여성인물로 악녀 모티프의 전형을 보여준다.

그러나 옥란이 그토록 소원했던 정실부인의 자리는 처음부터 옥란의 자리가 아니었다. 조두취는 가정교사와 결혼하기로 하였다고 전하고 옥란은 영원한 제2의 애인이 되어 자신 곁에 머물러 달라고 말한다. 이에 옥란은 아들 수남의 이름으로 전셋집을 줄 것과 가족의 위로금으로 일시 삼만 원, 매달 생활비로 삼백 원을 줄 것을 청한다. 하지만 조두취는 옥란이 근호와 좋아지낸 것을 이미 알고 있으니 돈 이백 원으로 더 이상 귀찮게 하지 말라고 으름장을 놓는다.

결국 자신에게 지극한 사랑을 약속했던 최근호를 버리고 선택한 황금장이 조만호에게 조롱당하듯 버림받은 옥란은 최근호 역시 다른 여자와 결혼해 버리자 자신을 진심으로 사랑한 최근호를 배신한 데 대한 죄의식과 조만호에 대한 복수심으로 충동적으로 조만호를 죽이겠다고 결심한다. 근호의 결혼식 날이자 두취에게 버림받은 날 밤, 옥란은 칼을 품고 조만호의 침실에 숨어든다. 벽장 속에 숨어있던 옥란은 두취와 가정교사의 침대를 덮친다. 옥란은 조두취는 해(害)하지 않고 침모의 딸 영자의 갑상선에 한일자로 칼날을 박아 살해한다.

스스로 돈의 논리에 끌려간 옥란의 자학적 행동은 충동적 살인이라는 자기 파괴적 행위로 마무리 된다. 하지만 여기서 특기할 사항은 '돈'을 선택함으로써 '악'의 측에 서게 된 옥란이 복수심으로 의도치 않게 또 다른 '악'을 제거하였다는 점이다. 이 또 다른 '악'은 침모의 기묘한 계략으로 자신의 딸을 정순으로 둔갑시켜 조두취와 혼인시키려는 술책이다. 더욱이 딸의 임신으로 비록 혼인이 성사되지 않더라도 물질적으로 큰 보상을 받을 수 있는 '악'의 완성을 목전에 두고 있었다.

옥란의 영자 살해는 '악'의 '악'을 통한 징치(懲治)뿐만 아니라 '악'의 행동성으로 모든 오해의 연속이 해결됨으로써 '선'은 가장 추악한 현장에서 빛나게 된다. '선'은 아무런 노력을 하지 않아도 결과적으로 보상받고 치유된다는 자족적 논리는 '선'으로써 '악'을 이기고 '선'이 결국 보상받는다는 '권선징악'의 논리를 한 차원 높인 것이다. 바로 이 부분에서 도덕성이 종교적 절대성으로 상승된다. 그리고 파탄에 이르러 개심(改心)하게 되는 '악'의 모습은 동정심이나 연민을 자아내기 보다는 인과응보(因果應報)라는 '당위(當爲)'가 도덕적 지위를 회복함으로써 정당성을 획득한다.

"아이구, 영자야! 어밀 죽여다구. 어미가 너를 이렇게 만들었구나." "아이구, 명천 하나님! 이 늙은 년에게 벼락을 내려 주셔요. 이 년이 돈에 눈깔이 어두워서 …… 아이구" 경관 앞에 두 손을 모은 채, "나리님. 이 년을 이년을 죽여 주셔요" 하고 침모 박씨는 모든 것을 고백하였다. (…중략…)

피가 묻은 단도를 한 손에 들고 나오는 젊은 여인은 무엇이 우스운지 생글생글 웃으며, "저는 기생 백옥란예요. 데리고 가시면 자세한 말씀을 여쭐테니깐요" 하고 옥란은 경관 앞으로 나섰다. (『찔레꽃』, 396쪽)

『찔레꽃』은 '돈'의 서사를 통해 파행적인 소비 자본주의화 과정에서 왜곡되고 뒤틀린 인간관계와 욕망을 되비친다. 물질적인 '돈'의 논리가 가치론적으로 '악'의 논리에 상응하는 것은 반자유주의와 반서구주의를 핵심으로 하는 식민지 후기 지배정책에 동조한다.[14]

식민지배 초기 개인의 자유, 권리, 행복을 강조하고 국가간섭을 배제하고자 하는 자유주의 사상은 조선인의 애국심을 약화 시킬 수 있는 일제의 핵심 지배 이데올로기였다. 더불어 조선왕조를 비판하면서 자신들만이 조선인의 생명과 재산을 지켜줄 수 있다는 '동화'의 논리를 식민화에 활용하였다. 자유주의는 본질적으로 국가 그 자체에 대해 비판적인 이데올로기이므로 탈조선화를 위한 훌륭한 도구가 될 수 있었다. 그러나 식민화가 진전되면서 일본은 초기 지배 정책과 달리 자유주의를 강하게 비판한다. 이는 일본이 계속되는 전쟁 수행을 위해 조선인을 진짜 일본인을 만들기 위해 강한 애국심으로 무장한 국가주의(파시즘)를

---

14 이나미, 「일제의 조선지배 이데올로기–자유주의와 국가주의」, 『정치사상연구』 9, 2003 가을.

채택하였기 때문이다. 일제가 파시즘으로 나아가면서 자유주의는 제 욕심을 채우는 이기주의로, 구체제의 이념으로 묘사된다.

자유주의는 물질만능, 영리만능, 상업주의적인 것으로 조만호의 '황금으로 취하지 못할 것은 없다'는 물질만능적 태도는 이러한 이유로 악의 기능을 하게 된다. 더불어 지금까지 영미(英美)가 지배하던 질서는 돈과 권력이 지배하는 질서, 침략적인 질서이므로 이제는 일본이 중심이 되어 공존공영(共存共榮)하는 정신의 질서, 생존권의 질서로 맞서야 하는 것이다. '신질서'로서의 '국가주의'가 자유주의를 압도하고 '영미'로 대표되는 서구에 대한 반감을 고조시킨다.

경구가 대학을 졸업하고 세계 일주를 하는 동안 미국에서 겪은 인종차별은 반서구에 대한 감정을 극대화시킨다. 경구는 세계 일주 도중 뉴욕에 도착하자마자 아메리카의 사치와 허영을 확인하고자 제일 훌륭한 호텔로 들어선다. 경구가 궁전과도 같은 호텔 안으로 들어서려 하자 '파수병 같은' 보이가 앞길을 막아선다. "'손님은 백색인(白色人)에 한하여 받습니다" 하여 쓰여 있는 작은 진유판을 쳐다보는 경구의 눈은 일순 팽이같이 뱅글뱅글 돌아갔다. 어디다 호소할 곳 없는 분노를 안은 채 유색인(有色人)을 들이는 제 이류 여관을 물색하던 어느 황혼이 지금도 눈 앞에 선하다'(『찔레꽃』, 157쪽).

인종차별. 지구 위에 분한 것, 슬픈 것, 그리고 억울한 것이 모든 것을 한데 뭉쳐 놓은 것이 인종차별이란 저주받은 문자로 화해 나왔다고 경구는 생각하였다. "이것이 청교도의 아메리카냐? 자유와 평화를 부르짖고 메이 플라워 호를 타고 대서양을 건너온 너의 조상들은 지금 무덤 앞에서 울고 있으렷다."

민족끼리 인종끼리 싸우고 죽이고 그리고 자기네의 조그마한 사회를 배경으로 거기서 우월감을 느끼며 나보다 나은 자를 씹고 깎고 ……'(『찔레꽃』, 162~164쪽)

조선인을 개만도 못한 '개의 하인'으로 부리며 귀족적인 부와 사치를 일삼는 미국인의 행태를 통해 피 끓는 울분을 느끼는 경구의 정서는 반서구의 감정을 극단적으로 표출하며 국가주의 이데올로기에 복무하게 된다.

4. 낙관적 센티멘털리즘과 도덕적 우화의 상찬(賞讚) 효과

다각적으로 얽혀있는 애정의 삼각관계는 애정의 중심축에 서 있는 인물이 돈이냐, 사랑이냐의 취사(取捨)의 갈등에 놓여 있다는 점에서 선택의 플롯을 추구한다. 이러한 선택의 플롯은 멜로드라마적 공식성에 의해 문학적 관습으로 고정되어 있다. 수용주체들은 연애소설의 장르적 공식을 따라 편안하게 독서에 참여할 수 있지만, 독자들의 상식적 예측은 서사 내부의 다양한 변수와 우연적 상황의 얽힘으로 호기심과 긴장감을 유발한다. 심미주체는 최종적으로 낙관적 전망에 심정적 안정감을 기대하면서도 선택의 과정이 구체적으로 어떻게 펼쳐질 것이며, 최종적으로 어떻게 해결될 것인지를 흥미롭게 추적(追跡)한다.

『찔레꽃』의 폭발적 인기를 견인하며 심미주체의 동일시적 감정이입을 이끌어 내는 여주인공 안정순은 민수의 사랑이냐, 조만호의 돈이냐의 갈림길에서 어느 하나를 선택해야 한다. 동일시(identification)는 자기 이외의 대상이 자신이 좋아하거나 존경하거나 혹은 부러워하는 대상일 때 그 사람의 행동 특성을 모방함으로써 자신이 마치 그 사람이나 된 듯한 만족감을 가지게 되는 것[15]으로 명확한 의식의 지각 작용이라기보다는 잠재의식적인 반응의 결과이다. 독자는 작중인물과의 동일시를 통해 독서 체험을 현실의 삶 속에서 의미화하고 확대하는 과정을 거치고 가치를 내면화 하게 된다. 안정순의 인간됨을 볼 때 독자들은 쉽게 정순의 선택이 '사랑'을 향할 것임은 예측할 수 있지만 정순의 근본적인 고난의 원인인 '가난'이 서사에 계속해서 노출됨으로써 안정순의 선택은 긴장감 있게 진행 된다.

정순이 조만호 집의 가정교사 생활을 시작했을 때 '전설에 나오는 공주' 마냥 신기해하는 것은 호화로운 생활에 대한 동경과 환상의 표현이라 할 수 있다. 이 같은 심리는 안정순의 집과 조만호의 집의 선명한 공간대비를 통해 극단화 된다.[16] 독자들은 정순의 시선을 따라 부르주아 가정의 부와 사치를 구경하면서 엿보기의 욕망을 충족시킨다. 하지만 부와 사치가 '행복의 전당'이 아니라 '황금으로 만든 지옥'임을 정순이

---

15 김종서 외, 『교육학 개론』, 교육과학사, 1984, 219쪽.
16 동남편으로 향한 이 방은 앞에 유리문이 있고 서쪽에 둥그런 창이 났는데 그 창에는 뻥 뚫어진 우물정 자로 간살을 막아 놓은 말하자면 썩 신식 풍속으로 꾸며진 방이다. 두 간 방은 훨씬 더 될 듯한 이 방 한편에는 체경이 달린 양복장이 놓여 있고, 전나무로 만든 테이블 옆에 등의자 한 개, 벽에는 팔월 삼일이란 글자를 안은 달력이 걸려 있다. 방 맞은 편 넓은 뜰에는 솔, 살구, 복숭아, 뽕나무 들이 주욱 들어서서 은은한 그늘을 지우고 있는 것이 무엇보다도 정순의 맘에 들었다.(『찔레꽃』, 15∼16쪽)
    "참 저걸 어떻게? 비가 막 새는군!" 천정 한 모퉁이가 뻘겋게 빗물이 내린 사이로 뚜뚝뚜뚝 굵은 물방울이 떨어지는 것이다. 재작년에 지붕을 이은 뒤로 아직 그대로 있는 정순네 초가집은 썩을 대로 썩은 모양이다. 어머니는 세수대야를 갖다 물 떨어지는 곳에 놓고 후─ 한숨을 내쉬며 부엌으로 난 창을 확 열어 재쳤다. "저런 제길! 부엌에도 물이 하나로군" 부엌에서 퍽─퍽─ 물을 퍼내는 소리가 들려오자 정순은 꿈에서 깨인듯이 책을 내려놓고 벌떡 일어섰다.(『찔레꽃』, 11쪽)

격은 에피소드[17]를 통해 바라봄으로써 자신들의 현실적 처지를 위안 받게 된다.

정순이 수용주체의 공감과 감정이입의 대상이 될 수 있는 것은 현금적 공리주의를 경계하고 도덕적 자존심을 지키는 인물임에도 불구하고 물질의 유혹에 흔들리는 약한 인간적 모습을 서사에 종종 노출하기 때문이다. 정순의 회의하고 갈등하는 양상의 진폭이 커지면 커질수록 수용주체는 서사주체에게서 쉽게 동화된다.

'동화(assimilation)'는 체험의 동질성을 바탕으로 한다는 점에서 동일시의 한 양상이다. 동화는 독자가 소설 속에서 자신이 선택한 모델의 양식을 본 떠 자아를 형성하려는 거의 의식적인 노력[18]이라는 점에서 선망의 기제를 포함한다. '스르르 구름같이 손에 감기 울 저 아름다운 옷감'에 대한 유혹은 너무도 강렬하며 자존심만 아니었다면 '열 번 절하고 진열장 앞으로 달려갔을' 정순의 태도를 통해 독자는 인간의 양면성에 대한 이해와 정순의 도덕적 선택에 대한 선망을 동시에 체험하게 된다.

정순의 선택 플롯은 취사(取捨)의 문제에 있어 '직선의 서사'에 가깝다. 물질에 대한 인간적 욕망이 발견되지만 언제나 그 결론은 '도덕적 자존심'을 더욱더 무장하는 계기가 된다. 더불어 자신의 욕망을 발견할 때마다 본성을 깨우치고 그러한 물적 가치를 지닌 인물들을 비판[19]함으로

---

17 주인 조만호는 음탕한 시선으로 정순을 바라보고, 부잣집 마나님 같던 경애 어머니는 침모 마누라의 보고를 받고 정순을 핍박한다. 정순은 어이없는 오해와 굴욕을 겪고 쫓겨날 지경에 이른다.

18 J. 그리블, 나병철 역, 『문학교육론』, 문예출판사, 1983, 198쪽.

19 조만호의 심뽀를 생각할 때 정순은 어디까지나 자기 자신 이외에는 생각지 못하는 그 동물적 존재가 가증스러웠다. 좀 더 서로 사랑하고 도와주고 용서하면서 살수도 있을 텐데. 정순은 혼자만 잘되고 혼자만 배 부르고 그리고 혼자만 즐기려 하는 사람들 틈에 끼어 사는 자기 자신이 갑자기 쓸쓸하여졌다. 능청스럽게도 거짓말을 뱉아놓고도 아무런 부끄럼을 느끼지 않는 조만호는 덮어 놓고라도, 경애 어머니의 뼈만 남은 파아란 얼굴을 생각해 보거나, 요사이 돌변한 경애의

써 상대적으로 자신의 자존심을 굳건히 수성(守成)하기 때문이다. 이러한 '직선의 서사'가 독자들에게 단조롭거나 지루하지 않게 읽히는 것은 직선 속에 '오해의 플롯'이 겹쳐지면서 공식성이 가변되기 때문이다. 이 오해도 두 개의 서사가 중첩되면서 서사의 진행은 더욱 복잡해진다. 오해로 비롯되는 곡선의 서사는 독자들의 흥미와 긴장감을 배가 시키는 기능을 수행한다.

경애-민수, 경구-정순의 표면적 사랑의 서사는 경애와 경구의 오해에서 비롯되었지만 악의성이 없다는 점에서 지탄받지 못하고, 진실을 알고 있는 두 연인의 망설임으로 독자들은 더욱더 안타까움을 느끼게 된다. 연인을 위하는 마음으로, 자존심으로 진실을 행동으로 옮기지 못함으로써 진실은 은폐되고 정보는 지연된다. 오해가 거듭될수록 정순과 민수의 결합 가능성은 낮아지고 독자들의 긴장감으로 고조된다. 침모의 계략에 의해 발생하는 오해는 자신의 욕심을 채우기 위해 정순을 이용한다는 측면에서 악의성을 갖고, 독자들은 훈계(訓戒)의 눈초리로 서사를 따라간다. 이들의 오해 과정을 읽는 독자들은 안타까운 심정으로 마음을 졸이고 어서 오해가 풀려 재결합하기를 기대한다.

결국 위험에 빠진 정순과 민수의 사랑은 '흉악한 오해'가 일시에 해소됨으로써 행복한 결말을 향해 나아가는 듯 하지만 여기에 또 하나의 반전이 도사린다. 모든 오해가 밝혀진 뒤에 민수는 자신의 잘못을 깨닫고 정순에게 용서를 구한다. 순결한 정순을 오해한 것은 자신의 천박함 탓이요, 정순의 결백이 증명된 이상 모든 처리를 정순의 뜻에 따르겠다고

차고 쌀쌀한 시선을 눈앞에 그려보거나 정순은 이대로 조만호 씨 집으로 들어가기가 정말 싫어졌다.(『찔레꽃』, 160쪽)

말한다. 일반적인 멜로드라마의 공식성을 따른다면 정순은 민수를 용서하고 고난의 댓가를 보상받는 결혼이나 그에 걸맞은 화합의 해피엔딩으로 진행되어야 할 것이다.

그러나 정순은 모든 독자들의 예상을 깨고 순리(順理)의 뜻을 따라 민수의 청을 거절한다. 독자들은 사랑의 패배를 감내하고 또 다른 사랑의 아픔을 만들기 않기 위해 돌아서는 정순의 고결한 덕행에 감동한다. 수용주체들은 그동안 그녀가 무릅썼던 고통과 그런 고통이 보람없이 끝난 것에 대해 동정과 연민을 느끼게 된다.

여기서 『찔레꽃』의 감상성은 최고조에 이른다. '오해-갈등-중첩된 오해-오해의 해결-갈등의 해소'의 에피소드적 반복, 운명적으로 엇갈리는 사랑의 서사는 심미주체로 하여금 감정이입의 강렬도를 높이고 센티멘털리즘을 미감케 하는 것이다.

센티멘털리즘(Sentimentalism)은 비애, 눈물, 우울, 탄식, 애상 등을 기본 정조로 한다.[20] 하지만 센티멘털리즘이 눈물의 비애와 탄식에 주조 된다고 해서 체념적 비관주의에 기대는 것은 아니다. 감상성(感傷性)으로 번역되는 이 용어는 인간성의 사실적 표현으로 인간의 미덕에 대한 찬양을 통해 소박한 낙관주의와 이상주의를 전망한다. 김기진은 '일상생활의 외위(外圍)에서 불가항력의 초인간력을 부단히 느껴 오고 따라서 숙명적 배신적 사상에 감염을 오랫동안 당하여 온 특정한 사회의 보통인의 보통 감정은 일양(一樣)으로 센티멘털리즘 아닌 것이 없다'고 말한 바 있으며 이러한 이유로 센티멘털리즘은 '현재 조선 사람의 보통감정

---

20 이상섭, 『문학비평용어사전』, 민음사, 1976, 12~13쪽.

이요 최대의 풍속을 가지고 항행을 하여왔다'고 지적하였다.

안정순의 행위에 대해 독자들의 감정이입은 하나의 미감으로 집결되지 않을 것이다. 이는 결말의 의외성 때문일 터인데 이민수와의 결별로 당혹스러운 가운데 아쉬움과 탄식을 느낄 수도, 경구와의 새로운 사랑을 전망하면서 기대와 예찬의 복잡한 감정을 느끼게 된다. 하지만 이러한 일련의 감정들이 소박한 낙관주의에 기대고 있음으로 의외적이기는 하나 충격적이지는 않다. 정순의 태도를 통해 독자들이 미감하는 센티멘털리즘은 '혼합된 감정의 모순'이라는 측면에서 일종의 숭고미이다.

프리드리히 쉴러(J. C. F. Schiller)가 논문 「숭고한 것에 관하여」에서 논한 것처럼 숭고의 감정은 '어떤 발작처럼 그것의 최고도에서 표현되는 슬픔과 황홀함에 까지 이르게 할 수 있는 기쁨의 결합이다.' 하나의 감정에서 두 개의 모순되는 느낌의 결합은 모순되지 않는 방식으로 우리의 도덕적 자립을 증명한다는 점에서 감상적이다.[21]

센티멘털리즘은 탄식하고 감사하고 슬퍼하고 원망하고 기뻐하고의 연쇄적 반응을 이끌어 냄으로써 수용자로 하여금 하나의 감정에 오래 머무르지 못하도록 유도한다. 빠르게 변하는 감정의 기복은 텍스트 내부의 서사 속도에 따라 긴장감을 유발하고 수용자의 외부적 현실을 잊고 내적으로 몰입하게 만드는 최선의 미감이다. 독자들이 정순의 행위를 통해 느끼는 이러한 감상성은 더 높은 차원의 열망, 기대, 환희를 주조하는 숭고의 감정이다.

일반적으로 대중연애서사는 선악의 이분법적 대립구도 속에서 결국

---

[21] 김수용, 『아름다움의 미학과 숭고함의 예술론—쉴러의 고전주의 문학 연구』, 아카넷, 2009.

선이 승리하는 해피엔딩의 형식으로 '교정할 수 없는 낙관주의(incorrigible optimism)'를 선보인다. 결론만 놓고 보자면 『찔레꽃』은 대중연애서사의 기본공식에 위배된다. 서로 사랑하지만 결과적으로 이들의 애정실현은 좌절되기 때문이다. 하지만 선이 보상받는 해피엔딩의 구조가 아님에도 '악'을 통해 '악'이 제거되고 인물들의 도덕성과 윤리성이 강조되면서 심미주체들은 안정감을 갖고 위안을 얻게 된다.

더불어 이민수에 의해 할퀴어진 마음을 안고 서 있는 정순에게 경구가 다가옴으로써 장차 그 두 사람의 새로운 결합이 예비 되어 있다. 목숨을 걸 만큼 사랑했던 민수가 자신을 오해하고 오히려 고난의 수렁 속에 밀어 넣음으로써 정순이 받은 타격과 배신감은 나름의 교양과 윤리감각을 갖춘 경구에 의해 치유됨으로써 수용주체에게 또 다른 기대감을 갖게 한다.

독자들은 정순의 용서하고 자기를 희생하여 더 큰 사랑을 실천하는 감상적 숭고미를 심미적 향수로 전이시킨다. 이것은 심미주체가 서사주체의 행동에 공감을 갖고 바라보며 그것을 하나의 미(美)적 감정으로 받아들여 자신들의 행위에 준거 척도로 삼는다는 것이다. 자본주의적 돈을 권력삼아 전횡을 일삼는 부르주아의 타락성, 또는 그것을 쫓는 인물들의 탐욕스러운 욕망과 대비하여 비록 가진 것은 적지만 삶에 최선을 다하고 타인을 위해 스스로를 희생하는 서사주체의 교양과 도덕을 확인하면서 심미주체는 '어떻게 살 것인가'의 물음에 대답하게 된다. 도덕적 주체가 전하는 삶의 가치는 주어진 삶에 만족하지 않고 적극적으로 가치 있는 삶을 추구하는 것이다.

독자들은 그들의 도덕성과 희생을 선망하면서 자신들도 물질적 부정적 돈의 논리에 저항하고 도덕적 보편성이 현실에서 승리할 수 있음을 보여주고 싶을 것이다. 심미주체는 서사주체의 행동을 '현실적 경험의 한 양상으로 모방'[22]함으로써 도덕적 저항을 실천한다. 수용주체들은 정순을 통해 이분법적 삶을 대리체험하게 됨으로써 자신의 삶의 객관성을 부여할 수 있게 된다. 이러한 독서체험은 삶의 무질서한 경험에 질서를 부여하고 새로운 의미를 생산한다는 점에서 창조적 체험이다. 이러한 삶의 발견과 생산적 체험이 없다면 인간은 존재적 진실을 묻어두고 도착과 왜곡의 실존에 함몰되고 말 것이다.[23]

결국 『찔레꽃』은 선과 악의 대립을 돈과 사랑의 이분법으로 알레고리화함으로써 현실을 모델화한다. 이렇게 의미론적으로 대립되는 선악의 인물구도는 '긍정과 부정의 속성을 각각의 인물들에게 귀속시킴으로써 그들을 가치 평가하고 또 그것을 통해 가치에 부합되게 정돈된 인간상과 세계상을 만들어냄으로써 사회화 작용'을 한다.[24]

---

22 수잔 랭거, 이승훈 역, 『예술이란 무엇인가』, 고려원, 1982, 302쪽.
23 구인환 외, 『문학교육론』, 삼지원, 1990, 80쪽.
24 허창운, 『현대문예학의 이해』, 창작과비평사, 1989, 243쪽.

작가 연보

1901.4.3	경남 밀양에서 부 김해 김씨 윤중(允仲)과 모 배복수(裵福守) 사이의 3자매 중 막내로 출생, 함양군 안의면에서 성장. 본적은 부산시 영주동 517번지. 본명은 말봉(末峰), 필명은 보옥(步玉), 말봉(末鳳), 아호는 끝뫼, 노초(路草, 露草). 미국인 어을빈의 부인이 경영하는 기독교계 소학교에서 초등학교를 마침.
1914	일신(日新)여학교(현 동래여고) 입학.
1917	일신여학교 3년 수료, 상경하여 정신여학교 4년 편입.
1919.3	서울 정신여학교 4년 졸업.
1919	황해도 재령 명신여학교 교원.
1922.11	도쿄에 있는 송영고등여학교(松榮高等女學校) 4학년에 편입, 고근여숙에 기숙.
1923	송영고등여학교 5학년 졸업.
1924.4.11	교토 동지사 여자전문학부 영문과 입학.
1924	목포의 이의현 씨와 동거.
1925	『동아일보』 신춘문예 가정소설 부문에 단편 「시집살이」가 3등으로 입상, 아호인 노초로 연재.
1927.3.21	교토 동지사 여자전문학부 영문과 졸업.
1928	첫 딸 매매(재금) 출생, 이 무렵 첫 결혼을 정리한 듯함.
1929	『중외일보』 기자.
1930.11.26	1930년 후반기까지 『중외일보』 기자로 있다가 미국 하와이로 유학을 간다고 부산으로 내려갔다고 함. 하지만 유학 소식은 들려오지 않고 결혼 소식이 최신식 청첩(1930.11.26, 상오 11시 부산 영주동 525번지 자택에서 전상범과 결혼식을 거행)으로 친지들에게 발표되었다고 함.
1932	『중앙일보』 신춘문예에 단편 「망명녀」가 김보옥(金步玉)이라는 필명으로 당선되어 문단에 데뷔.

1933	부산 동구 좌천동 794번지에 거주.
	전상범 씨와의 사이에 영, 보옥 쌍둥이와 제옥을 낳음.
1935.9.26	『동아일보』에 『밀림』을 연재하기 시작.
1936.1.26	부군 전상범 씨 사망.
1936.8.29	『동아일보』 강제 정간으로 『밀림』 연재 중단.
1937.3.31	『조선일보』에 『찔레꽃』 연재 시작.
1937	이종하(李鍾河) 씨와 세 번째 결혼, 본적 경남 밀양군 하남읍 수산리 445번지.
	혼인 신고는 1943년 4월 29일에 함.
1937.6.10	딸 정옥(貞沃) 출생.
1937.10.3	『조선일보』의 『찔레꽃』 연재 완결.
1937.11.4	『동아일보』에 『밀림』을 다시 연재하기 시작.
1938.12.25	『밀림』 후편 연재 중단.
1941.4.4	아들 무(茂) 출생(김말봉 씨 소생의 자녀는 모두 6명).
1945	해방까지 일어로 글쓰기를 거부, 가난과 싸움.
	서울 중구 동자동 18-20으로 이주.
1946.3.21	『동아일보』에 오랫동안의 침묵을 깨고 장편소설 『밤과 낮』을 집필하기로 되었다는 소식이 발표되지만 실제 연재되지 않음.
1947	신문사의 연재 예고나 문인 소식을 통해 볼 때 소설 쓰기를 재계하였으나 연재 지면을 얻지 못하는 듯하다가 『부인신보』에 「카인의 시장」을 연재하기 시작함. 이 소설은 후에 『화려한 지옥』으로 제목이 바뀌어 문연사에서 단행본이 출간. 오랜 절필의 시간을 뒤로 하고 본격적인 소설 쓰기가 시작됨.
1949	하와이 시찰(보배 언니가 하와이에 거주).
1950	귀국, 부산으로 피난하여 수정동에 거주.
1952.9	베니스에서 열린 세계 예술가 대회에 한국대표로 참가.
1954	「새를 보라」, 「바람의 향연」, 「옥합을 열고」, 「푸른 날개」 등 4편의 소설을 동시에 연재. 부군 이종하 씨 사망.
1955	미 국무성 초청으로 도미 시찰, 펄벅 여사 만남.
1956	미국에서 귀국.
1957	「생명」, 「푸른 장미」, 「방초탑」 등 3편의 소설을 동시에 연재.

1957.12.2	성남교회 창립일에 기독교 장로교회에서 여성 장로로 피선(최초의 여성 장로), 대한민국 예술원 회원에 당선.
1958	「화관의 계절」, 「행로난」, 「사슴」, 「아담의 후예」, 「광명한 아침」, 「장미의 고향」, 「제비야 오렴」, 「환희」, 「해바라기」 등의 작품을 1959년에 걸쳐 발표, 왕성한 작품 활동을 함.
1960.4	폐암으로 세브란스 병원에 입원.
1961.2.9	종로 오세헌 내과에 재입원하였으나 상오 6시 사망.
1962.2.9	1주기를 맞아 망우리 묘지에 묘비를 세움.

작품 연보

1. 단편소설

작품명	연재 정보
시집살이	『동아일보』, 1925.4.18~25(신춘문예 가정소설 3등, 노초로 연재).
망명녀	『중앙일보』, 1932.1.1~10(신춘문예 당선, 김보옥으로 연재).
고행	『신가정』, 1935.7.
편지	『조선 여류문학 선집』, 조선일보사, 1937.
성좌는 부른다	『연합신문』, 1949.1.23~29(6회 연재).
낙엽과 함께	『신여원』, 1949.3.
선물	『현대문학』, 1951.
합창	『신조』, 1951.6.
어머니	『신경향』, 1952.1.
망령	『문예』, 1952.1.
바퀴소리	『문예』, 1953.2.
처녀애장	『전선문학』, 1953.2.
전락의 기록	『신천지』, 1953.7,8.
이슬에 젖어	『현대공론』, 1954.12.
여적	『한국일보』, 1954.12.10~1955.2.13(10회).
식칼 한 자루	『신태양』, 1955.2.
여심	『현대문학』, 1955.2.
여신상	『여성계』, 1956.1~6,9,11.
사랑의 비중	『여원』, 1956.4.

2. 장편소설

작품명	연재 정보
밀림	『동아일보』, 1935.9.26~1936.8.27(『동아일보』4차 정간으로 233회로 연재 중단). 1937.11.4~1938.2.7(총 293회로 전편 완재). 1938.7.1~12.25(후편 96회 연재 후 후편 중단, 미완).
요람	『신가정』, 1935.10~1936.2(4회로 연재 중단).
찔레꽃	『조선일보』, 1937.3.31~10.3.
카인의 시장	『부인신보』, 1947.7.1~1948.5.8(이후 『화려한 지옥』으로 문연사에서 1951년 8월 초판 발행).
꽃과 뱀	1949(연재 여부 불확실).
별들의 고향	1950(연재 여부 불확실).
설계도	『매일신문』, 1951(연재 일자 불확실).
출발	『국제신문』, 1951(연재 일자 불확실).
파도에 부치는 노래	『희망』, 1951.10~1952.10・1953.1~6.
태양의 권속	『서울신문』, 1952.2.1~7.9(139회).
계승자	『사랑의 세계』, 1952.
새를 보라	『대구매일신보』, 1954.2.1~6.17(120회).
바람의 향연	『여성계』, 1954.1~1955.1.
옥합을 열고	『새가정』, 1954.2~1955.3.
푸른 날개	『조선일보』, 1954.3.26~9.13(161회).
탕아기	『여성계』, 1955.2.
찬란한 독배(毒盃)	『국제신문』, 1955.2.15~7.9(138회).
길	『희망』, 1956.
생명	『조선일보』, 1956.11.28~1957.9.16(265회).
푸른 장미	『국제신문』, 1957.6.15~12.25(186회).
방초탑	『여원』, 1957.2~1958.2.
화관의 계절	『한국일보』, 1957.9.18~1958.5.6(228회).
행로난	『주부생활』, 1958.
사슴	『연합신문』, 1958.6~12.
아담의 후예	『보건세계』, 1958.6~1959.2.
광명한 아침	『학원』, 1958.8~1959.1.
장미의 고향	『대구매일신보』, 1958.11.20~1959.4.22(142회).
제비야 오렴	『부산일보』, 1958.12.1~1959.7.19(227회).

작품명	연재 정보
환희	『조선일보』, 1958.12.15~1959.6.12(217회).
해바라기	『연합신문』, 1959.7~1960.2.
이브의 후예	『현대문학』, 1960.4~5 연재중단, 장편(미완).

3. 시

작품명	연재 정보
암흑을 깨트리고	『신생활』, 1922.6.
비오는 빈촌	『신생활』, 1922.6.
광야에 누워	『신생활』, 1922.6.
머리 둘 곳은 어데?	『신생활』, 1922.7.
오월의 노래	『신가정』, 1935.5.
해바라기	『신가정』, 1935.9.

4. 수필

작품명	연재 정보
이상향의 남녀생활	『신생활』, 1922.8.
일기 중에서	『신생활』, 1922.9.
신사의 멱살 잡고	『별건곤』, 1927.8.
여기자 생활의 감상	『조선지광』, 1930.1.
매매가 아픈 밤	『중외일보』, 1930.3.29.
비치는 대로의 최의순씨	『철필』, 1930.8.
만리장공 속에 달만 홀로 달려	『신가정』, 1935.8.
애독자에 보내는 작가 편지	『삼천리』, 1935.8.
5월은 내 사랑의 상징	『조광』, 1936.5.
나의 분격	『삼천리』, 1936.12.
잠꼬대	『소년』, 1937.10.
여행을 하고 싶다	『동아일보』, 1938.1.8.

작품명	연재 정보
공창 폐지와 그 후 일 년	『연합신문』, 1949.1.23.
공창 폐지와 그 후의 대책	『민성』, 1949.10.
낙엽과 주검	『연합신문』, 1949.11.9~11.
여권의 확립	『부인경향』, 1950.1.
양여사와 나의 아라비안 인사	『부인』, 1950.2.
하와이 야화	『신천지』, 1952.3.
멀리 떠나 있는 남편	『신천지』, 1952.5.
베니스 기행	『신천지』 속간호, 1953.5.
딱한 문제	『신천지』, 1953.5.
내 아들 영이	『문예』, 1953.9.
농촌부녀에게 부치는 편지	『노향』, 1954.3.
나의 청춘기	『중앙일보』, 1954.8.1.
나는 어머니를 닮았다고	『새벽』, 1954.12.
대망의 노트	『사상계』, 1955.3.
아메리카 3개월 견문기	『한국일보』, 1955.12.8~13.
미국에서 만난 사람들	『한국일보』, 1956.11.18~23.
미국기행	『연합신문』, 1956.11.26~12.6.
시장께 올리는 인사	『경향신문』, 1957.1.4.
화장과 독서와	『연합신문』, 1957.1.6.
인간·여인·전화	『경향신문』, 1957.3.10.
아내라는 이름의 가정부	『여성계』, 1957.5.
바느질 품에 늙고	『평화신문』, 1957.5.9.
주부들에게 보내는 새해의 편지	『한국일보』, 1958.1.12.
십대의 성년 기록	『연합신문』, 1958.1.22~23.
제1회 내성상 심사 소감	『경향신문』, 1958.2.22.
함께 하고 싶은 이야기	『한국일보』, 1958.5.6.
가을과 싱거운 병	『경향신문』, 1958.9.9.
한국남성은 정말 매력 없다	『자유공론』, 1958.12.
남의 나라에서 부러웠던 몇가지 사실들	『예술원보』, 1958.12.
전화라는 것	『경향신문』, 1959.1.7.
매화	『서울신문』, 1959.2.6.
봄이라는 계절	『연합신문』, 1959.2.11.

작품명	연재 정보
학생과 신문과 병과	『경향신문』, 1959.3.3.
대중문학	『경향신문』, 1959.3.5.
크리스마스이브	『서울신문』, 1959.12.4.

5. 평론

작품명	연재 정보
감상과 비평	『중외일보』, 1930.2.19.
여성과 문예	『서울신문』, 1949.8.6~9.

6. 동화

작품명	연재 정보
어머니의 책	『새벗』, 1952.1.
호배추와 달걀	『대벗』, 1952.
씨름	『소년세계』, 1952.12.
신랑과 신부와 화살과	『학원』, 1953.2.
은순이와 메리	『새벗』, 1953.10.
인순이의 일요일	『학원』, 1953.12.
파초의 꿈	『학원』, 1954.
파랑지갑	『학생계』, 1954.4.

7. 기타

작품명	연재 정보
(앙케이트) 명류부인의 산아 제한－기회 오면 단행	『삼천리』, 1930, 초추.
(콩트) 산타클로스	『조광』, 1935.12.

작품명	연재 정보
(콩트) S와 주기도문	발표 연대 미상.

8. 단행본

책명	발행 정보
찔레꽃	인문사, 1939, 장편.
밀림	영창서관, 1942, 장편.
찔레꽃	합동사서점, 1948, 장편.
꽃과 뱀	문연사, 1949.
화려한 지옥	문연사, 1951, 소설집.
태양의 권속	삼신출판사, 1953, 장편.
별들의 고향	정음사, 1953, 장편.
푸른 날개	형설출판사, 1954, 소설집.
밀림	영창서관, 1955, 장편.
생명	동인문화사, 1957, 장편.
푸른 날개	남향문화사, 1957, 장편.
생명, 푸른 날개	민중서관, 1960, 장편.
바람의 향연	신화출판사, 1962, 장편.
찔레꽃	진문출판사, 1972, 장편.
벌레 많은 꽃	대일출판사, 1977, 소설집.

참고 문헌

강옥희, 「1930년대 후반 대중소설 연구」, 상명대 박사논문, 1999.

고인덕, 「신문소설에 나타난 가치연구」, 서강대 석사논문, 1980.

고준영, 「1930년대 신문장편소설에 나타난 민족관」, 고려대 석사논문, 1980.

권미라, 「김말봉 통속소설 연구—『밀림』, 『찔레꽃』을 중심으로」, 영남대 석사논문, 2006.

권선아, 「1930년대 대중소설의 양상 연구—『찔레꽃』의 구조와 의미를 중심으로」, 고려대 석
　　　사논문, 1994.

김강호, 「1930년대 한국 통속소설 연구」, 부산대 박사논문, 1994.

김동윤, 「1950년대 신문소설 연구」, 제주대 박사논문, 1999.

김미영, 「김말봉의 『밀림』과 『찔레꽃』의 독자수용과정에 대한 인지심리학적 고찰」, 『어문
　　　학』 107, 2010.

김영찬, 「1930년대 후반 통속소설 연구—『찔레꽃』과 『순애보』를 중심으로」, 성균관대 석사
　　　논문, 1995.

김한식, 「김말봉의 『찔레꽃』과 '본격통속'의 구조」, 『한국학연구』 12, 2000.

대중서사학회, 『연애소설이란 무엇인가』, 국학자료원, 1998.

민병덕, 「한국 근대 신문연재소설 연구—작품의 공감구조와 출판의 기능을 중심으로」, 성균
　　　관대 박사논문, 1988.

박산향, 「김말봉 소설 『꽃과 뱀』에 나타난 양면성 고찰」, 『인문사회과학연구』 14, 2013.

＿＿＿, 「김말봉 장편소설의 남녀 이미지 연구」, 부경대 석사논문, 2014.

박선희, 「『찔레꽃』에 나타난 스포츠와 연애」, 『우리말 글』 59, 2013.

＿＿＿, 「김말봉의 『佳人의 市場』 개작과 여성운동」, 『우리말 글』 54, 2012.

박종홍, 「『밀림』의 담론 고찰」, 『현대소설연구』, 2002.

박철우, 「1970년대 신문 연재소설 연구」, 중앙대 석사논문, 1996.

반건우, 「1930년대 대중 연애소설의 서사구조 연구—김말봉의 『찔레꽃』과 박계주의 『순애
　　　보』를 중심으로」, 한양대 석사논문, 2009.

배기정, 「『찔레꽃』의 전개양상과 그 의미」, 『국어교육학연구』 28, 1990.

백운주, 「1930년대 대중소설의 독자 공감요소에 관한 연구─『흙』『상록수』『찔레꽃』『순애보』를 중심으로」, 제주대 석사논문, 1996.

백 철, 「김말봉씨 저『찔레꽃』」, 『동아일보』, 1938.

서동훈, 「한국 대중소설 연구─연애소설을 중심으로」, 계명대 박사논문, 2003.

서영채, 「1930년대 통속성의 존재방식과 그 의미」, 『민족문학사연구』 4, 민족문학사연구소, 1993.

서정자, 「삶의 비극적 인식과 행동형 인물의 창조─김말봉의『밀림』과『찔레꽃』연구」, 『여성문학연구』, 2002.

_____, 「아나키즘과 페미니즘─김말봉의 경우」, 『한국문학평론』 19 · 20, 2002 가을 · 겨울.

_____, 「김말봉의 현실인식과 그 소설화」, 『문학예술』, 2004 봄.

손종업, 「『찔레꽃』에 나타난 식민도시 경성의 공간 표상체」, 『한국근대문학연구』, 2007.

송경섭, 「일제하 한국 신문연재소설의 특성에 관한 연구」, 서울대 석사논문, 1974.

안미영, 「김말봉의 전후 소설에서 선 · 악의 구현 양상과 구원 모티프─『새를 보라』 · 『푸른날개』 · 『생명』 · 『장미의 고향』에 등장하는 '고학생'을 중심으로」, 『현대소설연구』, 2004.

안창수, 「『찔레꽃』에 나타난 삶의 양상과 그 한계」, 『영남어문학』 12, 1985.

양찬수, 「1930년대 한국 신문연재소설의 성격에 관한 연구」, 동아대 석사논문, 1977.

오미남, 「1930년대 후반기 통속소설 연구」, 중앙대 석사논문, 1995.

오인문, 「한국신문연재소설의 사회적 기능에 대한 고찰」, 중앙대 석사논문, 1977.

오태영, 「가정소설의 정치학」, 『나혜석연구』 2, 2013.

유문선, 「애정갈등과 통속소설의 창작방법─김말봉의『찔레꽃』에 관하여」, 『문학정신』, 1990.

유진아, 「1930년대 후기 장편소설에 나타난 통속성의 양상─『찔레꽃』과『탁류』를 중심으로」, 한국외국어대 석사논문, 2004.

이경춘, 「1930년대 대중소설 연구─김말봉의『찔레꽃』을 중심으로」, 경성대 석사논문, 1997.

이미향, 「일제 강점기 애정갈등형 대중소설 연구」, 숙명여대 박사논문, 1999.

이병순, 「김말봉의 장편소설 연구─1945~1953년까지 발표된 소설을 중심으로」, 『한국사상과 문화』 61, 2012.

이상진, 「대중소설의 반페미니즘적 경향─김말봉론」, 『문학과의식』, 1995.

이선희, 「김말봉씨 대저『찔레꽃』평」, 『조선일보』, 1938.

이원조, 「김말봉론」, 『여성』, 1937.

이정숙, 「김말봉의 통속소설과 휴머니즘」, 『한양어문연구』, 1995.

이정옥, 「대중소설의 시학적 연구―1930년대를 중심으로」, 서강대 박사논문, 1999.

이종호, 「1930년대 통속소설 연구」, 경북대 석사논문, 1996.

장두식, 「근대 대중소설 연구―1930년대 후반기 '연애소설'을 중심으로」, 단국대 박사논문, 2002.

_____, 「김말봉의『찔레꽃』연구」, 『국문학논집』 18, 2002.

장두영, 「김말봉『밀림』의 통속성」, 『한국현대문학연구』 39, 2013.

장서연, 「1970년대 대중소설 연구」, 동덕여대 석사논문, 1999.

전영태, 「대중문학논고」, 서울대 석사논문, 1980.

정하은, 『김말봉의 문학과 사회』, 종로서적, 1986.

정한숙, 『현대한국소설론』, 고려대 출판부, 1977.

정희진, 「김말봉의『찔레꽃』연구」, 공주대 석사논문, 2000.

조동일, 『한국문학통사』 제5권, 지식산업사, 1988.

진선영, 『한국 대중연애서사의 이데올로기와 미학』, 소명출판, 2013.

최미진, 「광복 후 공창폐지운동과 김말봉 소설의 대중성」, 『현대소설연구』, 2006.

최미진·김정자, 「한국전쟁기 김말봉의『별들의 고향』연구」, 『한국문학논총』, 2005.

최지현, 「해방기 공창폐지운동과 여성 연대(solidarity) 연구―김말봉의『화려한 지옥』을 중심으로」, 『여성문학연구』 19, 2008.

최해군, 「소설가 김말봉과 그 곁사람들」, 『부산일보』, 2003.

추은주, 「1970년대 대중소설 연구」, 부산대 석사논문, 1997.

한명환, 『한국현대소설의 대중미학 연구』, 국학자료원, 1997.

홍은희, 「김말봉 소설 연구」, 대구가톨릭대 석사논문, 2002.

황영숙, 「김말봉 장편소설 연구―『푸른 날개』와『생명』을 중심으로」, 『한국문예비평연구』, 2004.

『밀림』장편소설 예고[1]

김말봉 여사 작

이청전 화백 화

소개의 말

백남(白南) 윤교중(尹敎重) 씨의 역작『미수(眉愁)』는 독자 여러분의 열광적 애독을 받고서 아깝게 끝났습니다. 다음에는 여류문인 김말봉 여사의 장편 창작『밀림(密林)』을 오는 이십육일부터 역시 조간 삼면에 연재하겠습니다. 여사는 일찍이 경도 동지사 여자전문학교 영문학과를 마치고 돌아와『중외일보』의 기자로 활동하다가 창작에 뜻을 두고 숨은 지 오년 만에 이제 이 작품을 가지고 문단에 '데뷔'하려 하는 것입니다. 여사의 단편「망명녀」,「고행」등을 읽은 이는 누구나 그 솜씨의 뛰어남을 인정하려니와 이번 장편은 여사의 재분으로 사년동안이나 구상한 것이라 하느니만치 단연 우리 문단의 레벨을 높일만한 혜성적 작품입니다.

---

1 『동아일보』, 1935.9.25.『밀림』의 연재 예고는 9월 22일과 25일, 양일간 예고됨.

독자 여러분은 기대를 크게 가지십시오. 그리고 삽화는 새로이 소개할 필요가 없는 청전(靑田) 이상범(李象範) 화백이 그리기로 되었습니다.

작자의 말

밀림(密林) 속에는 닷는 짐승, 나는 새, 기는 벌레 그리고 꽃, 풀, 나무 가지가지의 생명이 약동하고 있습니다. 살고 죽고 싸우고 사랑하고 ······ 저는 인간 사회를 한 큰 '밀림'이라고 생각해 보았습니다. 그리하여 저의 좁은 시야에 비쳐진 조선의 얼굴을 한 조각 한 조각씩 모아 여러분 앞에 내어놓습니다. 소설 『밀림(密林)』을 읽어 주시는 분이 계시다면 그리고 이것을 단지 신문소설이란 흥미 본위에만 그치지 말고 한걸음 더 나가서 좀 더 냉정히 생각하시고 비판하시어 작자의 붓을 잡은 의도가 어디 있는가를 오직 한 분이라도 짐작하여 주시는 분이 계시다면 한없는 만족으로 생각하겠습니다. 불행히 독자 가운데서 한 분의 공명자(共鳴者)가 없다 하더라도 행여 이 글이 십 년 혹은 이십 년 후까지 남아 있게 되어 그때 누가 읽어 보고 그리고 작자를 향하여 충심으로 대답하여 주시는 분이 있다면 저는 이것으로 소설 『밀림』을 써낸 사명을 다하였다고 생각하겠습니다.

금월(今月) 입육일(卄六日) 조간(朝刊)부터 게재

『밀림』 96회[2]

소설 『밀림』은 작자의 사정으로 부득이 한동안 중단되었다가 오늘부터 다시 실리게 되었습니다. 작자 김말봉 여사는 이미 보도한 바와 같이 갑자기 부군의 상사를 당하고 붕천(崩天)의 애통에 겸하여 뒷일의 정리 때문에 월여나 붓을 들지 못한 것입니다마는 이제 다시 비통을 넘어서의 정진을 시작하게 되었으니 이후의 붓 끝에 더욱 기대되는 바 큽니다.

다음에 전회까지의 경개를 간단히 소개하야 이미 계속하여 읽어오던 독자들의 기억을 돕고 또 그동안 새로 많이 늘은 독자들이 오늘부터 대어 읽는 대로 편하게 하려 합니다. —편집자—

전회까지의 개요

유동섭은 구주의과대학을 나와서 박사 논문을 쓰는 중 더운 여름철을 보내기 위하여 인천 월미도에 있는 자경의 집 별방으로 갔다.

거기에는 모든 젊은 사람들이 서늘한 물과 즐거운 운동과 그리고 애

---

2 『동아일보』, 1936. 2. 26.

달픈 사랑을 꿈꾸고 있었다. 유동섭은 어느 날 우연히 자경의 부친 서정연 씨가 경영하고 있는 매립 공사장에를 들렀다. 지글지글 타는 염천 아래에서 무서운 폭음과 함께 돌이 날고 흙이 쏟아지는 속에서 악전고투하는 인부들을 보았다. 그리고 그 옆에서 돌을 깨치고 있는 어린아이들과 여인들과 늙은이들의 영양 부족한 얼굴들을 보았다.

그들의 입은 누더기 그들이 먹는 험한 음식 그리고 그들의 하는 무서운 노동을 볼 때 유동섭은 비로소 여기에 인간 사회의 일대 모순을 발견하고 번민하기 시작한다.

그때부터 유동섭은 해수욕장보다 오히려 공사장에를 자주 가보았다.

그를 생명같이 사랑하는 자경은 동섭의 심경의 변화를 근심하여 그의 친우 주인애에게 호소하였다.

일방 주인애의 약혼한 남자 오상만이가 동경서 고등상업을 마치고 돌아온다. 취직을 시키기 위하여 주인애는 자경의 집에 오상만을 소개한다.

오상만은 지금까지 고학을 하여 학교를 나오니만치 돈 있는 사람들의 생활이 미웁고 또한 부러웠다.

유동섭은 일주일에 세 번씩 인천으로 가서 야학을 가르치고 병원에 갈 수 없는 어려운 환자들을 치료하였다.

어느 날 위중한 환자가 있다는 곳으로 가보니 의외에도 그는 자기와 중등학교에서 같이 공부하던 조창수로 그는 학교에서 반년치 월사금을 받치지 못하여 출학을 받은 사람이었다.

조창수는 그 뒤 늘 사상운동에 관련하여 오다가 투옥되어 사 년 만에 맹장염으로 거의 죽게 되어 가출옥이 된 것이다.

동섭은 그를 입원시키고 매일 병원 위문을 갔다. 그러는 동안 동섭의 심경은 차츰 조창수와 접근하여 갔다. 자경은 점점 변하여 가는 동섭의 맘과 태도에 불안을 느끼었다.

오상만은 기회가 있을 때마다 자경 앞에서 유동섭을 비난하였다. 그 것은 상만이 돈 있는 사람에게 대한 불평과 또 한 가지 자경의 배경에 있는 부와 지위를 탐하는 생각도 있어 은근히 동섭이 미워지는 까닭도 있었다.

오상만과 주인애와 서자경 유동섭 네 사람이 시외로 피크닉을 가려던 날 조창수가 위중하다는 전화가 왔다.

동섭은 병원으로 달려가 보니 조창수는 비교적 몸이 나은 편이나 일간 다시 감옥으로 들어간다는 말을 하고 될 수 있으면 국경을 넘어가고 싶은데 여비를 판출하여 달라는 부탁이다.

동섭은 백방으로 주선하여 여비 오백 원[3]을 장만해서 그날 밤 조창수는 병원을 탈출하였다.

그 전날 인천 매립 공사장에서는 동맹파업이 일어나서 대표자들이 서 사장의 집으로 달려왔다. 마침 동섭은 없고 상만이 와서 설왕설래하다가 상만은 인부들과 충돌을 하여 서로 차고 때리고 하였다.

그 이튿날 오상만은 서 사장의 비서가 되어 사장과 함께 동경으로 갔다.

동경 가는 도중에 상만과 사장은 조선인이라는 까닭에 절도의 혐의를 받았으나 무사히 동경에 내렸다. 사장의 요구대로 상만은 제일 화려한 카페로 사장을 안내하였다. 그러나 거기에는 상만이 산구에 있을 때

3　원문에는 칠백 원으로 되어 있으나 원래(소설 내용)는 오백 원이기 때문에 오백 원으로 고친다.

사랑을 속삭이던 하숙집 딸 요시에가 있었다. 상만은 요시에가 임신을 하게 되자 슬그머니 동경으로 피하여 전학을 한 것이었다. 상만은 뜻밖에도 그 카페에서 요시에를 만났고 또 요시에가 자기의 아들을 낳았다는 말을 듣고 사장의 눈을 피하여 어린아이를 보러 갔다.

장편소설 예고[4]

밀림 속편(續篇)

김말봉 여사 작(作)

한무숙 양 화(畫)

소개의 말

이규희 씨의 당선 소설 「피안의 태양」은 속간 본지의 빛나는 재출발의 첫날부터 실리어 이래 약 오 개월 동안 문단의 주목과 독자의 환영을 받고 작 이십이일 석간으로써 끝났습니다. 다음에는 오는 십일월 일일 석간부터 인기의 여류작가 김말봉 여사의 장편소설 『밀림』의 속편을 실리겠습니다. 이 『밀림』으로 말하면 본보가 정간되던 날까지 만천하 독자의 열광적 애독을 받아온 것으로서 속간과 함께 마땅히 계속되어야 할 것이었으며 또 독자로부터도 이를 여간 열망한 것이 아니었으나 그

---

4 『동아일보』, 1937.10.25. 『동아일보』 강제 정간으로 1936년 8월 27일 『밀림』 233회까지 연재되고 중단되었던 것이 신문의 속간으로 234회부터 재연재됨. 연재 예고는 1937년 10월 25일부터 29일까지 5일간 예고되었으며 234회는 1937년 11월 4일부터 연재되었다.

때는 여러 가지 사정에 의하여 그리하지 못하였고 이제 적당한 기회를 얻어 그 속편을 실리게 된 것입니다. 그런데 전편과 속편과의 연락 관계상 우선 전편의 계속을 실리어 전편은 전편대로 완결시킨 뒤에 곧이어 속편으로 들어가게 되겠습니다. 삽화는 여류신인 한무숙 양으로서 한 양은 부산고녀를 마치고 서양화를 전공하는 당년 이십 세의 규수화가인데 이번에 『밀림』 전편의 계속이 끝나기까지의 삽화를 맡게 된 것입니다. (속편의 삽화가는 추후 발표하겠습니다) 김 여사는 작품마다 더욱 능란한 솜씨를 보여주는 인기의 작가요 이 여류작가의 작품에 여류화가의 삽화를 얻게 된 것은 조선서는 처음 있는 일이니 만천하 독자의 주목과 기대가 클 줄 압니다.

작자의 말

계속하여 읽어주시던 여러분께는 미안할 줄 알면서도 부득이 중단하지 않으면 안 되게 되었던 졸작 『밀림』은 이제 일 년이 훨씬 지난 지금 여러분 앞에 나오게 되오니 미안한 맘과 함께 또한 깊은 감회가 없지 아니하옵니다. 지금부터 주인공 유동섭, 서자경, 주인애, 오상만 그 외에 오꾸마, 요시에의 운명은 그 갈 곳까지 가게 될 것입니다.

전편이 끝난 뒤에는 이어 속편을 계속하고자 합니다. 전편에서 오년 혹은 십 년이 지난 뒤에 그들은 과연 어떠한 무대 위에서 어떻게 인생의 길을 더듬어 가고 있을 것인지 작자는 오로지 독자 여러분의 끊임없는 편달과 지도가 있어야만 이 짧지 아니한 이야기가 무사히 끝을 맺을 수 있을 것을 미리 알리어 드리는 바입니다.

십일월 일일부 석간부터 연재

장편소설 『밀림』[5]

김말봉 작
한무숙 화

전회까지의 개요(상)

유동섭은 구주의과대학을 나와서 박사논문을 쓰는 중 더운 여름철을 보내기 위하여 인천 월미도에 있는 자경의 집 별장으로 갔다.

거기에는 모든 젊은 사람들이 서늘한 물과 즐거운 운동과 그리고 애달픈 사랑을 꿈꾸고 있었다. 유동섭은 어느 날 우연히 자경의 부친 서정연 씨가 경영하고 있는 매립 공사장에 들렀다. 지글지글 타는 염천 아래에서 무서운 폭음과 함께 돌이 날고 흙이 쏟아지는 속에서 악전고투하는 인부들을 보았다. 그리고 그 옆에서 돌을 깨치고 있는 어린아이들과 여인들과 늙은이들의 영양 보족한 얼굴들을 보았다.

그들의 입은 누더기 그들이 먹는 험한 음식 그리고 그들의 무서운 노

---

5 『동아일보』, 1937. 11. 1~3.

동을 볼 때 유동섭은 비로소 여기에 인간사회의 일대 모순을 발견하고 번민하기 시작한다.

그때부터 유동섭은 해수욕장보다 오히려 공사장에를 자주 가보았다.

그를 생명같이 사랑하는 자경은 동섭의 심경의 변화를 근심하여 그의 친우 주인애에게 호소하였다.

일방 주인애의 약혼한 남자 오상만이가 동경서 고등상업을 마치고 돌아온다. 취직을 시키기 위하여 주인애는 자경의 집에 오상만을 소개한다.

오상만은 지금까지 고학을 하여 학교를 나오니 만치 돈 있는 사람들의 생활이 밉고 또한 부러웠다.

유동섭은 일주일에 세 번씩 인천으로 가서 야학을 가르치고 병원에 갈 수 없는 어려운 환자들을 치료하였다.

어느 날 위중한 환자가 있다는 곳으로 가보니 의외에도 그는 자기와 중등학교에서 같이 공부하던 조창수로 그는 학교에서 반 년 치 월사금을 받치지 못하여 출학을 받은 사람이었다.

조창수는 그 뒤 늘 사상운동에 관련하여 오다가 투옥되어 사 년 만에 맹장염으로 거의 죽게 되어 가출옥이 된 것이다.

동섭은 그를 입원시키고 매일 병원 위문을 갔다. 그러는 동안 동섭의 심경은 차츰 조창수와 접근하여 갔다. 자경은 점점 변하여 가는 동섭의 맘과 태도에 불안을 느끼었다.

오상만은 기회가 있을 때마다 자경 앞에서 유동섭을 비난하였다. 그것은 상만이 돈 있는 사람에게 대한 불평과 또 한 가지 자경의 배경에 있는 부와 지위를 탐하는 생각도 있어 은근히 동섭이 미워지는 까닭도 있었다.

오상만과 주인애와 서자경, 유동섭 네 사람이 시외로 피크닉을 가려 하던 날 조창수가 위중하다는 전화가 왔다.

동섭은 병원으로 달려가 보니 조창수는 비교적 몸이 나은 편이나 일간 다시 감옥으로 들어간다는 말을 하고 될 수 있으면 국경을 넘어가고 싶은데 여비를 판출하여 달라는 부탁이다.

동섭은 백방으로 주선하여 여비 칠백 원을 장만해서 그날 밤 조창수는 병원을 탈출하였다.

그 전날 인천 매립 공사장에서는 동맹파업이 일어나서 대표자들이 서 사장의 집으로 달려왔다. 마침 동섭은 없고 상만이 와서 설왕설래하다가 상만은 인부들과 충돌을 하여 서로 차고 때리고 하였다.

그 이튿날 오상만은 서 사장의 비서가 되어 사장과 함께 동경으로 갔다.

동경 가는 도중에 상만과 사장은 조선인이라는 까닭에 절도의 혐의를 받았으나 무사히 동경에 내렸다. 사장의 요구대로 상만은 제일 화려한 카페로 사장을 안내하였다. 그러나 거기에는 상만이 산구(山口)에 있을 때 사랑을 속삭이던 하숙집 딸 요시에가 있었다. 상만은 요시에가 임신을 하게 되자 슬그머니 동경으로 피하여 전학을 한 것이다. 상만은 뜻밖에도 그 카페에서 요시에를 만났고 또 요시에가 자기의 아들을 낳았다는 말을 듣고 사장의 눈을 피하여 요시에와 함께 어린애를 보러갔다.

상만은 자기의 조그마한 조각과 같은 어린 아들 학세를 만나볼 때 비로소 어버이로서의 자정(慈情)이 솟아났다. 그는 아이를 위하여 요시에와 동거하고 싶었으나 인애와의 약혼을 해소할 수도 없고 또 자기는 지금 모처럼 사장의 비서로 취직이 되어 그의 딸 자경과 접촉할 기회를 붙잡은 것을 생각하자 그는 요시에에게 장차 조선으로 데려 갈 터이라 하고 그동안은 자기가 아이의 양육비로 매 삭 이십 원씩 보내주기를 약속하였다.

같은 날 서 사장에게는 경성 자경에게서 동섭 위중이라는 전보가 와서 서 사장과 상만은 곧 경성으로 돌아왔으나 동섭은 몸이 아픈 것은 아니었고 실상은 조창수의 일당으로 의심을 받아 경찰에 구류되고 있었다.

서 사장은 동섭을 위하여 동경찰부 총독부 보안과로 돌아다니며 간청을 하였으나 한 번 들어간 동섭은 좀처럼 나올 성싶지는 않았다. 일방 인애 집에서는 상만과의 혼인예식을 거행하기로 독촉하였으나 상만은 이럭저럭 이유를 붙여 혼례식을 연기하면서 자경과 점점 접근하여 갔다.

동섭이 없는 자경에게 미모의 청년 오상만은 겨울에 스케이팅 여름에 해수욕 그 밖에도 영화와 음악회, 찻집, 가루타[6] 할 것 없이 어떤 때는 오빠와 같이 어떤 때는 친구와 같이 자경의 일거수일투족에 환심을 사려고 노력하였다. 일방 자경을 사모하던 야구선수 배창환의 누이동생 배연숙은 안엽이라는 화가와 함께 동경으로 떠나는 것을 보고 자경은 벌써 임신한 듯한 연숙을 비웃고 나무랐다.

감옥에 갇히어 있던 조창수는 법정에 나와서 사상적 전환을 선언하였으나 한 달이 넘어 가는 어느 날 그는 감옥 들창에다 목을 매고 자살하여 버린다.

동섭이 감옥으로 들어간 지 거의 일 년이 되어 오는 여름 인천 월미도에 있는 자경의 집 별장에는 자경과 인애가 묵고 있었다. 상만은 일요일

---

6 일본의 카드 게임으로 주로 정월에 실내에서 함.

은 물론 보통날에도 틈을 얻어서 자주 인천으로 와서 두 처녀와 함께 해수욕을 하였다.

어느 날 인애의 어머니가 위독하다는 전보가 와서 인애와 상만은 바쁘게 서울로 올라갔다. 그날 밤 무서운 폭풍우가 온 세상을 뒤흔드는 듯이 사나웠다. 혼자 별장에 남아 있는 자경은 외롭고 슬프고 무서웠다. 뇌성이 울고 비가 쏟아지는 광경을 바라보는 자경은 자기 자신이 마치 무서운 지옥으로 끌려온 것 같은 절망과 공포를 느끼고 있을 때 밤 열시나 되었을까 상만이 폭풍우를 무릅쓰고 자경의 별장으로 찾아왔다.

자경은 반갑고 그리고 감사하였다. 그는 상만을 다시 없이 고마운 손님으로 생각하고 그날 밤 동섭의 침실에다 상만을 자게하고 자기 침실에 쇠를 채우고 자리로 들어갔다. 그러나 얼마 아니하여 무서운 낙뢰는 드디어 자경의 침실 창 앞에 서 있는 삼나무 위에 떨어져 나무는 한 허리가 부러지면서 그 상반체가 자경의 방 유리창을 부수고 방으로 들어와 버렸다.

거의 까무러치도록 놀란 자경은 하녀와 상만의 권고로 상만의 침실로 갔다. 거기서 앉아서 밤을 새우려던 자경은 드디어 오소소 추워지는 바람에 상만이 권하는 대로 상만의 침대로 들어갔다.

교의에 앉아서 자경에게 이야기를 들려주던 상만은 포근히 잠이 드는 자경의 얼굴을 들여다보면서 가만히 불을 꺼버리고 자경에게로 가까이 갔다.

상만에게 처녀성을 잃어버린 자경은 슬펐다. 그리고 상만이가 몹시도 미웠다.

상만은 인애에게 구월 초순에 결혼식을 거행하려고 모든 준비를 시키고 있으면서도 자경에게 결혼하자고 간청을 한다.

여름도 지나고 별장에서 돌아온 자경은 보석이 되어서 불원 출옥한다는 동섭의 편지를 보고 정신이 아득하여졌다. 자경은 그때부터 단연코 상만과 절교하기로 생각하고 어느 날 찾아온 상만과 함께 뜰 앞 회나무 아래서 마지막 인사를 교환하고 있을 때 예정보다 닷새 앞서 출옥한 동섭이가 가만 가만히 자경의 집 뜰로 들어왔으나 물론 자경과 상만은 알지 못한 채 상만은 자경에게 그 사이 어머니가 되지 않았느냐고 묻는데 자경은 그렇지 않다 하고 두 사람은 마지막으로 차를 마시자고 하면서 안으로 들어갔다.

이 모든 것을 보고 듣는 동섭은 그 자리에서 머리를 쥐어뜯고 고민하였다. 그는 가만히 자기 서재로 들어갔다. 하인들이 법석을 하고 자경 어머니도 놀라서 뛰어 나오고 마침내 자경도 동섭의 앞에 와서 흐느껴 울었으나 동섭은 냉정히 자경을 바라볼 뿐이다. 자경은 울면서 자기 방으로 가버린 후 동섭은 상만을 죽여 버리려고 면도칼을 찾아 손에 쥐었으나 그는 동지들의 배반과 사랑하는 자경까지 자기를 버린 사실을 생각하니 갑자기 세상이 귀찮아졌다. 그래서 그는 그 칼로 자기 목에 대이고 경동맥을 끊어버리려 하였다. 그러나 그 순간 그는 죽는 일은 얼마나 쉽고 그리고 사는 일이 참으로 어려운 것을 깨달았다.

'한 계집아이의 사랑은 잃었다. 그러나 대중은 나를 기다리고 있다.'

외친 그는 아직도 밝지 아니한 첫 새벽에 서 사장의 집을 가만히 나와 버렸다.

동섭은 그 길로 인천 매축 공사장에 있는 차돌이 집으로 갔다. 날이 밝자 자경은 동섭에게 모든 것을 자백하려고 동섭의 방에 찾아 왔으나 방은 텅 비어 있었다. 자경은 그 길로 인천 매축 공사장으로 가 보았다. 과연 동섭은 차돌이와 일남이 집에 있다. 그는 동섭과 조용히 이야기가 하고 싶었으나 동섭은 먼저 온 남자 손님들과 한담을 하고 있을 뿐 자기에게는 아무런 관심을 가지지 않는 것을 보자 그는 거기서 뛰어 나오고 말았다. 자경은 집으로 돌아왔으나 그는 병신처럼 자리에 누워 버렸으니 그는 요사이 부쩍 입맛이 줄고 가끔 오한을 느끼며 앓는 것이다. 어머니가 청하여 자경을 진찰한 ○ 박사는 자경의 몸에 이상이 있는 듯한 눈치를 보이려다가 입을 다물어 버리고 돌아갔으나 자경은 벌써 있어야만 할 것이 두 달이나 없는 것을 생각하고 그는 임신한 것을 깨닫고 자살하여 버리려고 결심한다.

마지막으로 동섭을 만나 모든 것을 고백한 뒤 죽으려고 자경은 또다시 인천으로 갔다. 그러나 그는 동섭의 방에서 어떤 미모의 여인이 동섭에게 술을 권하고 입을 맞추는 광경을 발견하고 자살하려던 자기 생각을 스스로 비웃고 서울로 올라와 그 길로 바로 상만의 하숙으로 갔다.

상만은 인애와 결혼하는 초대장 겉봉에다 이름을 쓰고 있다가 자경에게 끌려 한강 ××정까지 놀러가게 된다. 자경은 상만에게 자기는 임신을 하였으니 결혼을 하자고 강권을 한다.

이미 자경과의 연애 유희는 단념하고 있던 상만은 순진한 인애를 차마 버리기 어려워 그는 자경의 소청을 물리쳤다. 그러나 그는 자경의 위협과 또 자경의 배후에 찬란한 황금과 지위에 굴복되어 마침내 자경과 결혼하기로 약속을 한다.

동섭에게 술을 먹이던 여자는 차돌이와 일남이의 누님 오꾸마란 여자이니 그는 어려서 일본 내지인 부부에게 양녀로 가서 있다가 예기(藝妓)가 되어 어떤 돈 있는 사람과 함께 상해로 가서 올해 스물아홉이 되도록 그는 사나이와 술과 그리고 돈을 가지고 살아왔으나 최근에 어떤 사상 단체의 권유를 받아 미인계(美人計)를 자청하고 조선으로 들어온 것이다.

그는 동생들에게 동섭이 얼마나 가난한 사람들을 위하여 고마운 존재이며 더구나 차돌이가 산에 치어 죽게 되던 밤 밤을 새워 간호하던 말을 듣자 그는 손수 양주를 사가지고 와서 동섭에게 권하고 자기도 마시고 취하여 동섭을 자기 무릎에 누이고 그 이마에다 입을 맞출 때 자경이가 찾아왔던 것이다.

상만은 자경에게 결혼할 것을 허락하였지마는 그는 거의 하루건너 보내는 요시에의 편지가 걱정이 되었다. 아들을 데리고 조선으로 나와서 살림을 하자는 것이다. 그보다도 착하고 얌전한 인애에게 삼 년이나 학비를 얻어 쓴 인애에게 무어라고 차마 결혼 해소를 말할 수가 없어 그는 낮이면 자경이 집에 밤이면 여관에 묵고 있었다.

마침내 자경과 상만의 결혼이 신문지상에 보도되자 인애는 유치원에서 졸도를 하여 겨우 회생하였다. 그는 그 길로 자경의 집으로 달려가서 상만과 자경을 모욕하고 자경과 절교를 선언하였다. 자경은 준비하여 가지고 있던 삼천 원 소절수를 인애에게 내밀어 주었으나 인애는 그것을 발기발기 찢어버리고 돌아왔다.

몇 날이 지난 뒤다. 오랫동안 병석에 있던 인애 어머니는 드디어 운명하게 되자 그 늙은 마누라는 자기의 사위가 될 줄만 믿고 있는 상만을 자꾸 불렀다. 인애는 점점 위독하여 지는 어머니를 구하려고 의사를 부르려고 큰길로 나갔다. 그가 저편 길로 건너가려고 할 때 교통 순사가 인애의 앞을 막았다.

순간 수십 대의 자동차가 행렬을 지어 인애의 앞을 지나간다. 신랑인 상만의 옆에 너울을 쓰고 앉은 것은 자경이었다. 인애는 눈앞이 캄캄하여졌으나 그는 이를 악물고 병원을 향하여 걸어가는 길에 뜻밖에 유동섭과 마주치자 그는 마침 지나가는 양순자에게 의사를 데리러 가게 하고 자기는 동섭과 함께 어머니에게로 갔다. 어머니는 동섭을 상만으로 알았는지 동섭의 손을 잡고

"인애를 인애를."

하면서 숨이 끊어진다.

상만과 자경이 결혼 피로연은 조선호텔에서 성대히 열렸다.

결혼식이 지난 뒤에도 축전은 백여 장이 나왔다. 그것을 여기 피로연 식장에서 낭독한 사람은 전일 상만을 홀대하던 민병수였다.

그가 낭독하는 전문 속에

'축 만수무강 백자천손 유동섭'

하는 말귀가 들려올 때 자경은 얼굴빛을 잃고 코에서 선혈이 흘렀다. 피로연을 마친 뒤에 두 사람은 신혼여행을 떠날 차로 경성 역으로 나왔다. 여러 귀빈 틈에 섞이어 화려한 복장을 한 내지인 여자가 너덧 살 되어 보이는 어린아이에게 꽃다발을 들리어 가지고 상만의 앞으로 가까이 오더니

"오늘 결혼하셨다니 축하합니다."

하고 절을 납신하고 상만을 빤히 바라보는 여자! 그는 뜻밖에도 요시에였다.

요시에는 허둥거리는 상만을 재미있게 바라보면서 자경에게도 깍듯이 인사를 하였다.

상만은 도망하듯이 귀빈들에게 싸여 기차 속으로 들어갔다. 기차가 경성 역을 떠나자 그는 인애와 요시에가 있는 무서운 경성을 떠나는 것이 무척 시원스러웠다.

이윽고 자경이 요시에란 여자가 누구인가 미주알고주알 캐묻는 것을 대답하기가 거북하여 그는 자경을 데리고 차를 마시러 식당차로 들어갔다. 그러나 식당차에는 요시에가 그 아들을 데리고 와서 있지 않느냐. 자경은 요시에와 반갑게 인사를 교환하는 사이에 상만은 이마에서 찬 땀이 솟았다.

평양에 내린 상만은 요시에와 같은 여인은 보이지 않음으로 그는 겨우 안심을 하고 도망하듯이 자동차에 올라 여관으로 갔다.

자경과 함께 목욕을 마치고 올라오는 층층대에 호호호 웃으며 내려오는 여인 그는 요시에였다.

그날 밤 상만은 요시에를 만나보고 경성으로 가 있으라 하고 애원을 하려고 가만히 자리에서 일어날 때 "어디를 가서요" 하고 자경도 따라 일어났다.

상만은 할 수 없이 자경의 눈을 피하여 편지를 쓰고 돈 백 원을 넣어서 아들 학세의 호주머니 속에 넣어 주었더니 얼마 지난 뒤에

"이것이 이 방에서 떨어뜨린 게죠?"

하고 요시에는 그 편지를 자경에게로 내어주는 것을 상만이가 얼른 빼앗아 처분하여 버렸다.

이튿날 요시에 방에는 갑자기 아이가 병이 났다고 의사가 오고 얼음 주머니로 대어 주는 것을 보는 상만은 그 아이를 한 번 만져보지도 못하고 그는 자경이 조르는 대로 평양 명승지 유람을 떠났다. 갔다 오니 요시에는 아이를 입원시키러 가고 그 방은 비어 있었다.

상만은 아들을 생각하고 울면서 자경과 또다시 기차를 탔다.

일변 인애는 어머니도 세상을 떠나고 또 상만도 영영 잃어버린 슬픔 속에 잠겨 거의 병자와 같이 누워 있을 때 동섭이가 찾아와서 여러 가지로 위로와 격려의 말을 남기고 돌아갔다. 몇 날 후 인애는 의복을 가지고 인천으로 갔으니 거기서는 동섭이가 실비치료원을 내고 빈민을 상대로 매일 환자를 치료하고 그리고 밤이면 무산 아동을 위하여 의학을 가르치고 있었다. 인애는 새로운 인생관을 가지고 동섭을 찾아 가서 병원 일을 도아주고 일변 자기의 빵을 얻기 위하여 유치원 일도 보았다. 신혼여행에서 돌아온 상만은 한성물산 주식회사 지배인으로 매일 서 사장의 회사에 출근하고 자경은 낙산 비탈에 새로 지은 문화주택에 오상만의 신부인으로 참따란 살림꾼으로 들어앉았다.

자경은 되도록 동섭을 생각하는 자기 맘을 누르고 오상만의 착한 부

인이 되려고 노력하였으나 상만은 서울까지 찾아온 요시에와 비밀히 만나고 있는 때문에 자경은 혼자서 밤을 새우는 일이 종종 있게 되었다. 상만은 어린 아들 학세를 위하여 요시에에게 집과 살림을 장만하여 주었다.

그러는 동안에 오꾸마는 경성 본정통에 삼 층이나 되는 큰 양옥을 손에 넣어가지고 대규모의 식당을 내는 일변 댄스홀까지 경영하면서 그 댄스홀 이름을 '오로라'라고 하였다.

요시에는 심심해하는 상만을 데리고 새로 난 오로라로 갔다. 마담 오꾸마는 부하들에게서 오상만이라는 사람은 부호 서정연 씨의 무남독녀 사위라는 보고를 듣고 있는지라 그는 주저치 않고 상만을 올가미 속으로 집어넣으려고 그와 접근하기 시작하였다.

오꾸마는 적어도 몇 십만 원을 상만에게서 빼앗지 않으면 안 되리라 결심하고 그는 먼저 상만을 데리고 경마장 구경을 갔다.

하루 종일 오꾸마의 가르치는 대로 해서 상만이 경마에서 번 돈이 일만 원이나 되었으니 그것은 경마하는 기수들은 모두 오꾸마의 부하인 까닭이었다. 그러나 오상만은 오꾸마를 비상히 총명한 여자인 줄 알고 그에게 그날 번 돈에서 오천 원을 주어 버렸다. 오꾸마는 오상만 앞에서 그 돈을 거절을 하고 그 앞에서 손가락을 끊어 선혈로 오상만을 사랑한다는 맹세를 썼다.

상만은 온전히 감격하여 오꾸마의 사랑에 사로잡히고 말았다. 그날 밤 오꾸마는 상만에게 만주국 국경 방면에 있는 무진 금광을 사자고 권면하고 이십억 원의 금이 포함되어 있는 것을 단돈 삼십만 원으로 사자고 설복을 시켰다.

하룻밤 동안 일확 억만금을 꿈꾸게 된 상만은 짧은 시일 안에 삼십만 원의 큰돈을 만들어 내려고 초조하여졌다.

허다한 남자와 교제를 하여 보았으나 동섭이 같이 오꾸마의 마음을 사로잡는 사나이는 없었다.

오꾸마는 발이 아프다고 인천 동섭의 병원으로 찾아가서 입원을 하고 있는 동안 어느 밤 동섭이 가만히 자기 방으로 들어왔다가 그대로 나가는 것을 보고 오꾸마는 실망하여 그대로 경성으로 올라와 버렸다.

봄이 왔다. 자경은 꽃봉오리 같은 딸을 낳았건만 상만의 발길은 여전히 밖으로만 나다니는 것이다. 자경은 쓸쓸하고 적막할 때마다 가만히 동섭의 이름을 불러보곤 하였다.

요시에는 상만이가 오꾸마와 친하게 되면서부터 자기 집에서 점점 발길이 멀어지는 것을 깨닫자 그는 학세라는 어린 아들을 이용하여 상만을 데리고 인천 월미도에 꽃놀이를 갔다.

그날 낮에 점심 먹는 것이 체하였던지 어린 학세가 갑자기 관격이 되었다.

상만은 자동차 운전수에게 되도록 가까운 병원으로 가자고 하여 들어간 곳이 유동섭이가 경영하고 있는 실비치료원이었다.

상만은 거기서 또한 하얀 간호부 복장을 하고 있는 인애를 보자 그는 그 자리에서 도망이라도 하고 싶은 충동을 느끼면서 아이의 치료를 마치고 현관을 나오려 할 때 모든 것을 짐작한 동섭이가 상만이에게 자경을 불행하게 만들면 용서하지 않겠다는 말을 하지만 상만은 속으로 코웃음을 치며 돌아갔다.

상만을 기다리면서 고스란히 날을 밝힌 자경이가 어린애 목욕을 시키고 있노라니 뜻밖에 동경 갔던 배연숙이가 찾아온다. 그들은 오래간만에 둘이서 거리로 산보를 나간 뒤 상만이가 집으로 들어와서 자경이가 없는 것을 보고 성을 낸다. 그는 손에 들고 있는 인천 매축 공사장이 총동맹선언서를 내려다보면서 그는 자기 아내 자경과 유동섭과 무슨 묵계가 있지 않는가 하고 의심을 하면서 그 길로 오로라 오꾸마에게로 가서 인천서 총동맹 폐업이 일어났다는 것을 이야기하고 두 사람은 기분을 전환할 겸 또는 무진 금광을 볼 겸 북으로 여행을 떠나 버린다.

상만이 점점 냉정하여지는 것을 깨달은 요시에는 익명으로 자경에게 편지를 써서 오상만은 오로라 댄스홀의 마담 오꾸마와 밀접한 관계를 가지고 그와 여행을 갔다는 말 그리고 자경은 결국 오꾸마에게 남편을 빼앗기고 말 것이라는 것을 일러주었다. 불행한 자경은 그 편지를 받던 날 어린 딸 혜순이가 갑자기 열이 오르고 앓기 시작하였다. 의사가 성홍열이라는 진단을 내리고 곧 대학병원에 입원을 시켰으나 나흘 만에 죽어 버린다. 아이가 죽은 지 몇 날 뒤 상만은 여행에서 돌아왔으나 자경과의 사이는 얼음같은 장벽이 가로막게 된다.

인천 총동맹파업단을 후원하고 지도하는 동섭은 자기의 사재(社財)로 인부들에게 양식을 지출하여 가며 일사불란한 규모로 인부들의 단결을 굳게 하고 있었으나 파업은 이주일이나 계속하고 보니 동섭은 경제적으로 그 이상 더 버티어 갈 힘이 없어졌다. 초조하고 근심하는 동섭에게 뜻밖에 삼백 원의 소절수가 오꾸마에게로서 왔다.

동맹파업은 언제 끝이 날지 모르고 더욱 무진 금광을 위하여 삼십만 원 돈이 필요한 상만은 드디어 사장에게 회사의 주를 삼분으로 하여 하나는 사장이 하나는 사원들이 또 하나는 상만 자신이 가지자고 제안을

하자 상만을 신임하는 사장은 허락하였다. 그 달에 열리는 총회에서 상만
은 사원들의 투표를 받아 당당히 신임 사장이 되어 버렸다.

　서 사장은 아연실색하였으나 때는 이미 늦었다.

장편소설『밀림』후편(後篇)[7]

김말봉 여사 작(作)

노수현 씨 화(畵)

　근래의 신문소설로서 김말봉 여사의『밀림』처럼 많은 독자의 열광적
애독을 받은 작품은 드물 것입니다. 김 여사가 신문소설계에 혜성과 같
이 나타나서 이 소설로써 천하에 솜씨를 물을 때 읽는 이 다 경탄하였고
본보의 사정으로 부득이 중단하였다가 구 개월 후에 다시 계속한 때에
도 전일의 흥분이 사라지지 아니하여 절대한 지지 속에 전편을 끝낸 것
이 저간의 소식을 웅변하는 것입니다. 소설『밀림』은 당초부터 전후편
으로 구상된 것이어서 전편이 끝난 뒤에 후편이 실릴 것은 기정사실이
었습니다. 작자는 약 삼 개월을 휴양하면서 더욱 상을 닦고 붓을 다듬어
가지고 이제 낯익은 독자에 다시금 나오게 된 것입니다. 그동안 여러분
의 애독을 받아오던 이근영 씨의 중편소설「제삼노예」가 끝나는 뒤를
이어 칠월 일일부터 심선 노수현 씨의 삽화와 아울러 실리겠습니다. 다
음의 작자의 말씀과 같이 전편의 인물들이 오 년 후에 어떠한 모양으로

7　『동아일보』, 1938.6.28.『밀림』후편 연재 예고.

여러분 앞에 나타날는지 이것만으로도 흥미와 기대는 큽니다. 더구나 갈수록 익어가는 작자의 붓 끝은 그 위에 또 무엇을 더 수놓을 것입니다.

작자의 말

속편을 계속해서 읽어주시는 분이 계시다면 전편의 인물들을 기억해 주시기를 바랍니다. 인천 실비치료원에서 가난한 사람들을 상대로 매일 봉사적 생활을 하고 있는 유동섭. 오꾸마에게 속아서 무진 금광을 산다고 회사의 공금 삼십만 원을 횡령한 오상만은 거어이 법망에 걸리고 말았으며 고야 형사부장 앞에서 귀신같이 사라진 오꾸마는 한강에 투신한 채 소식이 묘연하고.

괴로운 사랑에서 울던 주인애는 일체의 현실을 떠나 명치정 수녀원을 향해 떠났고. 총에 맞았던 상처가 다 나은 서자경은 인애와 동섭의 사랑을 방해하지 않으려고 어디로인지 멀리 여행을 떠나고 말았으나 아들 학세를 데리고 도망한 요시에는 그 뒤로 어떻게 되었는가, 더욱이 오꾸마를 밀고한 ××당원 박영수[8]와 오꾸마의 외딸 송이의 운명은?

이상의 인물들이 오 년의 세월이 흘러간 뒤 어디서 어떻게 다시 독자 여러분과 만나게 될지 오로지 독자 제씨의 끊임없는 성원과 지지 하에서 작자의 붓은 힘을 얻어 나갈 줄 믿습니다.

8 　원문에는 '김영수'라고 되어 있으나 본문과의 일치를 위해 '박영수'로 고침.

오는 칠월 일일 부터
석간 지방면에 연재

연재 정보

〈전편〉

소제목	연재 횟수	전체 횟수	연재 일자
전장(戰場)	1~7	밀림 1~7	1935. 9. 26~1935. 10. 3
해수욕장	1~12	밀림 8~19	1935. 10. 4~1935. 10. 17
이십 년 전	1~4	밀림 20~23	1935. 10. 20~1935. 10. 24
월식(月蝕)	1~5	밀림 24~28	1935. 10. 25~1935. 10. 30
치자꽃	1~5	밀림 29~33	1935. 10. 31~1935. 11. 6
고민	1~7	밀림 34~40	1935. 11. 7~1935. 11. 14
금의환향	1~4	밀림 41~44	1935. 11. 15~1935. 11. 19
좁은 길	1~5	밀림 45~49	1935. 11. 20~1935. 11. 26
사라지는 꿈	1~6	밀림 50~55	1935. 11. 27~1935. 12. 3
재출발	1~4	밀림 56~59	1935. 12. 4~1935. 12. 7
잊어진 대답소리	1~4	밀림 60~63	1935. 12. 8~1935. 12. 12
선물	1~6	밀림 64~69	1935. 12. 13~1935. 12. 19
틈	1~6	밀림 70~75	1935. 12. 20~1935. 12. 27
선풍	1~6	밀림 76~81	1935. 12. 28~1936. 1. 12
동경행	1~8	밀림 82~89	1936. 1. 14~1936. 1. 20
카추샤	1~5	밀림 90~95	1936. 1. 21~1936. 1. 25
전회까지의 개요		밀림 96	1936. 2. 26
빈사의 백조	1~7	밀림 97~103	1936. 2. 28~1936. 3. 6
삼색화	1~4	밀림 104~107	1936. 3. 7~1936. 3. 11
황금의 기사	1~5	밀림 108~112	1936. 3. 12~1936. 3. 17
가시관	1~10	밀림 113~122	1936. 3. 19~1936. 4. 3
봄	1~16	밀림 123~137	1936. 4. 5~1936. 4. 20
전환	1~7	밀림 138~144	1936. 4. 21~1936. 5. 1
폭풍우의 밤	1~9	밀림 145~152	1936. 5. 2~1936. 5. 11
죽음보다 강한 것	1~9	밀림 153~160	1936. 5. 12~1936. 5. 20

소제목	연재 횟수	전체 횟수	연재 일자
뿌린 씨	1~14	밀림 161~174	1936.5.21~1936.6.5
착란(錯亂)	1~14	밀림 175~188	1936.6.7~1936.6.30
소금도 짜다	1~8	밀림 189~196	1936.7.1~1936.7.8
운명의 바퀴	1~15	밀림 197~212	1936.7.9~1936.7.25
깨어지는 조각	1~12	밀림 213~223	1936.7.26~1936.8.13
힘과 힘	1~11(1)	밀림 224~233	1936.8.14~1936.8.27
	12~22(2)	밀림 234~244	1937.11.4~1937.11.19
모래로 쌓은 성	1~25	밀림 245~269	1937.11.22~1937.12.31
경적	1~13	밀림 270~282	1938.1.5~1938.1.21
아침은 오건만	1~11	밀림 283~293	1938.1.22~1938.2.7

〈후편〉

소제목	연재 횟수	전체 횟수	연재 일자
시간의 힘	1~13	밀림 후편 1~13	1938.7.1~1938.7.22
항구	3~26(항구 1이 아니라 3부터 시작)	밀림 후편 14~37	1938.7.23~1938.8.25
승패	1~51	밀림 후편 38~81	1938.8.27~1938.11.20
슬픈 승리	1~15	밀림 후편 82~96	1938.11.22~1938.12.25